*Die Insel der roten Mangroven*

# Sarah Lark

## *Die Insel der roten Mangroven*

*Roman*

Weltbild

Besuchen Sie uns im Internet:
*www.weltbild.de*

Genehmigte Lizenzausgabe für Verlagsgruppe Weltbild GmbH,
Steinerne Furt, 86167 Augsburg

Dieses Werk wurde vermittelt durch die
Literarische Agentur Thomas Schlück GmbH, 30827 Garbsen.
Landkarten: Reinhard Borner
Umschlaggestaltung: büro**süd**°, München
Umschlagmotiv: Getty Images, München (© Eric Audras; THEPALMER)
Gesamtherstellung: GGP Media GmbH, Pößneck
Printed in the EU
ISBN 978-3-86365-631-7

2016 2015 2014 2013
Die letzte Jahreszahl gibt die aktuelle Lizenzausgabe an.

## DANKSAGUNG

Wie immer möchte ich an dieser Stelle meinen Dank an alle aussprechen, die an der Entstehung dieses Buches beteiligt waren. Zu nennen sind meine Lektorin Melanie Blank-Schröder und meine Textredakteurin Margit von Cossart. Mein Agent Bastian Schlück tut immer noch Wunder, Christian Stüwe verkauft praktisch täglich neue Lizenzen … Überhaupt danke ich allen Mitarbeitern meines Verlages Bastei Lübbe und meiner Literaturagentur Thomas Schlück, die mein Buch mitgestalten und Anteil daran haben, es in die Buchläden zu bringen. Und da ich dieses Mal im Vorfeld schon weiß, dass *Die Insel der roten Mangroven* auch in anderen Ländern, auf jeden Fall in Spanien, erscheinen wird, möchte ich hier ebenfalls allen danken, die Sarah Larks enormen Erfolg in meiner Wahlheimat Spanien mitbegründet haben. Auf Buchmessen und anderen Veranstaltungen meine Leser kennenzulernen und viele der Buchhändler, die meine Bücher letztendlich »unter die Leute bringen«, macht mir sehr viel Freude; ich bin immer wieder begeistert von der Zuneigung, die mir entgegengebracht wird.

Last, but not least möchte ich meinen Freunden Johannes und Anna Puzcas danken. Ohne ihre Hilfe bei den Pferden sowie im Haus wäre mein Alltag sehr viel schwieriger zu organisieren – und ich könnte mich deutlich seltener an meinen Schreibtisch zurückziehen, um mir neue Geschichten auszudenken.

*Sarah Lark*

# EINE BESSERE ZUKUNFT

Jamaika – Cascarilla Gardens
Kaimaninseln – Grand Cayman

Spätsommer 1753

# KAPITEL 1

»Eigentlich sollten wir das ja nicht unterstützen …«

Lady Lucille Hornby-Warrington schaute missmutig aus ihrer offenen Kutsche hinaus in den sonnigen Sommertag. Dabei gab es nicht viel zu sehen, die Wege zwischen der Hollister- und der Fortnam-Plantage waren staubig und gesäumt von Zuckerrohrpflanzungen. Die schilfähnlichen Gräser erreichten eine Höhe von bis zu sechs Metern – die Straßen erschienen wie frisch geschlagene Schneisen durch das üppige Grün. Die Lady war zwangsläufig gelangweilt. Lord Warrington, ihr Gatte, taxierte die Höhe und den Umfang der Pflanzen dafür umso interessierter. Schließlich bezog die Plantage, die er für den Onkel seiner Frau verwaltete, ihren Reichtum ebenfalls aus dem Zuckerrohr, und dieses Jahr deutete alles auf eine gute Ernte hin. Warrington wirkte denn auch erheblich besser gelaunt als seine Frau.

»Das meinst du nicht ernst«, beschied er die Lady gelassen und auch ein wenig spöttisch. »Ein Fest bei den Fortnams auslassen, nur weil dir der Anlass nicht passt? Darf ich dich daran erinnern, dass Nora und Doug die beste Köchin der Gegend haben, den schönsten Tanzsaal besitzen und stets die begabtesten Musikanten engagieren? Und das Mädchen ist doch auch ganz reizend.«

»Das Mädchen ist ein Halbblut!«, erklärte seine Gattin mit verkniffenem Gesicht. »Eine Mulattin. So was gehört ins Sklavenquartier. Man zieht es nicht als ›Tochter des Hauses‹ auf, und man feiert nicht groß seine ›Volljährigkeit‹. Aber Doug Fortnam tut ja so, als hätte er mit Zeugung und Aufzucht dieses Bastards eine Glanzleistung vollbracht!«

Warrington lächelte. Bekannt für die Zeugung von Bastarden mit schwarzen Sklavinnen war eigentlich eher Lord Hollister, Lucilles Onkel. Lucille und ihre Tante sahen zwar darüber hinweg, tatsächlich bevölkerten immer noch Dutzende ihrer Halbcousinen und -cousins die Hollister-Plantage. Auch ihr Kutscher Jimmy zeigte eine gewisse Ähnlichkeit mit dem Besitzer der Plantage, der sich seit einigen Jahren in sein Stadthaus in Kingston zurückgezogen hatte. Die Plantage hatte er Lucilles Gatten überlassen, nachdem er die junge Frau, die aus der mittellosen Beamtenfamilie Hornby in London stammte, an Kindes statt angenommen hatte. Mit seiner Gattin hatte Lord Hollister keine Kinder. Doug und Nora Fortnam dagegen hatten neben der heutigen Debütantin noch zwei jüngere Söhne.

»Ist das Mädchen nicht tatsächlich Noras außereheliche Tochter?«, fragte Lord Warrington.

So ganz durchschaute er die Verhältnisse auf der Nachbarplantage Cascarilla Gardens noch nicht, obwohl er inzwischen bereits fünf Jahre mit Lucille hier lebte. Aber die Fortnams hatten keinen sehr engen Kontakt zu ihren Nachbarn. Sie waren höflich und luden auch immer mal wieder zu Festlichkeiten ein, Freundschaften suchten sie hingegen nicht. Auch die anderen Pflanzer hielten eher Abstand zu den Besitzern von Cascarilla Gardens. Doug und Nora Fortnam pflegten einen sehr eigenwilligen Umgang mit ihren schwarzen Plantagenarbeitern. Zwar hielten auch sie Sklaven, wie alle hier auf Jamaika, aber sie beschäftigten kaum weiße Aufseher, gaben den Leuten häufiger frei als andere und setzten auf eine Art Selbstverwaltung unter Leitung eines schwarzen Vormanns.

Anfänglich hatten die Nachbarn deshalb mit einer Katastrophe gerechnet. Schließlich galt es als erwiesen, dass die

Schwarzen faul und nicht selten gewalttätig waren, wenn man sie nicht streng unter Kontrolle hielt. Cascarilla Gardens florierte allerdings trotz des eigenwilligen Führungsstils seines Besitzers. Tatsächlich gehörte die Plantage sogar zu den reichsten Jamaikas, inzwischen brachten viele der anderen Pflanzer Doug Fortnam Neid entgegen. Allein, was er an den Gehältern der Aufseher sparte! Allerdings wäre keiner auf die Idee gekommen, sein Modell für die eigene Plantage zu übernehmen.

Lady Warrington stieß scharf die Luft aus. »Umso schlimmer!«, erklärte sie. Im Gegensatz zu ihrem Mann erinnerte sie sich sehr gut an die Einzelheiten. »Na ja, es war nicht Miss Noras Schuld, sie ist entführt worden und … und einer der Kerle hat ihr wohl Gewalt angetan. Doch gerade deshalb! Wer will denn die … die Frucht eines solchen Unglücks um sich haben?«

Warrington zuckte die Achseln. Auch für ihn war es befremdlich, dass Doug Fortnam die nach Jahren der Gefangenschaft in einem Widerstandsnest entlaufener Sklaven endlich befreite Nora nicht nur geheiratet, sondern auch ihre Tochter, die von einem der Aufständischen gezeugt worden war, adoptiert hatte. Das Mädchen selbst fand er allerdings ganz reizend, wahrscheinlich war es schon als Kind entzückend gewesen. Doug mochte es schlicht nicht übers Herz gebracht haben, Mutter und Tochter zu trennen. Der Mann hatte ein zu weiches Herz, doch darüber war man sich in der Umgebung von Kingston ja seit Jahren einig. Und irgendwann würde sich das auch rächen mit dieser laschen Haltung gegenüber seinen Schwarzen …

Die Kutsche passierte jetzt eines der letzten Felder der Hollister-Plantage, auf der eben eine Gruppe Sklaven damit beschäftigt war, neue Zuckerrohrpflanzen zu setzen. Die Männer sahen dabei kaum auf, was Warrington zufrieden vermerkte. Die Kerle sollten schließlich keine Maulaffen feilhalten und seiner Kutsche nachschauen, sondern arbeiten. Er nickte dem Aufseher anerkennend zu. Der stämmige Schotte saß auf seinem

Pferd, Gewehr und Peitsche griffbereit, aber nicht im Dauereinsatz. Der Mann machte einen guten Job, anscheinend genügte seine Anwesenheit, um den Schwarzen eine Höllenangst einzujagen. Und offensichtlich unterstützte er nicht diese Singerei der Sklaven! Manche Aufseher versprachen sich höhere Erträge, wenn die Männer die Macheten im Takt eines Liedes schwangen. Auch aus Cascarilla Gardens klang mitunter Gesang herüber. Warrington schätzte das jedoch nicht, er liebte es eher ruhig – schon weil seine Frau zu viel redete. Jetzt allerdings schwieg sie indigniert. Anscheinend haderte sie nach wie vor mit ihrer Teilnahme an diesem Fest, gefangen zwischen Missfallen und Neugier.

Dann wurde die Stille jedoch unterbrochen. Als die Kutsche der Warringtons die Grenze nach Cascarilla Gardens überquerte, schallten schnelle Hufschläge und helles Lachen aus einem der Seitenwege. Der Kutscher Jimmy verhielt die Pferde abrupt. Lady Lucille fuhr ihn empört an, sie wäre beinahe vom Sitz gerutscht.

Warrington sah das gelassener. Ohne die scharfe Bremsung wäre es dem Mann wohl kaum gelungen, einen Zusammenstoß mit den beiden Reitern zu vermeiden, deren Pferde nun vor ihnen über den Weg preschten. Ein zierlicher Schimmel, geritten von einer jungen Frau im Damensattel, überholte eben einen wesentlich größeren Braunen. Der junge Mann, der ihn verzweifelt zu einer rascheren Gangart anfeuerte, rief den Warringtons eine flüchtige Entschuldigung zu. Der Schimmel war schon zwischen den Pflanzungen verschwunden.

Warrington schnaubte. »Der junge Keensley«, murmelte er.

»Und die Bastard-Tochter der Fortnams«, fügte Lucille gallig hinzu. »Skandalös! Ich sagte ja … wir sollten das nicht unterstützen!«

Warrington zuckte die Schultern. »Und dennoch werden wir den Abend genießen«, begütigte er. »Jetzt fahr zu, Jimmy!

Auf den Schreck brauche ich einen guten Schluck Zuckerrohrschnaps. Oder Rumpunsch.«

Das Punschrezept von Fortnams Köchin war legendär, Warrington lief schon das Wasser im Munde zusammen. Und die Fortnam-Tochter bot wirklich einen höchst erfreulichen Anblick. Selbst wenn sie nur auf einem Pferd vorbeigaloppierte. Es würde zweifellos noch anregender sein, sie später beim Tanzen zu beobachten. Warrington fragte sich, ob es als väterlich durchginge oder einfach nur albern wirken würde, wenn er sich anbot, das Mädchen selbst durch ein Menuett zu führen …

»Hab ich's Ihnen nicht gesagt? Alegría ist schneller als Ihr Brauner. Auch wenn er Rennpferdeahnen hat. Aber Alegría hat orientalisches Blut, sie ist eine Enkelin von Darley Arabian …«

Deirdre Fortnam begann sofort, auf ihren Begleiter einzureden, als sie die Pferde nach Überschreiten der Ziellinie – der Übergang der Plantagenwege in die befestigte Auffahrt von Cascarilla Gardens – zum Schritt durchparierten. Die kleine Schimmelstute hatte das improvisierte Rennen überlegen gewonnen.

Quentin Keensley, ihr hoch aufgeschossener rothaariger Begleiter, verzog leicht den Mund. Es fiel ihm schwer, sich mit der Niederlage abzufinden.

»Wobei sicher auch eine Rolle spielt, dass sie nicht viel Gewicht mit sich herumträgt«, konterte er. »Denn Sie, Miss Fortnam, wiegen ja kaum mehr als eine Feder. Die reizendste Feder des entzückendsten Kolibris, den unsere gesamte Inselwelt je hervorgebracht hat …«

Der junge Keensley zwirbelte seinen zur modischen »Fliege« gestutzten Bart und schenkte dem Mädchen ein Lächeln. Die geschliffene Rede lag ihm deutlich mehr als das Reiten – Pferde interessierten ihn nicht wirklich. Was ihn anzog, war allein Deirdre Fortnam.

Quentin war weit gereist. Seine Familie hatte ihm eine traditionell englische Erziehung angedeihen lassen und obendrein eine Europareise geschenkt, bevor er nach Jamaika zurückgekehrt war. Aber nie hatte er irgendwo ein schöneres Mädchen gesehen als die Tochter seiner Nachbarn. Allein diese Haut – Sahne mit einem Schuss Kaffee darin, zart und seidig. Quentin sehnte sich danach, sie zu berühren. Und ihr seltsames Haar … es war schwarz, jedoch weder glatt oder großlockig, noch wirklich kraus. Sehr viel feiner als das aller anderen Schwarzhaarigen, die er kannte, fiel es kaskadenartig in winzigen Ringellocken über ihren Rücken. Und dann ihre Augen! Sie wirkten wie Smaragde, geschützt von irritierend langen tiefschwarzen Wimpern. Dazu sprühten sie Feuer! Wie jetzt, als Deirdre ihn anblitzte.

»He, das klingt ja, als wäre ich nur Dekoration auf meinem Pferd!«, rügte sie. »Dabei will Alegría geritten sein! Können Sie gern mal ausprobieren, aber ich sag's Ihnen, wenn Sie nicht wirklich reiten können, schaffen Sie es nicht, Alegría vor Kingston wieder anzuhalten!«

Die junge Frau streichelte den Hals ihrer Stute, die eigentlich ganz entspannt und umgänglich schien. Keensley war sich sicher, dass Deirdre übertrieb. Tatsächlich hätte er dem kleinen Pferd aber auch kein solches Höllentempo zugetraut, wie es eben vorgelegt hatte.

»Ich verbeuge mich vor Ihrer Reitkunst wie vor Ihrer Schönheit!«, erklärte er jetzt mit entschuldigendem Lächeln und senkte den Kopf.

Er hätte gern noch den Hut gezogen, aber sein Dreispitz war ihm schon zu Anfang des wilden Rittes verloren gegangen. Er würde gleich einen Sklaven hinausschicken müssen, um das gute Stück zu suchen.

Deirdre lenkte ihr Pferd nun um das Haus ihrer Eltern herum, einen verspielten Bau im Kolonialstil, der sie als Kind an ein Schloss erinnert hatte. Es gab Türmchen, Veranden und Balkone, gestrichen in Blau und Gelb, den Lieblingsfarben ihrer Mutter, und mit kunstvollen Schnitzereien verziert. Cascarilla Gardens bildete selbst Tischler und Holzschnitzer aus. Die Sklaven hier hatten sehr viel mehr Kinder als auf anderen Pflanzungen – Doug Fortnam akzeptierte Ehen unter seinen Leuten. Er riss keine Familien auseinander, indem er Männer, Frauen und Kinder einzeln verkaufte. Genau genommen verkaufte Doug überhaupt keine Sklaven. Wer auf Cascarilla Gardens geboren wurde, hatte hier Heimatrecht. Das war gut, da unter diesen Bedingungen fast nie jemand fortlief. Für all die jungen Schwarzen mussten jedoch Beschäftigungen gefunden werden.

Deirdre und Quentin trabten am Gartenzaun der Fortnams entlang, der ein weitläufiges, schon festlich geschmücktes Anwesen umgab. Die Gesellschaftsräume von Cascarilla Gardens gingen in die Gartenanlagen über, bei schönem Wetter wurden die weiten Türen des Tanzsaals geöffnet, und die Gäste konnten draußen sitzen oder sich zwischen den Bäumen und Blumenbeeten ergehen. Nora Fortnam war eine große Freundin der jamaikanischen Pflanzenwelt. Sie legte all ihren Stolz darein, möglichst viele Orchideenarten der Insel in ihrem Garten zu züchten, hätschelte ihre Accarabüsche und duldete auch die allgegenwärtigen bis zu zehn Meter hohen Cascarillas, die der Plantage ihren Namen gegeben hatten. Ein riesiger Blauer Mahoe beherrschte den Garten und bot im Sommer Schatten. Jetzt hingen Lampions in seinen Zweigen.

»Ist das nicht schön?«, freute sich Deirdre und wies auf die Dekoration. »Den Garten habe ich gestern mit den Hausmädchen und meinen Brüdern zusammen geschmückt. Sehen Sie den roten Lampion da oben? Das ist meiner, den habe ich gebastelt!«

»Sehr … hübsch …«, kommentierte Keensley verhalten. »Sie sollten sich Ihre Hände jedoch nicht durch Hausarbeit verderben …« In Quentins Familie hätte eine Lady die Sklaven allenfalls dabei beaufsichtigt, den Garten zu dekorieren. Und ganz sicher hätte sie sich nicht an der Herstellung der Lampions beteiligt.

Deirdre seufzte. »… und ich sollte beim Reiten Handschuhe tragen«, meinte sie mit einem schuldbewussten Blick auf ihre Finger, die Alegrías Zügel fast ständig leicht anspielten und die Stute dadurch aufmerksam hielten. »Ich vergesse es bloß immer wieder. Wobei Reiten und Gartenarbeit eher Schwielen machen als ein bisschen Papierfalten. Ist aber auch egal. ›Arbeit schändet nicht‹, sagt mein Vater immer …«

Doug Fortnam hatte sich seine Europareise in jungen Jahren durch Schuften in der Landwirtschaft und in Steinbrüchen selbst finanziert. Zuletzt hatte er sich sogar als Matrose verdingt, um die Rückfahrt nach Jamaika zu bezahlen.

Deirdre ließ ihr Pferd noch einmal kurz angaloppieren, um die Ställe schneller zu erreichen. Der Blick auf den geschmückten Garten hatte ihr ins Gedächtnis gerufen, dass sie längst nicht mehr auf dem Pferd sitzen, sondern sich umziehen und für den Abend zurechtmachen sollte. Dies war schließlich ihr Fest – die Fortnams feierten ihren achtzehnten Geburtstag.

Im Stallbereich war man längst auf den Empfang der Gäste vorbereitet. Kwadwo, der alte Stallmeister, erwartete die Kutschen vor dem Eingang, bereit, die Gäste zu begrüßen und ihnen ihre Pferde abzunehmen. Dabei hatte er es sich nicht nehmen lassen, sich in die traditionelle Livree des hochherrschaftlichen Hausdieners zu kleiden: hellblau mit gelben Aufschlägen am Kragen und an den Ärmeln. Dazu trug er eine weiße, gepuderte Perücke. Deirdre fand, dass er darin eher komisch wirkte, aber Kwadwo schien der Aufzug zu gefallen. Er pflegte würdevoll einherzuschreiten und den Damen und Herren mit elegantem Schwung die Kutschentüren zu öffnen. Dazu verbeugte er sich in der Manier eines Lakaien am Hofe des Sonnenkönigs. Irgendjemand musste ihm das einmal gezeigt haben, und Kwadwo hatte Gefallen daran gefunden, obwohl seine Herrschaft gar nicht so sehr auf Förmlichkeiten hielt.

Ansonsten war sein Verhalten allerdings keineswegs besonders unterwürfig. Im Gegenteil, als Busha, wie man einen schwarzen Vorsteher einer Plantage auf Jamaika nannte, vertrat er die Interessen der ihm untergeordneten Sklaven. Doug Fortnam schätzte ihn als Mittler zwischen Sklavenquartier und Herrenhaus. Außerdem hatte Kwadwo die Stellung des Obeah-Mannes inne, des spirituellen Führers der Sklaven seiner Plantage. Das war allerdings streng geheim. Unter den Weißen war der Obeah-Kult verpönt und auf den Plantagen gewöhnlich verboten. Die Sklaven schlichen sich nachts heimlich zu den Zeremonien. Doug und Nora Fortnam hätten ihren Nachbarn gegenüber nie zugegeben, dass sie die Obeah-Zusammenkünfte ihrer Leute duldeten. Aber tatsächlich drückten sie beide Augen zu und sahen großzügig darüber hinweg, wenn mal ein Huhn als Opfer für die Obeah-Götter verschwand …

Als Deirdre und ihr Begleiter nun ihre Pferde vor den Ställen verhielten, kam Kwadwo sofort zu ihnen. Allerdings sparte er sich bei der Tochter des Hauses die ehrerbietige Begrüßung. Im Gegenteil. Nach einem Blick auf den Stand der Sonne und die erhitzte Deirdre flog ein Ausdruck des Missfallens über sein breites, runzeliges Gesicht.

»Gute Güte, Missis Dede, was machst du … was machen Sie denn hier? Sie müssten längst im Haus sein. Ihre Mommy wird schimpfen! Und allein ausgeritten mit einem Herrn! Benimmt sich so eine Lady? Gib's zu, du hast das Pferd allein aus dem Stall geschmuggelt, ich hätte dich nicht ohne Begleitung losreiten lassen …«

Deirdre lachte. »Dem Knecht wäre ich doch sowieso weggeritten!«, bemerkte sie.

Kwadwo wandte die runden, dunklen Augen theatralisch gen

Himmel. »Und Mr. Keensley hast du wohl auch gleich abgehängt, oder? Wenn ich mir dein Haar so anschaue …«

Deirdre hatte ihre Locken vor dem Reiten sicher aufgesteckt und unter ihrem Hut versteckt, wie es sich gehörte. Aber bei ihrem wilden Ritt hatten sie sich gelöst. Deirdre wollte eben zu einer Entgegnung ansetzen, als Quentin sein Pferd zwischen den Diener und ihre Stute trieb. Der junge Mann neigte zum Aufbrausen. Schon das Ausbleiben der ehrerbietigen Begrüßung hatte ihn erzürnt – und jetzt erwies sich der Sklave auch noch als erstaunlich scharfsinnig in Bezug auf seine Niederlage beim Rennen.

»Wie sprichst du mit deiner Herrin, Nigger?«, fuhr er Kwadwo an. »Hab ich da eine unziemliche Anrede gehört?«

Die Reitgerte des jungen Mannes durchschnitt die Luft – doch der alte Stallknecht fing den Schlag mit seiner großen, schwieligen Hand ab.

»Nicht so, junger Herr!«, sagte er ruhig. »Ich bin kein Sklave, ich bin ein freier Mann. Und wie ich rede, darüber hab ich nur dem Backra Rechenschaft abzulegen und keinem …«

Kwadwo brach ab. Frei oder nicht frei, es ziemte sich nicht für ihn, den jungen Mann zu tadeln. Dabei hatte Keensley die Rüge durchaus verdient. Es war eines Gentlemans nicht würdig, ein Mädchen ohne Anstandsdame auf einen Ausritt zu locken. Deirdre war manchmal etwas unbedacht, aber Quentin Keensley hätte das nicht ausnutzen dürfen.

Quentin ließ die Blicke jetzt wütend und hilflos zwischen dem alten Schwarzen und der erschrockenen Deirdre hin- und herwandern.

»Wie redet der überhaupt?«, wandte er sich verwirrt an die junge Frau. »Das klingt ja, als … das klingt wie richtiges Englisch.«

Die meisten der aus Afrika verschleppten Sklaven sprachen die Sprache ihrer Herren nur gebrochen oder taten zumindest so, als wüssten sie sich nicht flüssig auszudrücken. Kwadwo und die anderen Sklaven auf Cascarilla Gardens verzichteten allerdings zumindest auf Letzteres, und die jungen Schwarzen hielt Nora Fortnam dazu an, in ganzen Sätzen zu sprechen. Kwadwo, der als junger Mann nach Jamaika gekommen war, hatte sich die Sprache schnell angeeignet. Seine früheren Herren durfte er das allerdings nie wissen lassen. Auch heute noch sprach er Pidgin, wenn Gäste kamen. Nur gegenüber Quentin hatte er sich eben vergessen.

»Kwadwo ist seit fünfzig Jahren hier«, gab Deirdre zurück und schaute ihren Kavalier böse an. Erst jetzt bemerkte Quentin ihre Empörung. »Da ist es ja wohl normal, dass er Englisch spricht. Aber Sie sollten sich schämen, alte Männer zu schlagen! Ich meine … junge Männer schlägt man natürlich auch nicht … Also, Sklaven überhaupt. Wobei Kwadwo kein Sklave ist, mein Vater hat ihm schon vor langer Zeit die Freiheit geschenkt. Kwadwo ist unser Busha. Und er gehört zur Familie!« Sie errötete leicht. »Also für mich ist er so was wie mein Großpapa …« Deirdre lächelte den alten Obeah-Mann verschwörerisch an.

Über Kwadwos Gesicht zog ein Strahlen. »Na, na, Missis, dafür bin ich wohl zu schwarz …«, wehrte er gutmütig ab, wohl wissend, dass Deirdres Großeltern väterlicherseits nicht weniger dunkelhäutig gewesen waren als er.

Aber Deirdre kam stark nach ihrer Mutter, und die Fortnams hängten ihre Abstammung nicht an die große Glocke. Sie galt als Noras und Dougs Kind – wenn über anderes getuschelt wurde, so nur unter der Hand. Wer die Geschichte damals nicht mitbekommen hatte, bezweifelte denn auch oft den Wahrheitsgehalt dieses Geredes.

»Du bist genau richtig, Kwadwo!« Deirdre lachte. »Hast du dir wehgetan?«

Sie wies auf seine Hand und ließ sich aus dem Sattel gleiten.

Quentins Angebot, ihr dabei Hilfestellung zu leisten, übersah sie geflissentlich.

Der Stallmeister schüttelte den Kopf, wobei er die langen Kräusellocken seiner Perücke in lebhafte Schwingungen versetzte.

»Aber nein, Missis. Ich hab schwielige, unempfindliche Hände … so wie du … wie Sie bald auch, wenn Sie nicht endlich Handschuhe anziehen beim Reiten …«

Wahrscheinlich hätte Kwadwo seine Schimpftirade gleich wieder aufgenommen, wäre jetzt nicht der Wagen der Warringtons die Auffahrt heraufgekommen. Kwadwo rief rasch nach ein paar Stallburschen, die Alegría und Keensleys Braunen in die Ställe führten, während er selbst sich um die Gäste bemühte.

»Mrs. Warrington, Backra Lord Warrington!« Kwadwo vollführte seine berühmte Verbeugung. »Willkommen auf Cascarilla Gardens! Sie gehabt gute Reise? Nicht zu heiß ohne Dach von Kutsche? Jimmy, Nichtsnutz, nicht hast gedacht, dass deine Missis sich wird verderben Teint bei Sonne …«

Deirdre lächelte, als sie sah, dass Quentin missmutig guckte. Kwadwo spielte erneut virtuos seine Rolle, aber Quentin schien die Komik darin nicht zu sehen. Überhaupt, dieser Quentin Keensley … Deirdre schüttelte den Kopf über ihre eigene Dummheit. Wie hatte sie sich mit ihm abgeben können! Sie schenkte ihm keinen Blick mehr, als er sie jetzt zum Haupthaus begleitete. Auf einen aufgeschlossenen, klugen Begleiter hatte sie gehofft, als er von seinen Europareisen erzählt hatte. Aber jetzt erwies er sich doch nur als aufgeblasener kleiner Zuckerbaron: Immer schnell mit der Peitsche bei der Hand, wenn ein Sklave sich nicht wehren konnte. Jederzeit bereit, alle Menschen mit schwarzer Haut für dumm zu halten.

Und anständig reiten konnte er auch nicht!

## KAPITEL 2

Nora Fortnam stand vor den Empfangsräumen bereit, die Gäste zu begrüßen und wirkte ebenso verärgert wie erleichtert, als Deirdre endlich hereinschlüpfte. Ihre Tochter schaute denn auch entsprechend schuldbewusst. Ohne Keensleys Begleitung hätte sie wahrscheinlich den Kücheneingang gewählt, um schnell und ungesehen ins Haus zu kommen, aber mit dem Kavalier ging das natürlich nicht – an die grundlegenden Regeln der Etikette hielt sich zum Glück auch ihre wilde Tochter. Wenngleich der junge Mann zurzeit nicht sonderlich vorzeigbar wirkte. Nora beobachtete, dass der Hausdiener an der Tür Quentins Aufzug indigniert in Augenschein nahm. Die bereits festliche Kleidung Keensleys hatte unter dem Ausflug mit Deirdre ein wenig gelitten. Sein zartblaues Brokatjackett und die passenden Kniehosen zeigten einen leicht rötlichen Schimmer von dem Staub auf den Wegen. Außerdem fehlte der Dreispitz, ein Muss bei der augenblicklichen Mode. Ohne den Hut unter dem Arm bei einer formellen gesellschaftlichen Veranstaltung zu erscheinen war schlichtweg nicht gentlemanlike, und Keensley schaute denn auch entsprechend verlegen. Über sein nicht ordentlich gepudertes Haar sah man im Hause Fortnam schon eher hinweg, schließlich pflegte sich der Hausherr selbst dieser Mode konsequent zu verweigern.

»Dede, wo bleibst du denn?«, wandte sich Nora nun an ihre Tochter. »Du solltest längst in vollem Staat neben mir stehen und die Gäste begrüßen! Du bist schließlich die Hauptperson!

Und ich frage mal besser gar nicht, wo du mit wem gewesen bist!« Deirdres Reitkleid und ihr aufgelöstes Haar machten diese Frage auch weitgehend überflüssig.

Für den Begleiter ihrer Tochter hätte Nora fast Mitleid empfunden, wäre sie nicht so aufgebracht über die Verspätung gewesen. Wahrscheinlich hatte er sich Hoffnungen auf einen Flirt mit Deirdre gemacht, aber da brauchte Nora sich keine Sorgen zu machen. Bislang hatte ihre Tochter noch jedem Kavalier einen Korb gegeben. Sie war weit mehr am Rennreiten interessiert als am Austausch verbotener Zärtlichkeiten.

»Und Sie, Mr. Keensley, machen sich wohl auch besser ein wenig frisch!«

Nora sah sich nach einem Hausdiener um, der sich um Quentins Aufmachung kümmern konnte, und sandte zwei kleine schwarze Jungen aus, den Dreispitz des Gastes zu suchen. Deirdre verriet den beiden rasch die Route, über die sie Keensley geführt hatte. Sie wirkte dabei schon wieder belustigt, zweifellos hatte sie sich bestens amüsiert.

Nora seufzte. Auch sie war in jungen Jahren ein Wildfang gewesen und ritt heute noch gern schnell. Allerdings hatte sie in Deirdres Alter doch mehr auf Formen geachtet – oder zumindest so getan … Die Erinnerung an ihre eigenen Eskapaden hätte sie fast lächeln lassen, sie hielt sich jedoch gerade noch zurück. Deirdre war ohnehin hoffnungslos verwöhnt, da galt es jetzt nicht auch noch, Verständnis zu zeigen.

»Jetzt beeil dich, Deirdre, du wirst hier gebraucht!«, forderte sie ihre Tochter schließlich in strengem Ton auf. »Über dein Verhalten reden wir später … Es ist unmöglich, sich einfach so mit Mr. Keensley wegzuschleichen!«

Deirdre lächelte entschuldigend. »Ach, schimpf nicht, Mommy!«, bat sie und küsste ihre Mutter auf die Wange – um sich anschließend angewidert den Puder von den Lippen zu reiben. »Ich komm einfach später hinzu. Wenn alle schon da sind, werde ich die Treppe hinunter… hm … hinunterschweben, und alle werden bewundernd zu mir aufblicken.«

Sie richtete sich auf und bewegte sich mit tänzelnden, gekünstelten Schritten, als stecke sie jetzt schon in hohen Schuhen und Korsett.

Nora bemühte sich um eine ernste Miene, was ihr nicht wirklich gelang. »Jetzt schweb erst mal in dein Zimmer!«, sagte sie versöhnlich. »Die Mädchen warten schon, um dich zurechtzumachen. Sag ihnen, sie sollen sich beeilen. Wir veranstalten dieses Fest nicht zum Spaß, Deirdre. Es geht um deine Einführung in die Gesellschaft, und es wäre wünschenswert, wenn du dich entsprechend benehmen würdest …«

Nora selbst war längst formvollendet gekleidet – und bot einen imponierenden Anblick. Obwohl sie die Vierzig schon überschritten und drei Kinder geboren hatte, war sie immer noch schlank. An diesem Tag hatte sie sich zudem enger geschnürt als sonst. An sich hasste sie Korsetts und pflegte bei der täglichen Arbeit darauf zu verzichten. Nora war heilkundig und ersetzte für Schwarz und Weiß den Arzt auf der eigenen und oft genug auch auf den umliegenden Plantagen. Dabei bevorzugte sie leichte, bequeme Baumwollkleider. Zu Deirdres Geburtstagsfeier trug sie jedoch eine elegante dunkelgrüne Seidenrobe mit goldenen Bordüren und hatte sogar ihr kunstvoll aufgestecktes Haar gepudert und sich der Mode gemäß geschminkt. Sie hoffte, dass ihr Mann ebenfalls zu modischen Konzessionen bereit sein würde, machte sich aber keine zu großen Illusionen. Der Plantagenbesitzer und erfolgreiche Advokat fand es durchaus amüsant, seine Nachbarn ein bisschen zu schockieren, indem er mit den Konventionen brach. Doug Fortnam bevorzugte Breeches statt Kniehosen, besaß lediglich eine Perücke für Auftritte vor Gericht und verzichtete darauf, sein volles blondes Haar weiß zu pudern.

»Die Erfahrung zeigt«, so pflegte er zu dozieren, »dass das

Haar des Menschen auf die Dauer ergraut, wenn man lange genug lebt – ich beabsichtige, das abzuwarten. Und auch die Totenblässe wird sich irgendwann von selbst einstellen. Ich denke gar nicht daran, dem vorzugreifen, indem ich mein Gesicht weiß anmale.«

Nora war ganz seiner Meinung, aber an diesem Tag war es ihr einfach wichtiger, einen guten Eindruck zu machen, als für ihre modischen Überzeugungen einzustehen. Dieses Fest war bedeutend für Deirdre – auch wenn das Mädchen selbst das nicht einsah und Doug nur in eingeschränktem Maße. Doch sie, Nora, beobachtete scharf, und ihr war nicht entgangen, dass Deirdre Gefahr lief, von der besseren Gesellschaft Jamaikas isoliert zu werden. Im Laufe des letzten Jahres hatte es viele Bälle und Empfänge in Kingston und auf den umliegenden Plantagen gegeben, anlässlich deren junge Mädchen debütierten. Dieser Brauch hatte seine Wurzeln in England, wo die jungen Damen des Adels in ihrem achtzehnten Lebensjahr traditionell der Königin vorgestellt wurden. Ab da galten sie als heiratsfähig und konnten von passenden jungen Herren umworben werden. In den Kolonien hatte man das für die eigenen, besonderen Verhältnisse modifiziert – wer eine Tochter im passenden Alter hatte, gab einen Ball, zu dem auch weitläufige Bekannte mit ihren Söhnen und Töchtern geladen wurden. So trafen sich junge Leute, die sonst auf weit auseinanderliegenden Plantagen lebten, und lernten einander kennen. Der Sinn des Ganzen war natürlich die Eheanbahnung.

Nora hatte denn auch seit etwa einem Jahr mit entsprechenden Einladungen für ihre Tochter gerechnet, aber tatsächlich blieben sie aus. Die Vertreter der besseren Gesellschaft von Kingston sagten es den Fortnams zwar nicht ins Gesicht und hätten sicher auch die Absicht geleugnet, Deirdre aufgrund ihrer zweifelhaften Abstammung auszugrenzen. Bei Einladungen pflegte man sie allerdings schon als Kind immer mal wieder zu

»vergessen«, und bei den Debütantinnenbällen wurde das offensichtlich. Deirdre Fortnam war erkennbar unerwünscht.

Nora hatte sich das eine Weile angesehen und dann beschlossen, selbst aktiv zu werden. Deirdres achtzehnter Geburtstag sollte der Anlass für einen der glanzvollsten Bälle sein, die je in der Umgebung von Kingston und Spanish Town stattgefunden hatten. Und niemand, der an diesem Abend nach Cascarilla Gardens kam, konnte sich mehr davor drücken, Deirdre auf die Einladungsliste seiner eigenen Veranstaltungen zu setzen.

Doug, der immer noch bereit war, an einen Zufall zu glauben, gab zwar zu bedenken, dass die Leute ihren Empfang nur meiden müssten, um Deirdre weiter ignorieren zu können. Doch diese Befürchtung hegte Nora nicht. Cascarilla Gardens war zu groß und zu hochgeschätzt, Doug als Advokat und Experte für Internationales Handelsrecht zu bekannt und zu begehrt, als dass man hier einen Affront riskierte. Die geladenen Gäste würden kommen und sich dabei hoffentlich auch selbst davon überzeugen, was für ein schönes und wohlerzogenes Mädchen Deirdre Fortnam war! Wenn sich die junge Dame denn einmal zu zeigen geruhte … und wenn sie sich keine weiteren Eskapaden wie unbegleitete Ausritte mit Nachbarjungen leistete.

Deirdre hastete in den ersten Stock des Hauses und war froh, dabei wenigstens niemandem auf dem Weg in den Ballsaal zu begegnen. Die Gästezimmer waren längst belegt, die ersten Besucher aus Kingston und den Blue Mountains waren schon im Laufe des Vormittags eingetroffen. Die Fortnams sahen das als selbstverständlich an – man wohnte zu weit voneinander entfernt für Kurzbesuche, und wenn der Haushalt gut organisiert war, bedeutete das volle Haus auch kaum Mehrarbeit für die Gastgeber. An Personal mangelte es auf keiner der Plantagen – und die Hausangestellten auf Cascarilla Gardens waren besonders gut geschult. Zumindest die jüngeren von ihnen waren auf der Plantage geboren und schon früh unter die gestrenge Obhut der Köchin Adwea, von allen liebevoll Mama Adwe genannt, genommen worden. Gemeinsam mit Nora, einer in allen gesellschaftlichen Angelegenheiten gut geschulten Kaufmannstochter, und dem ersten Hausmädchen Carrie bildete Adwea hervorragende Küchenmädchen, Zofen und Hausdiener aus, die der Familie und ihren Gästen zur Verfügung standen.

Auf Deirdre warteten jetzt allein drei schwarze Mädchen, die schon aufgeregt nach ihr ausgeschaut hatten.

»Missis, jetzt aber schnell!«

Amali, das älteste der Mädchen, konnte Deirdre nicht rasch genug aus dem Reitkleid helfen. Genet, das zweite, hielt eine Schüssel warmes Wasser und einen Schwamm bereit, damit Deirdre sich abreiben und erfrischen konnte. Deirdre vermerkte genüsslich, dass das Wasser nach Rosen und Lavendel duftete, die Mädchen mussten ein paar Tropfen der Blütenessenzen hineingegeben haben. Sie wusch sich rasch, während Amali und Genet bereits seidenes Unterzeug, Strümpfe und das unvermeidliche Korsett für sie bereithielten.

Die meisten Damen der Gesellschaft hätten dabei nicht selbst zum Schwamm gegriffen. Fast alle überließen sich, was ihre Körperpflege anging, gänzlich ihren schwarzen Dienerinnen. Nora hatte allerdings immer Wert darauf gelegt, dass Deirdre selbstständig wurde. Sie fand es peinlich, sich bis in die intimsten Geheimnisse ihres Körpers der Dienerschaft zu offenbaren und hatte diese Scham auch ihrer Tochter vermittelt. Deirdre hatte keine »Leibsklavin« – obwohl sie es manchmal durchaus genoss, wie eine Prinzessin behandelt zu werden.

Kinah, das dritte der Mädchen, verstand sich aufs Frisieren. Sie bestand darauf, Deirdres Haar zu lösen und auszubürsten, bevor sie sich ankleidete.

»Es ist doch ganz schmutzig, Missis, und wenn der rote Sand auf das weiße Kleid kommt …«

Deirdre kicherte bei dem Gedanken an Quentin Keensleys verstaubten Feststaat und ließ die Mädchen an der Geschichte seiner Niederlage beim Rennen teilhaben. Die drei lachten denn auch bereitwillig mit. Vor allem die gleichaltrige Amali war Deirdre mehr Freundin als Hausangestellte.

»Aber wenn Sie so mit den jungen Gentlemen umgehen«, gab das Mädchen jetzt zu bedenken, »werden Sie nie einen Mann finden, Missis! Sie haben es uns doch vorgelesen: Ein Mädchen soll bescheiden sein und sanft und freundlich. Da stand nichts von Pferderennen in Ihrem Buch!«

Deirdre besaß mehrere Bücher aus England, in denen erklärt wurde, wie sich junge Ladys der besseren Gesellschaft zu benehmen hatten. Nora bestellte diese Literatur pflichtschuldig – getrieben von ihrem schlechten Gewissen. Sie wusste genau, dass sie ihre Tochter und auch die jüngeren Söhne erheblich zu frei aufwachsen ließ. Die Fortnam-Kinder spielten mit dem Nachwuchs der Sklaven in der Küche, im Garten und auch im Quartier der Schwarzen. Sie konnten schwimmen und reiten, trieben sich am Strand, im Wald und auf den Zuckerrohrfeldern herum. Deirdre hatte erst mit fünfzehn angefangen, halbwegs regelmäßig Schuhe zu tragen.

Ihr Hauslehrer, der sanfte Schotte Ian McCloud, nahm es mit der strengen Erziehung auch nicht allzu genau. In Sachen Durchsetzungsfähigkeit hatte er schon versagt, als Doug ihn ursprünglich als Aufseher für seine Sklaven eingestellt hatte. Nun war das durchaus im Sinne der Fortnams gewesen. Tatsächlich organisierten sich die Schwarzen in Cascarilla Gardens ganz hervorragend selbst unter Kwadwos Führung. Aber Doug hatte sich irgendwann dem Druck der Nachbarschaft fügen müssen, die ein Sklavenquartier ohne Aufseher als Gefährdung der öffentlichen Ordnung ansahen. Also stellte er McCloud auf Cascarilla Gardens ein. Der verbrachte die ersten Jahre auf der Plantage meist lesend oder träumend unter einer Palme – während seine Gattin Priscilla, ein selbst ernanntes Medium, Geister beschwor. Erst mit den Fortnam-Kindern fand Mister Ian, wie ihn die Schwarzen riefen, zu seiner wahren Berufung. Er vermittelte erst Deirdre und dann ihren jüngeren Brüdern eine umfassende Bildung. Doug schickte seine Kinder nicht nach England zur Schule, er hatte traumatische Erinnerungen an die eigene Zeit im Internat. Wenn Thomas und Robert später einmal studieren wollten, konnten sie immer noch ins Mutterland reisen.

»Vom Reiten stand sehr wohl etwas in den Büchern«, erklärte Deirdre jetzt, während sich Kinah mit ihrem Haar abmühte. »Doch nur Unsinn! Der Kavalier müsse darauf achten, dass seiner Dame nur das sanftmütigste und langsamste Pferd zur Verfügung gestellt würde ... Aber in England scheint man wohl nur zum Vergnügen zu reiten, und nicht, um irgendwo anzukommen!«

Nora hatte Deirdre von Ausritten im St. James Park und Reitjagden in Schottland erzählt. Wobei eine Jagd zu Pferde die junge Frau bestimmt gereizt hätte. Hier auf Jamaika verbot Nora ihrer Tochter allerdings die Teilnahme an vergleichbaren Veranstaltungen. Man jagte rund um Kingston kein Wild, sondern kleine schwarze Jungen, die sich einen Spaß daraus machten, den Reitern zu entwischen. Die Kinder mochten das lustig finden, aber Nora erkannte es als menschenverachtend. Und Doug dachte dabei an die Sklavenjagden, an denen sein Vater stets gern teilgenommen hatte. Man hetzte entflohene Schwarze mit Hunden und Pferden – um sie dann drakonisch für ihren Fluchtversuch zu bestrafen. Die spielerischen »Reitjagden« dienten auch dazu, die Tiere dafür zu trainieren.

»Ich heirate jedenfalls keinen Mann, dem ich eine schüchterne, dumme Gans vorspielen muss, die nicht mal reiten kann!«, fuhr Deirdre fort. »Mein Gatte wird mich nehmen müssen, wie ich bin.«

Amali lachte beklommen. Sie wusste einiges von Deirdres Geschichte – in den Sklavenquartieren waren viel mehr Einzelheiten über Nora Fortnams Entführung und ihr Verhältnis zu Deirdres leiblichem Vater Akwasi bekannt als in der feinen Gesellschaft rund um Kingston. Deirdre konnte von Glück sagen, wenn sie überhaupt unter den jungen Männern der weißen Backras wählen konnte. Sie hätte ebenso gut als Dienerin im Sklavenquartier enden können. Vor dem Gesetz galt die Tochter eines entflohenen Sklaven als Schwarze – bis vor wenigen Jahren war es den Plantagenbesitzern nicht einmal erlaubt gewesen, ihren Leuten Freibriefe auszustellen. Inzwischen hatte sich das geändert. Kwadwo und Adwea waren frei – und auch für Deirdre lag irgendwo in den Truhen ihres Ziehvaters Doug Fortnam ein vom Gouverneur unterzeichnetes Dokument, das sie als freie Schwarze auswies. Es gab Deirdre Sicherheit – aber es machte sie nicht unbedingt interessanter als Heiratskandidatin für junge Männer wie Quentin Keensley.

Amali bedeutete ihrer jungen Herrin aufzustehen und begann, sie zu schnüren. Es ging leicht, Deirdre war sehr schlank und hätte der künstlichen Hilfestellung eigentlich gar nicht bedurft. Doch die mittels Fischbein geformte extreme Wespentaille war nun einmal Mode. Deirdre stöhnte, als Amali die Schnüre energisch anzog.

Schließlich halfen ihr die Mädchen in einen Reifrock und ein leichtes reinweißes Kleid, über das eine mit hellgrünen Schleifen besetzte Mantille gezogen wurde. Trotz des noch unfrisierten Haares sah Deirdre atemberaubend aus.

Amali lächelte ihrer Freundin und Herrin zu. Zum Glück war sie schön. Ein Ausspruch Mama Adwes … Die Männer würden nicht an Deirdres Abstammung denken, wenn sie die junge Frau ansahen und um ihre Gunst warben. Und ihre Familien würden es nicht wagen, Doug Fortnam von Cascarilla Gardens zu brüskieren, indem sie seine Ziehtochter kategorisch ablehnten.

Das zumindest hofften die Fortnams – und ihre Dienerschaft. Es gab niemanden auf Cascarilla Gardens, der Deirdre Böses wünschte.

»Also, zum Schminken haben wir jetzt aber wirklich keine Zeit mehr!«

Es hatte lange gedauert, Deirdres widerspenstige Locken zu einem lockeren Zopf zu flechten und Orangenblüten hineinzuwinden. Deirdre wehrte ab, als Genet zum Abschluss noch zu den Schminktöpfen greifen wollte.

»Aber Missis Nora meinte …«

Genet schaute zweifelnd und machte Anstalten, etwas einzuwenden, allerdings halbherzig. Den schwarzen Mädchen erschien es als völlig unsinnig, die ohnehin hellen Gesichter der Weißen auch noch zu pudern. Zumal es Deirdre in keiner Weise schmeicheln würde. Keine Schminke der Welt konnte sie schöner machen, als sie es jetzt schon war. Ihre Haut war glatt und rein, und ihr natürlicher Teint passte viel besser zu dem weißen Debütantinnenkleid als die künstliche Blässe.

»Ach, Mommy meint das nicht ernst!«, behauptete Deirdre und stand auf. »Ihr habt das wunderbar gemacht!«, lobte sie die Mädchen. »Geht jetzt runter und sagt dem Zeremonienmeister Bescheid, dass ich komme, ja? Und Mommy natürlich. Es wird ein ganz großer Auftritt werden!«

In den hochhackigen eleganten Seidenschuhen bewegte sie sich nun wirklich so kokett, wie sie es ihrer Mutter zuvor demonstriert hatte. Den ganzen Abend darin herumzulaufen würde furchtbar werden … aber Deirdre wusste, dass sie sich nicht davor drücken konnte. Sie kicherte, als sie daran dachte, wie es wäre, barfuß auf ihrem Debütantinnenball zu erscheinen.

Deirdre folgte den Mädchen in ihrem Feststaat auf den Korridor, und während die drei schon die Treppe hinunterliefen, blieb sie noch einen Moment an der fein gedrechselten Brüstung stehen, um einen Blick von hier oben in den Saal zu werfen.

»Deirdre, wie schön du bist!«, hörte sie da hinter sich die Stimme ihres Ziehvaters. »Du erinnerst mich heute sehr an deine Mutter! Ich weiß noch, als ich sie das erste Mal sah – an einem Weihnachtsfest war das. Sie kam eine Treppe herunter und war so wunderschön … Ich hab mich gleich in sie verliebt. Und du wirst heute Nacht wohl jedem jungen Mann da unten den Kopf verdrehen! Pass bloß auf, dass sie sich nicht um dich schlagen!«

Doug Fortnam lächelte seine Ziehtochter spitzbübisch an. Er war ebenfalls auf dem Weg zu den Gästen, doch jetzt musste er erst einmal stehenbleiben und Deirdre in Ruhe ansehen. Sein etwas kantiges Gesicht war inzwischen von kleinen Fältchen durchzogen, die Sonne und Wind in seine stets gebräunte Haut geschnitzt hatten. Mitunter zeigte es allerdings immer noch den jungenhaften, verwegenen Ausdruck, in den Nora sich so viele Jahre zuvor verliebt hatte.

»Du siehst aber auch sehr gut aus!«, gab Deirdre das Kompliment zurück. »Richtig herausgeputzt. Ich fürchte, unter den ganzen Leuten hätte ich dich gar nicht erkannt.«

Doug lachte über die kleine Neckerei. Tatsächlich hatte er sich Noras Gebot gebeugt und sich in Kniehosen, Seidenstrümpfe, Spitzenjabot und Brokatjackett gezwängt. Die hohen Schnallenschuhe stießen ihm dabei am härtesten auf. Doug empfand seinen Aufzug als stutzerhaft und albern – und warum er in seinem eigenen Haus einen Dreispitz unter dem Arm tragen sollte, war ihm auch nicht klar. Aber er fügte sich ausnahmsweise der herrschenden Mode und hatte sogar sein üppiges blondes Haar weiß gepudert und mit einer Spange im Nacken zusammengefasst.

»Dann bleib doch erst mal bei mir, bis du dich an den Anblick gewöhnt hast«, sagte er augenzwinkernd und bot Deirdre den Arm. »Darf ich bitten, Prinzessin?«

Deirdre lächelte, als sie an seinem Arm die Treppe zum

Ballsaal hinunterschritt. Der eigens für diese Dinge engagierte Zeremonienmeister stand am Fuß der Treppe bereit, die beiden anzukündigen.

»Mesdames, Messieurs … Ihr Gastgeber, Douglas Fortnam, und unsere Debütantin, die reizende Miss Deirdre …«

Die jungen Männer im Saal hielten bei Deirdres Anblick den Atem an. Ganz sicher würde keiner von ihnen mehr dulden, dass seine Eltern die Einladung dieses Mädchens beim nächsten Fest einfach »vergaßen«.

# KAPITEL 3

Fertig. Bonnie ließ den Blick noch einmal über die beiden Räume des Hauses ihres Herrn schweifen, die sie eben geputzt hatte. Sie wirkten immer noch schäbig, all ihren Bemühungen zum Trotz. Bonnie pflegte sich wirklich anzustrengen. Es hätte ihr gefallen, wenn das Haus in der kleinen Hafensiedlung ein bisschen mehr wie ein Heim ausgesehen hätte. Aber Skip Dayton, ihr Backra, hatte wenig für eine Möblierung übrig, die über ein Bett, einen Tisch und ein paar primitiv zusammengezimmerte Stühle hinausging. An Vorhänge oder Tischdecken oder auch nur saubere Laken war gar nicht zu denken.

Saubere, duftende Laken – davon träumte Bonnie. Sie hasste das schmuddelige Bett des Backras. Doch daran wollte sie jetzt nicht denken. Es war schließlich erst früher Morgen. Bis ihr Herr sie wieder begehren würde, würden noch viele Stunden vergehen. Und vielleicht ließ er sie an diesem Tag ja sogar ganz in Ruhe … Bonnie hätte darum gebetet, wenn sie nicht längst damit aufgehört hätte, die Götter um Hilfe zu bitten. Sie verschwendete keine Energie an aussichtslose Bemühungen, und bislang war nie ein Gebet von ihr erhört worden.

Sie brauchte dringend ein wenig Ruhe. Die letzte Nacht war hart gewesen. Bonnie erlaubte sich ein Stöhnen, während sie sich aufrichtete. Sie hatte den Fußboden auf Knien geschrubbt – anders war den Kautabakresten nicht beizukommen, die der Backra bedenkenlos auszuspucken pflegte. So gesehen war es vielleicht ganz gut, dass es keine Teppiche gab … Aber Bonnie würde weicher fallen, wenn es ihm wie in der vergangenen Nacht in den Kopf kam, sie zu strafen, indem er sie zu Boden schleuderte. Oder wenn er sie auf dem Boden nahm – auch dann schmerzte anschließend ihr ganzer Körper. Die dicken Holzbohlen, mit denen das Haus ausgelegt war, waren steinhart, und obendrein bohrten sich Splitter in ihren Rücken. Manchmal so tief, dass es Tage dauerte, bis sie herauseiterten.

Bonnie suchte Halt am Küchentisch, ihr wurde schwarz vor Augen, als sie auf die Beine kam. Am liebsten hätte sie sich für ein paar Stunden in den Verschlag hinter dem Laden des Backras, in dem sie gewöhnlich schlief, zurückgezogen. Vielleicht würden die Schmerzen aufhören, wenn sie sich hinlegte. Aber andererseits war auch der Schuppen nicht gerade ein gemütliches Refugium. Es stank bestialisch nach den Abfällen der Schlachttiere, die der Backra einfach am Wasser liegen zu lassen pflegte, und gerade an diesem Morgen hatte er wieder ein paar Felle und Eingeweide vors Haus geworfen. Dayton störte der Gestank, der entstand, wenn die Felle austrockneten und die Schlachtreste verwesten, nicht. Ebenso wenig das Blöken der Schafe, Ziegen und Rinder, die er vor der Schlachtung in völlig verdreckten Pferchen hielt, und die Milliarden Fliegen. Zu Beschwerden anderer Anwohner kam es auch nicht, denn seine Schlachterei lag am äußersten Ende der Siedlung, gleich dahinter begann der unberührte Sandstrand von Grand Cayman. Lediglich Bonnie litt. Wenn sie die Kraft dazu aufbrachte, warf sie Sand über die Kadaverreste, bevor sie schlafen ging.

An diesem Tag hätte sie jedoch gar nichts gestört, wenn sie nur etwas Ruhe gefunden hätte. Der Backra war am Abend zuvor betrunken nach Hause gekommen. Das passierte oft, aber dieses Mal hatte er auf dem Rückweg von den primitiven Spelunken am Hafen wohl wieder einmal bei Máanu hineinschauen und randalieren wollen. Solche nächtlichen Überfälle waren das, was Skip Dayton unter »Brautwerbung« verstand. Máanu, die Besitzerin der Gemischtwarenhandlung der Siedlung, fühlte sich nur davon belästigt. Sie hatte ihn denn auch gebührend empfangen, indem sie einen Nachttopf über ihm ausgeleert hatte – und außerdem war Jefe da gewesen, ihr Sohn. Bonnies Herz schlug immer etwas höher, wenn sie an Jefe dachte. Er war so groß und stark, so selbstsicher … und er beschützte seine Mutter. Bonnie wünschte sich auch einen Beschützer, in der vergangenen Nacht hätte sie ihn mehr als nötig gebraucht.

Backra Skip war nach Máanus Abfuhr »heiß« gewesen, wie er das nannte, und wie immer war nur Bonnie da gewesen, um seine Gelüste zu befriedigen. Und Bonnie hatte auch die Strafe erdulden müssen, die Máanu nach des Backras Meinung für ihre Sturheit verdiente. Er hatte sie so hart geschlagen wie selten. Bonnie hatte das Gefühl, jeder Knochen und jeder Muskel ihres Körpers schmerze, doch sie konnte sich natürlich nicht um ihre Arbeit drücken, ohne weitere Prügel zu riskieren. Also war sie früh aufgestanden wie immer, hatte die Tiere gefüttert, das Haus geputzt – und jetzt musste sie noch etwas einkaufen.

Bonnies Laune besserte sich ein bisschen, als sie dazu aufbrach. Sie ging gern in Máanus Laden, unterhielt sich mit ihr und hoffte darauf, dass Jefe auch vorbeikäme. Der junge Mann verrichtete Botendienste in der Hafensiedlung und ließ sich für Gelegenheitsarbeiten anheuern. Viel Geld brachte das nicht, und es war auch keine Vollzeitbeschäftigung, doch bezahlte Arbeit für freie Schwarze gab es kaum auf den Kaimaninseln. Es wimmelte schließlich von Sklaven, die kostenlos niedrige Arbeiten verrichteten. Den Weißen gehörten die Plantagen – und auch die meisten schäbigen Geschäfte hier in der Siedlung rund um den kleinen Hafen. Dabei rührten sie auch da kaum einen Finger – lediglich Backra Skip schlachtete selbst, statt einen Schwarzen dafür anzulernen. Wahrscheinlich scheute er davor zurück, einem Sklaven die sehr scharfen Messer zum Häuten und Ausweiden der Tiere in die Hand zu geben. Bestimmt nicht zu Unrecht! Wenn er einen Mann so behandeln würde wie Bonnie … Mitunter stellte sie sich genüsslich vor, wie der sich mit dem Schlachtermesser wehrte … Bonnie hatte oft gewaltträchtige Fantasien. Sie würde gern im Blut waten, wenn es denn das Blut des Backras wäre …

Nun rief sie sich allerdings energisch zur Ordnung. Mit solchen Tagträumen war niemandem gedient. Sie dachte lieber darüber nach, was sie brauchte. Nicht auszudenken, dass sie irgendeine der Besorgungen vergaß, die der Backra ihr morgens aufgetragen hatte.

Schließlich verließ Bonnie das kleine verwahrloste Holzhaus neben der Metzgerei, in der Skip Dayton gerade ein Stück Schweinelende für die Frau des Hafenmeisters abwog. Mrs. Benton ging persönlich einkaufen – wahrscheinlich weil sie einsam war und sich langweilte. Es gab nur wenige ehrbare Frauen in der Siedlung. Die weiblichen Wesen im Hafenbereich von Grand Cayman waren Sklavinnen oder Huren – oft auch beides. Die zwei Bordelle, in denen sich die Matrosen der Schiffe, die hier Proviant aufnahmen, vergnügten, boten fast ausschließlich schwarze Frauen und Mulattenmädchen an. Eine Weiße und ihre Tochter, die es irgendwie hierher verschlagen hatte, betrieben eine Schenke und waren auch nicht prüde. Ganz sicher kein Umgang für die brave Mrs. Benton!

Ja, und dann gab es noch Máanu, oder besser »Miss Máanu«. Die hochgewachsene, auch in mittleren Jahren noch schöne Schwarze bestand auf der respektvollen Anrede. Und sie verdiente sie ja auch – Miss Máanu arbeitete für keinen Backra. Miss Máanu war frei! Anfänglich hatte Bonnie das gar nicht glauben wollen. Sie hatte gemeint, Jefe schneide auf, als sie ihn kennengelernt hatte, nachdem sie von ihrem Backra gekauft worden war. Bonnie war damals zwölf Jahre alt und zu nichts auf der Plantage zu gebrauchen gewesen, wie ihr vorheriger Backra gesagt hatte. Sie war klein gewesen und halb verhungert. Auf den Zuckerrohrfeldern hatte man sie nicht brauchen können, und für eine Verwendung als Haussklavin fehlte es ihr an Erziehung und Umgangsformen. Bonnie fragte sich sowieso, weshalb man sie gemeinsam mit ihrer Mutter auf die Kaimaninseln geschafft und nicht einfach auf der jamaikanischen Plantage gelassen hatte, auf der sie geboren war. Aber wahrscheinlich hatte der letzte Backra auf Jamaika derart genug von ihrer Mom gehabt, dass er die Brut gleich mit loswerden wollte. Tilly, Bonnies Mom, hatte gestohlen, sie hatte versucht, die Aufseher zu verführen, sich sogar selbst verletzt, um nicht arbeiten zu müssen – und irgendwann war sie mit ihrer Machete auf die Köchin des Sklavenquartiers losgegangen, weil sie sich ungerecht behandelt gefühlt hatte. Der Backra hatte sie dann mit anderen straffällig gewordenen Sklaven nach Grand Cayman geschickt, wo sie endlos damit prahlte, welch mutige Kämpferin für die Freiheit sie gewesen war.

Bonnie glaubte das nicht. Sie hatte keine genauen Erinnerungen mehr an die Plantage auf Jamaika, damals war sie zu jung gewesen. Aber sie wusste noch genau, wie ihre Mutter Tilly sich auf den Kaimaninseln aufgeführt hatte. Tilly war nicht mutig und auch nicht wirklich von Sehnsucht nach Freiheit beseelt. Bonnies Ansicht nach war sie einfach nur verrückt. Sie suchte dauernd Streit – wenn sie sich nicht gerade irgendwelchen weißen oder schwarzen Männern an den Hals warf – und konnte keine Arbeit ohne Schimpfen und Widerworte erledigen. Um Bonnie hatte sie sich nie gekümmert, die Kleine hatte verlaust und halb verhungert eingeschüchtert in ihrer Hütte gehockt, bis einer der Aufseher sie schließlich fand und den Backra informierte, der sie zum Markt in die Siedlung brachte. Wahrscheinlich hätte er sie zuerst einem Bordell angeboten, aber Skip Dayton war gerade zu der Erkenntnis gelangt, dass er ein Hausmädchen brauchte.

Bonnie war das billigste, was er kriegen konnte. Also griff er zu – und schien auch ganz zufrieden zu sein.

Bonnie jedenfalls tat ihr Bestes bei der Hausarbeit, sie wollte nicht sein wie ihre Mutter. Dafür war zumindest das Essen nicht schlecht bei Dayton. Gut, sie musste es selbst kochen, und es hatte einige Zeit und sehr viele Schläge gebraucht, bis sie gelernt hatte, wie das ging. Doch dann gab es Fleisch im Überfluss, und der Backra hatte nichts dagegen, wenn sie zusätzlich Gemüse anpflanzte, wie sie es bei Miss Máanu gesehen hatte. Jefe hatte ihr beim Anlegen der Beete geholfen. Er war damals dreizehn oder vierzehn gewesen, und dabei hatte er ihr von seinem Freibrief erzählt! Sie waren beide frei, seine Mutter und er. Sie sorgten für sich selbst. Máanu führte den Gemischtwarenladen nicht nur, er gehörte ihr! Bonnie war aus dem Staunen nicht herausgekommen.

Während sie wieder einmal darüber nachdachte, wie es sich anfühlen müsste, frei zu sein, lief Bonnie die staubige Straße entlang. Die Häuser hier waren alle ähnlich dem ihres Herrn: Holzhäuser mit oder ohne Veranden, manche mit ein paar Schnitzereien verziert, andere nur Bretterbuden. Ursprünglich waren alle mal bunt angemalt gewesen, aber die Sonne bleichte jede Farbe schnell aus, und nur wenige Besitzer der Bars und Bordelle, kleinen Läden oder Handwerksbetriebe machten sich die Mühe, den Anstrich regelmäßig zu erneuern.

Grand Cayman war nicht gerade eine Perle der Karibik, obwohl die Strände schneeweiß, endlos lang und wunderschön waren und das Meer in tausend Grün- und Blautönen in der Sonne funkelte. Es war fischreich und warm – Bonnie erinnerte sich daran, dass Jefe einmal an einem Weihnachtstag mit ihr zum Fischen gegangen war. Weihnachten hatten die Sklaven frei – zumindest auf den Plantagen. Skip Dayton war allerdings nur ein einziges Mal auf die Idee gekommen, dass auch Bonnie einen freien Tag verdiente. Es war herrlich gewesen. Sie waren ins Wasser gewatet und hatten die Fische mit einer Art Speer aufgespießt und an Land geworfen. Jefe hatte auch eine der riesigen Wasserschildkröten gefangen, die den Inseln ihren früheren Namen Las Tortugas gegeben hatten.

Aber Bonnie wollte nicht, dass er das Tier tötete. Ihr taten die Schildkröten immer leid, die von den Matrosen und Hafenarbeitern in Kisten eingepfercht in die dunklen Bäuche der Schiffe gebracht wurden. Es war leicht, sie eine Zeit lang am Leben zu halten, und so dienten sie als Frischfleischvorrat für die Seeleute. Der Fang und Verkauf der Tiere gehörte zu den Haupteinnahmequellen der Fischer auf den Kaimaninseln. Bonnie drängte sich jedoch stets der Gedanke auf, wie sich die Tiere wohlfühlen mussten – in dunklen Kisten, ohne Bewegung und Nahrung. Tage und Wochen, in denen sie nichts anderes tun konnten, als dem Tod entgegenzudämmern.

Bonnie schüttelte sich und zog den Kopf ein, als sie an einem der Bordelle vorbeilief. So gern sie an jenen Tag am Strand zurückdachte – in Wahrheit hasste sie die Kaimaninseln. An Máanus Stelle hätte sie sich nie hier angesiedelt – und irgendwann hatte sie Jefe dann auch gefragt, wie es eine freie Schwarze, der die ganze Welt offenstand, ausgerechnet in diese letzte Ecke der Kolonien verschlagen konnte.

»Wegen meines Vaters«, hatte Jefe geantwortet, und Bonnie erinnerte sich noch gut an den ungeheuren Stolz in seinem Blick.

Der Junge hatte auch gar nicht mehr aufhören wollen, von seinem Vater Akwasi zu erzählen. Einem stolzen Maroon, einem wahren Kämpfer für die Freiheit, einem Vertrauten der großen »Queen Nanny«, die in den Blue Mountains auf Jamaika eine ganze Stadt freier Schwarzer gegründet und verteidigt hatte.

»Die haben da wie in Afrika gelebt, wie bei den Ashanti, das ist ein Volk großer Krieger. Aber mein Vater war der allergrößte von ihnen! Er hatte Land und zwei oder drei Frauen, die es für ihn bearbeiteten. In Afrika hat jeder Mann mehrere Frauen, weißt du, je mehr, desto stolzer kann er sein! Und Akwasi war hochgeachtet – er befehligte die Maroons, wenn sie Plantagen überfielen, er befreite unzählige Sklaven … Er war Granny Nannys bester Kämpfer …«

Jefes Augen leuchteten, wenn er von Akwasis wunderbarem Leben in den Blue Mountains erzählte. Und Bonnie meinte fast, die Trommeln zu hören, zu deren Klang seine Frauen am Abend für ihn tanzten, und das Horn, das die Maroons zum Kampf rief, wenn wieder ein Heer der Engländer oder eine Abordnung der Pflanzer versuchte, das uneinnehmbare Dorf am Stony River zu erobern.

Jefes Vater hatte es stets erfolgreich verteidigt, bis die legendäre Queen der Maroons dann doch Frieden mit den Weißen schloss – womit Akwasi sich nicht abfinden wollte. Laut Jefe hatte er Nanny Town, wie die freien Schwarzen ihr Bergdorf nannten, verlassen und den Kampf allein weitergeführt. Bei dem heldenhaften Versuch, den Gouverneur von Jamaika zu ermorden, hatte man ihn dann gefangen genommen.

Bonnie konnte auch das nicht ganz glauben – schon deshalb, weil man für den Versuch, den Gouverneur von Jamaika zu töten, doch sicher nicht nur auf die Kaimaninseln verbannt, sondern eher gleich gehenkt wurde. Aber irgendein einflussreicher Backra hatte das wohl verhindert – wofür ihm Jefe jedoch nicht dankbar war. Schließlich hatte auch sein Vater den Mann gehasst, an dessen Namen er sich nicht mehr erinnerte.

Bonnie fragte sich ohnehin, wie Jefe mehr als verschwommene Erinnerungen an seinen Vater haben konnte. Máanu war Akwasi wohl auf die Kaimaninseln gefolgt, auch das arrangiert von irgendwelchen weißen Gönnern. Aber bis auf die Plantage, der Akwasi als Feldsklave zugeteilt wurde, hatte deren Einfluss wohl nicht gereicht. Auf jeden Fall war der Besitzer nicht bereit gewesen, Máanu ebenfalls aufzunehmen. Eine freie Schwarze in seinem Sklavenquartier kam nicht infrage, das würde nur

Unfrieden stiften. Und so weit, dass Máanu sich und ihren Sohn wieder versklavte, um mit ihrem Mann auf der Pflanzung leben zu können, ging ihre Liebe nun doch nicht. Sie hatte Akwasi also jahrelang nur am Weihnachtstag sehen können und dabei wenig von ihm gehabt. Der kleine Jefe hatte allerdings für diese Tage gelebt – für Akwasis endlose Erzählungen von Nanny Town, von Freiheit, von Afrika … und von Flucht! Anscheinend dachte Jefes Vater an nichts anderes und entwarf einen Plan nach dem anderen. Er versuchte es auch zweimal – wurde aber immer wieder eingefangen, was Jefe überraschte und in Wut brachte.

Bonnie hörte sich Jefes Berichte über die für das Scheitern der Flucht verantwortlichen unglücklichen Zufälle stets kommentarlos an, schließlich wollte sie Jefe nicht verärgern. Insgeheim vermutete sie jedoch, dass Jefes Vater genauso verrückt war wie ihre Mutter. Auf Grand Cayman gab es keine Blue Mountains, die Insel war klein und bis zum letzten Winkel erschlossen. Hier versteckte sich kein Maroon. Ausgebrochene Sklaven wurden umgehend wieder auf ihre Plantagen zurückgebracht, man machte sich nicht mal die Mühe, sie besonders drakonisch zu bestrafen. Allerdings kam es vor, dass sie auf der Flucht erschossen wurden, wenn sie sich gegen ihre Verhaftung wehrten.

Und genau das war mit Akwasi geschehen, als Jefe zehn Jahre alt gewesen war. Seitdem existierte sein heldenhafter Vater nur noch in seiner Erinnerung. Máanu war auf Grand Cayman geblieben, was hätte sie auch tun sollen? Einer Schwarzen hätte niemand das Geschäft zu einem ehrlichen Preis abgekauft. Und völlig mittellos wegzuziehen hätte nur erneut in die Sklaverei geführt.

Bonnie glaubte nicht, dass es Miss Máanu wirklich in der Hafensiedlung gefiel, aber es gab für sie ebenso wenig Möglichkeiten zur Flucht wie für eine Sklavin.

Bonnie erreichte nun Máanus Laden und fühlte sich gleich besser, als sie das einladende weiße Sonnensegel sah, das die saubere, bunt gestrichene Veranda beschattete. Sie war immer froh, wenn sie all die Bars und Bordelle rund um den Hafen passiert hatte, ohne belästigt worden zu sein. Máanus Laden hatte etwas Anheimelndes … Bonnie liebte den Geruch der Gewürze und den Anblick der frischen Früchte und Gemüsesorten, die Máanu in ordentlichen Regalen auf der Veranda ihres Geschäftes ausstellte. Es erinnerte an einen Marktstand, wahrscheinlich wollte sie vorbeigehenden Passanten gleich Appetit machen. Alle sonstigen Waren waren im Innenraum des Ladens gestapelt – hauptsächlich Lebensmittel, jedoch eher Trocken- und Hülsenfrüchte, Kohl, der in Fässern eingelegt war, Mehl und Zucker, und natürlich größere Mengen Schiffszwieback. Von den Einkäufen der wenigen Leute in der Siedlung konnten Máanu und Jefe nicht leben, die meisten ihrer Waren verkauften sie an die Proviantmeister der Schiffe, die hier anlegten, um ihre Vorräte aufzustocken.

Bonnie stieg mühsam die Stufen zur Veranda hinauf – und fühlte ihr Herz höher schlagen, als sie drinnen Máanus und Jefes Stimmen hörte. Sie hatte also Glück, er war da! Aber die Unterhaltung von Mutter und Sohn klang nicht sonderlich harmonisch. Im Gegenteil, sie schienen sich zu streiten.

»Jefe, du bist fast achtzehn Jahre alt!«

Máanu versuchte, ruhig zu bleiben, doch Bonnie hörte, dass sie verärgert war. Die freie Schwarze sprach korrektes Englisch. Auch das war Bonnie anfänglich unglaublich erschienen, in den letzten Jahren hatte sie jedoch so oft mit Máanu und Jefe zu tun gehabt, dass auch sie sich mittlerweile ganz ordentlich ausdrücken konnte, wenn sie es wollte.

»Du kannst nicht dein Leben damit vergeuden, im Hafen herumzulungern und darauf zu warten, dass dir irgendjemand ein paar Münzen dafür gibt, ein Schiff zu beladen!«

»Und was soll ich sonst tun?«, fragte Jefe herausfordernd.

Bonnie schob sich etwas näher an die mit einem aus bunten Flatterbändern bestehenden Fliegenvorhang versehene Ladentür, um die beiden sehen zu können. Jefe hockte auf einem Sack getrockneter Bohnen, die kräftigen Beine in den weiten Leinenhosen lässig hochgezogen, als fläze er sich auf einem Sofa. Er war außerordentlich stark, die Muskeln unter seinem weiten Hemd hätten zu einem Preisringer gehören können. Jefe trug sein Haar kurz. Sein Gesicht war tiefschwarz. Er hatte die hohen Wangenknochen von seiner Mutter geerbt, aber nicht ihre schräg stehenden Augen. Seine waren eher rund und weiter auseinanderstehend unter ausgeprägteren Brauen. Jefes Mund war breit, wenn er lachte, sah er unwiderstehlich aus. Doch Jefe lachte selten.

Máanu zuckte die Schultern. Sie gab es offenbar auf, in Ruhe mit ihrem Sohn reden zu wollen. »Was weiß ich denn, Jefe! Denk dir selbst etwas aus! Fahr zur See oder …«

Jefe schnaubte. »Auf einem Handelsschiff, Mom?«, fragte er spöttisch. »Vielleicht einem, das Sklaven aus Afrika bringt?«

Máanu hob die Hände – eine erst hilflose Geste, die sie dann auflöste, indem sie vorgab, etwas an dem leuchtend roten Turban richten zu müssen, unter dem sie ihr Haar verbarg. Jefes Mutter war nach Sitte der Inseln gekleidet. Sie trug einen weiten roten Rock und eine schlichte Leinenbluse neben dem auffallenden, aber praktischen Kopfputz.

»Es wird wohl auch welche geben, die keine Sklaven transportieren. Oder frag einen Handwerker, ob du ihm zur Hand gehen kannst, vielleicht auf einer Plantage …«

»Dann kann ich ja gleich Zuckerrohr schneiden!« Jefe sprang auf. »Ich arbeite für keinen dieser Backras!« Er spuckte das Wort für die weißen Herren aus. »Ich lass mich nicht auspeitschen und erniedrigen, ich …«

»Du bist frei, und niemand wird dich auspeitschen«, gab

Máanu zurück. »Aber dass ein Lehrherr einem Lehrjungen mal eine Backpfeife gibt, wie es damals der Schmied getan hat, damit müssen sich auch weiße junge Männer abfinden.«

Bonnie erinnerte sich, dass Jefes Ausbildung zum Hufschmied zwei Jahre zuvor an so einer Angelegenheit gescheitert war. Frazer Watts, der Hufschmied, gehörte zu den wenigen Bewohnern der Hafensiedlung, die ehrlich und umgänglich waren. Er war selbst Mulatte und hatte nichts dagegen gehabt, den schwarzen Jungen in die Lehre zu nehmen. Allerdings war er nicht mit Jefe zurechtgekommen. Máanus Sohn hasste es nun mal, sich etwas befehlen zu lassen. Ein Ashanti-Krieger, so ließ er Mr. Watts wissen, habe es nicht nötig, sich unterzuordnen. Watts hatte ihm daraufhin eine Ohrfeige versetzt und sah sich unversehens einem wutschnaubenden Lehrling gegenüber, der ihn mit einer glühenden Zange bedrohte. Watts hatte Máanu daraufhin erklärt, dass er sich keinen Ashanti-Krieger als Lehrjungen wünsche. Jefe solle sich benehmen oder wegbleiben. Der hatte die Schmiede daraufhin nie mehr betreten.

»Nun fang nicht wieder damit an!«, seufzte Jefe. »Ich beschlage auch nicht die Gäule der weißen Backras! Wenn ich den alten Watts schon höre: ›Sicher, Mister Sowieso!‹ ›Gern, Mister Was-weiß-ich!‹ ›Selbstverständlich, Mister Wie-auch-immer!‹ … Da kommt mir die Galle hoch!«

»Höflich sein bedeutet nicht, sich zu erniedrigen!«, fiel ihm Máanu ins Wort, aber dann fiel ihr Blick auf den Eingang, und sie sah Bonnie durch den Fliegenvorhang spähen. Sofort verzog sich ihr strenges Gesicht zu einem Lächeln. Sie war immer freundlich und sanft zu der jungen Sklavin.

»Hallo, Bonnie, komm doch herein!«, lud sie das Mädchen jetzt ein. »Du musst keine Angst haben, weil ich mit Jefe schimpfe, er hat's verdient.« Dabei blitzte sie ihren Sohn an, der das mit einem gelangweilten Grinsen quittierte.

»Oh, wie siehst du denn aus, Bonnie!« Máanu warf einen

entsetzten Blick auf Bonnies zerschlagenes Gesicht, und sicher konnte sie sich auch einen Reim auf ihre schleppenden Bewegungen machen. »Hat der Kerl dich wieder geschlagen?«

Bonnie biss sich auf die Lippen. Máanu drohte immer mal wieder damit, Backra Skip bei der Obrigkeit anzuzeigen. Es war verboten, seine Sklaven ohne Grund zu misshandeln. Doch wirkliche Konsequenzen hatten solche Anzeigen nie, und für Bonnie würde es die Sache eher schlimmer machen.

»Bin ausgerutscht«, behauptete sie also. »Auf der Treppe.«

Máanu zog die Augenbrauen hoch. »Bonnie, das Haus deines Backras hat keine Treppen«, sagte sie, ging dann aber nicht weiter auf die Angelegenheit ein. »Jetzt setz dich erst mal – und warte, ich hol dir was zu essen. Du bist so mager, Kind …«

Geschäftig verschwand sie in ihren Wohnräumen, die gleich hinter dem Laden lagen. Dort köchelte fast immer irgendetwas Köstliches auf dem Herd – und fügte seinen Duft den ohnehin schon verlockenden Gerüchen der Waren hinzu. Bonnie schaute Máanu erwartungsvoll nach. Ihre Magerkeit lag zwar nicht an Mangelernährung – Bonnie war immer dürr gewesen, egal, wie viel sie aß –, und mit ihren sechzehn Jahren wuchs sie vielleicht auch noch ein bisschen. Aber an diesem Morgen hatte sie tatsächlich nicht die Kraft aufgebracht, mehr zu frühstücken als einen alten Kanten Brot. Außerdem liebte sie Máanus Essen. Hier gab es keine einfallslosen Eintöpfe, kein angekokeltes Fleisch, wie Bonnie selbst es zubereitete, und auch nicht den ewigen Stockfisch, aus dem die Ernährung der meisten armen Inselbewohner bestand. Máanu kochte mit Gewürzen und Hülsenfrüchten. All ihre Rezepte stammten aus Afrika. Granny Nanny, die legendäre Maroon-Queen, hatte sie ihr gegeben.

Auch jetzt erschien Jefes Mutter mit einem exotischen Gericht, scharf gewürztem Linsenbrei auf frischem Fladenbrot. Bonnie biss hungrig hinein.

Jefe schien der Anblick ebenfalls Appetit zu machen. Er stand auf, ging in die Küche und kam seinerseits mit einer Portion wieder. Auf dem Weg warf er einen Blick auf Bonnies Blessuren.

»Mistkerl!«, zischte er.

Bonnie fühlte sich seltsam getröstet.

Während sie aß, stellte Máanu ihre Einkäufe zusammen. Skip Dayton brauchte Gewürze und vor allem Pökelsalz. Er verkaufte haltbar gemachtes Fleisch an die anlandenden Schiffe. Hinzu kamen Brot und etwas Gemüse sowie zwei Flaschen Rum.

»Die sollte ich dem gar nicht verkaufen«, schimpfte Máanu. »Wenn er sich betrinkt, fällt er nur wieder über dich her.«

Bonnie zuckte die Schultern. »Er betrinkt sich sowieso«, bemerkte sie schicksalsergeben. »Wenn er's zu Hause tut, bleibt er meistens ruhiger. Kann ich in Ihren Spiegel gucken, Miss Máanu?«

Máanus Erschrecken bei ihrem Anblick hatte ihr zu denken gegeben. Plötzlich fühlte Bonnie etwas wie Scham – seltsamerweise Jefe gegenüber. Sie zeigte ihm ungern ein zerschlagenes, hässliches Gesicht.

Nun war Bonnie auch nicht gerade hübsch, wenn sie kein fast zugeschwollenes Auge und keine aufgeplatzte Lippe hatte. Sie wurde dessen gleich wieder gewahr, als sie auf Máanus Nicken hin nach hinten ging und Máanus sauberes und mit schlichten Möbeln eingerichtetes Schlafzimmer betrat. Hier hing ein großer Spiegel, der ihr nicht nur ihre Verletzungen zeigte, sondern auch ihr viel zu knochiges, herbes Gesicht mit den schmalen Lippen, den zu großen Zähnen und dem wirren krausen Haar. Bonnie fand ihre Nase zu wulstig, ihre Stirn zu niedrig. Sie hatte nichts von einer Ashanti-Prinzessin oder -Kriegerin, nichts von den stolzen schwarzen Frauen, von denen Máanu gelegentlich erzählte – auch Jefes Mutter hatte ihre Erinnerungen an Nanny Town. Ich bin einfach nur ein Niggermädchen … kein Wunder, dass Jefe mich nie so ansieht, als ob er mich vielleicht gern küssen würde. Bonnie biss sich auf die Lippen. Natürlich wollte sie auch gar nicht, dass er sie lüstern ansah. Wahrscheinlich hätte sie es abstoßend gefunden, den gleichen begierigen Ausdruck in seinen Augen zu sehen wie in denen ihres Backra. Irgendeinen Ausdruck jedoch … irgendein Aufleuchten seines Gesichts bei ihrem Anblick hätte sie sich doch gewünscht …

Jefe steckte gerade den letzten Happen von seinem Fladenbrot in den Mund, als Bonnie zurück in den Laden kam. Noch kauend griff er nach dem Korb mit ihren Einkäufen.

»Ich trag ihr die Sachen mal heim«, meinte er beiläufig in Richtung seiner Mutter. »Ist eh nicht gut, wenn sie so allein am Hafen entlangläuft. Zwei neue Schiffe haben angelegt, aus England. Die Matrosen haben sicher wochenlang kein Mädchen gehabt …«

Bonnie lächelte ihn dankbar an.

Máanu nickte zustimmend. »Komm dann aber gleich nach Haus!«, befahl sie. »Und mach keine Dummheiten!«

Bonnie fragte sich, ob ihre letzten Worte sich auf ihren Backra bezogen, und gab sich einen Herzschlag lang dem Tagtraum hin, Jefe könnte Dayton stellen und ihn für sie töten oder ihm doch wenigstens einen Denkzettel verpassen. Und tatsächlich zwinkerte der junge Mann ihr zu, als sie gemeinsam auf die Straße traten.

»Ich könnte sie alle ins Meer werfen!«, bemerkte er mit Blick auf ein paar weiße Männer, die in der gleich nebenan liegenden Schenke saßen und Zuckerrohrschnaps die Kehlen hinunterfließen ließen, während ihre Sklaven draußen Säcke stapelten. »Hast du nicht auch manchmal den Wunsch, es … es ihnen allen heimzuzahlen?«

Bonnie nickte. Niemand konnte ermessen, wie sehr sie sich das wünschte – obwohl sich ihre Rachefantasien eigentlich auf ihren Herrn beschränkten. Na gut, vielleicht noch auf ein paar Aufseher auf der Plantage ihrer Mutter, die sie als Kind herumgestoßen hatten. Aber was das anging, so hatten sich Tillys schwarze »Freunde« Bonnie gegenüber auch nicht freundlicher verhalten. Überhaupt, ihre Mutter … auf Bonnies persönlicher Racheliste stand Tilly weit oberhalb der meisten Weißen aus der Siedlung.

Jefe grinste. »Dann komm!«, sagte er verschwörerisch und bog um die Ecke der Spelunke. »Lass uns gucken, wen wir hier ärgern können …«

Vor ihnen lag das Haus des Hafenmeisters. Es war jetzt verwaist, Mr. Benton war bei der Arbeit und seine Frau wohl noch beim Einkaufen. Allerdings kühlte eine Pastete auf dem Fensterbrett ihrer Küche aus … Jefe wischte sie im Vorbeigehen herunter. Das Backwerk fiel in den Garten, die Form zersprang. Über den Inhalt würden sich bestimmt gleich die kleinen dunklen Schweine hermachen, die viele Bewohner der Insel hielten. Sie liefen frei in den Gassen umher und ernährten sich von den Abfällen, die die Leute einfach aus den Häusern warfen. Ihr Grunzen und Schmatzen und der Gestank ihrer Ausscheidungen machten die Siedlung nicht gerade zu einem besonders angenehmen Ort.

»Oh … Zu schade, kein Mittagessen heute für den Sklaventreiber Mr. Benton«, wisperte Jefe höhnisch.

Bonnie sah sich ängstlich um. Auf keinen Fall wollte sie bei solchem Schabernack ertappt werden. Doch die Straße war wie ausgestorben – bis auf ein paar Pferde, die hinter einem der Bordelle zwei Blocks weiter angebunden waren. Eines davon war ein imponierender Rappe, er trug einen kostbaren, mit Silber beschlagenen Sattel.

»Da schau an, unser Mr. Lewis …« Jefe sah sich kurz um, trat dann zu dem Pferd und durchtrennte die Zügel, mit denen es angebunden war, mit einem raschen Schnitt seines Messers. »Der Sattel könnte nicht protziger sein. Aber wie dumm, dass Pferde sich manchmal losreißen …«

Der Rappe, der bislang keine Anstalten gemacht hatte, sich

zu befreien, begrüßte die Bewegungsfreiheit und wanderte gemächlich mit entspannt gesenktem Kopf die Straße entlang. Er würde nicht weit weglaufen, doch er suchte erkennbar eine geeignete Stelle, um sich zu wälzen. Dem Sattel würde das nicht gerade guttun.

Bonnies erster Impuls war, sich ihrerseits in Trab zu setzen und wegzurennen. Dieser Streich konnte sie teuer zu stehen kommen … Jefe ging jedoch nur feixend weiter, als könnte ihm nichts passieren.

»Mr. Lewis wird sehen, dass die Zügel durchgeschnitten wurden«, sagte Bonnie ängstlich. Lewis war der Besitzer eines der Bordelle, und mit seinem Zorn war sicher nicht zu spaßen.

Jefe zuckte die Schultern. »Er wird Bromsley verdächtigen«, erwiderte er. Bromsley gehörte das andere Bordell. »Womöglich prügeln sie sich, dann hätten wir zwei Fliegen mit einer Klappe geschlagen …«

Bonnie folgte ihm weiter durch die Straßen, aber sie fühlte sich kein bisschen sicher. Sie konnte auch nicht darüber lachen, als Jefe einen Hühnerstall öffnete und dann einen angeketteten Hund freiließ, der sich gleich auf die Jagd nach den Hennen machte. Wobei dieser einem Mulatten gehörte, der sicher Ärger bekam, wenn sein Hund die Hühner seines weißen Nachbarn riss. Jefe machte jedoch kaum Unterschiede, er schien gegen alle Bewohner der Siedlung einen mehr oder weniger ausgeprägten Hass zu hegen.

»Alles Dummköpfe und Duckmäuser«, murmelte er, während er an der Schmiede vorbeiging und Mr. Watts' Abwesenheit nutzte, um ein paar Hufnägel und fertig geschmiedete Eisen wie nebenbei in die Glut auf der Esse zu werfen.

Bonnie war froh, als sie die Siedlung hinter sich ließen und in die Straße zur Metzgerei einbogen.

Jefe grinste sie an. »Besser?«, fragte er. »Wir haben's ihnen gezeigt, ja?«

Um ihn nicht zu verärgern, nickte das junge Mädchen beklommen. Aber Bonnie fühlte sich in keiner Weise erleichtert. Sie fand Jefes Streiche nur kindisch und albern.

Rache, wirkliche, ernsthafte Rache an Leuten, die sie verdienten, sah anders aus.

## KAPITEL 4

Als Deirdre sich im festlich geschmückten, hell erleuchteten Ballsaal unter die Gäste mischte, fand sie sich gleich von einer Traube von Gratulanten umringt. Die meisten davon waren natürlich männlich, aber auch die Mädchen unter den jungen Gästen suchten ihre Nähe – schon um selbst ebenfalls gesehen zu werden. Viel Zeit zur Kontaktaufnahme blieb allerdings nicht. Der Abend begann mit einem Bankett, zu dem Nora die Gäste nun gleich in den angrenzenden Speiseraum bat. Adwea nörgelte schon seit einer halben Stunde, weil ihre Braten angeblich erkalten und ihre Soufflés zusammenfallen würden, wenn man nicht endlich beginne. Nora lächelte, als sie daran dachte, was Deirdre sich von der alten Köchin würde anhören müssen, sollte es wirklich zu Qualitätseinbußen kommen. Den Gästen fiel natürlich nichts auf. Adweas Kochkunst glich Deirdres Verspätung aus. Wie immer war alles, was aus der Küche kam, deliziös.

Die meisten der Frauen konnten das gute Essen jedoch kaum würdigen. Ein Korsett schnürte den Magen erbarmungslos ein, es erlaubte einem, nur winzigste Portionen zu essen, egal wie hungrig man vor dem Schnüren vielleicht gewesen war. Nora fragte sich, wie manche der Damen – allen voran Lady Warrington, deren Gatte Deirdre mit den Augen zu verschlingen schien – es schafften, sich trotzdem rundliche Formen anzuessen. Aber Miss Lucille hatte immer zu einer gewissen Üppigkeit geneigt.

Deirdre saß in der Mitte der Tafel – und bemühte sich nach Kräften, ihren Tischherrn, einen Sekretär des Gouverneurs, angeregt zu unterhalten. Sie hatte mit dem älteren Herrn zwar nichts gemein, doch sie wusste, dass er wichtig war. Doug hatte auch den Gouverneur selbst eingeladen, hingegen nicht wirklich mit seinem Kommen gerechnet. Admiral Charles Knowles war von seinem Vorgänger Edward Trelawny sicher in die Familienverhältnisse der Fortnams eingeweiht worden. Zweifellos schätzte er Doug Fortnams Verdienste um Jamaika – vor allem an der Befriedung aufständischer freier Schwarzer, den sogenannten Maroons, hatte der Advokat großen Anteil –, doch so weit, dass er das Debüt von dessen Bastardtochter adelte, würde der Gouverneur doch nicht gehen. Immerhin schickte er mit Lord Bowden einen hochrangigen Vertreter, den Deirdre jetzt weisungsgemäß umgarnte. Lord Bowdens eigene Tochter würde im nächsten Monat debütieren, und Nora hoffte auf eine Gegeneinladung.

Schließlich endete das Bankett, indem Adwea und ihre Helfer eine gewaltige Geburtstagstorte mit achtzehn Kerzen auftrugen. Deidre musste aufstehen und um den Tisch herumgehen, um sie auszupusten und die Torte anzuschneiden. Die Gäste applaudierten begeistert.

Nora nickte ihrer Tochter zufrieden zu. Zweifellos hatte sie jetzt auch der letzte der anwesenden jungen Männer bemerkt, und die Hälfte war wahrscheinlich schon verliebt. Beim anschließenden Tanz würden sich alle um sie reißen.

Während die Musiker noch einmal ihre Instrumente stimmten – bislang hatten sie die Gesellschaft nur im Hintergrund mit leiser Tafelmusik unterhalten –, öffneten die Diener der Fortnams die Türen zum Garten, in dem die Lampions bereits entzündet worden waren. Die Kulisse der bunt angestrahlten Mimosenbäume, Cascarillas und Mahoes war märchenhaft, und die Gäste reagierten mit anerkennenden Ausrufen, bevor sie nach draußen strömten. Jetzt, am Abend, konnte man hier vielleicht auf eine frische Brise hoffen.

Auf der Tanzfläche wurden zunächst einstudierte Menuette gezeigt – zum Entzücken aller Anwesenden führten Dougs und Noras jüngere Söhne, der vierzehnjährige Thomas und der zwölfjährige Robert, ihre schöne Schwester durch einen komplizierten Schritttanz. Danach folgten andere Paare, in der Regel ebenfalls Geschwister. Die meisten Plantagen lagen zu weit entfernt von der nächsten Stadt, als dass die Kinder verschiedener Familien gemeinsam im Tanz oder auch in anderen Künsten und Wissenschaften unterrichtet werden konnten. Nur die jungen Leute, die direkt in oder sehr nah bei Kingston oder Spanish Town lebten, besuchten Schulen, die Musik- und Tanzunterricht anboten. Dann bildeten die Tanzmeister auch schon mal aus nicht miteinander verwandten Jungen und Mädchen eine Gruppe – worüber im Publikum natürlich gleich geklatscht wurde. Hatten die Eltern das vielleicht forciert? Kündigte sich hier eine Verlobung an?

Schließlich verkündete der Zeremonienmeister den Beginn des offenen Tanzes – sehnsüchtig erwartet von den jungen Leuten. Die Älteren nahmen an den Tischen, die im Saal und im Garten aufgestellt waren, Platz. Diener servierten Kaffee und Schokolade für die Damen und Rumpunsch für die Herren. Viele der männlichen Gäste hatten sich allerdings längst mit ihren Zigarren in Dougs Herrenzimmer zurückgezogen. Sie redeten lieber über Geschäfte und Politik, als den jungen Leuten beim Tanz zuzusehen oder Heiratspläne zu schmieden und wieder zu verwerfen. Dies war eher eine Beschäftigung der Damen in den Kolonien, die sonst wenig zu tun fanden.

Hinter den Stühlen an den Gartentischen standen Sklavenkinder, die den Gästen mit Palmwedeln Luft zufächelten. Es war das ganze Jahr über warm auf Jamaika, und viele der aus England eingewanderten Pflanzer gewöhnten sich ihr Leben lang nicht an die Hitze und an die hohe Luftfeuchtigkeit. Besonders die Damen in ihren Korsetts pflegten darüber zu klagen.

Lady Warrington – immer noch übel gelaunt und nach dem Bankett zudem geplagt von Völlegefühl – folgte den Vorführungen der Tänzer nur unwillig und fast ein bisschen missgünstig. Sie selbst hatte als junge Frau niemals vortanzen dürfen. Man hatte ihr stets die zierlicheren, geschmeidigeren Mädchen vorgezogen. Und auch die Kavaliere hatten sich nicht so um sie gerissen, wie die jungen Männer es jetzt, da der allgemeine Tanz eröffnet wurde, bei Deirdre Fortnam taten. Miss Lucille hegte sogar den Verdacht, dass ihr Gatte sich mehr für die Hollister-Plantage interessiert hatte als für ihre Person, als er um ihre Hand anhielt. Und Kinder hatten sie auch nicht …

»Pass doch auf!« Lady Warrington fuhr das kleine schwarze Mädchen, das sie eben versehentlich mit dem Palmwedel gestreift hatte, wütend an. Ein winzig kleines Ding, dessen Gesicht sich jetzt erschrocken und fast weinerlich verzog. »Du ruinierst meine Frisur!«, schimpfte die Lady weiter. »Na, was ist? Willst du dich nicht wenigstens entschuldigen?«

Ein anderes Mädchen senkte seinen Palmwedel und kam der Kleinen zu Hilfe.

»Es tut ihr natürlich sehr leid, Missis!«, erklärte sie – wieder in dem fließenden Englisch, das den Cascarilla-Sklaven zu eigen war.

Lady Warrington, wie auch die meisten anderen Kolonisten, brachte das zur Weißglut. Es war zweifellos nicht gottgewollt, dass die Neger so sprachen wie ihre Herren!

»Aber Rehema ist noch klein, sie sollte noch gar nicht mitmachen, sie wollte unbedingt.«

Rehema … was für ein Name! Konnten die Fortnams ihre Sklaven nicht Janey oder Lizzie nennen wie alle anderen? Die Kleine war wohl tatsächlich erst vier oder fünf Jahre alt.

Das andere Mädchen, das nun sehr gefällig knickste, sieben oder acht. Lady Warrington hätte die Sache nach seiner Entschuldigung auf sich beruhen lassen können. Doch an diesem Abend ärgerte sie alles.

»Was heißt denn wohl ›sie wollte‹?«, wandte sie sich gereizt an das ältere Mädchen. »Was hat das Kind zu wollen? Diese impertinenten, verwöhnten Nigger hier …«

Das Mädchen knickste erneut – völlig hilflos. Es konnte mit Lady Lucilles Ausbruch offenbar nichts anfangen. »Kann ich noch irgendetwas tun für die Missis?«, fragte es höflich. Sicher ein Spruch, den es den älteren Dienern abgelauscht hatte.

»Ja, kannst du!«, meinte die Lady gallig, jedoch wider Willen einigermaßen versöhnt, und wies auf ihre halb geleerte Kaffeetasse. »Der Kaffee ist zu kalt. Und zudem zu stark, ich habe schon Sodbrennen. Du kannst mir etwas heißes Wasser aus der Küche holen.«

Das Mädchen strahlte und knickste beflissen zum dritten Mal. »Sehr, sehr gern, Missis! Ich bin gleich zurück. Ich werde Sie nicht lange warten lassen!« Damit ließ es den Palmwedel ins Gras fallen und sauste los.

Nora, die gerade über den Rasen kam, um sich den Damen zuzugesellen, hielt die Kleine lächelnd auf.

»Na, Nafia, so eilig? Wo musst du denn derart schnell hin?«

Das Mädchen sah sie mit ernstem Gesichtsausdruck an, aber seine Augen leuchteten.

»Wichtige Erledigung für Missis … Lady … Warrington!«, erklärte es stolz. »Muss ich ganz schnell machen, gegen ihr Sod… Sod…«

Nora lächelte. »Sodbrennen, Nafia … Adwea hat da eine Kräuteressenz, die recht gut hilft. Dann lauf mal und bring sie mit!«

»Mach ich ganz schnell, Missis Nora!« Nafia war schon wieder unterwegs.

Nora setzte sich, immer noch lächelnd, zu den Frauen. »Na, da fühlt sich aber jemand wichtig«, sagte sie wohlwollend mit Blick auf das davoneilende kleine Mädchen. »Wir ziehen sie in dem Alter noch nicht zu richtiger Arbeit heran, sie sind zu ungelenk. Doch sie wollen natürlich ›groß sein‹. Nicht mit dem Palmwedel auf meine Haare patschen, Rehema! Damit fächert man nur Luft. Schau, so!«

Zu Lady Warringtons größtem Befremden nahm Nora dem Kind den Palmwedel aus der Hand und machte es vor. Die kleine Rehema kicherte, als sie ein Lufthauch traf. Dann imitierte sie eifrig die richtige Bewegung, während Nora ein paar Worte mit der Lady wechselte. Die Beziehung zwischen Cascarilla Gardens und der Hollister-Plantage war angespannt, seit Doug Fortnam Lady Lucilles Tante viele Jahre zuvor eine schwarze Zofe ausgeliehen hatte. Lord Hollister hatte kurz danach versucht, das Mädchen zu missbrauchen, aber die junge Alima hatte sich gewehrt. Mit einem heißen Plätteisen hatte sie den Lord schwer verletzt, und die Familie nahm den Fortnams bis heute übel, dass Doug Alima nicht ausgeliefert, sondern ihr zu einer Flucht in die Blue Mountains verholfen hatte. Nun lebten die Hollisters ja längst ganzjährig in Kingston, und mit Lord Warrington pflegte Doug eine weitgehend problemlose nachbarschaftliche Beziehung. Seine Frau hatte jedoch nach wie vor Vorbehalte, auch und gerade gegen Nora. Sie hatte sich seinerzeit selbst Hoffnungen auf eine Heirat mit Doug Fortnam gemacht.

Nun näherte sich auch schon wieder Nafia. Die kleine Schwarze war durch den Garten ins Küchenhaus gelaufen, eine deutliche Abkürzung. Allerdings hatte sie dort nicht Mama Adwe angetroffen, sondern nur eine der jüngeren Küchenhilfen. Die wusste glücklicherweise, wo der Sud gegen Sodbrennen stand. Das war schließlich ein häufiges Leiden, das Schwangere aller Hautfarben und vor allem eng geschnürte weiße Ladys betraf – meist nach dem Essen. Adwea hielt ihre Medizin immer für Gäste bereit.

Die junge Köchin hatte einen Schluck davon in ein gefällig wirkendes Sherryglas gefüllt und Nafia angewiesen, vorsichtig damit umzugehen. Außerdem hatte sie kochendes Wasser in eine kleine Porzellankanne gegeben. Beides balancierte das Mädchen auf einem Tablett Richtung Garten, voller Eifer und so schnell wie möglich. Hochkonzentriert auf Glas und Kanne übersah es dabei allerdings den Palmwedel, den es eben hatte fallen lassen – und stolperte, als es sich Lady Warrington elegant wie eine gelernte Kellnerin nähern wollte.

Nora versuchte noch, Nafia oder wenigstens das Geschirr aufzufangen, aber es war zu spät. Die Kleine stürzte, das Sherryglas ging zu Bruch – und das fast noch kochendheiße Wasser ergoss sich über Nafias Ausschnitt und spritzte auf Lady Warringtons Arm.

Die Lady schrie sofort wie am Spieß – während Nafia eine Schrecksekunde brauchte, bevor sie sich des Schmerzes bewusst wurde. Dann stieß auch sie schrille Schreie aus. Die Aufmerksamkeit der gesamten Gesellschaft richtete sich gleich auf den Tisch im Garten.

Deirdre, die eben mit einem ihrer Kavaliere die Tanzfläche verlassen hatte und in den Garten trat, um sich abzukühlen, sah Nafia am Boden liegen und eilte zu ihr. Das kleine Mädchen war Amalis jüngste Schwester und Deirdres und Amalis Liebling. Die beiden Mädchen hatten sie als Baby herumgeschleppt und mit ihr gespielt wie mit einer Puppe. Jetzt hockte sich Deirdre, ohne groß auf ihr weißes Kleid zu achten, auf den Boden und nahm das Kind in den Arm.

»Was ist denn nur passiert, Nafi? Ach du lieber Himmel, sie hat sich verbrüht! Wie konnte das bloß passieren? Ich brauche ein nasses Tuch! Schnell! Wer schickt denn ein so kleines Mädchen, heißes Wasser zu holen?«

Das hätte auch Nora interessiert, die rasch eine Stoffserviette vom Tisch nahm, sie in einen Krug mit kaltem Wasser tauchte und ihrer Tochter reichte. Dann beugte sie sich pflichtschuldig über Lady Warringtons Arm.

»Das hat sie absichtlich gemacht!«, kreischte Lady Lucille. »Das geht gegen uns! Ihre Nigger haben sich alle gegen uns verschworen! Würde mich nicht wundern, wenn …«

Nora konnte keine Rötung erkennen, sie hätte sich viel lieber um die zweifellos schwerer verbrühte Nafia gekümmert. Aber während sie noch nach Worten suchte, um die Lady zu beruhigen, drängte sich schon ein junger Mann durch die Menge der Schaulustigen.

»Lassen Sie mich mal sehen. Ich bin Arzt.«

Deirdre, die das feuchte Tuch fassungslos auf die sich bildenden Brandblasen im Ausschnitt der schreienden Nafia legte, sah verwundert auf. Und blickte in ein besorgtes ovales Gesicht, umspielt von ein paar dunklen Locken, die sich aus einer schlichten Frisur gelöst hatten. Das lange Haar des Mannes war ungepudert, er hatte es nur glatt nach hinten gebürstet und nicht geflochten, sondern in einer Bourse, einem schwarzen Taftbeutel, verborgen. Erstaunlich uneitel, konstatierte Deirdre. Vor einem Ball betrieben die meisten Herren mehr Aufwand. Auf der Stirn des jungen Mannes zeigten sich jetzt, da er sich konzentriert über Nafia beugte, kleine Fältchen. Er kniff die Augen ein wenig zusammen – ernste dunkle Augen, ihre Farbe konnte Deirdre im schwachen Licht der Laternen nicht erkennen. Aber er hatte kräftige dunkle Brauen, eine gerade Nase und volle, klar geschwungene Lippen. Ein gut aussehender Mann, dessen dunkle, ruhige Stimme Deirdre allerdings Rätsel aufgab, als er Nafia jetzt ansprach. Sein Englisch war fließend, sie vernahm jedoch einen seltsamen, weichen Akzent.

»Kannst du aufhören zu schreien, Kleines? Wie heißt du denn?«

Nafias lautes Weinen wurde zu einem Schluchzen. »Nafia«, stieß sie hervor. »Und es tut so weh! Und das Glas ist kaputt … und …«

»Nafia ist aber ein schöner Name«, sagte der Arzt und legte die Verbrühungen des Mädchens mit geschickten Händen frei, indem er sein vom heißen Wasser durchnässtes Kleidchen aufknöpfte und hinunterschob. »Wo kommt denn der her? Habe ich noch nie gehört …«

»Aus Afrika«, gab Nafia jetzt ruhiger Auskunft. »Meine Mommy kommt aus Afrika und hat mich so genannt wie ihre Mommy.« Sie schniefte.

Der Arzt schien über die Antwort verwundert und blickte kurz auf, wobei er den Blick von Nora oder einer anderen zu Cascarilla Gardens gehörenden Weißen, suchte. Nur wenige Pflanzer erlaubten ihren Sklaven, ihren Kindern selbst Namen zu geben, und erst recht keine afrikanischen, die bei den meisten Weißen als unaussprechlich galten. Im Allgemeinen erhielten Sklavenkinder einfache, englische Namen wie Toby oder Mandy.

Deirdre, die Nafia immer noch im Arm hielt, nickte jedoch bestätigend – und Victor Dufresne sah erstmalig in ihre faszinierend grünen Augen. Er brauchte ein paar Herzschläge zu lange, um sich wieder von ihnen loszureißen. Doch dann räusperte er sich und wandte sich erneut an seine Patientin.

»Ein sehr schöner Name, Kleines, für ein sehr schönes und tapferes Mädchen, das jetzt auch gar nicht mehr weinen muss. Ich weiß, es tut noch weh, aber die Verbrennung ist nicht schlimm. Wir geben da gleich eine kühlende Essenz drauf, dann wird es schnell besser. In ein paar Tagen ist es wieder heil, und eine Narbe bleibt auch nicht …«

Der Arzt hob den Blick zu Deirdre, um ihr weitere Erklärungen zu geben, jetzt jedoch schaltete sich erst mal Nora ein.

»Herr Doktor, könnten Sie hier vielleicht auch mal draufsehen?«, fragte sie und wies auf Lady Warringtons Hand. »Sie scheint furchtbare Schmerzen zu haben, doch ich kann gar nichts erkennen …«

»Und der Arzt behandelt ein Niggerbalg, statt sich zu kümmern! Man glaubt es nicht …«

Nora hörte nicht, von welchem ihrer um sie herumstehenden Gäste der Einwurf kam, aber sie wollte es auch gar nicht wissen. Den Arzt schien es nicht zu interessieren. Er nahm den Blick bedauernd von Deirdres schönem Gesicht und ihren schwarzen Locken, begutachtete Lady Warringtons Hand kurz und schüttelte dann den Kopf.

»Da ist auch nichts. Eine kleine Rötung vielleicht, das ist bei diesem Licht schlecht zu sehen. Hauptsächlich ist es wohl der Schock … Sie sollten Mrs. …«

»Lady!«, verbesserte Lady Lucille ungehalten. Sobald der Arzt ihr seine Aufmerksamkeit zuwandte, hörte sie auf zu schreien.

»Lady Lucille Warrington«, stellte Nora resigniert vor.

»Sie sollten Lady Warrington …«, der junge Arzt verbeugte sich höflich, bevor er weitersprach, »… ein großes Glas Rumpunsch bringen lassen. Sie dürfte sich beruhigen, sobald das innere Brennen das äußere ablöst …«

Nora unterdrückte ein Lächeln. Dann wandte sie sich an ihre Gäste – und die besorgte Dienerschaft, die sich hinter den Weißen eingefunden hatte und ängstlich auf das verletzte kleine Mädchen blickte.

»Sie hören es, Ladys und Gentlemen, ein kleiner Unfall, aber es ist nichts Ernstes geschehen. Maddie, Kesha … ihr habt den Doktor gehört. Adwea möchte einen großen Krug von ihrem wunderbaren Rumpunsch bringen lassen. Greifen Sie ruhig alle zu, meine Damen! Unsere Köchin macht den Punsch mit Fruchtsäften und Zucker – herrlich erfrischend und nicht zu stark …«

Damit überließ sie Lady Warrington anderen Tröstern, die

sich auch direkt um sie drängten. Deirdre und der junge Arzt halfen Nafia inzwischen auf die Beine.

Nora nickte dem Mediziner zu. »Kommen Sie, Doktor … also, wenn ich Sie noch weiter beanspruchen darf. Wir haben im Küchenhaus eine recht umfangreiche Notfallapotheke. Wenn Sie der Kleinen einen Verband machen wollen …«

Nora hätte das auch selbst gekonnt, war jedoch stets begierig, eine fachkundige Meinung zu einem Krankheitsbild zu hören. Ihr eigenes medizinisches Wissen stammte von einem Arzt, der mehr als zwanzig Jahre zuvor in den Slums von London praktiziert hatte, und von jamaikanischen und afrikanischen Kräuterfrauen.

Der Arzt nickte. »Gern. Wenn ich mich aber erst einmal vorstellen darf: Victor Dufresne … kein Lord leider, auch wenn ich da wohl der Einzige in dieser illustren Gesellschaft bin.«

Nora lachte. »Wir haben bislang auch darauf verzichtet, uns einen Adelstitel zu kaufen«, erklärte sie ohne große Umstände. »Mein Name ist Nora Fortnam – das wissen Sie natürlich. Wer auch immer Sie mitgebracht hat, wird Ihnen ja wohl gesagt haben, bei wem Sie zu Gast sein werden. Und dies ist meine Tochter Deirdre … Deirdre, was starrst du Dr. Dufresne so an? Willst du nicht wieder tanzen? Sicher vermisst man dich …«

Deirdre schüttelte den Kopf, so eifrig, dass sich ein paar Blumen aus ihrem Zopf lösten. »Nein, ich … ich komme mit … sicher kann ich … helfen …«

Nora ließ sich die Überraschung über Deirdres Angebot nicht anmerken. Im Allgemeinen interessierte ihre Tochter sich überhaupt nicht für Medizin, was Nora schade fand. Aber heute mochte die Sorge um Nafia ihre Anteilnahme erklären. Und anscheinend hatte auch Dr. Dufresne ihre Aufmerksamkeit erweckt.

Der junge Arzt schien ebenfalls sehr angetan von Deirdres Begleitung. Er folgte ihr, als sie den Weg durch den Garten zum

Küchenhaus wählte, und entdeckte dabei die Grasflecken auf ihrem weißen Kleid.

»Sie haben Ihr wunderschönes Kleid beschmutzt, als Sie sich ins Gras gekniet haben, Miss Deirdre«, sagte er bedauernd mit seiner weichen Stimme, »aber die Kleine getröstet.«

Er zerzauste liebevoll Nafias krauses Haar. Das Mädchen schluchzte immer noch ein wenig vor sich hin und machte das Desaster mit Deirdres Kleid noch schlimmer, indem es sich daran festklammerte und in die Stoffbahnen weinte.

Deirdre sah stirnrunzelnd an sich hinunter. »Oh«, seufzte sie. »Wie dumm. Grasflecken. Die gehen womöglich gar nicht mehr raus …« Dann lächelte sie. »Aber vielleicht kann man ja auch den ganzen Rock grün färben, oder, Mommy?«

Nora zuckte die Schultern. »Wir werden sehen«, meinte sie. »Ich muss mir das bei Tageslicht anschauen. Lass den Rock jetzt los, wenn es geht, Nafia, du brauchst ihn nicht auch noch als Schnupftuch zu verwenden.« Sie suchte angelegentlich in ihren eigenen Röcken und förderte schließlich ein Taschentuch hervor, das sie der Kleinen reichte. »Hier, Nafia, jetzt schnäuz dich, und sei ein großes Mädchen. Was soll denn sonst der Doktor von dir denken? Hast du dich bei dem überhaupt schon bedankt? Vielen Dank auch noch einmal für die Hilfe bei Lady Warrington, Dr. Dufresne …«

Nora wechselte rasch das Thema. Wenn Dr. Dufresne irgendwo in den Kolonien lebte, musste er es befremdlich finden, dass Deirdre sich halbwegs kundig über das Reinigen und Färben von Kleidern äußerte. Die meisten Frauen überließen die Sorge um ihre Garderobe allein ihren schwarzen Dienerinnen – und zeigten sich weniger verständnisvoll als ungehalten, wenn es denen nicht gelang, einen Fleck zu entfernen. Nun war Nora sehr daran gelegen, dass Deirdre sich nicht wie ein verwöhntes Dummchen verhielt, der junge Doktor sollte ihre Tochter jedoch nicht für hinterwäldlerisch halten.

»Sie … praktizieren nicht in Kingston, oder?«, erkundigte sich eben Deirdre bei ihrem Gast. Keine sehr wohlüberlegte Frage. Die Fortnams hätten zweifellos davon gehört, wenn sich in der Stadt eine neue Arztpraxis etabliert hätte. Deirdre korrigierte sich auch gleich. »Wo kommen Sie her?«, fragte sie frei heraus.

Dr. Dufresne lächelte, und Nora nahm kleine Fältchen um seine Lippen wahr. Ein sicher ernsthafter junger Mann, der jedoch auch gern lachte. Sie fand ihren Gast ausgesprochen sympathisch.

»Jetzt unmittelbar aus Europa«, gab er gelassen Auskunft, während sie das Küchenhaus betraten.

Die Küche in Cascarilla Gardens war luftig und offen wie das gesamte Haupthaus. Sie bot unmittelbaren Zugang zum Küchengarten, in dem Nora auch Heilpflanzen zog, und zu einem klaren Bach, aus dem die Köchinnen Wasser schöpften. Dufresne vermerkte wohlgefällig, dass alles sauber und ordentlich wirkte. Die Küchenmädchen waren bereits mit dem Spülen des Geschirrs und dem Scheuern der Töpfe beschäftigt. Nora begrüßte sie freundlich, lobte ihre Köchin für das hervorragende Essen und wandte sich dann einem kleinen Schrank zu, in dem sie ein paar wichtige, vor allem bei kleinen Unfällen nützliche Heilmittel aufhob. Dr. Dufresne unterwarf die Verbandsstoffe, Salben und Lotionen einer kurzen Prüfung.

»Ich habe in den letzten Jahren in Paris und London studiert«, erzählte er dabei weiter und wählte schließlich zwei Präparate aus. »Hier, ich würde das nehmen. Ringelblumen und Aloe Vera eignen sich zur Behandlung von Verbrennungen – außer sie sind auf Schweineschmalzbasis hergestellt …«

»Was halten Sie denn von frischer Aloe?«, fragte Nora, während Deirdre sich eigentlich mehr für weitere Informationen über Werdegang und Herkunft ihres Gastes interessierte. Doch Nora war Heilerin mit Leib und Seele. Sie wies auf eine der großen, fleischigen Pflanzen, die im Garten neben dem offenen Küchenhaus wuchsen. »Ich nehme ein paar Blätter, schäle sie, püriere das Fleisch und mache damit einen Umschlag.«

Dr. Dufresne nickte. »Sie können auch Quark nehmen, falls Sie welchen haben. Aber dieser Aloe-Vera-Umschlag ist interessant. So was haben wir in London nicht verwendet …« Er trat aus der Küche, brach ein Blatt ab, kam wieder herein und untersuchte es.

Nora lachte. »Vermutlich weil die Pflanze dort nicht wächst«, neckte sie ihn. »Wir verwenden sie viel. Auch als Hautcreme und Pflegemittel …«

»Die Hautcreme meiner Mutter macht schön«, fügte Deirdre mit spitzbübischem Lächeln hinzu.

Dr. Dufresne schaute sie an und schien sich wieder in ihrem Anblick zu verlieren. »Wenn Ihre Schönheit allein darauf zurückzuführen ist«, fügte er schließlich an, »so ist die Pflanze wohl wirklich vom Himmel geschickt …«

Deirdre errötete, was Nora verwunderte. An sich machten Komplimente ihre Tochter nicht verlegen.

»Und was führt Sie nun in die Kolonien, Dr. Dufresne?«, fragte Nora weiter, während sie mit geschickten Händen den Umschlag bereitete. »Fernweh?«

Dufresne schüttelte den Kopf. »Eher Heimweh«, antwortete er. »Ich stamme aus Saint-Domingue – dem französischen Teil von Hispaniola. Sie wissen schon, die Insel um die zweihundert Meilen nordöstlich von hier …«

»Sicher.«

Nora nickte. Sie war nicht allzu weit gereist, rein von der Landkarte her kannte sie hingegen die gesamte Karibik. Sie hatte schon von den Kolonien geträumt, lange bevor sie daran dachte, nach Jamaika zu heiraten. Damals hatte sie die Auswanderung gemeinsam mit ihrer ersten Liebe Simon Greenborough geplant, im Gegensatz zu all den Warringtons, Hollisters und Keensleys einem echten Lord. Leider einem völlig verarmten. Simon war gestorben, bevor Nora eine Möglichkeit gefunden hatte, seine und ihre gemeinsamen Träume wahr zu machen. Als Nora nun an Simon dachte, fiel ihr auf, dass der junge Dr. Dufresne sie entfernt an Greenborough erinnerte. Auch Simon war dunkelhaarig, zurückhaltend und freundlich gewesen – und bescheiden, was ihr an dem Arzt ebenfalls positiv auffiel. Seine Kleidung war durchaus elegant, aber schlicht, nicht stutzerhaft wie die der meisten Besucher dieses Balls.

»Dann ist Ihre Muttersprache ja Französisch!«, stellte Deirdre fest. Deshalb also der etwas fremdländische Beiklang in seinem Englisch. »Sie müssen mit mir Französisch sprechen! Meine Mutter hat es mir beigebracht, und Miss Priscilla spricht es auch … jedenfalls kannte sie da mal einen Geist, der …«

Deirdre hielt inne, als Dr. Dufresne sie etwas verwirrt ansah. Ärgerlich biss sie sich auf die Lippen. Warum schaffte sie es eigentlich nicht, sich zivilisiert mit diesem Mann zu unterhalten?

»Miss Priscilla ist die Gattin unseres Hauslehrers und zumindest in ihren eigenen Augen ein Medium«, kam ihr Nora erklärend zu Hilfe. »Sie kommuniziert mit Geistern unterschiedlichster Nationalität und bot meiner Tochter weiland an, ihr Französisch mittels Konversation mit einer gewissen Catherine Monvoisin aufzubessern …« Sie verdrehte die Augen.

»La Voisin?« Lachend nannte der Arzt den Namen der berühmten Giftmischerin, die im Umfeld des Hofes Ludwig XIV. eine gewichtige Rolle gespielt hatte. »Ausgerechnet mit dieser Hexe?«

»Sie werden verstehen, dass ich darauf keinen gesteigerten Wert legte.« Nora lächelte und wechselte ins Französische. »*Voilà*, Docteur!«

Sie händigte Dufresne ein sauberes Mulltuch, bestrichen mit einer Paste aus zerkleinerten Aloe-Vera-Blättern, aus und sah zu, wie er die Brandwunde der kleinen Nafia geschickt damit versorgte. Nafia knabberte inzwischen schon getröstet an einem großzügig bemessenen Stück Geburtstagstorte, das Adwea ihr gleich zugesteckt hatte. Sie schluchzte nicht mehr, ihre Verletzung war nicht so schwer, wie Deirdre im ersten Moment vermutet hatte.

Nachdem Dr. Dufresne den Verband angelegt hatte, machte sich die Kleine auch schon wieder Sorgen um das zerbrochene Geschirr.

»Ich hab's bestimmt nicht absichtlich gemacht, auch wenn die Lady das meint!«, versicherte sie Nora.

Nora nickte beruhigend und streichelte über ihr Haar.

»Natürlich nicht! Die Lady ist dumm!«, erklärte Deirdre – und hielt erschrocken inne, als ihre Mutter sofort zu einer Rüge ansetzte – und Dr. Dufresne verhalten lachte.

»Man könnte das höflicher ausdrücken«, bemerkte er. »Aber …«

»… es trifft den Kern.« Nora seufzte. »Diese Lucille Warrington … Du benimmst dich dennoch unmöglich, Deirdre! Man redet nicht so über seine Nachbarn, auch wenn in diesem Fall …« Sie verhaspelte sich und bemerkte zu ihrem Unmut, dass Dr. Dufresne jetzt ebenso amüsiert über die Mutter schien wie eben über ihre Tochter. Bei ihm würden sie ja einen schönen Eindruck hinterlassen, auch wenn er ihre Einschätzung der Lady Warrington zweifellos teilte. »Und überhaupt solltest du dich langsam wieder zu deinen Gästen gesellen!«, fuhr Nora fort, Deirdre zu rügen. »Man wird dich sicher schon vermissen.«

»Wir gehen ja jetzt alle«, begütigte Dr. Dufresne. »Brauchst du uns noch, Nafia? Oder geht es dir jetzt wieder gut?«

Die Kleine nickte, wieder sehr wichtig, und Deirdre schenkte sowohl ihr als auch dem Arzt ein Lächeln. Es war so freundlich von ihm, das Mädchen noch mal nach seinem Befinden zu befragen! Sie schritt neben ihm her, als sie die Küche verließen.

»Sie machen also hier Station auf dem Weg nach Santo Domingo?«, versuchte sie es auf dem Rückweg zum Fest noch einmal mit Konversation – dieses Mal sehr langsam und vorsichtig und auf Französisch.

Dufresne nahm den Wechsel der Sprache gern auf. »*Qui*, Mademoiselle Deirdre, ich bin zu Gast bei Lord Bowden, er ist ein Bekannter meines Vaters. Aber ich gehöre nicht nach Santo Domingo, sondern nach Saint-Domingue – was zugegebenermaßen Verwirrung auslösen kann. Kolumbus hat die Insel einst entdeckt und für die Spanier okkupiert, doch es gab auch ein paar französische Siedler.«

»Genauer gesagt ein Piratennest auf der Île de la Tortue«, berichtigte Nora. Dufresne und Deirdre sahen sie gleichermaßen tadelnd an.

»Auf jeden Fall wurde der westliche Teil im Jahre 1665 französisches Gouvernement«, erzählte der Arzt weiter. »Tabak, Kaffee und Zuckerrohr werden dort angebaut, ein sehr florierendes Geschäft. Saint-Domingue darf sich die reichste aller französischen Kolonien nennen. Meine Familie besitzt eine der größeren Plantagen. Ich persönlich eigne mich nicht zum Pflanzer, das Medizinstudium war mir lieber. Zum Glück habe ich noch zwei ältere Brüder, sodass es kein Drama gab. Im Gegenteil, ich denke, meine Familie war froh, als ich wegging.«

Deirdre lächelte, aber Nora dachte sich ihren Teil dazu. So wie Victor Dufresne eben mit der schwarzen Nafia umgegangen war – die Selbstverständlichkeit, mit der er das schwerer verletzte Sklavenmädchen der hysterischen Lady Warrington vorgezogen hatte … Dieser junge Mann hatte wahrscheinlich keine Probleme mit Zuckerrohr- oder Tabakpflanzen, er eignete sich nur nicht zum Sklavenhalter.

»Nun, jetzt gehen Sie ja zurück nach Hause«, sagte Nora beiläufig und warf einen prüfenden Blick auf Deirdres Kleid.

Die drei betraten eben wieder den für das Fest geschmückten

Garten und würden sich gleich erneut unter die Gäste mischen. Hoffentlich fielen die Flecken nicht auf, wenn Deirdre tanzte.

Victor Dufresne nickte. »Ja, ich gedenke jedoch nicht, auf der Plantage zu leben, sondern eine Praxis in Cap-Français zu eröffnen. Das ist eine Hafenstadt, sehr schön gelegen – und äußerst reich, das Handelszentrum von Saint-Domingue. Es gibt einen Gouverneurssitz, eine sehr feine Gesellschaft lebt dort. Neuerdings nennt sich die Stadt ›Paris der Antillen‹. Wenn man sich allerdings das Hafenviertel anschaut … na ja, auch Paris hat seine dunklen Ecken. Jedenfalls finden sich in der Stadt bestimmt reichlich Patienten, arme und reiche …«

Deirdre schaute den Arzt mit großen Augen an. »Paris der Antillen?«, gab sie sich interessiert. »Sie müssen mir alles darüber erzählen. Kommen Sie, wir setzen uns in den Garten. Möchten Sie einen Rumpunsch? Unsere Köchin macht ihn mit …«

»Deirdre, du solltest vielleicht wieder einmal tanzen«, unterbrach Nora ihre Tochter und schaute gleichzeitig nach ihrem Mann aus.

Sie hoffte, dass wenigstens Doug die Gäste unterhalten hatte, während sie mit Nafia beschäftigt gewesen war und Deirdre sich an einem Flirt mit diesem jungen Mediziner versuchte. Sie hatte nichts dagegen, dass ihre Tochter sich mit Dufresne unterhielt, der Mann war ihr überaus sympathisch. Doch in ein paar Tagen würde er nach Hispaniola abreisen und Deirdre nie wiedersehen. Es wäre besser, das Mädchen nutzte sein Fest, um aussichtsreichere Heiratskandidaten für sich zu interessieren. Deirdre musste gesehen werden, und sie bot einen so erfreulichen Anblick, wenn sie tanzte.

Deirdre warf einen gelangweilten Blick auf die Tanzfläche. Anscheinend hatte sie bislang keiner der reichlich anwesenden Kavaliere hinlänglich beeindruckt, um sie dort wieder hin zu locken.

»Mademoiselle Deirdre, ich bin zwar kein sehr geübter Tänzer … eher etwas ungeschickt … Aber wenn Sie mir einen Tanz gewähren würden …«, sagte Victor in diesem Moment.

Deirdre strahlte, als sie an seinem Arm in den Ballsaal schwebte. Ganz gleich, was ihre Mutter von ihr erwartete – in dieser Nacht hatte sie keinen Blick mehr für irgendeinen anderen Mann.

# KAPITEL 5

»Wurde ich da gerade Opfer einer Luftspiegelung, oder habe ich wirklich unseren jungen Dr. Dufresne auf Attica an mir vorbeitraben sehen?«

Doug Fortnam war eben aus Kingston zurückgekehrt und betrat nun die Räume seiner Frau, die in einem Türmchen oberhalb der zweiten Etage von Cascarilla Gardens lagen. Nora liebte es, von den Fenstern aus über das Meer zu sehen. Von einem Zimmer aus hatte sie sogar einen Ausblick über den Strand, in den der Regenwald, dem die Plantage erst vor wenigen Jahrzehnten abgetrotzt worden war, abrupt überging. Das Farbenspiel der grünen Wildnis, des schneeweißen Sandes und des azurblauen Meeres entzückte Nora immer wieder, sie hatte schon als Mädchen in England von solchen Stränden geträumt.

Auch jetzt stand sie am Fenster und schaute hinaus – was ihr an einem sonnigen Tag eigentlich gar nicht ähnlich sah. Wenn es nicht gerade regnete, fand Nora eigentlich immer etwas draußen zu tun. Dann trug sie allerdings auch einfache Baumwollkleider und nicht das mit bunten Blumen bedruckte, seidene Nachmittagskleid mit Reifrock, in das sie jetzt gewandet war. Doug hatte sich natürlich nicht getäuscht, als er Victor Dufresne erkannt hatte: Seine Frau und seine Tochter hatten Besuch.

»Nicht nur das«, meinte Nora jetzt, zu Dougs Befremden ohne sich zu ihm umzublicken und ihn mit einem Kuss zu begrüßen, wie sie es sonst zu tun pflegte. »Komm her, sieh es dir selbst an!«

Doug gesellte sich zu Nora und erkannte sofort, was sie an dem Ausblick so fesselte. Über den Strand galoppierten die Stuten Alegría und Attica, Letztere eigentlich Noras bevorzugtes Pferd. Nun wurde sie allerdings von Victor geritten – Monsieur Victor, wie Deirdre immer noch pflichtschuldig sagte, als sie Nora bat, ihm das Pferd zu leihen. Nora hörte ihr jedoch an, dass sie die förmliche Anrede in Gedanken längst wegließ.

Deirdre und ihr Kavalier lieferten sich offensichtlich ein Rennen – was ihre Eltern nicht überraschte. Die junge Frau nutzte jede Gelegenheit dazu, ihre Reitkunst und Alegrías Schnelligkeit zu zeigen. Unerwartet war lediglich, dass die schwarze Attica soeben schwungvoll an Deirdre und ihrer Schimmelstute vorbeigaloppierte.

Doug lachte. »Womit Dr. Dufresne wohl auch die letzte Hürde bei der Werbung um unsere wilde Hummel genommen hätte«, bemerkte er. »Der junge Mann kann zweifellos reiten.«

Die hochbeinige Stute Attica war schneller als die deutlich kleinere Alegría, aber sie war zurückhaltend. Wenn der Reiter sie nicht entschlossen antrieb, lief sie lieber an zweiter oder dritter Stelle, als ein anderes Pferd zu überholen. Victor Dufresne hatte es nun jedoch geschafft, ihr Mut zu machen. Deirdre würde von seinen Fähigkeiten entzückt sein – sobald sie über die Niederlage hinweg war …

»Der junge Mann hat so manche Qualitäten«, bemerkte Nora, allerdings ohne Enthusiasmus. »Er ist freundlich, intelligent, ein guter Arzt, und er ist von angenehmem Äußeren. Kein Wunder, dass sich Deirdre verliebt hat …«

Deirdre war Victor Dufresne am Abend ihres Debütantinnenballs nicht mehr von der Seite gewichen, und da er natürlich, wie die meisten Gäste von auswärts, über Nacht auf Cascarilla Gardens blieb, hatte sie ihm am Morgen gleich die Plantage gezeigt. Dabei kam er auch erneut ins Gespräch mit Nora, begleitete sie bei ihrer morgendlichen »Visite« im Sklavenquartier und beriet sich mit ihr über die Behandlung der Kranken. Er machte dabei einen hervorragenden Eindruck, blieb noch, als Lord Bowden längst abgereist war, und unterhielt Deirdre und Nora mit den neuesten Nachrichten aus London und Paris. Schließlich verabschiedete er sich förmlich, aber im Laufe der nächsten Tage fand sich seltsamerweise kein einziges Schiff, das nach Hispaniola ablegte. Dafür konsultierten einige Damen aus Kingston den jungen Arzt – und anscheinend erlaubte es ihr Zustand nicht, sie gleich ohne weitere Behandlung zurückzulassen. Victor blieb also noch und zeigte sich hocherfreut, als Deirdre in der folgenden Woche mit ihren Eltern in Kingston erschien. Doug hatte dort regelmäßig zu tun, und die Damen planten angeblich einen Einkaufsbummel. Victor Dufresne war glücklich, Deirdre und ihr schwarzes Hausmädchen auf einem Spaziergang durch die Geschäftsstraßen begleiten zu dürfen, während Nora mit ein paar Freundinnen Tee trank. Und nun, am Wochenende, hatte er sich prompt wieder auf Cascarilla Gardens eingefunden – mit brandneuen Medikamenten für Nora und einer Schachtel raffinierter Schokoladenkreationen für Deirdre. Nora fragte sich, für welche seiner weiblichen Verwandten er die wohl extra aus Europa mitgebracht hatte. Für Deirdre hätte es allerdings gar keines Mitbringsels bedurft, um sie glücklich zu machen. Ihre Augen strahlten, sobald Victor in ihrer Nähe war. Jetzt hatten sich die beiden zu einem Ausritt getroffen, wobei Victor Dufresne die Situation nicht ausnutzte wie der junge Keensley – selbstverständlich ritten die zwei in Begleitung eines Pferdeknechtes, zumindest am Anfang. Bis zum Strand hatten sie den jungen Mann und sein Maultier längst abgehängt.

Nora warf noch einen Blick hinunter zum Strand, wo die Reiter ihre Pferde inzwischen zum Schritt durchpariert hatten und plaudernd nebeneinander herritten. Sie seufzte.

»Was ist, Liebste?« Doug Fortnam legte tröstend den Arm

um sie. »Einerseits rühmst du Dr. Dufresne in den höchsten Tönen, andererseits … Gibt's irgendwas dagegen einzuwenden, dass er ein bisschen um Deirdre wirbt?«

Nora rieb sich die Stirn und riss sich endlich vom Anblick ihrer Tochter und deren Begleiter los. »Wenn's bei ›ein bisschen‹ bliebe …«, murmelte sie. »Doch ich halte Victor Dufresne für einen sehr ernsthaften jungen Mann. Gut möglich, dass er in absehbarer Zeit um ihre Hand anhält.«

Doug lächelte. »Der Gedanke«, neckte er seine Frau, »ist mir auch schon gekommen. Wäre das denn so schlimm? Wie du schon sagst, er ist ernsthaft, er weiß, was er will, er hat einen Beruf, mit dem er seine Frau ernähren kann …«

Nora zog die Augenbrauen hoch. »Mehr als das, diesen Dufresnes gehört halb Hispaniola«, bemerkte sie.

Doug wandte sich vom Fenster ab und ging ins Nebenzimmer, das als Ankleideraum für sie beide diente. Er begann, sein förmliches Seidenjackett und das Rüschenhemd, das er in Kingston getragen hatte, gegen bequemere Reitkleidung zu tauschen.

»Deshalb also dein kleiner Ausflug nach Kingston«, rief er zu Nora hinüber. »Und ich habe mich schon gefragt, warum du plötzlich, gerade mal drei Tage nach dem Ball, mit Lady Bowden und diesen anderen Kingstoner Matronen Tee trinken musstest. Wo du doch sonst gar nicht so wild auf deren Gesellschaft bist. Aber natürlich wussten die Damen so ziemlich alles über die Familie Dufresne auf Hispaniola.«

Er küsste Nora auf die Wange, als er wieder zu ihr trat.

Nora lächelte ertappt. »Na ja, man will doch wissen …«

Doug lachte. »Nicht nur du. Ich habe mich ebenfalls erkundigt. Es stimmt schon, die Dufresnes sind steinreich. Was allerdings nicht heißt, dass sie ihren Letztgeborenen auf ewig zu alimentieren gedenken. Wie es aussieht, finanzieren sie ihm die Praxis in Cap-Français, das war es dann jedoch auch. Na ja, ein Stadthaus wird noch abfallen, er muss schon ein bisschen repräsentieren, gerade wenn er sich gleich eine Frau nimmt. Aber Cascarilla Gardens ist das nicht! Unsere verwöhnte Tochter wird kein Mädchen haben, das nur dazu da ist, ihr das Haar zu richten …«

»Wenn ich mir überlege, wie ihr Haar jetzt schon immer aussieht, dürfte das in einer Katastrophe enden!«, scherzte Nora, wirkte jedoch immer noch etwas bedrückt. »Na ja, Spaß beiseite. Auch wenn sie ihren jüngsten Sohn knapphalten – Familie Dufresne wird ihn nicht verhungern lassen, sollte die Praxis doch nicht genug abwerfen. Darum mache ich mir keine Sorgen.«

»Worum dann?«, fragte Doug. »Dieses Cap-Français ist eine schöne Stadt, sagen die Kaufleute. Und bislang gibt es dort lediglich einen weiteren niedergelassenen Arzt. Die Praxis wird also sicher florieren.«

»Es ist nur so weit!«, brach es aus Nora heraus. »Ich mochte ja schon gar nicht daran denken, Deirdre vielleicht an die Nordwestküste zu verheiraten. Doch gleich nach Hispaniola! Fast zweihundert Meilen übers Meer …«

Doug nahm sie in den Arm. »Wenn man überlegt, dass du dich einst bedenkenlos nach Jamaika verheiratet hast …« Er lächelte. »Dagegen ist Hispaniola ein Katzensprung. Ein paar Tage auf See, nicht mehr. Wir könnten sie jedes Jahr besuchen. Und … die Sache hätte auch ihr Gutes …« Letzteres klang etwas zögernd und genügte sofort, um Nora zu alarmieren. Sie reagierte sehr empfindlich auf alles, was mit Deirdre zusammenhing.

»Du findest es wünschenswert, Deirdre fortzuschicken?«, fragte sie scharf.

Doug schüttelte den Kopf und verdrehte die Augen. »Unsinn, Liebste! Du weißt, sie ist mein Augenstern, ich könnte keine leibliche Tochter mehr lieben, und ich würde Deirdre genauso schmerzlich vermissen wie du. Aber es ist … Komm, wir sollten einen Spaziergang machen, während wir darüber reden. Das

Wetter ist wunderschön, und ich habe in den letzten Tagen lange genug in Kontors und Schreibstuben herumgehockt.«

Doug war von Natur aus kein Geistesarbeiter, er bevorzugte die Leitung der Plantage vor der Beratung seiner Klienten in Kingston. Das Studium der Rechte hatte er nur auf Befehl seines Vaters absolviert und nicht einmal ganz abgeschlossen. Wahrscheinlich hätte er den Beruf des Advokaten nie ausgeübt, hätte Elias Fortnam ihn nach seiner Rückkehr aus England nicht von allen Belangen der Plantagenführung ausgeschlossen. Doug hatte sich damals zwangsläufig eine andere Beschäftigung suchen müssen und sich einen so guten Namen als Experte für internationales See- und Handelsrecht gemacht, dass er kaum aufhören konnte. Zumindest nicht, ohne einflussreiche Leute vor den Kopf zu stoßen. Und das empfahl sich nicht, wenn man eine Tochter hatte wie Deirdre …

Doug überlegte, wie er Nora seine Überlegungen schonend beibringen konnte, während die beiden die Treppen hinabstiegen und schließlich hinaus in den Garten traten. Wie immer empfand er die Anlagen als paradiesisch. Der letzte Regen war am frühen Morgen gefallen, jetzt öffneten die Orchideen ihre Blüten der Sonne. Die Blätter des Blauholzbaumes leuchteten um diese Jahreszeit hellgelb, Cascarilla- und Akkarabüsche überboten einander mit einer Pracht weißer Rispen.

»Schau, Nora«, begann Doug, während Nora eine Orchideenblüte abpflückte und zwischen den Fingern zwirbelte. »Du sagst selbst, die Gesellschaft auf Jamaika neige dazu, Deirdre auszugrenzen …«

»Auf einmal?«, spottete Nora. »Bis jetzt hast du das geleugnet …«

Doug biss sich auf die Lippen. »Ich habe es geleugnet, weil ich wusste, dass es kein übergroßes Problem werden würde. Solange wir sie schützen, solange auch der Gouverneur es tut, kann ihr nichts geschehen. Ob wir es jetzt mit dem Ball forciert hätten oder nicht, auf Dauer hätte sich eine annehmbare Partie für Deirdre gefunden. Die jungen Männer sind ihr ja alle auf den ersten Blick verfallen, und die Eltern … sie hätten keinen Eklat riskiert.«

»Und?«, fragte Nora, jetzt nicht mehr aufgebracht, sondern nur noch verwundert. »Warum willst du sie plötzlich lieber sonst wohin verheiraten?«

»Weil ihre Geschichte natürlich bekannt ist!«, brach es aus Doug heraus. »Wir haben Deirdre als unsere Tochter aufgezogen, vor dem Gesetz auf Jamaika ist sie jedoch nichts anderes als eine freigelassene Sklavin. Wenn sie nun einen Weißen heiratet, und er will sie irgendwann loswerden …«

»Aber warum sollte er sie loswerden wollen, warum …?« Nora rieb sich die Schläfe.

»Warum, warum … Da gibt es doch tausend mögliche Gründe!«, ereiferte sich Doug und begann auch gleich, sie aufzuzählen. »Ihre selbstständige Art passt ihm nicht, nachdem die erste Verliebtheit abgeflaut ist. Er verliebt sich nach ein paar Jahren Ehe in eine Jüngere. Er verspielt sein Geld und spekuliert auf eine reiche Erbin. Deirdre schenkt ihm keine Kinder – oder schlimmer noch, seine Kinder werden mit tiefschwarzer Haut geboren …«

»Deirdre ist hellhäutig, fast wie eine Weiße!«, wandte Nora ein.

Doug verdrehte die Augen. »Das muss nicht auf ihre Kinder zutreffen. Schau, Nora, ich habe es dir nie gesagt, ich wollte dich nicht beunruhigen. Aber ich verfolge solche Fälle … in allen Kolonien. Ich …«

»Solche Fälle?«, fragte Nora und funkelte ihren Mann an. »Was für … ›Fälle‹? War die Sache mit Deirdre, meine Entführung, nur ein ›Fall‹ für dich?«

Doug umfasste ihre Oberarme und zog sie zu sich herum. »Herrgott, Nora, nun sei nicht so empfindlich und dreh mir vor allem nicht das Wort im Munde herum. Mit ›Fälle‹ meine ich die Geschichten von Mulatten – oder eher Mulattinnen, die sich als Weiße in der Gesellschaft bewegt haben. Offen oder unter Vorspiegelung falscher Tatsachen. Mit oder ohne Freibrief. Und da gibt es hochdramatische Geschichten! Eine Frau auf Barbados zum Beispiel – die Tochter eines Plantagenbesitzers und der Zofe seiner Frau. Auch die Sklavin war schon sehr hellhäutig. Das Kind wurde regelrecht ›gezüchtet‹, weil seine weiße Gattin keine Kinder bekam. Die Missis täuschte eine Schwangerschaft vor, während ihre Dienerin das Baby austrug. Das Mädchen soll eine Schönheit gewesen sein, gehätschelt und geliebt, hochgebildet. Schließlich wurde es auf eine große Plantage verheiratet … und gebar übers Jahr ein Kind, das wie ein reinblütiger Neger aussah! So was kommt vor … Manchmal überspringt eine Ähnlichkeit eine Generation. Himmel, du kennst das doch von den Pferden, Nora! Sieh dir Alegría und Attica an. Vollschwestern. Doch die eine sieht aus wie ein Englisches Vollblut und ist schwarz, die andere kommt nach dem arabischen Vater und ist zierlich und weiß. Wenn du sie morgen von irgendeinem beliebigen Hengst decken lässt, Nora, dann kann sie ein hochbeiniges schwarzes Fohlen gebären!«

Nora biss sich auf die Lippen. »Was … wurde aus dem Mädchen?«, fragte sie heiser.

Doug seufzte. »Der Mann verdächtigte sie der Affäre mit einem seiner Neger – wobei man es hätte belassen sollen, aber die Frau war natürlich genauso entsetzt wie ihr Gatte. Empört stritt sie alles ab … sie wusste ja selbst nichts von ihrer Abkunft. Schließlich gab der Vater die Sache zu, ein Rieseneklat … Die Ehe wurde natürlich annulliert, wobei die Verbitterung so weit ging, dass man sich noch darum stritt, wem denn jetzt die beiden Sklaven – also die junge Frau und das Kind – gehörten. Wegen dieser Rechtsstreitigkeiten habe ich davon erfahren. Letztendlich kaufte der Vater seine Tochter und sein Enkelkind ihrem

Ehemann und Vater ab! Er ließ beide frei und schickte die junge Frau nach Europa. Was sie dort tut, weiß ich nicht. Das schwarze Kind wächst bei der leiblichen Großmutter auf …«

Nora atmete auf. »Das hätte schlimmer kommen können …«, murmelte sie.

Doug schnaubte. »Willst du schlimmere Geschichten hören? Da gab es eine Frau in Louisiana – auch Mulattin, sehr hübsch, sehr hellhäutig, Sklavin auf der Plantage ihres leiblichen Vaters. Sie floh, stahl die Papiere einer Weißen und ihren Koffer gleich dazu und schwindelte sich gekonnt durch. Schließlich heiratete sie einen vermögenden Mann, lebte als Weiße – bis das Ehepaar ihrem Erzeuger über den Weg lief. Der ließ das Ganze sofort auffliegen, wollte seine Sklavin zurück … Die junge Frau hat sich umgebracht. Oder, auch Amerika, die behütet aufgewachsene Tochter eines Witwers. Ein Neider ihres Gatten trieb ihre schwarze Mutter auf, eine Barsängerin. Die Frau endete im Bordell.« Doug holte tief Luft. »Und Deirdre … Nora, in dem Moment, in dem ihr Gatte ihren Freibrief zerreißt, ist sie eine Schwarze wie jede andere! Gut, niemand wird das wagen, solange wir leben, und vor allem, solange ich Einfluss habe. Aber wir leben nicht ewig! Und um meinen Einfluss zu behalten, muss ich ständig Zugeständnisse machen. Ein Gefallen hier, ein Gefallen da – gegenüber dem Gouverneur, der Pflanzervereinigung … Verzieh nicht schon wieder das Gesicht, Nora, ich mache das gern! Ich liebe Deirdre, wie oft soll ich es noch sagen. Sie ist hier nur nicht sicher, Nora! Nicht so sicher, wie wir es uns wünschen!«

Nora zerrieb die Orchideenblüte zwischen ihren Fingern. »Sie wäre das hingegen auf Hispaniola?«, fragte sie heiser. »Würde sich ihre … Geschichte nicht auch da herumsprechen? Würdest du sie Victor verheimlichen wollen?«

Doug schüttelte den Kopf. »Saint-Domingue ist französisch«, antwortete er dann.

Nora stieß scharf die Luft aus. »Und? Halten die Franzosen keine Sklaven? Oder gehen sie schonender mit ihnen um? Also bisher habe ich diesbezüglich nichts gehört …«

»Es ist auch nicht so«, meinte Doug begütigend. »Natürlich halten sie Sklaven. Und in mancher Hinsicht sind die Verhältnisse sogar noch schlimmer als hier. Aber …«

»Aber?«, fragte Nora und sah ihren Mann erwartungsvoll an.

Doug sprach weiter. »Die Franzosen sind Papisten, wie du vielleicht weißt …«

Nora lachte. »Der Reverend hatte nichts Eiligeres zu tun, als mich darauf hinzuweisen heute Morgen nach dem Gottesdienst. Nur … was hat das mit der Sklavenhaltung zu tun?«

Doug hob die Schultern. »Nun, die Papisten haben eine andere Haltung in Bezug auf … hm … die unsterbliche Seele ihrer Sklaven. Es klingt fast etwas komisch. Hier haben wir ja das Dauerproblem, dass den Sklaven zwar ständig das Christentum gepredigt wird, die Priester sich jedoch winden, bevor sie einen von ihnen taufen. Und es gibt keinerlei christliche Eheschließungen …«

»Natürlich nicht«, spottete Nora. »Weil die Backras sich sonst ja an das Gebot halten müssten: ›Was Gott zusammengefügt hat, das soll der Mensch nicht trennen.‹«

Doug verzog das Gesicht zu einem unwilligen Grinsen. »Eben, man könnte schwarze Ehepartner nicht ohne Weiteres einzeln verkaufen. Aber das sehen die Papisten anders. Die stellen ihre Religion über alles andere. Der Code Noir – das ist das Regelwerk, das ihren Umgang mit den Sklaven bestimmt, es stammt noch aus der Zeit Ludwig XIV. – erwähnt sie in jedem zweiten Artikel. So müssen zum Beispiel alle Sklaven getauft sein, und sie werden, wenn der Besitzer zustimmt, kirchlich verheiratet. Die Ehe ist heilig, Mann und Frau bleiben zusammen, auch die Kinder dürfen nicht abgegeben werden, bevor sie erwachsen sind oder zumindest geschlechtsreif. Doch jetzt kommt das Beste, Nora! Das Gesetz erlaubt Ehen zwischen Weißen und Schwarzen. Und in dem Moment, in dem ein Weißer eine Schwarze heiratet, wird sie frei – ihre Kinder ebenso. Die Kinder von weißen Frauen mit schwarzen Männern sind per se frei! Deirdre könnte ihren Freibrief also wegwerfen. Auf Saint-Domingue wäre sie vor dem Gesetz eine freie Bürgerin wie jede andere – wenngleich es natürlich gut sein kann, dass ihre Geschichte sich herumspricht. Victor nicht einzuweihen wäre selbstredend unverzeihlich – auch in Anbetracht der Möglichkeit, dass seine und Deirdres Kinder sehr viel dunkler sein könnten.«

»Wobei er ja auch selbst ein dunkler Typ ist …«, sinnierte Nora und musste wieder an ihre Jugendliebe Simon denken. »Du wirst wohl Recht haben, Doug … Was machen wir morgen mit dem Ball bei den Keensleys?«

Noras Strategie für Deirdres gesellschaftliche Anerkennung hatte bereits Früchte getragen. Schon am Abend ihres Debuts war den Fortnams von einer eher säuerlich wirkenden Lady Keensley die Einladung zu einem »Spätsommerball« überreicht worden, der am kommenden Wochenende stattfinden sollte. Reichlich spät – die Keensleys hatten offensichtlich vorgehabt, Deirdre auch bei diesem gesellschaftlichen Ereignis zu übergehen.

Doug zuckte die Schultern. »Wie nehmen Dr. Dufresne natürlich mit – und machen den Lord und die Lady damit wahrscheinlich glücklich … im Gegensatz zu ihrem stutzerhaften Sohn.«

Es war nur zu offenkundig, dass Quentin Keensley auf der Einladung seines Schwarms bestanden hatte. Auch dieser junge Mann zeigte in den letzten Tagen ein auffälliges Interesse an Cascarilla Gardens. Gleich drei Mal war er seit Deirdres Ball auf der Plantage aufgetaucht, stets unter fadenscheinigen Gründen, doch wild entschlossen, sich so lange an einem Glas Rumpunsch festzuhalten, bis er Deirdre zu Gesicht bekam. Dabei war diese ihm erkennbar aus dem Weg gegangen. Sie hatte nur dann ein paar Worte mit ihm gewechselt, wenn es absolut unvermeidlich gewesen war. Es war an Nora hängen geblieben, den Besuch zu unterhalten, was dieser gründlich auf die Nerven gegangen war.

Lord und Lady Keensley unterstützten Quentins Werbung um die schöne, hingegen gänzlich »unpassende« Nachbarstochter nicht. Doug wusste, dass sie bereits ein passendes Mädchen aus Kingston für ihn ins Auge gefasst hatten. Bestimmt würden sie froh sein, wenn Deirdre sich ihren Kavalier für den Ball in ihrem Haus gleich mitbrachte.

Nora lachte. »Auch so gesehen ist Victor Dufresne ein Himmelsgeschenk«, bemerkte sie. »Aber schau nur, da kommen die beiden ja gerade …«

Sie wies auf den Kücheneingang des Gartens, dessen Tor Victor eben höflich für Deirdre aufhielt. Das Haar der jungen Frau sah mal wieder wild aus nach dem Ritt. Die Ringellocken fielen offen über ihren Rücken, ihren Hut hatte sie wohl verloren. Ihre Wangen waren von Sonne und Wind gerötet, und ihre Augen strahlten um die Wette mit denen ihres Begleiters. Auch Victor Dufresnes Gesicht hatte die leichte Blässe, die sicher noch vom stundenlangen Sitzen in den Studierstuben Paris' und Londons hergerührt hatte, inzwischen verloren. Seine Haut war gebräunt, sein Haar ebenso wirr wie Deirdres. Lange dunkle Strähnen umspielten sein Gesicht, kaum zu bändigen durch die Bourse, die er stets trug. Zum Flechten seines Haares nahm sich dieser Mann offenbar keine Zeit – und er schien auch keinen Leibdiener zu beschäftigen.

»Daddy!« Deirdre lief auf ihren Vater zu, den sie drei Tage nicht gesehen hatte, und umarmte ihn stürmisch. »Wie schön, dass du wieder da bist und Victor noch antriffst! Er wollte eigentlich noch heute nach Kingston, aber … Vielleicht bleiben Sie doch noch, Victor? Bis morgen? Oder noch besser bis Sonntag, dann könnten Sie mit auf den Ball der Keensleys am Samstagabend. Bitte, ich würde mich da sonst zu Tode langweilen!« Sie strahlte Victor Dufresne an und schaute dann spitzbübisch von ihm zu ihrem Vater hinüber. »Wir könnten dann auch noch länger französisch üben. *Papà, il faut certainement que tu fasses encore des exercices!*«

Doug drohte seiner Ziehtochter scherzhaft mit dem Finger. »Sei vorsichtig, was du sagst, Mademoiselle. Ich brauche ganz sicher keinen zusätzlichen Unterricht. Wenn Monsieur Dufresne und ich uns richtig unterhalten, verstehst du garantiert kein Wort!« Doug vertrat auch Klienten aus dem französischen Sprachraum und hatte sicher mehr Übung in Kommunikation als Nora, die seit zwanzig Jahren kein Französisch mehr gesprochen hatte, und Deirdre, deren Sprachkenntnisse sich auf Lehrbuchwissen beschränkten. Im Moment schien sie allerdings große Fortschritte zu machen, den letzten Satz hatte die junge Frau schon ganz fließend herausgebracht. »Aber Sie sind natürlich herzlich eingeladen, mit uns zu Abend zu essen, Dr. Dufresne«, fügte Doug hinzu. »Egal, in welcher Sprache wir das Tischgespräch führen. Ich würde mich sehr gern noch etwas länger mit Ihnen unterhalten.«

»Ich nehme sehr gern an, Monsieur Fortnam«, erwiderte Victor höflich. »Schon um die Gesellschaft Ihrer wunderschönen Tochter noch etwas genießen zu können. Allerdings … werde ich mich vorher noch etwas frisch machen müssen.«

Er sah mit entschuldigendem Lächeln an sich hinunter, doch Nora dachte im Stillen, dass sein Aufzug beim Reiten nicht halb so gelitten hatte wie neulich der des jungen Keensley. Nun trug Dufresne auch keinen Abendanzug, sondern praktische Breeches und feste Stiefel. Bei Doug Fortnam machte er damit unzweifelhaft Punkte.

»Das trifft wohl auch für meine Tochter zu«, bemerkte Nora mit gespielter Strenge. »Du siehst aus, als seist du in einen Hurrikan geraten, Deirdre Fortnam!«

Deirdre lachte glücklich. »Ein bisschen fühl ich mich auch so!«, wisperte sie ihrer Mutter zu, als sie sah, dass Victor mit ihrem Vater sprach und nicht mithörte. »Victor ist wundervoll, Mommy! So klug, so zuvorkommend! Und gut aussehend! Findest du nicht, dass er aussieht wie … wie ein echter Lord?«

Nora biss sich auf die Lippen. Es war wirklich so, als hätte sich Simon Greenboroughs freundlicher Geist wieder zu ihnen gesellt. Um dieses Mal ihre Tochter zu befreien und glücklich zu machen.

»Aber das Beste weißt du noch gar nicht!«, führte Deirdre vergnügt weiter aus und hakte ihre Mutter unter. »Er hat Alegría und mich auf Attica geschlagen. Reiten kann er also auch noch!«

# KAPITEL 6

Nach dem kindischen »Rachefeldzug« gegen die weißen Bewohner der Hafensiedlung auf Grand Cayman versuchte Bonnie, etwas Abstand von Jefe zu halten, aber es fiel ihr schwer, auf seine Gesellschaft zu verzichten. Schon nach kurzer Zeit vermisste sie seine tiefe Stimme – sogar das schiefe Grinsen, mit dem er Máanus häufige Tadel und Vorwürfe zu quittieren pflegte. Vor allem fehlte ihr jedoch sein unbekümmertes Wesen. Jefe schien vor nichts auf der Welt Angst zu haben, während Bonnie sich vor so ziemlich allem fürchtete. Ihr Backra konnte schließlich schon in die harmloseste Frage oder in die alltäglichste Handlung seiner Sklavin Renitenz hineindeuten, die er sofort gnadenlos bestrafte. Wahrscheinlich hatte Máanu Recht, und es machte ihm einfach Spaß, Bonnie zu schlagen.

In den letzten Tagen ließ Dayton sie allerdings weitgehend in Ruhe. Das junge Mädchen fragte sich, schon wieder herzklopfend, ob es das vielleicht doch einer Intervention Máanus zu verdanken hatte oder, wahrscheinlicher, einer Beschwerde von Mrs. Benton. Die Frau des Hafenmeisters hatte Bonnie in letzter Zeit häufig prüfend angesehen und ihre Blessuren sicher bemerkt. Und sie hatte bestimmt mehr Einfluss als Máanu. An Mr. Benton kam niemand vorbei, der in der Hafensiedlung Geschäfte machen wollte, und wenn er ein paar Worte mit Dayton gewechselt hatte, mochte das schon zu dessen Mäßigung beigetragen haben.

Bonnie jedenfalls war der Frau des Hafenmeisters dankbar, obwohl sie, wenn sie Jefes Ansichten teilen wollte, natürlich auch die Bentons hassen müsste. Für ihn reichte da als Grund aus, dass sie weiß waren und er schwarz – doch Bonnie konnte nicht glauben, dass sämtliche Weiße so abgrundtief verderbt und böse waren, wie der Junge predigte. Mr. Benton zum Beispiel war nach allem, was Bonnie wahrnahm, ein rechtschaffener Mann, der sogar die Sklaven halbwegs freundlich behandelte, und Mrs. Benton hatte überhaupt nur ein einziges schwarzes Hausmädchen. Es hieß Bridget und trug stets eine adrette Dienstbotenuniform – und die Nase so hoch, dass es nicht mal mit Máanu, geschweige denn mit jemandem wie Bonnie je ein Wort gewechselt hatte. Ganz sicher wurde Bridget nie geschlagen oder auch nur angebrüllt. Und wahrscheinlich überarbeitete sie sich auch nicht in dem kleinen Haushalt.

Doch wem immer sie es auch verdankte – Bonnie kam in der letzten Zeit ein wenig zur Ruhe. Die Schwellungen in ihrem Gesicht gingen zurück, und neben ihrer Arbeit fand sie Zeit, täglich in Máanus Laden vorbeizuschauen und sich einer streng verbotenen Beschäftigung hinzugeben: Máanu brachte ihr das Lesen bei! Máanu selbst hatte es wohl als Kind bei einem Sohn ihres Backras gelernt – die genauen Umstände kannte Bonnie nicht, die freie Schwarze sprach nie darüber. Aber sie hatte größten Wert darauf gelegt, dass ihr Sohn Jefe es lernte, und sogar den stets betrunkenen Doktor, der die ärztliche Versorgung der Weißen auf Grand Cayman mehr schlecht als recht gewährleistete, dafür bezahlt, ihren Sohn zu unterrichten. Jefe war beim Lernen eifrig gewesen, auch sein Vater Akwasi musste wohl so etwas wie ein Gelehrter gewesen sein, wenn man ihm glauben durfte. Doch das kannte sie ja schon – wenn man Jefe alles glaubte, was er von seinem Vater erzählte, so war Akwasi der restlichen Menschheit in jeder Beziehung überlegen gewesen. Dass er trotzdem nicht zum König der Welt aufgestiegen war, führte Jefe allein auf seine schwarze Hautfarbe zurück – und nahm es der Welt bis heute übel.

Auf jeden Fall hatten seine Lese- und Schreibkenntnisse Jefe in diesen Tagen tatsächlich eine Art Job verschafft. Der Besitzer der beiden gerade im Hafen liegenden englischen Schiffe legte strengsten Wert auf korrekte Buchhaltung und verlangte von seinem Proviantmeister genaue Auflistungen der an Bord genommenen Verpflegung. Leider konnte der Mann nicht schreiben und nur ungenügend zählen, und so hatte Mr. Benton ihm Jefe als Helfer empfohlen. Bonnie bewunderte ihren Freund grenzenlos für diese Arbeit – es musste der Himmel sein, einfach nur herumzusitzen und die aufs Schiff gebrachten Fässer und Säcke zu zählen, statt sie bei glühender Sommerhitze in den Bauch des Dreimasters zu schleppen.

Jefe winkte ihr eifrig zu, als sie jetzt auf dem Weg zu Máanu an ihm vorbeiging. Bonnie hätte den Gruß gern erwidert, hielt dann jedoch nicht an. Auf keinen Fall sollte jemand ihrem Backra erzählen, sie habe am Kai mit den Männern geredet, und Mr. Benton durfte auch nicht denken, sie hielte Jefe vielleicht von der Arbeit ab. Stattdessen lief sie rasch weiter, zog vor den Bordellen und Bars wie gewohnt den Kopf ein und erreichte dann Máanus Laden, wo sie die Besitzerin im Gespräch mit einem seltsamen Fremden antraf.

Auf den ersten Blick wirkte der hochgewachsene Mulatte wie ein reicher Kaufmann – das konnte jedoch nicht sein. Kaufleute waren immer Weiße, und sie erledigten die Einkäufe in einem Laden wie Máanus kaum selbst. Aber egal, wer er war, dieser Kunde trug Kniehosen und Strümpfe, ein spitzenbesetztes Hemd und eine bestickte Weste. An seinen Schuhen blitzten silberne Schnallen, und er stiefelte auf hohen Absätzen einher. Den Dreispitz hatte er beim Betreten des Geschäftes abgenommen, was seiner Gesamterscheinung etwas von ihrem Glamour nahm. Das dunkle, glatte Haar darunter war strähnig und ungepflegt.

Bonnie wartete ängstlich wie immer an der Tür des Ladens, bis der Mann sich verabschiedete. Seine Verhandlungen mit Máanu schienen aber ohnehin schon kurz vor dem Abschluss zu stehen. Die Geschäftsfrau begleitete ihn eben zur Tür.

»Natürlich diskret«, antwortete sie ruhig auf eine letzte Frage, die Bonnie allerdings nicht gehört hatte. »Ich schicke meinen Jungen, wie immer. Halten Sie nur Ihr Beiboot bereit …«

Der Mann verabschiedete sich mit einer übertrieben höflichen Verbeugung, worauf Máanu ebenso schief lächelte, wie ihr Sohn es zu tun pflegte. Ganz geheuer schien ihr der Kunde nicht gewesen zu sein. Bonnie verzog sich in den Schatten der Veranda, um möglichst nicht gesehen zu werden, der Mann nahm sie jedoch trotzdem wahr, lachte und zwinkerte ihr zu. Er winkte, bevor er die Treppe hinabschritt.

»Wer war das denn?«, fragte Bonnie verblüfft, als Máanu sie einließ.

Máanu zuckte die Schultern. »Laufkundschaft«, behauptete sie. »Von irgendeinem der Schiffe …«

Bonnie fragte nicht weiter, doch sie runzelte die Stirn und konnte sich nicht recht auf die Buchstaben konzentrieren, die Máanu gleich darauf mit Kreide auf eins der Brettchen malte, auf denen sie sonst die Preise ihrer Waren notierte. Bis zu diesem Tag hatte Máanu sie noch nie belogen, sie hätte die selbstbewusste freie Schwarze fast für unfähig gehalten, je die Unwahrheit zu sagen. Der Mann in der feinen Kleidung war hingegen kein gewöhnlicher Kunde gewesen. Und er kam auch nicht von einem der Schiffe, deren Beladung Jefe gerade beaufsichtigte.

Bonnie verspürte ein seltsames Gefühl der Neugier. Eigentlich hatte ihre Geschichte sie längst gelehrt, sich nicht um die Angelegenheiten anderer Leute zu kümmern, und sie hatte ja auch wirklich genügend eigene Sorgen. Aber hier ging es sicher um Máanu und Jefe… *Ich schicke meinen Jungen, wie immer …* Ganz zweifellos ging es um Jefe!

Bonnie dachte darüber nach, Máanus Sohn zu fragen, als sie schließlich zurück zur Metzgerei ging. Die Schiffe rüsteten sich allerdings bereits zur Abfahrt, und sie hatte wenig Hoffnung, Jefe zu finden. Aber dann entdeckte sie ihren Freund doch in einer der schmierigen Bars am Hafen – in Begleitung des Mulatten, dem sie bei Máanu begegnet war! Der Mann stellte eben ein Glas Rum vor den Jungen auf den Tisch, er lud ihn offensichtlich zu einem Drink ein. Jefe hustete nach dem ersten Schluck von dem starken Getränk – natürlich war er nicht daran gewöhnt – und begann zu reden. Bonnie verstand nichts von dem Gespräch zwischen den Männern, sie stellte nur fest, dass Jefe daran den Hauptanteil hatte. Er berichtete, und der Mann hörte zu.

Bonnie fand das befremdlich. Wenn sie mit dem Abendessen und dem Füttern der Tiere fertig werden wollte, bevor der Backra die Metzgerei schloss, musste sie jetzt dringend gehen. Sie wollte ihm um Himmels willen keinen echten Grund geben, sie wieder zu schlagen!

Die Sache mit dem Fremden ließ Bonnie jedoch nicht los, und als sie am nächsten Tag Pökelfleisch zum Hafen bringen musste, hielt sie wieder gezielt nach Jefe Ausschau. Sie fand ihn hinter dem Geschäft seiner Mutter, ausnahmsweise fleißig bei der Arbeit. Er stellte eine größere Lieferung Schiffszwieback, gesalzenen Fisch und Hülsenfrüchte zusammen.

»Ist das für ein Schiff?«, fragte Bonnie verdutzt, als er auch noch ein Fass eingelegten Kohl auf den Handwagen lud, mit dem Máanu ihre Waren zu transportieren pflegte. »Es liegt doch gar keins im Hafen.«

Jefe fuhr zusammen, als hätte sie ihn bei etwas ertappt, anscheinend hatte er sie nicht kommen sehen. Dann grinste er spitzbübisch, er schien sich an etwas zu freuen.

»Hier nicht«, flüsterte er dann.

Bonnie zog die Stirn kraus. »Wo denn?«, erkundigte sie sich. »Gibt's noch einen Hafen auf Grand Cayman?«

Sie hielt das für möglich, obwohl sie nur das Sklavenquartier auf einer der Plantagen und diese Siedlung kannte. Wenn es allerdings einen zweiten Hafen gab, dann musste er weit entfernt sein. Zu weit, um rasch etwas mit dem Handwagen dorthin auszuliefern.

Jefe lachte. »Bonnie«, sagte er dann feierlich. »Vor dir habe ich keine Geheimnisse. Ich werde es dir zeigen, wenn du versprichst, meiner Mutter nichts zu sagen. Sie bringt mich um, wenn sie herauskriegt, dass ich's jemandem erzählt habe …«

Bonnie nickte verständnislos. Die Sache musste irgendetwas mit dem Mann zu tun haben, mit dem Jefe am Tag zuvor gesprochen hatte, so geheimnisvoll konnte sie eigentlich nicht sein. Der Mann war schließlich ganz selbstverständlich durch die Siedlung marschiert und hatte in der Hafenbar etwas getrunken. Dabei hatte ihn niemand angestarrt. Oder halt. Bonnie überlegte. War das nicht gerade auffällig? Hätte ein nobel gekleideter fremder Mulatte in dieser kleinen Siedlung nicht auffallen müssen? Die Leute hatten jedoch einfach über ihn hinweggesehen.

»Also was ist? Schwörst du's?«, drängte Jefe.

Bonnie nickte wieder. Für Jefe schien die Sache eine Art Spiel zu sein – oder ein Abenteuer.

»Es geht aber erst nach Sonnenuntergang, eigentlich erst bei Mondaufgang«, schränkte Jefe ein. »Ich komme bei Dayton vorbei. Kannst du dich rausschleichen?«

Bonnie zuckte die Schultern. Sie schlief ohnehin draußen in ihrem Verschlag. Herausschleichen musste sie sich also nicht. Sofern der Backra an diesem Abend nicht nach ihr verlangte. Dann konnte es spät werden. Und anschließend war ihr in der Regel auch nicht mehr nach Spaziergängen im Mondschein zumute. Doch das konnte sie unmöglich vor Jefe ausbreiten …

»Ich versuch's«, versprach sie. Jefe musste nicht zu genau wissen, wie sie lebte. »Wenn du vorbeikommst, höre ich dich.«

Jefe grinste. »Du hörst mich nicht! Keiner hört mich!«, prahlte er.

Bonnie verdrehte die Augen. Ein Spiel, ein Abenteuer, genau, wie sie es sich gedacht hatte. Hoffentlich lohnte es sich, das Risiko einzugehen, sich heimlich vom Haus des Backras zu entfernen.

Dann hatte Bonnie allerdings ungewöhnliches Glück. Dayton erhielt einen größeren Auftrag – ausgerechnet Máanu orderte zwei Fässer Pökelfleisch und wollte bei der Gelegenheit auch ihre letzten noch ausstehenden Rechnungen begleichen. Skip Dayton zog also am frühen Abend in bester Stimmung zum Hafen, gefolgt von Bonnie, die den Leiterwagen mit den Fässern zog. Er war schwer, die Räder waren seit langer Zeit nicht geölt worden.

Bonnie war schweißgebadet, als sie bei Máanu ankamen. Die Ladenbesitzerin warf ihr einen mitfühlenden Blick zu, sagte aber nichts. Sie feilschte auch nicht, als Dayton ihr jetzt die Rechnung präsentierte, sondern zahlte gelassen ihre Schulden – anscheinend hatte sie vor Kurzem eine größere Summe Geld eingenommen. Gewöhnlich war Máanu eher knapp bei Kasse.

Dayton jedenfalls zog vergnügt ab und reagierte unerwartet zugänglich, als eine der Hafenhuren ihn ansprach. Mandy, eine Kreolin, die auf eigene Rechnung anschaffte. Oder auf die ihrer weißen Mutter, die eine der schmierigen Bars betrieb. Irgendjemand musste sie schützen, sonst hätten die beiden Bordellbetreiber längst die Hand auf sie gelegt. Mandy war für eine Hure in dieser Gegend außergewöhnlich hübsch, allein ihr blondes Haar zog die Kunden an.

»Wie ist es, Dayton, kaufst du mir einen Drink?«, fragte sie jetzt mit rauchiger Stimme. Bonnie, die hinter Dayton herschlurfte, beachtete sie gar nicht. »Nicht viel los zurzeit in der Stadt. Wenn du Lust hättest … ich mach dir für die Nacht 'nen Sonderpreis …«

Bonnie traute ihren Ohren kaum, als ihr Backra daraufhin tatsächlich Preisverhandlungen aufnahm. Gewöhnlich pflegte er sich am Anblick der Hafenhuren nur scharfzumachen – um sich dann zu Hause an Bonnie schadlos zu halten. Bonnie bewunderte manchmal sein Vorstellungsvermögen. Es stellte in gewisser Hinsicht eine Leistung dar, sich die kurvenreiche blonde Mandy an die Stelle der kraushaarigen, knochigen Bonnie zu denken.

An diesem Abend schien Dayton allerdings entschlossen, sich etwas Besonderes zu gönnen. Nach kurzem Feilschen schickte er Bonnie mit dem Handwagen nach Hause und hakte Mandy unter. Die Hure wirkte zufrieden, als sie ihn in Richtung der Schenke ihrer Mutter lotste. Bonnie verstand sie nicht. Der vierschrötige, sehr starke, doch eher kleine Skip Dayton, der sich nie das Blut seiner Schlachttiere abwusch, ständig Tabak kaute und aus dem Mund nach verfaulten Zähnen und Rum stank, musste sie doch eher abstoßen als anziehen. Bonnie selbst hätte es nie geschafft, für ihn zu lächeln und gurrend auf ihn einzureden.

Erleichtert, dass es sie in dieser Nacht nicht traf, zog sie ihren sperrigen Wagen Richtung Schlachterei. Nein, dazu, Männer aufzureißen, ihnen zu schmeicheln und Bewunderung vorzutäuschen, würde Bonnie sich nie überwinden können. Die Begegnung mit Mandy bestärkte sie in diesem Wissen – und nahm ihr damit jede Hoffnung, ihrem Leben bei Dayton jemals entkommen zu können. Sie hatte schon oft mit dem Gedanken gespielt, sich in den Bauch irgendeines der Schiffe zu schleichen und Grand Cayman als blinde Passagierin zu verlassen. Das könnte gelingen, die schwarzen Hafenarbeiter würden sie sicher nicht verraten. Und verhungern würde sie auch nicht zwischen all dem Proviant. Aber was passierte, wenn das Schiff anlegte? Mit hoher Wahrscheinlichkeit würde man sie entdecken, wahrscheinlich Geld für die Schiffspassage fordern und sie an das nächste Bordell verhökern. Und auch, wenn sie ungesehen entkommen könnte, bliebe ihr nur die Arbeit als Prostituierte.

Bonnie schüttelte sich. Nein, dann blieb sie lieber bei Dayton. Der verlangte zumindest nicht von ihr, dass sie lächelte. Im Gegenteil, es schien ihn zu erregen, wenn sie ihren Abscheu zeigte. Er nötigte sie gern.

Jetzt war ihr Weg jedoch frei zu ihrem Abenteuer mit Jefe. Sie hatte sogar noch ausreichend Zeit, vorher im Meer zu baden. Bonnie tauchte in das erfrischende Wasser und plantschte darin herum. Sie konnte nicht schwimmen, obwohl Jefe immer wieder angeboten hatte, es ihr beizubringen. Sie hatte jedoch nie gewagt, sich vor ihm auszuziehen, er sollte nicht sehen, wie dürr sie war – und erst recht nicht, wie viele Narben Daytons Misshandlungen auf ihrem Körper hinterlassen hatten. Bonnie gab es vor sich selbst nicht zu, aber sie wünschte sich, in Jefes Augen schön zu sein.

Nun wusch sie sich in den Wellen, fühlte sich anschließend sauber und erfrischt und schlüpfte nur ungern wieder in ihr einziges verschwitztes blaues Kleid. Dayton hatte es bei einem Altkleiderhändler erstanden, nachdem ihr altes so abgetragen gewesen war, dass es ihr fast vom Körper fiel. Bonnie hatte damals auf einen roten Rock und eine Bluse gehofft, wie Máanu und die meisten der Kreolinnen sie trugen. Sie hätte darin sicher erwachsener ausgesehen, während das Kleid, das sie jetzt besaß, richtig kindlich wirkte. Rock und Bluse waren Dayton allerdings zu teuer gewesen.

Bonnie hockte sich schließlich in ihren Verschlag und blickte aufs Meer hinaus, während sie auf Jefe wartete. Die Schönheit des weißen Strandes, an den sich das tiefe Grün des Urwalds herantastete, berührte sie allerdings nicht. Wenn Bonnie an das Meer dachte, dann lediglich als eine Mauer rund um ihr Gefängnis, die sie für ihr Leben gern überwunden hätte, wenn es nur den Schatten einer Chance dazu gegeben hätte. Wie so oft träumte sie sich auch in dieser Nacht fort von Grand Cayman, ohne sich wirklich vorstellen zu können, wie es anderswo war. Immer jedoch war Jefe Bestandteil dieser Fantasien. Manchmal stellte sie sich vor, für ihn den Haushalt zu führen und zu kochen, wie sie es jetzt für ihren Backra tat. Er würde keine Tiere vor ihrer Haustür schlachten, und ganz sicher würde er Bonnie nicht schlagen, sondern eher … na ja … ab und zu küssen. Ganz sanft, auf die Wange vielleicht … Bonnie hegte unschuldige Träume.

Natürlich gelang es Jefe nicht, sich lautlos an Bonnie heranzuschleichen. Aber sie war trotzdem überrascht, zumindest über seinen Anhang. Jefe führte ein Eselchen, das einen schwer beladenen Leiterwagen zog. Das Tier gehörte einem alten Mulatten, der am anderen Ende der Siedlung ein paar Felder bearbeitete und Máanu das Gemüse für den Laden lieferte. Bonnie spähte auf den Wagen und erkannte unter anderem die Fässer mit dem Pökelfleisch, die sie zuvor so mühsam zum Hafen geschafft hatte.

»Konntest du die nicht gleich hier abholen?«, fragte sie unwillig. »Ich hab mich so damit abgemüht!«

Jefe schüttelte den Kopf. »Nein! Natürlich nicht!«, sagte er wichtigtuerisch. »Dann hätte dein Backra noch Wind davon gekriegt, wo wir sie hinliefern. Das hier darf keiner wissen, habe ich dir doch gesagt. Du hast geschworen …«

»Ja«, sagte Bonnie, bemüht, nicht zu ungehalten zu klingen. Glaubte Jefe wirklich, es könnte jedem im Ort verborgen bleiben, wenn er einen Esel lieh und einen Leiterwagen belud, um ihn dann durch die halbe Siedlung zu fahren? Und dass Dayton sich nichts dabei gedacht hatte, als Máanu plötzlich ihre

Schulden begleichen konnte? Langsam wurde ihre Neugierde übermächtig. Was für ein Spiel spielten Máanu und Jefe, das zumindest von der Halbwelt Grand Caymans geflissentlich übersehen wurde?

# KAPITEL 7

Bonnie folgte Jefe und seinem Eselskarren zunächst ein Stück am Strand entlang und dann in den Mangrovenwald. Sie hatte nicht gewusst, dass es in dem Dickicht aus Farnen und Palmen Wege gab, aber Jefe fand einen schmalen Pfad, gerade breit genug, damit der Leiterwagen passieren konnte. Das Eselchen mühte sich allerdings sehr ab, der Weg war nicht eben, sondern von Wurzeln durchzogen, auch schlammig nach dem fast täglich fallenden Tropenregen. Unter freiem Himmel trockneten Strand und Straßen stets schnell ab, sobald sich die Sonne wieder zeigte, doch durch das Gesträuch drang kaum Licht. Ohne die Laterne, die Jefe mitgebracht und entzündet hatte, hätten sich die beiden Abenteurer sicher verirrt oder den Weg gar nicht erst gefunden.

»Wo gehen wir denn hin?«, fragte Bonnie, nachdem sie sich fast eine Stunde lang durch die Wildnis geschlagen hatten. Es war unheimlich, Bonnie fuhr jedes Mal zusammen, wenn ein Nachtvogel schrie oder irgendein Tier vor dem Licht ins Dickicht floh. »Und wie lange dauert das noch?«

»Wir sind gleich da, keine Angst«, beruhigte Jefe sie. »Wir hätten auch am Strand entlanggehen können, aber dann wäre der Weg viel weiter gewesen. Das Schiff ankert in der nächsten Bucht, verstehst du?«

»Das Schiff?«, fragte Bonnie. »Welches Schiff? Du …«

»Bonnie! Was glaubst denn du, was für ein Schiff?« Jefe griff sich an den Kopf. »Also, dass wir zu einem Schiff wollen, muss dir doch wohl klar sein. Oder meinst du, wir versorgen hier die Waldgeister?«

Bonnie biss sich auf die Lippen. Sie mochte es nicht, wenn Jefe sie behandelte, als wäre sie dumm. Natürlich hatte sie an ein Schiff gedacht, schon die Auswahl der Waren legte das ja nahe. Sie hatte jedoch wirklich nicht die leiseste Ahnung, warum ein Kapitän nicht den Hafen, sondern eine versteckte Bucht anlaufen sollte, um seine Vorräte aufzustocken.

»Es sind natürlich Piraten«, verriet Jefe, als sich das Dickicht lichtete. Der Weg durch den Wald endete an einer Steilküste.

»Piraten?«, fragte Bonnie völlig verblüfft. »Aber … aber die gibt's doch gar nicht mehr! Haben sie Blackbeard und all die anderen nicht gehenkt? Ich dachte, ich dachte, das wäre vorbei …«

»Nicht ganz.«

Jefe zerrte das müde Eselchen auf einen Uferweg. Er führte entlang der Steilküste bergab und endete in einer Bucht. Bonnie erkannte nun auch einen vor Anker liegenden Dreimaster. Das Schiff war so tief in die Bucht hineingefahren, dass es vom offenen Meer aus nicht zu entdecken war.

»Da … da ist es! Da ist es tatsächlich!«

Bonnie konnte es immer noch kaum glauben. Im Schein des Mondlichts lag ein nicht sehr großer, jedoch stolzer Segler. Seine Besatzung hatte zumindest teilweise zum Strand übergesetzt, dort lagen Ruderboote, und es glommen Feuer. Angst vor Entdeckung schienen die Piraten nicht zu haben. Wahrscheinlich benutzten sie dieses Versteck öfter.

»Natürlich ist es da«, bestätigte Jefe diese Annahme. »Es ist immer da. Wir beliefern den Captain schon ewig. Ein- oder zweimal im Jahr ankert er hier. Und er hätte auch …«, Jefe biss sich auf die Lippen und gab eine Art Schniefen von sich, bevor er weitersprach, »… er hätte meinen Daddy mitgenommen. Meine Mom hatte Daddy von der *Mermaid* erzählt – und vom Captain.

Deshalb wollte er es noch mal probieren mit der Flucht. Aber dann haben ihn die Schweine ja erschossen …« Jefe wischte sich kurz über die Augen. »Wie auch immer … Captain Seegall hätte auf ihn gewartet. Der ist ein guter Kerl.«

Bonnie konnte kaum glauben, dass Jefe von einem Schiffseigner sprach. Keiner der Kapitäne, die sie auf Grand Cayman erlebt hatte, hätte auch nur daran gedacht, einem Sklaven zur Flucht zu verhelfen. »Ist er … schwarz?«, fragte sie.

Jefe schüttelte den Kopf. »Captain Seegall? Nein. Auf einem Piratenschiff ist das allerdings egal. Da kann jeder Captain werden. Sie schauen nicht nach Schwarz oder Weiß. Nur danach, ob man was kann und was leistet bei einem Angriff. Und Captain Seegall … sie sagen, er sei schon mit Blackbeard gesegelt.«

Bonnie schaute hinunter zum Strand. Sie konnte im Licht der Feuer nicht viel erkennen, aber dass die Männer dort unterschiedlichen Rassen angehörten, schien zu stimmen. Viele von Captain Seegalls Männern waren zumindest Mulatten.

»Und weißt du was?«, sagte Jefe jetzt, und seine eben noch betrübte Stimme klang mit einem Mal aufgeregt. »Diesmal lasse ich sie nicht einfach absegeln. Diesmal fahre ich mit!«

Bonnie erschrak. »Du … du fährst mit?«, wiederholte sie tonlos. »Du … willst Pirat werden?«

Jefe nickte stolz. »Genau das!«, verkündete er. »Ich hab's satt, für die weißen Gauner im Hafen Handlangerdienste zu verrichten. Ich hab's satt, mich zu ducken, wenn ein Backra vorbeikommt. Ich will frei sein! Ein Krieger wie mein Vater …«

Bonnie schoss durch den Kopf, dass Jefe eigentlich niemals Handlangerdienste verrichtete und sich erst recht niemals duckte. Doch eigentlich konnte sie nur daran denken, dass er fortwollte. Jefe wollte gehen, wollte sie allein lassen … Bonnie biss sich auf die Lippen.

»Und sie nehmen dich einfach so mit?«, fragte sie heiser.

»Na ja, ›einfach so‹ nicht«, erklärte Jefe. »Ich musste ihnen schon ein bisschen was liefern …« Stolz sah er hinunter auf seine künftigen Kumpane.

»Die Waren?«, wunderte sich Bonnie und warf einen Blick auf den Eselskarren. »Aber die haben sie doch bezahlt.«

Woher sonst sollte Máanu das Geld gehabt haben, das sie Dayton gegeben hatte? Und sie war sicher auch nicht damit einverstanden, dass Jefe mit den Freibeutern absegelte. Es war unwahrscheinlich, dass sie ihn dazu mit einer Art Mitgift ausstattete.

»Doch nicht die Waren, du Dummerchen!« Jefe schüttelte nachsichtig den Kopf. »Die zahlen sie immer, das ist Ehrensache, Captain Seegall zieht keinen übern Tisch. Aber in diesen Kreisen bezahlt man nicht mit Geld. Da zahlt man mit Wissen. Den Sanchez, den hat es gestern ganz brennend interessiert, dass da ein paar Segler voll beladen nach England aufgebrochen sind. Die Piraten laden jetzt noch Proviant, und dann geht's los, morgen Nacht, ihnen nach! Da ist eine ordentliche Prise zu machen …« Er betonte das Wort Prise – seine erste Vokabel aus dem Sprachschatz der Piraten.

Bonnie wurde jetzt einiges klar. Sanchez war wohl der fein gekleidete Mulatte gewesen, der sich mit Jefe in der Schenke unterhalten hatte. Máanus Sohn hatte ihm von den Schiffen erzählt. Etwas in Bonnie begehrte dagegen auf, dass er ihre Kapitäne und die Besatzungen eiskalt ans Messer geliefert hatte. Aber andererseits – es war kein Geheimnis, dass die Schiffe auf Barbados Zuckerrohr geladen hatten, nachdem sie Sklaven aus Afrika auf die Insel gebracht hatten. Wenn die Besatzung nun selbst auf irgendeinem Sklavenmarkt landete und ihre Ladung in der Hand der Freibeuter, so geschah es den Kerlen recht!

Bonnie und Jefe hatten inzwischen mehr als die Hälfte des Uferweges hinuntergeschafft. Die Piraten mussten den Eselskarren gleich bemerken. Bonnies Gedanken arbeiteten fieberhaft. In ihrem Gehirn manifestierte sich eben die kühnste Idee, die sie je gehabt hatte, doch sie würde noch etwas Zeit brauchen, um sie weiter auszubauen. Entschlossen blieb sie stehen.

»Ich komme nicht mit, Jefe«, erklärte sie. »Ich … ich verstecke mich hier und schaue es mir von Weitem an, wie du auslädst.«

Jefe blickte sie fast etwas beleidigt an. »Wirklich? Aber ich dachte … ich dachte, es würde dich freuen, die Männer alle kennenzulernen. Es sind 'n paar wahre Originale darunter! Der Koch, das ist 'n Einbeiniger. Er sagt, er hat das Bein vor Charleston verloren. Und dann, als sie die ganzen anderen Freibeuter gehenkt haben, ist er dem Tod so gerade noch von der Schippe gesprungen …«

Bonnie unterbrach ihn. »Jefe, ich bin ein Mädchen«, sagte sie unwillig. »Und ein anständiges Mädchen freut sich gar nicht darüber, eine ganze Horde Männer kennenzulernen, die wahrscheinlich seit drei Monaten keine Frau gesehen haben …«

Jefe lachte. »Komm, Bonnie, das sind achtbare Männer …«, verteidigte er seine neuen Freunde.

»Das sind Piraten, Jefe!« Bonnie musste sich bemühen, die Stimme zu dämpfen. Sie schwankte zwischen Besorgnis, Belustigung und Anspannung. Diese Idee … »Wenn du sie achtbar nennen würdest, wären sie wahrscheinlich beleidigt.«

Jefe grinste. »Na ja, nicht in *dem* Sinne achtbar«, schränkte er ein. »Jedoch … hm … rechtschaffen. Und du bist mit mir da, dir würden sie nichts tun.«

Bonnie bezweifelte das. Aber eigentlich fürchtete sie sich weniger vor einer Vergewaltigung als davor, den Männern vor der Zeit ihr Gesicht zu zeigen …

Jefes Miene verfinsterte sich auf einmal. »Oder … verabscheust du sie? Ist das der Grund, weshalb du nicht mit ihnen reden willst? Verurteilst du sie, für das, was sie tun?«

Bonnie fragte sich, wie er es schaffte, seit nunmehr vier Jahren fast jeden Tag mit ihr zusammen zu sein und sie doch so wenig zu kennen.

»Nein«, sagte sie leise. »Ich beneide sie!«

Dann zog sie sich endgültig in den Dschungel seitlich des Höhenweges zurück. Die Vegetation auf den Inseln war überall üppig. Sie würde sich im Schatten der Nacht noch näher an die Bucht heranschleichen können, wenn sie das Risiko auf sich nehmen wollte. Doch erst musste sie weiter über diese Idee nachdenken. Diese ungeheuerliche Idee …

Jefe führte sein Eselchen hinunter zur Bucht und wurde von den Piraten begrüßt wie ein alter Freund. Die Männer begannen gleich, die Waren von Jefes Karren auf die Beiboote umzuladen, die am Strand lagen. Alle arbeiteten schnell und zielstrebig, was Bonnie etwas wunderte. Wenn irgendjemand aus der Hafensiedlung Feuer am Strand machte, dann kreisten darum herum auch bald die Rum- und Schnapsflaschen. Die Männer von Captain Seegall schienen jedoch nicht betrunken zu sein. Erst als alles in den Booten verstaut war, wechselte der Kapitän noch ein paar Worte mit Jefe – jedenfalls nahm Bonnie an, dass es sich bei dem imponierend großen Mann um Captain Seegall handelte. Im Gegensatz zu den anderen Männern, die karierte Hemden und knöchellange Leinenhosen trugen, war er mit Kniehose, Rüschenhemd und Justaucorps förmlich gekleidet. Allerdings trübte sein gewaltiger Vollbart, der dem seines großen Vorbilds Blackbeard sicher kaum nachstand, das Bild des seriösen Händlers oder Plantagenbesitzers. Er trug auch weder Schuhe noch Seidenstrümpfe. Der Kapitän lief barfuß wie seine Männer.

Letztere zeigten wenig Respekt vor Seegall. Zumindest schienen sie ihn nicht zu fürchten wie die Matrosen der Handelsschiffe ihren Kapitän und die anderen Schiffsoffiziere, denen sie stets eher aus dem Weg gingen. Bonnie hatte gehört, dass die Werber der Reedereien sie mitunter zum Dienst auf den Schiffen zwangen, indem sie die Männer betrunken machten und entführten. Auf den Piratenschiffen waren die Männer sicher alle freiwillig. Und wenn sie sich gar »einkaufen« mussten wie Jefe …

Das Anheuern auf Piratenschiffen war die einzige Schwierigkeit, für die Bonnies kühner Plan noch keine Lösung vorsah. Sie musste einfach mehr darüber in Erfahrung bringen. Als Jefe zurückkam, hockten sie sich beide auf den Leiterwagen und ließen sich von dem Eselchen ziehen. Dabei überschüttete Bonnie ihren Freund mit Fragen.

Jefe überlegte. »Die meisten von Seegalls Männern sind wohl Deserteure«, meinte er. »Oder Meuterer. Leute, die es auf den Handelsschiffen oder den Kriegsschiffen nicht aushielten. Besonders beim Militär soll es schrecklich sein, meint Sanchez. Die Offiziere sind nicht besser als die Backras auf den Plantagen. Manchmal nehmen die Piraten auch Gefangene. Wenn sie ein Schiff entern, und es findet sich ein Arzt oder Schiffszimmermann …«

Bonnie revidierte ihre Annahme von der Freiwilligkeit.

»Aber denen gefällt's auch«, behauptete Jefe. »Sie bleiben alle gern.«

»Muss man denn immer was … einbringen, wenn man bei den Piraten anheuern will?«, fragte Bonnie schließlich.

Jefe zuckte die Schultern. »Na ja …«, murmelte er. »Sie … sie wollen schon wissen, ob man es ernst meint … So jemand wie ich …«

Bonnie überlegte, ob der Piratenkapitän es Jefe womöglich besonders schwer machen wollte. Wundern würde es sie nicht, setzte er mit Jefes Mitnahme doch seine langjährige, offensichtlich gute Geschäftsbeziehung mit Máanu aufs Spiel. Seegall musste wissen, dass die Ladenbesitzerin andere Pläne mit ihrem Sohn hatte denn eine Karriere als Freibeuter. Wahrscheinlich würde sie schäumen, wenn sie feststellte, dass Jefe mit den Piraten auf und davon war, und wer weiß, ob sie beim nächsten Mal noch so bereitwillig Proviant lieferte.

Ein anderer junger Mann jedoch … einer ohne Familie, ohne Freunde – Bonnie kam zu dem Schluss, dass die »Mitgift« so hoch gar nicht sein konnte.

»Wieso willst du das eigentlich alles wissen?«, fragte Jefe schließlich, als der Strand der Hafensiedlung schon nicht mehr weit war. »Du … wirst mich doch nicht bei meiner Mom verpfeifen, oder? Ich hab's nur dir erzählt, dass ich wegwill. Kein anderer ahnt etwas. Später kannst du es ihr natürlich sagen. Und ihr Grüße bestellen. Vielleicht schreib ich ihr auch noch einen Brief, den du ihr geben kannst …«

Bonnie schüttelte den Kopf. »Ich werde dich nicht verraten«, sagte sie. »Natürlich nicht. Aber ich kann auch keinen Brief für dich abgeben. Weil ich nämlich mitkomme, Jefe. Und versuch jetzt nicht, mich davon abzuhalten. Ich will hier schon lange weg, das weißt du. Und dies ist die einzige Möglichkeit. Ich schneid mir die Haare ab und ziehe Hosen an, dann merkt keiner, dass ich ein Mädchen bin.« Entschlossen blickte sie ihrem Freund in die Augen. »Ich werde Pirat!«

# KAPITEL 8

Victor Dufresne ließ sich natürlich dazu überreden, noch bis zum Sonntag auf Cascarilla Gardens zu bleiben und Deirdre und ihre Eltern auf den Ball bei den Keensleys zu begleiten.

Seine Augen leuchteten auf, als er Deirdre in ihrem Festkleid sah – dieses Mal trug sie eine altrosa Kreation, besetzt mit dunkelblauer Spitze. Die Zofen hatten Kamelien in ihr Haar geflochten, die in Noras Garten gerade blühten und die farblich zum Kleid passten, ihr Duft hüllte Deirdre ein wie das betörendste Parfüm. Victor hatte für das Wochenende bei den Fortnams natürlich nur schlichte Kleidung mitgenommen, was Doug zum Anlass nahm, dem Puder- und Perückenzwang zu entgehen. Angeblich wollte er nicht, dass Victor als Einziger ohne Schminke und Brokatweste auftrat. Deirdre fand seine Breeches, die Stiefel und das braune Jackett auch weitaus ansprechender und vor allem männlicher als den rosafarbenen Seidenrock mit den gelben Aufschlägen, den Quentin Keensley an diesem Abend trug. Der junge Mann begrüßte die Gäste gleich am Eingang des Ballsaals gemeinsam mit seinen Eltern und verzog unwillig das Gesicht, als Doug Victor förmlich als Gast seiner Familie vorstellte.

Lady Keensley lächelte dagegen huldvoll. Sie erinnerte sich zweifellos an Victors Tanz mit Deirdre auf deren Fest.

»Wir kennen uns ja schon!«, flötete sie. »Der junge Medikus aus Saint-Domingue … Herzlich willkommen, Monsieur!«

Nora sah geradezu, wie es hinter der Stirn ihrer Gastgeberin arbeitete. Ein nicht angemeldeter Besucher forderte rasche Entscheidungen bezüglich der Sitzordnung beim Bankett – und in diesem Fall eine schnelle und möglichst richtige Einordnung. War er wirklich nur ein »Freund der Familie«? Dann brauchte der junge Mann eine altersmäßig passende Tischdame, die er später auch zum Tanz geleiten konnte. Oder war er doch ein aussichtsreicher Bewerber um die Hand der jungen Deirdre? In diesem Fall hätte Lady Keensley ihn nur zu gern neben seiner Verlobten platziert. Nora hätte jedoch wetten mögen, dass der Platz neben ihrer Tochter schon von Quentin beansprucht wurde …

Lady Keensleys beobachtender Blick folgte Victor, aber der junge Arzt lieferte ihr keinerlei Anhaltspunkte. Höflich und jeder Form gerecht hatte er Nora in den Saal geführt, während Doug seiner Tochter den Arm reichte.

Nora sah, wie Lady Keensley prüfende Blicke über die schon anwesenden jungen Damen gleiten ließ – und bemerkte, dass ihre Suche nach einer passenden Tischdame für Victor auch Deirdre nicht verborgen blieb. In dem ausdrucksstarken Gesicht ihrer Tochter stand jetzt schon Eifersucht. Nora beschloss, sich einzumischen, um eventuellen Krisen vorzubeugen.

»Dr. Dufresne und ich haben viele gemeinsame Interessen«, wandte sie sich verbindlich lächelnd an die Lady. »Sie wissen, ich begeistere mich für die Medizin. Wir hatten bislang nur sehr wenig Zeit, uns auszutauschen. Wenn es also möglich wäre, uns beim Essen vielleicht nebeneinander zu platzieren …«

Lady Keensley nickte erleichtert. Das war problemlos zu arrangieren. Nora atmete auf, als Deirdre wieder lächelte, obwohl Quentin sich ihr zugesellte und sofort begann, auf sie einzureden. Doch sie ahnte, dass dieser Abend nicht ohne Tücken verlaufen würde.

Und tatsächlich hielt die ungetrübte Stimmung nicht lange an. Wie erwartet führte Quentin Keensley Deirdre zu Tisch, unwillig beobachtet von einer hübschen Blonden, die Lady Keensley an seiner anderen Seite platziert hatte. Wahrscheinlich hatte die junge Frau sich den Abend anders vorgestellt. Keensley entdeckte gerade sichtlich ungehalten, dass Nora und Victor ihnen genau gegenübersaßen. Das so zu arrangieren war sicher ungeschickt von Lady Keensley gewesen, doch beim Ausarbeiten der Sitzordnung hatte sie ja nichts von Victor ahnen können. Wahrscheinlich hatte sie Nora und Doug Quentin und Deirdre gegenüber platzieren wollen, damit ihr Sohn nicht auf dumme Gedanken kam. Falls sie inzwischen von Deirdres und Quentins gemeinsamem Ausritt ohne Anstandsdame gehört hatte, musste sie der Tochter der Fortnams wohl auch einiges zutrauen …

Nun jedoch beachtete Deirdre ihren Tischherrn kaum, sondern hatte nur Augen für Victor. Auf Quentins Versuche, sie zu unterhalten, reagierte sie allenfalls einsilbig, mitunter gar nicht, und der junge Mann wirkte schon bald entsprechend verärgert. Immerhin verhielt sich Victor untadelig. Er bemühte sich erkennbar, Deirdres Blicke nicht allzu feurig zu erwidern, sondern konzentrierte sich auf die Konversation mit Nora. Ihr Gespräch wurde auch schnell anregend, Nora unterhielt sich bei diesem Essen weitaus besser als auf anderen Festen mit ihren Nachbarn.

Schließlich fand das Bankett sein Ende, die Gäste schlenderten in den Ballsaal hinüber, und Victor wandte sich mit höflichem Lächeln an Nora.

»Möchten Sie tanzen, Mrs. Fortnam? Oder …«

Er versuchte, es sich nicht anmerken zu lassen, Nora bemerkte jedoch seinen verstohlenen Blick auf Deirdre, er ließ Quentin kaum einen Moment aus den Augen. Er stand eben auf, wohl um sie in den pompösen Tanzsaal zu führen, der an die Salons der Keensleys anschloss.

Nora fächelte sich Luft zu. Die Prunkräume der Keensleys waren für das Wetter auf Jamaika nicht gemacht – es war jetzt schon stickig heiß, und sicher ließ sich kein Fenster öffnen …

»Nein danke, Monsieur Victor«, lehnte sie freundlich ab. »Nach diesem Essen, es war wundervoll, aber viel zu üppig, brauche ich erst mal eine Verschnaufpause. Ich sollte meinen Mann vielleicht auch von Lady Warrington befreien. Es war nicht unbedingt die glänzendste Idee, sie ihm als Tischdame zuzuteilen …« Wahrscheinlich hatte diese Platzierung dazu gedient, die Fortnams von künftigen Festen bei den Keensleys abzuschrecken, aber mit einer solchen Überlegung hielt Nora natürlich zurück. »Kümmern Sie sich ruhig ein wenig um Deirdre. Die scheint mit ihrem Kavalier ja auch nicht allzu glücklich zu sein.«

Sie wies auf ihre Tochter, die eben ein Gähnen unterdrückte. Nicht gerade ein damenhaftes Verhalten, und Nora schämte sich ein bisschen für ihre Tochter. Victor lachte jedoch erleichtert.

»Tatsächlich?«, fragte er betont beiläufig. »Und dabei dachte ich schon … nun ja, bei einer so unmittelbaren Nachbarschaft …« Er biss sich auf die Lippen. »Und der junge Lord Keensley hat sich ja gleich sehr um Miss Deirdre bemüht …«

Nora seufzte. Sie hatte schon bei Simon oft gedacht, dass man es mit Höflichkeit und Zurückhaltung auch übertreiben konnte.

»Na, dann bemühen Sie sich mal Ihrerseits!«, forderte sie Victor unmissverständlich auf. »Wir jedenfalls haben mit den Keensleys nicht allzu viel gemeinsam, und Deirdre ist ganz sicher niemandem versprochen.«

Lächelnd beobachtete sie, wie der junge Arzt sich daraufhin entschuldigte und zu Deirdre und Quentin eilte. Gleich darauf, als ein Menuett gespielt wurde, reihte sich die junge Frau strahlend neben ihm in die Reihe der Tänzer und Tänzerinnen ein. Quentin führte das blonde Mädchen auf die Tanzfläche –

anscheinend gestaltete sich nun doch noch alles nach den Wünschen von Lord und Lady Keensley.

Quentin Keensleys Temperament war jedoch zu aufbrausend, um sich in das Offensichtliche zu fügen. Egal, wie deutlich Deirdre ihm zu verstehen gab, dass er ihre Gunst nicht besaß – so schnell war der verwöhnte junge Mann nicht bereit, sein Werben aufzugeben. Während der nächsten Stunden tanzte er mit einer jungen Frau nach der anderen und lachte und schäkerte mit seinen Partnerinnen, wann immer er an Deirdre vorbeikam. Die nahm allerdings gar nicht wahr, wie beliebt ihr Gastgeber war. Wenn sie nicht gerade mit Victor tanzte, dann plauderte sie angeregt mit ihm. Sie nippte an einem Glas Champagner und hing an den Lippen ihres Kavaliers.

Quentin schäumte vor Wut, immer wenn er Deirdres selbstvergessenes Lächeln sah. Er sprach eifrig dem Rumpunsch zu – schon aus purer Frustration –, und schließlich war es ihm egal, welchen Eklat er womöglich verursachte. Rüde drängte er sich zwischen Deirdre und Victor, als die sich gerade wieder zum Tanz aufstellten.

»Nun reicht es mal, Miss Fortnam!«, erklärte er entschlossen. »Ich habe Sie schon vor Stunden um einen Tanz gebeten. Es wird Zeit!«

Deirdre runzelte die Stirn. »Ich kann mich nicht erinnern, Ihnen irgendetwas versprochen zu haben«, gab sie zurück. »Und für diesen Tanz habe ich bereits Monsieur Dufresne zugesagt.«

Quentin wandte sich Victor zu und funkelte ihn an. »Der hatte ja wohl schon genug Tänze!«, stieß er böse aus. »Überhaupt, was ist das für ein Benehmen? Einfach hier auftauchen und … und den besten Mädchen die Tänze rauben, und …«

Victor zog mit gespieltem Erstaunen die Augenbrauen hoch. »Fühlen Sie sich von mir beraubt, Miss Fortnam?«, fragte er gelassen.

Deirdre kicherte champagnerselig. »Nicht wirklich, Monsieur Victor. Im Gegenteil, ich … fühle mich eher beschenkt …« Sie zwinkerte ihm zu und deutete einen Knicks an.

»Da hören Sie es«, sagte Victor. »Und nun lassen Sie uns doch bitte tanzen – Sie sehen, man wartet auf uns.«

Victor und Deirdre hatten an einem komplizierten Schritttanz teilnehmen wollen, den ein Tanzmeister ansagte und zu dem sich die Paare im Vorfeld formieren mussten. Solange Quentin die Tanzfläche blockierte, konnte man nicht beginnen – und natürlich hatten die drei auch längst die Aufmerksamkeit sämtlicher anderer Paare, des Tanzmeisters und der Musikanten.

»Danach steht es Ihnen natürlich frei, Miss Deirdre Ihrerseits um einen Tanz zu bitten«, fügte Victor höflich hinzu.

Er wollte Deirdres Hand ergreifen und sich abwenden, aber Quentin fasste seine Schulter und riss ihn grob zu sich herum.

»Einen Dreck werde ich!«, zischte er. »Ich tanze jetzt mit ihr. Und du verziehst dich … du …«

Victor riss sich los und erkannte jetzt erst, wie gefährlich es in Quentins Augen funkelte. Bisher hatte er die Sache noch von der komischen Seite gesehen. Quentin hatte sicher etwas zu viel getrunken und pöbelte nun ein wenig herum. Aber jetzt schien es, als wollte der Sohn des Gastgebers einen ernsthaften Streit anfangen. Victor taxierte den jungen Mann kurz und kam zu dem Ergebnis, dass er ihm gewachsen wäre, sollte es zu einem Schlagabtausch kommen. Quentin war nicht größer und stärker als Victor und zudem nicht mehr nüchtern. Doch alles in dem jungen Arzt wehrte sich dagegen, sich wie ein Bauernbengel auf einem Tanzboden zu prügeln. Und wer wusste, wohin das noch führen konnte? Quentin war nicht der Einzige, den Deirdre in dieser Ballnacht abgewiesen hatte.

Victor warf einen Blick auf die junge Frau, die das Gerangel fasziniert beobachtete. Ob es ihr gefallen würde, wenn er sich um sie schlug? Aber nein, sie waren unter Gentlemen – man musste versuchen, das anderweitig zu bereinigen.

Victor fuhr mit der Hand über sein Revers, das Quentin eben berührt hatte, und tat, als müsse er den Staub davon entfernen. »Nun werden Sie nicht gleich laut … Mylord.« Er betonte den Titel so provozierend, dass einige der um sie her stehenden Tänzer lachten. »Wir können uns da sicher gütlich einigen. Gefragt ist hier allerdings einzig und allein Miss Deirdre. Vielleicht appellieren Sie einfach mal an ihr … hm … Mitgefühl. Wenn sich denn nun wirklich keine andere Dame findet, die mit Ihnen tanzen mag, Mylord … Ich verstehe schon, dass Sie das kränkt, obwohl der Grund dafür möglicherweise in Ihrem eigenen Verhalten zu suchen ist. Aber wie gesagt … falls Miss Deirdre Erbarmen zeigen und sich ein paar Schritte mit Ihnen auf dem Parkett bewegen würde … also von meiner Seite her bestünden da keine Einwände …« Victor lächelte Deirdre zu, die zuerst mit einem unwilligen Verziehen des Gesichts, dann mit einem immer breiter werdenden spöttischen Lächeln auf seine Ansprache reagierte. Gelassen fuhr er mit seiner Rede fort. »Ich bin sicher, dass ich keinen Grund zur Eifersucht habe, Miss Deirdre. Sofern Sie diesem armen Tropf entgegenkommen möchten. Was mich angeht, so bitte ich Sie nur förmlich um den letzten Tanz dieses Abends … ich möchte mit der Erinnerung an Ihren Duft und den sanften Druck Ihrer Hände einschlafen …« Der junge Arzt schenkte Deirdre einen zärtlichen Blick. »Aber natürlich ist es Ihre Entscheidung, ich sagte ja schon …«

Victor hob leicht die offenen Hände. Eine Geste, die man als Angebot verstehen konnte oder als Verzicht. Deirdre hätte seine Hand ergreifen und auf dem Tanz bestehen können, oder sie könnte sich auch einfach leicht verbeugen und sich Quentin zuwenden. Doch was immer sie tat – Quentin hätte sich noch weiter blamiert, hätte er Victor in dieser Situation tätlich angegriffen.

Inzwischen hörte man weitere Lacher aus den Reihen der umstehenden Paare. Die Gesellschaft blickte unverhohlen amüsiert auf Quentin, der Victor mit geballten Fäusten, aber hilflos gegenüberstand.

Deirdre dachte kurz nach. Sie wollte nicht mit Quentin tanzen, aber sie sah ein, dass es die beste Lösung war. Ein Teil von ihr bewunderte Victor für sein elegantes Manöver zu beschwichtigen, ohne selbst das Gesicht zu verlieren. Ein anderer Teil hätte jedoch gern gesehen, wie er sich mit Fäusten verteidigte. Sie lächelte verhalten und beschloss, sich Quentin zuzuwenden.

»Na, dann wollen wir mal …«, sagte sie kühl.

Quentin Keensley jedoch zog sich zurück. Vielleicht aus der Erkenntnis heraus, dass er sich noch mehr zum Narren machen würde, wenn er jetzt mit Deirdre tanzte, vielleicht auch, weil sich inzwischen sowohl Lord und Lady Keensley als auch die Fortnams der Tanzfläche näherten.

»Ich … ich wollte sowieso nicht mit dir tanzen, du … du Niggerbastard!«

Quentin zischte Deirdre die Worte zu, bevor er sich abwandte. Er sprach nicht laut genug, als dass Victor oder irgendjemand anders sie hätte hören können – Doug oder Victor hätten ihn sonst zweifellos gefordert. Aber Deirdre zuckte doch darunter zusammen. Quentin warf ihr noch einen hasserfüllten Blick zu, dann ließ er die junge Frau stehen. Starr vor Schreck und Scham schaute sie ihm nach. In diesem Moment ergriff der Tanzmeister die Initiative. Offenbar spürte er, dass er die Situation retten konnte, und er tat es mit routiniertem Charme sowie einem ehrlichen Lächeln. Die junge Frau war so hübsch, und der Mann hatte sie brüskiert – das war ein unverzeihliches Verhalten.

»Mademoiselle!« Der Tanzmeister, wie die meisten seiner Zunft Franzose, verbeugte sich tief vor der erblassten Deirdre. »Wenn Sie dann vielleicht mir die Ehre geben würden? Es wäre mir eine Freude, mit einer Schönheit wie Ihnen den Tanz anzuführen!«

Deirdre reichte ihm wie in Trance die Hand und folgte ihm

benommen an die Spitze der Tanzenden. Sie fühlte sich so gekränkt – aber dann setzte die Musik ein. Der Maître blinzelte ihr ermutigend zu und leitete sie durch die ersten Schritte, eine recht schwierige Tanzfigur. Deirdre musste sich sehr konzentrieren, um alles richtig zu machen und vergaß darüber Quentin und sein hässliches Verhalten. Schließlich genoss sie die Ehre, diesen Tanz anführen zu dürfen. Sie hob den Kopf, lächelte und ließ sich elegant von dem Maître durch das Menuett führen. Ab und zu schenkte sie dem bewundernd zuschauenden Victor dabei ein strahlendes und Quentin, der sich seinen Eltern zugesellt hatte, ein herablassendes Lächeln.

Nora platzte fast vor Stolz auf ihre wunderschöne Tochter an der Spitze der Tänzer. Das Enfant terrible der Gesellschaft der Pflanzer tanzte in der Haltung einer Königin auf dem Ball der Keensleys!

Doug dagegen war skeptisch. Er wusste nicht, was genau vorgefallen war, aber eines war sicher – Deirdre und Victor hatten es sich heute gründlich mit Quentin Keensley verdorben. Und es hätte noch schlimmer kommen können, Doug konnte sich denken, was der Sohn der Nachbarn seiner Tochter entgegengeschleudert hatte. Die Wogen waren zwar vorerst geglättet, doch Doug sah schwarz für die weitere Entwicklung der nachbarschaftlichen Beziehung. Denn auch, wenn es im Sinne der alten Keensleys war, dass Quentin sein Werben um Deirdre aufgab – seine öffentliche Demütigung hatte dem Lord und der Lady sicher nicht gefallen. Victors Zurückhaltung dagegen war bewundernswert geschickt gewesen! Doug selbst hätte sich in seinem Alter nicht so perfekt beherrschen können. Wahrscheinlich hätte er den jungen Keensley mit ein paar Schlägen niedergestreckt.

Doug warf einen Blick auf die tanzende Deirdre, sah dann zu Nora hinüber und bemerkte seufzend ihre strahlenden Augen. Wahrscheinlich dachte sie gerade wieder mal darüber nach, dass ihre wunderschöne Tochter zweifellos jeden der jungen Männer in diesem Ballsaal haben konnte. Für Doug dagegen hatte sich die Zukunft seiner Tochter eben entschieden – nach dieser Geschichte würde sie auf Jamaika keinen Fuß mehr auf den Boden bekommen. Die Keensleys waren mächtige Feinde. Wenn sie es wollten, konnten sie das Gerede über Deirdre jederzeit wieder aufflackern lassen. Und selbst ohne ihr Zutun würde am kommenden Tag halb Jamaika erneut über die Tochter der Fortnams klatschen. Nein, Doug war fest entschlossen, und er würde es auch Nora eindringlich klarmachen: Wenn Victor Deirdre heiraten wollte und sich nicht an ihrer Abkunft stieß, dann sollte es an ihren Eltern nicht scheitern.

# KAPITEL 9

Victor und Deirdre verbrachten auch noch den Sonntag gemeinsam auf Cascarilla Gardens, danach schwebte Deirdre wie in Trance durch Haus und Garten.

»Wahrscheinlich hat er sie geküsst«, mutmaßte Doug.

Nora bezweifelte das. Wenn es irgendetwas gab, das sie an Victor nicht schätzte, so war es seine mitunter übertriebene Korrektheit. Victor Dufresne würde erst um die Hand einer jungen Frau bitten, bevor er sie küsste. Alles andere würde seiner Vorstellung von einem Gentleman zuwiderlaufen.

Allerdings war auch Nora der Ansicht, dass sein Antrag nur eine Frage der Zeit war, und so war Doug nicht überrascht, als der junge Mann schon am Dienstag in seinem Kontor in Kingston erschien, um förmlich bei ihm vorzusprechen. Doug stellte amüsiert fest, dass er sich Mühe mit seinem Äußeren gegeben hatte. Victors Haar war geflochten und gepudert, und ausnahmsweise machte sich keine Strähne davon selbstständig, was ihm ein distinguierteres Aussehen verlieh. Er trug reinweiße Kniehosen, Seidenstrümpfe und Schnallenschuhe, dazu ein nussbraunes Jackett mit in der Taille zusammengebundenen Schößen und goldgelben Umschlägen. Zweifellos das Äußerste an modischen Zugeständnissen, zu denen sich dieser eher zurückhaltende junge Arzt aufraffen konnte. Natürlich durfte auch der unvermeidliche Dreispitz nicht fehlen. Mit dem Hut in der Hand vollführte Dufresne eine perfekte Verbeugung, die jedem Höfling Ehre gemacht hätte.

Doug lächelte, bat ihn herein und bot ihm einen Platz an. Sein Büro in Kingston war anders eingerichtet als die Salons in Cascarilla Gardens, in denen heimische Hölzer und die für die Karibik typische verspielte Schnitzkunst vorherrschten. Das Kontor war nach französischer Mode möbliert, wozu aufwendig verzierte Sessel mit elegant geschwungenen Beinen und Petit-Point-Stickereien sowie Tischchen und Anrichten mit Blattgoldauflage gehörten. Victor Dufresne schien dieser Stil ebenso wenig zu liegen wie Nora und Doug, aber vielleicht war es auch nur seine Nervosität, die ihn befangen vorn am Rand des Besuchersessels Platz nehmen ließ.

Doug wartete. Er bewahrte eine Flasche besten Rums in einem seiner Schränke auf, mittels dessen sich die Atmosphäre sicher lockern ließe, zuerst jedoch wollte er den jungen Mann sein Anliegen vortragen lassen. Dufresne hielt sich denn auch nicht mit langen Vorreden auf. Er bat mit gesetzten Worten, aber fester Stimme um die Erlaubnis, förmlich um die Tochter der Fortnams werben zu dürfen.

»Ich habe große Zuneigung zu Miss Deirdre gefasst, und ich wage anzunehmen, dass auch sie mich … nicht abstoßend findet …«

Victor räusperte sich, anscheinend hätte er sich fast verhaspelt. Doug überlegte amüsiert, ob Deirdre wohl von diesem Besuch wusste und ob sie genauso nervös war wie ihr Kavalier.

»Nun ist Miss Deirdre natürlich noch sehr jung, und ganz allgemein hätte ich auch gar nichts gegen eine längere Verlobungszeit einzuwenden«, sprach Dufresne gleich weiter. »Im Gegenteil, es würde mich glücklich machen, sie zu verwöhnen und zu umwerben … ihr Gelegenheit zu geben, mich näher kennenzulernen …«

»Also über die Erkenntnis hinaus, dass Sie ein hervorragender Reiter sind?« Doug lächelte, um es Victor leichter zu machen.

»Das hat sie uns nämlich bereits verraten. Um nicht zu sagen, sie hat von Ihnen geschwärmt, Dr. Dufresne …«

Über Victors gebräunte Wangen flog eine leichte Röte. Wahrscheinlich tat es ihm jetzt leid, auf ein geschminktes Gesicht verzichtet zu haben.

»Ich … äh … ich bin Deirdre in keiner Weise zu nahe getreten. Aber sie … sie ist einfach hinreißend, gerade zu Pferde, sie …«

»Ich weiß, dass meine Tochter hinreißend ist«, erklärte Doug. »Und ich habe auch bereits Erkundigungen über Sie eingezogen, Dr. Dufresne. Ich weiß, dass Sie Ihren Aufenthalt hier auf Jamaika deutlich über Ihre ursprüngliche Planung hinaus ausdehnen, obwohl Sie eigentlich nach Hispaniola zurückkehren müssten … Schließlich wollen Sie dort eine Praxis eröffnen.«

Dufresne nickte erleichtert. »Nicht nur das, Mr. Fortnam«, erklärte er dann. »Ich hätte auch hier schon Patienten, die mein Auskommen gewährleisten würden. Doch es ist ein Stadthaus in Cap-Français geplant, Mr. Fortnam, das mein Vater großzügigerweise für mich errichten lassen will.« Victor spielte mit seinem Dreispitz. Wirklich glücklich schien er über die Spendabilität seiner Familie nicht zu sein. »Und wenn ich nicht zugegen bin, um es mitzuplanen, dann … dann wird es keine Arztpraxis, sondern ein … na ja, es wird wie das Herrenhaus einer Plantage aussehen.« Victor hielt inne. Kritik an seinen Eltern kam bei seinem hoffentlich künftigen Schwiegervater ganz sicher nicht allzu gut an.

Doug nickte allerdings verständnisvoll. Er dachte an das Haupthaus von Cascarilla Gardens, bevor es damals abgebrannt war – ein wuchtiges, zweistöckiges Steinhaus mit Mansardendach und Säulen, das sein Vater hatte errichten lassen. Die meisten Pflanzer liebten diese Architektur, zumindest die englischen. Die Franzosen mochten sich womöglich an Versailles orientieren, doch weder der eine Stil noch der andere eignete sich für das Stadthaus eines Arztes, das den Patienten ja eher Vertrauen als Respekt einflößen sollte. Jedenfalls konnte Doug sehr gut nachvollziehen, dass Victor sein künftiges Domizil selbst entwerfen wollte.

»Sie müssen also so bald wie möglich nach Saint-Domingue zurückkehren, um die Bauarbeiten zu überwachen, und Sie würden Deirdre vorher gern einen Antrag machen«, fasste Doug die Lage zusammen. »Wobei Sie von der Zustimmung meiner Tochter ausgehen. Ich verstehe, Dr. Dufresne …« Er stand auf, begab sich zu dem Schrank mit seinen Rumvorräten und stellte zwei Gläser auf den Tisch. »Und ich denke«, sprach er weiter, während er einschenkte, »dass wir uns über den Hochzeitstermin und letztlich Deirdres Abreise nach Hispaniola schon einig werden …«

Victor atmete hörbar auf. Dann nickte er eifrig. »Ich dachte daran, zunächst allein zurückzukehren und alles für Deirdre vorzubereiten«, erklärte er freudig. »Sie soll ein vollständig eingerichtetes und gemütliches Heim vorfinden. Natürlich ganz nach ihrem Geschmack, ich hätte nichts dagegen, die Möbel und Stoffe auch über Jamaika zu beziehen … oder aus London oder Paris kommen zu lassen. Ganz wie Deirdre es möchte. Ich …«

Doug winkte ab. »Wie gesagt – in Sachen Verlobungszeit und erst recht in Bezug auf Möbel und Einrichtung, Aussteuer und anderen Tand werden wir schon zurechtkommen. Da wenden Sie sich am besten an Deirdre selbst und an meine Frau. Aber es gibt sehr viel wichtigere Dinge, über die ich Sie aufklären muss, bevor Sie ernsthaft um meine Tochter werben.« Er nahm einen Schluck aus seinem Glas. »Sie müssen wissen … Deirdre ist nicht mein leibliches Kind …«

Doug fiel das Geständnis schwer – und er war völlig verblüfft darüber, als Victor nur gelassen nickte.

»Sie … wussten das?«, fragte er verdutzt. »Sie … kennen die Geschichte?«

Victor rieb sich die Schläfe. »Nur in groben Zügen, Mr. Fortnam. Obwohl besonders die Damen der Gesellschaft von Kingston darauf brennen, mir Einzelheiten zuzutragen, seitdem ich auf Ihrem Ball mit Deirdre gesehen worden bin. Ich habe mich demgegenüber bisher bewusst verschlossen. Aber Deirdres Abstammung … Seien Sie mir nicht böse, ich beobachte sehr scharf, und ich … ich habe nie ein dunkelhaariges Kind gesehen, das zwei hellhaarige Eltern hatte. Auch Ihre reizenden Söhne sind beide blond, und sie sehen Ihnen beiden ähnlich. Deirdre dagegen gleicht, bis auf die Haarfarbe und den dunkleren Teint, nur Ihrer verehrten Gattin. Es ist also anzunehmen, dass … die Gerüchte der Wahrheit entsprechen …«

Doug leerte sein Glas mit einem Zug. »Was hat man Ihnen erzählt?«, fragte er.

Victor zuckte die Schultern. »Ich habe nicht wirklich hingehört, Mr. Fortnam. Sie müssen mir das glauben, dieses Gerede ist mir zuwider. Es war von einer Entführung die Rede und von einer langjährigen … Beziehung zu … zu einem Schwarzen.«

Doug seufzte und füllte sein Glas erneut. Erst nach einem weiteren Schluck brachte er die Energie auf, weit in seine und Noras Vergangenheit abzutauchen. Ausführlich schilderte er Dufresne seine Kinderfreundschaft mit dem Sklaven Akwasi und deren abruptes Ende, als Dougs Vater herausfand, dass Doug seinem Freund Lesen und Schreiben beigebracht hatte. Damals hatte er seinen Sohn zur Erziehung nach England gesandt und Akwasi zum Feldsklaven degradiert. Der junge Schwarze hatte unter unwürdigen Bedingungen schuften müssen und sich immer wieder aufgelehnt, was zu drakonischen Strafen geführt hatte. Erst als Nora Elias Fortnam heiratete und sich bald nach ihrer Ankunft auf Jamaika für die Sklaven einzusetzen begann, erfuhr Akwasi Hilfe – und verliebte sich in die junge Frau seines Backras.

»Diese Liebe war natürlich hoffnungslos und blieb auch unerwidert – im Gegensatz zu meiner eigenen Liebe zu

Nora …«, berichtete Doug dem aufmerksam lauschenden jungen Arzt. »Denn auch ich verliebte mich in meine damalige Stiefmutter, als ich zurück nach Jamaika kam. Ihre Ehe mit meinem Vater war eine einzige Katastrophe. Von Akwasi erfuhr ich damals nichts als Hass. Er nahm mir seine Verbannung auf die Felder übel, dabei konnte ich doch gar nichts dafür. Und als er dann auch noch entdeckte, was sich zwischen mir und Nora anbahnte … Nun, er floh schließlich und schloss sich den Maroons an – Sie wissen schon, diesen freien Negern und entflohenen Sklaven in den Blue Mountains. Inzwischen sind sie weitgehend befriedet, aber damals kam es oft zu Angriffen auf einsam gelegene Plantagen. Einem solchen fiel dann auch Cascarilla Gardens zum Opfer. Die Maroons töteten meinen Vater, und Akwasi verschleppte Nora, um sie zur Frau zu nehmen. Ich hielt sie für tot. Als ich nach Jahren endlich davon hörte, dass in Nanny Town eine Weiße als ›Sklavin‹ gehalten würde, brach ich sofort auf und … nun, es gelang mir, Nora zu befreien. Aber da hatte sie Deirdre bereits, und Deirdre war ein entzückendes Kind. Es war mir eine Freude, sie als meine Tochter großzuziehen, mit der freundlichen Unterstützung des Gouverneurs, der mir bei der Ausstellung von Freibriefen und Adoptionspapieren entgegenkam.«

Doug überlegte kurz, ob er auch noch von dem zweiten Kind berichten sollte, das Nora damals versorgt hatte – Akwasis Sohn mit der Sklavin Máanu –, doch dann kam er zu dem Schluss, dass Akwasis, Jefes und Máanus Schicksal seinen Schwiegersohn wahrscheinlich nicht interessierte.

»Ja, nun wissen Sie es«, endete er schließlich. »Deirdre ist das Kind eines Sklaven. Möchten Sie meine Tochter immer noch heiraten?«

Victor Dufresne lächelte. »Ich könnte mir keine größere Freude vorstellen«, sagte er ruhig, »als Ihre Tochter glücklich machen zu dürfen. Für mich ist sie nicht die Tochter eines Sklaven, sondern Mitglied einer Familie, für die ich größte Hochachtung empfinde – den Fortnams auf Cascarilla Gardens.«

Victor Dufresne trug Deirdre Fortnam die Ehe an jenem Strand von Cascarilla Gardens an, der für Nora immer das Sinnbild ihrer Liebe zu Jamaika gewesen war. Er war mit der jungen Frau ausgeritten, und als sie das Meer erreicht hatten, stieg er ab und half auch Deirdre vom Pferd.

»Lassen Sie uns ein paar Schritte gehen, Deirdre«, sagte er sanft. »Ich … möchte mit Ihnen reden und Ihnen dabei näher sein, als es zu Pferde möglich ist.«

Victors einleitende Worte belustigten Deirdre, doch sie nickte erwartungsvoll und senkte dann züchtig den Kopf, während sie ihm weiter lauschte. Der junge Arzt sprach sehr vorsichtig von seiner gleich beim ersten Blick auf Deirdre aufgeflammten Zuneigung, seiner Bewunderung für ihre Schönheit und Anmut.

»Und nun habe ich mich entschlossen …«, tat er schließlich kund, »… also ich weiß, es muss Ihnen noch verfrüht und vielleicht unangemessen erscheinen, aber … aber ich … ich möchte Sie doch fragen …«

Deirdre wandte sich ihm zu und lächelte nachsichtig. »Victor«, sagte sie. »Wenn Sie jetzt nicht endlich voranmachen, werden Sie nie dazu kommen, mich zu küssen. Und so lang ist der Strand auch nicht, dass wir stundenlang am Wasser entlangspazieren könnten …«

Victor rieb sich die Schläfen. »Verzeihen Sie meine Zögerlichkeit. Ich … im Falle Ihrer Ablehnung …« Er biss sich auf die Lippen.

Deirdre hob mädchenhaft die Wimpern und sah spitzbübisch zu ihm auf. »Und wenn ich im Vorfeld verspreche, Ihren Antrag zumindest … hm … wohlwollend zu prüfen?«

Victor lächelte. »Sie ziehen mich auf, Miss Deirdre«, bemerkte er, und zog dann sehr ernsthaft eine Rose aus seinem Rock.

»Hier. Sie ist ein wenig zerknittert, aber ich wusste, Sie würden es schätzen, wenn ich mein Anliegen im Rahmen eines Ausritts vorbringe …«

Deirdre wollte erneut zu einer Erwiderung ansetzen, doch jetzt sprach Victor beherzt weiter. »Miss Fortnam, Deirdre … ich habe mich in den letzten Tagen in Sie verliebt. Ich wünsche mir nichts mehr, als mein Leben lang für Sie da zu sein, für Sie zu sorgen, alles für Sie zu tun …«

Deirdre blickte den jungen Arzt mit leuchtenden Augen an und nahm die Rose aus seiner Hand entgegen. Am liebsten hätte sie sofort Ja gesagt und ihn geküsst. Der Wildling in ihr genoss es jedoch zu sehr, ihn doch noch ein wenig hinzuhalten.

»Alles?«, unterbrach sie ihn mit tadelndem Unterton. »Sie haben sich neulich nicht für mich geschlagen, Monsieur Victor!«

Deirdre hätte es nie zugegeben, und es war auch nur ein winziger Wermutstropfen in ihrer Begeisterung für Victor – aber ein bisschen wurmte es sie doch, dass Victor auf dem Fest der Keensleys die diplomatische Lösung vorgezogen hatte. Für sich rechtfertigte sie das mit der Überlegung, dass Quentin sie nicht hätte brüskieren können, hätte Victor ihn gleich gefordert. Sie wusste natürlich, dass damit auch ein Wortwechsel hätte verbunden sein können. Vielleicht hätte Quentin seine Schmähungen dann laut und allgemein verständlich herausgerufen, was viel schlimmer gewesen wäre. Bis zum Ende durchdacht, wären die Folgen womöglich verheerend gewesen, Victor hatte sich absolut richtig verhalten. Aber es machte einfach Spaß, ihn ein wenig zu necken …

Deirdre bereute ihre Worte jedoch gleich, als sie Victors betroffenes Gesicht sah.

»Halten Sie mich für einen Feigling, Miss Deirdre?«, fragte der Arzt leise. »Ich … ich frage, weil ich das nicht zum ersten Mal höre. Meine Familie … es heißt, ich sei zu weich … Meine

Einstellung zur Sklaverei, mein Wunsch, Menschen zu helfen … Es ist wahr, Miss Deirdre, ich schlage mich nicht gern. Gewalt ist meiner Ansicht nach die schlechteste Lösung für so ziemlich jedwedes Problem. Aber ich bin auch kein Drückeberger. Ich versuche nur zu tun … was richtig ist.«

Deirdre lächelte, stellte sich auf die Zehenspitzen und bot Victor den Mund zum Kuss. »Dann tu's doch jetzt auch!«, flüsterte sie. »Und rede nicht so viel!«

Sie schmiegte sich an ihn, als er endlich die Arme um sie legte, und genoss seinen Kuss, der dann alles andere war als zögerlich. Victor war nicht unerfahren, und jetzt, da er sicher war, dass Deirdre seine Liebe erwiderte, ließ er seine Zunge geschickt mit der ihren spielen, seine Finger über ihren Körper wandern … Deirdre schmolz dahin und wünschte sich nur noch, aufzugehen in ihrer Lust.

»Willst du mich denn heiraten?«, fragte er dann wirklich, als beide wieder zu Atem kamen. »Möchtest du meine Frau werden?«

Deirdre nickte entschlossen. »Ich hab's mir vom ersten Moment an gewünscht!«, bekannte sie. »Und du brauchst dich nicht für mich zu schlagen.« Lächelnd zwinkerte sie ihm zu. »Ich pass schon selbst auf mich auf! Und außerdem …« Deirdre spielte mit Alegrías Zügel, die sie auch während des Kusses nicht losgelassen hatte. Dafür lag die Rose nun zertreten zu ihren Füßen. »Außerdem hab ich ein schnelles Pferd …«

Victor lächelte, entzückt von ihrem Witz und ihrer Selbstsicherheit. »Dann sollte ich dir rasch Fesseln anlegen, bevor du mir wegreitest«, scherzte er, zog ein Kästchen aus seiner Tasche und öffnete es.

Die Sonne ließ einen schlichten Goldreif mit einem funkelnden Diamanten aufblitzen, und Deirdre entzifferte beglückt die feine Gravur: V. und D. – für immer. Ihr kamen Tränen der Rührung, als Victor ihr den Ring überstreifte.

»Ich werde ihn immer tragen«, versprach sie. »Wenn ich ihn trage, bin ich dein …«

Auch Nora hätte beinahe geweint, als Deirdre ihr später begeistert von den Stunden am Strand erzählte, jenem Strand, von dem Nora schon als junges Mädchen geträumt hatte, und an dem Doug Fortnam sie schließlich zum ersten Mal gesehen hatte. Sie konnte es sich nicht erklären, aber der Gedanke an die Liebenden am Meer versöhnte sie mit dem Wissen, ihre Tochter jetzt an einen fremden Mann und eine andere Insel zu verlieren. Sie bewunderte den schlichten, aber kostbaren Ring – und dachte an den Siegelring, der sie jahrelang an ihre erste Liebe Simon erinnert hatte. Er hatte nie über Noras schlanke Finger gepasst, während Victor bei der Wahl von Deirdres Ring ein erstklassiges Augenmaß bewiesen hatte. Er saß perfekt und wie für sie gemacht. Deirdre konnte sich kaum daran sattsehen. Sie lief durchs ganze Haus und ruhte nicht, bis ihn auch der letzte Hausdiener und das jüngste Küchenmädchen bewundert hatten. Zuletzt tanzte sie in ihre Räume und umarmte Amali, die dort geduldig auf sie wartete, um ihr beim Umkleiden zu helfen. Die Fortnams wollten die Verlobung mit einem Familiendinner feiern.

»Deirdre Dufresne … Kannst du's glauben, Amali? Deirdre Dufresne …«

Die junge Frau lauschte dem Klang ihres künftigen Namens, wiederholte ihn immer wieder und schmeckte dabei dem Kuss nach, den sie mit Victor am Strand getauscht hatte. Ihr erster Kuss. Amali lächelte, als Deirdre ihr genau beschrieb, was sie dabei gefühlt hatte.

»Ich hab's nicht zugegeben, aber ich hatte schon ein bisschen Angst. Er war jedoch so sanft, so zärtlich … kannst du dir vorstellen, dass er meinen Mund mit seiner Zunge liebkost hat? Und ich … also, ich hab das auch gemacht, es war … wie selbstverständlich, wie ein Schlüssel, der sein Schloss gefunden hat. Auch etwas ganz Besonderes, etwas Wunderbares …« Deirdre strahlte in der Erinnerung an Victors Zärtlichkeiten und der Vorfreude auf mehr.

Amali nickte. Sie war selbst verliebt, auch wenn sie ihr Herz nicht derart auf der Zunge trug wie ihre junge Herrin. Aber sie wusste, was Deirdre meinte, und eigentlich noch mehr. Amalis Freund war nicht so zurückhaltend wie Victor, die Zofe war längst keine Jungfrau mehr.

»Deirdre und Victor Dufresne …« Deirdre sang die Worte vor sich hin. »Es klingt schön, nicht wahr, Amali? Es passt. Alles passt. Wir werden ein wundervolles Leben haben!«

# KAPITEL 10

Aber sie nehmen keine Frauen an Bord, Bonnie! Und du kannst dich auch nicht als Junge ausgeben. Das ist Wahnsinn, was du dir da vorstellst. Überleg mal, wenn sie es merken.« Jefe hatte das zu seinem Stall strebende Eselchen abrupt gestoppt, als Bonnie ihm ihr Vorhaben eröffnete. »Sie … sie würden …«

»Wahrscheinlich würden sie mich über Bord werfen«, meinte Bonnie gleichmütig. »Erst mal müssten sie es jedoch herausfinden, und das werden sie nicht. Nicht, wenn ich mich wie ein Junge benehme …«

»Aber das ist es ja eben!«, protestierte Jefe. »Du kannst dich nicht wie ein Junge benehmen, du bist …«

Bonnie zuckte die Achseln. »Ich beobachte meinen Backra seit Jahren beim Fluchen und beim Trinken. Das kann ich nachmachen, keine Sorge. Und arbeiten … es kann nicht schwerer sein, ein paar Segel aufzuziehen, als die Kadaverreste von Daytons Schlachterei im Sand zu vergraben und seine Säcke mit Pökelsalz zu schleppen und seine Dielen zu schrubben …«

»Du müsstest kämpfen!«, trumpfte Jefe auf, »und töten …«

Bonnie biss sich auf die Lippen. »Was du kannst, Jefe, das kann ich schon lange!«, sagte sie hart. »Vielleicht besser, wart's ab. Oder hast du schon mal jemanden getötet?«

Jefe lachte unsicher. »Natürlich nicht. Aber du auch nicht! Ich kann mir dich nicht mit einem Entermesser in der Hand vorstellen, Bonnie, beim besten Willen nicht!«

»Du wirst überrascht sein«, sagte Bonnie, ihrer Sache sicher. »Wir werden sehen, wer die erste Beute macht! Morgen, um die gleiche Zeit? Holst du mich ab? Vielleicht wirst du warten müssen, der Backra …«

Jefe schnaubte. »Da haben wir's wieder. Große Worte, doch wenn's drauf ankommt, duckst du dich doch wieder vor deinem Backra. Piratin … ich glaub's nicht!«

Bonnie antwortete nicht. Sie hob nur grüßend die Hand und glitt vom Wagen. Im Haus brannte kein Licht – entweder war Dayton noch nicht zurück, oder er schlief seinen Rausch aus. Bonnie verzog sich in ihren Verschlag und kuschelte sich zufrieden in die verschlissene Decke, die ihr dort wenigstens etwas Gemütlichkeit bot.

Sie war ruhig, sie hatte keine Angst mehr. Diesen Captain Seegall hatte ihr der Himmel geschickt – oder eher die Hölle, wenn man überlegte, was sie sich für den nächsten Tag vorgenommen hatte. In diesem Leben würde sie sich noch einmal vor ihrem Backra ducken. Ein einziges Mal. Und dann nie wieder.

Am nächsten Morgen war Dayton verkatert und schlecht gelaunt, wahrscheinlich reute ihn das Geld, das er Mandy am Abend zuvor in den Rachen geworfen hatte. Wie immer ließ er seine Wut darüber an Bonnie aus. Er beschimpfte sie, scheuchte sie herum und ließ sie die Metzgerei putzen, während er schlachtete. Bonnie hörte die Schreie der Tiere bis in den Laden und erstickte fast an ihrem Hass. Sie bebte vor Nervosität, aber bisher verlief alles so, wie sie es sich vorgestellt hatte. In dieser Nacht würde Dayton wohl nicht ausgehen, doch nüchtern bleiben würde er auch nicht. Er entkorkte die erste Flasche Rum, als Bonnie den letzten Putzeimer leerte.

»Kein Essen gekocht?«

Bonnie seufzte. Sie hatte gehofft, dass er sie nicht schlagen würde, nun sah es jedoch so aus, als würde sie ihr neues Leben mit blau geschlagenen Augen und Rippen beginnen. Aber gut, das machte ihre Rolle vielleicht glaubwürdiger. Eine Schenkenprügelei …

»Gleich, Backra … musste putzen Laden … bitte, nicht schlagen arme Bonnie …«

Bonnie wusste, dass sie mit ihrem Flehen nichts ausrichtete, tat es aber dennoch, weil er es mochte. Immerhin war es das letzte Mal. Auch die Sklavensprache würde sie nach dieser Nacht nie wieder sprechen müssen.

Schließlich warf sie zwei Stücke des frischen Fleisches in eine Pfanne. Bonnie kämpfte mit dem Brechreiz, als sie dabei an die Schreie der Tiere dachte. Natürlich wurde das Fleisch nicht schnell genug gar – und verschmorte schließlich, während Dayton mit Bonnies »Bestrafung« beschäftigt war. Er schlang es anschließend trotzdem hinunter – und Bonnie hoffte, dass er es bei sich behalten würde. Es wäre ihren Plänen nicht zuträglich, wenn er den Rum wieder von sich gäbe, den er getrunken hatte. Die Flasche war bereits zu mehr als einem Viertel leer. Doch Dayton hatte einen robusten Magen – und jetzt auch bessere Laune.

»Komm, Bonnie, mal sehen, wer besser ist, die Hure oder du!«, rief er in jovialem Ton, als er seine Mahlzeit beendet hatte. »Hab auch was Neues gelernt von der Mandy … die ist eine richtig Scharfe … hat's genossen, wie ich's ihr besorgt hab. Aber dann wollte sie trotzdem Geld … Der hab ich's gegeben …«

Bonnie zog wortlos ihr Kleid hinunter. Sie empfand Mitleid mit Mandy, die nun wahrscheinlich nicht besser aussah als Bonnie nach ihren Nächten mit Dayton. Hoffentlich hatte er sie nicht auch noch um ihr Geld betrogen. Andererseits … Bonnie verhärtete sich. Alles Geld, das Mandy nicht bekommen hatte, würde bald ihr gehören.

Bonnie machte sich Sorgen wegen ihrer Verabredung mit Jefe, der Mond war längst aufgegangen, als Dayton seine Flasche endlich bis auf den letzten Tropfen geleert hatte und schnarchend auf seinem dreckigen Bett lag. Jetzt war Eile geboten. Sie inspizierte kurz die Küchenmesser, aber die waren nicht scharf genug für ihr Vorhaben. Es sollte schließlich schnell gehen. Jetzt, da es ernst wurde, hatte Bonnie keinerlei Gelüste mehr, den Backra leiden zu sehen. Wie ein kleiner dunkler Schemen huschte sie, immer noch nackt, aus dem Haus in die Metzgerei und nahm das Schlachtermesser. Es glänzte im Mondlicht. Bonnie erschauerte, doch sie zögerte nicht. Entschlossen trat sie ans Bett des Backras und hob die Klinge. Sie hatte tausendmal gesehen, wie man es machte. Sie erinnerte sich daran, wie sie geweint hatte, als Dayton es ihr zum ersten Mal vorgeführt hatte. Wie das Blöken der Ziege abrupt verstummt war, als … Bonnie setzte das Messer an und schnitt Skip Dayton mit einer raschen Bewegung die Kehle durch. Sie sprang zurück, als das Blut herausspritzte und sah erschrocken, dass der Backra die Augen aufriss. Er gab einen erstickten Laut von sich und zuckte mit den Armen.

Bonnie hielt dem Blick des Sterbenden stand. Sie hatte ein Triumphgefühl erwartet oder vielleicht auch Schuldgefühle, aber jetzt wartete sie nur ruhig ab, bis das Erkennen, das Entsetzen und die Wut in Daytons Augen verloschen.

»Das war es dann, Backra«, sagte sie ruhig. »Und jetzt wird auch ›Bonnie‹ sterben.«

Bonnie wischte das Messer flüchtig ab – sie würde es mitnehmen, wie auch die Waffen des Backras – und suchte dann nach einer Schere. So rasch es mit dem stumpfen Werkzeug ging, schnitt sie ihr halblanges Haar ab. Dann lief sie hinaus zum Strand und tauchte in die Wellen, um sich den Backra vom Körper zu waschen – seinen Schweiß, sein Sperma und sein Blut. Am liebsten wäre sie auch noch untergetaucht, um sich ganz und gar zu reinigen, aber das wagte sie nicht. Der Seegang war stark, die Wellen hoch. Sie wollte nicht riskieren, umgeworfen zu werden und dann vielleicht zu ertrinken.

Schließlich zog Bonnie die Sachen über, die sie zuvor schon bereitgelegt hatte. Daytons Alltagskleidung unterschied sich nicht sehr von den Sachen der Matrosen und Piraten. Ein weites Hemd und eine Baumwollhose, die in der Taille mit Bändern zusammengebunden wurde. Verschiedene Größen gab es nicht, allerdings waren Bonnie die Hosenbeine zu lang. Sie kürzte sie rasch mit der gleichen Schere, die sie eben für ihr Haar verwendet hatte. Fertig! Schade, dass es in Daytons Haus keinen Spiegel gab, Bonnie hätte ihr Aussehen gern überprüft. Sie glaubte jedoch nicht, dass sie irgendetwas vergessen hatte. Jetzt nur noch das Geld, die Messer und die Waffen.

Bonnie schauderte, als sie an Daytons inzwischen blutdurchtränktem Bett vorbeiging. Sie kämpfte einen Anflug von Angst nieder, der Backra könnte erwachen, ihren Diebstahl bemerken und sie dafür strafen. Aber Dayton würde nie wieder erwachen. Bonnie begann, sich glücklich zu fühlen. Und in dem Krug, in dem Dayton gewöhnlich sein Geld aufbewahrte, fand sich dann tatsächlich ein kleines Vermögen. Zumindest für Bonnies Verhältnisse, Captain Seegall würde wahrscheinlich darüber lachen. Falls er jedoch wirklich eine »Mitgift« wollte, blieb Bonnie keine andere Wahl, als es mit diesem Geld zu versuchen. Die Piraten mussten sie einfach mitnehmen – ansonsten würde sie hängen. Bestenfalls. Wahrscheinlich würden den Bewohnern von Grand Cayman noch ganz andere Todesarten für ein Niggermädchen einfallen, das seinen Backra getötet hatte.

Bonnie steckte das Geld ein und legte Daytons Pistole und sein Jagdgewehr, dazu natürlich die Messer aus der Schlachterei zurecht. Sie fand einen Gürtel und eine Scheide, in die sie das Schlachtermesser schob, mit dem sie Dayton getötet hatte. Es war etwas zu groß, es musste aussehen, als trüge sie eine Art Schwert, aber irgendwie empfand sie es als Glücksbringer. Schließlich packte sie alles in einen Sack und gab auch noch ein Brot, etwas Trockenfisch sowie ein paar frische Früchte hinein, die sie am Morgen bei Máanu erstanden hatte. Wenn die Piraten sie nicht mitnahmen, konnte sie damit vielleicht ein paar Tage im Wald überleben …

Inzwischen war es weit nach Mitternacht, und Jefe hatte natürlich nicht gewartet. Wahrscheinlich glaubte er, Bonnie habe sich die Angelegenheit noch einmal überlegt. Wann, hatte er noch mal gesagt, würde das Schiff auslaufen? Bonnie rannte den Strand entlang und konnte nur hoffen, den Pfad durch den Dschungel wiederzufinden. Sie hatte ein Windlicht mitgenommen, eine Laterne hatte sie nicht gefunden, und nun konnte sie nicht so schnell laufen, wie sie es gewollt hätte, damit die Kerze nicht erlosch. Als sie den Höhenweg erreichte, konnte sie immerhin aufatmen. Das Schiff lag noch in der Bucht. Die Piraten waren allerdings bereits dabei, die Feuer am Strand zu löschen.

Bonnie hastete den Weg hinunter und erreichte die Männer, als sie gerade das letzte Beiboot ins Wasser schoben.

»Wartet! Wartet!«, keuchte sie. »Ich will noch mit!«

Die Männer, die mit dem Boot beschäftigt waren, griffen alarmiert nach ihren Waffen. Bonnie sah zwei Pistolen auf sich gerichtet, als sie über den Strand lief. Aber dann hörte sie Jefes Stimme.

»Nicht schießen! Nicht schießen, das ist … Bo…« Er brach ab. »Das ist ein Freund von mir«, verbesserte er sich.

Bonnie blieb schwer atmend stehen. Sie brachte kein Wort heraus.

»Und dem hast du brühwarm von uns erzählt?«, fragte einer der Männer verärgert. Bonnie erkannte Sanchez, den Mulatten aus Máanus Laden. »Fängt ja gut an mit dir!«

»Ich hab nicht … also ich hab nur ihr … ihm …« Jefe begann, sich zu rechtfertigen.

Bonnie nahm all ihren Mut zusammen. »Ich hab ihn mit den Waren erwischt«, behauptete sie. »Und ich hab mir so was gedacht. Und jetzt bin ich hier. Bitte … bitte … ihr müsst mich mitnehmen!«

Der Pirat hob die Laterne, in deren Licht die Männer gearbeitet hatten, und hielt sie vor Bonnies Gesicht. »Müssen wir?«, fragte er lachend. »Einen Hänfling wie dich? Du gehst besser zurück zu deiner Mommy, Kleiner. Und lässt dir das Gesicht waschen.«

Der Pirat wischte mit dem Finger über Bonnies Wange – und verstummte, als er gleich darauf seinen Finger ins Licht der Laterne hielt. Er wurde schlagartig ernst.

»Blut?«, fragte er. »Hast du dich verletzt?«

Bonnie zwang sich, dem Mann in die Augen zu sehen. »Es ist nicht mein Blut«, sagte sie fest – und nahm aus dem Augenwinkel wahr, dass Jefe mit offenem Mund auf das Schlachtermesser an Bonnies Gürtel starrte.

Bonnie griff nach ihrem Sack und leerte ihn vor den Piraten aus. »Ich kann euch nützlich sein«, erklärte sie.

Sanchez warf nur einen kurzen Blick auf die Waffen, während einer der anderen Piraten anerkennend durch die Zähne pfiff. Die Pistole war ein neues Modell, spanisch und erst vor kurzem aus Barbados geliefert worden.

»Wessen Blut?«, fragte Sanchez streng.

»Das … das … das werde ich dem Captain erzählen.« Bonnie verließ der Mut. Wenn sie jetzt gestand, dass sie ihren Backra getötet hatte … Es gab keine Gewähr dafür, dass die Piraten das guthießen. »Wenn … wenn ich an Bord bin.«

Sanchez' Miene verhärtete sich. »Ich bin der Quartiermeister der *Mermaid*«, sagte er. »Wer an Bord kommt, bestimme ich. Wessen Blut?«

»Das … seines … Backras, nehme ich an«, mischte Jefe sich ein. »Er hat ihn sehr schlecht behandelt. Siehst du doch!«

Bonnie hatte verstockt und hilflos zu Boden geschaut, aber jetzt griff Jefe unter ihr Kinn und hielt Sanchez ihr zerschlagenes Gesicht entgegen. Ihr rechtes Auge war von Daytons letzten Schlägen schon wieder halb zugeschwollen.

»Also ein kleiner, aufrührerischer Nigger«, bemerkte Sanchez, während er Bonnie von Kopf bis Fuß musterte, »der schnell mit dem Messer bei der Hand ist …« Er schnaubte und wandte sich dann an die beiden anderen, am Strand verbliebenen Männer. »Warum, meint ihr, Leute, sollten wir den mitnehmen?«

Bonnie sank der Mut. Wie es aussah, würde sie an einem Galgen in Grand Cayman enden. Warum war sie auch so dumm gewesen? Sie hätte sagen können, das Blut stamme von einer ihrer Verletzungen, auch wenn sie im Gesicht zurzeit keine blutenden Wunden aufwies. Doch dann blickte sie in das grinsende Gesicht eines der Männer hinter Sanchez.

»Weil er vielleicht genau das ist, was wir brauchen?«, fragte der Mann, ein Weißer. Er grinste.

»Und weil grad so einer 'n guter Pirat werden kann!«, fügte der andere hinzu, ein Mulatte wie Sanchez. Damit ging er auf Bonnie zu und klopfte ihr auf die Schultern. »Wenn aus dem kleinen aufrührerischen Nigger dann mal 'n großer geworden ist, zumindest!« Auch er grinste jetzt. »Aber unser Smutje wird dich schon auffüttern …«

In Bonnies Gesicht ging ein Strahlen auf, desgleichen in Jefes. Er mochte nicht gewollt haben, dass Bonnie sich ihm anschloss, jetzt schien er jedoch glücklich darüber – und fast ein bisschen stolz auf eine Freundin, die einen Weißen getötet hatte.

Sanchez lächelte jetzt auch. »Dann macht nun aber schnell, Jungs! Sammelt das Zeug auf, das der Kleine mitgebracht hat, und dann nix wie weg. Sonst holen wir die dicken Frachtschiffe nicht mehr ein, die uns sein Freund auf dem silbernen Tablett serviert hat. Komm, Junge, halt keine Maulaffen feil!«

Er schob Bonnie an, die benommen auf das Beiboot starrte. Sie konnte die Wendung ihres Schicksals noch kaum glauben, als sie dann tatsächlich neben Jefe in dem robusten Ruderboot saß, das Sanchez und einer der anderen Piraten mit kräftigen Schlägen vom Land fort und der *Mermaid* zutrieben.

Der Kapitän erwartete seine letzten Männer an Deck. »Was hat denn da so lange gedauert?«, erkundigte er sich und zwirbelte sein Barthaar. »Wir dachten schon, ihr wolltet auf diesem gastlichen Eiland bleiben.« Die Männer hinter ihm lachten.

Sanchez schüttelte den Kopf. »Kein Bedarf, Captain. Die Huren sind hässlich und die Nigger aufmüpfig.«

Er zwinkerte in Bonnies Richtung. Sie kletterte eben, gefolgt von Jefe, aus dem Boot und über die Reling. Jefe hatte zuerst aussteigen und ihr die Hand reichen wollen, aber Bonnie hatte ihn nur böse angeblitzt. Keine Galanterien mehr. Die Besatzung von Piratenschiffen, das hatte er ihr in der Nacht zuvor schließlich ausgiebig dargelegt, betrachtete Frauen an Bord als Garanten des Unglücks.

»Zwei?«, fragte der Captain und musterte Bonnie unwillig. »Wollen hier alle weg von ihren schwarzen Mommys?« Der Blick, mit dem er Jefe streifte, war auch nicht viel freundlicher. »Mir hat's eigentlich gereicht, für einen das Kindermädchen zu spielen.«

Sanchez zuckte die Schultern. »Ging nicht anders«, meinte er dann. »Der eine konnt' den Mund nicht halten, und der andere hat die Chance genutzt und seinen Backra einen Kopf kürzer gemacht. Zu vielversprechend, um ihn dazulassen.« Er schob Bonnie vor den Captain.

»Ich hab auch was mitgebracht«, sagte sie leise. »Waffen und … und Geld …« Sie nestelte die Münzen aus ihren Taschen. »Wenn Sie mich nur mitnehmen, ich …«

Seegall schüttelte den Kopf. »Das behalt mal, Kleiner. Hast es dir ja wohl verdient. Also gut, Jungs …«

Er warf einen kurzen Blick auf das Treiben an Deck. Ein paar Männer kletterten in der Takelage herum, der Segelmeister rief Befehle. Sanchez gab ebenfalls Anweisungen. Der Kapitän schien zu dem Schluss zu kommen, dass er hier nicht gebraucht wurde.

»Ich nehm die zwei mit runter und lass sie den Kodex unterschreiben«, rief er Sanchez zu. »Ihr wisst, wo wir hinwollen! Befehl zum Ablegen hiermit erteilt!«

Bei den letzten Worten lachte er, und die Männer grinsten. Wahrscheinlich hätten sie das Schiff auch ohne die ausdrückliche Erlaubnis des Kapitäns aus der Bucht gesteuert.

Bonnie und Jefe folgten Seegall in den Bauch des Schiffes. Der Kapitän bewohnte eine winzige Kabine neben der Mannschaftsunterkunft. Sie enthielt ein Bett und ein mit Schriften vollgestopftes Regal, hauptsächlich Seekarten. Aber nun zog er ein in Leder gebundenes Schriftstück heraus. Er ging Bonnie und Jefe voraus in einen Raum, der wohl zum Essenfassen diente. Um einen Tisch herum standen ein paar Stühle. Bonnie erkannte, dass der Raum genauso verdreckt war wie das Haus ihres Backras. Auf Ordnung und Sauberkeit hielt hier sicher keiner, und sie hätte zu gern etwas daran geändert. Doch dann wurde ihr klar, dass dies nicht ratsam war. Wenn sie als Mann unter Männern leben wollte, musste sie lernen, ihre Eigenheiten zu akzeptieren.

Der Captain wischte kurz mit dem Ärmel über die Tischplatte, bevor er seine Ledermappe ablegte. »Unser Verhaltenskodex«, erklärte er und schlug das Heft auf. »Da sind die Regeln, die es auf diesem Schiff zu befolgen gilt, schriftlich niedergelegt. Ich nehme nicht an, dass ihr lesen könnt?«

»Nur ein bisschen«, murmelte Bonnie. »Aber Jefe kann es richtig.«

Sie wies auf ihren Freund, der über ihre Eröffnung gar nicht so glücklich zu sein schien. Wahrscheinlich nahm er an, dass auf einem Piratenschiff andere Fertigkeiten gefragter waren als Lesen und Schreiben.

Der Kapitän sah auf. »Wirklich, Junge? Na, vielleicht bist du ja doch zu was nutze. Aber es dauert zu lange, wenn du dir das jetzt erst durchliest. Ich sag euch einfach, was ihr wissen müsst.«

Bonnie erleichterte das, und auch Jefe war ganz froh, sich nicht in den Text vertiefen zu müssen. Die Schrift war schon fast verblasst, wohl mit minderwertiger Tinte geschrieben, und schon in den ersten zwei Sätzen erkannte er Rechtschreibfehler.

»Wenn ihr auf der *Mermaid* mitsegeln wollt, unterwerft ihr euch den Befehlen des Captains, des Quartiermeisters und des Segelmeisters. Letzterem, weil er es besser weiß, den ersten, weil ihr sie gewählt habt. Wenn es euch nicht passt, was Mr. Sanchez und ich befehlen, müsst ihr Verbündete finden, um uns abzuwählen. Solange wird nicht widersprochen, verstanden?«

Jefe und Bonnie nickten.

»Ansonsten sind die Regeln einfach: An Bord wird nicht geraucht, nicht gespielt, keine Frauen, kein Schnaps, keine Prügeleien. Wenn ihr Meinungsverschiedenheiten mit anderen Männern habt, tragt ihr das Mr. Sanchez vor, der wird Recht sprechen. Verstöße gegen diese Ordnung werden geahndet, gewöhnlich vom Quartiermeister. Wenn's aber um Leben und Tod geht, verhandeln wir es vor der ganzen Mannschaft. Auch dann wird abgestimmt.« Er ließ die Blicke über die beiden aufmerksam lauschenden Neulinge schweifen, wohl um sich zu vergewissern, dass sie alles verstanden hatten. »Sofern wir Schiffe aufbringen, wird die Prise gerecht verteilt«, fuhr er schließlich fort. »Ein Anteil für jeden Mann, eindreiviertel für mich, eineinhalb für Mr. Sanchez, eineinviertel für den Zimmermann, den Ersten Kanonier und den Bootsmann. Für schwere Verletzungen im Kampf gewähren wir Ausgleichszahlungen, also wenn ihr einen Arm oder ein Bein verliert oder ein Auge. Die genauen Summen stehen hier drin, halte ich euch jetzt aber nicht vor, ich will euch ja keine Angst machen. Alles mitgekriegt und keine Einwände?« Er grinste, als beide eifrig nickten. »Dann schwört auf die zwei Pistolen hier …« Der Kapitän legte feierlich zwei lange, mit Silbereinlagen verzierte Waffen über Kreuz vor sich auf den Tisch. »Wie heißt ihr überhaupt?«, fragte er und sah Jefe an, der schon die Schwurhand auf die Pistolen legen wollte.

»Jefe … Jeffrey, Sir …«, sagte Jefe wichtig. Eigentlich war er stolz auf seinen afrikanischen Namen, auf »Jeffrey« war jedoch sein Freibrief ausgestellt, den er jetzt aus der Tasche zog. »Ich bin kein Sklave, Sir.«

Der Kapitän schnaubte. »Hier gibt's keine Sklaven«, bemerkte er. »Das kannst du wieder einstecken. Aber Jeffrey kannst du nicht heißen. Jeffrey heißt hier nur einer, und das ist Jeffrey Seegall.« Er schlug sich auf die Brust. »Also, wie nennen wir dich?«

Jefe verzog den Mund. Bonnie wunderte sich, dass er nicht protestierte, der Kapitän schüchterte wohl selbst ihn ein.

»Weiß ich nicht, Captain«, sagte er jetzt. »Suchen Sie einen Namen aus. Einen … einen Piratennamen … so was wie ›Blackbeard‹.«

Seegall lachte schallend. »Der Bart muss dir aber erst mal wachsen!«, neckte er seinen neuen Mann. »Nee, nee, Junge, die Schuhe passen dir nicht.«

Jefe fuhr auf. »Ich hab große Füße, Sir!«, erklärte er. »Ich bin der Sohn eines Kriegers.«

Seegall lachte noch lauter. »Und ein freches Mundwerk hast du auch. Was sagte Sanchez da vorhin von aufmüpfigen Niggern? Na gut, dann also ein großer Name von einem großen Nigger: Black Caesar.«

In Jefes Gesicht ging ein Leuchten auf. »Caesar war der Leutnant auf der *Queen Anne's Revenge*, nicht?«

Seegall nickte, er wirkte fast etwas wehmütig. »Auf Captain Blackbeards Schiff«, bestätigte er. »Ich hab unter ihm gedient, Junge. Ein Riese, unglaublich stark, aber auch ein kluger Kopf. Lief allerdings ständig barfuß.« Er grinste jetzt wieder. »Also, Little Black Caesar … setzt du deinen neuen Namen unter den Kodex?«

Jefe leistete ernsthaft seinen Schwur auf die Pistolen und bestätigte mit einer schwungvollen Unterschrift, dass er das Gesetz der *Mermaid* achten würde.

»Und du?«, wandte der Captain sich dann an Bonnie. »Du heißt nicht Jeffrey?«

Bonnie schüttelte den Kopf. »Nein, ich bin …« Sie hatte eigentlich Billie sagen wollen, dann fiel ihr jedoch ein, dass sie den Namen nicht schreiben konnte. Also brauchte sie einen anderen … »Ich schwöre!«, sagte Bonnie mit fester Stimme, und dann malte sie den Namen BOBBIE säuberlich unter das Dokument.

Sie würde nie wieder ein Sklave sein. Sie würde ein wunderbares Leben haben.

# EINE GRÖSSERE LIEBE

Das Karibische Meer
Jamaika – Cascarilla Gardens
Saint-Domingue – Cap-Français, Nouveau Brissac

Spätsommer 1753 bis Herbst 1755

# KAPITEL 1

Bobbie« und »Little Black Caesar« erlebten ihre Feuertaufe schon zwei Tage, nachdem sie auf der *Mermaid* angeheuert hatten.

Das blitzschnelle Piratenschiff, dessen Navigator sich als Meister seines Faches erwies, holte die englischen Galeonen auf offener See ein – und es war Bonnie, die ihre Segel als Erste am Horizont erkannte.

»Du siehst was, Kleiner?«

Sanchez, der das jüngste Besatzungsmitglied kurzerhand zum Schiffsjungen ernannt hatte und diesen jetzt mit allen Aufgaben an Deck vertraut machte, staunte. Bonnie hatte gerade erstmalig und mit klopfendem Herzen den Ausguck ganz oben im Schiff erklettert und ihre Entdeckung gleich gemeldet.

»Also, ich erkenn nur Sonne und Meer. Eins spiegelt sich im anderen, mir tun regelrecht die Augen weh. Wie kannst du da Segel sehen? Bist du sicher?«

»Ganz sicher!«, rief Bonnie hinunter. Auf ihre Augen hatte sie sich immer verlassen können. »Es sind zwei große Schiffe mit je drei Segeln. Soll ich runterkommen?«

Sanchez schüttelte den Kopf. »Nee, bleib da, kannst gleich die Flagge setzen. Caesar?«, brüllte er nun Jefe an, der gerade das Deck schrubbte. Der junge Mann war nicht begeistert von dieser Aufgabe, zumal Bonnie in der Takelage herumklettern durfte und sich jetzt auch noch auszuzeichnen schien. »Die Schiffe waren englisch? Da irrst du dich nicht?«

»Natürlich nicht!«, rief Jefe zurück. »Der Skipper hat mich in fließendem Englisch um den halben Lohn für die Buchführung betrogen. Würd mich wundern, wenn der Spanier wär …«

»Du hörst es, Bobbie!«, gab Sanchez weiter. »Die englische Flagge. Im Ausguck ist ein Korb …«

Bonnie wusste nicht recht, was von ihr erwartet wurde, aber den Korb fand sie sofort – und darin zu ihrer Verwunderung die ordentlich gefalteten Flaggen aller bekannten Seefahrernationen. Sie suchte die englische heraus und erhielt dann auch schon Hilfe. Einer der jüngeren Piraten war ihr behände hinterhergeklettert und zeigte ihr den Mast, an dem die Flagge gehisst werden sollte.

»Wir … segeln unter falscher Flagge?«, erkundigte sich Bonnie unsicher.

Der junge Mann lachte. »Unter wechselnder Flagge. Denk mal nach, Bobbie! Wenn wir uns einem anderen Schiff nähern, schaut die Besatzung als Erstes nach unserer Flagge aus. Und wenn wir dann die gleiche führen wie sie, sind sie beruhigt. Sie lassen uns brav näher kommen, und erst wenn wir auf Schussweite dran sind und die Kanonen geladen … dann setzen wir die hier!«

Er zog eine weitere Flagge aus dem Korb: die Totenkopfflagge der Piraten.

Bonnie staunte und ließ sich dann in die Kunst des fachgerechten Aufziehens einer Flagge einweisen. Anscheinend gehörte auch das in Zukunft zu ihren Pflichten. Zum Glück war es nicht schwierig, sofern man schwindelfrei war. Aber Bonnie hatte kein Problem mit großen Höhen. Wenn sie es sich recht überlegte, hatte sie sich zwar immer für ängstlich gehalten, doch eigentlich nie wirklich vor etwas gefürchtet – außer vor ihrem Backra.

Als die Flagge schließlich stolz im Wind wehte, wusste Bonnie nicht recht, was man von ihr erwartete. Sollte sie auf dem

Ausguck bleiben oder erst noch einmal hinunterklettern, bevor die Flagge gewechselt werden musste? Möglicherweise brauchte man zu Letzterem nicht mal in die Segel. Der junge Mann hatte die Piratenflagge über der englischen aufgerollt, und daran hing ein Seil bis hinunter aufs Deck. Gut möglich, dass ein Ruck daran reichte, um die Totenkopfflagge über die andere triumphieren zu lassen.

Bonnie entschied schließlich, den Ausguck zu verlassen. Schon um an den hektischen Aktivitäten teilzunehmen, die sich eben an Deck entwickelten. Alles war dort in Bewegung, ohne dass Chaos oder Durcheinander herrschten. Die Männer schienen aufgeregt, aber diszipliniert. Sämtliche Abläufe waren wohl lange geübt worden.

Sanchez, der Quartiermeister, überwachte die Bewaffnung der Piraten, die in einer langen Reihe vor ihm anstanden. Natürlich trug jeder von ihnen stets ein Messer oder eine andere Waffe am Gürtel, jetzt jedoch gab Sanchez Musketen, Äxte, Enterhaken und Entermesser aus. Einige der Männer erhielten Säbel, Jefe, hinter dem Bonnie sich anstellte, wurde eine Art Machete ausgehändigt. Sie hörte, wie der junge Mann gleich Anstalten machte, sich zu beschweren. Ein einfaches Entermesser, fand er, sei eines Kriegers nicht würdig. Er erwarte mindestens einen Degen, besser noch eine Feuerwaffe. Sanchez nahm sich davon aber nichts an.

»Hast du Säbelfechten gelernt, Caesar?«, fragte er kurz. »Nein, hast du nicht. Also würdest du nur damit rumfuchteln. Und zum Rumfuchteln ist auf dem Deck eines Schiffes kein Platz – erst recht nicht, wenn da fünfzig Leute kämpfen. Und einen Kerl, der noch nie 'ne Muskete abgefeuert hat, brauchen wir auch nicht. Also nimm dein Messer und hau ab …«

Sanchez griff nach der nächsten Waffe und sah dann erst Bonnie in der Reihe. Er schüttelte sofort den Kopf.

»Nein, du nicht, Kleiner. Dich schick ich nicht da rüber, dafür bist du mir noch zu spillerig. Mach dich hier nützlich …« Er wies vage über das Deck.

Bonnie empfand ehrliche Enttäuschung. Sie wollte protestieren, doch Sanchez ließ sich nicht darauf ein.

»Wer hier kämpft, bestimme ich«, beschied er sie ebenso knapp und entschlossen wie zuvor Jefe. »Und fang jetzt nicht mit deiner Tapferkeit an! Wir glauben dir, dass du deinen Backra fertiggemacht hast – jedoch wohl kaum im Kampf Mann gegen Mann, oder?«

Bonnie bemühte sich vergeblich, nicht zu erröten.

Sanchez lachte. »Bobbie, Kleiner, mir ist egal, wie du den Kerl umgelegt hast, es war auf jeden Fall eine reife Leistung. Aber wenn du mit deinem Messerchen einem Mann gegenübertrittst, der dreimal so viel wiegt wie du und zehnmal so oft gekämpft hat, dann haben wir nicht lange was von deinem Adlerauge. Nutz, was du hast, Bobbie, tu, was du kannst! Ab morgen wirst du jeden Tag ein paar Stunden im Ausguck sitzen und nach Handelsschiffen sehen, und heute bleibst du vor allem am Leben. Verstanden?«

Bonnie nickte eingeschüchtert und machte sich auf die Suche nach irgendeiner Beschäftigung, mit der sie sich auf der *Mermaid* nützlich machen konnte. Dabei stieß sie auf den Ersten Kanonier, der eben beginnen wollte, die Kanonen zu laden und auszurichten. Der Mann war Engländer, wie sie bereits wusste, die Männer nannten ihn Twinkle. Als Bonnie sich ihm näherte, grinste er ihr zu.

»He, Neuer! Willst du helfen? Dann zeig mal, wie gut du im Tauziehen bist!«

Die *Mermaid* verfügte nur über leichte Kanonen, an jeder Seite waren fünfzehn Zwölfpfünder aufgereiht. Das waren verhältnismäßig wenige Geschütze, verglichen mit den großen Kriegsschiffen, von denen viele bis zu siebzig Kanonen mit sich führten. Auch die Frachtschiffe waren zur eigenen Sicherheit weit schärfer bewaffnet. Sie pflegten die Kanonen auf dem ersten Unterdeck zu befördern und aus »Stückpforten«, einer Art Schießscharten, zu feuern. Den Piraten war die leichte Manövrierbarkeit ihrer Schiffe allerdings wichtiger als Stärke. Die Segler mussten schnell und wendig sein, wozu auch ein geringer Tiefgang beitrug. Man geizte also mit jedem Pfund, das man auf und vor allem unter Deck unterbrachte, und Kanonen waren schwer. Die Eisenrohre und ihr Unterbau wogen mehrere Tonnen. Zur Bedienung der gebräuchlichen Zweiundvierzig- und Zweiunddreißigpfünder wurden zudem ein Dutzend Mann Besatzung gebraucht – viel mehr, als Captain Seegalls Mannschaft dafür abstellen konnte. Die Männer mussten die abgefeuerten Kanonen, die durch den Rückstoß aus ihrer Schussposition rollten, wieder an ihren Platz bringen. Bei kleineren Kanonen wie auf dem Piratenschiff genügte hierzu die Hilfe von Bonnie und zwei weiteren Männern.

»Und nu laden wir das Ding!«, erklärte Twinkle, ein rundlicher, kleiner Mann, gemütlich. Das Interesse des neuen Schiffsjungen schien ihm zu schmeicheln. »Erst Schießpulver … Das lagern wir hier …« Er wies auf eine Art Schuppen an Deck. »Der Grund, weshalb Rauchen an Bord verboten ist – ein Funke an der falschen Stelle, und du sprengst uns alle in die Luft! Jetzt kommt der Stopfen …« Twinkle zeigte seinem Lehrling ein watteartiges Gebilde aus Werg oder einem ähnlichen Material. »Und nu die Kugel … was nehmen wir denn da …?« Er ließ seinen Blick prüfend über verschiedene Geschosse gleiten.

Bonnie schaute derweil in Richtung der Handelsschiffe. Inzwischen waren sie so nah, dass jeder die Beflaggung erkennen konnte. Englisch. Bonnie atmete auf. Also hatten sie alles richtig gemacht. Und auch sonst schien sich die Strategie zu bewähren. Die Segler machten keine Anstalten, vor der *Mermaid* zu fliehen, sondern schienen sie eher gelassen zu erwarten.

Bonnie zitterte vor Aufregung. Ob man die Schiffe jetzt

schon beschießen konnte? Sie schaute nach der Lunte aus, die Twinkle eben anbrachte.

»Könnte man«, gab der Kanonier freundlich Auskunft, als sie fragte. »Bringt aber nix. Auf die Entfernung ist schwer zu treffen, erst recht, wenn's präzise ausfallen soll. Nee, Kleiner, wir warten ganz gelassen ab und lassen erst mal Biddy und Gabby ihren Job machen. Da kannst du zugucken, lachst dich kaputt!«

Tatsächlich war Bonnie eher befremdet, als die meisten Piraten jetzt das Deck räumten. Nur ein paar harmlos wirkende »Matrosen« machten sich an der Takelage zu schaffen, und aus dem Bauch des Schiffes traten zwei kostbar gekleidete Herren, Perücken auf dem Kopf und den Dreispitz in der Hand. An ihrem Arm schwebte jeweils eine »Lady« im Reifrock! Geziert tänzelten die als solche kostümierten Piraten über das Deck und schwenkten ihre Sonnenschirme. Einer von ihnen näherte sich dem hinter seiner Kanone versteckten Twinkle, lehnte sich über die Reling und spähte offenbar Einzelheiten der gegnerischen Bewaffnung aus.

»Dreißig Achtzehnpfünder auf dem zweiten Deck. Doch zurzeit garantiert nicht bemannt …«

Damit wanderte die Lady wieder auf ihren Galan zu und begann auffällig mit ihm zu tändeln. Twinkle und die anderen Kanoniere lachten.

»Was … Was soll das denn?« Bonnie sah Twinkle Hilfe suchend an. Die Scharade vor dem Angriff irritierte sie.

Twinkle grinste. »Unsere Passagiere«, klärte er den Neuen auf. »Noch bessere Tarnung als die Flagge. Wenn die da drüben glauben, wir hätten Frauen und Stutzer an Bord, argwöhnen sie nichts. Und sind sie nicht süß, unsere Ladys?«

Bonnie machte die Geschichte eher nervös. Was sollte sie sagen, wenn man auf die Idee kam, auch der Schiffsjunge könnte sich entsprechend maskieren? Einfach mitmachen und hoffen, dass man auch sie »süß« und nicht verdächtig weiblich fand? Aber dann erinnerte sie sich daran, dass sie schwarz war. Niemand würde sie für eine Lady halten.

Die zwei kostümierten Piraten winkten nun geziert zu den Handelsschiffen hinüber und lachten, als die dortigen Matrosen zurückgrüßten.

Die Schiffe kamen einander immer näher, bis sie kaum mehr als fünfundzwanzig Yards voneinander entfernt waren. Bonnie erkannte die Namen an ihren Rümpfen, *Pride of the Sea* und *Morning Star*. Die Schiffe, die auf Grand Cayman vor Anker gelegen hatten. Ihre letzten Zweifel schwanden.

In diesem Moment entschied sich der Captain, die Scharade zu beenden. Am höchsten Mast der *Mermaid* fiel die schwarze Piratenflagge über die weiß-rote Fahne von England.

Gabby und Biddy warfen mit einem Ruck ihre Reifröcke ab, darunter kamen Enterhaken und Messer zum Vorschein. Desgleichen unter den Brokaträcken der »Gentlemen«. Captain Seegall, einer von ihnen, hob den Degen.

»Hier spricht Jeffrey Seegall für die Mannschaft der *Mermaid*!«, rief er zu den völlig überrumpelten Leuten der *Pride of the Sea* hinüber, die eben noch feixend auf die Ladys an Deck der *Mermaid* gestarrt hatten. »Übergebt euer Schiff und eure Ladung! Wenn ihr kampflos aufgebt, geschieht euch nichts!«

»Bloß, dass ihr uns festsetzt!«, höhnte ein Matrose von der *Pride of the Sea*, der seinen Schock wohl schneller überwand als die anderen. Die *Morning Star*, die in etwas weiterer Entfernung vom Piratenschiff segelte, drehte hektisch ab. Anscheinend hoffte die Besatzung, fliehen zu können, während die Piraten ihr Schwesterschiff enterten.

Captain Seegall warf Twinkle einen Blick zu. »Stoppt sie!«, befahl er kurz.

Der Erste Kanonier erhob sich. »Kanonen backbord, Vollkugel Ziel Schiffsrumpf! Und nicht zu niedrig, damit sie uns nicht absäuft«, rief er seinen Männern zu. »Die mittleren Gefechtsstände backbord: Ketten oder Barren in die Takelage. Und wir, Kleiner«, er wandte sich an Bonnie, »wir machen denen ein bisschen Feuer unterm Hintern, dann haben's die Jungs gleich leichter.«

Er wies auf die *Pride of the Sea*, dem Schiff, dem sich die *Mermaid* zum Entern genähert hatte. Grinsend schaufelte er eine Mischung aus Blei, Eisenstücken und Nägeln in den Lauf seiner Kanone. Er war noch nicht fertig, als die ersten Schüsse der anderen Kanoniere schon krachten. Die backbord aufgestellten Kanonen feuerten auf die fliehende *Morning Star,* nachdem die Männer die Waffen mit schweren Ketten und Barren geladen hatten – Geschosse, die Hundeknochen ähnelten. Diese Munition schlug keine Löcher ins Deck der Schiffe, sondern diente vor allem dazu, die Segel herunterzureißen, die Maste zu knicken und das Schiff damit manövrierunfähig zu machen.

Captain Seegall wartete derweil noch auf eine Reaktion der Gegner, doch die Besatzung der *Pride of the Sea* war in eine Art Schreckstarre verfallen. Nach den ersten Schüssen brach allerdings ein Höllenlärm los. Bonnies Ohren dröhnten von den Einschlägen, dem Rollen der eisernen Räder, als die Kanonen durch die Rückstöße über das Deck getrieben wurden, und den Rufen der Männer, die sie rasch wieder in Position brachten. Helfer eilten mit Wassereimern zu den Kanonieren, um die Läufe zwischen zwei Schüssen zu säubern und auszukühlen, und diese brüllten ihren Triumph über Treffer oder ihren Ärger über Fehlschüsse hinaus. Die Kugeln hatten den Rumpf des sich entfernenden Schiffes nicht getroffen, aber die anderen Geschosse, Halbkugeln, die durch Ketten oder Stangen verbunden waren, hatten schwere Schäden in der Takelage angerichtet. Die Masten waren getroffen worden, die Segel wurden heruntergerissen – und mit ihnen stürzten schreiend Männer auf das Deck, die in den Segeln gearbeitet hatten. Verletzte und Sterbende wälzten sich schreiend und stöhnend in ihrem Blut.

Die Piraten, die sich inzwischen, klar zum Entern, an Deck der *Mermaid* versammelt hatten, machten sich durch Schlachtrufe Mut. Jefe sprang vor Aufregung hektisch auf und ab, er schien den Kampf kaum erwarten zu können.

Bonnie beobachtete die Szene, etwas verwundert darüber, wie wenig sie fühlte. Da drüben starben Menschen, gleich würden ihre eigenen neuen Freunde in die Schlacht ziehen, und Bonnie empfand weniger als beim Anblick der Tiere, die ihr Backra geschlachtet hatte. Zumindest war das so, solange sie Jefe nicht ansah. Wenn sie daran dachte, dass er in Gefahr sein würde, durch den Säbel eines der Männer zu fallen, die sich jetzt auf der *Pride of the Sea* zum Gefecht stellten, krampfte sich ihr Herz zusammen.

Bonnie ließ den Blick über die bewaffneten Männer und über die Deckaufbauten des feindlichen Schiffes schweifen. Es hatte ihr gefallen, die Kanonen abzufeuern und die Gegner zu treffen, ohne selbst in Gefahr zu sein. Gab es vielleicht eine Möglichkeit, den Nahkampf auch fürderhin zu vermeiden?

»Da ist auch so ein Aufbau bei denen an Deck«, rief sie Twinkle zu. »So ein Munitionslager wie unseres. Wenn wir das treffen könnten …«

Der Erste Kanonier richtete sich alarmiert auf. »Wo, Kleiner? Wo hast du das gesehen? Ich dachte, die hätten ihre Pulverkammer unter Deck … Aber du hast Recht! Ach du je … mittschiffs, da hätt'ich das nie vermutet. Gott sei gedankt für deine scharfen Augen, Bobbieboy! Sonst hätten wir womöglich …«

»Wenn wir es treffen, brauchen wir gar nicht zu kämpfen!«, sprudelte es aufgeregt aus Bonnie heraus. »Dann haben wir schon gewonnen, dann …«

Der Kanonier richtete seine Kanone in eine andere Richtung – zu Bonnies Enttäuschung eher weg von der Pulverkammer des Gegners. »Dann haben wir die Schlacht gewonnen, aber die Prise verloren, Kleiner«, erklärte er schließlich. »Was meinst du, was von dem Schiff übrig bleibt, wenn das ganze Schießpulver in die Luft geht? Und von der schönen Baumwolle, die's geladen hat. Obwohl du immerhin mitdenkst. Auf 'nem Kriegsschiff würden sie dir für so'n Treffer 'n Orden verleihen. Hier allerdings ... Wir wollen die Schiffe nicht versenken, Bobbie, wir wollen ihre Ladung. Und dabei selbst so wenige Leute verlieren wie möglich. Also gucken wir doch mal, ob wir ein paar von den Kerlen da ausschalten können, bevor wir entern ... Geh mal weg von meinem Baby, Kleiner!«

Bonnie, die hinter der Kanone gestanden hatte, wich zurück. Twinkle zündete die Lunte und feuerte. Von Nahem war der Knall noch ohrenbetäubender. Ein Hagel aus Bleikugeln, Nägeln und Splittern ergoss sich über die Männer an Deck des feindlichen Schiffes. Bonnie sah sie zu Boden fallen oder über Bord gehen. Blut spritzte auf, sie hörte Schreie und Stöhnen – und über allem triumphierte die laute Befehlsstimme Captain Seegalls.

»Männer! Klar zum Entern!«

Sanchez, der Quartiermeister, ging als Erster an Bord des zu enternden Schiffes. So wollte es der Brauch. Der drahtige, hochgewachsene Mulatte war auch alles andere als feige. Er stürzte sich sofort in den Kampf mit einem der Schiffsoffiziere, der seinen Degen sehr geschickt führte. Eine solche Waffe war jedoch eher die Ausnahme. Die meisten Matrosen waren mit kurzen Messern gerüstet, viele der Piraten führten auch Äxte. Bonnie, die Jefes Kämpfe herzklopfend verfolgte, verstand schnell, warum sich diese Waffen besser für den Nahkampf auf einem überfüllten Schiffsdeck eigneten – es war ganz einfach eine Platzfrage. Auf dem Deck tobten Dutzende von Zweikämpfen. Wenn man einem Schlag oder dem Stich eines Messers auswich, befand man sich gleich vor der Waffe eines weiteren Kämpfers. Dazu war das Deck schon nach dem Kugelhagel glitschig vom Blut der Verletzten und Toten, die überall auf den Planken lagen. Die Kämpfer liefen ständig Gefahr, über sie zu stolpern.

Die Piraten verfolgten deshalb die Strategie, sich gar nicht erst auf einen längeren Schlagabtausch mit einem einzelnen Gegner einzulassen. Mit schnellen Stichen oder Streichen versuchten sie, die Feinde direkt zur Strecke zu bringen. Sie trennten ihnen Köpfe und Gliedmaßen ab, der Anblick wurde mit jedem Herzschlag grausiger. Bonnie beobachtete mit einer seltsamen Mischung aus Abscheu und Stolz, wie Jefe durch die Reihen der Matrosen pflügte. Er fällte die Männer, wie sein Vater wohl einst das Zuckerrohr geschnitten hatte. Und es schien ihm Spaß zu machen – Bonnie meinte, ein grimmiges Lächeln auf seinem Gesicht zu sehen …

»Bobbie, was ist, träumst du?« Twinkle riss sie aus ihren Gedanken. »Ab, hol mir Wasser! Damit wir die Lady sauber kriegen und neu laden können!«

Er wies auf den Lauf seiner Kanone. Bonnie schreckte auf und setzte sich sofort in Bewegung. Sie bemerkte dabei erschrocken, dass sich die *Mermaid* eben von dem Schiff entfernte, auf dem die Männer so verbissen kämpften.

»Was machen wir denn?«, fragte sie Twinkle ängstlich, als sie einen Eimer Wasser neben ihm abstellte. »Wir … wir fliehen doch nicht? Unsere Männer …«

»Red nicht, hilf uns mit der Kanone!«, fuhr der Kanonier sie an, jetzt nicht mehr gemütlich, sondern hörbar beunruhigt.

Die Schlacht schien in eine neue Phase einzutreten. Bonnie nahm das Tau, mit dem die Waffe wieder in Position gebracht wurde, während Twinkle ein Tuch ins Wasser tauchte, um das Rohr zu putzen. Sie vernahm, dass die ersten Kanoniere ihre Waffen wieder abfeuerten, und stellte entsetzt fest, dass sie nicht nur das eigene Geschützfeuer hörte. Die *Pride of the Sea* hatte ihre Kanonen endlich bemannt – und sie waren viel lauter und deutlich schwerer als die der *Mermaid.*

»Die … die schießen zurück …«, stieß Bonnie aus, was Twinkle wieder zu einem grimmigen Lachen brachte.

»Na, was denkst du denn?«, rief er. »Dass die ihre Kanonen nur zum Spaß mitschleppen? Aber keine Angst, unser Navigator ist gut. Die alte *Mermaid* treffen sie nicht so schnell.«

Bonnie beobachtete, wie mehr und mehr Kugeln rund um die *Mermaid* im Wasser landeten. Twinkle und die anderen Kanoniere der Piraten bemühten sich derweil, ihre Kanonen auf die Waffen der Gegner auszurichten. Bei einem fahrenden, schlingernden Schiff stellte das eine extrem schwere Aufgabe dar.

»Breitseite, Jungs!«, rief Twinkle seinen Männern zu. »Und nicht zu tief! Nicht dass sie untergeht!«

Bonnie sah Jefe schon mit dem Schiff in den Fluten versinken, doch sie vergaß alles, als Twinkle die Lunte zündete und beide atemlos die Flugbahn der Kugel verfolgten. Und sie traf! Das schwere Geschütz schlug genau in einer der Stückpforten im Rumpf der *Pride of the Sea* ein, aus der die erste Kanone der Verteidiger abgefeuert worden war. Aus dem Schiffsinneren quoll Rauch.

Twinkle johlte auf und warf die Arme in die Luft – und Bonnie tat es ihm gleich. Sie triumphierte, als habe sie die Kugel selbst abgefeuert, sie hatte sich nie so gut und so stark gefühlt!

Inzwischen zeigten auch die anderen Kanoniere der *Mermaid* ihre Kunst. Nicht alle so virtuos wie Twinkle, aber es gab doch etliche Einschläge im Rumpf der *Pride of the Sea* – und dann hörten die Schüsse auf.

»Unsere Männer«, sagte Twinkle zufrieden und wischte sich den Schweiß von der Stirn, als jemand aus einer der Luken der *Pride of the Sea* winkte. »Sie sind unter Deck und haben die Kerle ausgeschaltet. Es sollte jetzt bald vorbei sein …«

Tatsächlich näherte sich die *Mermaid* wieder dem geenterten Schiff – und der beschädigten *Morning Star*.

»Gebt ihr auf oder wollt ihr probieren, wie sich das anfühlt?«, brüllte Captain Seegall zu den offensichtlich unschlüssigen Männern an Bord des zweiten Schiffes hinüber.

Die Besatzung hatte einen erstklassigen Ausblick auf das Blutbad an Deck ihres Schwesterschiffes. Ein großes Verlangen zu kämpfen zeigte sie nicht, erst recht nicht, als die Piraten die geenterte *Pride of the Sea* jetzt auf sie zumanövrierten, um gleich von einem Schiff aufs andere umzusteigen. Die Takelage der *Pride of the Sea* hatte kaum gelitten – auch das war ein Beweis der Meisterschaft Twinkles und seiner Leute. Weder waren die Masten zerstört oder die Pulverkammer in die Luft gejagt worden, noch hatten die Breitseiten das Schiff unterhalb der Wasserlinie leckgeschlagen.

Aber dann stellten sich doch ein paar der Mannschaftsmitglieder Sanchez in den Weg, als er aufs Deck der *Morning Star* sprang. Wieder forderte ihn zunächst ein gut gekleideter Mann mit einem Degen, vielleicht der Kapitän. Und dieses Mal fanden die Männer mehr Platz für ihren Zweikampf. Von der restlichen Mannschaft stellte sich nur ein Teil zum Kampf, und auch die Piraten gingen nicht alle an Bord des zweiten Schiffes. Viele waren noch damit beschäftigt, den Triumph über die *Pride of the Sea* vollständig zu sichern und Brände zu löschen.

Jefe jedoch schien noch nicht genug bekommen zu haben. Bonnie sah ihn zur *Morning Star* hinüberspringen, und er wurde gleich in einen Kampf verwickelt. Auch Captain Seegall wechselte hinüber, ihm stellte sich ein Schiffsoffizier. Aber während es dem Kapitän recht schnell gelang, seinen Gegner in die Enge zu treiben, war Sanchez an einen wirklichen Meister der Fechtkunst geraten. Angesporn von den Männern seiner Mannschaft, die sich unschlüssig bei den Rettungsbooten drängten, attackierte er den Quartiermeister der Piraten immer heftiger. Aus der Entfernung erkannten Bonnie und Twinkle seine Absicht – so wenig die Männer bei den Beibooten auch kämpfen wollten, wenn er ihnen den Freibeuter direkt vors Messer trieb, würde wohl doch einer zustechen.

Bonnie und die Kanoniere brüllten Warnungen hinüber, im

Eifer des Gefechts und infernalischen Lärmgemisch aus klirrenden Waffen, Schmerzensschreien und Flüchen hörte Sanchez sie allerdings nicht.

Doch vielleicht hatte ja Jefe Bonnies Rufe vernommen? Sie sollte es nie erfahren, aber sie sah, wie ihr Freund seinen letzten Gegner wie eine Strohpuppe in eine Ecke des Decks schleuderte und dann auf Sanchez und seinen Angreifer zustürzte. Mit kämpferischen Feinheiten oder gar Fairness hielt er sich dabei nicht auf. Jefe schwang kraftvoll die Machete und trennte dem Kämpfer mit einem gewaltigen, von hinten geführten Schlag den Kopf vom Körper. Sanchez sah verblüfft, dass der Mann mitten in der Bewegung verharrte und dann in zwei Teilen zu Boden fiel. Der Quartiermeister hätte den Degen fast sinken lassen, als Jefe ihn anbrüllte.

»Hinter dir!«

Es war zu spät. Sanchez konnte sich nicht schnell genug umwenden, um den Stoß des Messers abzuwehren, den einer der Matrosen eben ausführte. Jefe jedoch reagierte blitzschnell. Er stürzte sich auf den Piraten und riss ihn zu Boden. Der verblüffte Sanchez fiel, Jefe hingegen konnte sein Gleichgewicht gerade noch halten. Er fing sich und schaltete den Messerstecher mit einem Schlag aus. Sanchez rappelte sich derweil wieder auf, und gleich danach standen er und Jefe der restlichen Mannschaft gemeinsam gegenüber. Die Männer wichen ihnen aus. Einige warfen sich verängstigt zu Boden, mehrere sprangen über Bord. Verteidigen würden sie sich bestimmt nicht mehr. Überall auf dem Deck der *Morning Star* verebbten die Kämpfe. Auf der *Pride of the Sea* war längst Ruhe eingekehrt.

Bonnie sah, wie Sanchez Jefe anerkennend auf den Rücken klopfte, bevor er sich von den Gefangenen ab- und seinen Leuten zuwandte. Kapitän und Quartiermeister zogen Bilanz. Es gab zwei leichter und einen schwerer Verletzten unter den Piraten, jedoch keine Toten. Der Kapitän vermerkte das zufrieden und begann dann, Anweisungen zu geben. Die Gefangenen wurden gebunden, zum Teil aber auch nur entwaffnet und auf Ehrenwort freigesetzt. Schließlich beabsichtigten die Freibeuter nicht, alle jetzt anstehende Arbeit allein zu tun. Die »Offiziere« der *Mermaid* waren schnell übereingekommen, die Waren der *Morning Star* auf der *Pride of the Sea* und der *Mermaid* zu verteilen. Eine Notmannschaft, bestehend aus Piraten und Matrosen, würde die *Pride of the Sea* dann im Gefolge der *Mermaid* nach Santo Domingo segeln, in eine versteckt liegende Bucht, die Seegall kannte. Die spanische Kolonie war im Niedergang begriffen, und da nahmen es viele Kaufleute mit der Ehre nicht allzu genau. Sie würden den Freibeutern die Baumwolle abnehmen und ihnen auch einen annehmbaren Preis für das Schiff zahlen. Zumal, wenn es ein englisches Schiff war, kannten sie keine Gewissensbisse. In englischen Kolonien wurde die Beute von Kaperfahrten gegen spanische Schiffe ja ebenfalls zu Geld gemacht.

Als die Nacht kam, waren die Waren jedenfalls verteilt – und Twinkle machte sich einen Spaß daraus, noch zwei letzte Kugeln auf die *Morning Star* abzufeuern, um das Schiff damit zu versenken. Bonnie schob sich dabei wieder an seine Seite. Sie beobachtete, wie er den Richtkeil bediente, um das Rohr der Kanone um die Schildzapfen zu drehen und damit den Neigungswinkel der Waffe zu verändern. Jetzt, da er Zeit genug hatte, vermochte er sehr genau zu zielen – er war jedoch selbst unter Gefechtsbedingungen unglaublich sicher gewesen.

»Vielleicht … vielleicht noch ein bisschen tiefer?«, regte Bonnie schüchtern an, als Twinkle die zweite Kugel geladen hatte. Sie begann zu begreifen, wie die Sache funktionierte.

Der Kanonier blickte Bonnie prüfend an und verzog das Gesicht. »Teufel noch mal, Junge, willst du mir zeigen, wie ich meine Lady richtig justiere?«, fragte er in strengem Ton.

Bonnie zog sich sofort zurück. »Nein … nein … natürlich nicht. Nur …«

»… nur, dass wir so noch sicherer treffen würden!«, bemerkte Twinkle mit breitem Grinsen. »Bist 'n Naturtalent, Kleiner! Und dazu der Adlerblick … Ja, ich hab's schon gehört, Bobbieboy, Sanchez war hell begeistert von dir. Also: Willst du Kanonier werden?«

Bonnie schaute den Mann ungläubig an. War das wirklich so einfach? War da jemand bereit, sein Wissen ganz ohne Vorbehalte und Gegenleistung mit ihr zu teilen? Als Kanonier konnte sie ihren Beitrag im Kampf leisten, auch wenn sie kleiner und schwächer war als die anderen …

Sie musste sich räuspern, bevor sie antwortete. »Wenn du mir zeigst, wie's geht … Ich … ich würd mein Bestes tun!«, sagte sie schließlich.

Bonnie war von Stolz erfüllt, als Twinkle ihr erneut zugrinste, und nippte selig an dem winzigen Glas Rum, das Captain Seegall heute für jeden hatte ausschenken lassen. Allen Alkoholverboten auf dem Schiff zum Trotz.

»Auf Santo Domingo feiern wir richtig«, hatte er versprochen. »Aber Teufel auch: Zwei Schiffe an einem Tag, das verlangt einen Drink! Und einen Toast … Auf den Knaben, dem wir die Prise letztlich verdanken. Komm her, Little Caesar, lass dich hochleben!«

Er hob sein Glas.

Jefe trat stolz vor, doch jetzt mischte Sanchez sich ein.

»Was hör ich da? Little Caesar? Knabe? Captain, der Mann hat mir vorhin den Arsch gerettet! Der ist kein Kleiner mehr!«

Auch Sanchez hob sein Glas. »Auf den neuen Big Black Caesar!«, rief er und klopfte Jefe auf die Schultern. »Du hast deinem Vorbild heute schon Ehre gemacht. Und ich bin sicher, da wird noch einiges kommen!«

## KAPITEL 2

Deirdre Fortnam wurde die Zeit lang, die ihr Verlobter allein in Cap-Français weilte. Dabei hatte sie eigentlich genug zu tun. Sie stellte ihre Aussteuer zusammen, wobei sie mitunter mit Nora aneinandergeriet. Ihre Mutter war der Auffassung, eine Arztfrau solle schlichter auftreten als die Tochter einer großen Plantage.

»Nicht noch ein Festkleid mit noch aufwendigerem Reifrock, Dede, und auch nicht noch ein Reitkleid. In der Stadt wirst du praktische Nachmittagskleider in gedeckten Farben brauchen. Hüte hast du ebenfalls vorerst genug!«

Deirdre fügte sich. Allerdings konnte sie sich kaum vorstellen, ihre Tage demnächst damit zu verbringen, mit den Frauen der anderen Honoratioren der Stadt Tee zu trinken und über Zuckerpreise zu reden, statt auszureiten, gemeinsam mit den schwarzen Mädchen nackt im Weiher zu baden oder gar heimlich im Meer zu schwimmen. Natürlich würde sie ihr Pferd mit nach Saint-Domingue nehmen, sicher würden sich auch dort wunderschöne Strände finden. Doch keiner davon würde zu ihrer eigenen Plantage gehören. Sie konnte sich nicht so sicher fühlen und nicht so unbefangen allein mit ihrer Stute umherstreifen wie auf Jamaika. So nutzte sie die Zeit, die ihr noch auf Cascarilla Gardens blieb, gern zu langen Ausflügen, auch das nicht mit uneingeschränkter Billigung ihrer Mutter.

»Deirdre, wir haben Miss Hollander extra eingeladen, damit sie dein Französisch perfektioniert. Du wirst diese Sprache demnächst jeden Tag rund um die Uhr sprechen müssen – dafür reicht bei weitem nicht aus, was du bisher kannst. Also bleib hier und mach Konversation …«

Deirdre verzog allerdings allein bei dem Gedanken an den Unterricht mit Miss Hollander den Mund. Nicht, dass sie kein Französisch lernen wollte. Im Gegenteil, sie brannte darauf, sich in Victors Sprache zu verbessern, und war unbändig stolz, als es ihr gelang, ihren ersten Brief an ihn auf Französisch zu verfassen. Aber mit ihrer Lehrerin Miss Hollander hatte sie so gar nichts gemeinsam, die Konversationsstunden waren zum Gähnen langweilig. Miss Hollander, eine fünfzigjährige, hagere Dame mit stets verkniffenem Gesichtsausdruck, stammte aus einer verarmten englischen Adelsfamilie. Sie hatte eine sehr sorgfältige Erziehung genossen, war jedoch die dritte Tochter ihrer Eltern. Nachdem ihre Schwestern aus dem Haus waren, blieb für ihre Mitgift nichts mehr übrig. Miss Hollander ging also als Gouvernante in Stellung und ließ sich schließlich von einem der neureichen jamaikanischen Pflanzer, die sich in England Adelstitel erkauften, als Hauslehrerin beschäftigen.

Leider währte ihre Anstellung auf seiner großen Plantage bei Spanish Town nicht lange. Man munkelte über eine Liebesaffäre mit dem ältesten Sohn, die von dessen Eltern rasch beendet wurde. Neue englische Adlige waren nicht minder dünkelhaft als alte, eine Ehe mit der Hauslehrerin seiner Schwestern kam für den Erben nicht infrage. Miss Hollander verlor ihre Stellung, und damit endete für sie das verhältnismäßig angenehme Leben in einem großen Haushalt mit Dienstboten und anderem Luxus. Eine Schiffspassage zurück nach England konnte sie nicht bezahlen, und so fristete sie denn seit mittlerweile über zwanzig Jahren ihr Leben in einer bescheidenen Wohnung in Kingston. Die ehemalige Gouvernante unterrichtete die Kinder der Pflanzer, die über Stadthäuser verfügten, stundenweise in Französisch, brachte den Mädchen bei, das Spinett annehmbar zu spielen, und gab Benimmunterricht. In so manchen neureichen Familien hatten den auch die Eltern bitter nötig, aber falls Miss Hollander da aushalf, sprach sie zumindest nicht darüber. Sie galt als diskret und fähig, weshalb Nora sie nun angeheuert hatte, ihrer Tochter nicht nur ein perfektes Französisch beizubringen, sondern vielleicht auch den letzten gesellschaftlichen Schliff zu geben. Ein Auftrag, der Miss Hollander einerseits glücklich machte, da er mit einem mehrwöchigen Aufenthalt auf Cascarilla Gardens verbunden war, andererseits brachte er sie oft an den Rand eines Nervenzusammenbruchs.

Die temperamentvolle Deirdre überforderte die Hauslehrerin ebenso wie ihre zwei jüngeren Brüder, die Nora gleich mit unterrichten ließ. Beide hatten nicht die geringste Lust auf Französisch und Benimmschulung. Wann immer möglich, entzogen sie sich den Stunden, und Deirdre galoppierte oft genug hinter ihnen her, wenn sie dem Unterricht auf ihren Ponys entflohen.

Miss Hollander mochte sich gar nicht ausmalen, was die Geschwister bei ihren Streifzügen über die Plantage so anstellten – im Grunde tat ihr der künftige Ehemann ihrer unwilligen Schülerin jetzt schon leid. Dazu kam das freizügige Verhalten der Schwarzen. Die Hauslehrerin legte großen Wert darauf, wenigstens von den Sklaven mit Respekt behandelt zu werden, wenn sie gesellschaftlich sonst schon so wenig geachtet wurde. Sie neigte dazu, das Hauspersonal zu tyrannisieren, was sich die Schwarzen auf Cascarilla Gardens ungern bieten ließen. Manchmal beschwerte sich sowohl die Lehrerin als auch die Dienerschaft bei Nora, die dann schlichten musste. Sie fand, dass sie den Unterricht für ihre Tochter teuer erkaufte, und ärgerte sich über Deirdres Undankbarkeit.

Von diesen kleinen Unstimmigkeiten einmal abgesehen, genossen die Fortnams jedoch die letzten Monate mit ihrer Tochter. Beide konnten sich ein Leben ohne Deirdre kaum vorstellen, sie waren hingegen nach wie vor davon überzeugt, richtig zu handeln. Doug hatte eben erneut mit einer jungen Frau zu tun gehabt, die ihrem Backra entlaufen war und sich in Kingston als Weiße ausgegeben hatte. Sie hatte einen Krämer geheiratet und zwei Kinder zur Welt gebracht, bevor sie enttarnt wurde. Natürlich war die Ehe für ungültig erklärt worden, auch die Kinder daraus wurden versklavt und dem Backra der Frau als Eigentum zugeschlagen. Doug, der ihren verzweifelten Gatten vertrat, hatte ihrem Besitzer den Vorschlag unterbreitet, ihrem Mann doch wenigstens einen anständigen Preis für sie und ihre Kinder zu machen. Der verärgerte Pflanzer hatte sich jedoch geweigert, er wollte seine Sklavin nicht verkaufen. Nach einem Monat Schwerstarbeit auf seinen Feldern hatte die Frau ihre Kinder erdrosselt und sich anschließend an einem Baum neben ihrer Hütte erhängt.

Doug schüttete sich dreimal Rum nach, als er Nora davon berichtete. »Ich mache drei Kreuze, wenn Deirdre auf Saint-Domingue verheiratet ist!«, erklärte er. »Wozu mir übrigens einfällt ... Hat sich schon irgendjemand gefunden, der sie papistisch tauft?«

Nora musste verneinen. Rund um Kingston fand sich kein katholischer Priester. Dabei hatte es sicher zur Zeit der spanischen Kolonialherrschaft welche gegeben. Nora wusste, dass die spanischstämmigen Maroons immer noch einem sehr papistisch geprägten Christentum anhingen. Immerhin hatte Deirdre gegen die neue Religion keinerlei Einwände. Die über die geplante Konvertierung indignierte Miss Hollander legte ihr die Unterschiede zwischen den Glaubensrichtungen allerdings drastisch dar, wobei die Papisten ziemlich schlecht wegkamen. Immer wieder deutete sie dabei an, dass man als Papist sicher in der Hölle enden würde, doch Deirdre hörte kaum hin. Der Papst in Rom interessierte sie wenig – sie wusste kaum, wo Italien lag. Und wie viele Sakramente es gab, war ihr völlig gleichgültig.

»Aber sie beten Maria als Gottesmutter an!«, entrüstete sich Miss Hollander schließlich, als brächte sie einen letzten Trumpf an. »Sie nennen sie ›heilig‹. Überhaupt haben sie mannigfaltige Heilige. Männliche und weibliche! Das ist fast wie … also fast wie Vielgötterei!«

Deirdre zuckte nur die Schulter. »Ist doch schön, wenn man auch mal zu einer Frau beten kann«, bemerkte sie gelassen. »Ich stell mir das ein bisschen vor wie beim Obeah-Glauben. Da gibt's auch Göttinnen …«

Miss Hollander schnappte entsetzt nach Luft, aber Deirdre war mit den Obeah-Zeremonien der Schwarzen aufgewachsen. Natürlich hatten Doug und Nora es ihr nie erlaubt, sie hatte sich jedoch immer mal wieder mit ihren schwarzen Freundinnen hinausgeschlichen und mit angehaltenem Atem verfolgt, wie der alte Kwadwo die Geister beschwor. Ein gut bevölkerter Götterhimmel erschien ihr insofern eher normal als blasphemisch.

Vor allem war der katholische Glaube Victors Religion, und allein das hätte gereicht, Deirdre für jeden beliebigen Gott zu begeistern. Seit der junge Arzt abgereist war, lebte sie nur von der Erinnerung an seine Zärtlichkeiten. Sie brannte bei dem Gedanken daran, ihn endlich wieder umarmen zu können – und ihm dann bald auch mehr zu schenken als nur ein paar Küsse. Deirdre fieberte seinen Briefen entgegen, die er pflichtschuldig spätestens jeden zweiten Tag schrieb, und nahm lebhaften Anteil an der Planung ihres neuen Hauses. Victor wollte es schlicht – gediegen zwar und groß genug für eine Familie und ein paar Dienstboten, aber nicht protzig.

*Ein Arzthaus darf die Leute nicht abschrecken*, schrieb er. Was das betraf, stieß er immer wieder mit dem Architekten zusammen, den sein Vater beauftragt hatte, die »Residenz« des jungen Dufresne in der Stadt zu entwerfen. *Er möchte sich natürlich an anderen repräsentativen Steinbauten orientieren*, ließ Victor Deirdre weiter wissen, und sie meinte fast, sein Seufzen zu hören.

*Es gibt sehr viele reiche Leute in Cap-Français – Kaufleute hauptsächlich und das ganze diplomatische Umfeld des Gouverneurs. Auch bei den Kirchen hat man sich nicht lumpen lassen, sie reden sogar schon über den Bau einer Kathedrale. Das darf jedoch nicht darüber hinwegtäuschen, dass es hier auch weniger begüterte Menschen gibt. Mulatten hauptsächlich, die Handwerksbetriebe und kleine Läden betreiben. Auch die würde ich gern behandeln, aber sie kommen sicher in kein Haus, das der Gouverneursvilla an Prunk Konkurrenz macht. Erst recht nicht die Leute aus dem Hafenviertel. Gut, die möchtest du sicher auch nicht im Haus haben, meine Liebste. Wenn ich mich ihrer ebenfalls annehmen wollte, müsste ich wohl eine Praxis direkt in der Stadt mieten … doch das ist Zukunftsmusik. Vorerst geht es um unser Haus, und das stelle ich mir als eine Art Mischung aus den einfachen Häusern der Städter und den Prunkvillen der Oberschicht vor. Einen Bauplatz habe ich auch schon gefunden. Er wird dir gefallen, mutet er doch fast ländlich an. Du wirst unter gewaltigen Palmen flanieren können, meine Liebste, und auch das Meer ist nicht weit …*

Einige Zeit später war dann auch der Architekt überzeugt, und Victor schilderte enthusiastisch seine Pläne. *Unser Haus wird ein zweistöckiger Holzbau werden, mit einer umläufigen Veranda und einem ebenfalls fast ringsum verlaufenden Balkon. Das Dach lasse ich nach einheimischer Sitte mit Bastmatten decken, ich hoffe, das ist dir recht.*

Victor legte seiner Beschreibung eine Skizze bei, die vor allem Nora entzückte. »Genau so ein Haus habe ich mir vorgestellt, als ich als Mädchen von den Kolonien träumte!«, erinnerte sie sich mit einem Lächeln. »Jetzt schau nicht so, Doug, natürlich wäre es zu klein und zu wenig repräsentativ als Haupthaus für eine Plantage. Cascarilla Gardens ist wunderschön mit all den Türmchen und Erkern. Und der traumhafte Garten … ich liebe es. Aber wenn wir etwas bescheidener hätten leben müssen, dann hätte mir ein solches Haus wohl auch gereicht.«

Deirdre dachte nicht groß darüber nach, ob das Haus ihr

reichte oder nicht, sie wäre mit Victor auch in eine Hütte gezogen. Doug bemerkte allerdings, dass seine verwöhnte Tochter ihre Ansprüche etwas würde zurückschrauben müssen.

»Wie stellt Victor sich das denn mit der Dienerschaft vor?«, fragte er, als die Bauarbeiten kurz nach der Einigung auf den Entwurf rasch voranschritten. Jacques Dufresne, Victors Vater, hatte wohl Sklaven von seiner Plantage geschickt, um zu helfen. »Also, Dienstbotenquartiere sind in dem Haus doch kaum vorgesehen. Oder sollen die Schwarzen ihre Hütten neben dem Stall bauen?«

Victors Grundstück war in der Tat nicht groß. Es war lediglich Platz für einen Pferdestall und eine kleine Remise.

Nora zuckte die Schultern. »Nach dem, was ich verstanden habe, will er wohl kaum Dienerschaft. Sein Vater wird ihm eine Köchin schicken, hat er Deirdre geschrieben. Und Deirdre möchte Amali mitnehmen.«

Doug zog die Augenbrauen hoch. »Na, ob es der wohl gefallen wird, Hausmädchen, Küchenmädchen und Zofe gleichzeitig zu sein? Von der Aufgabe eines Hausdieners ganz zu schweigen. Und eine Köchin von einer so großen Plantage? Die dürfte an reichlich Helfer in der Küche gewöhnt sein, die sie beliebig herumkommandieren kann, während Amali nie viel mehr getan hat, als sich um Deirdres Haar und ihre Kleider zu kümmern. Da wird es schnell Ärger geben, das sage ich dir!«

»Sie werden ja auch noch jemanden für die Pferde brauchen«, überlegte Nora. »Der könnte dann auch gleich als Hausdiener fungieren. Und Amali … nun, sie wird sich dran gewöhnen müssen, ebenso wie Deirdre …«

Wie sich dann allerdings herausstellte, hatte Amali keineswegs die Absicht, sich an irgendetwas zu gewöhnen. Deirdre hatte eigentlich geglaubt, die Freundin würde sich freuen, sie in die neue Heimat begleiten zu dürfen, aber tatsächlich löste das Angebot eine Tränenflut aus. Amali wollte nicht fort von

Cascarilla Gardens – und es kostete Nora einen halben Tag, herauszufinden, was die Ursache dafür war.

»Sie ist verliebt«, erzählte sie beim Abendessen ihrem Mann und ihrer von der Eröffnung völlig verblüfften Tochter. »Ja, Dede, und jetzt schau nicht so beleidigt. Sie hat es dir eigentlich schon längst erzählen wollen. Aber sie hatte Angst, Ärger zu bekommen, wenn ihre Mutter dahinterkäme. Der junge Mann heißt Lennie und ist Feldneger. Du erinnerst dich an Hildy, Doug, die Frau, die wir Keensley abgekauft haben, weil Tom sich in sie verliebt hatte?« Tom war ein Pferdeknecht und galt als Kwadwos möglicher Nachfolger als Stallmeister.

Doug nickte. »Sicher. War teuer, ich musste den Sohn mitkaufen, weil sie sonst völlig untröstlich gewesen wäre, und du kennst den alten Keensley. Lachte sich mal wieder über uns ›Niggerfreunde‹ kaputt und setzte den Preis aufs Doppelte hoch …«

Nora hob resignierend die Hände. »Lennie ist der Sohn. Groß und wohl auch gutmütig – er hat allerdings nicht viel im Kopf, wenn du mich fragst. Amali sieht das gänzlich anders. Sie will ihn partout nicht verlassen, egal was Carrie dazu sagen würde …«

Carrie, Amalis Mutter, war das erste Hausmädchen. Gemeinsam mit der Köchin Adwea stand sie dem Fortnam'schen Haushalt vor. Carrie war äußerst energisch – und dünkelhaft wie alle Haussklaven. Nora konnte sich gut vorstellen, wie sie reagieren würde, wenn ihre Tochter ihr die Liaison mit einem Feldneger gestand. Als solcher stand Lennie schließlich auf unterster Stufe in der Hierarchie der Sklaven auf einer Plantage.

Doug lachte. »Na, dann lösen wir doch einfach das Problem, indem wir Lennie zum Hausdiener bei Dr. Dufresne befördern«, schlug er vor. »Wenn ihr, du und Victor, nichts dagegen habt, Deirdre, und wenn dem auch von Lennies und Amalis Seite nichts entgegensteht, kann er mit euch gehen. Da oben auf

Saint-Domingue kann er Amali sogar richtig kirchlich heiraten. Das sollte dann auch Carrie glücklich machen.«

Die Haushälterin war tiefgläubig.

Deirdre nickte, etwas verschnupft, weil ihre Freundin sie nicht ins Vertrauen gezogen hatte. Von ihr aus konnte Lennie gern mitkommen.

»Aber schick ihn vorher noch ein paar Wochen bei Kwadwo in die Lehre«, meinte Nora, nicht ganz so überzeugt von der einfachen Lösung. »Wie gesagt, er ist nicht der Klügste. Am Ende würde er Alegría noch eine Kolik anfüttern.«

Letztendlich erweiterte sich Deirdres Anhang später noch einmal – Amalis kleine Schwester Nafia schrie Zeter und Mordio, als sie hörte, dass Amali mit Deirdre reisen sollte, sie selbst aber nicht.

»Sie haben immer gesagt, ich würd mal Ihre Zofe, Missis!«, beschwerte sie sich bei Deirdre. »Und jetzt gehen Sie auf eine fremde Insel und lassen mich da. Wer wird mir denn jetzt beibringen, wie ich eine feine Missis frisiere und anziehe?«

Deirdre hätte anführen können, dass Nora ihr das ebenso gut würde beibringen können, doch auf Cascarilla Gardens gab es schon mehr als genug Hausmädchen und Zofen, während der künftige Haushalt der Dufresnes eher unterversorgt war. Die Köchin würde sich über ein Mädchen als Hilfe sicher freuen. Und Deirdre wäre es ohnehin schwergefallen, sich von ihrem Liebling Nafia zu trennen.

»Dann musst du jetzt nur noch deinem Gatten klarmachen, dass du mit einer halben Plantagenbelegschaft anreist«, neckte Doug seine Ziehtochter, als sie ihm das darlegte. »Wo er doch den Haushalt klein halten wollte …«

Doug war an diesem Tag guter Dinge. Er hatte endlich einen katholischen Geistlichen ausfindig gemacht, einen Iren, der eigentlich nach Indochina wollte, um dort eine Missionsstation zu eröffnen. Gegen eine fürstliche Spende für seine Kirche erklärte er sich gern bereit, noch ein paar Wochen auf Jamaika zu bleiben, Deirdre und die Sklaven zu taufen und dann auch Deirdres und Victors Trauung auf Cascarilla Gardens zu vollziehen. Er bestand allerdings darauf, in dieser Zeit seine Täuflinge durch regelmäßige Unterweisungen in ihren neuen Glauben einzuführen. Und da es schon für Deirdre beschwerlich, für Lennie, Amali und Nafia gänzlich unmöglich war, dazu fast täglich nach Kingston zu reiten, nahmen Doug und Nora auch ihn als Logiergast auf Cascarilla Gardens auf. Er nutzte die Zeit, um sich ein Polster für die sicher beschwerliche Zeit als Missionar anzufuttern, Adweas Essen mundete ihm hervorragend. Allerdings lieferte er sich bei jeder Mahlzeit bissige Wortgefechte mit Miss Hollander, die den Protestantismus glühend verteidigte und sich allabendlich mit ihm darüber stritt, wer das Tischgebet sprechen durfte.

Deirdre und die Schwarzen fanden Father Theodors Unterweisungen noch langweiliger als die Konversation mit Miss Hollander. Deirdre stellte schnell fest, dass der katholische Katechismus mit der bunten Welt des Obeah-Kultes wenig gemeinsam hatte. Nora musste stets aufpassen, dass sich alle künftigen Täuflinge zu Father Theodors Schulstunden einfanden, und wünschte schließlich alle zur Hölle – von der Gouvernante über den Geistlichen bis zu dem wirklich ziemlich begriffsstutzigen Lennie, über den Kwadwo sich ständig beschwerte. Es war fraglich, welche Aufgaben er im neuen Haushalt würde übernehmen können – in Cap-Français würden Deirdre und Victor ein Auge auf ihn haben müssen.

Das alles war jedoch vorerst vergessen, als die Hochzeit endlich näher rückte und Victor auf Cascarilla Gardens eintraf. Von seiner Familie begleitete ihn nur einer seiner älteren Brüder – die Eltern und der designierte Erbe schienen auf der Dufresne-Plantage unabkömmlich zu sein.

»Sie werden aber selbstverständlich einen großen Empfang für uns geben und die Hochzeit sozusagen nachfeiern, sobald wir auf Saint-Domingue ankommen«, beeilte Victor sich zu versichern. Er wollte auf keinen Fall den Verdacht aufkommen lassen, die Dufresnes seien womöglich nicht einverstanden mit der Wahl ihres Sohnes.

Deirdre machte sich jedoch keine Gedanken darüber, und Nora und Doug war es ganz recht, dass die Dufresnes auf einen Besuch Jamaikas verzichteten. Die Fortnams waren sich nicht sicher, ob Victor seinen Eltern reinen Wein über Deirdres Abstammung eingeschenkt hatte. Als sie Gérôme, seinen Bruder, etwas näher kennenlernten, bezweifelten sie das ernsthaft.

Gérôme trat gänzlich anders auf als sein Bruder. Er kleidete sich auffälliger und mit äußerster Eleganz, verzichtete nie auf ein Pudern von Haar und Gesicht, und zu besonderen Anlässen trug er selbstverständlich eine aufwendige Perücke. Der tiefschwarze Leibdiener, der ihm stets schweigend auf dem Fuße folgte, schien sich vor ihm zu ducken, und den Schwarzen auf Cascarilla Gardens gegenüber verhielt Gérôme Dufresne sich herrisch und ungeduldig. Dazu sprach er kaum Englisch und sein Sklave natürlich erst recht nicht, er konnte die Befehle seines Herrn nicht an die Hausdiener der Fortnams weitergeben. So vermochten sie Gérômes Wünschen beim besten Willen nicht so schnell und selbstverständlich nachzukommen, wie er es gewohnt war. Dafür brachte er jedoch keinerlei Verständnis auf.

Es kam sehr bald zu Spannungen, und Benoît, Gérômes Diener, fand sich hilflos in ihrem Zentrum. Nora musste ständig vermitteln und übersetzen, was ihr nicht leichtfiel. Benoît sprach auch kein fließendes Französisch, sondern ein spezielles Patois. Oft klappte die Verständigung nur mit Händen und Füßen. Gérôme wurde zusehends unleidlicher, und Nora, die sich so lange vor dem Tag von Deirdres Abreise gefürchtet hatte, begann nun fast, ihn herbeizusehnen.

Obwohl Gérômes mangelnde Englischkenntnisse auch ihr Gutes hatten, wie Doug ihr begütigend vor Augen führte. »Wir sollten ihn zwar trotzdem bei der Hochzeit nicht allein mit irgendwelchen scharfzüngigen Ladys lassen, aber die Wahrscheinlichkeit, dass ihm jemand Deirdres Geschichte ganz nebenbei erzählt, ist doch eher gering«, meinte er. »Denn du stimmst sicher mit mir überein, dass es besser ist, wenn er es nicht erfährt.«

Nora nickte. Der arrogante Gérôme wäre wahrscheinlich entsetzt gewesen, mit einer halben Schwarzen verschwägert zu werden. Und mit seinen Eltern dürfte es sich kaum anders verhalten. Laut Gérôme verfügte die Kaffee- und Zuckerrohrplantage der Dufresnes über mehr als dreihundert Feldarbeiter, dazu kamen ein Heer von Dienern und Küchenhelfern im Haus. Gérôme hielt sie alle für faul und widerspenstig. Auf die Selbstverwaltung der Sklaven auf Cascarilla Gardens reagierte er ebenso düpiert wie Dougs Nachbarn und Geschäftsfreunde.

Nora sorgte sich ein wenig um Deirdres Verhältnis zu ihrem künftigen Schwager – die junge Frau hatte mit Stutzern wie ihm wenig Geduld, und ihre Mutter befürchtete, sie würde gleich das erste Mitglied ihrer neuen Familie brüskieren, das sie kennenlernte. Das erwies sich jedoch als unbegründet. Deirdre bemerkte Gérôme und seinen unglücklichen Leibdiener kaum. Seit Victor endlich wieder da war, hatte sie nur noch Augen für ihn. Die Trennung hatte der Anziehung zwischen den Brautleuten keinen Abbruch getan, sie strahlten sich den ganzen Tag an und konnten die Augen kaum voneinander lassen. Victor schilderte Deirdre ihr neues Haus in glühenden Farben – und reagierte gelassen darauf, dass seine zukünftige Frau drei Bedienstete mitnehmen wollte.

»Ich werde mich eben mühen müssen, all die Leute zu ernähren.« Er lächelte. »Aber es sieht gut aus, ich habe die Praxis ja bereits eröffnet, und nun wollten mich die Patienten kaum gehen lassen, um dich zu holen. Natürlich werde ich dich oft allein lassen müssen. Man ruft mich auch von weiter weg gelegenen Plantagen.«

»Dann komme ich einfach mit!«, erklärte Deirdre vergnügt – seinen skeptischen Blick geflissentlich übersehend. »Vielleicht kann ich dir ja mit irgendetwas zur Hand gehen. Wenn ich erst mal besser Französisch kann …«

Deirdres und Victors Hochzeitsfest stellte schließlich alle Bälle in den Schatten, die je auf Cascarilla Gardens gefeiert worden waren. Das Haus glänzte im Schmuck unzähliger roter und weißer Blüten – Nora hatte erlaubt, ihren Garten zu plündern. Der bot allerdings immer noch genügend Wunder mit all seinen blühenden Orchideen. Er war auch wieder mit Girlanden und Lampions geschmückt, und dazu entzündeten die Diener Hunderte von Kerzen, als es zu dämmern begann. Champagner wurde serviert, und Adwea braute aus Rosellefrüchten, Gewürzen und Rum einen Hochzeitspunsch, der besonders bei den männlichen Gästen großen Anklang fand. Victor und Deirdre tauschten die Ringe unter dem Blauen Mahoe, den die bunten Lampions in ein unwirkliches Licht tauchten.

Tatsächlich fand sich dieses Mal sogar der Gouverneur zum Fest auf der Plantage ein – sicher froh, dass er den hübschen Stein des Anstoßes im Haus der Familie Fortnam jetzt nach Hispaniola loswurde. Admiral Knowles widmete sich ausführlich dem Bruder des Bräutigams, und Gérôme fühlte sich geschmeichelt, als er höflich Konversation mit ihm machte. Er würde seinen Eltern berichten können, dass die Fortnams wirklich in den besten Kreisen Jamaikas verkehrten. Father Theodor gestaltete die Trauung sehr feierlich – Deirdres Taufe und die ihrer Diener hatte er schon am Tag zuvor im engsten Familienkreis zelebriert.

Schließlich gab es ein Bankett, bei dem Adwea sich selbst übertraf. Den Höhepunkt bildete eine prächtige dreistöckige

Hochzeitstorte mit in Rum eingelegten Früchten, und mit Sahne aufwendig dekoriert – ihr Meisterstück. Deirdre und Victor schnitten sie lachend an und bedienten höchstpersönlich die Gäste. Deirdre bedauerte nur, dass sie ihr selbst kaum zusprechen konnte – das sahneweiße Hochzeitskleid war wunderschön, verlangte aber ein eng geschnürtes Korsett. Auf lange einstudierte Schautänze folgte der Ball, den der Tanzmeister als Hommage an den Bräutigam auf Französisch dirigierte. Die jamaikanischen Pflanzer zeigten sich allerdings etwas indigniert darüber, dass auch vom Sklavenquartier aus Musik herüberwehte – wesentlich lauter und fröhlicher als das Quartett aus Kingston, das für die Weißen aufspielte. Die Fortnams hätten es sich jedoch niemals nehmen lassen, auch für ihre Leute ein Fest auszurichten. Die Haussklaven, die an diesem Abend auf der Feier der Weißen bedienten, sollten am nächsten Tag nachfeiern dürfen. Bei Gérôme stieß dies erstaunlicherweise nicht auf Unverständnis. Auf Saint-Domingue war es durchaus üblich, die Schwarzen an Familienfeiern am Rande teilhaben zu lassen. Auch zu Weihnachten, erklärte Gérôme der freudig überraschten Deirdre, pflegten die Dufresnes ihre Sklaven mit einem Festmahl und reichlich Bier und Rumpunsch zu bewirten.

Deirdre genügte es allerdings nicht, den Leuten im Sklavenquartier Tanz und ein Festessen zu ermöglichen. Sie wollte auch mit ihnen feiern, und so schlichen sich Deirdre und Victor um Mitternacht kurz vom Ball fort, um sich den Schwarzen zu zeigen und ein paar Worte mit ihnen zu wechseln. Die beiden kamen gerade rechtzeitig im Hüttendorf an, um mitzuerleben, wie Kwadwo den Göttern ein Huhn opferte.

»Ihnen zu Ehren, Missis!«, erklärte der Obeah-Mann und nickte Deirdre zu.

Für Victor war das ein wenig zu viel der Toleranz. Er rügte die Sklaven für ihre heidnischen Bräuche. Deirdre dagegen schwankte zwischen Neugier und Beunruhigung. Als Amali am späten Abend in ihre Räume kam, um ihr beim Auskleiden zu helfen, nahm sie die Zofe beiseite.

»Was hat er gesagt, Amali? Kwadwo, meine ich. Sind die Götter … werden die Geister uns … gewogen sein?« Deirdre wusste, dass Kwadwo bei Geburten und Eheschließungen eine Art Orakel befragte.

Amali biss sich auf die Lippen. »Ich weiß nicht …«, murmelte sie. »Also zu Lennie und mir hat er gesagt …«

Lennie und Amali hatten im Sklavenquartier ebenfalls Hochzeit gefeiert, indem sie gemeinsam über einen Besen hüpften. Doug hatte diesen Brauch von amerikanischen Pflanzern für seine Leute übernommen. Auf Saint-Domingue würden die beiden dann noch nach katholischem Ritus getraut werden.

Deirdre schüttelte unwillig den Kopf. »Was er zu Lennie und dir gesagt hat, will ich nicht wissen«, fiel sie Amali ins Wort. »Das kann ich mir im Übrigen auch selbst zusammenreimen …« Was Kwadwo von Lennie hielt, war allgemein bekannt. Wahrscheinlich hatte er dem denkfaulen Bräutigam und der lebhaften Braut nicht gerade lebenslanges Liebesglück vorausgesagt. »Was er über mich und Victor gesagt hat, will ich wissen!«

Amali zuckte die Schultern. »Nicht viel«, bemerkte sie dann. »Nur so was wie ›Es sind wieder zwei …‹. Ich weiß nicht, was er damit meinte.«

Deirdre lächelte. »Zwei Kinder wird er meinen!«, deutete sie vergnügt den Spruch des alten Obeah-Mannes. »Vielleicht sogar Zwillinge! Das wäre doch schön, Amali!«

Amali nickte, froh, nicht weiter examiniert zu werden. Aber an Deirdres Deutung glaubte sie nicht. Hätte Kwadwo Kindersegen vorausgesehen, so hätte er gelächelt. Tatsächlich hatte sein Gesicht nur Sorge ausgedrückt, als er in Deirdres und Victors Zukunft geblickt hatte.

## KAPITEL 3

Deirdre war wunderschön in ihrem seidenen Nachthemd. Das schneeweiße, raffiniert geschnittene Gewand umschmeichelte ihren Körper in weichen Falten. Es schien, als wetteiferten die Seide und ihr offenes Haar darum, ihren Körper zu umspielen, das weite Hemd betonte ihre Formen noch mehr als das enge Hochzeitskleid. Amali jedenfalls wirkte sehr zufrieden mit Deirdre, als sie ihre Freundin und Herrin schließlich verließ – nicht ohne ihr ein bisschen augenzwinkernd Glück und vor allem Spaß in der Hochzeitsnacht zu wünschen. Victor hatte sich noch für kurze Zeit entschuldigt, um sich in seinem bisherigen Zimmer vom Feststaat des Bräutigams befreien zu lassen – in seinem aufwendigen, steifen und viel zu warmen Jackett aus Seidenbrokat und den modisch hohen Schuhen hatte er fast so gelitten wie die Frauen in ihren Korsetts. Rücksichtsvoll wie er war, würde er sich bestimmt ausgiebig den Schweiß vom Körper waschen, bevor er zu Deirdre ins Bett kam.

Die junge Frau erwartete ihren Ehemann mit Herzklopfen. Sie hatte so viel Unterschiedliches darüber gehört, was einem Mädchen in der Hochzeitsnacht bevorstand, dass ihr alles zwischen Himmel und Hölle möglich schien. Furcht empfand sie jedoch nicht, sie vertraute Victor blind, und sie öffnete ihm freudig, als er dann endlich an die Tür klopfte.

Deirdre lächelte, als sie seiner ansichtig wurde. Victor hatte sich die Schminke aus dem Gesicht gewaschen und den Puder aus dem dunklen Haar gebürstet. Er hatte es nicht erneut geflochten oder zusammengebunden, und nun umspielte es in weichen Wellen sein Gesicht. Deirdre wünschte sich gleich, es zu streicheln und damit zu spielen. Aber auch Victors nussbraune Augen leuchteten auf, als er seine junge Frau zum ersten Mal so leicht bekleidet und mit gelöstem Haar sah. Ihre Locken und ihr Nachtgewand schienen ihren Körper zu umtanzen. Er musste an eine Fee denken, als sie jetzt seine Hand nahm und ihn zum Bett führte.

»Sollen wir das Licht anlassen?«, fragte sie begierig. »Also wenigstens ein paar Kerzen?«

Victor lächelte. »Ich werde immer auch für den kleinsten Lichtschein dankbar sein, wenn er mir nur ermöglicht, dich zu sehen«, sagte er galant, nahm sie in die Arme, hob sie aufs Bett und betrachtete sie im Licht der Kerzen. Er sog den Duft des Rosenwassers ein, in dem die Wäscherinnen ihr Nachthemd und die Laken gespült hatten. Auf dem Bett hatte Amali zudem Rosenblätter verteilt.

»Und was ist mit mir?«, fragte Deirdre kokett und griff nach dem Gürtel seines Schlafrocks. »Soll ich mich mit dem Anblick des Morgenmantels begnügen?«

Victor ließ lachend den Schlafrock sinken. Sein Körper war hager und sehnig, er würde Deirdre nicht zu schwer werden, wenn er sich auf sie legte – eine Sorge, die sie stets gehegt hatte, seit Amali und sie einmal eine der Haussklavinnen und ihren Geliebten in der Scheune beobachtet hatten. Der Mann war Deirdre damals riesig erschienen, und sie hatte befürchtet, er könnte das Mädchen erdrücken. Victor warf sich jedoch ohnehin nicht einfach auf seine Geliebte, sondern entkleidete sie zunächst langsam und sagte ihr Zärtlichkeiten, um sie dann zu streicheln und zu küssen, bis sie so erregt war, dass sie sich ihm ungeduldig entgegenhob. Sie fühlte auch nur einen kurzen Schmerz, als er in sie eindrang, und dann nichts mehr als Freude und alles umfassende Seligkeit. Victor bewegte sich sanft in ihr, schien sie zu wiegen und mit auf eine zärtliche Reise zu nehmen. Deirdre fühlte sich wie auf einem Boot in einem Strom, träumte von wilden Wassern, über die sie trieben, und die ihr doch nichts antun konnten, solange sie mit Victor zusammen war. Sie hätte noch mehr davon haben mögen – dem Ertrinken in den Wogen vielleicht näher kommen, bevor sie in einem Regenbogen von Entzücken Rettung fand. Aber dafür würde später noch Zeit sein … sie würden ein ganzes Leben lang Zeit haben, den Strom der Liebe zu erkunden.

Schließlich lagen sich die beiden ermattet in den Armen, die Gesichter gelöst, Deirdres gelocktes und Victors glattes Haar wie ineinander verwoben auf dem Kissen. Deirdre meinte, vor Glück bersten zu müssen, aber dann ergab sie sich doch ihrer Müdigkeit. Der Tag war lang gewesen – und es lagen ja noch unendlich viele vor ihr …

»Ich habe gar keine Lust, mich jetzt wieder unters Volk zu mischen«, seufzte Deirdre, als Amali sie am Morgen schnürte.

Sie war davon aufgewacht, dass Victor an die Kissen gelehnt neben ihr saß und ihr beim Schlafen zusah, und dann hatten sie sich noch zweimal geliebt, bevor sie es schafften, sich voneinander zu lösen und sich dem Tag zu stellen. Amali hatte taktvoll vor der Tür gewartet, bis Victor herauskam, um sich in seinen Räumen anzuziehen. Dann war sie eingetreten, um Deirdre beim Ankleiden zu helfen.

»Die Gäste sind alle noch da, oder?«

Die Zofe lachte. »Alle, die eine weitere Anreise hatten. Natürlich, Missis. Was denken Sie denn? Dass Missis Nora Ihre Gäste ohne Frühstück nach Hause schickt?«

»Ach, ich denke gar nicht mehr …«, seufzte Deirdre wohlig, »ich fliege nur noch. Ist es für dich auch so wunderschön, Amali? Mit deinem Lennie? Ist er auch so … so sanft, so liebevoll, so …«

Amali zuckte die Schultern und half Deirdre in ein leichtes Hauskleid. »Lennie ist mehr wie ein Wirbelsturm«, bekannte sie. »Man kommt kaum zum Luftholen. Aber ja, es ist schön, Missis! Und ich bin sehr froh, dass es sich so für uns fügt, dass er Hausnigger werden darf bei Ihnen und Backra Victor. Hier hätte meine Mommy uns nur Ärger gemacht. Hochzeit mit einem Feldnigger … das hätte sie nie gestattet! Und Lennie ist auch ganz dankbar. Er wird alles gut machen und sehr treu sein, sagt er!«

Deirdre dankte ihr lächelnd, obwohl auch sie Lennies Beförderung mittlerweile etwas skeptisch sah. Kwadwo klagte, dass man den jungen Mann nicht aus den Augen lassen dürfe. Was immer er anfasste, ging schief. An seiner Treue musste man also wahrscheinlich nicht zweifeln – Lennie war viel zu beschränkt, um Fluchtpläne zu schmieden. Deirdre schmunzelte über diesen Gedanken, verzichtete aber wohlweislich darauf, ihn mit Amali zu teilen. Die hielt ihren Lennie immer noch für vollkommen.

Schließlich schwebte Deirdre in ihrer Wolke von Glückseligkeit die Treppe hinunter. Im Speisezimmer wurde den verbliebenen Gästen gerade ein deftiges Frühstück serviert, neben dem traditionellen Stockfisch mit Okraschoten gab es Eier und kleine Würstchen, auch Fladenbrot und ein scharfes Linsengericht, das die Gäste in den höchsten Tönen lobten. Nora verriet ihnen nicht, dass das Rezept aus Afrika stammte. Sie hatte in Nanny Town von den befreiten Sklaven kochen gelernt und nach ihrer Rückkehr auch Adwea ermutigt, Gerichte aus ihrer Heimat auf den Tisch zu bringen.

Nun beobachtete sie, wie der vornehme Gérôme wie ein leibhaftiger französischer Gourmet von den Speisen kostete und dann wenig diplomatisch anmerkte, er habe zumindest in einem englischen Hause noch nie so gut gespeist.

Die Gäste begrüßten das junge Ehepaar mit launigen Bemerkungen und Victor wohl auch mit anzüglichen Scherzen. Nora betrachtete ihre Tochter forschend, war aber beruhigt, als sie das überirdische Strahlen auf Deirdres Gesicht sah. Auch mit der körperlichen Liebe schien es also gut zu gehen zwischen den jungen Leuten. Sie brauchte sich keine Sorgen zu machen, wenn sie ihre Tochter mit Victor in die Fremde schickte.

Mit der Abreise wurde es nun auch ernst, am zweiten Tag nach der Hochzeit lief das Schiff nach Saint-Domingue aus. Und tatsächlich war es keine weite Reise, bei gutem Wind konnten sie Hispaniola in nur zwei Tagen erreichen.

»Ihr kommt uns doch sicher besuchen, sobald wir uns eingerichtet haben!«, tröstete Deirdre ihre Mutter, als Nora sich beim Abschied die Augen wischte. »Und wer weiß, vielleicht werdet ihr ja übers Jahr schon Großeltern …«

Deirdre war noch nie auf See gewesen und verfolgte nun voller Spannung, wie das Schiff ablegte und aufs offene Meer hinaustrieb, während das Ufer von Jamaika immer kleiner wurde und schließlich mit dem Horizont verschwamm. Victor hatte den Arm um sie gelegt, um sie zu trösten, aber bei Deirdre überwog die Abenteuerlust bei Weitem den Abschiedsschmerz. Sie verbrachte den Tag an Deck und jubelte, als sie Delfine sah, die das Schiff begleiteten.

»Vor Hispaniola wirst du auch Wale sehen«, prophezeite ihr Victor. »Sie kommen dorthin, um Hochzeit zu feiern. Zum Glück sind sie friedlich. Sonst müsste man sich fürchten, die Tiere sind fast so groß wie unser Schiff.«

»Wie schön, dass alle Hochzeit feiern!« Deirdre lachte. »Ach, Victor, ich komme mir vor, als wäre mein Leben ein einziges großes Fest, seit ich mit dir zusammen bin.«

Ihre glückliche Stimmung hielt während der gesamten Reise an. Natürlich reisten die Dufresnes Erster Klasse. Victor und Deirdre hatten eine luxuriös ausgestattete Kabine, in deren breitem Bett sie sich die ganze Nacht liebten. Die Liebenden überließen sich ganz dem Rhythmus der Schiffsbewegungen und fühlten sich eins mit dem Meer und den Gezeiten, als sie morgens durch das Bullauge den Sonnenaufgang verfolgten.

Amali, Lennie und Nafia hatten es auf dem Zwischendeck nicht so bequem. Die Sklaven der Passagiere waren in engen Quartieren ohne Fenster zusammengepfercht. Für Lennie war das besonders schlimm, er litt unter Platzangst. Als kleines Kind war er mit seiner Mutter aus Afrika gekommen – was selten war, die Sklavenhändler nahmen Kinder unter zwölf Jahren so gut wie nie mit sich, und wenn doch, dann überlebten nur die wenigsten von ihnen die Überfahrt. Lennies Mutter musste es wohl gelungen sein, an das Herz eines der Männer zu rühren, und irgendwie brachte sie ihren Sohn lebend nach Jamaika. Allerdings fürchtete der Junge sich seitdem vor Enge und Dunkelheit. In dem Verschlag im Zwischendeck machte er kein Auge zu. Nafia, die alle paar Minuten aufstehen und zu dem längst völlig verdreckten Abtritt taumeln musste, da sie unter der Seekrankheit litt, ging es auch nicht besser. Amali war wie gerädert, als sie am Morgen zu ihrer Herrin kam, um ihr beim Ankleiden und Frisieren zu helfen.

»Und dabei geht es bei uns noch!«, erzählte sie Deirdre. »Weil der Backra sich ja für Lennie verbürgt hat. Die anderen schwarzen Männer sind fast alle angekettet. Vorschrift auf See, sagt der Maat. Damit sie keinen Aufstand anzetteln und das Schiff entern.«

Deirdre hielt das für Unsinn. Was sollten die schwarzen Sklaven mit einem geenterten Schiff anfangen? Und waren es nicht auch viel zu wenige für einen Aufstand? Als sie dann jedoch genauer hinsah, stellte sie fest, dass die Schwarzen an Bord den weißen Herren zahlenmäßig überlegen waren. Die Reisenden zwischen den Inseln waren entweder Pflanzer oder Kaufleute, und alle führten Dienerschaft mit sich. Würden sich diese meist kräftigen, durch die harte Arbeit auf den Plantagen gestärkten

Männer tatsächlich zusammenrotten, so könnten sie die Besatzung des Schiffes überwältigen und den Segler übernehmen. Natürlich war das unwahrscheinlich, erst recht auf einer so kurzen Reise, aber viele Kapitäne und Reisende hegten tief sitzende Ängste. Es gab verhältnismäßig wenige Sklavenaufstände auf den Inseln, die jedoch verliefen meist blutig. Wenn die Schwarzen rebellierten, hatten sie nichts mehr zu verlieren und schlugen entsprechend erbarmungslos zu.

Deirdre und Victor genossen und Amali und ihre Familie durchlitten einen weiteren Tag und eine Nacht auf See, bis der kleine Segler schließlich im Hafen von Cap-Français anlegte. Neugierig spähte Deirdre nach ihrer neuen Heimat aus und wurde nicht enttäuscht. Die Stadt zeigte sich im Morgenlicht von ihrer besten Seite. Nach einem nächtlichen Tropenregen schien jetzt wieder die Sonne, und die bunten Holzhäuser des Hafenviertels wirkten wie frisch gewaschen. Sanfte Kräuselwellen reflektierten das Sonnenlicht in der Bucht, Deirdre sah Palmen und grüne Hügel, die sich im Hinterland der Stadt auftaten.

»Es ist so hübsch!«, freute sich Deirdre, als sie an Land kamen.

Sie fanden sich gleich inmitten eines quirligen Wochenmarktes wieder, auf dem Gemüse und Früchte feilgeboten wurden, auch frischer Fisch und bunte Kleidung. Von einer nahen Kirche – zu Deirdres Verwunderung war sie nicht aus Holz, sondern aus Stein gebaut und mit leuchtend hellem Marmor verkleidet – hallte Glockenklang herüber. Die Menschen hier schienen entspannt und fröhlich zu sein.

Gérôme hielt sich allerdings indigniert ein Seidentuch vor Mund und Nase, als er durch das Marktgewirr schritt. Es gab hier kaum Weiße, dominierend waren Mulatten, deren bunte Kleidung die Szenerie noch farbenfroher wirken ließen. Deirdre wäre am liebsten gleich geblieben und hätte für ihren neuen Haushalt eingekauft, aber das ging natürlich nicht. Sie freute sich schon auf einen Erkundungsgang am nächsten Tag.

Inzwischen wurde das Schiff entladen, der Maat öffnete das Zwischendeck, und Deirdres schwarzer Anhang gesellte sich wieder zu ihnen – auf dem Schiff war es nur den Zofen und Leibdienern erlaubt gewesen, ihre Quartiere zur Arbeit zu verlassen. Nafia wirkte noch ziemlich blass, und Lennies runde Augen waren schreckgeweitet, aber an Land erholten sich die beiden rasch. Theoretisch hätte Lennie auch gleich seine Aufgaben als Stallknecht übernehmen können, in der Praxis erwies er sich jedoch als hoffnungslos unfähig, die aufgeregte Alegría aus ihrem Verschlag im Bauch des Schiffes nach draußen zu führen. Deirdre wollte schon selbst nach dem Führstrick greifen, und schließlich übernahm es dann Victor, die Stute zu beruhigen. Das ging natürlich nicht, ohne einen tadelnden Blick seines Bruders auf sich zu ziehen.

»Habt ihr den Bengel nicht als Pferdeknecht mitgenommen?«

Gérôme wies auf Lennie. Er sprach mit beißendem Spott in der Stimme und in so raschem Französisch, dass es Deirdre schwerfiel, alles zu verstehen. Bislang hatte Victors Bruder sich ihr gegenüber rücksichtsvoll verhalten und sehr langsam geredet, ebenso wie die anderen französischsprachigen Passagiere auf dem Schiff. Aber jetzt vergaß er das, und Deirdre wurde schlagartig klar, wie viel sie noch zu lernen hatte.

»Unser Lennie ist nun mal nicht seefest.« Victor lachte, nicht bereit, sich die Freude über seine Heimkehr verderben zu lassen. »Und das Pferd meiner Frau konnte es ja auch kaum erwarten, vom Schiff zu kommen. Insofern haben die zwei sicher eine Menge gemeinsam, doch bei dem einen äußert es sich in Agonie, beim anderen in extremer Unruhe. Medizinisch ist beides verständlich, und als Therapie empfehle ich: Lasst sie einen Tag lang nicht aufeinander los! Aber jetzt Spaß beiseite. Gérôme, siehst du hier irgendwo eine Mietdroschke? Wir könnten natürlich auch zu Fuß gehen, das Haus ist jedoch etwas abgelegen …«

Über die Lage des Stadthauses hatte es wohl auch Meinungsverschiedenheiten zwischen Victor und seinem Vater gegeben. Victor hatte sich am liebsten nah am Hafen, direkt im Herzen der Stadt, ansiedeln wollen, das empfand seine Familie jedoch als plebejisch. Jacques Dufresne verhandelte stattdessen um ein Grundstück nahe dem Wohnsitz des Gouverneurs, was wiederum Victor kategorisch ablehnte. Eine Ansiedlung im Viertel der Allerreichsten kam für ihn nicht infrage. Schließlich hatte man sich auf einen Bauplatz nördlich des Stadtzentrums geeinigt, einem noch wenig bebauten Bereich, der Wald dort war gerade erst gerodet worden. Das Grundstück lag nah der Küste, war also auch vom Hafen aus leicht zu erreichen, wie Victor in seinem Brief schon geschrieben hatte. Auf die Dauer würde sich Cap-Français zweifellos über dieses Neubauviertel hinaus ausdehnen. Victor nahm an, dass sein Haus in wenigen Jahren mitten in der Stadt liegen würde. In der Nachbarschaft siedelten sich schon Geschäftsleute und auch ein paar Handwerker an, die es zu bescheidenem Wohlstand gebracht hatten.

Gérôme schüttelte unwillig den Kopf und träufelte neues Parfüm auf das Tüchlein, das er sich direkt wieder vors Gesicht hielt, um die Gerüche des Hafens zu überdecken.

»Eine Mietdroschke!« Seine Stimme klang verächtlich. »Du hast zu lange in Europa gelebt, Victor. Du solltest dich daran erinnern, dass du hier ein Dufresne bist.« Gérôme sah sich kurz um und wies dann knapp mit dem Kinn auf eine elegante, offene Kutsche, die in einer Seitengasse wartete. »Ich habe den Wagen natürlich kommen lassen …«

Deirdre erspähte eine Art Wappen auf den dunkelrot lackierten Türen der Chaise, zwei ineinander verschlungene Buchstaben: DF für Dufresne. »Woher wusstest du denn, wann wir ankommen?«, fragte sie verwundert.

Victor, der seine Lippen bei Gérômes Ankündigung fest zusammengepresst hatte, antwortete: »Das wusste er natürlich nicht. Er hat den Sklaven und die Pferde dort seit Stunden in der Sonne warten lassen … bei schlechtem Wind hätten es leicht noch zwei Tage werden können.«

Er sprach in vorwurfsvollem Ton, aber Gérôme achtete nicht darauf. Er winkte den Sklaven bereits heran, der in Livree und Spitzenhemd auf dem Bock saß – eine Uniform, wie die Diener der Fortnams sie nur zu größeren Festlichkeiten anlegten. Der Mann musste darin schwitzen, aber eine Klage hätte er sich bestimmt nie erlaubt. Er fuhr den Wagen jetzt vor, sprang ab und grüßte ehrerbietig, dann öffnete er seiner Herrschaft die Türen. Benoît und Lennie verstauten das Gepäck im Kofferraum der Kutsche. Einige größere Kisten mit Deirdres Aussteuer würden später ins Haus gebracht werden.

»Gehört der Wagen uns?«, wisperte Deirdre ihrem Mann zu, als der Kutscher die Pferde schließlich antreten ließ.

Das Gefährt war überaus nobel, es glänzte in Schwarz und Dunkelrot, die Sitze waren gepolstert und mit Samt überzogen. Auch die Pferde waren elegant – Warmblüter, speziell gezüchtet für die Prunkkarossen der Reichen.

Victor schüttelte den Kopf. »Nein … und ich hoffe, du bist deshalb nicht zu enttäuscht. Aber das ist die Kutsche meiner Eltern, sie … sie brauchen etwas Repräsentatives, und Gérôme scheint das ja auch zu schätzen.« Die letzten Worte sprach er laut genug aus, damit Gérôme sie hörte. »Sonst hätte er die Kutsche nicht gebraucht. Vom Hafen zu unserem Haus hätte eine Droschke gereicht, und den Weg von unserer Plantage bis nach Cap-Français kann man auch reiten. Es sind gerade mal fünfzehn Meilen.«

»Und mein Gepäck hätte ich am Sattel festgeschnallt?«, fragte Gérôme mit kurzem Schnauben. »Wie ein … Viehtreiber? Nein, Victor, ein bisschen Stil muss man als Mitglied der Familie Dufresne schon beweisen. Ich hoffe, du wirst uns nicht gänzlich in Verruf bringen, wenn du demnächst hier praktizierst.« Er hob wieder sein Tuch vors Gesicht, als die Kutsche zwischen Fischständen und Metzgerläden entlangrollte.

Victor konnte darauf nicht viel erwidern. Gérôme hatte tatsächlich viel Gepäck mit nach Cascarilla Gardens gebracht. Nora hatte schon gespottet, er habe wohl eine Aussteuer mitgebracht und wolle damit bei den Fortnams einziehen.

Deirdre entschied auf dieser kurzen Fahrt durch Cap-Français endgültig, dass sie Victors Bruder nicht besonders mochte. Auf Cascarilla Gardens war er ihr charmant erschienen, doch etwas seltsam, mittlerweile fand sie sein Gehabe nur noch albern. Allerdings schienen die Pflanzer auf Saint-Domingue mehr auf Pomp zu setzen als die meist englischstämmigen Plantagenbesitzer auf Jamaika. Die kauften sich zwar Adelstitel, blieben aber einem eher rustikalen Lebensstil treu, während durch Cap-Français nicht nur eine prunkvolle Kutsche rollte. Die Staatskarossen passten zu den repräsentativen, an französische Schlösschen erinnernden Steinbauten, die entlang der breiten Straßen standen, durch die ihr Weg sie jetzt führte. Gérôme wies mitunter kurz darauf hin, wer diese Häuser bewohnte – Namen, die Deirdre zwar nie gehört hatte, die jedoch beeindruckend klangen. Immer wieder kamen ihnen ähnlich noble Gefährte entgegen wie das ihre, und oft grüßten beide Dufresne-Brüder zu den Insassen hinüber.

»Du wirst dich jedenfalls mit einem einfachen Doktorwagen begnügen müssen«, erklärte Victor seiner jungen Frau. Fast alle Ärzte machten ihre Hausbesuche in solchen vierrädrigen, überdachten Zweisitzern mit kleiner Ladefläche. »Aber du hast ja auch noch dein Pferd.«

Alegría hatte die Überfahrt gut überstanden, allerdings war Deirdre etwas besorgt um sie. Schließlich hatte man keinen anderen als Lennie damit betrauen können, sie nach Hause zu führen. An eine Mietdroschke hätte Deirdre sie wahrscheinlich einfach angebunden und den Fahrer angewiesen, entsprechend vorsichtig zu fahren. Bei Gérômes noblem Gefährt wagte sie das jedoch nicht vorzuschlagen. Nicht auszudenken, dass die Stute mit einem Huf oder einem der eisernen Halfterringe gegen die Kutsche stieße und den Lack zerkratzte … Nun, jedenfalls konnte Deirdre nur hoffen, dass Gérômes Diener Benoît, der die Karawane der Sklaven anführte, zumindest ein bisschen Ahnung davon hatte, wie man mit Pferden umging. Vielleicht konnte er Lennie ja unter die Arme greifen.

Der Wagen der Dufresnes rollte zunächst durch belebte Straßen, dann durch ruhigere Wohngegenden, und schließlich hielt er vor einem Haus, das ein wenig abseits der Straße lag, aber so einladend wirkte, dass sicher niemand Angst hatte, den Weg zum Eingang einzuschlagen.

Das zweistöckige Haus des weitläufigen Anwesens lockte durch eine schattige Veranda, die man sicher teilweise als Wartebereich für die Patienten nutzen konnte, und im ersten Stock durch einen langen Balkon, auf dem Deirdre sich, ungestört vom Praxisbetrieb, erholen konnte. Es war, wie Victor es beschrieben hatte, weitgehend schmucklos angelegt, lediglich die Brüstungen wiesen Schnitzereien auf. Aber es wirkte anheimelnd – auch durch die hohen Palmen, die Victor beim Roden des Grundstücks hatte stehen lassen. Sie nahmen dem Haus das Unpersönliche eines Neubaus – es sah fast aus, als schmiege es sich schon von jeher in den Schatten der imponierenden Bäume. Der Stall, der etwas abseits des Wohnhauses lag, war ein stabiles Blockhaus. Dahinter gab es Wohnungen für die Schwarzen, keine Einzelhütten wie auf den Plantagen, sondern Zimmer, in einem langen Gebäude platzsparend angelegt.

»Das ist wunderschön!«, sagte Deirdre andächtig, als sie den Anblick gebührend lange auf sich hatte wirken lassen. »Und es liegt ja regelrecht im Grünen! Der Strand dürfte auch nicht weit entfernt sein!«

Victor nickte. »Nicht weit von hier ist eine Bucht – sie liegt fast so ungestört wie euer Strand auf Cascarilla Gardens. Ich dachte mir, dass dir das gefällt.«

Deirdre küsste ihn. »Wir können heimlich nachts da baden …«, flüsterte sie ihm ins Ohr. Victor lachte.

»Können wir jetzt mal hineingehen?«, fragte Gérôme ungeduldig. »Hier gibt es so viele Moskitos …«

Das war übertrieben, es war schließlich erst Vormittag, und ein paar Insekten schwirrten auf den Inseln immer umher. Gérôme war jedoch ohnehin schlecht gelaunt. Auch er hatte unter der Seekrankheit gelitten und die Reise nicht genießen können. Zudem konnte er Deirdres Begeisterung für ihr neues Haus offensichtlich nicht teilen. Deirdre wunderte das nicht. Sicher gehörte er zu dem Teil der Familie, der es gern größer und repräsentativer gehabt hätte.

»Und die Neger, das faule Pack, sind auch noch nicht da …«

Gérôme schaute ärgerlich nach Benoît aus, aber zu Fuß konnten die Schwarzen den Weg noch nicht geschafft haben. Die Pferde vor der Kutsche waren fast die ganze Strecke über getrabt.

»Sabina!«, rief Gérôme laut und gebieterisch, als er die wenigen Stufen hinaufstieg, die zum Eingang des Hauses führten.

Gleich darauf öffnete sich die Tür von innen und eine rundliche schwarze Frau hastete heraus. Sie trug die auf den Inseln gängige Kleidung, einen roten Rock, eine weiße Bluse und einen bunten Turban, und sie konnte nicht schnell genug vor Gérôme Dufresne knicksen.

»Mèz Gérôme … und Mèz Victor!« Sie knickste erneut. »Ich Sie noch gar nicht erwarten! Reise gut? Alles gut?« Die Frau war so beflissen, dass sie Deirdre zunächst gar nicht bemerkte.

Victor lächelte ihr zu. »Sabina! Wie schön, dich zu sehen. Ich hatte gehofft, dass mein Vater dich wirklich zu uns schickt, aber ich konnte mir kaum vorstellen, dass man im großen Haus auf dich verzichten kann«, schmeichelte er und wandte sich dann an Deirdre. »Darf ich dir unsere Köchin vorstellen, Deirdre? Sabina.«

Die Frau strahlte bei Victors Worten, und der ängstliche Ausdruck, den Deirdre eben noch auf ihrem runden Gesicht zu sehen gemeint hatte, verzog sich. Er kehrte jedoch gleich zurück, als sie jetzt Victors Blick folgte und Deirdre endlich entdeckte.

»Oh, Jesus! Die Madame! Verzeihen Sie, Madame, ich Sie nicht gesehen. Ich Sie …« Die Frau versank dieses Mal in eine Art Hofknicks und fiel dabei fast um.

Deirdre musste lachen. »Ach, das macht nichts, Sabina. Die Sonne blendet ja, wenn man aus dem Haus kommt. Du bist …«

»Sie ist die Köchin«, wiederholte Gérôme spöttisch. »Nebenbei bemerkt die Einzige aus ganz Nouveau Brissac, die sich um die Arbeit hier gerissen hat. Ganz allein, ohne weitere Hilfskräfte … Na ja, nun kommen noch Amali, das Kind und der nichtsnutzige Hausdiener dazu. Eine schöne Dienerschaft. Aber wenn's dich glücklich macht, Victor.«

»Nouveau Brissac?«, fragte Deirdre unsicher in Victors Richtung.

Sie war sich nicht sicher, ob sie alles verstanden hatte, diese Worte waren ihr auf jeden Fall fremd.

»Die Plantage unserer Familie«, bemerkte Gérôme bissig. »Eine der wichtigsten in ganz Saint-Domingue. Ich kann nicht glauben, dass Victor dir den Namen bislang nicht genannt hat …«

»Nun Sie treten erst einmal ein, Madame …« Sabina versuchte die Situation zu entspannen, indem sie ihrer Herrschaft beflissen die Tür aufhielt. »Ich Sie zeigen Haus. Oder nein, erst Erfrischung …« Die Köchin schien mit ihren vielfältigen Aufgaben im Haus tatsächlich etwas überfordert zu sein.

Victor winkte freundlich ab. »Du bereitest eine Erfrischung vor, Sabina, und ich zeige meiner Gattin das Haus«, erklärte er dann, ohne Gérôme weiter zu beachten. »Wir nehmen ein kleines Frühstück auf der vorderen Veranda ein. Ein paar Früchte und Kaffee, Sabina, nichts Großes, es ist ja schon wieder so heiß …«

Sabina nickte erleichtert und floh in die Küche. Gérôme schien so recht nichts mit sich anfangen zu können, weder wirkte er gewillt, Victor bei der Führung durchs Haus zu folgen, noch hatte ihm bislang jemand ein Zimmer angeboten, in das er sich zurückziehen konnte. Aber davon nahmen Victor und Deirdre keine Notiz.

Aufgeregt wie ein Kind erkundete Deirdre ihr neues Haus und war von seinem Inneren ebenso angetan wie vom Äußeren. Das Haus war ähnlich angelegt wie Cascarilla Gardens, allerdings erheblich kleiner. Es gab zwar ein großes Wohn- und Speisezimmer, das sich für Gesellschaften eignete und sich zu dem kleinen Garten hin öffnete, einen Ballsaal hatte das Stadthaus jedoch nicht. Anstelle der Empfangsräume gab es einen Warteraum und Victors Arztpraxis. Natürlich lagen auch die Küche und die Wirtschaftsräume im Erdgeschoss, unterkellert war das Haus nicht. Im ersten Stock fanden sich dann die Wohnräume der Familie, Deirdre betrat ein großzügiges Schlaf- und Ankleidezimmer.

»Es … ist dir doch recht, dass wir das Schlafzimmer teilen?«, fragte Victor vorsichtig.

Deirdre antwortete mit einem Kuss. Auf keinen Fall wollte sie von ihm getrennt leben und nur gelegentlich »besucht« werden.

»An wie viel Nachwuchs hast du denn gedacht?«, fragte sie schelmisch, als sie vier Kinder- und Gästezimmer zählte und noch eine kleine Dienstbotenkammer, die am äußersten Ende des Hauses lag und im Zweifelsfall als zusätzliches Schlafzimmer genutzt werden konnte.

Victor zuckte die Achseln. »Ich nehme, was immer du mir schenkst«, sagte er freundlich. »Aber vorerst habe ich wirklich mehr an Gästezimmer gedacht. Zumindest war es ursprünglich so geplant, dass unser Haus der ganzen Familie Dufresne als Stadthaus dienen sollte. Also musste ich feste Zimmer für meine Eltern und Brüder einplanen. Nun sieht es eher nicht so aus, als würde man uns allzu oft die Ehre geben. Gérôme zumindest ist von unserem ›primitiven‹ Domizil entsetzt, und meine Eltern haben es noch gar nicht gesehen. Jedenfalls nehme ich an, dass alle weiterhin lieber die Gastfreundschaft des Gouverneurs und anderer Honoratioren des Ortes in Anspruch nehmen werden, als sich hier einzurichten. Da wird es sowieso noch Unstimmigkeiten geben. Wenn ich Gérôme richtig verstanden habe, wollte die Familie die Residenz in der Hauptstadt hauptsächlich, um dort Bälle oder Empfänge veranstalten zu können. Und das geht hier ja wirklich nicht …«

Deirdre schüttelte den Kopf. »Dafür hätten wir auch gar nicht genug Personal«, meinte sie.

Victor lächelte nur milde. »Wenn meine Eltern mit dem gesamten Hofstaat anreisen, hast du Personal im Überfluss«, erklärte er. »Für den Hausbau hat mein Vater Dutzende von Feldnegern hier herübergeschickt. Zum Glück war der Architekt, was die Planung betraf, letztlich auf meiner Seite. Seine Frau hatte eine schwere Geburt, und ich habe sie erfolgreich von Zwillingen entbunden. Danach hat er eingesehen, dass Praxisräume wichtiger sein können als Ballsäle.«

»Wann lerne ich deine Eltern denn mal kennen?«, fragte Deirdre, inzwischen fast etwas ängstlich. »Und was können wir tun, damit sie sich bei uns wohlfühlen? Es wäre sicher nicht gut, wenn wir gleich mit ihnen streiten, wenn sie hier anreisen.«

Victor strich ihr eine Locke aus dem Gesicht, die sich aus einem an diesem Tag nur leger aufgesteckten Haarknoten gelöst hatte. »Liebste, Madame und Monsieur Jacques Dufresne werden sich nicht der Mühe einer Reise unterziehen, nur um ihre Schwiegertochter kennenzulernen. Die bitten nicht um Audienz,

Deirdre, sie gewähren sie höchstens. Ich denke, wir werden gleich am nächsten Wochenende zu ihnen hinausfahren. Die Plantage liegt im Inland, wie ich vorhin schon sagte, etwa fünfzehn Meilen südöstlich von hier. Mit dem Wagen sind wir in höchstens vier Stunden da.«

»Wir könnten doch auch reiten«, schlug Deirdre vor. Zu Pferd kam man erheblich schneller voran, und sie hatte lange Fahrten mit der Kutsche schon immer langweilig gefunden.

»Und unser Gepäck?« Victor sprach geziert und tat, als zöge er ein Tuch aus der Tasche, um es an Nase und Lippen zu führen. »Als eine Dufresne musst du standesgemäß ausgestattet sein! Du willst deine Kleider nicht wirklich in den Satteltaschen verstauen wie eine … Viehtreiberin …?«

Deirdre lachte noch, als sie die Holztreppen schon wieder hinunterliefen.

## KAPITEL 4

Gérôme Dufresne verabschiedete sich gleich am nächsten Tag und machte sich auf den Weg zurück zur Plantage seiner Familie. Die hochherrschaftliche Kutsche, den livrierten Fahrer und seinen verschüchterten Leibsklaven Benoît nahm er mit.

Deirdre nahm das kaum zur Kenntnis, sie war zu sehr damit beschäftigt, die Reisetruhen auszupacken, die vom Hafen geliefert worden waren. Die Spedition befand sich in der Hand freier Mulatten, wie sie verwundert feststellte. Auf Saint-Domingue gab es sehr viel mehr freie Farbige als auf Jamaika, und sie konnten auf ehrliche Weise ihr Brot verdienen.

»Aber nur in untergeordneter Stellung«, schränkte Victor ein, als Deirdre mit ihm darüber sprach. »Frei sein bedeutet ja nicht gleichgestellt. Ich kann diese Leute hier in der Praxis zum Beispiel nicht behandeln, da würden meine weißen Patienten Sturm laufen. Und Hausbesuche können sich die meisten nicht leisten. Es gibt auch keine Schulen für ihre Kinder, keinen Rechtsbeistand, wenn einer ihnen Unrecht tut. Und die Gendarmerie … Diese Stadt ist nicht das Paradies für freie Schwarze, Deirdre. Im Gegenteil, was Ernährung und Kleidung angeht, sind die Sklaven oft besser dran.«

Auf die Dienerschaft der jungen Familie Dufresne schien das jedenfalls zuzutreffen. Amali, Lennie und Nafia hatten ihre Quartiere bezogen und waren sehr zufrieden. Das Haus neben den Ställen bot mehr Platz als die Sklavenhütten auf den Plantagen. Die Köchin Sabina hatte schon einen Gemüsegarten angelegt und freute sich wie ein Kind über Victors Erlaubnis, Überschüsse verkaufen zu dürfen. Jacques Dufresne vertrat hier wohl eine strengere Haltung.

»Mein Vater mag es nicht, wenn sich *pacotilleurs* auf der Plantage herumtreiben«, erklärte Victor. »Das sind fliegende Händler, freie Schwarze, die herumziehen und den Sklaven Kleinigkeiten verkaufen wie billigen Schmuck oder anderen Tand. Damit sie gar nicht erst in Versuchung kommen, dürfen die Schwarzen auf Nouveau Brissac kein Geld besitzen.«

»Das verstehe ich nicht.« Deirdre wunderte sich. »Andere Pflanzer gestatten das doch auch …«

Auf Jamaika gab es nichts Vergleichbares, aber da hatten die Sklaven auch gar nicht genug Zeit, um zu handeln. Die meisten Pflanzer verlangten an allen Tagen des Jahres von Sonnenauf- bis Sonnenuntergang Arbeitseinsatz. Nur der Weihnachtstag war frei. Amali und Lennie konnten sich dagegen schon in der ersten Woche über einen freien Tag freuen. Das katholische Saint-Domingue beging den Festtag irgendeines Heiligen, von dem weder die beiden Schwarzen noch Deirdre je gehört hatten. Es war jedoch ein offizieller Feiertag, den Herren und Bedienstete von Gesetz wegen zu heiligen hatten.

»Vater meint, *pacotilleurs* stifteten Unfrieden«, antwortete Victor. »Sie bringen ja nicht nur Tand unter die Leute, sondern auch Nachrichten. Den Sklaven auf Saint-Domingue ist es verboten, sich zu versammeln, sofern sie unterschiedlichen Herren gehören, das soll Aufständen vorbeugen. Also verbreiten sich Neuigkeiten und Gerüchte nur durch die *pacotilleurs*, die für meinen Vater nun mal Störenfriede und Aufrührer sind.« Victor lächelte, offenbar sah er das anders. »Na ja, du wirst ihn ja kennenlernen. Er sieht hinter jedem Busch einen Maroon mit geschärfter Machete, der nichts anderes im Kopf hat, als seine braven Feldsklaven zu einem Aufstand zu verführen.«

»Gibt's denn hier überhaupt Maroons?«

Deirdre wusste, dass die Zahl der versteckt in den Bergen lebenden freien Schwarzen auf Jamaika rapide abgenommen hatte, als der Gouverneur Freibriefe erlaubt hatte. Vorher war jeder Schwarze, der sich in Ortschaften traute, Gefahr gelaufen, wieder versklavt zu werden. Offiziell gab es schließlich keine freien Farbigen. Die Leute hatten zwangsläufig in der Illegalität leben müssen, während sie sich später, mit echten oder gefälschten Freibriefen, unter die Gesellschaft mischen konnten. Auf Saint-Domingue hatte es allerdings von jeher freie Schwarze gegeben. Warum also Maroons?

Victor lachte. »Liebes, auch auf Hispaniola laufen Sklaven weg und verstecken sich vor ihren Backras, die man hier übrigens Mèz nennt. Außerdem gibt es noch Nachkommen der Ureinwohner, die sich teilweise mit entflohenen Negern vermischt haben. Man schätzt, dass etwa dreitausend Maroons in den Bergen leben. Aber sie sind keine große Bedrohung. Die meisten leben in kleinen Gruppen, und untereinander sind sie oft verfeindet. Die Probleme, die ihr auf Jamaika hattet, dass sie Plantagen überfallen, ausplündern und niederbrennen, die haben wir hier nicht. Allenfalls stehlen sie mal Vieh. Den Pflanzern sind sie natürlich verhasst, weil sie entflohene Sklaven aufnehmen. Und die *pacotilleurs* gehen auch bei ihnen aus und ein, sie können also theoretisch Kontakte knüpfen.«

Deirdre war wirklich gespannt auf Nouveau Brissac und Victors Familie. Sie war bereit zu einem Besuch, gleich nachdem sie die Seekisten ausgepackt hatte – was mit Amalis Hilfe recht schnell ging. Das Stadthaus wirkte nun, da Deirdre sich mit ihren Möbeln, Bettdecken und Vorhängen eingerichtet hatte, noch heimeliger und schöner, doch die junge Frau begann sich bald zu langweilen. Sie brannte darauf, in die Gesellschaft von Cap-Français und auf Dauer natürlich in die von ganz Saint-

Domingue eingeführt zu werden, aber Victor fand keine Zeit, etwas mit ihr zu unternehmen. Seine Praxis florierte, die Sprechstunden waren gut besucht, und abends machte er Hausbesuche. Deirdre sah ihn nur am späten Abend und am frühen Morgen, was zwar genügte, um mit anhaltender Begeisterung der Liebe zu frönen, sie sonst aber nicht ausfüllte. Victor vertröstete sie auf den ersten gemeinsamen Kirchgang.

»Ich werde dich mit einigen meiner Patientinnen bekannt machen, dann kannst du sie zum Tee besuchen oder was Damen so tun, um sich die Zeit zu vertreiben.«

Für Deirdre klang das wenig verlockend. Die erste Sonntagsmesse nach ihrer Ankunft auf Saint-Domingue sollten sie jedoch ohnehin auf Nouveau Brissac feiern. Gérôme hatte die Einladung vor seiner Heimkehr ausgesprochen, Jacques und Louise Dufresne hätten darauf bestanden. Deirdre freute das, Victor entlockte es nur ein Seufzen. Er hätte sich von dem Ansturm seiner Patienten nach seiner Rückkehr aus Jamaika lieber im eigenen Hause erholt und Deirdre erst mal mit Cap-Français vertraut gemacht, bevor er sich gleich auf den nächsten mehrtägigen Ausflug begab. Aber so blieb ihm nichts anderes übrig, als sich ab Freitagmittag für den Besuch bei seinen Eltern freizunehmen.

Dem jungen Arzt fiel es erkennbar schwer, sich von seinen Patienten zu trennen, und die ersten Meilen auf dem Weg nach Nouveau Brissac langweilte er Deirdre mit Schilderungen von besorgniserregenden Krankengeschichten. Deirdre hätte ihn gern auf andere Themen gebracht, so recht wollte ihr jedoch nichts einfallen. Die Vegetation auf Hispaniola, durch die ihr von Victor selbst gelenkter Wagen rollte, unterschied sich nicht sehr von der Jamaikas, Deirdre bemerkte, dass es mehr Palmen gab und keine Blauen Mahoes. Interessante Tiere fanden sich wohl auch kaum, als sie fragte, erzählte Victor lediglich von einem Schlitzrüssler.

»Kleine Wesen, nichts Furchteinflößendes«, sagte er. »Sie sehen ein bisschen aus wie Spitzmäuse. Aber fangen solltest du sie nicht, ihr Speichel ist giftig. Als Kind wollte ich mal einen zähmen, aber der kleine Kerl biss sofort zu – und ich konnte ein paar Tage lang die Hand nicht bewegen.«

Deirdre lag es ganz sicher fern, Schlitzrüssler zu zähmen, auch wenn sie schon gern mal einen gesehen hätte.

Schließlich verließen sie die naturbelassenen Wälder und durchquerten die ersten Tabakplantagen. Interessiert blickte Deirdre auf die bis zu sieben Fuß hohen, breitblättrigen Pflanzen. Sie hatte bislang nie welche gesehen, auf Jamaika pflanzte man Tabak allenfalls zum Eigenbedarf an, die Pflanzer lebten allein vom Zuckerrohr.

»Oh, Zuckerrohrplantagen haben wir hier auch«, erläuterte Victor. »Aber insgesamt setzt man auf Saint-Domingue mehr auf Kaffee und Tabak. Nouveau Brissac ist eine Tabak- und Kaffeeplantage wie die meisten hier im Umland von Cap-Français. Aber Gisbert, mein anderer Bruder, der die Plantage mal erben wird, hätte gern Zuckerrohr als drittes Standbein. Ich glaube, das hat mein Vater ihm jetzt auch gestattet.«

»Und Gérôme?«, erkundigte sich Deirdre. »Was macht der? Hat er einen Beruf?«

Victor lachte. »Kannst du dir da irgendetwas vorstellen?«, neckte er sie. »Nein, offiziell beteiligt sich Gérôme lediglich an der Führung der Plantage. Wobei da wirklich ein Mann ausreichen würde, die eigentliche Arbeit machen schließlich ohnehin die Aufseher und die Sklaven. Gérôme ist auch mehr auf gesellschaftlichem Parkett unterwegs. Wenn du mich fragst, sucht er nach einer reichen Erbin, die eine eigene Plantage mit in die Ehe bringt.«

Deirdre hätte über die heiratsfähigen Mädchen in der Umgebung von Nouveau Brissac ganz gern noch mehr erfahren. Letztendlich waren das ihre Rivalinnen um die Gunst Victors gewesen. Ihr Mann interessierte sich jedoch kaum für den Klatsch und war nach seinen Studien im Ausland auch nicht auf dem neuesten Stand. Er unterhielt Deirdre jetzt mit Informationen über den Tabakanbau. Im Gegensatz zum Zuckerrohr war Tabak nur einjährig. Nach der Saat wartete man, bis die Setzlinge umgepflanzt werden konnten, dann musste man sie aufwendig pflegen. Unkraut wurde gejätet, Seitentriebe wurden entfernt und die Blüten abgeschnitten, damit die gesamte Energie der Pflanze den Blättern zugute kam. Schließlich wurde geerntet, nach und nach in mehreren Durchgängen. Man pflückte zunächst die unteren, dann die oberen Blätter.

»Es ist nicht ganz so anstrengend wie das Zuckerrohrschneiden«, meinte Victor, »weshalb man auch Frauen und Kinder dazu einsetzt. Ebenso wie beim Trocknen und Fermentieren. Das trifft im Übrigen genauso auf Kaffee zu, auch da werden bei der Ernte gern Frauen beschäftigt. Wahrscheinlich ist das der Grund, weshalb Gisbert zusätzlich Zuckerrohr anbauen will. Er meint, die männlichen Sklaven seien unterbeschäftigt.«

»Wie viele Feldsklaven habt ihr denn?«, fragte Deirdre. Sie wunderte sich etwas über den scharfen Ton, in dem Victor antwortete.

»Mein Vater«, berichtigte er, »hat über vierhundert Feldsklaven.« Es war ihm offensichtlich wichtig, mit dem Besitz dieser Menschen nichts zu tun zu haben.

Deirdre sah die Leute dann auch bald im Einsatz, die Tabakernte war in vollem Gange. Der Wagen der Dufresnes fuhr an Arbeitskolonnen vorbei – an schwarzen Frauen und Mädchen in weiten Röcken und verwaschenen Blusen, das Haar unter Turbanen versteckt. Die Arbeiterinnen schufteten gebückt, um die untersten Blätter der ausladenden Pflanzen zu entfernen. Männer und kleine Jungen in verschlissenen weiten Baumwollhosen und ohne Hemden schleppten mit Blättern gefüllte Körbe zu den Sammelstellen, und wie auf Jamaika sah man auch hier auf so manchem Rücken die Narben von Peitschenhieben. Es war brütend heiß, der Schweiß der Sklaven floss in Strömen, während der zugehörige Aufseher gelassen im Schatten der größeren Tabakpflanzen auf seinem Pferd oder Maultier saß. Es war nicht nötig, dass er ständig die Peitsche schwang, seine Anwesenheit genügte, um die Arbeiter einzuschüchtern. Deirdre fand den Anblick wie immer deprimierend. Die Schwarzen sahen kaum auf, wenn ihr Wagen vorbeirollte, die Aufseher pflegten zunächst beiläufig, dann äußerst ehrerbietig zu grüßen.

»Dufresne-Land«, bemerkte Victor kurz, als ihm der erste dieser Grüße zuteil wurde. »Hier beginnt Nouveau Brissac. Der Name geht übrigens auf ein Schloss an der Loire zurück, falls dich mal jemand fragt. Nicht, dass mir wieder vorgeworfen wird, ich hätte dich nicht in die Familiengeheimnisse eingeweiht.«

Deirdre lachte. »Dann sind wir bald da?«, fragte sie hoffnungsvoll. Ihr war heiß, und das Pferd trabte für ihre Verhältnisse zu langsam. Victor schüttelte allerdings den Kopf. »Noch fast eine Stunde, Liebste. Dies ist eine große Pflanzung. Hier siehst du übrigens Kaffeesträucher …«

Als groß erwies sich schließlich auch das Haupthaus der Plantage, das inmitten eines weitläufigen Parks lag. Deirdre bestaunte die Anlagen, anscheinend hatte sich Jacques Dufresne tatsächlich ein Schloss zum Vorbild genommen. Deirdre dachte gleich an Versailles und seine Gärten. Die Anlage in Frankreich konnte kaum imponierender sein als diese hier auf Hispaniola. Etliche Gärtner waren damit beschäftigt, Blumen zu setzen und Hecken zu beschneiden. Das üppige Grün der Karibik in die streng symmetrischen Formen zu bringen, die für den französischen Schlosspark typisch waren, war schwere Arbeit. Sämtliche Sklaven trugen eine Art Uniform, und die Diener, die aus dem Haus eilten, als Victor seinen Wagen vor den Stufen zum Eingang anhielt, waren in Livreen gewandet, ähnlich der von Gérômes Kutscher. Deirdre hatte das Gefühl, von einer ganzen

Armee Bediensteter in Empfang genommen zu werden, die sie begrüßten, ihr vom Wagen halfen, ihr Gepäck ausluden …

»Sie nicht Leibdiener? Und Zofe, Madame?«, fragte ein imponierender schwarzer Majordomus, der zu seiner Livree eine irritierend weiße, wallende Perücke trug, fast etwas indigniert.

Victor schüttelte den Kopf. »Ich kann mich selbst anziehen, Jean. Und meine Gattin …«

Deirdre hätte Amali eigentlich gern mitgebracht, aber Victors Wagen war schlichtweg zu klein, um mehr als zwei Personen bequem sitzen zu lassen. Amali hätte sich in den Gepäckraum ducken müssen, der mit der Truhe für die Kleidung und Victors Arzttasche eigentlich schon voll war. Oder sie hätte gar stehen und sich am Verdeck festhalten müssen. Victor fand, man könne ihr das nicht zumuten – zumal auf Nouveau Brissac auch reichlich Personal zur Verfügung stünde.

»Ich denke, dass mir Madame Dufresne eine Zofe zur Verfügung stellt«, sagte Deirdre jetzt und lächelte dem geschniegelten Majordomus zu. Der Mann hatte eben einen Bückling vor ihr vollführt, der Kwadwos lang geübte Verbeugung weit in den Schatten stellte.

»Sicher, Madame. Ich mache, ich schicke Mädchen«, erklärte er. Anscheinend oblag ihm die Aufsicht über die Dienerschaft. »Philippe Sie führen in Ihre Räume, Madame, Sie sich machen frisch vor Abendessen …« Er winkte einen kleinen Jungen heran, der in der Uniform eines Pagen ausgesprochen niedlich aussah, aber wie verkleidet wirkte. Er schien seine Aufgabe äußerst ernst zu nehmen und griff gleich nach einer der Reisetaschen, um sie hinaufzuschleppen. Deirdre nahm sie ihm lächelnd ab und stellte sie beiseite. »Die bringen die Großen nachher rauf«, erklärte sie und warf dem Majordomus einen entsprechend auffordernden Blick zu.

Der Kleine nickte, fast etwas enttäuscht. »Gut, wir dann jetzt gehen?«, fragte er beflissen. »Ich zeigen Zimmer?«

Deirdre wunderte sich ein wenig, als Victor keine Einwände erhob, sondern dem Jungen folgte. Er legte ihr den Arm um die Hüfte, als sie jetzt die pompösen Empfangsräume betraten.

»Wollen wir deine Eltern nicht erst begrüßen?«, erkundigte Deirdre sich, während sie sich staunend umblickte. Sie kannte den französischen Einrichtungsstil aus Jamaika, viele Häuser der reichen Pflanzer zierten verspielte Möbel aus Europa. Etwas so Prachtvolles wie diese Eingangshalle hatte die junge Frau jedoch noch nie gesehen. Überall vergoldeter Stuck, glänzende silberne und goldene Leuchter, und an den Wänden hingen fast lebensgroße Porträts, vermutlich von Familienmitgliedern. Deirdre fühlte sich beinahe eingeschüchtert.

»Wir sehen meine Eltern gleich beim Essen«, antwortete Victor. »Glaub mir, das ist besser so. Unseren augenblicklichen Aufzug würden sie wahrscheinlich nur als Affront betrachten. Und dazu der Staub von der Reise …« Er lächelte. »Meine Mutter würde das Wort zwar nicht aussprechen, aber es ist nicht zu leugnen, dass wir beide transpiriert haben.«

Deirdre runzelte die Stirn. Natürlich waren ihre Achselhöhlen etwas feucht vom Schweiß, sie waren immerhin mehr als drei Stunden bei tropischen Temperaturen unterwegs gewesen. Doch ihr leichtes, mit Blumenranken besticktes Nachmittagskleid war durchaus noch vorzeigbar, und Victor war nicht so wild gefahren, dass sich mehr als ein paar wenige Locken aus ihrer Frisur gelöst hatten. Doug und Nora Fortnam hätten sich davon zumindest nicht abschrecken lassen, wenn es galt, ein neues Familienmitglied kennenzulernen! Aber gut, sie wusste ja bereits von Gérôme, dass die Dufresnes auf Förmlichkeiten Wert legten.

Nachdem sie die breiten, geschwungenen und mit Teppichen ausgelegten Treppen hinaufgeschritten waren, vorbei an Wandgobelins, zierlichen Beistelltischchen und Anrichten mit frischen Blumenarrangements, wunderte sich Deirdre nicht mehr über ihre Unterkunft auf Nouveau Brissac. Die Dufresnes hatten Victor und Deirdre mehr Wohnraum zur Verfügung gestellt, als deren ganzes Haus in Cap-Français bot. Deirdre verstand langsam, wie unterschiedlich die Vorstellungen von einer angemessenen Gästeunterbringung bei Victor und seinem Vater aussahen. Zudem erwarteten sie schon fünf schwarze Bedienstete. Zwei Diener kümmerten sich um Victor, drei Mädchen nahmen Deirdre in Empfang, wobei sie nicht mit Schmeicheleien über die Schönheit der neuen Madame sparten. Deirdres aktuellen Aufzug empfanden jedoch auch sie als nicht gesellschaftsfähig.

»So prächtige Haar, aber nicht schön frisiert«, erklärte die Erste, und die Zweite schüttelte den Kopf, als sie Deirdres Truhen öffnete. »Nur ein Korsett? Für ganze Wochenende? Nur zwei Kleider? Und wie zerknittert ... Belle, du schnell plätten ...«

Das dritte Mädchen baute binnen kürzester Zeit einen Tisch auf, während die beiden ersten Deirdre entkleideten, sie mit in Rosenwasser getränkten Tüchern wuschen und dann ausgiebig parfümierten. Sie bedienten sich dafür eigener Düfte, das leichte Parfüm, das Deirdre bevorzugte und auch mitgebracht hatte, entsprach ihren Ansprüchen nicht. Deirdre stellte unwillig fest, dass die Mädchen sie in kürzester Zeit in eine völlig andere Frau verwandelten. Natürlich hatte sie auch vorher schon mit Schminke und Puder experimentiert, dies ging dagegen weit über die Zugeständnisse hinaus, die man im Hause Fortnam in Sachen Mode machte. Am Ende versahen die Mädchen sie sogar noch mit Schönheitspflästerchen! Erst als eins von ihnen Anstalten machte, die kunstvolle Frisur, zu der es Deirdres Haar aufgetürmt hatte, mit weißem Puder zu bestäuben, legte sie ernstlich Widerspruch ein.

»Das geht nicht, Mädchen, mein Haar ist zu schwarz!«, sagte sie energisch. »Es wird davon nur grau und sieht schmutzig aus. So leid es mir tut, aber Madame und Monsieur Dufresne werden sich mit meiner natürlichen Haarfarbe anfreunden müssen. Wobei ich mich schon frage, warum ich extra herkommen musste! Ich sehe aus wie eine der Puppen, die man auf jedem Ball zwanzigmal sieht …«

Die Mädchen waren erschrocken, Victor lachte jedoch nur. Er gab seiner Frau Recht. Die herrschende Mode verwandelte alle Frauen in weißhaarige, weißgesichtige Kunstfiguren, deren Körperformen man durch das Korsett ebenfalls anzugleichen versuchte. Lediglich die Gesichtszüge unterschieden sich noch – oft wurde der Puder jedoch so dick aufgetragen, dass auch die Mimik künstlich wirkte.

»Brauchen Sie Perücke, Madame!«, fand eins der Mädchen schließlich einen Ausweg. »Soll ich gehen suchen? Leihen bei Madame Dufresne?«

Deirdre wehrte entsetzt ab – auf keinen Fall würde sie ihrer Schwiegermutter unter einer ihrer eigenen Perücken vor Augen treten! Die Zofen lamentierten noch ein wenig, aber sie gab nicht nach.

Dafür fügte sich Victor den Dienern und ließ sich eine Perücke aufsetzen – die immerhin seine eigene war. Es gab Anlässe, da die Männer sich dem Zwang zu posieren einfach nicht entziehen konnten. Selbst Doug Fortnam bewahrte ein weißes Monstrum in der hintersten Ecke seines Schrankes auf. Aber für ein Familiendinner …

»Es werden sicher noch andere Gäste da sein«, meinte Victor, als Deirdre ihm das zu bedenken gab. »Meine Eltern führen ein sehr gastliches Haus, und bestimmt wollen sie dich zumindest ihren unmittelbaren Nachbarn direkt vorstellen …«

Deirdre fühlte sich inzwischen ziemlich beklommen – zum ersten Mal dankte sie ihrer Mutter im Stillen dafür, dass diese auf weiterführendem Benimmunterricht bei Miss Hollander bestanden hatte. Jetzt jedenfalls gelang es ihr ohne Zwischenfälle, auf den hohen Schuhen geziert in den ballsaalgroßen Raum zu tänzeln, in dem die Dufresnes empfingen, und auch die Begrüßung brachte sie ohne Fauxpas hinter sich. Tatsächlich war sogar alles einfacher, als sie befürchtet hatte. Madame und Monsieur Dufresne erwarteten ihren Sohn und seine Gattin am Eingang zum Speisezimmer, als wollten sie beliebige Gäste begrüßen. Deirdre fühlte sich mehr wie bei einer Einladung im Gouverneurspalast denn beim Kennenlernen der eigenen Schwiegereltern.

Jacques Dufresne war ein großer, imponierender Mann, was durch seine beeindruckende weiße Perücke noch unterstrichen wurde. Sein Gesicht war scharf geschnitten und schon etwas faltig, was man trotz der Schminke sah, die Augen waren braun wie die seines Sohnes, jedoch stechend und forschend, nicht gütig oder belustigt wie Victors. Überhaupt schien Victor eher nach seiner Mutter zu kommen, deren Züge weicher wirkten, die blauen Augen erschienen allerdings ebenfalls kühl und streng. Unter der Perücke mochte Louise Dufresne blond sein. Beide Dufresnes waren prunkvoll nach der neuesten französischen Mode gekleidet – nach Deirdres Dafürhalten viel zu warm für das Klima auf Hispaniola. Aber um eventuelle Transpiration zu übertünchen, hatten sie schließlich ausreichend Parfüm verwandt. Deirdre wurde schwindlig von den verschiedenen, miteinander konkurrierenden Düften.

Jacques Dufresne versicherte seiner Schwiegertochter, die förmlich vor ihm knickste, er sei entzückt von ihrem Anblick – und Deirdre las in seinen Augen, dass er nicht log. Nun war sie die bewundernden Blicke von Männern jeden Alters gewöhnt, sie nahm das Kompliment mit einem Lächeln an. Madame Dufresne äußerte sich zurückhaltender.

»Du solltest eine Perücke tragen«, bemerkte sie, nachdem sie Deirdres schönes Gesicht und ihre makellose Figur wohlwollend in Augenschein genommen hatte. »Dein Haar ist sicher … hm … reizvoll, aber doch etwas … aus dem Rahmen fallend …«

Deirdre wusste nicht recht, was sie darauf erwidern sollte, doch jetzt kam ihr Victor zum Glück zu Hilfe.

»Mutter, alles an meiner wunderschönen Gattin ist aus dem Rahmen fallend«, bemerkte er mit charmantem Lächeln. »Eben deshalb habe ich sie mir ja ausgesucht – statt zum Beispiel um Yvette Courbain zu werben …«

Über Madame Dufresnes Gesicht zog ein Schatten der Verärgerung.

»Psst, Victor! Die Courbains sind hier …«

Sie wies in das Speisezimmer, wo Gérôme eben eine junge Frau hofierte, die wie eine Kopie der Madame Pompadour wirkte. Ein anderer jüngerer Mann – wahrscheinlich Victors ältester Bruder Gisbert – unterhielt sich mit einem älteren Ehepaar.

Victor lächelte verbindlich, Deirdre erkannte allerdings an seinem Ausdruck, dass er eher ein Seufzen unterdrückte. Dann bot er ihr jedoch galant seinen Arm, führte sie, gefolgt von seinen Eltern, in den festlich geschmückten Raum und stellte sie Gisbert und seinen Gästen vor.

»Deirdre, unsere nächsten Nachbarn, Madame und Monsieur Courbain und ihre entzückende Tochter Yvette. Meinen Bruder Gérôme kennst du schon, und dies hier ist Gisbert …«

Deirdre knickste, tauschte höfliche Verbeugungen und ließ sich von den Herren die Hand küssen. Die Courbains waren Leute in mittlerem Alter, beide etwas beleibt. Sie schienen gleichermaßen gern zu essen und warfen auch jetzt schon interessierte Blicke auf den mit Kristallgläsern und Meißener Porzellan aufs Festlichste gedeckten Tisch. Madame Courbain unterwarf Deirdre einer eindringlichen Prüfung, vielleicht hatte sie ja wirklich mit Victor als Schwiegersohn geliebäugelt. Ihre Tochter Yvette schien allerdings klar Gérôme zu bevorzugen, sie zeigte kein besonderes Interesse an dessen Bruder.

Deirdre betrachtete die junge Frau mit der neidgeprägten

Distanz, die ihr fast alle gleichaltrigen Frauen entgegenbrachten. Sie sahen schließlich selbst, dass sie schöner war als alle anderen und dass ihr die Blicke aller Männer folgten. Und hier auf Saint-Domingue konnte sich Yvette nicht einmal mit dem gesellschaftlichen Makel trösten, der Deirdre auf Jamaika angehaftet hatte und über den die Mädchen immer wieder gern tuschelten. Andererseits war Deirdre jetzt verheiratet und insofern keine Rivalin mehr. Yvette schenkte ihr schließlich ein Lächeln und erklärte, sie müsse ihr unbedingt alles von Jamaika erzählen und die Neuigkeiten aus Cap-Français.

Tatsächlich beherrschten dann allerdings die Männer das Tischgespräch. Courbain, Gisbert und Jacques tauschten sich über die Tabakernte aus, die Qualität der Blätter und die Faulheit und Verderbtheit der Sklaven. Courbain waren einige Tage zuvor zwei Männer fortgelaufen, und Gisbert, ein hagerer, großer Mann, der seinem Vater wie aus dem Gesicht geschnitten war und auch schon den gleichen, kalten Ausdruck zeigte, erkundigte sich nach dem Fortgang der Jagd. Anscheinend war ein Trupp Aufseher mit Hunden noch unterwegs, um die Leute wieder einzufangen.

»Aber es geht hier eigentlich nur noch darum, ein Exempel zu statuieren«, bemerkte der feiste Courbain und nahm einen Schluck Champagner, um die Gänseleberpastete hinunterzuspülen, die er in kleinen Gabelhappen, dafür umso kürzeren Abständen in seinen Mund beförderte. »Exzellent, Madame Dufresne!« Er prostete der Gastgeberin zu, bevor er sich wieder an die Herren wandte. »Der eine ist zum dritten Mal weg, der andere versucht es zum zweiten Mal. Also ist der eine hinterher sowieso hin und der andere lahm …«

»Sie müssten die Gesetze ja nicht mit äußerster Härte anwenden«, mischte sich Victor zum ersten Mal ins Gespräch. »Ich meine … Sie werden die Männer doch fassen, bevor sie einen Monat weg sind. Da kann man die Bestimmungen auslegen …«

»Was denn für Bestimmungen?«, fragte Deirdre neugierig.

Auf Jamaika entschieden die Pflanzer selbst, wie sie flüchtige Sklaven bestraften. Meist wurde ausgepeitscht, aber bei mehrmaligem Fluchtversuch schlug man den Männern oft einen Fuß ab.

»Es gibt hier Gesetze zur Bestrafung flüchtiger Sklaven«, antwortete Victor unwillig. »Doch das ist wirklich kein geeignetes Tischgespräch für eine Runde mit Damen, Vater, Monsieur …«

»Beim ersten Mal schneidet man den Kerlen die Ohren ab, beim zweiten Mal die Achillessehne durch und beim dritten Mal werden sie gehenkt«, bemerkte Yvette Courbain gelassen. Sie schien nicht zimperlich zu sein.

Louise Dufresne strafte sie mit einem unwilligen Blick. Sie nickte ihrem Sohn eben zu. Ein derart unappetitliches Thema wünschte sie an ihrer Tafel nicht auszubreiten.

Deirdre bemerkte das Unbehagen ihrer Schwiegermutter jedoch nicht. »Und … und man kriegt sie immer?«, fragte sie tonlos. Ihre Augen waren vor Entsetzen geweitet.

»Nicht immer.«

Victor und Monsieur Courbain sprachen die Worte fast gleichzeitig aus, bei Victor klangen sie tröstlich, bei Courbain jedoch aufgebracht. »Die verfluchten Maroons …«

Dufresnes Nachbar wollte gleich mit einer Schimpftirade fortfahren, doch nun wurde es wohl auch seiner Gattin ein wenig zu bunt.

»Bitte, Yves«, sagte sie beschwichtigend und hob die Hand. »Wir sollten wirklich zu etwas … hm … erbaulicheren Themen übergehen. Wie gefällt Ihnen Cap-Français, Madame Dufresne? Hatten Sie bereits Gelegenheit, die neue Kirche zu besuchen? Und Ihr Haus? Wir sind so gespannt darauf, das Stadthaus der Dufresnes zu sehen … Sie kommen auch von einer recht großen Plantage?«

Deirdre gab erleichtert Auskunft über Cascarilla Gardens,

lobte die Schönheiten Hispaniolas und hob hervor, dass ihr Haus in jeder Beziehung ihren Vorstellungen und Wünschen entspreche.

»Es ist natürlich nicht so prunkvoll wie dieses hier, aber dafür … dafür brauchen wir auch weniger Leute und sind mehr unter uns, und …«

Yvette kicherte.

»Das junge Glück …«, bemerkte Gérôme.

Deirdre biss sich auf die Lippen. Doch dann beschloss sie, sich nicht einschüchtern zu lassen. »Ja, wir sind sehr glücklich!«, versicherte sie der gesamten Tischgesellschaft mit einem strahlenden Lächeln. »Und unsere Schwarzen fühlen sich auch sehr wohl. Ich glaube, wir müssen nicht befürchten, dass sie uns in absehbarer Zeit weglaufen …«

»Was auch besser ist, ich beabsichtige nämlich nicht, jemandem die Ohren abzuschneiden«, meinte Victor, als die beiden endlich allein in ihren Räumen waren.

Sie hatten einige Zeit gebraucht, die Dienerscharen davon zu überzeugen, dass sich nicht nur Victor, sondern auch Deirdre allein auskleiden konnte. Nun tranken sie ein Glas des erstklassigen Weins, den die Sklaven beflissen bereitgestellt hatten, und ließen den Abend noch einmal Revue passieren. »Du weißt natürlich, dass Vater, Gisbert und die Courbains äußerst indigniert waren, als du angedeutet hast, du fändest … unsere Gesetze vielleicht ein wenig zu streng.« Er lächelte.

Deirdre zuckte die Schultern. »Ich kann's nicht ändern«, entgegnete sie. »Aber gibt es da wirklich solche Bestimmungen? Ich hatte immer gedacht … ich dachte immer, nur die einzelnen Pflanzer wären so grausam …«

Victor schüttelte den Kopf. »Wir haben den Code Noir«, bemerkte er. »Der regelt so ziemlich alles zwischen Herren und Sklaven gesetzlich. In mancher Hinsicht ist das gerechter, als die

Zustände in den anderen Kolonien es sind. Es ist zum Beispiel verboten, Sklaven zu foltern …«

»Bevor man sie hängt?«, fragte Deirdre böse.

Victor nickte und nahm sie in die Arme. »Die meisten dieser Regeln sind auslegbar«, meinte er dann. »Zum Guten wie zum Bösen. Die Sache mit den entflohenen Sklaven zum Beispiel. Das Gesetz greift eigentlich erst, wenn sie einen Monat weggeblieben sind. Meistens fasst man sie vorher. Man könnte also milder strafen. Leute wie die Courbains … und meine Eltern hingegen …«

»Es ist besser, dass sie nichts von mir wissen, nicht wahr?«, fragte Deirdre erstickt und nahm noch einen Schluck Wein. »Also, dass ich … dass ich …«

Sie wusste, dass Victor ihre Geschichte kannte, doch sie selbst hatte nie mit ihm darüber gesprochen. Bis heute war es für sie auch niemals wirklich wichtig gewesen, sie hatte sich immer nur als Doug Fortnams Tochter gesehen. Aber jetzt … Es war paradox, sie befand sich in einem Land, in dem niemand von ihrer Herkunft wusste. Sie war völlig in Sicherheit. Dennoch empfand sie sich zum ersten Mal in ihrem Leben als schwarz.

Deirdre schmiegte sich in Victors tröstliche Umarmung. »Können wir gleich morgen Freibriefe schreiben?«, fragte sie leise. »Für Amali, Nafia und Lennie? Ich … ich möchte, dass sie sicher sind.«

Victor nickte. »Wenn du meinst, dass sie als freie Schwarze bei uns bleiben.«

Deirdre fuhr empört auf. »Amali ist meine Freundin!«, rief sie. Doch dann lächelte sie und nahm dem Gespräch damit endlich die Spannung. »Ist es nicht der Sinn des Freibriefs, dass sie das selbst entscheiden?«

Victor küsste sie. »Sie werden schon bleiben«, sagte er sanft. »Wer könnte dich je verlassen?«

# KAPITEL 5

Am nächsten Tag ritt Victor mit Deirdre aus und zeigte ihr die Plantage. Pferde und ein Damensattel fanden sich in den Ställen der Dufresnes. Deirdre wäre zwar lieber im Herrensitz geritten, aber das hätte Victors Mutter zweifellos nicht gutgeheißen. Also ließ die junge Frau zu, dass er ihr galant auf eine kleine, zierliche Stute mit edlem Kopf und seltsamem Gangwerk half. Deirdre stellte gleich darauf verwundert fest, dass man fast erschütterungsfrei im Sattel saß, auch wenn das Pferdchen sich in Trabgeschwindigkeit bewegte.

»Man nennt das Amble«, bemerkte Victor, »oder eigentlich Paso Llano. Die Pferderasse – Paso Peruano – stammt aus Peru, wie schon der Name sagt. Kolumbus hat sie mit nach Hispaniola gebracht, wir züchten sie hier weiter. Sie sind gut zu reiten und sehr angenehm im Umgang – allerdings würde Alegría wohl auch die schnellsten von ihnen abhängen.«

Deirdre genoss den Ritt auch ohne schnelle Galoppaden. Die in hügeligem Gelände gelegene weitläufige Plantage gefiel ihr. Die Dufresnes schienen über unermesslich viel Land zu verfügen. Nicht alles war kultiviert, doch viele der naturbelassenen Wälder waren mit Wegen durchzogen. So kam man nicht nur durch Tabak- und Kaffeepflanzungen, sondern konnte auch über schattige Wege unter alten, riesigen Bäumen reiten. Der Wald auf Nouveau Brissac vermittelte noch mehr den Eindruck von Dschungel und Urwald als die lichteren Wälder in Küstennähe. Das sehr feuchte Klima sorgte für üppigsten Wuchs von Moosen, Farnen, dickblättrigen Sträuchern und Kletterpflanzen.

»Das wäre etwas für meine Mutter.« Deirdre lachte, als sie eine kleine Orchidee mit Luftwurzeln entdeckte. »Die würde sie bestimmt mitnehmen und in ihren Garten pflanzen. Wie schade, dass man sie nicht per Post schicken kann.«

In den kultivierten Teilen der Plantage war die Ernte in vollem Gange. Gérôme und Gisbert Dufresne hatten sich schon früh verabschiedet, um die Arbeiten zu überwachen. Deirdre und Victor trafen sie an den Trocknungsplätzen und in den Fermentationshäusern. Deirdre wunderte sich, dass sie auch zur Arbeit elegant gekleidet waren. Nicht einmal hier verzichteten sie auf Kniehosen, Schuhe mit hohen Absätzen und Justaucorps.

»Na ja, schmutzig machen sie sich ja auch nicht«, bemerkte sie später. Eigentlich fragte sie sich, was die Männer überhaupt machten.

Deirdre war ein bisschen traurig, als sie und Victor schließlich zurück zum Haupthaus ritten und Victor ihr vor den Ställen vom Pferd helfen wollte. Sie war nach dem großen Dinner am Abend und dem Frühstück am Morgen noch nicht wieder hungrig und hatte nicht die geringste Lust auf ein mehrgängiges Mittagsmahl in der förmlichen Atmosphäre, die Louise Dufresne um sich verbreitete. Doch tatsächlich hatten sie über den Ritt die Zeit vergessen, wie Victor mit einem Blick auf seine Taschenuhr feststellte und seiner Frau erschrocken mitteilte. Eigentlich hätten sie sich schon eine Stunde früher bei Victors Eltern einfinden müssen. Womöglich würde man sie gleich also auch noch tadeln …

Bevor Deirdre jedoch absteigen konnte, kam ein kleiner schwarzer Page aufgeregt aus den Ställen und wandte sich in raschem Patois an Victor. Deirdre verstand kein Wort, war aber umso verwunderter, als nun, nach dem Jungen, auch Louise Dufresne aus der Tür trat. Natürlich trug sie kein Reitkleid, sie raffte unglücklich die Röcke. Zwei schwarze Mädchen versuchten, ihre Schleppe zu tragen, ein anderes lief ihr mit einem Sonnenschirm nach. Wie ein Spaziergang wirkte das nicht. Es musste gewichtige Gründe für die Dame gegeben haben, ihre Räume zu verlassen.

»Ah, Victor, gut, dass du da bist! Wir hätten sonst jemanden ausschicken müssen, dich zu suchen. Denk dir, wir erhielten eben Nachricht von den Courbains. Sie sind alle drei erkrankt. Vor allem Monsieur und Madame winden sich in Krämpfen, tat der Bote kund. Sie müssen irgendetwas gegessen haben … und womöglich … womöglich an meinem Tisch!«

Madame Dufresne wirkte überaus erregt, schien sich jedoch weniger um ihre Nachbarn zu sorgen als um den guten Ruf ihrer Küche.

»Auf jeden Fall brauchen sie einen Arzt«, endete sie aufgeregt.

Victor nickte und wies den Pagen an, seine Arzttasche aus seinen Räumen zu holen.

»Ich reite sofort los«, versicherte er. »Aber dass sie sich hier irgendwie vergiftet haben, glaube ich nicht. Wir haben doch alle das Gleiche gegessen und getrunken, und niemand von uns ist erkrankt. Mach dir keine Sorgen, Mutter, ich werde mich darum kümmern …« Damit machte er Anstalten, sein Pferd wieder zu ersteigen.

Deirdre, die immer noch im Sattel saß, erkannte ihre Chance. »Kann ich dich vielleicht begleiten?«, fragte sie. »Ich … könnte helfen oder …«

»… oder die Damen zumindest ein wenig unterhalten«, beendete Victor lächelnd ihren Satz. Als besonders ernst schien er die Situation nicht einzuschätzen. »Etwas Trost wäre sicher willkommen …«

Madame Dufresne nickte. »Ich werde euch Wein mitgeben«, sagte sie. »Auch das mag helfen. Es ist auf jeden Fall eine nette Geste …«

Kurz darauf waren Victor und Deirdre wieder unterwegs, Victor mit seiner schwarzen Arzttasche im Gepäck, Deirdre mit zwei Flaschen französischen Rotweins in den Satteltaschen.

»Ich würde ja vermuten, dass der Wein die Sache gerade erst verursacht hat«, bemerkte Victor mit eher strengem Blick auf das Mitbringsel. »Monsieur Courbain hat gestern ganz schön tief ins Glas geblickt, eine Magenverstimmung scheint mir da nicht ausgeschlossen.«

Trotz seiner verhältnismäßig unbekümmerten Sicht der Dinge eilte sich der junge Arzt, zu seinen Patienten zu kommen. Deirdre kam also doch noch in den Genuss eines recht schnellen Rittes, obwohl auch der Galopp ihres Pasos nicht an das Tempo ihrer Vollblutstute heranreichte. Victor wählte keine gefälligen Strecken, sondern ritt auf direktem Weg durch Tabak-, Kaffee- und Zuckerrohrpflanzungen, ohne sich durch die Arbeitskolonnen und die Aufseher aufhalten zu lassen, die sie passierten.

Dennoch brauchten sie eine gute Stunde, um die Nachbarplantage zu erreichen, die Entfernungen waren weitaus größer, als Deirdre es von Jamaika gewöhnt war. Und was sie dann in dem Herrenhaus vorfanden, das sich an Pracht fast mit der Plantage der Dufresnes messen konnte, entsprach absolut nicht dem harmlosen Szenario, das Victor erwartet hatte.

»Sich eilen, Doktor!«, rief ihnen ein großer Schwarzer schon zu, als sie die Auffahrt hinaufritten. »Ist ganz schlimm, sagt Köchin. Ist ganz böse …«

Er nahm Victor sein Pferd denn auch direkt ab, sodass der schnell ins Haus laufen konnte. Deirdre folgte ihm. Noch in der Eingangshalle wurde der Arzt von einer dicken schwarzen Frau abgefangen, die wie ein Wasserfall auf ihn einredete und kurz davor schien, sich vor ihm auf die Knie zu werfen. Als er sie glücklich abschütteln konnte und die Treppen hinaufeilte, wandte sie sich an Deirdre.

»Sie mir glauben, Madame! Bitte, Sie mir glauben! Ich nicht

gemacht. Ich nicht vergiften Mèz! Ich gute Köchin, treu, nicht tun nix in Essen von Mèz …«

Deirdre verstand. Die Frau sah sich Vorwürfen ausgesetzt oder befürchtete zumindest, für die Erkrankung ihrer Herrschaften verantwortlich gemacht zu werden.

»Das wird sich bestimmt alles klären!«, sprach Deirdre ihr beruhigend zu. »Wenn du nichts getan hast, brauchst du dir auch keine Sorgen zu machen. Und es ist ja bestimmt auch bald wieder gut, der Doktor gibt deinem Herrn eine Medizin …«

Die Köchin schüttelte den Kopf. Ihr feistes Gesicht war schweißüberströmt und grau vor Angst, ihre krausen Haare hatten sich aus dem adretten Turban gelöst.

»Nicht wieder gut. Nicht glauben Charlene. Glauben, dass sterben. Ist sehr schlimm, Madame, sehr schlimm …«

Deirdre beschloss, nicht darauf zu warten, dass sie irgendjemand in Empfang nahm. Sie folgte ihrem Mann einfach die Treppe hinauf und wurde schnell selbst gewahr, wie schlimm es um die Courbains stand. Aus einem der Zimmer drang jämmerliches Wimmern, aus dem anderen kamen gellende Schreie. Victor hatte zunächst das Schlafzimmer Monsieur Courbains betreten und die Tür halb offen gelassen. Mehrere Sklaven bemühten sich darin um den kräftigen Mann, der sich in Krämpfen auf dem Bett wand und dabei vor Schmerzen schrie. Victor kramte in seiner Tasche. Er wirkte zwar gefasst wie immer, aber auch überfordert. Schließlich konnte er sich kaum um drei Patienten gleichzeitig kümmern.

»Kann ich irgendwie helfen?«, fragte Deirdre.

Victor überlegte kurz. »Es ist eine schwere Vergiftung«, sagte er dann, während er eine Phiole mit einer dunklen Flüssigkeit aus seiner Tasche beförderte. »Wir … wir müssen die Kranken zunächst zum Erbrechen bringen und dann versuchen herauszufinden, was das ausgelöst hat. Das Gift muss heraus aus dem Körper … wenn's dafür bloß noch nicht zu spät ist …«

Er versuchte, dem Kranken den Inhalt der Phiole einzuflößen. Deirdre sah hilflos zu. Vielleicht hätte sie ihrem Mann anbieten sollen, die gleiche Behandlung bei Madame Courbain zu versuchen, aber wenn sie ehrlich war, traute sie sich das nicht zu.

»Du kannst zu Yvette gehen«, bedeutete ihr dann Victor. »Die Schwarzen sagen, ihr gehe es nicht so schlecht, vielleicht ist sie ansprechbar. Versuch, ob du herauskriegst, wodurch sie sich das geholt haben …«

Deirdre floh aufatmend, während sich Monsieur Courbain auf seinem Bett aufbäumte und einen Schwall Erbrochenes von sich gab. Die Sklaven begannen, ihn zu säubern, Victor suchte nach weiteren Medikamenten. Aus dem Nebenzimmer klang nach wie vor Madame Courbains Wimmern, eine schwarze Dienerin eilte mit einer Schüssel Wasser hinein. Auf dem Flur hockte schluchzend die Köchin.

»Ich nichts gemacht, Madame, mir glauben, nichts, gute Neger …«

»Wo ist denn das Zimmer von Mademoiselle?«, fragte Deirdre. »Der geht es doch nicht so schlecht, oder?«

»Auch schlecht, alles schlecht, sehr schlimm, aber ich nichts gemacht …«

Charlene fuhr mit ihrem Lamento fort, aus ihr war nichts herauszubekommen. Deirdre folgte deshalb einfach einer Zofe, die mit Riechsalz und sauberen Laken in ein weiteres Zimmer schlüpfte. Und tatsächlich lag hier Yvette Courbain auf dem Bett. Totenbleich, die Augen dunkel umrandet und sicher geschwächt, doch sie wand sich nicht in Krämpfen wie ihre Eltern.

»Wie geht es ihr?«, fragte Deirdre die Zofe, die sich anschickte, die besudelte Bettwäsche zu wechseln.

»Sie krank. Übergeben, zwei, drei Mal. Aber jetzt besser. Glaub ich …«, schränkte das Mädchen ein.

»Mir ist sterbensübel!« Yvette Courbains Stimme klang

schwach, dennoch schon wieder etwas empört über die Sklavin, die ihr Leiden verharmloste. »Und ich hatte Bauchkrämpfe. Hab sie noch. Es ist schrecklich …«

Es war nicht mit dem zu vergleichen, was Yvettes Eltern durchlitten, doch Deirdre äußerte sich dazu vorerst nicht. Es würde der jungen Frau nicht helfen, wenn sie erfuhr, dass Francine und Yves Courbain womöglich im Sterben lagen. Stattdessen kam sie zu ihrem eigentlichen Anliegen.

»Yvette, was hatten Sie zum Frühstück? Ihre Eltern müssen etwas zu sich genommen haben, von dem Sie weniger gegessen haben. Und es muss beim Frühstück gewesen sein … oder beim Mittagessen? Haben Sie schon zu Mittag gespeist?«

Die junge Frau nickte. »Es fing nach dem Mittagsmahl an«, erklärte sie. »Direkt. Papa ist noch beim Dessert umgefallen und Maman gleich darauf. Bei mir dauerte es ein wenig länger …«

»Und was hat es gegeben?«, fragte Deirdre noch einmal. »Erinnern Sie sich, Yvette, welcher Speise haben Ihre Eltern zugesprochen, aber Sie nicht oder kaum?«

Die junge Sklavin näherte sich mit einer Schüssel Wasser und einem Tuch und begann, der Kranken die Stirn zu kühlen. Yvette stöhnte.

»Die Suppe«, antwortete sie dann. »Ich mag keine Suppen. Mein Vater besteht darauf, dass ich trotzdem immer ein paar Löffel nehme. Und diesmal war es Hühnerbrühe, die ich besonders verabscheue. Ich habe eigentlich nur so getan, als ob ich essen würde, ich nahm höchstens einen Schluck.«

Deirdre biss sich auf die Lippen. Sie hatte keine Ahnung von Medizin, ihr gesunder Menschenverstand sagte ihr jedoch, dass es nicht gut aussah für Monsieur und Madame Courbain. Wenn ein einziger Schluck von der Suppe so schwere Symptome hervorgerufen hatte, dann musste ein ganzer Teller …

»Und hat es irgendwie anders geschmeckt als sonst?«, erkundigte sie sich.

»Es hat scheußlich geschmeckt«, klagte Yvette. »Wie gesagt, ich mag keine Hühnersuppe … Nicht so heftig, Sandrine, du machst mein ganzes Haar nass!« Yvette begann, mit ihrer Sklavin zu schimpfen, und Deirdre entschied, dass zumindest sie über den Berg sein durfte. Das Gift war in der Hühnerbrühe gewesen …

Sie erschrak. Gift? Hatte sie da wirklich an Gift gedacht? Bisher war sie von verdorbenen Lebensmitteln ausgegangen, vielleicht einer Fischvergiftung. Doch das Huhn für die Suppe …

»Patrick geschlachtet Huhn. Kurz vor Kochen. Ich schwören! Und ich probiert Suppe! Alles gut. Nichts getan in Suppe Charlene. Madame glauben Charlene!« Die Köchin, die Deirdre gleich dazu befragte, begann sofort erneut mit der Litanei ihrer Unschuldsbeteuerungen.

Deirdre sah die dicke schwarze Frau prüfend an. Sie konnte sich nicht vorstellen, dass sie ihre Herrschaft vergiftet hatte. Und nach dem, wie rundlich sie war, kostete sie die Speisen bestimmt ausgiebig vor. Sie hatte die Suppe ja auch abschmecken müssen und dabei sicher mindestens so viel davon zu sich genommen wie Yvette. Charlene war jedoch ganz gesund …

»Wer hat die Suppe aufgetragen, Charlene?«, fragte Deirdre.

Die Köchin überlegte kurz. »Neue Küchenmädchen«, sagte sie dann. »Die mit komische Namen. Afrikanerin …«

»Assam«, half Yvettes Zofe aus, die eben geschäftig vorbeieilte, zweifellos mit einem neuen Auftrag ihrer Herrin. »Ist erst hier drei, vier Monate.«

Deirdre horchte auf. Das war eine Spur … Sie ging die Treppe hinunter und stieß auf den kräftigen Sklaven, der ihnen zuvor die Pferde abgenommen hatte. Er war inzwischen ins Haus gekommen und dirigierte die Dienerschaft. Vielleicht der Majordomus, der nur heute, im allgemeinen Durcheinander, auf die Livree verzichtete.

»Wo finde ich denn wohl Assam?«, erkundigte sich Deirdre.

Der Mann wusste darauf allerdings keine Antwort. Und auch die anderen Sklaven erinnerten sich nicht, die »Afrikanerin« in den letzten Stunden gesehen zu haben.

Zwei Stunden später war Monsieur Courbain gestorben. Seine Frau wurde immer noch von Krämpfen geschüttelt, war inzwischen aber zu schwach, um zu stöhnen oder zu schreien. Noch am selben Abend folgte sie ihrem Gatten in den Tod. Yvette reagierte mit hysterischem Weinen. Sie wurde erst ruhiger, als Victor ihr Laudanum verabreichte. Das mochte sie zwar weiter schwächen, aber ihr Puls hatte sich normalisiert, sie schien die Vergiftung überstanden zu haben. Und weder Victor noch Deirdre brachten jetzt noch die Energie auf, sie wortreich zu trösten.

Vor allem Victor war völlig ausgelaugt und am Ende seines Lateins. Er hatte in diesen Stunden alles versucht, um das Gift aus den Körpern seiner Patienten zu spülen. Um Erfolg zu haben, war er jedoch zu spät gekommen.

»Wer weiß, ob es genützt hätte, wenn gleich eine Behandlung erfolgt wäre«, überlegte er zudem. »Das Gift wirkte ja wohl sehr schnell … Na ja, Mutter wird erleichtert sein. Mit unserem Dinner hatte diese Sache ganz sicher nichts zu tun.«

Erschöpft nippte Victor an einem Glas Wein. Deirdre hatte einen der Diener kurzerhand den Rotwein aus ihren Satteltaschen öffnen und dekantieren lassen. Ein Getränk aus den Beständen der Courbains wollte sie lieber nicht kosten.

»Nein«, sagte sie dann. »Sie hatte mit der Hühnersuppe zu tun und offenbar mit einer Sklavin namens Assam. Die hätte ich gern dazu befragt, aber sie ist seit dem Mittagessen verschwunden.«

Deirdre und Victor verbrachten den Sonntag noch mit den Dufresnes, während eine Gendarmerieeinheit die Sklaven der

Courbains verhörte. Die Männer bedienten sich recht drastischer Methoden, fast alle Hausangestellten wurden ausgepeitscht, um ihnen Auskünfte zu entlocken. Letztendlich konnten sich die Diener und vor allem die Köchin allerdings von jeder Schuld reinwaschen, wie ein Gendarm Jacques Dufresne am Nachmittag mitteilte. Als nächste Nachbarn der betroffenen Familie waren die Dufresnes verständlicherweise äußerst beunruhigt, und die Behörden trugen dem Rechnung. Der Gendarmerie-Direktor hatte versprochen, die Pflanzer über jeden Ermittlungsfortschritt zu informieren.

»Die Köchin hat noch sich selbst und zwei Küchenmädchen aus dem Suppentopf verköstigt, nachdem sie die Terrine für ihre Herrschaft gefüllt und der Sklavin Assam übergeben hatte«, berichtete der Gendarm in schneidigem Tonfall. »Die hat sie dann leer zurückgebracht, bevor sie verschwand. Die Köchin hat sich noch darüber gewundert, gewöhnlich pflegten ihre Herren nicht die gesamte Vorspeise zu essen. Leider sind Suppenterrine und Teller gleich darauf gespült worden. Es konnten also keine Proben des Giftes entnommen werden.«

»Über den Ablauf besteht wohl kein Zweifel«, vermerkte Victor, als er am frühen Abend mit Deirdre nach Hause fuhr. »Diese Assam hat ein schnell wirkendes, offenbar geruch- und geschmackloses Gift in die Suppe gegeben und den Rest später weggeschüttet. Die anderen Sklaven wollte sie wohl nicht gefährden. Danach ist sie geflohen, man fahndet jetzt nach ihr.«

»Warum hat sie nur so etwas Schreckliches getan?«, fragte Deirdre unglücklich.

Der Mord an den Courbains hatte den Ausflug aufs Land überschattet, der ihr sonst gut gefallen hatte. Am Sonntag hatte sie sich nach der Messe mit ihrer Schwiegermutter unterhalten können. Madame Dufresne war etwas aufgetaut und zuletzt sogar recht freundlich zu ihr gewesen. Über Mode, Musik und die Gesellschaft in Cap-Français konnte man sehr gut mit

Louise Dufresne reden. Das Gespräch blieb allerdings oberflächlich. Deirdre hatte das Gefühl, einen recht guten Eindruck gemacht, ihre Schwiegermutter aber nicht wirklich kennengelernt zu haben. Dennoch verbuchte sie ihren ersten Besuch bei den Dufresnes durchaus als Erfolg.

Victor lachte bitter. »Sie mag ihre Gründe gehabt haben«, sinnierte er. »Viele Sklaven hegen einen Hass auf ihre Herren. Was mich beschäftigt, ist eine ganz andere Frage: Woher hatte sie das Gift?«

Einige Tage später, Victor war ausnahmsweise einmal früh am Abend mit der Arbeit fertig geworden und hatte es sich schon im Schlafrock mit Deirdre gemütlich gemacht, meldete eine eingeschüchterte Amali einen Gendarmen an der Tür des Arztes. Nachdem Victor mit ihm gesprochen hatte, machte er Anstalten, sich anzuziehen.

»Ist jemand krank in der Gendarmerie?«, fragte Deirdre verwundert.

Victor biss sich auf die Lippen. Er wirkte sehr ernst und alles andere als erfreut über die späte Störung. »Sie haben dieses Mädchen gefasst, diese Assam«, sagte er. »Hier in Cap-Français, auf dem Markt im Hafenviertel. Sie … verhören sie seit einigen Stunden …«

»Und dazu brauchen sie dich?«, erkundigte sich Deirdre verwundert. »Ist sie krank? Sie werden sie doch sowieso hinrichten, oder?«

Victor nickte grimmig. »Ich soll anscheinend dafür sorgen, dass es noch etwas zum Hinrichten gibt …«, murmelte er, bevor er nach seiner Tasche griff. »Warte nicht auf mich, es wird sicher spät. Oder … oder … warte doch auf mich … ich …«

Er sprach den Satz nicht zu Ende, sondern küsste Deirdre nur kurz, bevor er aus der Tür eilte, um dem Gendarmen zu folgen.

Deirdre blieb beunruhigt zurück. Sie war den ganzen Abend rastlos und konnte sich weder auf ein Buch noch eine Handarbeit konzentrieren, bis sie die Haustür endlich hinter Victor ins Schloss fallen hörte. Die junge Frau hatte bereits eine Flasche Wein öffnen lassen, um ihn mit einem Schlaftrunk zu empfangen, doch als Victor nun totenbleich und nur mühsam gefasst eintrat, strebte er gleich dem Wandschrank zu, in dem sie härtere Spirituosen aufbewahrten.

»Was ist passiert?«, fragte Deirdre alarmiert.

Sie hatte sich für Victor schön gemacht, bereits ein Negligé angelegt und ihr Haar geöffnet. Aber ihr Mann schien keinen Blick für sie zu haben. Er antwortete auch erst, nachdem er das erste Glas Zuckerrohrschnaps hinuntergestürzt hatte.

»Es war furchtbar«, sagte er leise und setzte sich mit dem zweiten Glas in einen Sessel. »Sie haben sie gefoltert. Sie hat zuerst nichts sagen wollen, doch schließlich … Dabei hätte jeder geredet, erspar mir die Einzelheiten …«

»Hat sie denn die Wahrheit gesagt?«

Deirdre war die Tochter eines Advokaten, und Doug vertrat die Ansicht, dass unter Folter erpresste Geständnisse nicht allzu viel wert waren.

Victor nickte. »Ich denke schon«, erwiderte er. »Unter diesen Umständen … lügt niemand mehr. Vorher hatte sie den Mord auch nicht geleugnet. Im Gegenteil, sie schien stolz darauf zu sein. Das genügte der Gendarmerie bloß nicht. Die wollten die Hintermänner …«

»Aber gab es denn ›Hintermänner‹?«

Deirdre wunderte sich. Es kam in den Kolonien immer wieder vor, dass irgendein verzweifelter Sklave einen Mord an seinen Besitzern oder Aufsehern beging. Dass ein Komplott oder ein Aufstand dahintersteckte, hatte Deirdre allerdings noch nie gehört.

»Die Gendarmerie hat sich wohl die gleichen Fragen gestellt

wie ich«, berichtete Victor. Er wurde jetzt ruhiger, griff nicht erneut nach dem Schnaps, sondern nahm das Weinglas, das Deirdre ihm reichte. »Eine afrikanische Sklavin – das Mädchen kam wohl erst mit einem der letzten Schiffe hier an – kann unmöglich in so kurzer Zeit so viel Wissen über heimische Giftpflanzen erwerben, dass sie einen solchen Trank zusammenstellen könnte. Das wäre auch schwierig. Ich als Arzt könnte es zum Beispiel nicht, ich habe bis heute keine Idee, welches Gift da im Spiel war. Also muss sie das Zeug von irgendjemandem bekommen haben.«

»Von einem der *pacotilleurs*?«, fragte Deirdre. Ihr schwante langsam, warum Jacques Dufresne diese fliegenden Händler nicht auf seiner Plantage wollte.

»Zum Beispiel«, entgegnete Victor. »Und noch eine Sache kommt hinzu: Es ist nicht der erste Giftmord dieser Art! Bei Port-au-Prince hat es schon eine Familie getroffen und eine weitere bei Mirebalais. Wie es aussieht, hatten die Leute die gleichen Symptome, zumindest das Vorgehen war das gleiche. Den Leuten wurde das Gift von Haussklaven ins Essen gemischt. Insofern nicht ganz unverständlich, dass die Gendarmerie zu recht … drastischen Mitteln griff, um die Informationen aus dem Mädchen herauszubekommen. Auch wenn ich …« Er ließ den Satz unvollendet und schüttete den Wein so schnell hinunter wie eben den Schnaps. Deirdre füllte ihm nach.

»Und was hat sie dann schließlich gesagt?«, fragte sie neugierig.

Victor rieb sich die Stirn. »Dass es eine große Sache ist. Am Schluss hat sie es uns ins Gesicht geschrien. Das Ende der weißen Herrschaft sei da, sagte sie. Sie sei nur eine der Ersten von vielen, sehr vielen, die zuschlagen würden. François Macandal sammle eine Armee, letztlich würden sich ihr alle Sklaven von Hispaniola anschließen. Sie würden siegen, sagte sie … sie würden siegen …«

Victor vergrub das Gesicht in den Händen. »Man wird sie morgen auf dem Marktplatz hinrichten«, endete er schließlich. »Die Bürger sind aufgefordert, ihre Sklaven hinzubringen, man will ein Exempel statuieren. Aber wir werden unsere zu Hause lassen, auf jeden Fall Nafia. Wenn es sein muss, bescheinige ich ihr und den anderen eine ansteckende Krankheit. Das … das sollen sie sich nicht ansehen müssen …«

Deirdre nickte und strich über sein Haar. Streng genommen waren Nafia, Amali und Lennie ohnehin keine Sklaven mehr. Sie hatte ihr Vorhaben wahr gemacht, die Freibriefe für ihre Leute lagen bereits zur Beglaubigung beim Notar.

»Wer ist François Macandal?«, fragte sie.

# KAPITEL 6

Ein Mistkerl, der den de Macys weggelaufen ist.«

Jacques Dufresne hatte sich über Assams Auftraggeber kundig gemacht, kaum dass er von den Hintergründen der Giftmorde erfahren hatte. Nun berichtete er von den Ergebnissen. Deirdre hatte darauf gedrängt, die Stadt zu verlassen, und so verbrachten Victor und sie auch das nächste Wochenende auf dem Land. Victor war immer noch erschüttert, und auf dem Marktplatz rauchte wohl noch der Scheiterhaufen, auf dem man die Sklavin Assam hatte brennen lassen. Der junge Arzt hatte die Frau auf ihrem letzten Weg begleitet und dafür gesorgt, dass sie nicht mehr viel spürte, sie war ja schon nach der Folter mehr tot als lebendig gewesen.

Das Ganze hatte Victor sehr mitgenommen, und auch sonst herrschte eine bedrückende Atmosphäre bei den jungen Dufresnes. Amali, Nafia und die Köchin waren weisungsgemäß im Haus geblieben, als die Hinrichtung vollzogen worden war, Lennie hatte sich jedoch nicht nehmen lassen, das Spektakel zu verfolgen. Er wirkte jetzt verschreckt, aber auch hasserfüllt. Amali redete pausenlos auf ihn ein, um ihn zu beruhigen. Schließlich verbrannten nicht alle Weißen auf Hispaniola ihre Sklaven, und zudem bestand für ihn und seine Familie ohnehin keine Gefahr mehr. Die junge Schwarze merkte, dass Lennie die Bedeutung der Freibriefe noch nicht ganz erfasst hatte.

Jedenfalls fand es Deirdre angebracht, das Haus und die Stadt erst einmal zur Ruhe kommen zu lassen. Sie überredete

Victor dazu, seine Praxis einen weiteren Freitagnachmittag und Samstag zu schließen und nach Nouveau Brissac zu fahren. Die aufgeregte kleine Nafia nahm sie als »Zofe« mit. Das Mädchen konnte sich darüber vor Stolz kaum halten, und Amali und Lennie würden ihr Quartier zwei Tage und Nächte lang für sich haben. Das sollte Lennie auf andere Gedanken bringen.

Victor kam allerdings nicht zur Ruhe. Auch auf der Plantage waren François Macandal und seine Pläne das einzige Gesprächsthema.

»Lenormand de Macy hat den Kerl damals gekauft«, führte Jacques Dufresne denn auch gleich beim Dinner am Freitagabend aus. De Macy gehörte eine der größten Plantagen von Hispaniola, zwanzig Meilen entfernt von Cap-Français. »Auf dem Markt, praktisch direkt vom Schiff. Da war er noch ein halbes Kind, um die zwölf Jahre alt. Sie haben ihn Zuckerrohr pressen lassen … und irgendwie ist er dabei wohl in die Presse geraten, jedenfalls hat er einen Arm verloren …«

»Ein Zwölfjähriger?«, erregte sich Deirdre. »Aber der konnte die Presse doch noch gar nicht bedienen!«

»Vielleicht war er da auch schon älter«, unterbrach sie Jacques, sichtlich verärgert über den Einwand. »Das tut ja auch nichts zur Sache. Danach jedenfalls setzten sie ihn als Viehhirten ein …«

»Du solltest vielleicht noch erwähnen, Vater, dass der Knabe nicht dumm war«, bemerkte Gérôme, während er sich geziert wie stets den Mund wischte. »Er hat sehr schnell Französisch gelernt und soll es fließend sprechen, nicht nur Patois. Wahrscheinlich wollte ihn der alte Lenormand deshalb unter Kontrolle halten. An der Presse hat man die Kerle besser unter Aufsicht als auf den Feldern …«

»Ich hab gehört, er spreche Arabisch …«, fügte Gisbert hinzu. »Jedenfalls erzählt man sich das in Port-au-Prince.« Gisbert war in der Stadt gewesen, um die Tabakbörse zu besuchen. »Mir erscheint das allerdings seltsam.«

»Das ist gar nicht so seltsam«, warf Deirdre ein und hatte dieses Mal die Aufmerksamkeit der gesamten Tischgesellschaft. Sie errötete unter der brav aufgetragenen Schminke, als die Dufresnes und ihre Gäste – erneut waren zwei Ehepaare von anderen Plantagen geladen – ihr plötzlich die Köpfe zuwandten. »Wahrscheinlich ist er Muselmane. Davon haben wir auch welche auf der Plantage … sie …«

»Auf Saint-Domingue wird jeder Sklave christlich getauft«, bemerkte Madame Dufresne indigniert.

Deirdre zuckte die Schultern. »Nun, auf Jamaika nicht«, führte sie aus und fand rasch zu ihrer Gelassenheit zurück. Sie hätte nicht davon anfangen sollen, aber jetzt musste sie sich wohl oder übel dazu bekennen, dass auf Cascarilla Gardens Religionsfreiheit herrschte. »Wie auch immer … In Afrika sind viele Schwarze Muselmanen. Und sie beten auf Arabisch zu ihrem Gott. Zumindest ein bisschen von der Sprache können sie deshalb alle, auch schon die Kinder. Wenn dieser Macandal Sprachen leicht lernt und in Afrika gute Lehrer hatte, dann wird er mit zwölf Jahren schon Arabisch gekonnt haben.«

»Das ist zumindest eine Erklärung«, bemerkte Victor. »Aber sprich weiter, Vater. Der junge Mann verlor also einen Arm, womöglich durch Fahrlässigkeit – das dürfte ihn gegen seine weiße Herrschaft aufgebracht haben. Und dann …«

»Dann war er ja eigentlich zu nichts mehr nütze«, fuhr Jacques Dufresne fort. »Lenormand setzte ihn also als Viehhirten ein, bewachte ihn praktisch gar nicht mehr, und prompt war er weg! Und wie's aussieht, betätigt er sich jetzt als Aufrührer.«

»Er soll in den Bergen sein«, wiederholte Victor widerwillig die Aussagen der Sklavin Assam. »Bei den Maroons. Und wie es aussieht, gelingt es ihm, unter denen eine gewisse Einigkeit herzustellen. Das macht sie gefährlich, wie man aus anderen Kolonien weiß …«

Er brauchte das nicht auszuführen. Zumindest in groben

Zügen kannten alle Anwesenden die Geschichte von Nanny Town und anderen Maroon-Ansiedlungen auf Jamaika.

Jacques Dufresne winkte mit einer Handbewegung ab. »Ach was, gefährlich! Die Nester räuchern wir jetzt aus, es werden bereits Expeditionen zusammengestellt – wir rekrutieren eine halbe Armee, das sage ich euch! Der Kerl hat die längste Zeit Unfrieden gestiftet. Jetzt kriegen wir ihn.«

Deirdre hätte beinahe gelacht. In Jamaika war oft von den Strafexpeditionen gegen Granny Nanny und ihre Brüder Cudjoe, Quao und Accompong die Rede gewesen. Die meisten der beteiligten Pflanzer erinnerten sich ganz gern daran, wie sie auf der Suche nach den Aufständischen in die Berge geritten waren. Schließlich war nie jemandem etwas passiert, und Rum und Schnaps waren in Strömen geflossen, während die Reiter gut gelaunt die Blue Mountains durchstreift hatten. Einen Schwarzen hatte man dabei aber so gut wie nie zu Gesicht bekommen, und vom Ausräuchern der Maroon-Siedlungen war man weit entfernt gewesen. Doug Fortnam war allerdings davon überzeugt, dass die Schwarzen jeden ihrer Schritte überwacht hatten. Man hatte die Reiter beobachtet, doch ziehen lassen, wahrscheinlich, damit der Krieg nicht eskalierte. Granny Nanny hatte stets sehr vorsichtig agiert.

Macandal mochte aus anderem Holz geschnitzt sein. Deirdre war froh, dass niemand Victor aufforderte, sich einer solchen Strafexpedition anzuschließen.

In der nächsten Zeit zogen immer wieder Gendarmerieeinheiten, Armeeeinheiten oder Freiwilligenkommandos in die Berge, aber, wie Deirdre erwartet hatte, ohne jeden Erfolg. Einige davon kamen wieder, ohne einen Maroon gesehen zu haben, andere gar nicht. Dabei fiel auf, dass es niemals einzelne Überlebende gab. Bei Feindberührung wurden die Patrouillen immer vollständig aufgerieben. Und es passierten weitere Giftanschläge. Macandal schien seine Drohung wahr zu machen – irgendwie gelang es ihm, den Hass der Haussklaven auf ihre Herren so weit zu schüren, dass sie bereit waren, ganze Familien mit Gift auszulöschen. Das Muster war immer wieder das Gleiche: Die Mörder verschwanden nach der Tat, und offenbar wusste keiner der anderen Sklaven, wohin sie flohen. Wenn es weitere Eingeweihte gab, so verrieten die zumindest nichts, man ging natürlich auch nicht so weit, ganze Belegschaften von Haussklaven zu Tode zu foltern. Gefasst wurden die Mörder so gut wie nie – und als es doch noch einmal gelang, machte der Mann seinem Leben selbst durch Gift ein Ende. Schnell und verhältnismäßig schmerzlos, was die Wut der Pflanzer auf Macandal weiter auflodern ließ. Die Weißen waren langsam und unter Qualen gestorben.

Die Ärzte der Kolonie – selbst wenn sie rechtzeitig gerufen wurden, bevor die Opfer ihr Leben aushauchten – waren machtlos. Victor wurde zwei weitere Male auf eine betroffene Plantage geholt, konnte aber niemanden retten. Überlebende wie Yvette Courbain gab es selten. Die Täter waren meist langjährige Haussklaven, die Vor- und Abneigungen ihrer Herren kannten. Ein Fehler wie der von Assam, die das Gift ebenso gut unter eine Sauce hätte mischen können, die allen Familienangehörigen mundete, unterlief ihnen nicht.

Während auf dem Land immer mehr die Angst umging und zwischen Herren und Sklaven eine Atmosphäre des Misstrauens entstand, verlief das Leben in Cap-Français unbehelligt von Macandals Krieg gegen die Weißen. Vom Gouverneurspalast und den Stadthäusern der reichen Plantagenbesitzer, die natürlich unzählige Hausdiener besaßen, einmal abgesehen, hielten die Bürger hier nur wenige Sklaven. Da die sich obendrein nicht versammeln durften, fand Macandal kein ausreichend großes Publikum für aufrührerische Reden. Der Gerüchteküche zufolge suchte er nachts Plantagen auf und predigte den Schwarzen, die bald eine Art Gott in ihm sahen. Unter den Schwarzen in Cap-Français war er allenfalls eine Legende, wobei ihre Einstellung zu seinen Taten differierte. Hausdiener wie Amali und Sabina, die ein gutes Leben hatten und ihren Herren treu ergeben waren, zeigten sich genauso angewidert von seinem Vorgehen wie die Weißen.

»Es ist nicht recht, Leute zu vergiften, egal, was sie gemacht haben!«, hielt Amali ihrem Mann Lennie vor, der eher etwas unentschieden wirkte. Sie hatten gerade wieder einmal von einem Giftanschlag gehört. Dieses Mal waren vier kleine Kinder mit ihren Eltern gestorben. »Manche Backras sind sicher böse und behandeln ihre Neger schlecht. Aber vergiften …«

Deirdre, die das Gespräch mithörte, war beunruhigt, weil Lennie die Morde offenbar gutgeheißen oder die Täter zumindest verteidigt hatte. Doch inzwischen hatten all ihre Sklaven Freibriefe. Mit einem Anschlag von Lennies Seite war sicher nicht zu rechnen.

Sie selbst machte sich auch keine Sorgen um Leib und Leben, zumindest nicht in Cap-Français. Und auf Nouveau Brissac hatte Jacques Dufresne ein eigentlich unfehlbares Sicherungssystem eingeführt: Jeder Diener, der servierte, musste einen Bissen der Nahrung vorkosten, die er seinem Herren vorlegte.

»Das funktioniert so lange, wie sie nicht so weit gehen, sich selbst zu opfern«, gab allerdings Victor zu bedenken. »Wenn dieser Macandal tatsächlich so charismatisch ist, dass er langjährige treue Diener zum Meuchelmord überredet, dann schafft er es auch, sie dahingehend zu manipulieren, mit ihren Herren in den Tod zu gehen. Allerdings würden die Pflanzer dann sicher einem weniger schmerzhaften Tod zum Opfer fallen, Vater. Es gibt verschiedene Gifte, wie wir gesehen haben, und freiwillig wird keiner so schrecklich verenden wie zuletzt die Sartremonts.«

Die letzten Opfer in der näheren Umgebung von Nouveau

Brissac hatten wohl etwas weniger Gift zu sich genommen als die Courbains. Victor kämpfte fast zwei Tage lang verzweifelt, aber aussichtslos um ihr Leben. Vor den Mahlzeiten gruselte es Deirdre immer ein bisschen, wenn die jungen Dufresnes auf Victors Heimatplantage zu Gast waren, am liebsten hätte sie sich ihr Essen mitgebracht. Sonst jedoch freute sie sich über jeden Ausflug aufs Land. Denn so schön und gemütlich ihr Haus war und sosehr sie Victor liebte – Deirdre hatte sehr bald nach der Ankunft in Cap-Français begonnen, sich in ihrem neuen Leben zu langweilen. Natürlich hatte Victor sein Versprechen wahr gemacht, sie in die Gesellschaft der Stadt einzuführen. Gleich beim ersten Kirchgang dort machte er sie mit den wichtigsten Familien bekannt. Allerdings gab es in der besseren Gesellschaft kaum Paare ihres Alters. So quirlig und jung die Stadt auf den ersten Blick schien, wenn man die Märkte und das Hafenviertel betrachtete – die meisten Menschen, die hier die Straßen bevölkerten, die Dienstleistungs- und Handwerksbetriebe gründeten, waren Mulatten oder setzten sich aus schwarzen und weißen Mitgliedern zusammen. Da heiratete dann zum Beispiel ein Zimmermann seine schwarze Sklavin und setzte sie damit frei. Deirdre lernte die Frau kurz kennen und stellte schnell fest, dass sie mit ihr wesentlich mehr Gesprächsstoff gehabt hätte als mit den älteren Damen aus der Kirchengemeinde, die sie regelmäßig zum Tee baten. Aber natürlich schickte es sich nicht für ein Mitglied der Familie Dufresne, mit solch einfachen Leuten zu verkehren. Und darüber, was sich schickte, wachte die bessere Gesellschaft der Stadt sehr sorgfältig!

So stellte Victor Deirdre denn auch eines Tages zur Rede, weil sie ohne Begleitung ausritt. »Ich bin darauf angesprochen worden«, bemerkte er etwas befangen, »von der Schwester des Pfarrers …«

Fabienne Roches führte dem Geistlichen den Haushalt und hatte die Gemeinde in vielerlei Hinsicht besser im Griff als ihr

Bruder. Deirdre hätte von einem Würgegriff gesprochen, hätte sich eine Freundin zum Spotten gefunden.

»Es ist fahrlässig, allein zu reiten, zumal du dich nicht auf die Straßen in der Stadt beschränkst …«

Deirdre blitzte ihn an. »Nein. Ich bin zur nächsten Bucht hinuntergeritten und …« Sie verhielt ihre Rede im letzten Moment. Es war sicher besser, nicht zuzugeben, auch noch geschwommen zu sein. »Ich bin am Strand entlanggaloppiert«, sagte sie trotzig. »Was ist daran anstößig?«

»Eigentlich nichts«, murmelte Victor. »Aber du weißt, wie die Leute sind. Sie reden. Und ich als Arzt, du als Arztgattin … na ja, sie erwarten von uns eben vorbildhaftes Verhalten. Da passt es nicht ins Bild, wenn du allein durch die Gegend streifst.«

»Wenn ich Lennie hinter mir hertraben lasse, komme ich nicht voran«, wandte Deirdre ein. »Und oft bist du ja auch mit deinen Pferden unterwegs, dann hat er gar kein Reitpferd …«

Victor biss sich auf die Lippen. »Man würde es wohl auch nicht als angemessen empfinden, wenn du allein mit einem Schwarzen reiten würdest«, sagte er dann. »Man könnte auf den Gedanken kommen, du …« Er sprach nicht weiter.

Deirdre schaute ihn ungläubig an. »Die alte Roches könnte annehmen, dass ich … und Lennie?« Sie lachte.

Auf Jamaika wäre das ein Unding gewesen, Beziehungen zwischen weißen Frauen und Sklaven waren undenkbar und ein schwarzer Reitknecht als Begleiter allein reitender Frauen akzeptiert. Hier allerdings … Der Code Noir enthielt Regelungen für die Kinder weißer Frauen mit Sklaven. Solche Affären schienen also vorzukommen.

»Was gedenkst du denn nun, das ich tun soll?«, fragte Deirdre ihren Mann provozierend. »Soll sich Alegría im Stall zu Tode langweilen?«

Victor schüttelte gequält den Kopf. »Nein, natürlich nicht, aber … wenn du wenigstens nicht aus der Stadt reiten würdest …

Ich kann dich auch gern mal begleiten … und sonst … Vielleicht könnte man Alegría auch einfahren. Eine kleine Chaise … würde vielleicht eher akzeptiert.«

Deirdre zog darauf nur eine Augenbraue hoch und bestrafte ihren Gatten mit ausgiebigem Schmollen in den kommenden zwei Tagen. Victor kam allenfalls auf Nouveau Brissac einmal dazu, mit ihr auszureiten, und selbst da fanden sich meist Patienten, die seine Zeit beanspruchten. Und das Vollblut Alegría vor einer Chaise im Stadtverkehr von Cap-Français? Deirdre fragte sich, wie man auch nur auf diese Idee kommen konnte. Wenn das Pferd vor der leichten Kutsche durchging, konnte es sich selbst und die Fahrerin umbringen.

So ritt sie natürlich heimlich weiter. Sie bemühte sich, weder Victor noch eine der Gemeindedamen von ihren Ausflügen wissen zu lassen. Das gelang recht gut, die Damen gingen ja kaum aus dem Haus, und das Dufresne-Anwesen war nach wie vor das letzte, bevor die Straßen der Stadt in unbefestigte Wege durch die Wildnis übergingen. Ein Mangrovenwald trennte die Stadt von der Bucht, in der sich Deirdre am liebsten aufhielt. Aber die Heimlichkeiten belasteten die junge Frau, und auf Dauer, das wusste sie, würde in ihrem Viertel weiter gebaut werden. Dann bekämen sie Nachbarn, und mit etwas Pech würden diese ihre Ausflüge missbilligen und über sie reden.

Auch die Abendeinladungen, die natürlich bald bei den Dufresnes eintrafen, beschäftigten Deirdre nicht ausreichend. Natürlich machte es Spaß, sich dafür herzurichten, doch wieder traf sie dort fast nur ältere und sehr distinguierte Leute, ähnlich ihren Schwiegereltern. Nur selten gab es Tanz, und dann war Deirdre darauf angewiesen, dass Victor sie durch die in der Regel langsamen und veralteten Menuette führte. Victor allerdings hatte wenig Lust zum Tanzen. Er machte sich ohnehin nichts aus Gesellschaften, nach der Tagesarbeit war er meist zu müde, um sich dabei wirklich gut zu unterhalten. Oft genug wurde er auch zu einem Notfall gerufen, wenn die Dufresnes eben aufbrechen wollten. Deirdre musste dann zwangsläufig zu Hause bleiben, denn natürlich schickte es sich nicht für eine Arztfrau, Gesellschaften, Konzerte oder Theatervorstellungen ohne ihren Mann zu besuchen.

Deirdre verbrachte also einen einsamen Tag und Abend nach dem anderen, und sosehr sich Victor bemühte, sie wenigstens durch nächtliche Zärtlichkeiten bei Laune zu halten – sie lebte doch nur richtig auf, wenn sie die Wochenenden auf Nouveau Brissac verbrachten. Victor war dort ausgeruhter und hatte mehr Zeit für sie, und die Dufresnes und ihre Nachbarn luden auch jüngere Leute ein – Gisbert und Gérôme waren schließlich beide noch auf Brautschau.

»Wenn ihr erst mal ein Kind habt, wird das besser werden«, tröstete Nora in ihren Briefen – ihre Mutter war die Einzige, der Deirdre ihre gelegentliche Unzufriedenheit anvertraute. »Wie sieht's denn aus? Gibt es noch keine Anzeichen?«

Deirdre musste das verneinen. Auch das war etwas, das ihr das Leben auf Saint-Domingue ein wenig vergällte. Sie hatte eigentlich gehofft, bald schwanger zu werden, wurde jedoch Monat für Monat enttäuscht. Das belastete auch ein wenig ihre Beziehung zu Louise Dufresne. Ihre Schwiegermutter hatte wohl mit bald eintreffenden Enkelkindern gerechnet und erkundigte sich ohne größere Hemmungen nach Deirdres und Victors diesbezüglichen Anstrengungen.

»Die Leute reden bereits«, bemerkte sie unwillig, als Deirdre die Frage nach einem »gesegneten Zustand« auch noch sechs Monate nach ihrer Hochzeit verneinen musste. »Du unternimmst doch nicht irgendwelche Anstrengungen, eine Schwangerschaft zu vermeiden?«

Streng fixierte Louise Deirdre, die sich unter ihrem Blick wand. Bei den englischen Siedlern auf Jamaika war es nicht üblich gewesen, »geschlechtliche Dinge« so direkt anzusprechen.

»*Belle-mère*, Victor und ich wünschen uns nichts mehr als ein Kind«, erklärte sie dann würdevoll. »Und ich wüsste auch gar nicht wie … wie …« Sie errötete.

Louise Dufresne zog die Augenbrauen hoch. »Nun, Victor ist Arzt«, führte sie an. »Und bei euren beengten Wohnverhältnissen …«

Deirdre hätte beinahe gelacht. Es war zu absurd, anzunehmen, in ihr Stadthaus würde keine Wiege mehr passen. Die älteren Dufresnes hatten es auch nach wie vor nicht gesehen, aber Gisbert war eine Woche zuvor zu Gast gewesen und hatte sich noch entsetzter über die Anlage geäußert als vorher Gérôme.

»Sei versichert, *belle-mère*«, erklärte Deirdre jetzt gereizt, »dass ein Kind uns jederzeit willkommen wäre. Auch für zwei oder drei gäbe es Platz, man braucht für eine Wiege keinen Ballsaal. Gott hat uns bislang einfach noch nicht gesegnet«, fügte sie listig hinzu. Endlich einmal eine Situation, in der ihre Bekanntschaft mit der Schwester des Pfarrers nützlich war, die ihr Befremden über Deirdres nach wie vor flachen Bauch kurz zuvor salbungsvoll kommentiert hatte. »Wir können nicht mehr tun, als immer wieder darum zu beten.«

Louise Dufresne gab eine Art Schnauben von sich, das gar nicht zu der vollkommenen Dame passen wollte.

»Wenn ihr euch darauf beschränken wollt, sehe ich allerdings auf Dauer schwarz für einen Enkel!«

Deirdre kämpfte schon wieder mit einem Lachen oder besser mit hysterischem Kichern. Sie wusste längst, dass die Franzosen die protestantischen Engländer für langweilige Frömmler hielten. Dann rang sie sich aber doch nur ein sanftes Lächeln ab.

»*Belle-mère*, wir tun in jeder Beziehung, was wir können …«

Amali dagegen fand sich schon nach wenigen Wochen Ehe guter Hoffnung. Deirdre verspürte ein bisschen Neid, als ihre Dienerin es ihr stolz verkündete.

»Es wird dann auch kein Sklave sein, oder?«, vergewisserte sie sich. »Wo ich doch jetzt frei bin …«

Deirdre nickte. »Dein Kind wird frei geboren«, beruhigte sie die glückliche junge Schwarze.

»Das bedeutet eine große Verantwortung für dich, Amali«, fügte Victor später hinzu, als sie sich auch ihm anvertraute. »Es muss schließlich lernen, was es mit seiner Freiheit anfangen soll!«

Amali lachte. »Ach, Mèz Victor, was soll es schon anfangen? Es bleibt natürlich hier bei Ihnen, genau wie Lennie und ich. Oder wollen Sie mein Kind nicht, Deirdre, Missis?«

Deirdre versicherte ihrer Freundin Amali, das Kind sei in der Familie Dufresne selbstverständlich herzlich willkommen. Sie äußerte auch ihre Freude über Amalis und Lennies Treue. Bald stellte sich jedoch heraus, dass Amalis Anhänglichkeit an ihre weiße Familie von ihrem Mann nicht geteilt wurde. Eines Morgens, ein paar Wochen vor ihrer Niederkunft, war Lennie plötzlich verschwunden. Amali suchte ihn zunächst im Haus und in den Ställen, wo sie auf drei empörte, hungrige Pferde stieß. Lennie hatte versäumt, sie zu füttern, was Amali natürlich alarmierte. Völlig außer sich weckte sie Deirdre und Victor. Sie konnte sich nicht vorstellen, was ihrem Mann geschehen sein mochte, und fantasierte über Unfälle und Verbrechen.

»Vielleicht ist er ja in der Nacht noch mal rausgegangen, um nach den Pferden zu sehen, und dann ist irgendjemand gekommen, und … Sie müssen die Gendarmerie verständigen, Mèz Victor!«

Victor schüttelte den Kopf und zog rasch einen Morgenmantel über. »Ich hatte so etwas befürchtet«, seufzte er. »Schon lange, der junge Mann hatte diesen … hm … Ausdruck in den Augen. Und was seine Arbeit anging, war er in der letzten Zeit auch nicht gerade eifrig …«

Amali wollte empört etwas erwidern, doch Victor sprach

schon weiter. »Ich werde mich in der Stadt nach ihm umhören, wenn auch nicht gleich in der Gendarmerie, das würde er mir übel nehmen.«

»Wenn er … wenn er jedoch entführt wurde oder …« Amali sah ihren Herrn verständnislos an.

Victor rieb sich die Stirn. »Nun sei mal vernünftig, Amali! Wer sollte denn Lennie in unserem Garten auflauern? Nein, nein, der wird schon aus eigenem Antrieb gegangen sein.«

Amalis Augen wurden größer. »Gegangen? Ge… geflüchtet? Allein, ohne mich?«

Deirdre legte den Arm um sie. »Nicht geflüchtet, er hat ja seinen Freibrief. Aber ja, ohne dich. Und ich fürchte, wir können ihn nicht zwingen, zurückzukommen …«

Victor war von dieser Erklärung überzeugt, während Deirdre daran ebenso wenig glauben konnte wie Amali. Ihr war an Lennies Arbeitseinstellung in der letzten Zeit nichts Besonderes aufgefallen, sie hielt ohnehin nicht viel von ihm und war es gewöhnt, ihn ständig zu kontrollieren und auch schon mal hinter ihm her zu räumen. Dann trieb Victor den Vermissten jedoch sehr schnell in einer Hafenspelunke auf. Es war nicht schwierig, der junge Arzt hatte durch seine Sprechstunde für die Mulatten viele Kontakte, und Lennie hatte sich keinerlei Mühe gemacht, seine Spuren zu verwischen. Er trat seinem Herrn ganz gelassen entgegen, als Victor ihn aufsuchte.

»Ich jetzt arbeite hier«, erklärte er. Er war eben dabei gewesen, die Tische abzuwischen, also hatte ihn der Wirt wohl als Hilfskraft eingestellt. »Gefällt besser als Arbeit in Stall. Und kann mir auch keiner verbieten. Bin frei, nicht?«

Er grinste seinen ehemaligen Herrn triumphierend an. Es hatte zwar etwas gedauert, bis Lennie die Sache mit dem Freibrief verstand, aber jetzt war er entschlossen, etwas daraus zu machen.

Victor hob hilflos die Hände. »Du bist kein Sklave, Lennie, da hast du Recht. Doch du bist nach wie vor Amalis Ehemann. Unser Haus kannst du verlassen. Deine Frau und dein Kind hingegen …«

Lennie gab eine Art Schnauben von sich. »Wer denn will so fette Kuh?«, fragte er grob. »Sie jetzt Kind, kein Spaß. Ich neue Frau, hier in Hafen.«

Victor wollte ihn für seine Frechheit rügen, verlegte sich dann jedoch lieber auf einen Vortrag über das Sakrament der Ehe. Wie erwartet hatte Lennie keinen Funken davon verstanden. Doug Fortnam hatte Eheschließungen seiner Sklaven immer geachtet, aber wenn die ihre Verbindung wieder lösen wollten, hatte er dazu auch nichts gesagt. Lennie war nun zwar getauft, fürchtete aber keinen Schaden für seine unsterbliche Seele, nur weil er sich von seiner Frau und seinem ungeborenen Kind abwandte. Als Victor ihm dies nun vorhielt, bemüht, seine mögliche Verbannung in die Hölle drastisch zu schildern, schüttelte er nur den Kopf und verzog sich in die Küche der Schenke.

»Er wird dem nächsten Obeah-Mann ein Huhn vorbeibringen«, bemerkte Deirdre am Abend, nachdem ihr Victor von der Begegnung mit Lennie erzählt hatte. »Das besänftigt dann die Geister, und alles ist gut. Während sich Amali die Augen ausweint. So habe sie sich Freiheit nicht vorgestellt, sagt sie. Und sie wäre lieber mit Lennie zusammen Sklavin geblieben.«

Victor zuckte die Schultern. »Dadurch hätte er sie auch nicht mehr geliebt. Er hätte natürlich bleiben müssen, und eine Frau aus dem Hafenviertel hätte ihm keinen zweiten Blick geschenkt. Es ist nicht immer einfach …«

Amali brachte ein paar Wochen später ein tiefschwarzes kleines Mädchen zur Welt, das sie Liberty nannte. Deirdre nahm das zum Beweis, dass sie über Lennie hinwegkam und doch wieder Freude an ihrer Freiheit fand, Amali nutzte jedoch die erste Gelegenheit, um zum Hafen zu laufen und Lennie sein Kind vorzustellen. Zu ihrem Entsetzen fand sie ihn in einem Verschlag neben der Schenke, den er mit einer grellweiß geschminkten, ordinären Mulattin teilte. Seiner Tochter gönnte er kaum einen Blick, ebenso wenig Amali. Dafür prahlte er mit seiner »weißen Frau«, als müsste Amali ihn dafür bewundern. Und außerdem, so erklärte er großspurig, gefalle ihm sein neuer Job.

»Ich nie wollte sein Hausdiener und Stallknecht. Ist nur anstrengend. Das hier besser!«, erläuterte er. »Ich nicht diene weiße Backras!«

Amali konnte darüber nur den Kopf schütteln, aber Lennies neuer Arbeitgeber war tatsächlich Mulatte. Ein schmieriger Typ, in dessen Etablissement sich wahrscheinlich nur selten ein Weißer verirrte. Lennie musste sich also nicht dazu herablassen, einem solchen sein Bier zu servieren. Er schien das als einen kleinen Sieg für die Sklavenbefreiung zu empfinden und sah sich als Held.

Amali wahrte ihre Fassung, bis sie wieder im Haus der Dufresnes war. Dort brach sie zusammen und begann erneut, haltlos zu weinen. Als sie den dritten Tag nicht zur Arbeit erschien, ging Deirdre zu ihr in die Unterkünfte der Dienerschaft.

»Morgen komm ich wieder, Missis«, schluchzte Amali schuldbewusst, als die junge Frau eintrat. Sie musste glauben, dass Deirdre kam, um ihre Dienste einzufordern. »Aber ich kann nicht … ich bin krank …« Tatsächlich lag sie auf ihrem Bett, das Körbchen mit Liberty neben sich.

Deirdre nickte verständnisvoll und zog einen Stuhl ans Bett. Sie hatte einen kleinen Korb mitgebracht, den sie jetzt zwischen sich und Amali stellte.

»Ich komm nicht als Missis«, sagte sie sanft. »Nur als Freundin. Zum Reden. Und ich dachte, dabei redet es sich besser …«

Mit großer Geste nahm sie den Deckel von ihrem Korb, und ein aromatischer Duft füllte den Raum. Amali schnupperte.

»Honigkuchen?«, fragte sie und vergaß darüber, weiter zu weinen.

»Nach dem englischen Rezept von meiner Mutter«, bestätigte Deirdre. »Sie sind Sabina fast so gut gelungen wie Mama Adwe … weißt du noch, wie wir sie immer aus der Küche stibitzt haben?«

Über Amalis noch tränenfeuchtes Gesicht zog ein Lächeln, und Deirdre beobachtete wohlgefällig, wie sie hungrig in den Korb griff. Sabina hatte gejammert, dass sie tagelang kein Essen angerührt hatte.

»Es tut mir so leid«, entschuldigte sich Amali noch einmal. »Ich dürfte Sie nicht einfach so im Stich lassen. Gestern war doch diese Kirchenversammlung, nicht? Wer hat Sie geschnürt? Sabina? Und Ihr Haar …«

Deirdre machte eine abwehrende Handbewegung. »Nafia macht das schon ganz gut. Und die Frisur musste schließlich nicht vor dem Gouverneur bestehen, sondern nur vor der schrecklichen Fabienne Roches. Die ohnehin alles, was jenseits eines Nonnenschleiers liegt, für frivol hält. Also war es halb so schlimm. Erzähl mir lieber, was Lennie gesagt hat. Er kommt nicht zurück?«

Dies war eher eine Feststellung als eine Frage gewesen, aber Amali löste es jetzt immerhin die Zunge. Wieder schluchzend berichtete sie von ihrem Besuch im Hafenviertel.

»Er ist kein guter Mann!«, zog sie schließlich Bilanz. »Und zudem ein Dummkopf!«

Deirdre musste sich beherrschen, nicht zu lachen. Immerhin rutschte ihr ein »Und das überrascht dich?« heraus.

Amali blickte sie verwundert an. »Sie nicht? Also ich hab immer gedacht … na ja, Lennie ist vielleicht etwas langsam, doch eigentlich ganz klug und …«

Deirdre holte tief Luft. »Amali, jeder, der je mit ihm zu tun hatte, hielt ihn für dumm und faul. Wir haben ihn nur mitgenommen, um dir einen Gefallen zu tun, obwohl Kwadwo das Schlimmste für die Pferde befürchtet hatte. Und ist dir nicht aufgefallen, dass Victor jede Nacht den Küchenofen überprüft, damit Lennie uns beim Anfeuern nicht versehentlich das Haus anzündet?«

Amali blitzte sie an. »Aber … aber das hättest du mir sagen müssen!«, empörte sie sich und vergaß für einen Moment die förmliche Anrede, die aus ihrer Freundin Deirdre ihre Missis machte.

Deirdre lächelte. »Du hättest es mir doch nicht geglaubt«, erwiderte sie begütigend. »Du warst verliebt. Da ist es normal, dass man …«

»Du hättest es mir trotzdem sagen müssen!«, beharrte Amali. »Also, versteh mich jetzt richtig: Es war ja sehr nett von meiner Missis, dass sie einen dummen, faulen Nigger ins Haus genommen hat, nur um mir einen Gefallen zu tun. Meine Freundin Deirdre jedoch, die hätte es mir sagen müssen!«

Deirdre hob entschuldigend die Hände. »Ich wollte dir nicht wehtun, Amali. Niemand wollte das, auch nicht Sabina und Nafia …«

»Sabina ist nicht meine Freundin und Nafia ist noch klein. Die zählen nicht. Aber du … du … Freundinnen sagen sich so etwas. Oder sie versuchen es jedenfalls.«

Amalis Blick war tadelnd, doch sie griff immerhin nach einem weiteren Honigkuchen. Also schien sie nahe daran, Deirdre zu vergeben.

Deirdre seufzte. »Na schön, beim nächsten Mal sage ich es dir. Falls es ein nächstes Mal gibt. Und jetzt vergessen wir die Geschichte, ja? Vor allem hörst du endlich auf zu weinen. Der Kerl ist es nicht wert. Soll er doch mit seiner Hafenhure glücklich werden!«

Amali erschien am nächsten Tag wie versprochen wieder zur Arbeit. Kurz darauf begann sie dem Milchmann Jolie, einem stets gut gelaunten jungen Mann mit milchkaffeefarbener Haut und glühendem Blick, schöne Augen zu machen.

»Du wirst deine Zofe auch bald los sein«, prophezeite Victor seiner Frau, als er dessen gewahr wurde. »Wenn Jolie sie heiratet, ist sie weg. Ich fürchte, sie sieht sich durch das Sakrament der Ehe ebenso wenig gebunden wie Lennie. Solltest du da nicht mal mit ihr drüber reden?«

Deirdre zögerte mit einer Antwort. »Ich bin nicht ihre Seelsorgerin, das Sakrament nehme ich nicht so wichtig«, bemerkte sie dann. »Als ihre Herrin würde ich es bedauern, wenn sie ginge, aber Amali ist frei. Und als ihre Freundin sage ich: Jolie ist ein netter Kerl und Gott sei Dank nicht dumm!«

# KAPITEL 7

»Willst du wieder nicht mit zu den Mädchen?« Sanchez boxte Bonnie gutmütig in die Seite. Er fragte, obwohl er die Antwort schon kannte. Bobbie würde sich auch in diesem Hafen nicht anschließen, wenn die Truppe um den lebenslustigen Quartiermeister der *Mermaid* durch die Bordelle zöge.

Der kleine, drahtige Kanonier hatte sich auch gar nicht erst für den Ausgang umgezogen. Bonnie trug ihre Bordbekleidung, die kurze, weite Leinenhose und ein kariertes Hemd, während sich Sanchez, Jefe und die anderen für den Landgang festlich hergerichtet hatten. Sanchez kombinierte Kniehosen und Brokatjackett mit seinem Dreispitz, Jefe führte Seidenweste und -rock sowie ein reinweißes Rüschenhemd aus, dazu Kniehosen und -strümpfe sowie Schuhe mit silbernen Schnallen.

Bonnie lächelte schüchtern und schüttelte den Kopf. »Nee, Sanchez, kein Bedarf. Ich zieh lieber die alte Masche durch, mal gucken, ob ich uns 'ne dicke Prise aufreiß …«

Während Jefe in den zwei Jahren an Bord der *Mermaid* zu einem gestandenen Mann mit schweren Muskelpaketen herangereift war, wirkte Bonnie immer noch wie ein Junge, der eben seiner Familie entwischt war. Bei Landgängen schlug sie daraus seit einiger Zeit Kapital – sie zog durch die Hafenspelunken und hörte sich nach einer Stelle als Schiffsjunge um. Ganz nebenbei zog sie Erkundigungen darüber ein, was die jeweiligen Schiffe geladen hatten und welche Route sie nahmen.

»Na, dann viel Glück«, sagte Sanchez resignierend. »Obwohl ich das nicht wirklich gutheißen kann. Du solltest dir auch mal was gönnen, Kleiner! Das ist nicht gesund … zwei Jahre ohne Weiber!«

Pitch, der einbeinige Koch, kicherte. »Na, aber der Ritt, den er vorher hatte, war wohl auch nicht gesund …«

Bonnie wurde sichtlich verlegen, die Männer pfiffen, als sie das bemerkten. Das mit der »Französischen Krankheit« konnte einem Mann schon anhängen, das sahen sie ein.

Bonnie dagegen ärgerte sich darüber, dass ihr die Angelegenheit immer noch peinlich war, zumal es gar nichts gab, wofür sie sich schämen musste. Schließlich litt sie nicht wirklich unter einer Geschlechtskrankheit. Wenn sie sich dazu bekannte, gehörte das nur zu ihrer Tarnung. Die Annahme der Männer, sie litte an der Krankheit, die Spanier und Engländer die »Französische«, Franzosen die »Spanische« nannten, half ihr, an Bord der *Mermaid* als Mann zu überleben – im Übrigen eine Aufgabe, die längst nicht so schwierig war, wie Bonnie befürchtet hatte. Die Piraten zogen sich fast nie aus, und die weite Kleidung, die sie an Bord trugen, hätte auch sehr viel weiblichere Formen als Bonnies mageren Körper verdeckt. Den mangelnden Bartwuchs erklärten sich die Männer mit ihrer Jugend, und zum Urinieren hatte sich Bonnie ein Rohr zugelegt, das sie immer mit sich führte. Mit etwas Übung war es einfach, den Urinstrahl hineinzulenken, und verdeckt von den weiten Hosen sah es völlig echt aus, wenn er dann nach vorn abfloss.

Das einzige Problem, das sich stellte, war Bonnies monatliche Blutung. Natürlich nutzte sie jede Gelegenheit, Stofffetzen oder Schwämme an sich zu bringen, um sie unauffällig aufzufangen, aber es kam doch vor, dass den Männern Flecken an ihrer Kleidung oder blutiger Urin auffielen, wenn »Bobbie« neben ihnen über die Reling pinkelte. Bonnie hätte das nicht erklären können, zu ihrer Überraschung wunderte sich jedoch kein einziger der Piraten darüber – die bedauerten lediglich, dass ihr Kanonier sich schon in so jungen Jahren jene heimtückische Krankheit eingefangen hatte. Jeder wusste, dass man sie sich beim Geschlechtsverkehr mit schmutzigen Frauen holte, Blut im Urin gehörte zu den Symptomen. Zu Bonnies Erleichterung erklärten sich die Piraten damit auch ihre Enthaltsamkeit. Man zog den »Kleinen« zwar damit auf, dass er nicht mit ins Bordell ging, argwöhnte allerdings nichts.

»Ich würd mich mal behandeln lassen!«, regte Sanchez jetzt an. »Soll doch Kuren geben, die's zumindest besser machen. Und 'nen passenden Quacksalber gibt's in jedem Hafen. Aber unser Bobbie hält ja sein Geld lieber zusammen …«

»Irgendwann wachen wir auf, und er hat dem Captain sein Schiff unterm Hintern weggekauft!«, mutmaßte Pitch mit gutmütigem Grinsen.

Bonnie lächelte und schwieg. Es stimmte, dass sie ihr Geld sparte, und tatsächlich bereitete ihr nichts größeres Vergnügen, als all die Silberstücke und Golddukaten durch ihre Hände gleiten zu lassen, die sie in ihrer Hängematte hortete. Niemals gab sie Geld für Tand oder edle Kleidung aus wie Jefe und die anderen Piraten, lediglich eine passende Scheide für ihr Schlachtermesser hatte sie sich einmal anfertigen lassen. Und so beobachtete sie glücklich, wie ihr Vermögen wuchs. Anfänglich langsam – als Lehrjunge des Kanoniers war ihr Anteil an der Prise sehr gering gewesen. Aber seit sie zum Kanonier und nun neuerdings zum Ersten Kanonier aufgestiegen war, kletterte die Summe in für sie schwindelerregende Höhe.

»Bobbie« galt allerdings auch als der beste Scharfschütze, den Captain Seegall und seine Männer je erlebt hatten. Der Junge schien einen siebten Sinn dafür zu haben, wie die Kanonen auszurichten waren, und mit seinem Adlerblick erkannte er mögliche Ziele früher als alle anderen. Er war von dem rundlichen Ersten Kanonier Twinkle persönlich als Nachfolger vorgeschlagen worden, der hatte das Schiff ein paar Monate zuvor verlassen.

»Lebend! Auf eigenen zwei Beinen!«, wie Sanchez nicht müde wurde zu betonen.

Es kam ausgesprochen selten vor, dass sich ein Pirat bei guter Gesundheit zur Ruhe setzte, wie Twinkle es getan hatte. Die meisten Männer endeten im Meer, über Bord gespült bei Sturm oder dem Seemannsgrab nach einer Schlacht überantwortet. Twinkle hatte es jedoch gemacht wie Bonnie jetzt: Er hatte sein Geld zur Seite gelegt, und als er sich dann in Barbados Hals über Kopf in eine der Hafenhuren verliebte, hatte er dem Zuhälter das Mädchen abgekauft und sich mit der überaus dankbaren jungen Frau bei Bridgetown angesiedelt. Die beiden führten einen Gemischtwarenladen, vergleichbar mit dem Máanus auf Grand Cayman, sie belieferten die *Mermaid*, wenn Captain Seegall vorbeisegelte und in einer verschwiegenen Bucht anlegte. Zudem half Twinkle seinem ehemaligen Captain beim Weiterverkauf der Beute aus dessen Raubzügen. Für die Piraten war der Laden ein unschätzbarer Stützpunkt an Land.

Und Bonnie war ihr Lehrmeister damit in einer weiteren Hinsicht zum Vorbild geworden. So wie Twinkle wollte sie es auch machen! Ein paar Jahre zur See fahren, und dann das Geld nehmen und sesshaft werden – am besten auch ehrbar! Bonnie träumte von einem sauberen kleinen Haus irgendwo auf einer Insel, einem Geschäft, in dem sie mit den Frauen der Handwerker und anderen Geschäftsleuten harmlosen Tratsch austauschen konnte. Und irgendwie gehörte auch immer Jefe zu ihrem Traum, den sie in ihren Fantasien niemals Caesar nannte. In ihrer Vorstellung sah sie ihn mit einem schmucken Gespann Maultiere oder gar Pferde Waren anliefern, sie hörte, wie er mit den Kunden scherzte und sonnte sich in seinem Lächeln, das in diesen Träumen ihr und nur ihr galt. Bonnie konnte diesen Fantasien stundenlang nachhängen, wenn sie auf dem Ausguck hockte und auf das endlose blaue Meer blickte. Sie tröstete sich damit jede Nacht vor dem Einschlafen, wenn die Männer um sie herum schnarchten und grunzten und die Luft in den Mannschaftsunterkünften nach den Ausdünstungen Dutzender ungewaschener Körper stank.

Doch Bonnie hätte sich nie beklagt. Es war auch nicht so, dass sie die Tage zählte, bis sie endlich ihr neues Leben beginnen konnte. Tatsächlich war ihr Dasein auf der *Mermaid* das beste, was sie je gehabt hatte. Niemand schlug sie, beleidigte und vergewaltigte sie. Sie hatte ihre eigene Hängematte und ein bisschen Platz unter Deck, den ihr keiner streitig machte und wo sie auch ihr Geld unterbringen konnte, ohne einen Diebstahl befürchten zu müssen. Dreimal am Tag gab es zuverlässig etwas zu essen. Die Kost war manchmal etwas eintönig – das Frühstück bestand meist aus mit Rum und Zucker zu einem Brei verkochten Schiffszwieback, und sonst konnte der Koch eigentlich nur Salmagundi, eine Art Salat aus marinierten Stücken Fisch, Schildkröte und Fleisch, kombiniert mit Gewürzen, Palmenherzen, Würzwein und Öl –, aber satt wurde Bonnie eigentlich immer. Sie vertilgte ziemliche Mengen, denn die Arbeit an Bord war schwer.

Zwischen den aufregenden Tagen, in denen Schiffe verfolgt und geentert wurden, beschäftigten sich die Männer hauptsächlich mit der Wartung und Pflege der *Mermaid*. Fugen wurden mit Werg abgedichtet und mit heißem Pech versiegelt, Segel genäht und repariert, Seile gespleißt. Mitunter suchte die Crew auch versteckte Buchten auf, um das Schiff an Land zu ziehen und den Holzwurm zu bekämpfen oder die sonst unter Wasser liegenden Planken von Seepocken zu befreien. Die Krebse setzten sich gern daran fest und verlangsamten die Segler.

Bonnie musste stets mit anfassen, auch wenn »der kleine Kanonier« nicht so stark war wie Jefe und die anderen. Mitunter war sie zu Tode erschöpft – und freute sich, wenn in der

Folge ihre Regel ausblieb. Aber jung und gesund wie sie war, erholte sie sich meist schnell wieder. Bonnie war anerkannt und beliebt. Im Großen und Ganzen fühlte sie sich wohl an Bord. Die Piraten bildeten eine verschworene Gemeinschaft, fast wie die Familie, die das junge Mädchen nie gehabt hatte.

»Ein eigenes Schiff wär schon gut!«, ließ sich jetzt Jefe vernehmen. »Mann, 'n Segler mit 'nem schwarzen Captain! Und jeder Hafenmeister muss ›Yes, Sir‹ zu einem sagen!«

Jefes Augen blitzten bei dem Gedanken auf, und Bonnie fühlte einen kurzen Schmerz. Ob ihr Freund wirklich von einem Schiff träumte? Sie konnte es nicht leugnen – während die Raubzüge der *Mermaid* für sie selbst eher ein Mittel zum Zweck waren, schien Jefe das Entern, die Kämpfe, den Pulverdampf und die Gefahr in vollen Zügen zu genießen. Auch er war in der Hierarchie der *Mermaid* schnell aufgestiegen, wenngleich noch nicht bis in eines der Ämter, in die man von der Mannschaft gewählt werden konnte. Das für ihn infrage kommende Amt war schließlich am ehesten das des Quartiermeisters, doch Sanchez war als solcher erfahren und beliebt. Ganz sicher würden die Männer ihn niemals absetzen.

Sanchez neigte dennoch nicht zu Allüren. Er zog Jefe gern bei den Dingen hinzu, die ihm schwerfielen, und entlohnte ihn dann auch entsprechend. So fand sich der junge Pirat unversehens als eine Art Schiffsschreiber und Buchhalter wieder, eine Arbeit, die ihm nicht schmeckte, obwohl sie ihm zu Ansehen verhalf. Niemand auf der *Mermaid*, nicht einmal Captain Seegall selbst, beherrschte das Schreiben und Lesen so gut wie Jefe – anfänglich hatten die Männer ihn sogar als Schulmeister bezeichnet und damit geneckt, zumal er Bonnie in der ersten Zeit noch unterrichtet hatte. Nachdem sich die Ersten dafür blutige Nasen geholt hatten, hielten sie sich zurück, den Unterricht für Bonnie stellte Jefe trotzdem ein.

Bonnie empfand das als schmerzlich, sie hatte nicht nur den

Wissenszuwachs geschätzt, sondern auch die Zweisamkeit mit Jefe genossen. Dem jungen Mann schien seine Gelehrsamkeit allerdings peinlich zu sein. Jefe war wild entschlossen, sich den Piraten in jeder Beziehung anzupassen und ein möglichst genaues Ebenbild des großen Black Caesar zu werden.

»Was ist daran falsch?«, fragte er bockig, als Bonnie ihn einmal darauf ansprach.

Bonnie biss sich auf die Lippen. »Black Caesar wurde gehenkt«, sagte sie, doch sie konnte ihn nicht dabei ansehen.

»Dann geh ich jetzt mal«, meinte Bonnie, als die ersten Häuser von Le Marin in Sicht kamen.

Die *Mermaid* hatte eine versteckte Bucht auf Martinique angelaufen, und die Männer begaben sich zu Fuß in die Hauptstadt, um dort ihren Vergnügungen oder Beschäftigungen nachzugehen. Der Kapitän und eine Hälfte der Mannschaft waren am Tag zuvor unterwegs gewesen, an diesem waren der Quartiermeister und die andere Hälfte der Leute an der Reihe. Jefe hatte gemurrt, weil er durch das Losglück in die zweite Gruppe verdammt worden war, aber Bonnie ging gern als Letzte von Bord. Umso frischer waren dann schließlich die Ergebnisse der Erkundigungen, die sie als Möchtegernschiffsjunge einholte. Bevor sie die Stadt erreichten, trennte sie sich von den anderen, schließlich sollte sie niemand mit dem bunten Völkchen von Seefahrern sehen, das in dieser Nacht die Bordelle und Spelunken der Stadt unsicher machen würde.

Bonnie fragte sich manchmal, was die Schenken- und Hurenwirte der Häfen wohl über Captain Seegalls Crew dachten. Eigentlich mussten sie die Männer als Freibeuter erkennen. Aber die Mauer des Schweigens schien außerordentlich dicht zu sein. Bonnie wusste von keinem Piratenschiff, das je von einem Vertreter der Halbweltzünfte verraten worden war.

Das junge Mädchen streifte zunächst durch den Hafen und

merkte sich die Segler, die hier vor Anker lagen. Ein großer französischer Dreimaster, voll beladen, erregte dabei ihre Aufmerksamkeit.

»Saint-Domingue«, gab ein müßig darauf herumlungernder Matrose Auskunft, als Bonnie nach dem Bestimmungsort des bulligen Handelsschiffes fragte. Zum Glück verstand er Englisch, mit Bonnies Französisch war kein Staat zu machen.

»Und dahin bringt ihr Rohrzucker?«, fragte Bonnie verwundert. »Machen die da nicht selbst welchen?« Zucker war eigentlich das Einzige, was man auf Martinique laden konnte. Es machte jedoch keinen Sinn, ihn in ein anderes Zuckerrohranbaugebiet als Hispaniola zu schaffen.

Der Matrose grinste. »Wie kommst du denn darauf?«, fragte er. »Ach so, weil wir Tiefgang haben … Scharfes Auge, Kleiner! Nee, wir kommen schon voll beladen aus Frankreich. Lauter edles Zeug an Bord für die Pflanzer in den Kolonien. Einen Teil haben wir hier ausgeladen, aber das meiste geht an die reichen Fräcke auf Saint-Domingue. Teppiche, Möbel … Die bauen da wohl alle Schlösser wie Versailles …«

Bonnie hatte Mühe, ihre Aufregung zu verbergen. Ein Schiff voller Luxusgüter? Das klang nach einer Prise, wie sie der *Mermaid* nur alle paar Monate ins Netz ging. Jetzt musste sie nur noch herausfinden, wann das Schiff absegelte. Doch zuerst würde sie sich ein gutes Essen in einem der Fischrestaurants im Hafen gönnen. Sie schlenderte auf eines der vielversprechendsten Häuser zu und stellte sich vor, dass Jefe neben ihr ging. Es wäre schön, mit ihm an einem gedeckten Tisch Platz nehmen und sich nett unterhalten zu können. Bonnie wäre an seiner Seite gern wieder mal ein Mädchen gewesen – statt immer Obacht zu geben, dass sie auch ja genügend Flüche und Obszönitäten in ihre Rede einflocht, um als Mann unter Männern durchzugehen.

Bonnie suchte sich einen Tisch am Fenster des Restaurants und träumte aufs Meer hinaus. Sie war wirklich alles andere als unglücklich mit ihrem Leben als Freibeuterin. Aber sie konnte sich auch vorstellen, noch wesentlich glücklicher zu sein.

Captain Seegall war ebenso begeistert von der Aussicht, sich die Fracht des französischen Seglers anzueignen, wie sein erster Kanonier. Er ließ gleich Leute ausschwärmen, um die letzten Mitglieder seiner Mannschaft zu sammeln, als ihm Bonnie am späten Abend von der aussichtsreichen Prise berichtete. Das Schiff nach Hispaniola sollte am Morgen auslaufen, und Seegall gedachte, ihm gleich zu folgen, damit es ihm auf der langen Reise auf keinen Fall entwischte. Für Jefe und die anderen verkürzte sich damit der Landgang, und sie waren entsprechend schlecht gelaunt, als sie an Bord kamen. Doch der Captain kannte kein Pardon.

»Ihr könnt feiern, wenn wir die Prise haben«, erklärte er. »Von mir aus könnt ihr euch dann drei Tage auf Barbados besaufen! Twinkle wird ohnehin Zeit brauchen, das ganze Zeug zu verscherbeln, so lange habt ihr frei. Also haltet jetzt die Klappe und seht, dass ihr ausnüchtert.«

Letzteres ging natürlich nicht so schnell – und so mochte es sogar ein Fehler des noch alkoholbenebelten Navigators gewesen sein, dass die Eroberung der *Bonne Marie* nicht so reibungslos verlief, wie die Piraten geplant hatten. Später mutmaßten die Männer, dass der Captain des Schiffes die Verfolgung vielleicht schon am ersten Tag bemerkt hatte. Vielleicht war es auch einfach nur ein Zufall, und die Franzosen hatten einen Schiffsjungen an Bord, der mit den gleichen Adleraugen gesegnet war wie Bonnie auf der *Mermaid*. Tatsache war jedenfalls, dass die Tarnung der Piraten dieses Mal fehlschlug.

Captain Seegall hatte seinen Männern den Auftrag gegeben, der *Bonne Marie* unauffällig zu folgen, und die Männer wähnten sich tagelang unbemerkt, bis sie schließlich an Puerto Rico vorbeisegelten. Zwischen dieser Insel und Hispaniola, etwa auf

Höhe der Isla Mona, wollte Seegall zuschlagen, und er bediente sich der üblichen Strategie. Bevor die *Mermaid* gesehen werden konnte, hissten die Männer die französische Flagge und grüßten fröhlich zu ihrem Opfer hinüber.

Zunächst schien die Rechnung auch aufzugehen, die Matrosen, die sich auf der *Bonne Marie* blicken ließen, wirkten unbesorgt. Doch exakt in dem Moment, in dem die Freibeuter die Piratenflagge hissten, feuerten die Kanoniere des französischen Schiffes aus allen Rohren.

»Feuer erwidern!«, schrie Bonnie, die natürlich mit geladener Kanone bereitstand.

Ihre Kanoniere folgten dem Ruf sofort. Aber sie konnten nicht mehr verhindern, dass genau das geschehen war, was die Piraten sonst tunlichst zu verhindern suchten – die *Mermaid* war in eine offene Seeschlacht verwickelt, den Piraten flogen aus nächster Nähe Kugeln um die Ohren.

Natürlich hätten sie fliehen können, ihr Schiff war wesentlich schneller und wendiger als das schwere Handelsschiff. Das hätte jedoch geheißen, die Prise aufzugeben, und dazu waren weder der Captain noch seine Männer bereit.

Dennoch war dieser Kampf, vor allem für die Jüngeren an Bord, eine schockierende Erfahrung. Jefe, der schon klar zum Entern an der Reling gewartet hatte, sah fassungslos zu, wie die Takelage der *Mermaid* von feindlichem Feuer zerfetzt wurde und nicht nur die Segel und die Decks des Gegners. Zum Glück war das Zerstörungswerk der *Bonne Marie* nicht so effektiv, ihre Kanonen wurden offenbar nur mit normalen Kugeln geladen und nicht mit der speziellen Munition aus Bleikugeln, Nägeln und Splittern, derer sich die Piraten bedienten. Aus der Sicht der Franzosen war das klug – Kugeln richteten mehr ernsthaften Schaden an. Wenn man damit gut traf, konnte man ein Schiff versenken.

Bonnie und die anderen treffsicheren Kanoniere der *Mermaid* versuchten verzweifelt, die Kanonen der *Bonne Marie* gezielt auszuschalten, während die weniger geschickten Schützen auf die Decks feuerten und damit das Entern vorbereiteten. Der Navigator der *Mermaid* lavierte sein Schiff trotz des Beschusses immer näher an die *Bonne Marie* heran, und die Piraten an Deck jubelten, als Bonnie eine Kugel direkt in einer der Luken platzierte, aus denen heraus gefeuert wurde.

Doch dann plötzlich explodierte das Deck der *Mermaid*. Der Lärm der in sich zusammenfallenden Deckaufbauten und der berstenden Masten war ohrenbetäubend. Die Piraten hatten einen schweren Treffer hinnehmen müssen. Die Kämpfer unter dem Befehl des Quartiermeisters konnten sich darum aber vorerst nicht kümmern. Sie waren gerade zum Entern an Bord des Frachtschiffes gesprungen, und auf dem Deck der *Bonne Marie* war ein erbitterter Kampf im Gange. Es ging weitaus härter zu als sonst, die Verteidiger hatten schließlich Zeit gehabt, jeden einzelnen Matrosen zu bewaffnen. Die Männer wehrten sich wütend und entschlossen.

Bis das Schiff völlig in der Gewalt der Piraten war, vergingen Stunden, und das Blut floss in Strömen. Auf beiden Seiten – auch Captain Seegalls Mannschaft musste ungewohnt hohe Verluste hinnehmen. Jefe hatte dafür allerdings keinen Blick. Er war sofort nach dem Entern ein Teil des Infernos aus Schreien und Gefechtfeuer, spritzendem Blut und austretendem Gedärm, Messern und Macheten geworden, stieß seine Waffe blindlings in den Körper eines jeden, der sich ihm entgegenstellte, und schlug um sich wie ein Berserker. Geschickt verstand er nun auch zu kontern, wenn sich ihm ein guter Fechter als Gegner bot. In diesen zwei Jahren hatte Jefe in jeder freien Minute geübt. Er trug längst stolz einen Degen und stand dem Captain und Sanchez in der Fechtkunst kaum noch nach. Auch bei diesem Angriff duellierte er sich mit zwei höher stehenden Besatzungsmitgliedern und schrie vor Stolz und Freude, als er beide schlug.

Schließlich fiel dann auch der letzte Kämpfer der *Bonne Marie*, der nicht bereit war, sich zu ergeben. Jefe und die anderen jubelten ihren Triumph hinaus. Die überlebenden Männer waren erschöpft, ihre Kleidung schweiß- und blutgetränkt, doch sie lachten und klopften sich auf die Schultern, ganz euphorisch nach der Schlacht.

Dieses Mal wurden sie auf der *Mermaid* aber nicht mit Begeisterungsschreien erwartet. Über dem Piratensegler hingen Schwaden von Pulverdampf, nicht anders als bei der *Bonne Marie*. Auf dem Oberdeck herrschte das reinste Chaos. Der Feind hatte zwar die Pulverkammer nicht getroffen, aber in der Nähe der Geschützstände waren zwei Kugeln eingeschlagen. Sie hatten die Planken aufgerissen, einen Teil der Takelage heruntergerissen und zwei der Geschützstände zerstört. Der Kanonier des ersten lag mit zerschlagenen Gliedern unter seiner Kanone. Von den Männern, die ihm beim Justieren der Waffe geholfen hatten, waren nur noch grausige Leichenteile übrig. Und daneben …

»Bobbie!« Jefe schrie auf, als er das Loch sah, das sich da im Deck auftat, wo eigentlich Bonnies Kanone hätte stehen sollen. »O mein Gott, Bobbie!« Jefe musste an sich halten, seine Freundin nicht bei ihrem richtigen Namen zu rufen. Verzweifelt sah er in den schwarzen Schlund, die Kugel war wohl bis ins Zwischendeck durchgeschlagen. Jefe graute davor, hinunterzusteigen …

»Hier!«, rief plötzlich eine schwache Stimme. »Hier bin ich …«

Sanchez, der hinter Jefe zurück auf die *Mermaid* gekommen war, wandte sich nach der Stimme um. Und dann sahen sie ein schwarzes Bein unter einem Haufen zerborstenen Holzes und heruntergerissener Segel hervorlugen.

»Wir kommen, Bobbie! Halt durch!«, rief Jefe.

Er rannte auf den Trümmerhaufen zu und machte Anstalten, Bonnie am Bein herauszuziehen. Doch die schrie auf, als er daran ruckte.

»Zumindest ist das Bein noch dran«, bemerkte Sanchez. »Aber so geht's nicht, Caesar, wir müssen das Zeug über ihm wegräumen. Los, macht schnell!«

Inzwischen waren auch andere Piraten zu Hilfe geeilt, und Bonnies Körper – und der Torso eines ihrer Helfer – kamen bald unter den Trümmern zum Vorschein. Jefe schuftete mit aller Kraft, um das Holz wegzuschaffen, von Bonnie hatten sie nach dem Schrei kein Wort mehr gehört. Nicht auszudenken, wenn sie starb, bevor er ihr würde helfen können …

Doch dann kam ein erlösender Ruf von Sanchez, der als Erster zu dem Kanonier durchdrang. »Er lebt! Aber …«

Bonnies Hemd war blutdurchtränkt.

»Warte, ich zieh dir das mal aus, Junge …«

Sanchez machte Anstalten, Bonnies Wams mit dem Messer zu zertrennen, doch der Junge, der bis eben noch völlig still gelegen hatte, begann sofort, sich verzweifelt zu wehren.

»Nicht! Nicht, bitte … verflucht noch mal, lasst mich! Keiner … keiner rührt mich an … Ich … ich will nur Caesar! Caesar, du … du Hurenbock, komm her zu mir!« Bonnie stieß die Worte mit einer Wut und Verzweiflung aus, die Sanchez zurückschrecken ließ.

»Ist ja schon gut, Junge … Wenn du drauf bestehst … Komm her, Caesar, er ist ganz außer sich … weiß der Geier, was er hat. Aber wer ihn befreit, ist ja eigentlich egal … also zieh du ihn raus, und vorsichtig …«

Jefe schob sich zu Bonnie vor. »Wo bist du verletzt?«, wisperte er ihr zu.

»An der Seite.« Bonnie stöhnte wieder. »Du … du musst mich unter Deck bringen … dann … dann kannst du … nur du … wenn die anderen mich sehen … dann … dann ist alles aus …«

Jefe sah jetzt, von wo die Blutung ausging. Anscheinend hatte sich ein Stück der Deckplanke oder der geborstenen Reling in Bonnies Körper gebohrt, als sie von der Wucht des Einschlags zusammen mit den Trümmern über das Deck geschleudert worden war. Danach war auch noch der Mast über ihr zusammengebrochen, doch mehr als ein paar Prellungen und Platzwunden hatte Bonnie offenbar nicht. Ernst war nur die Wunde in Höhe der Hüfte. Darin steckten auch sicher noch Holzsplitter, man würde sie säubern müssen. Dazu musste man Bonnie jedoch die Hose ausziehen. Jeder würde sehen, dass sie ein Mädchen war …

»Bring mich weg!«, flehte sie jetzt. Und brüllte dann mit ihrer tiefsten Stimme: »Schaff meinen Arsch in meine Koje, Caesar! Den muss hier nicht jeder sehen. Und ihr haut ab! Das wird schon wieder. Ich brauch nur … nur ein bisschen … bisschen Ruhe …«

Bonnie musste all ihre Kraft und ihren Mut zusammennehmen, als sie sich anschließend von Jefe aufhelfen ließ. Der bärenstarke junge Mann hätte sie natürlich mühelos tragen können, aber wenn sie es schaffte, sich auf eigenen Beinen in ihre Koje zu schleppen, würde das die anderen beruhigen und die Aufmerksamkeit von ihr abziehen. Und tatsächlich – als Bonnie erst mal wieder stand, machten die Piraten sich gleich daran, das Deck nach eventuellen weiteren Überlebenden zu durchsuchen und allgemein Bilanz zu ziehen. Sie hatten an diesem Tag reiche Beute gemacht, dafür aber einen hohen Blutzoll entrichten müssen.

»Jorge ist tot und Perry auch«, berichtete Jefe Bonnie, als er ihr die Treppen ins Zwischendeck hinunterhalf. »Silver ist verletzt und auf dem Schiff selbst …«

»Kannst du mich jetzt vielleicht tragen?«

Bonnie ließ sich fallen, als sie endlich außer Sichtweite der anderen waren. Auf dem Zwischendeck befand sich niemand sonst, die anderen Verletzten wurden im Freien versorgt. Was auch vernünftig war, wie Jefe bald feststellen sollte. Im Halbdunkel der Mannschaftsunterkünfte konnte er die Schwere von Bonnies Verletzung kaum abschätzen.

»Denkst du, es ist schlimm?«, fragte er, als er sie in ihre Hängematte legte. Bonnie stöhnte auf. Der schwankende, instabile Schlafplatz war für die Lagerung eines Verletzten denkbar ungeeignet.

»Ich weiß nicht«, flüsterte sie. »Ich weiß nur, dass es niemand sehen darf. Wir sagen, es ist nicht schlimm, ja? Du lässt mich einfach hier liegen, und dann wird es schon heilen. Es hat ja schon aufgehört zu bluten, und …«

»Aber die Wunde ist nicht sauber«, meinte Jefe. Er hatte die Verletzung jetzt freigelegt, Bonnie hatte nicht mehr die Kraft, ihn daran zu hindern. »An sich ist es nur ein tiefer Schnitt, jedoch ganz verdreckt. Ich hol mal Wasser und mach's sauber …«

Bonnie ertrug die Schmerzen mit zusammengebissenen Zähnen, als Jefe sich gleich darauf ungeschickt mit einem Schwamm und nicht besonders sauberem Wasser an ihrer Seite zu schaffen machte. Er entfernte noch ein paar Splitter aus der Wunde und schmökerte dann angestrengt und mit gerunzelter Stirn in einem Buch aus Captain Seegalls Kabine, das er mitgebracht hatte.

*The Surgeons Mate* von John Woodall war ein Leitfaden zur Versorgung Kranker und Verwundeter, der auf keinem Piratenschiff fehlte, auch wenn nur wenige lesen konnten. Jefe studierte das Buch nun konzentriert, er hatte sich auch ein paar Salben und Binden aus der Schiffsapotheke gesichert. Der Kasten, der Spritzen, Messer, Zangen zum Zähneziehen, Schröpfköpfe und vieles andere enthielt, stand unter der Obhut des Captains. Seegall hatte die Sammlung medizinischer Geräte und Heilmittel für viel Geld auf Barbados gekauft, aber auf den richtigen Einsatz all dieser Dinge verstand sich niemand auf der *Mermaid*. Am ehesten kannte sich noch der Schiffszimmermann damit aus, der jetzt auch an Deck die Verwundeten verarztete. Dabei war ihm die Bordapotheke wirklich von Nutzen, schon weil sie auch eine Knochensäge enthielt. Früher hatte der Mann Amputationen mit dem gleichen Werkzeug durchgeführt, mit dem er die Planken zuschnitt.

»Hier steht, man könnte so was nähen«, meinte Jefe unsicher, »mit gewachstem Faden. Doch das trau ich mich nicht …«

Bonnie schien von der Aussicht, von ihm zusammengenäht zu werden, auch nicht sonderlich erbaut zu sein. »Gib einfach Drachenblut drüber und einen Verband!«

Sie stöhnte und wappnete sich gegen den Schmerz. Drachenblut bestand aus dem Harz von Agave und Rattanpalme sowie Granat und Rum. Angeblich sollte es helfen, Wunden zu schließen. Jefe verteilte die Essenz freigebig über Bonnies Verletzung und auch über die kleineren Schnitt- und Platzwunden an ihrem Oberkörper. Dann legte er ungeschickt einen Verband aus Leinenstreifen an.

»Wenn sich das mal nicht entzündet …«, bemerkte er hörbar mutlos.

Jefe war sich im Klaren darüber, dass es der Kunst eines Arztes bedurft hätte, diese Wunde fachkundig zu untersuchen, zu reinigen und dann vielleicht wirklich zu nähen. Aber es gab keinen Mediziner an Bord der *Mermaid*.

»Gib mir was von der Chinarinde!«, forderte Bonnie. »Das hilft doch gegen Fieber, vielleicht beugt es vor.«

Chinarinde enthielt die Bordapotheke in ausreichendem Maße. Jefe glaubte jedoch nicht, dass sie etwas gegen Wundbrand ausrichtete. Woodall zumindest schrieb nichts darüber. Dennoch verabreichte Jefe Bonnie jetzt ein paar Krümel davon und ließ sie diese mit ein paar kräftigen Schlucken Rum hinunterspülen. Für Verletzte galt das Alkoholverbot an Bord nur eingeschränkt.

»Das wird schon«, murmelte Bonnie, bevor sie erschöpft einschlief. »Lass mich … lass mich bloß nicht allein …«

Jefe wäre jetzt eigentlich gern an Deck gegangen und hätte mit den anderen gefeiert. Sicher hätte sich niemand um Bonnie gekümmert, der Schiffszimmermann hatte Patienten genug. Dann jedoch beschloss er, die Flasche noch einmal für sich zu entkorken, und begoss den hart erkauften Sieg allein neben dem Bett seiner Freundin. Er wachte an ihrem Lager, bis alle Männer in ihren Hängematten lagen und keiner mehr auf den Gedanken kommen konnte, nach Bonnies Wunde zu sehen.

Die optimistische Prognose der jungen Frau bewahrheitete sich dann allerdings nicht. Schon am nächsten Tag erwachte Bonnie mit starken Schmerzen, die Wundränder waren rot entzündet und geschwollen, und obwohl Jefe die Waschung und die Behandlung mit Drachenblut wiederholte, fühlte sich Bonnies Haut schon am Nachmittag heiß und trocken an. In der Nacht begann sie ernstlich zu fiebern.

»Das sieht nicht gut aus«, meinte der Zimmermann, den Jefe am folgenden Morgen doch noch hinzuzog. »Das ist sicher Wundbrand, da können wir höchstens noch versuchen, das faule Fleisch wegzubrennen. Mach den Verband mal ab, dann gucken wir …«

Jefe schüttelte entschlossen den Kopf, auch wenn er den Mann damit brüskierte. Vom Ausbrennen hielt er nichts – zumal nicht auf gut Glück. Und im Absterben begriffen waren die Wundränder auch eigentlich noch nicht, nur geschwollen und entzündet. Auf jeden Fall war er nicht bereit, Bonnie für eine solch zweifelhafte Behandlungsmethode zu verraten. Noch am Tag zuvor hatte sie ihn schließlich angefleht, ihren Körper auf keinen Fall zu entblößen. Lieber wollte sie sterben, denn als Mädchen entlarvt werden. Inzwischen konnte sie allerdings kaum noch Entscheidungen treffen. Sie redete nur noch wirr und war mitunter gar nicht mehr bei Bewusstsein.

Dennoch – Jefe brachte es einfach nicht über sich, jetzt schon aufzugeben. Er würde es noch mit einer der anderen Salben aus der Schiffsapotheke versuchen. Vielleicht mit einer Terpentinsalbe. Die brannte auch, vielleicht wirkte sie ja genauso gut wie das Brenneisen und ätzte das absterbende Fleisch weg?

Jefe begab sich zum Kapitän, um erneut in der Bordapotheke zu stöbern, fand ihn aber nicht gleich. Er musste an Deck, um Seegall aufzuspüren, und traf ihn da in einer ernsten Unterhaltung mit Sanchez an. Die beiden lehnten sich über die Reling und betrachteten besorgt das Loch, das eine Kanonenkugel in den Bug der *Mermaid* geschlagen hatte.

»Natürlich weiß ich, dass die Reparatur bald gemacht werden muss. Bei starkem Seegang läuft uns da sonst Wasser rein …« Der Captain raufte seinen gewaltigen Bart.

»Der nächste Hafen ist Cap-Français«, bemerkte Sanchez. »Da wären wir in ein paar Stunden …«

»Haben wir da denn eine geheime Bucht?«, fragte der Captain. »Also ich kenne keine. Und sie muss weit abgelegen sein, das repariert man ja nicht in ein paar Stunden. Dafür müssen wir Bäume fällen, Bretter zuschneiden … Und vergiss nicht, dass wir den Franzosen auch noch im Schlepptau haben. Wenn wir auffallen … Saint-Domingue ist eine französische Kolonie. Was denkst du, was die mit uns machen, wenn sie uns erwischen!«

»Also Santo Domingo«, seufzte Sanchez. In der spanischen Kolonie verfügte Seegall über gute Kontakte. »Und solange beten wir um ruhige See … Wir müssen das Leck jedoch zumindest notdürftig abdichten. Ich setz gleich mal ein paar Leute dran, die …«

»Captain? Quartiermeister?«

Jefe unterbrach die Männer ungern, aber ihm kam gerade eine Idee, wie er Bonnie vielleicht retten könnte. Es war genau genommen die einzige Chance, die sie hatte, zumindest wenn sie als Frau unerkannt bleiben wollte. In diesem Cap-Français musste es einen Arzt geben. Und niemand auf dem Schiff hatte hier Beziehungen. Wenn der Doktor sich also bereit erklärte, Bonnie heimlich zu behandeln, konnte sie hinterher aufs Schiff zurückkehren, als wäre nichts geschehen.

»Wenn wir wirklich so nah an Land sind … könnten Sie Bobbie und mich nicht von Bord lassen? Wenn Sie uns ein Beiboot geben … ich kann rudern. Wir brauchten gar nicht so nah an die Küste ran … das Risiko wäre gering …«

Drei Stunden später ließ Captain Seegall es sich nicht nehmen, eine Bucht bei Cap-Français anzufahren, um Jefes Wunsch zu erfüllen. Einer der französischstämmigen Piraten kannte sie von früher.

»Sie wäre auch gut für die Instandsetzungsarbeiten«, tat der Mann kund, »viel Wald drumrum, Mangroven … und wenn man ganz reinfährt, sollte man vom Meer her nicht gleich zu erkennen sein. Aber seit die Stadt immer größer wird, ist es zu gefährlich … Womöglich verirrt sich mal ein Liebespaar …«

Die anderen Piraten lachten. Während Jefe aufatmete, weil sich seine einsame Seereise mit der schwerkranken Bonnie nicht allzu lang gestalten würde. Er berichtete Bonnie von seinem Vorhaben, während er sie aus der Hängematte hob, glaubte allerdings nicht, dass sie noch viel verstand. Sie befand sich seit Stunden in einem fiebrigen Dämmerzustand. Aber Bonnie war stärker, als er gedacht hatte.

»Geld«, stöhnte sie, als Jefe sie in eine Decke hüllte. »Eingenäht … in … Matte … mitnehmen …«

Jefe fand eigentlich, dass dazu die Zeit nicht reichte, Bonnie hingegen kämpfte mit letzter Kraft für die Mitnahme ihrer Ersparnisse. Schließlich gab Jefe nach und steckte auch seine eigene Börse ein, die allerdings viel weniger Geld enthielt. Er hatte zwar vor, sehr bald auf die *Mermaid* zurückzukehren, doch Bonnie hatte Recht, sicher war sicher. Außerdem musste der Arzt bezahlt werden – zweifellos würde er ihnen nicht nur die Behandlung, sondern auch sein Schweigen in Rechnung stellen.

Jefe bettete Bonnie vorsichtig in ein Beiboot, das die Piraten nun zu Wasser ließen. Er würde nicht lange rudern müssen, um den Strand zu erreichen.

»Also abgemacht«, meinte Seegall, als Jefe schließlich Anstalten machte, zu Bonnie ins Boot zu klettern. »Wir fahren nach Santo Domingo und reparieren das Schiff. Das kann ein paar Wochen dauern. Wenn Bobbie stirbt …«, der Kapitän hielt das für sehr wahrscheinlich, aber er mochte seinen Ersten Kanonier auch nicht einfach so aufgeben, »… dann schlägst du dich zu den Spaniern durch und stößt gleich wieder zu uns, Caesar. Wenn er sich schnell erholt, kommt ihr beide. Und sonst: Wir ankern hier in der Bucht, bevor wir Hispaniola verlassen, und warten auf euch. Zwei, drei Tage … Wenn wir den Franzosen erst los sind, ist das ja nicht ganz so riskant. Behalte also die Gegend im Auge, die Schiffsglocke können wir nicht für euch läuten.«

Jefe nickte dankbar. Das war wirklich entgegenkommend, er hatte mit so viel Mitgefühl des Captains nicht gerechnet. Seegall schien sich wirklich schwer von seinen jüngsten Besatzungsmitgliedern trennen zu können, und auch die anderen Männer winkten Jefe nach, wobei sich der eine oder andere verräterisch die Augen rieb.

»Viel Glück!«, rief ihnen Sanchez noch zu, als Jefe die ersten Ruderschläge tat. »Ihr könnt's brauchen!«

# KAPITEL 8

Deirdre schrak aus dem Tiefschlaf in Victors Armen, als jemand laut und vernehmlich an die Tür ihres Hauses in Cap-Français hämmerte. Es war nicht ungewöhnlich, dass auch des Nachts ein Patient nach Victors Hilfe verlangte. Doch normalerweise meldete sich der Bote oder ein Angehöriger zuerst im Sklavenquartier, Amali schloss die Behandlungsräume auf und ließ die Leute dort warten. Dann weckte sie Victor behutsam. Da er einen leichten Schlaf hatte, genügte meist ein dezentes Klopfen. Deirdre wurde dann in der Regel nur kurz wach, wenn Victor aufstand und sie zum Abschied küsste. Danach drehte sie sich zufrieden um und schlief weiter. In dieser Nacht dagegen ... Der Hilfesuchende traktierte die Tür in einer Lautstärke, als wollte er Tote aufwecken, er musste es aber andererseits geschafft haben, zum Haupthaus zu kommen, ohne die Dienerschaft zu alarmieren.

Victor stand hastig auf, hüllte sich schnell in seinen seidenen Schlafrock und lief hinunter, um die Tür selbst zu öffnen. Auch Deirdre erhob sich, warf einen leichten Morgenmantel über und folgte ihrem Mann die Treppen hinunter. Sie wollte wissen, wer hier so ungestüm Einlass begehrte. Er musste es eilig haben. Womöglich ging es um Leben und Tod.

Victor riss schließlich die Tür auf, und Deirdre sah ihren Mann einem hünenhaften Schwarzen gegenüberstehen, der eine in eine Decke gehüllte, viel kleinere Gestalt in den Armen trug. Der Besucher wirkte seltsam. Verwirrt erfasste Deirdre elegante

Kniehosen zu nackten Füßen – kräftigen, sehnigen Füßen – und muskulöse Beine. Der Mann trug ein zerknittertes Spitzenhemd und einen offenen seidenen Rock. Deirdre hatte einen solchen Aufzug bislang nie an einem Sklaven gesehen und erst recht nicht an einem freien Schwarzen. Für freigelassene Sklaven war derlei Kleidung schlicht zu teuer, und die Uniformen der Diener in reichen Häusern waren zwar aufwendig gearbeitet – doch nicht so stutzerhaft und modisch geschnitten wie das Jackett dieses Mannes. Die Kleidung spannte über seiner Brust und ließ gewaltige Brustmuskeln erkennen.

Victor hob die Gaslampe, die er noch im Korridor rasch entzündet hatte, und leuchtete dem Besucher ins Gesicht. Der Mann keuchte. Er schien etwas sagen zu wollen, war aber wohl zu angestrengt nach einem raschen Lauf oder vielleicht auch zu überrascht, dass ihm so schnell jemand öffnete. Jedenfalls brachte er zunächst kein Wort heraus. Deirdre blickte in ein von krausem Haar umrahmtes Gesicht, sicher reinblütig schwarz und edler als das vieler anderer Afrikaner. Seine Wangenknochen und seine Stirn waren höher als gewöhnlich, die Nase aber ausgeprägt und breit, ebenso die Schläfenknochen. Das Haar des Mannes war viel länger, als die meisten Schwarzen es trugen. Deirdre bemerkte, dass es nachlässig im Nacken zusammengebunden war. Dieser Mann war sicher nicht mit einer Kutsche hergekommen, er musste gerannt sein. Oder kam er womöglich gar nicht aus Cap-Français, sondern vom Strand? Das würde die Sache mit dem Sklavenquartier erklären. Die Wohnungen der Schwarzen lagen zwischen Haus und Straße. Wenn man aus dem Wald kam, der die Siedlung vom Strand trennte, passierte man sie nicht.

Victor schienen all diese Überlegungen fernzuliegen. Er schaute nur besorgt auf das in Decken gehüllte Bündel, das der Mann in den Armen trug. »Wie kann ich dir helfen?«, fragte er kurz. »Oder … ihm?«

Der Mann kam endlich zu Atem. »Mir fehlt nichts … äh … Sir … Doktor …«, stieß er hervor, zu Victors und Deirdres Überraschung auf Englisch. »Aber … er … sie … ist verletzt …« Er schien Anstalten machen zu wollen, dem Arzt seinen Patienten gleich hier zu übergeben.

Victor überlegte nicht lange. Er hielt dem Mann die Tür auf und wies auf den Korridor, der die Wohnräume der Familie von seinen Praxisräumen trennte.

»Dann bring ihn … oder sie … mal hier hinein. Da, dort durch die Tür, da ist meine Praxis.«

Auch Victor wechselte in die englische Sprache. Der Mann schien darüber nicht überrascht. Ob er häufige Wechsel zwischen verschiedenen Sprachen gewöhnt war? Deirdre bestätigte das in der Annahme, einen weitgereisten Seemann vor sich zu haben.

Deirdre hätte sich jetzt zurückziehen können, aber sie folgte ihrem Mann und dem großen Schwarzen wie hypnotisiert. Der Fremde schien erleichtert zu sein, als er seine Last auf Victors Behandlungsliege ablegen konnte. Wobei er den Patienten mühelos getragen hatte, er war wohl nur froh, die Verantwortung an Victor weitergeben zu können. Der Arzt nahm sich nicht einmal die Zeit, eine weitere Lampe zu entzünden. Er sah sich nach Deirdre um und drückte ihr dann die Gaslaterne in die Hand.

»Deirdre, würdest du bitte mal halten … ich muss mir das ansehen …«

Deirdre nahm die Lampe und meinte dann fast körperlich zu spüren, wie der Blick des Schwarzen sie traf. Der Mann schien sie vorher überhaupt nicht bemerkt zu haben, doch jetzt starrte er sie an wie eine Erscheinung. Rasch zog sie den Morgenmantel enger um sich – sie fühlte sich fast nackt, als der Unbekannte die Blicke über ihr offenes Haar, ihr zartes Gesicht und ihren schlanken Hals schweifen ließ. Trotz seiner Sorge um seinen

Gefährten erkannte sie in dem nur einen Herzschlag währenden Aufblitzen in seinen großen Augen Bewunderung. Oder war es Lüsternheit? Nein, sein Blick hatte nichts Verschlagenes oder Billiges. Er sah sie einfach nur an wie … wie … wie die Antwort auf seine Gebete?

Deirdre griff sich an die Stirn. Was fuhr ihr da durch den Kopf? Sie musste verrückt sein … Energisch zog sie die Aufmerksamkeit von ihrem seltsamen Besucher ab und leuchtete ihrem Mann, der die Gestalt auf der Liege vorsichtig von der Decke befreite, in die sie gewickelt war. Hervor kam ein magerer halbwüchsiger Junge, ebenso schwarz wie der Mann, der ihn gebracht hatte, doch viel einfacher gekleidet. Der Kleine mochte ein Schiffsjunge sein oder ein Botenjunge vom Hafen. Auch die kleideten sich in karierte Hemden und halblange, weite Leinenhosen. Aber die Sachen des Jungen waren im rechten Unterleibsbereich durchgeblutet. Des Jungen?

Deirdre hielt die Luft an, als Victor als Erstes das Hemd seines Patienten mit einer Schere aufschnitt. Es gab sehr kleine, jedoch unverkennbar vorhandene Brüste frei. Ein weiterer Schnitt, der die Hose des Verletzten durchtrennte, zerstörte die letzten Zweifel. Victor bedeckte die Blöße des jungen Mädchens rasch mit einem Tuch, bevor er den durchgebluteten Verband von der Wunde hob. Ein Stöhnen folgte.

»Nicht … nichts verraten …«

Victor strich sanft über die Stirn seiner Patientin. »Schon gut, Kind, niemand verrät dich …«, sagte er freundlich. »Wie heißt du denn?«

»Bob…«, flüsterte das junge Mädchen.

»Bonnie«, antwortete der Mann. »Sie heißt Bonnie. Sie hört auch auf ›Bobbie‹, sie …«

»Ist sie deine … Ihre … Schwester?«

Alles in Deirdre sträubte sich dagegen, diesen imponierenden Mann einfach zu duzen. Obwohl er ein Schwarzer war. Aber ein

Sklave war er sicher nicht … »Afrikaner« war das richtige Wort. Sie hätte ihn Afrikaner genannt. Und schalt sich wieder ihrer seltsamen Einfälle. Der Mann sprach fließend Englisch, besser als die meisten Schwarzen. Er war ganz sicher nicht in Afrika geboren. Und nicht auf Saint-Domingue …

»So etwas in der Art …«, druckste Jefe.

»Und dein Name?«, erkundigte sich Victor.

Auf ihn schien der Zauber des Mannes offenbar nicht zu wirken, er behandelte ihn wie jeden anderen Angehörigen eines schwarzen Patienten oder eines Mischlings, vielleicht sogar mit mehr Argwohn. Inzwischen musste auch ihm aufgefallen sein, wie seltsam dieser späte Besucher war.

»Caesar.« In der Stimme des Mannes schwang Stolz mit. »Können Sie ihr helfen?«

Victor hatte sich die Wunde kurz angesehen und fuhr nun damit fort, Bonnie sorgfältig zu untersuchen.

»Die anderen Verletzungen sind nicht schwer«, meinte Jefe ungeduldig. »Es ist nur dieser Schnitt …«

»Sie sieht aus, als wäre sie unter einem eingestürzten Haus begraben gewesen«, bemerkte Victor. »Was ist da passiert, Caesar?«

Der Mann antwortete nicht. »Können Sie ihr helfen?«, wiederholte er nur.

Victor seufzte. »Ich werde es versuchen«, meinte er dann. »Die Wunde ist an sich nicht tödlich, sie hätte nur von Anfang an besser versorgt werden müssen. Da stecken ja jetzt noch Holzsplitter drin, kein Wunder, dass sie sich entzündet hat. Und jetzt liegt die junge Frau schon im Fieber, und ihr Allgemeinzustand ist auch nicht der beste. Sie ist viel zu mager, ausgezehrt fast. Und klein für ihr Alter. Wie alt ist sie? Fünfzehn, sechzehn?«

»Achtzehn«, sagte Jefe. »Nehmen … nehmen wir jedenfalls an …«

Deirdre runzelte die Stirn. Wenn sie wirklich seine Schwester wäre, hätte er das wissen müssen. Aber das Mädchen sah ihm auch in keiner Hinsicht ähnlich. Der Mann war außerordentlich gut aussehend, wirkte verwegen, anziehend … während das Mädchen bestenfalls unscheinbar zu nennen war. Ihr Gesicht war knochig, die Züge grob … wenn sie sich tatsächlich als Bobbie ausgegeben hatte, war es sicher niemandem aufgefallen.

Victor entzündete jetzt alle Lampen im Behandlungsraum. »Wir schaffen hier erst mal mehr Licht, Caesar, damit ich die Wunde säubern kann. Diesmal gründlich und richtig. Ich werde ihr auch Medizin gegen das Fieber geben. Dann müssen wir sie vor allem warm halten, gut füttern, wenn sie denn etwas isst … und beten, dass die Wunde heilt, bevor sie am Fieber dahinsiecht. Habt ihr eine Unterkunft im Hafenviertel?« Victor sah Jefe prüfend an. »Ich habe weder dich noch Bonnie je hier gesehen.«

»Oder ›Bobbie‹«, bemerkte Deirdre. »Den hättest du eher treffen können. Das Mädchen hat sich doch als Junge ausgegeben, oder?«

Jefe senkte kurz den Kopf, als ob er sich ertappt fühlte. Das ließ ihn jungenhafter wirken. Trotz seiner imponierenden Erscheinung mochte er nicht viel älter sein als seine Freundin.

»Wir … sind nicht von hier«, bemerkte er. »Aber wir könnten vielleicht … Hören Sie, ich werde etwas finden. Wenn ich sie kurz hierlassen darf, gehe ich zum Hafen und miete etwas an. Wir … haben Geld.« Er ließ seine Börse kurz aufblitzen. »Wir können auch Sie bezahlen, Doktor. Was … was immer Sie fordern …«

Er legte in einer kurzen, deutlichen Geste den Finger an den Mund. Deirdre verstand. Er würde auch für Schweigen bezahlen.

Victor konnte das ebenfalls nicht missverstanden haben, er schüttelte jedoch mit abweisendem Ausdruck den Kopf. »Junger Mann, mein Beruf verpflichtet mich dazu, über die Angelegenheiten meiner Patienten Stillschweigen zu bewahren.

Und wo willst du jetzt ein Zimmer anmieten, mitten in der Nacht?«

Über das Gesicht des Schwarzen zog eine Art Grinsen. »Das sollte kein Problem sein.« Es klang, als mietete er Zimmer stets nur bei Mondschein.

Victor schnaubte. »Das sehe ich aber anders, junger Mann«, sagte er streng. »Natürlich bekommst du irgendeine Absteige am Hafen, wenn du mit Geld winkst – oder ein Messer in die Rippen …«

Der Schwarze lächelte wieder. Überlegen, wie Deirdre fand. Es gab zweifellos nichts, was er im Hafenviertel zu befürchten hatte.

Victor sprach unbeirrt weiter. »Aber dieses Mädchen braucht ein sauberes Bett, Pflege … Nein, nein, wir machen das anders. Ich werde Bonnie jetzt erst mal versorgen und dann …«

»Wir können sie ja hierbehalten!«, platzte Deirdre heraus – und wunderte sich selbst über ihren spontanen Vorschlag. Sie hatte sich bislang nie für Krankenpflege interessiert. Und Amali und die anderen Sklaven brauchten auch ganz sicher keine weitere Arbeit. »Ich … ich würde mich gern um sie kümmern.«

Victor warf ihr einen verwunderten Blick zu, der dann jedoch zärtlich wurde. Ganz offensichtlich freute ihn ihr Angebot. »Du hörst, was meine Frau sagt«, beschied er Jefe. »Und für dich finden wir auch noch einen Schlafplatz. Du kannst es dir im Stall gemütlich machen … sofern … sofern du uns erzählst, wo du herkommst und was ihr in der letzten Zeit gemacht habt. Einen Gauner will ich nicht in meinem Haus.«

Der junge Mann schien auffahren zu wollen, doch Deirdre griff ein, bevor er sich entscheiden konnte, ob er dem Impuls nachgeben oder sich beherrschen sollte.

»Ich bitte dich, Victor, das hat doch Zeit bis morgen!«, begütigte sie. »Wir kümmern uns jetzt erst mal um das Mädchen, und dann …«

»Wir?«, fragte Victor, leicht amüsiert. »Du … willst helfen?«

Deirdre nickte entschlossen. »Du wirst doch wohl jemanden brauchen, der …«

Sie wusste nicht recht weiter, aber irgendetwas gab es ganz sicher. Irgendetwas, das sie hierhalten konnte – im Beisein dieses faszinierenden Fremden und seiner kranken kleinen Freundin. Oder Frau? Deirdre empfand einen Stich, es war fast so etwas wie Eifersucht. Sie war verrückt, sie musste verrückt sein …

Etwas später fand sie sich dabei wieder, eine Emailleschale zu halten, in die Victor heißes Wasser und Seifenlauge gefüllt hatte. Er tupfte Bonnies Wunde damit immer wieder aus, wenn er einen neuen Holzsplitter entfernt hatte. Deirdre war zu Beginn übel geworden. Es sah aus, als müsste es entsetzlich wehtun. Zum Glück für das Mädchen war es jedoch nicht bei Bewusstsein, und so beruhigte sich schließlich auch Deirdre und hielt den Anblick aus. Victor lächelte ihr über seine Arbeit hinweg zu. Er schien stolz auf sie zu sein.

Der junge Mann beobachtete die Prozedur kühl, vielleicht besorgt um seine Freundin, aber unbeeindruckt. Wo auch immer er herkam, Blut sehen konnte er.

Es dauerte mehr als eine Stunde, bis Victor Bonnies Wunde gereinigt hatte. Er wusch dem Mädchen auch Schweiß und Blut vom Körper, bevor er den Verband erneuerte.

»Du hast vielleicht ein Nachthemd für sie?«, fragte er Deirdre. »Oder sollen wir Amali fragen?«

Deirdres Nachthemden waren feinste seidene Kreationen, die mehr zeigten, als sie verhüllten – und natürlich waren sie sehr kostspielig gewesen. Deirdre zögerte trotzdem keinen Herzschlag lang.

»Nein, nein, dafür müssen wir Amali nicht wecken«, entgegnete sie rasch. »Ich hole eines, ich …«

Als Deirdre an Jefe vorbeilief, erschauerte sie. Sie fragte sich erneut, was mit ihr nicht stimmte, doch dann lief sie rasch hoch in ihr Schlafzimmer und riss das erstbeste Nachthemd aus dem Schrank. Es war goldgelb und aus Seide mit Spitzenbesatz.

Jefe zog scharf die Luft ein, als Deirdre Victor gleich darauf half, Bonnie das elegante Hemd überzuziehen. Das magere Mädchen sah fast schön darin aus, das zarte Gespinst betonte auch die unscheinbarste Figur. Deirdre meinte zu spüren, dass der Schwarze Bonnie gleichwohl nur kurz mit den Blicken streifte, bevor er sich erneut auf sie selbst konzentrierte. Sie meinte, seine Gedanken und Fantasien lesen zu können, meinte, ihr eigenes Bild in diesem Seidenhemd vor seinem inneren Auge zu sehen. Wieder zog sie den Morgenmantel enger um sich – und fühlte Jefes Lächeln dennoch auf ihrer Haut.

»Also gut«, bemerkte Victor schließlich, »dann bringen wir sie mal in eines unserer Gästezimmer. Ich darf gar nicht daran denken, was mein Vater dazu sagen würde.«

Er zwinkerte Deirdre zu. Diese Zimmer waren immerhin ursprünglich für die Dufresnes angelegt. Entsprechend luxuriös musste die Einrichtung auch ihren seltsamen Gästen erscheinen. Deirdre wusste nicht, was sie von dem großen Schwarzen erwartete, doch dann zeigte der überhaupt keine Reaktion auf die Seidentapeten, das Himmelbett und die Louis-XIV.-Stühle und Tischchen, mit denen das improvisierte Krankenzimmer möbliert war. Allenfalls schien sein Blick Geringschätzung auszudrücken. Victor bemerkte das wohl auch. Nachdem er Bonnie in die Kissen gebettet und zugedeckt hatte, wandte er sich misstrauisch an Jefe.

»So, die Kleine ist vorerst versorgt, ich gebe ihr nur gleich noch etwas gegen das Fieber. Und nun zu dir, Caesar. Dein Eigentümer hatte wohl ein Faible für das alte Rom …«

Jefe fuhr auf. »Ich habe keinen Eigentümer, Doktor. Ich bin ein freier Mann. Und sie …«, er wies etwas hilflos auf Bonnie, »sie ist auch frei, sie …«

»Sie ist einfach nur aus Spaß als Junge zur See gefahren«,

spottete Victor. »Und nicht etwa, weil sie vor etwas weglief … Raus mit der Sprache! Wo liegt euer Schiff? Und wie hast du mich überhaupt gefunden?«

»Ihr Schild am Haus«, sagte Jefe.

Er hatte sich der Arztpraxis durch den Wald genähert und eben am Haus vorbei auf die Straße nach Cap-Français laufen wollen, als er das Praxisschild am Eingang entdeckte. Ein Glücksfall.

»Und das Schiff?«, wiederholte Victor seine Frage, als sein Besucher keine Anstalten machte, weitere Auskünfte zu geben.

Jefe biss sich auf die Lippen. Seine Augen zuckten, er war ein ungeschickter, ungeübter Lügner. »Im Hafen, Doktor, Sir. Wir … wir kommen aus Martinique, wir haben da angeheuert, weil …«

Victor schüttelte den Kopf. »Ihr kommt nicht aus Martinique oder einer anderen französischen Kolonie«, sagte er streng. »Denn dann hättest du mich nicht auf Englisch angesprochen. Du solltest nachdenken, bevor du mich anlügst.«

Jefe rieb sich die Stirn. »Aus Barbados … Verzeihung, Sir. Ich meinte, wir … wir kommen über Martinique, das Schiff hat da gehalten, weil …«

»Und du bist Matrose, ja?«, fragte Victor mit ironischem Lächeln. »Oder Kapitän? Deiner Kleidung nach zu urteilen würde ich auf Schiffseigner schließen. Vielleicht besitzt du ja gar ein Luftschiff? Das würde erklären, wie du an meinen Sklavenquartieren vorbeigekommen bist, ohne jemanden zu wecken. Verdammt noch mal, junger Mann, hör auf, so dreist zu schwindeln. Wo liegt das Piratenschiff, von dem du kommst? Nebenan in der Bucht? Muss ich damit rechnen, dass hier morgen die Gendarmen vor der Tür stehen, wenn ich das Mädchen weiter behandle?«

Seine Stimme klang scharf, und Deirdre blickte voller Überraschung von ihm zu Jefe, der bei seinen Worten erst den Blick gesenkt hatte, sein Gegenüber jetzt aber anfunkelte.

»Keine Angst, Doktor, Sir … Das Schiff ist längst weg, und an dem Ruderboot in Ihrer Bucht prangt keine schwarze Flagge. Wir …«

»Piraten, Victor?«, wunderte sich Deirdre. »Gibt es denn das noch? Wurden die nicht alle …«

»Gehenkt, meinen Sie, Lady?« Sie erschauerte, als Jefe zum ersten Mal die Worte direkt an sie richtete. Seine Augen waren heller als die der meisten Schwarzen. Sein Blick war durchdringend und fest. »Nein, da muss ich Sie enttäuschen. Tatsächlich sind die goldenen Jahre der Piraterie gerade mal ein halbes Jahrhundert her …«

»Aber nichtsdestotrotz vorbei«, fiel ihm Deirdre ins Wort. Sie wunderte sich über seine gepflegte Ausdrucksweise. »Die goldenen Jahre der Piraterie« – er sprach, als habe er das in einem Buch gelesen.

»Vielleicht die der großen Schiffe, der berühmten Namen wie Blackbeard und Morgan, aber Piraten, Lady, wird es immer geben! Solange Schiffe fahren auf den Sieben Meeren!«

Jefes Stimme klang triumphierend, und Deirdre meinte wieder, Teil seiner Gedanken und Gefühle zu sein und seinen Stolz mitzuempfinden.

»Also seid ihr vorerst hier gestrandet, das Mädchen und du?«, nahm Victor wieder das Wort auf. »Aber ihr werdet nicht gesucht?«

Jefe schüttelte den Kopf.

»Gut. Dann wollen wir es mal dabei belassen«, meinte der Arzt. »Ich zeige dir den Pferdestall, da kannst du schlafen. Ein paar Decken sollten sich finden lassen, die Nacht ist ja warm. Morgen früh werden wir sehen, wie du dich nützlich machen kannst …«

Jefe blitzte ihn an. »Ich bin kein Laufbursche, Doktor! Ich kann für mein Essen bezahlen, für Ihre Dienste … auch für den Schlafplatz, ich …«

»Aber das hier ist kein Hotel«, gab Victor streng zurück. »Die Leute würden sich wundern, wenn hier ein schwarzer Stutzer untätig herumhockte. Du brauchst auch andere Sachen zum Anziehen – so sieht man dir den Möchtegernfreibeuter ja auf eine Meile an …«

Jefe fuhr auf. »Sir, ich verbitte mir das! Ich gehöre zu den besten Fechtern der …« Er biss sich gerade noch auf die Lippen, bevor er Victor den Namen der *Mermaid* nennen konnte.

Der Arzt lachte. »Und jetzt willst du mich gar fordern?«, fragte er. »Gib dir keine Mühe, ich kann den Degen führen, aber ich tue es weder gern noch besonders gut. Es gibt Besseres zu tun auf der Welt, Caesar. Vielleicht findest du das ja auch irgendwann heraus, schließlich bist du noch jung. Und jetzt verzieh dich in den Stall. Morgen fragen wir Amali, ob sie noch ein paar Hosen hat von ihrem missratenen Gatten. So kannst du hier nicht herumstolzieren.«

Deirdre meinte erneut, Jefes Wut und Frustration mitzuempfinden. Wie konnte ihr Gatte diesen imponierenden, stolzen Freibeuter auch abkanzeln wie einen dummen Jungen? Sie hätte gern etwas Tröstliches gesagt, dann schwieg sie jedoch nur und setzte sich an Bonnies Bett, als Victor Jefe hinausbegleitete.

Und ihr Herzschlag schien auszusetzen, als der Mann sich an der Tür noch einmal zu ihr umwandte. »Gute Nacht und vielen Dank, Lady.« Er lächelte.

Deirdres Herz pochte, als seine Stimme verklang. Ein wirklich höflicher Pirat …

# KAPITEL 9

»Ein edler Wilder?«

Victor lachte, als Deirdre kurz darauf mit ihm über die seltsamen Besucher sprach und Jefes gewählte Ausdrucksweise sowie seine angenehmen Umgangsformen erwähnte. Victor hatte ihn in den Stall geleitet und dann alle Haustüren zweimal abgeschlossen, bevor er rasch noch das Medikament für Bonnie angemischt hatte. Seine Frau saß immer noch an Bonnies Bett. Die Verletzte schlief erschöpft und ruhig, allerdings glühend vom Fieber. Sie wachte nicht auf, als Victor ihr den Sirup verabreichte.

»Mach dich nicht lächerlich, Deirdre. Zugegeben, der junge Mann scheint über etwas Bildung zu verfügen, ich glaube dennoch nicht, dass er eine Art Piratenakademie besucht hat. Eher kommt er aus ganz gutem Haus, ein Haussklave vielleicht. Und dann ist er weggelaufen, weil ihm da seine ganze Klugheit nichts half. Vielleicht zusammen mit der Kleinen, obwohl … es scheint nicht viel zwischen den beiden zu sein, er hat sie nicht wie eine Geliebte angesehen …«

Deirdre wusste nicht, weshalb, sie betrachtete Bonnie jedoch gleich mit mehr Wohlwollen. Im Schlaf wirkte das junge Mädchen noch kindlich, seine Züge weicher. Aber es hatte nicht die Reife, die ein Mann wie Caesar von einer Geliebten erwarten würde … Victor hatte da sicher Recht.

»Vielleicht hatten sie gute Gründe für die Flucht«, sinnierte Deirdre.

Victor zuckte die Schultern. »Das mag sein, aber es rechtfertigt dennoch nicht, harmlose Handelsschiffe zu entern, die Besatzungen entweder zu töten oder zu versklaven und sich die Waren anzueignen. Freibeuterei mag romantisch aussehen, Deirdre, doch im Grunde ist es nichts anderes als Raub und Mord. Also bilde dir nichts ein über diesen jungen Mann. Er ist ein Stutzer und ein Gauner, nicht mehr …«

Deirdre schürzte die Lippen. »Und das Mädchen?«, fragte sie.

»Über das Mädchen werden wir mehr erfahren, wenn es aufwacht«, meinte Victor. »Sofern es aufwacht … Du kannst jetzt wieder ins Bett gehen, Deirdre, und noch ein bisschen schlafen. Ich werde hierbleiben. Von dem Sud sollte die Kleine jede Stunde etwas bekommen, da lohnt es sich nicht, sich zwischendurch hinzulegen. Und es ist ja auch bald Morgen …« Er seufzte, während er sich einen Sessel an Bonnies Bett zog und es sich darauf bequem machte.

Deirdre zwang sich, ihren Mann zu küssen, bevor sie das Zimmer verließ – und biss sich auf die Lippen, als sie gewahr wurde, dass sie dabei an den großen Schwarzen dachte, der im Stall schlief, nicht weit von ihr … Deirdre verbot sich diese Gedanken energisch, als sie sich endlich wieder in ihr Bett kuschelte. Was ging dieser Mann sie an? Wie konnte sie derart entrückt an einen Schwarzen, wahrscheinlich einen entflohenen Sklaven, denken? Aber wahrscheinlich war sie nur müde. Am kommenden Morgen würde dieser Caesar wieder einfach ein großer schwarzer Mann für sie sein. Wie Lennie oder Jolie.

Wie alle anderen auch.

Jefe, der sich ein paar Yards vom Haus entfernt unwillig in eine stinkende Pferdedecke wickelte, fühlte sich kaum weniger aufgewühlt. Wie konnte er auch so schnell über die Begegnungen dieser Nacht hinwegkommen? Dieser impertinente Doktor – der nichtsdestotrotz sein Handwerk verstand – und diese wunderschöne Frau an seiner Seite! Irgendetwas an dieser … dieser Weißen … hatte ihn so berührt, wie nie zuvor der Anblick irgendeines anderen weiblichen Wesens es getan hatte. Ihr Gesicht, die seltsam grünen Augen, ihr Haar, das weder glatt war noch kraus, sondern in tausend winzigen Ringellocken über ihre Schultern fiel. Überhaupt ihre Schultern, so rund, aber auch so schmal … die Art, wie sie ihren Morgenmantel enger um sich gezogen hatte – erstaunlicherweise immer dann, wenn er sie sich darunter nackt vorgestellt hatte. Und wie sie damit gerade die weichen Rundungen ihrer Brüste und ihrer Hüften verriet – der seidene Mantel ließ seine Form ja nur erahnen. Wie hatte der Mann sie genannt? Deirdre? Ein ungewöhnlicher Name. Ein afrikanischer Name? Unsinn, wieso kam ihm jetzt nur diese Idee? Deirdre war … irisch, ja, irisch. Er hatte da mal ein Märchen gelesen. Ein Mädchen aus einem Märchen hatte so geheißen … Es war gut, dass er Bonnie hergebracht hatte …

Jefe schämte sich ein bisschen, weil dies der einzige Gedanke war, den er in den letzten Stunden an Bonnie verschwendet hatte. Aber das Mädchen war ja jetzt in guten Händen. Und er musste schlafen … vielleicht würde er morgen wieder klar denken können und diese Deirdre als das sehen, was sie war: eine Weiße, und schon als solche gänzlich uninteressant. Weiße Frauen hatten Jefe nie erregt, unter anderem deshalb, weil ständig die Gefahr bestand, dass sie seinen Stolz verletzten. Schließlich behandelten sie ihn selten anders als ein Stück Dreck oder bestenfalls ein Haustier. Obwohl Deirdre da anders zu sein schien. Sie hatte freundlich zu ihm gesprochen, sie … Nein, Jefe verbot sich diese Gedanken. Er war verrückt – oder auch nur müde. Am kommenden Morgen, bei Licht betrachtet, würde Deirdre wieder eins dieser widerlichen weißen Weiber sein, die einem Nigger keinen zweiten Blick gönnten.

Eine Missis. Wie alle anderen auch.

Am nächsten Morgen traf Jefe erst mal auf Amali, die über den Anblick des hünenhaften Schwarzen in ihrem Pferdestall zu Tode erschrak. Wie jeden Morgen fand sie sich hier widerwillig zum Füttern der Tiere ein – eigentlich Lennies Aufgabe, die sie nun seit Monaten »vorübergehend« übernommen hatte. Victor sprach zwar immer wieder davon, einen Jungen für den Pferdestall zu kaufen oder von der Plantage seines Vaters mitzubringen, dann vergaß er es jedoch stets. Auf Nouveau Brissac gab es anscheinend anderes zu bedenken und zu bereden. Beim letzten Besuch war Victor auch wieder einmal zu einem Vergiftungsfall gerufen worden – zum Glück nur zu einem eingebildeten. Die Familien der Pflanzer reagierten mittlerweile hysterisch, wenn auch nur die kleinste Magenverstimmung auftrat.

Victor brachte dafür ein gewisses Verständnis auf – Macandal und seine Verschwörer mordeten weiter, in allen Teilen der Kolonie, und man konnte nie wissen, wen es als Nächsten treffen würde. Für den Arzt war es jedoch enervierend. Am letzten Wochenende war er zwei Stunden wie der Teufel geritten, um dann am Bett eines Kindes zu stehen, dessen Zustand sich nach drei Tassen Kamillentee schon wesentlich gebessert hatte. Victor hatte auch langsam den Verdacht, dass sich die Magenbeschwerden häuften, wenn die Leute wussten, dass ein Arzt in der Nähe war. Sie taten das sicher nicht bewusst, wenn sie sich jedoch etwas sicherer fühlten, entlud sich die Anspannung. Victor hatte jedenfalls kaum noch Lust, seine Eltern zu besuchen, und fuhr nur deshalb zweimal im Monat nach Nouveau Brissac hinaus, weil Deirdre es sich wünschte. An den Pferdeburschen dachte er dabei nie, und Amali war zu schüchtern, ihn immer wieder daran zu erinnern. Die Köchin warf ihr schließlich ohnehin dauernd vor, sich zu viel um ihr Kind und zu wenig um die Arbeit zu kümmern.

Sabina war anfänglich eingeschüchtert gewesen wie alle Sklaven auf der Dufresne-Plantage, doch Deirdres und Victors freundlicher Umgang mit ihren Dienern ließ sie auftrumpfen. Amali musste sich ständig anhören, dass sie mindestens noch ein Küchenmädchen und ein Hausmädchen brauchte, wenn sie das Haus auch nur halbwegs adäquat führen wollte. Victor und Deirdre hielt sie das ebenfalls vor, woraufhin Victor ihr ein ums andere Mal geduldig erklärte, dass die Arztpraxis einfach nicht genug abwerfe, um sich mehr Personal zu leisten. Und Deirdre fand das Haus gut genug geführt. Es war ja viel kleiner als etwa Cascarilla Gardens, und neben ihrer sonstigen Arbeit hielten Amali und Nafia es mühelos sauber, während Deirdre mit Liberty schäkerte.

»Wenn wir selbst einmal Kinder haben«, hielt sie die Köchin hin, die so gern einem großen Haushalt vorgestanden hätte, »dann brauchen wir sicher noch ein Mädchen. Aber so …«

Amali jedenfalls mochte ihrer Herrschaft auf keinen Fall auf die Nerven gehen und half auch gern mal in der Küche aus. Die Arbeit im Stall aber hasste sie. Und schöpfte nach dem ersten Schrecken gleich Hoffnung, sie auf jemand anderen abwälzen zu können, als sie Jefe im Stroh entdeckte. Der junge Mann hatte sich gerade erhoben, man sah nur noch an den Decken und dem aus Stroh aufgehäuften »Nest«, wo er geschlafen hatte. Er wusch sich in einem Wasserbottich, wofür er sein edles Hemd und sein Wams ausgezogen hatte. Amali bot er also keinen befremdlichen Anblick. Sie lächelte ihm zu.

»Na, sieh einer an, hat der Herr endlich ’nen neuen Stallknecht angeschafft!«, freute sie sich. »Und uns nichts davon gesagt. Wahrscheinlich hat er dich gestern Nacht noch irgendwo aufgegabelt, nicht?« Victor war bis spät in den Abend hinein bei einem Patienten gewesen, und Amali hatte sich danach nicht mehr sehen lassen – schon damit er gar nicht erst auf die Idee käme, sie könnte sein Pferd abwarten. »Und da wollte er uns nicht stören, um dir ein Quartier anzuweisen«, mutmaßte Amali weiter. »Er ist immer so rücksichtsvoll, unser Doktor. Aber das wirst du noch sehen, der beste Backra – ich meine, Mèz –, den du dir vorstellen kannst, hast echt Glück gehabt. Jetzt zeig ich dir grad, was die Gäule zu fressen kriegen, und dann machst du hier sauber und kommst anschließend frühstücken, ja?« Sie strahlte den Neuen an, der ihr mit jedem Blick besser gefiel, obwohl sich sein Gesicht mürrisch verzog, als sie von Arbeit und vom Backra sprach. »Wir machen dir auch was Gutes. So 'n Mannsbild wie du, das will ja ordentlich gefüttert werden!« Amali kniff ihn sanft in die gewaltigen Muskeln seiner Oberarme. »Wie heißt du denn?«

Jefe wehrte sie ab und sah sie missbilligend an. »Ich werde hier ganz bestimmt nicht den Stall ausmisten«, erklärte er hochmütig. »Ich bin kein Sklave …«

Amali war erst irritiert, dann lachte sie. »Stell dir vor, ich auch nicht! Ich hab einen Freibrief vom Doktor. Du auch schon? Das ging ja mal schnell.« Sie wirkte fast etwas enttäuscht, bisher hatte sie sich immer als etwas Besonderes gefühlt. »Aber das heißt nicht, dass du hier nichts tun musst. Du …«

»Ist der Mann schon wach?«

Sowohl Amali als auch Jefe warfen sich erschrocken herum, als sie Deirdres Stimme vom Stalleingang hörten. Amali hatte mit niemandem gerechnet, ihre weiße Herrschaft schlief länger, gerade wenn der Doktor erst spät heimgekommen war. Und für Deirdre bestand sowieso kein Grund, sich vor neun Uhr morgens zu erheben. Dennoch stand die junge Frau jetzt im Stall, gekleidet in ein leichtes weites Hauskleid, für das Amali sie nicht zu schnüren brauchte. Deirdre trug es sonst selten, es war außer Mode, doch sie sah hinreißend darin aus. Zumal sie auch noch nichts mit ihrem Haar unternommen hatte. Sie hielt die Pracht nur mit einem schmalen Stirnband aus dem Gesicht.

Ein Mädchen aus einem Märchen … Jefe fuhr gleich der Gedanke von der vergangenen Nacht durch den Kopf. Deirdre war wunderschön.

Und nun hatte sie ihn auch entdeckt. »Da sind Sie ja!«, sagte sie lebhaft. Über ihr Gesicht flog ein seltsamer Ausdruck von Unsicherheit, aber dann wurde es ein Strahlen, fast ein Erkennen.

Jefe bemerkte widerwillig, dass ihm seine Züge den gleichen Streich spielten. Auch er schaute erst ungläubig, dann fast missmutig, weil seine Einschätzung der jungen Frau jetzt schon auf die Probe gestellt wurde, doch dann lächelte er. Das Lächeln verzauberte sein Gesicht, es wurde weicher, vertrauenerweckender ... Jefe fuhr flüchtig durch den Kopf, dass Bonnie sein Lächeln liebte. Das brachte ihm das junge Mädchen wieder ins Bewusstsein.

»Ist was mit ... Bonnie?«, fragte er und wurde ernst.

Amali blickte verwirrt von einem zum anderen.

Deirdre schien ihre Anwesenheit jetzt erst aufzufallen. »Nein, nein ...«, sagte sie kurz und wandte sich dann an die Zofe. »Amali, das ist ... Caesar. Er kam heute Nacht an unsere Tür und hat uns eine Patientin gebracht. Sie ist sehr krank, deshalb haben wir sie hierbehalten und ihm einen Schlafplatz im Stall angeboten. Sorg doch bitte dafür, dass er ein Frühstück erhält. Nachher können Sie Bonnie dann sehen, Caesar ...«

Das hoffte Deirdre wenigstens. In Wirklichkeit hatte sie sich an diesem Morgen noch nicht davon überzeugt, ob es Bonnie besser ging und ob sie überhaupt noch lebte. Letzteres war anzunehmen, da Victor noch bei ihr war. Deirdre zeigte sich ihm um diese Zeit lieber nicht in schon angekleidetem Zustand. Er würde unzweifelhaft Fragen stellen – und sie konnte ihm unmöglich sagen, dass sie wegen Caesar ...

Sie schenkte dem großen Schwarzen ein weiteres Lächeln, aber bevor er es erwidern konnte, baute sich Amali vor ihrer Herrin auf.

»Missis?«, fragte sie, als spräche sie mit jemandem, der seine fünf Sinne nicht beisammen hatte. »Versteh ich das richtig, dass wir ihn bekochen sollen, auch wenn er dafür keinen Handschlag tut? Soll ich ihn vielleicht auch noch anreden wie 'nen feinen Herrn? Ja, Monsieur Caesar. Nein, Monsieur Caesar. Haben Sie wohl geruht, Monsieur Caesar?« Ihre Stimme klang zornig, doch sie verzog den Mund zu einem Grinsen, als sie andeutungsweise vor dem Schwarzen knickste. »Nee, junger Mann, wer hier essen will, der muss auch arbeiten, ob frei oder Sklave. Also greif dir jetzt 'ne Mistgabel und mach sauber, dann kannst du zur Küchentür kommen …«

»Du hast es gehört, Caesar«, bemerkte eine Männerstimme von der Tür. Victor war der Nächste, dessen Kommen jeden überraschte. »Amali hat völlig Recht. Wenn du willst, kannst du es jedoch auch als höfliche Geste gegenüber einer Dame sehen. Diese Arbeit ist zu schwer für eine Frau, entschuldige Amali, dass wir sie dir immer noch zumuten. Doch jetzt geht dir dieser junge Mann sicher zur Hand … Was machst du denn hier, Deirdre?«

Victor schien über den Anblick seiner Frau in den Ställen ehrlich überrascht, was Deirdre aufatmen ließ. Sie hatte schon befürchtet, er habe sie gesucht und sei womöglich ärgerlich.

»Ach ja, und deine Bonnie ist eben kurz aufgewacht«, wandte er sich kurz noch einmal an Jefe. »Ich will nichts versprechen, aber ich glaube, es geht aufwärts. Sie hat etwas getrunken und ihre Medizin brav geschluckt. Nachher versuchen wir es vielleicht mit Suppe. Deirdre?« Victor wiederholte seine Frage an seine Frau nicht, aber Deirdre wusste, dass er eine Antwort erwartete.

»Ich … ich wollte bloß … also ich dachte, ich fange Amali ab, bevor sie zum Füttern kommt. Sie musste doch erschrecken, wenn sie hier plötzlich auf einen Mann stößt.« Die Ausrede war gut, Deirdre atmete auf, als Victor lächelte.

»Na, dann kannst du ja jetzt mit mir frühstücken«, lud er sie vergnügt ein. »Also, ich brauche als Erstes einen starken Kaffee …«

Deirdre folgte ihm aus dem Stall. Sie sah Jefe nicht noch einmal an, aber sie spürte seine Blicke im Rücken. Es war nicht unangenehm, nur völlig anders, als wenn Victor sie ansah. Unter Victors sanftem Blick fühlte sie sich gewärmt.

Dieser Mann jedoch machte sie … lebendig.

Jefe griff schließlich doch zur Mistgabel und machte sich Amali gewogen, indem er schnell und gründlich arbeitete. Dabei dachte er unausgesetzt an Deirdre, die derweil wohl mit ihrem Gatten frühstückte. Ihr Bild an diesem Morgen hatte sich ihm noch mehr eingebrannt als die Eindrücke vom Abend zuvor, da er wirklich müde und angespannt vor Sorge gewesen war. Jetzt wusste er sicher, dass er sich diese Anziehung zwischen ihnen nicht eingebildet hatte. Die Lady begehrte ihn zweifellos. Jefe schämte sich des Gedankens in dem Moment, in dem er in ihm aufflammte. So wollte er nicht an Deirdre denken … Aber da war etwas in ihrem Blick – keine Lüsternheit, nichts Anrüchiges, nichts von dem, wie die Hafendirnen ihm schöne Augen machten. Genau wie sein Verlangen ihr gegenüber mehr war als schlichte Zügellosigkeit. Jefe musste plötzlich an zwei Magnete denken, die einander anzogen, eine Kraft, gegen die man sich nicht wehren konnte.

Schließlich beendete er seine Arbeit, meldete sich wie vereinbart an der Küchentür und verschlang dann unter den wohlgefälligen Blicken der Köchin und des Dummchens, das trotz Freibrief weiter für den Doktor und seine Gattin schuftete, gewaltige Mengen von Stockfisch und Okraschoten, Eiern, Waffeln und frischem Brot. Erheblich besser als das Zwieback-Rum-Gemisch, das Pitch auf der *Mermaid* servierte. Allerdings versuchten die beiden Frauen unausgesetzt, ihn auszuhorchen – die jüngere flirtete sogar mit ihm. Dabei hatte sie bereits ein Kind von einem anderen, angeblich war sie verheiratet gewesen. Jedenfalls schleppte sie auf Weisung des Doktors Berge der Kleidung ihres Verflossenen heran, die sich nicht besonders von der Kluft einfacher Matrosen unterschied. Jefe probierte unwillig ein Teil nach dem anderen. Allerdings sprengte sein gewaltiger Bizeps die Hemden, und sie spannten auch über den enormen Muskelpaketen seiner Brust. Die Leinenhosen, die in der Taille zusammengebunden wurden, saßen spack über seinen Oberschenkeln. Amali bewunderte schamlos das Muskelspiel.

»Für heute wird's gehen«, murmelte dagegen die weniger leicht zu beeindruckende Köchin. »Aber auf Dauer brauchst du was Neues, so kannst du jedenfalls nicht mit in die Kirche. Das ist ja … hm … aufreizend.«

Jefe beabsichtigte keinesfalls, in welchem Aufzug auch immer, eine Kirche zu besuchen, er wollte sich jetzt jedoch nicht streiten. Der Doktor hatte einem Besuch bei Bonnie zugestimmt, und Amali begleitete ihn schließlich hinauf.

»Dr. Victor meint, es gehe ihr viel besser«, erklärte Nafia, die bei der Kranken gesessen hatte – Victor selbst hielt zurzeit Sprechstunde. Neugierig beäugte das kleine Mädchen den Neuankömmling. Es hatte von einem Caesar gehört, ihn aber eben noch nicht getroffen.

Jefe beachtete Nafia kaum, sondern konzentrierte sich nun ganz auf Bonnie. Er konnte allerdings keine gravierende Besserung feststellen. Bonnies Gesicht war immer noch schweißnass, nach wie vor fieberte sie und lag bewegungslos in den weichen Kissen dieser hochherrschaftlichen Bettstatt. Aber die Wunde war nicht erneut aufgebrochen, der Verband war sauber – und immerhin war Bonnie während der Nacht nicht gestorben! Die Prognose des Schiffszimmermanns vom Tag zuvor hatte sich also nicht bewahrheitet. Jefe beschloss, den Optimismus des Arztes zu teilen. Was er selbst hier allerdings machen sollte, begriff er nicht so recht. Amali schien von einem längeren Aufenthalt im Krankenzimmer auszugehen. Sie schob ihm einen Sessel an Bonnies Bett und schickte sich erneut an, ein wenig mit ihm zu plaudern. Anscheinend war sie jetzt zur Krankenpflege eingeteilt, das kleinere Mädchen verzog sich, es hatte wohl nur kurz ausgeholfen.

Jefe bedauerte, dass es nicht Deirdre war, die Wache an Bonnies Bett hielt. Mit ihr hätte er hier Stunden verbringen mögen. So gab er nur ausweichende Antworten auf Amalis Fragen, wie auch vorher schon den ganzen Morgen, und langweilte sich eine halbe Stunde lang, während er Bonnie beim Schlafen zusah. Sie regte sich nur selten, murmelte aber manchmal etwas Unverständliches …

»Sicher spürt sie, dass du da bist«, behauptete Amali.

Jefe bezweifelte das. Er atmete auf, als schließlich die Köchin den Kopf ins Zimmer steckte, erkennbar beleidigt darüber, dass sie für Botendienste missbraucht wurde.

»Der junge Mann, Caesar, soll in den Stall kommen«, schnappte sie, »der Herrin das Pferd satteln …«

Sie war wieder weg, bevor Jefe weitere Fragen stellen konnte. Der Freibeuter in ihm wollte diese unmissverständlich als Befehl formulierte Zumutung auch ignorieren, aber dann zog es ihn doch in die Ställe – wo Deirdre bereits auf ihn wartete.

Deirdre hatte das ausgiebige Frühstück mit Victor genossen. Sie überlegte, dass sie vielleicht häufiger mit ihm aufstehen sollte. Gewöhnlich frühstückte er allein, und sie aß nach dem Aufwachen nur eine Kleinigkeit auf ihrem Zimmer. Bestimmt würde es ihm besser gefallen, würde sie ihm jeden Tag beim Frühstück Gesellschaft leisten. Als er dann jedoch zur Sprechstunde in die Praxis gegangen war, wusste sie nichts mit sich anzufangen. So früh am Morgen konnte sie weder Einkäufe noch Besuche machen – zumal sie auch zu keinem von beidem Lust verspürte. Aber reiten … Ein Ausritt könnte sie locken, und um diese Zeit begegnete man sicher niemandem, der sich über einen Ausflug ohne Anstandsdame aufregte.

Und … halt, vielleicht fand sich ja sogar ein Begleiter! Wenn Victor den großen Schwarzen zur Stallarbeit verdonnern konnte, warum sollte sie ihn dann nicht um den Dienst eines Burschen bitten? Der Gedanke ließ Deirdre beschwingt in ihre Räume tänzeln mit einem kleinen Umweg über die Küche.

»Wenn du bitte Caesar fragen möchtest, ob er mein Pferd satteln kann«, trug sie der Köchin auf. »Und vorher kannst du mir schnell mal mit dem Reitkleid helfen. Amali ist ja bei Bonnie … Ach ja, und schick mir Nafia für die Frisur …«

Die Köchin reagierte erwartungsgemäß wenig begeistert, und Deirdres Aufzug war entsprechend unbefriedigend, als sie nach dem Ankleiden in den Spiegel sah. Nafia hatte ihre Locken nur flüchtig aufgesteckt, sicher würden sie sich im Galopp unter dem Hut lösen. Und das Kleid … Sabina verstand sich nicht darauf, eine Lady zu schnüren, Deirdre hatte sich für das weiteste und unattraktivste Reitkleid entscheiden müssen, das sie hatte.

An sich wäre ihr das egal gewesen, doch an diesem Morgen verdarb es ihr ein bisschen die Laune – bis sie das Aufleuchten in Jefes Augen sah, als er kurz nach ihr den Stall betrat. Deirdre hatte Alegría eben das Halfter angelegt und machte Anstalten, sie aus der Box zu führen. Sie konnte natürlich selbst satteln – im Gegensatz zu Amali. Die Zofe ließ sich dazu herab, die Pferde zu füttern, und sie ging auch mit Herzklopfen in die Ställe, um auszumisten. Aber so weit, dass sie ihrer Herrin die lebhafte Vollblutstute putzte, sattelte und zäumte, ging es nicht.

Jefe dagegen wurde jetzt regelrecht devot. »Das kann ich doch machen«, erbot er sich, als Deirdre ihr Pferd anband. »Wo haben Sie Putzzeug?«

Deirdre sah zu, wie er die Stute striegelte. Zum allerersten Mal machte er das sicher nicht, er war dennoch bestimmt kein erfahrener Stallknecht. Mit etwas Pech hatte er nie auf einem Pferd gesessen …

»Können Sie reiten?«, fragte sie beherzt.

Jefe warf ihr einen hochmütigen Blick zu. »Natürlich«, gab er kurz angebunden zurück.

Deirdre lächelte ihm zu. »Schön. Dann wäre es sehr … entgegenkommend von Ihnen, wenn Sie mich auf einem Ausritt begleiten könnten. Die Leute hier … nun, sie reden, wenn ich allein unterwegs bin.«

Jefe runzelte die Stirn. »Und sie reden nicht, wenn Sie mit einem Mann unterwegs sind, der erkennbar nicht Ihr Gatte ist?«, fragte er spöttisch.

Deirdre biss sich auf die Lippen. »Nun sie … die Leute … also zumindest bei mir zu Hause argwöhnen sie nicht, wenn … der Begleiter … wenn er schwarz ist.«

Jefe grinste. »Schon verstanden. Undenkbar, dass sich eine Lady mit einem Sklaven einließe … da könnte sie es ja gleich mit ihrem Hund treiben.«

Deirdre errötete. »So etwas sollten Sie nicht sagen«, murmelte sie, nahm sich dann aber zusammen. »Sie können Roderick satteln«, wies sie ihn an und zeigte auf eins der beiden braunen Pferde, die neben Alegría im Stall standen. »Der reitet sich besser als Cedrick. Cedrick braucht Victor auch für den Wagen, falls … falls es einen Notfall gibt …«

Sie klärte ihn noch weiter über die Eigenheiten der Pferde auf, Jefe hörte jedoch kaum hin. Tatsächlich hatte er nie in einem Sattel gesessen, sondern höchstens mal ein geliehenes Eselchen über die staubigen Wege von Grand Cayman gelenkt. Aber so schwierig konnte das Reiten eigentlich nicht sein … Er durfte Deirdre einfach nicht merken lassen, dass er keine Ahnung hatte.

Deirdre bemerkte das natürlich sofort. Schon als Jefe sich nur mühsam in den Sattel zog, weil er nicht wusste, wie man Schwung holte, nachdem man den Fuß in den Steigbügel gesetzt hatte, war ihr klar, dass sie keinen geübten Reiter vor sich hatte. Er machte auch keine Anstalten, ihr in den Damensattel zu helfen, bevor er selbst aufstieg. Die Welt der Pferde und Reiterei war ihm erkennbar fremd. Doch entgegen ihrer sonstigen Art ärgerte sich Deirdre nicht darüber. Roderick war ein braves Pferd, er würde auch einen Anfänger nicht abwerfen. Und sie würde dann eben langsamer reiten, damit er mitkam.

Deirdre lächelte Jefe zu, als er sich bemühte, den Braunen neben sie zu lenken, und verhielt Alegría, damit es ihm leichterfiel. Dann schlug sie den Weg durch den Wald zum Strand ein – die Nachbarschaft sollte sie und ihren »Reitknecht« besser nicht sehen. Gewöhnlich trabten die Maultiere der schwarzen Begleiter mindestens eine Pferdelänge hinter der Herrschaft her.

»Wo kommen Sie eigentlich her?«, fragte sie dann im Plauderton. »Also … wo haben Sie gelebt, bevor Sie Pirat wurden …«

»Ich bin frei geboren«, erklärte Jefe ungehalten, »kein entlaufener Sklave, falls Sie das meinen.«

»Das meinte ich gar nicht.«

Deirdre zögerte. Es war die Wahrheit, eigentlich war es ihr gleichgültig, wo er herkam und was er war. Sie wollte ihn nur in ihrer Nähe haben – und seine Stimme hören. Sie hörte seine Stimme gern, sie war tief und volltönend, man merkte ihr an, dass sie aus einem gewaltigen Brustkorb kam … Deirdres Blick streifte Jefes unter der zu engen Kleidung deutlich sichtbare Muskulatur.

»Ich wollte nur …«

»Von einer Insel«, antwortete er schließlich doch.

Das war nicht sehr erschöpfend, in der Karibik gab es unzählige Inseln, und selbst englische Einwanderer waren streng genommen auf einer Insel geboren.

»Hab da mit meiner Mom gelebt …«, fuhr Jefe fort. Er bemühte sich, Roderick anzutreiben, indem er ihm die Fersen in die Weichen stieß, aber das Pferd schlug nur unwillig mit dem Kopf.

Deirdre beobachtete seine Versuche mit spöttischem Gesichtsausdruck. »Er kann nicht vorwärtsgehen, wenn Sie sich am Zügel festhalten. Lassen Sie die Zügel locker«, bemerkte sie, bevor sie die Unterhaltung wieder aufnahm. »Und warum sind Sie zur See gefahren? Als … als Freibeuter? Fand sich da … fand sich da nichts anderes, nichts …«

Jefe ließ die Zügel locker, und Roderick wurde sofort schneller. Der junge Mann griff hektisch in seine Mähne, um sich festzuhalten, als der Braune antrabte. Zum Glück beruhigte das Pferd sich gleich wieder. Jefe atmete auf.

»Ehrbares?« Er grinste. »Lady, wenn Sie's wissen wollen: Ich bin auf See, weil's mir Spaß macht. Und die ehrbaren Jobs … ein Leben lang auf einem trostlosen Eiland, auf dem es nicht mehr gibt als ein paar Schildkröten und Kokospalmen … Jahr um Jahr als Schreiber für den Hafenmeister arbeiten …«

»Sie können …«

Deirdre biss sich auf die Lippen. Jetzt hatte sie ihn wieder beleidigt, aber sie war überrascht. Ein Schwarzer, der schreiben und lesen konnte, war eine Seltenheit. Und ein Job als Schreiber für den Hafenmeister erschien ihr gar nicht so schlecht. Wenn es … wenn es nicht gerade um jemanden ging wie Caesar, den sie sich beim besten Willen nicht dabei vorstellen konnte, wie er Warenmengen und Preise notierte.

Jefe schnaubte. »O doch, Lady, ich kann schreiben … und rechnen. Mit dem, was ich im Hafen verdient hätte, wäre ich nie weggekommen von dieser Insel am Ende der Welt. Insofern … als die Gelegenheit sich bot …« Er grinste selbstgefällig.

»Und Sie haben nie ein schlechtes Gewissen?«, erkundigte sich Deirdre. Sie hoffte, dass es nicht moralisierend klang, aber die Frage ging ihr wirklich im Kopf herum. »Wenn Sie … wenn Sie Leute bestehlen …«

Jefe warf den Kopf hoch. »Wir stehlen nicht, Lady«, stieß er aus. »Wir entern die Schiffe. Wir machen unsere Prise im ehrlichen Kampf …«

»Man könnte es auch ›Raub‹ nennen«, stichelte Deirdre.

Irgendwie gefiel es ihr, ihn zu reizen. Es war interessant zu sehen, wie sich Gefühle wie Wut und Stolz in sein Gesicht schnitten. Jetzt war es flammende Empörung, die seine Augen aufblitzen ließen.

»Nennen Sie es ruhig ›Raub‹, Lady!«, fuhr er sie an. »Aber dann finden Sie auch einen passenden Namen für das, was die Weißen meinem Volk antun! Für den ›Sklavenfang‹ in Afrika, für die Schiffe, in denen sie uns einpferchen wie Vieh, für die Arbeit, die man uns abpresst, ohne Lohn und ohne Hoffnung …!«

Deirdre schoss durch den Kopf, dass dies alles auf ihn, den stolzen Freigeborenen, in keiner Weise zutraf. Warum also erregte er sich so? Sie wollte fragen, aber dann schwieg sie. War sein Volk nicht letztlich auch ihr Volk?

Sie erreichten den Mangrovenwald, durch den Wege zum Strand führten. Rote Mangroven nannte Victor die Bäume, die bis zu dreißig Meter hoch werden konnten. Der Bast unter der Rinde der Stelzwurzeln war rötlich, das gab ihnen angeblich den Namen. Das Wurzelwerk war wirklich beeindruckend, die riesigen Bäume schienen über filigranen, weit verzweigten Stützkonstruktionen aus zum Teil knochenweißem Holz zu schweben. Ob vielleicht Obeah- oder Voodoogötter im Schutz der Mangrovenblätter lebten? Deirdre lächelte und teilte den Gedanken mit Jefe, der sie daraufhin jedoch nur stirnrunzelnd anblickte.

»Ich glaub nicht an Voodoo«, bemerkte er kurz.

Deirdre errötete. »Ich … ich natürlich auch nicht. Ich dachte bloß …« Musste sie ihm jetzt wirklich erklären, dass sie nur einen romantischen Scherz hatte machen wollen?

Dann, während sie noch nach Worten suchte, lichtete sich der Wald. An dem Strand, der die Bucht umgab, standen nur ein paar Palmen. Deirdre vergaß die Geister, verhielt ihr Pferd und atmete tief durch. Wie immer war sie fasziniert von der Schönheit des Meeres und empfand ein bisschen Heimweh nach der Bucht auf Cascarilla Gardens.

Alegría scheute plötzlich, und Deirdre entdeckte das Ruderboot. Es war sorgfältig weit genug an Land gezogen worden, um auch bei höherem Wellengang nicht weggeschwemmt zu werden.

»Ist das Ihres?«, fragte Deirdre.

Jefe nickte. »Ich sollte es höher hinaufziehen und im Wald verstecken«, meinte er. »Aber heute Nacht mochte ich mir die Zeit nicht nehmen.« Er rutschte ungeschickt vom Pferd und wäre dabei fast im Sand gelandet. Dann machte er sich an dem Boot zu schaffen.

»Mit mir ist noch nie jemand gerudert«, bemerkte Deirdre. »Ich war schon auf Schiffen, aber nie in einem Ruderboot.«

Jefe lachte, er wirkte jetzt fast jungenhaft. »Wenn da Ihr Herz dran hängt«, meinte er gelassen und wies auf das Beiboot. »Steigen Sie ein, Mylady. Ich kann's schnell noch mal zu Wasser lassen.«

Deirdre strahlte, als er das Boot über den Sand zog. Anmutig glitt sie vom Pferd und band Alegría und Roderick rasch an eine der Palmen. »Wirklich? Oh, das ist …«

Sie machte Anstalten, das Boot zu ersteigen, als es auf den Wellen dümpelte. Im letzten Moment erinnerte sie sich dann jedoch an ihre Manieren – und die eines Kavaliers!

»Aber sie müssen mir ins Boot helfen!«, forderte sie, »sonst ist es nicht richtig!«

Geziert hielt sie ihm die Hand hin. Jefe nahm sie stirnrunzelnd an. Deirdre stand schon im Wasser, eigentlich hätte sie das Einsteigen auch ohne seine Hilfe geschafft. Dann genoss er jedoch das Gefühl, ihre Hand zu halten. Sie fühlte sich warm und trocken an und klein und schutzbedürftig. Seine Hand war hart und kräftig, zufassend, vielleicht manchmal derb … Er bemühte sich, die ihre mit Vorsicht zu umfassen.

Deirdre glitt in das kleine Boot, lehnte sich an einen der Sitze und ließ ihre Hand lasziv ins Wasser hängen.

»Ich denke, so muss es aussehen, nicht wahr?« Sie lächelte, legte den Kopf zurück und hielt ihr Gesicht mit geschlossenen Augen in die Sonne. »So … hingeflossen irgendwie …«

»Hingeflossen?« Jefe rieb sich die Stirn. Deirdre verwirrte ihn erneut. »Und wieso muss es so aussehen?«

Deirdre lachte ihr helles Lachen. »Ach, stimmt, Sie haben natürlich niemals englische Gesellschaftsromane gelesen«, neckte sie ihn. »Aber ich denke mir, dass es so ist. Also in England, meine ich. Wenn die adligen Herrschaften ein Picknick veranstalten, an einem See in einem Park. Und die jungen Herren bitten die Damen um eine Bootsfahrt. Dann helfen sie ihnen ins Boot – wobei ich annehme, dass es da einen Anlegesteg gibt, sonst würden sie ja nass.« Sie betrachtete ihre Reitstiefel, die ihre Füße trocken gehalten hatten, die aber sicher nicht der Fußbekleidung englischer Adliger bei einem Picknick entsprachen. »Und dann liegen die Damen so im Boot und die Herren rudern …«

»Und wozu soll das gut sein?«, erkundigte sich Jefe. »Wohin rudert man?«

Deirdre lachte wieder. »Man könnte sagen, man rudert weg«, erklärte sie, »also, vom Strand, wo die Eltern und die Anstandsdamen sind, die ein Auge auf die Mädchen und ihre Tugend haben sollen.«

Jefe hatte inzwischen die Ruder ergriffen und trieb das Boot mit schnellen, sicheren Schlägen weit in die Bucht hinaus.

»Man kommt ein bisschen außer Sicht«, erzählte Deirdre weiter. »Und die ganz Verwegenen rudern vielleicht um eine Insel oder ein Schilfdickicht herum, und dann …«

»Was ist dann?« Jefe zog die Ruder ein und ließ das Boot treiben.

»Na ja, dann reden die beiden vertraut miteinander, und

vielleicht … vielleicht erlaubt das Mädchen dem Mann sogar einen … einen Kuss …«

Jefe blickte verwirrt auf die junge Frau, die so unbefangen in seinem Boot lag und ein Spiel spielte, das er nicht verstand. Aber er wusste, worauf es hinauslief, und sie musste es auch wissen. Jefe beugte sich vor und küsste Deirdre. Er roch den Duft ihres Haares, spürte die Weichheit ihrer Lippen, kniete sich vor sie und nahm sie in seine Arme. Haltlos küsste er ihr Gesicht, ihren Ausschnitt, öffnete ihr Mieder. Die junge Frau machte keine Anstalten, sich zu wehren. Sie zog ihn mit einer Leidenschaft auf sich, die sie nie zuvor empfunden hatte.

»Ich will dich sehen!«, flüsterte sie und lachte, als er sich rasch von seiner Kleidung befreite.

Bewundernd blickte Deirdre auf seine tiefdunkle Haut und seine schwellenden Muskeln und stöhnte wohlig auf, als er ihr Reitkleid hochschob und stürmisch in sie eindrang.

Schließlich lagen sie schwer atmend nebeneinander auf den unbequemen Planken des Bootes. Aber keiner von ihnen schien das unangenehm zu finden, beide fieberten nur dem nächsten Höhepunkt entgegen. Deirdre begann, Jefe erneut zu erregen, kaum dass er zu Atem gekommen war, dieses Mal war es ihr schlanker, biegsamer Körper, der mit dem seinen spielte. Sie ließ ihr Haar, das sich längst gelöst hatte, über ihn fallen, reizte ihn, indem sie eine Strähne zwischen die Finger nahm und damit das Spiel von Licht und Schatten auf seiner Haut nachzog. Sie setzte sich auf ihn, liebkoste ihn mit ihren Lippen, ihren Händen, schmiegte sich an seinen festen, harten Körper, wand ihr Haar um sein Geschlecht, das die Fessel dann aber nur zu leicht sprengte.

Es war wie ein Rausch, dem beide verfielen und der erst langsam abebbte, als die Sonne bereits hoch am Himmel stand. Was blieb, waren Benommenheit, Befriedigung – und prickelnde Vorfreude auf ihre nächste Begegnung. Da war kein schales Gefühl, kein Empfinden von Schuld. Es war, als hätte dies zwischen ihnen geschehen müssen, als wäre es wie eine Naturgewalt über sie gekommen. Deirdre schaute bedauernd auf ihren Ehering.

»Den hätte ich abnehmen sollen«, sagte sie versonnen. »Beim nächsten Mal werde ich ihn abnehmen.«

Jefe zog seine zerrissene Kleidung wieder an und bemühte sich, wenigstens halbwegs bekleidet zu wirken. Er würde gleich in den Ort gehen müssen, um sich neue passende Hosen und Hemden zu besorgen. Deirdre kämpfte mit ihrem Haar und ihrem Reitkleid. Es war nicht einfach, sich auf dem schwankenden Boot anzuziehen. Jefe knöpfte ihr das Kleid schließlich zu und hätte sich dabei fast erneut dazu hinreißen lassen, ihr noch einmal heraus- statt hineinzuhelfen.

»Das war schön«, sagte sie schließlich, als das Boot am Strand der Bucht anlandete, die noch genauso verträumt und vergessen in der Sonne lag wie zuvor.

Für Deirdre würde sie nun jedoch immer etwas Besonderes haben. Es war, als läge ein goldener Schimmer über den Mangroven, den Palmen und dem Sand.

»Aber warum musste ich vorher rudern?«, fragte Jefe grinsend.

# KAPITEL 10

Bonnies Zustand besserte sich, doch sie hatte nach wie vor nur gelegentlich halb wache Momente, die Victor oder Amali nutzten, um ihr Wasser, Medizin oder Suppe einzuflößen. Bonnie schluckte brav, verlor sich dann aber gleich wieder in die Bewusstlosigkeit. Manchmal glaubte sie, dass Jefe bei ihr war und ihre Hand hielt, doch sie konnte ihn nicht festhalten, es war wohl nur ein Traum.

Erst am dritten Tag, nachdem Jefe mit ihr an die Tür der Dufresnes geklopft hatte, öffnete Bonnie die Augen und konnte sich erstmals wieder richtig orientieren – zumindest versuchte sie es. Der Raum, in dem sie sich befand, erschien ihr jedoch zu elegant und ihr Bett zu weich, um real zu sein. Und das Nachthemd, das sie trug, die goldgelbe Spitze, das glatte, angenehm kühle Gefühl der Seide auf der Haut ... all das erschien ihr nicht zu der Welt zu gehören, die sie kannte.

»Bin ich im Himmel?«, fragte sie benommen.

Bonnie war sich eigentlich sicher gewesen, dass es keinen Himmel gab, auch der Anblick der schwarzen jungen Frau, die mit einer Näharbeit an ihrem Bett saß, sprach dagegen. Schwarze Engel gab es bestimmt nicht – und erst recht nicht solche, die ihr ebenso schwarzes Baby in einem Korb neben sich schlafen ließen. Die junge Frau stieß ihn ab und zu mit dem Fuß an, um das Kind darin zu wiegen. Sie trug eine adrette Dienstmädchenuniform mit gestärktem Spitzenhäubchen im krausen Haar. Es erinnerte Bonnie an Bridget, das Mädchen der Bentons, aber sie konnte unmöglich wieder auf Grand Cayman sein … Und diese junge Frau war auch nicht zugeknöpft und hochnäsig wie Bridget, sondern lächelte sie ganz freundlich an.

»Nein, nur im Gästezimmer vom Doktor«, erwiderte sie und legte ihre Näharbeit weg. »Und wohl endlich wach. Das freut mich, Mädchen! Ich bin Amali.«

»Gäste…zimmer?«

Bonnie hatte das Wort noch nie gehört. Die Vorstellung, dass jemand ein Zimmer nur für Besucher bereithielt, war ihr gänzlich fremd. In Bonnies Welt war Wohnraum immer knapp gewesen.

»Ja. Du verstehen, Zimmer, das warten auf Gäste … Chambre, attend de …« Amali runzelte die Stirn. Sie hatte erst in das Patois der Sklaven und dann in ein schlechtes Französisch gewechselt. »Ich gehofft, du sprichst Englisch. Wie der Große …«

Sie wirkte enttäuscht. Tatsächlich war Amali alles andere als begeistert davon, jetzt womöglich wieder auf Französisch radebrechen zu müssen. Zumal sie die Wache an Bonnies Bett vor allem deshalb seit Tagen ohne Murren hielt, weil sie sich von der Kranken Antworten erhoffte, sobald sie endlich ansprechbar war. Sie wollte zu gern wissen, wo das Mädchen und der Große herkamen. Deirdre hatte etwas von Piraten erzählt, aber das konnte doch nicht sein! Und dieser Caesar, der so stolz war und beleidigend … Was hatte es mit dem wohl auf sich? Sein Auftreten faszinierte und ärgerte Amali gleichermaßen. Sie hatte bemerkt, dass er sich am Vortag im Ort neu eingekleidet hatte. Die zerrissenen, fleckigen Sachen von Lennie hatte er weggeworfen. Amali hatte sie in einer Ecke im Stall gefunden. Sie fragte sich, was er damit gemacht hatte. Es sah fast so aus, als habe er darin gekämpft. Aber das konnte nicht sein, er war doch nur mit Deirdre an den Strand geritten …

Amali brannte darauf, mehr über den großen Schwarzen

zu erfahren. Wenn dieses Mädchen allerdings schon bei so einfachen Worten wie Gästezimmer Schwierigkeiten hatte … Amalis Französisch war immer noch mehr als schlecht.

Zum Glück schüttelte Bonnie jetzt den Kopf. »Ich spreche eigentlich nur Englisch«, bekannte sie – zu Amalis Überraschung nicht im Pidgin der Sklaven, sondern halbwegs korrekt. »Ich wusste nur nicht, was ein … ein Gästezimmer ist. Ist dies ein … Hotel?«

Amali lachte. »Nein, das ist das Haus von Dr. Victor Dufresne und seiner Frau. Manchmal kommen seine Eltern oder seine Brüder zu Besuch, und dafür halten sie das Zimmer bereit und sauber und ordentlich. Viel Arbeit für eigentlich nichts. Die rümpfen sowieso nur die Nase über dieses Haus …«

Bonnie fragte sich, wie man über ein derart helles, elegantes Zimmer mit Seidentapeten, bestickten Stühlen und Sofas und Tischchen mit Einlegearbeit die Nase rümpfen konnte. Genau solche wertvollen Möbel sollte die *Bonne Marie* für ein Heidengeld aus Frankreich in die Kolonien bringen. Sie gehörten jetzt den Leuten der *Mermaid* – erkauft zu einem hohen Preis.

»Wie … wie komme ich hierher?«, fragte sie und versuchte, sich aufzurichten.

Ihr Mund war trocken, aber sie wusste nicht, ob sie genug Kraft aufbringen würde, sich Wasser aus der Karaffe zu nehmen, die auf dem Nachttisch stand. Die Schwarze schien ihre Gedanken zu lesen. Sie füllte Wasser in einen Becher und hielt ihn an ihre Lippen. Bonnie trank gierig.

»Der Große hat dich gebracht«, erklärte Amali dann. »Der junge Mann, der sich Caesar nennt …«

Sie war verblüfft über das Strahlen, das daraufhin über Bonnies grobes Gesicht zog. Es machte das magere Mädchen fast schön.

»Er hat das wirklich … o ja, ich erinnere mich, dass er mich ins Boot gehoben hat … und er hat es geschafft …«

Sie schien sich jetzt auch an ihre Verletzung zu erinnern, tastete danach und errötete. Wer auch immer die Wunde versorgt und ihr geholfen hatte, musste erkannt haben, dass sie nicht »Bobbie« war.

Amali, die von ihrer Scharade nichts wusste, sah ihre erste Chance, etwas in Erfahrung zu bringen. »Seid ihr … zusammen?«, fragte sie. »Caesar und du?«

Über Bonnies Züge flog ein Schatten. »Nein«, sagte sie betont gelassen. »Nur … nur gute Freunde …«

Amali hörte die Enttäuschung mühelos heraus. »Ist ja selten zwischen Mann und Frau«, bemerkte sie dann. »Aber wenn du meinst … soll ich ihm gleich sagen, dass du wach bist, oder willst du dich noch ein bisschen ausruhen, bevor …?«

»Er ist hier?«, unterbrach Bonnie sie. »Er ist nicht wieder … wieder an Bord gegangen?«

Amali horchte auf. Das klang nach einem Schiff. Aber in Cap-Français war vor drei Tagen keins eingetroffen. Ob an der Piratengeschichte doch etwas dran war?

»Er ist hier und hilft im Stall«, meinte sie. »Und ein- oder zweimal am Tag besucht er dich.«

Das Leuchten in Bonnies Gesicht flammte wieder auf.

»Er ist bei mir …«, flüsterte das Mädchen, schloss die Augen und war schon wieder eingeschlafen.

»Dann werden wir mal dem Doktor Bescheid geben«, sagte Amali zu ihrem Baby und hob den Korb auf. »Der wird sich freuen, dass sie aufgewacht ist.«

»Und, was hat sie erzählt?«

Amali half Deirdre beim Auskleiden. Sie hatte ihr gerade davon berichtet, dass Victors kleine Patientin endlich erwacht war. Zu ihrer Verwunderung zeigte sich ihre Missis genauso neugierig auf nähere Informationen über das Mädchen wie Amali selbst. Dabei hätte sie angenommen, dass der Große ihrer Herrschaft mehr erzählt hatte. Der konnte doch hier nicht einfach ohne irgendwelche Erklärungen mit einem todkranken Mädchen erscheinen und sich dann im Sklavenquartier einnisten, ohne nähere Auskünfte zu seiner Herkunft zu geben. Zumal er sehr schnell zu einer Art Leibwächter der Herrin geworden war, ein Job, der ihm besser zu gefallen schien als die Arbeit im Stall. Sobald die Missis das Haus verließ, war er um sie. Sie schien ihm zu vertrauen, und das tat man doch eigentlich nicht, wenn man einen Menschen kaum kannte. Zudem konnten die Dufresnes belangt werden, wenn sie einem entflohenen Sklaven Unterkunft boten. Oder einem Freibeuter?

»Sie hat nicht viel erzählt«, meinte Amali. »Und ich hab auch nicht groß gefragt. Sie ist noch sehr schwach, schlief zwischendurch immer gleich wieder ein. Aber sie ist verliebt in den Großen …«

Die Diener hatten sich angewöhnt, Jefe einfach »den Großen« zu nennen. Sie imitierten damit Victor, der dessen Namen nicht über die Lippen brachte, ohne dabei ein Lächeln zu zeigen, das irgendwo zwischen nachsichtig und sarkastisch anzusiedeln war.

Deirdre fuhr auf. »Sie ist was?«, fragte sie alarmiert.

»Sie liebt den Mann, der sie hergebracht hat«, meinte Amali gelassen und begann, Deirdres Haar zu bürsten. »Aber wenn Sie mich fragen, Missis …«

»Woher weißt du das?« Deirdres Stimme klang fast schrill. »Hat sie … hat sie das gesagt?«

Amali lachte. »Das ist nicht zu übersehen«, bemerkte sie. »Wenn man ihn nur erwähnt, strahlt sie wie ein Kronleuchter, und wenn sie ihn sieht …«

»Er besucht sie?«

Amali meinte im Spiegel zu erkennen, dass Deirdres Augen aufblitzten. Sie schien wütend. Oder besorgt?

»Natürlich hat er sie besucht«, antwortete Amali. »Aber,

wenn Sie mich fragen, Missis, dann macht der sich nicht viel aus ihr. Jedenfalls nicht … nicht so …«

Sie machte eine kurze, obszöne Geste, die sie sich Deirdre gegenüber nur leisten konnte, weil beide sich gut erinnerten, welcher schwarze Junge sie ihnen in welcher Ecke des Sklavendorfes auf Cascarilla Gardens zum ersten Mal gezeigt hatte.

Amali sah, dass Deirdre erleichtert wirkte. Und fragte sich nach dem Grund.

»Sie sagt, sie seien Freunde«, fuhr Amali fort und lauschte dann hingerissen, wie Deirdre Bonnies Geschichte erzählte, soweit sie davon wusste.

»Sie können sich also auf dem Piratenschiff angefreundet haben, und dann hat sie ihm ihr Geheimnis enthüllt«, schloss Deirdre. »Oder sie kannten sich schon von ihrer Heimatinsel. Ich weiß allerdings nicht, wo sie herkommen. Vielleicht war sie ja Sklavin …«

Amali nickte. »Sie war sicher Sklavin, Missis«, meinte sie dann. »Haben Sie ihre Narben nicht gesehen? Sie ist geschlagen worden, Missis – und wahrscheinlich hat der Backra auch noch Schlimmeres mit ihr gemacht. Armes kleines Ding. Und nun verliebt sie sich in den nächsten Gauner …«

Deirdre musste mühsam an sich halten, um den Gauner nicht zu verteidigen. Aber sie hatte längst gemerkt, dass Amali ihn nicht sonderlich mochte. Sie würde also vorsichtig sein müssen, wenn sie sich mit ihm traf. Deirdre seufzte. Es wäre einfacher gewesen, wenn sie die Zofe hätte einweihen können. Vor Leibdienern intime Geheimnisse zu bewahren, war fast unmöglich. Deirdre dachte kurz darüber nach, dass es ohnehin ungeheuerlich war, was sie und der geheimnisvolle Schwarze taten. Sie hatten sich auch an diesem Tag wieder getroffen und am Strand der Bucht geliebt. Es war riskant, aber sie hatten es beide genossen. Und ganz sicher würde sie die Sache nicht beenden. Es war zu aufregend, sich derart lebendig zu fühlen.

In den nächsten Wochen liebten sich Deirdre und Jefe, wo immer sie die Möglichkeit fanden – in der Bucht und im Wald, mitunter sogar im Stall. Sehr selten, und nur wenn sie sicher sein konnte, dass Amali und Victor nicht im Haus waren, holte sie ihren Liebhaber auch in ihr Bett, was sie stets besonders genossen. Sie beide liebten das Risiko, liebten wilde Spiele. Dabei zog Deirdre bei jedem ihrer Treffen gewissenhaft ihren Ehering ab, bevor sie mit dem Liebesspiel begann, ein Zeichen dafür, alle Scham und alle Pflichten vergessen zu können. Sie tat das mit größter Selbstverständlichkeit und ohne schlechtes Gewissen. Was immer sie mit ihrem Piraten trieb – ihre Beziehung zu Victor focht es in ihren Augen nicht an. Und die Liebe mit dem großen Schwarzen war so gänzlich anders als alles, was sie bislang mit Victor erlebt hatte. Was auch immer Jefe von den Hafendirnen in der halben Karibik gelernt hatte, und was immer Deirdre einfiel, die beiden probierten es lustvoll aus, reizten und erforschten ihre Körper. Es war ein seltsames Gefühl, sich einerseits kennenzulernen, aber sich andererseits von Anfang an so vertraut zu sein, dass weder Scham- noch Schuldgefühle zwischen ihnen standen. Den Piraten zu lieben war für Deirdre so selbstverständlich wie zu atmen, sie dachte dabei nicht an Victor und das, was sie ihm antat.

Und sie nahm ihm ja auch nichts weg. Nach wie vor ließ sie seine sanften Liebkosungen über sich ergehen, wann immer es ihn nach ihr verlangte, und sie genoss es sogar. Immer noch empfand sie Liebe und Zärtlichkeit für Victor, doch verglichen mit dem, was sie für den Piraten fühlte, waren das die Gefühle eines Kindes. Bei ihm explodierte sie, stand sie in Flammen, während Victor sie nur leise wiegte. Die Sicherheit, die ihr Mann ihr gab, verblasste vor Jefes Wildheit, seinem Mut und seiner Freude an der Gefahr. Deirdres Herz raste, wenn sie ein Knacken der Bäume hinter sich hörte, während sie im Wald übereinander herfielen, und erst recht, wenn sie meinte, eine Tür im Haus oder im Stall schlagen zu hören, wenn sie sich im Stroh oder im Bett wälzten.

Jefe dagegen lachte nur über diese Dinge, es schien nichts zu geben, das er fürchtete. Er hätte den Kampf mit Quentin Keensley damals nicht gescheut, er hätte mit dem Degen gefochten, nicht mit Worten, egal wie die Konsequenzen ausgesehen hätten.

Deirdre beflügelte das, auch sie ging mehr und mehr Risiken ein und spielte mit der Gefahr der Entdeckung. Wobei sie sich die Folgen niemals ausmalte. Mit Caesar empfand sie sich als unbesiegbar. Das Leben war ein Abenteuer, und Deirdre fühlte nur die Hitze des Vulkans, auf dem sie tanzte, nicht das Feuer, das bereit war, sie zu verschlingen.

Victor machte es seiner Frau leicht, ihn zu betrügen. Er vertraute Deirdre vollkommen, niemals wäre es ihm eingefallen, irgendeine der Entschuldigungen oder Ausflüchte anzuzweifeln, mit denen sie ihre stundenlangen Ausritte mit ihrem »Reitknecht« erklärte. Dabei hatte Victor natürlich längst gemerkt, dass der große Schwarze sich zumindest am Anfang kaum auf einem Pferd halten konnte. Eigentlich hätte er sich fragen müssen, wie Jefe es den halben Tag im Sattel aushielt, aber er war völlig ohne Arg. Victor prüfte nie nach, wenn Deirdre behauptete, eine Bekannte besucht oder getroffen zu haben, um mit ihr Tee zu trinken. Und er beklagte sich nicht über ihr geringer werdendes Interesse an nächtlichen Vergnügungen. Bislang war es oft von Deirdre ausgegangen, wenn das junge Ehepaar sich noch liebte, nachdem Victor von späten Krankenbesuchen nach Hause gekommen war. Jetzt regte sie kein Liebesspiel mehr an, sondern folgte allenfalls Victors Werben, wenn der nicht zu müde war.

Auch Deirdres sprühend gute Laune und ihr blühendes Aussehen hätte der junge Arzt nie mit Jefe in Verbindung gebracht. Nach den ersten Monaten in Cap-Français war Deirdre oft missgelaunt und gelangweilt gewesen, jetzt lebte sie sichtlich auf. Victor freute sich darüber, ohne eine Bemerkung dazu zu machen. Er kommentierte auch nicht, dass Deirdre nicht mehr so vehement darauf bestand, mindestens zwei Wochenenden im Monat auf Nouveau Brissac zu verbringen. Schließlich war er selbst ganz froh, öfter zu Hause bleiben zu können und nicht mit hysterischen Plantagenbesitzern konfrontiert zu werden, die Anschläge fürchteten. Deirdres Haltung erklärte er sich damit, dass ihre Reitbegleitung ihr jetzt wieder Ausritte in und um Cap-Français erlaubte. Und vielleicht fielen ihr ja auch die nie enden wollenden Sticheleien seiner Mutter auf die Nerven. Deirdre war noch immer nicht schwanger, und Louise Dufresne nahm das persönlich …

Lediglich die Frage, warum sich die Klatschbasen der Gemeinde nicht an Deirdres Ausritten mit Jefe störten, sprach Victor ein paarmal an. In Jamaika mochte es ja gang und gäbe sein, dass junge Frauen in Begleitung schwarzer Boys ausritten – sofern sie das überhaupt taten, nur wenige Frauen in den Kolonien bestiegen ihre Pferde zum Vergnügen. Und auch in England folgten eifrigen Jagdreiterinnen oft überforderte Pferdeknechte als »Aufsichtspersonen«, ohne dass jemand etwas argwöhnte. Aber hier auf Saint-Domingue hätte Victor erwartet, dass die Kirchendamen die Sache zumindest ansprachen und sich zum Beispiel vergewisserten, dass Victor davon wusste. Dass nichts dergleichen geschah, wunderte den Arzt, während Deirdre es leicht hätte erklären können. Schließlich passte sie höllisch auf, dass sie niemals mit ihrem Begleiter gesehen wurde. Eine argwöhnische Betrachterin hätte schließlich schon an ihren strahlenden, erhitzten Gesichtern sehen können, dass hier etwas nicht mit rechten Dingen zuging.

In der letzten Zeit hatte auch Amali begonnen, ihrer Herrin seltsame Blicke zuzuwerfen, wenn sie mit dem attraktiven Schwarzen ausritt. Wie Deirdre erwartet hatte, war es sehr viel einfacher, die Affäre vor ihrem Mann geheim zu halten als vor der Dienerschaft.

Ursprünglich hatte Deirdre sich auch Sorgen wegen Bonnie gemacht. Wenn es stimmte, dass sie in den großen Schwarzen verliebt war – und als Deirdre einmal einem seiner Besuche bei ihr beigewohnt hatte, war auch bei ihr jeder Zweifel daran geschwunden –, musste sie eigentlich ein Gefühl dafür entwickeln, dass ihr der Mann entglitt. Aber Bonnie bemerkte nichts. Sie schien einfach nur selig, wenn sie mit dem großen Schwarzen in einem Raum sein durfte, und Deirdre betrachtete sie mit unverhohlener Bewunderung. Eine gepflegte Dame der Gesellschaft hatte sie vorher nie gesehen, sie kam sicher nicht von einer großen Plantage. Jedenfalls dankte sie Deirdre zuerst scheu, dann überschwänglich für die Überlassung des Nachthemdes. So etwas Schönes hatte sie nie zuvor besessen.

»Es ist doch schön, Je… Caesar, nicht?«, vergewisserte sie sich bei ihrem Freund.

Es klang fast wie ein rührender Versuch, kokett zu sein. Aber Jefe blitzte sie nur wütend an, und Bonnie biss sich auf die Lippen. Seit sie hier war, hatte sie wieder angefangen, ihn in Gedanken bei seinem richtigen Namen zu nennen. Der Pirat Black Caesar war bewundernswert, und sie achtete ihn – aber der Mann, von dem sie träumte, war Jefe. Wobei sie ihn allerdings nie so ansprechen dürfte. Er hatte sie am Tag zuvor erst wütend angefahren, als ihr der Name herausgerutscht war, während sie allein waren. Bonnie verstand eigentlich nicht, warum er darauf so heftig reagierte. Jefe wurde unter seinem richtigen Namen nicht gesucht, er hätte ihn außerhalb der *Mermaid* ohne Weiteres führen können. Aber der junge Mann war fest entschlossen, alles, was mit seiner bürgerlichen Existenz zu tun hatte, zu vergessen. Bonnie bedauerte das – und hoffte mit ihrem unverwüstlichen Optimismus, dass es sich irgendwann ändern könnte.

Die liebevollen, anbetenden Blicke, die Jefe fast ständig mit

Deirdre wechselte, bemerkte sie nicht. Lediglich Amali nahm sie bei einem der gemeinsamen Besuche am Krankenbett wahr, aber sie konnte ihre Beobachtungen nur mit ihrem Baby und der kleinen Nafia teilen: »Der Große schaut die Missis so an, wie die Kleine den Großen anguckt …«

Bonnie fand jedoch bald einen Freund und Vertrauten im Haus der Dufresnes, mit dem sie über all ihre Sorgen reden konnte. Es war der Doktor selbst, der sich mit immer größerem Vergnügen um seine nur langsam genesende Patientin kümmerte. Dabei war Victors Freude an dem Mädchen in keinster Weise sexueller Natur. Bonnie war für ihn nicht mehr als ein verletztes Kind. Aber er kam bald dahinter, dass sie einen wachen Verstand besaß und dass sich hinter der spröden Fassade, die sie ihm als männlichem Fremden zeigte, ein offenes, freundliches Wesen verbarg.

Victor ging behutsam mit seiner Patientin um – auch er hatte die Narben an ihrem Körper gesehen und richtig gedeutet. Als das Mädchen wieder bei Bewusstsein war, verzichtete er folglich darauf, Bonnie anzufassen, er überließ selbst den Verbandswechsel Amali. Aber er setzte sich gern an Bonnies Bett, um mit ihr zu sprechen. Und bald schon erzählte sie ihm ihre Geschichte. Natürlich behielt sie einiges für sich, allem voran den Tod ihres Backras. Von ihrem Leben auf dem Schiff berichtete sie jedoch ausführlich, von ihrem Aufstieg zum Kanonier und von den Tricks, die ihr halfen, an Bord als Junge durchzugehen. Und letztendlich redete sie auch über ihre Träume. Irgendwann würde sie es wie Twinkle machen und irgendwo sesshaft werden.

Victor verzog den Mund, als Bonnie die Absicht äußerte, jetzt erst einmal mit ihrem Freund auf die *Mermaid* zurückzukehren.

»Bonnie, ich weiß ja nicht, was Caesar plant«, kommentierte er vorsichtig. »Der mag die Freibeuterei weiter betreiben wollen. Aber wenn er … wenn du ihm etwas bedeutest, Bonnie, dann würde ich euch raten, lieber an Land zu bleiben. Ein starker

Mann wie er mag so ein Leben, wir ihr es geführt habt, noch zehn Jahre mehr oder weniger genießen. Aber du … es ist jetzt schon zu viel für dich. Ich sehe doch, was es mit dir angestellt hat …«

»Es kann doch jeder im Kampf verletzt werden«, wandte Bonnie ein.

Victor rieb sich die Schläfe. »Die meisten Frauen werden gar nicht erst in Kämpfe verwickelt«, sagte er dann. »Nun hätte die Verwundung ebenso einen echten Schiffsjungen oder einen erwachsenen Kanonier treffen können, da will ich ja gar nichts sagen. Und bei den Behandlungsmethoden auf dem Schiff wäre auch der kräftigste Mann mit hoher Wahrscheinlichkeit gestorben. So gesehen hattest du Glück, dass du eurem Schiffszimmermann gar nicht erst in die Hände gefallen bist … Aber sonst: Du bist viel zu mager, Bonnie, du bist erschöpft. Ich sehe doch, wie lange du brauchst, um dich von dem Fieber zu erholen.«

In den drei Wochen, in denen Bonnie bei den Dufresnes lebte, war ihre Wunde zwar verheilt, sie war jedoch immer noch so schwach, dass sie kaum aufstehen konnte. Beim Weg auf den Abtritt musste Amali sie stützen, Bonnie war immer froh, sich danach wieder ins Bett legen zu können.

»Sehr lange hättest du das nicht mehr durchgehalten«, hielt Victor ihr weiter vor. »Und wenn du nur ein Mal zusammenbrichst, und dein Caesar ist nicht gerade in Sicht, um dir zu helfen, dann fliegt die ganze Tarnung auf. Was ist dann, Bonnie? Hast du dir mal überlegt, was dann passiert?«

Bonnie kaute auf ihrer Unterlippe. Sie hatte sich das nie genauer ausgemalt, aber sie glaubte nicht, dass die Männer der *Mermaid* ihr etwas antun würden, dafür mochten sie ihren Bobbie zu gern. Weiter an Bord dulden würde man sie aber sicher auch nicht. Wahrscheinlich würde Captain Seegall die Mannschaft abstimmen lassen, und man würde sich darauf einigen, sie im nächsten Hafen an Land zu setzen. Und dann …

Sie hoffte, dass Jefe sie nicht allein lassen würde, sicher war das hingegen nicht. Vielleicht überließ er sie auch ihrem Schicksal, sie hätte ja ihr Geld. Oder würde man ihr das wegnehmen?

Bonnie rieb sich die Stirn, diese Gedanken verursachten ihr Kopfschmerzen.

»Die Aussichten wären nicht die besten«, fasste Victor ihre unausgesprochenen Überlegungen zusammen. »Also wäre es besser, das Risiko gar nicht erst einzugehen. Das Klügste wäre, jetzt schon das zu tun, was du auf Dauer sowieso planst. Legt euer Geld zusammen und fangt damit etwas Vernünftiges an, dein Caesar und du!«

Bonnie schaute zweifelnd zu dem Arzt auf. Ob es Dr. Dufresne wirklich für möglich hielt, dass Jefe sich auf so etwas einließ? Hatte er etwas in seinem Blick gesehen oder an seinem Verhalten bemerkt, das ihr entgangen war?

»Caesar wird … wird nicht bleiben wollen«, stellte sie sich und den Arzt erstickt der Realität. »Er … ich glaube, er macht sich nichts aus mir. Und … und das Geld wird auch noch gar nicht reichen, ich …«

Victor unterbrach sie. »Der junge Mann muss sich ja wohl etwas aus dir machen, wenn er sein geliebtes Piratenschiff verlassen hat, um dich herzubringen!«, entgegnete er. »Er hat dir damit immerhin das Leben gerettet und ist dafür gewisse Risiken eingegangen. Also bedeutest du ihm auch etwas. Und was das Geld angeht – wir müssten erst mal sehen, welche Unternehmung da für euch infrage käme. Dann ließe sich bestimmt etwas arrangieren. Meine Frau ist zum Beispiel sehr zufrieden mit Caesars Arbeit als Reitknecht. Er könnte weiter hierherkommen und stundenweise für uns arbeiten, dafür würden wir ihn bezahlen. Und sonst … wir könnten euch einen Kredit geben oder zumindest für euch bürgen. Ich fühle mich ein bisschen für dich verantwortlich, Bonnie. Ich schick dich ungern zurück in eine ungewisse Zukunft.«

Bonnie lächelte und kämpfte mit den Tränen. Noch nie war jemand so freundlich zu ihr gewesen wie dieser junge Arzt. Nie hatte jemand etwas angeboten, ohne eine Gegenleistung zu fordern – und niemand, außer vielleicht Twinkle, hatte so an sie geglaubt. Wobei Twinkle natürlich an den Knaben Bobbie geglaubt hatte, nicht an Bonnie selbst.

»Soll ich einmal mit Caesar reden, Bonnie?«, fragte Victor behutsam. »Wenn ich ihm vor Augen führe, was das Leben auf dem Piratenschiff für dich in Zukunft bedeuten würde …«

Bonnie kaute auf ihrer Lippe herum und fühlte den zaghaften Keim einer Hoffnung. Vielleicht würde Jefe ja mitmachen, und sie konnten das Angebot des Doktors wirklich annehmen! Vielleicht hatte sie eine Zukunft in ihrem echten Körper und unter ihrem echten Namen. Vielleicht würde sie endlich einmal jemand schützen.

Bonnie nickte.

# KAPITEL 11

»Dein Dummkopf von einem Mann hat mich doch tatsächlich gefragt, ob ich nicht Bonnie heiraten und in diesem Kaff hier einen Kramladen aufmachen will!«

Victor hatte den Doktorwagen kaum aus dem Stallbereich gelenkt, als Jefe sich schon aufgebracht an Deirdre wandte. Sie war eben gekommen, um Alegría zu reiten, wobei sie gewisse Anzeichen von Sorge zeigte. Victor hatte ihr beim Frühstück von seiner geplanten Unterredung mit ihrem Liebhaber erzählt.

»Sprich nicht so von Victor!«, rügte sie Jefe jetzt, ehrlich verärgert. »Er ist nicht dumm, er ist nur … arglos. So sehr, dass ich mich manchmal fast schon schäme, ihn zu hintergehen. Und die Idee, dass du mit Bonnie hierbleibst … so schlecht finde ich die gar nicht.« Sie halfterte ihre Stute auf und wollte sie aus der Box führen.

»Was?« Jefe stieß das Wort so scharf aus, dass Alegría einen erschrockenen Hüpfer machte. »Du willst, dass ich Bonnie heirate?«

»Ich fände es schön, wenn du hierbliebest«, relativierte Deirdre. »Und Bonnie braucht einen Beschützer, da hat Victor schon Recht. Vielleicht musst du sie ja nicht gleich heiraten. Ihr könntet das Geschäft doch auch als … na ja, zum Beispiel als Bruder und Schwester führen.«

Jefe schnaubte. »Deirdre, wenn ich mit Bonnie einen Laden im Nirgendwo hätte führen wollen, dann hätten wir auch auf Grand Cayman bleiben können!«, rutschte es ihm heraus.

Deirdre sah ihn interessiert an. »Da kommt ihr also her? Grand Cayman? Jetzt guck nicht so, ich sag's nicht weiter. Und ich kann ja auch verstehen, dass du keine Lust hast, hier ein Geschäft zu führen und es nebenbei abzuarbeiten … Obwohl … der Job als mein Reitknecht gefällt dir doch ganz gut, oder?«

Sie schob sich an ihn heran, um seinen Körper wie zufällig zu berühren. Einen Kuss oder mehr wagte sie hier, auf den Anbindeplätzen vor dem Stall, nicht. Wenn Amali oder die Köchin zufällig über den Hof gingen, konnten sie die beiden überraschen.

Jefe blitzte sie an. »Siehst du das so?«, fragte er empfindlich. »Bin ich ein … ein Knecht für dich?«

»Mein Sklave …«, neckte ihn Deirdre und band Alegría an, um sie zu putzen. Das war eigentlich die Aufgabe eines Reitknechts, aber so weit ließ ihr Geliebter sich auf seine Rolle nicht ein. Er hob ihr allenfalls mal den schweren Damensattel aufs Pferd. »Ein Mann, der mir gehört. Mit Haut und Haar und Herz …«

Jefe schien das nicht lustig zu finden. »Dann kannst du dir ja auf dem Markt einen anderen kaufen, wenn ich weg bin«, sagte er und warf den Sattel ungestüm auf Roderick, der darüber ein überraschtes Brummen von sich gab.

»Geh vorsichtig mit dem Pferd um, es mag teurer sein als ein neuer Sklave«, setzte Deirdre die Frotzelei fort, trat dann aber zu Jefe, als sie merkte, dass er ernstlich verärgert war. »Komm, Großer, so war das doch nicht gemeint. Du gehörst mir, und ich gehöre dir … du bist mein Herr und ich bin deine Herrin. Das ist so bei Mann und Frau …«

Jefe zog sie in die Arme und küsste sie wild. Ihm war offenbar egal, wer sie beobachtete.

»Und das ist es, was ich sein will!«, stieß er aus, als sie wieder zu Atem kamen. »Dein Mann. Nicht dein Sklave, nicht dein

Liebhaber. Einfach nur dein … dein Ehegatte …« Er lachte, fast etwas befangen.

Deirdre schaute sich nervös um. Sie dankte Gott, dass keiner der anderen Hausbewohner in der Nähe war. Kurz überlegte sie, ob sie Jefe rügen sollte, entschloss sich dann aber nur zu einem Kopfschütteln und nachlässigen Lächeln.

»Ach, Caesar … wie soll denn das gehen? Ich bin bereits verheiratet, erinnerst du dich? Und du hast Bonnie, für die du sorgen musst …«

Jefe wehrte wütend ab. »Ach, vergiss doch Bonnie!«, sagte er kalt. »Die wird schon zurechtkommen. Mit all dem Geld, das sie gespart hat. Und da kommt ja noch was dazu, wenn sie mit mir zurück aufs Schiff geht. Irgendwann soll sich da wohl ein Kerl finden, der ihr vormacht, dass er sie liebt …«

Deirdre runzelte die Stirn. Diese Seite von ihrem Liebsten gefiel ihr nicht. Er zeigte sie ihr selten. Wenn er sie jedoch derart hart anfuhr und abfällig über Bonnie oder auch Victor sprach, zweifelte sie an seiner Liebe zu ihr. Konnte er überhaupt lieben? Oder spielte er nur gern mit dem Feuer?

»Meinst du nicht, dass Bonnie auch ohne ihr Geld liebenswert wäre?«, fragte sie streng. »Und was ist mit mir? Wenn ich Victor verließe, hätte ich kein Geld mehr. So großzügig er ist, aber er würde mich nicht weiter alimentieren, wenn ich mit dir auf und davon ginge. Wie stellst du dir das überhaupt vor? Du fährst zur See, und ich sitze irgendwo und warte auf dich?«

Jefe schüttelte den Kopf. »Solange ich zur See fahre, musst du es hier noch aushalten«, meinte er. »Aber es wird nicht mehr lange dauern. Ich werde alles Geld sparen, keinen Penny mehr ausgeben. Und mehr noch, ich werde mich verstärkt einmischen, wenn es darum geht, welche Schiffe wir entern. Vielleicht lasse ich mich zum Quartiermeister wählen oder zum Leutnant …« Der Posten des Leutnants, des Stellvertreters des Kapitäns in der Schlacht, war auf der *Mermaid* derzeit nicht besetzt. »Jedenfalls komme ich zu Geld, Deirdre, das verspreche ich dir. Und zu mehr als dein Doktor. Wenn ich mich danach mit dir irgendwo niederlasse, dann vielleicht … vielleicht als Kaufmann, als … Reeder …«

Deirdre lachte. »Das sind ja wahrhaft große Pläne«, spottete sie. »Aber ich brauche eigentlich kein großes Haus und keinen reichen Mann. Es würde mir reichen, dich einfach um mich zu haben. Um nicht zu sagen, so, wie es jetzt ist, gefällt es mir ganz hervorragend. Also solltest du vielleicht doch noch mal darüber nachdenken, ob du nicht einfach bleiben und Bonnie glücklich machen willst.«

Deirdre erwähnte nicht, dass ihr mit einer solchen Lösung auch erspart blieb, Victor unglücklich zu machen. Auch wenn ihre Träume um ein Leben mit Caesar rankten, so sah sie doch keine realistische Möglichkeit, sie wahr zu machen. Sie wusste auch gar nicht so recht, ob sie das wirklich wollte. Eigentlich verband sie mit ihrem Piraten kaum mehr als Leidenschaft. Für Romantik, für Gespräche und Scherze hatte er wenig Sinn. Er nahm seine Geliebte in Besitz, befriedigte sie und sich selbst, aber darüber hinaus hatten sie kaum etwas gemeinsam. Der große Schwarze machte sich nichts aus romantischen Picknicks, sondern schlang das Essen nur rasch in sich hinein und konnte Deirdre dann nicht schnell genug entkleiden. Gemeinsame Ritte bereiteten ihm auch kein Vergnügen, obwohl er sein Pferd inzwischen besser beherrschte.

Deirdre hatte darauf bestanden, Jefe eine Art Reitunterricht zu geben, doch er reagierte auf ihre Anweisungen oft übellaunig. Es passte ihm nicht, von ihr korrigiert zu werden. Aber auch, wenn er jetzt ganz passabel zu Pferde saß – beim Reiten ging es ihm nur darum, irgendwo anzukommen, wo er Deirdre in Ruhe lieben konnte. Um die Wette zu galoppieren oder die Pferde in schweigender Glückseligkeit nebeneinander herschlendern zu lassen, während man die Schönheit der Umgebung auf sich wirken ließ – all das hatte für Jefe nicht den geringsten Reiz. Wenn Deirdre sich ein Zusammenleben mit ihm ausmalte, so beschränkte sich das denn auch nur auf gemeinsames Einschlafen und Aufwachen, verbunden mit ausgiebiger körperlicher Liebe. Ob dies jedoch all die Opfer wert wäre, die beide dafür bringen müssten? Bonnie, Victor … Bei Deirdre zusätzlich die Enttäuschung ihrer Eltern, die Ablehnung der Gesellschaft … Was würde man von einer vermeintlich Weißen halten, die mit ihrem Reitknecht davonlief?

Nein, nach Ansicht von Deirdre konnte alles so bleiben, wie es war, und Victors Pläne für Bonnie und den großen Schwarzen fand sie mehr als erwägenswert. In den nächsten Stunden überzeugte sie denn auch ihn davon, zumindest nicht gleich kategorisch Nein zu sagen.

Dann jedoch geschahen zwei Dinge, die das Geschehen vorantrieben und Jefe dazu zwangen, sich schnell zu entscheiden.

»Dann die kleine Bonnie kriegt nun tatsächlich ihren Großen?«, fragte die Köchin.

Sie saß mit Amali und Nafia in der Küche, und ausnahmsweise herrschte einmal eine sehr gelöste Stimmung unter den Dienstboten. Was Amali darauf zurückführte, dass Victor und Deirdre Sabina an diesem Abend auf das Gründlichste geschmeichelt hatten. Die Herrschaft hatte zu einer kleinen Abendgesellschaft eingeladen – den Reverend und seine Schwester, einen Lehrer und seine Gattin, eben die Leute, mit denen man als Arzt in einer Kleinstadt Umgang pflegte. An sich hätte dabei niemand etwas besonders Kulinarisches erwartet, doch Sabina hatte sich bei der Zubereitung des Menüs selbst übertroffen und schimpfte nicht mal über zu viel Arbeit. Inzwischen hatte sie ja auch Hilfe genug. Amali bediente gekonnt am Tisch und sah dabei sehr adrett aus in ihrer Dienstbotenuniform. Nafia hatte in der Küche geholfen und sich dabei sehr geschickt angestellt, und auch Bonnie hatte sich nützlich gemacht. Seit einigen Tagen war die junge Frau endlich wieder ganz auf den Beinen, sie hatte sechs Wochen gebraucht, um sich von ihrer Verletzung zu erholen. Nachdem die Gäste gegangen waren, hatte sie sich nun allerdings erschöpft zurückgezogen, während sich Amali und Sabina den übrig gebliebenen Wein schmecken ließen. Nafia leckte die Schüsseln aus, kommentierte mitunter altklug den Klatsch der Frauen oder übersetzte für ihre Schwester. Sie tat sich nicht so schwer mit der neuen Sprache wie Amali.

Sabinas Bemerkung zu Bonnie und Jefe verstand Amali allerdings gut und konnte auch selbst antworten. »Bonnie es hofft jedenfalls«, schränkte sie ein. »Und der Doktor. Er hat gefunden einen … Laden für sie, ganz nah bei Ausschank, wo jetzt arbeitet Lennie, am Rand von Hafenviertel. Das ehrbar, wenn sie nicht betrügen Kunden. Oder Kundinnen. Bonnie will verkaufen Schmuck und Kleider wie *pacotilleurs*. Die könnten beziehen ihre Waren auch von ihr oder verkaufen etwas für sie auf Plantagen. Der Doktor meint, er sie nimmt gern mal mit über Land. Mit ihm zusammen sie darf sicher auch auf Plantagen, die sonst zulassen keine *pacotilleurs*.«

Sabina nickte. Besonders Letzteres konnte ein einträgliches Geschäft werden. Sowohl die Köchin als auch Amali waren gute Kunden in Läden, die irgendwelchen Tand zur Verschönerung feilboten, und gerade die Sklaven auf den Plantagen liebten die bunten Kleinigkeiten, die etwas Farbe in ihr sonst ziemlich ödes Leben brachten. Seit Macandals Leute aber unter den Pflanzern wüteten, waren mehr und mehr Sklavenhalter Jacques Dufresnes Beispiel gefolgt und hatten die Händler von ihren Plantagen verbannt. Wenn der Doktor Bonnie jetzt wieder einführte, würde sie bestimmt recht gut verdienen. Und große Investitionen erforderte ein solches Geschäft auch nicht. Bonnie und ihr Freund würden mit dem Geld auskommen, das sie auf der *Mermaid* »verdient« hatten.

»Aber wenn du fragst mich … ich kann's noch nicht glauben«, fügte Amali ihren vorherigen Ausführungen hinzu. »Der Große …«

Dann wurde sie jedoch von Nafia unterbrochen. »*Mais est-ce que le Grand peut se marier avec Bonnie si il embrasse la Missis?*« Die Kleine erkundigte sich interessiert und offenbar ohne Arg.

»Was?«, fragte Amali. Sie glaubte, sich verhört zu haben. »Du willst wissen, ob der Große Bonnie heiraten kann, wenn er doch die Missis küsst?« Fragend blickte sie auf Sabina.

»Er die Madame küsst?«, wiederholte die Köchin nicht minder verwirrt. »Woher du weißt das?«

»Ich hab sie gesehen«, erwiderte Nafia jetzt auf Englisch zu ihrer Schwester. »Im Stall, schon öfter. Er küsst sie und streichelt sie … und ich glaub, sie machen …«

Sie formte mit Daumen und Zeigefinger der linken Hand einen Kreis und schob den Zeigefinger der rechten hindurch. Dabei lächelte sie verschämt.

Die Köchin verstand die Geste sofort. »Nafia, das nicht kann sein«, sagte sie ernst. »Du nicht darfst so was sagen, der Große sonst bekommt Ärger. Der Mèz ja gutmütig ist, aber wenn stelle ich mir vor, was gemacht Mèz Jacques auf Plantage, wenn das gesagt einer über schwarze Mann und weiße Frau … Mit beide, mit Mann, und dem, der es hat sagt …«

Amali saß wie erstarrt da. »Wenn derjenige aber doch Recht hat?«, fragte sie hart und verfiel wieder ins Englische. »Erzähl es um Himmels willen nicht herum, Nafia, aber dass es keine Lüge ist, das … das kann ich mir denken. Verdammt, ich habe es längst selbst geahnt, ich dachte jedoch nicht … Ich dachte, da wäre eine Anziehung, ein bisschen Spiel mit dem Feuer. Doch dass die Missis … dass Deirdre den Doktor betrügt … Ich werde morgen mit ihr reden. Das muss aufhören! Bevor es uns noch alle ins Unglück stürzt.« Sie stand entschlossen auf. »Komm, Nafia, wir gehen schlafen. Morgen wird ein schwerer Tag.«

Amali setzte ihr Vorhaben gleich am nächsten Morgen in die Tat um, als sie Deirdres Ruf folgte, ihr beim Frisieren und Ankleiden zu helfen. Deirdre hatte im Morgenmantel mit ihrem Gatten gefrühstückt. Jetzt plante sie einen Ausritt, natürlich mit dem Großen. Aber dem würde Amali einen Riegel vorschieben.

Mit verkniffenem Gesicht klopfte sie an die Tür ihrer Herrin, die ihr sofort öffnete. »Komm schnell rein, Amali, ich bin schon spät dran, hoffentlich hat Caesar bereits gesattelt. Ich nehme das grüne Reitkleid, und bitte schnür mich nicht so eng …«

Deirdre lächelte. Sie war offenbar bester Laune.

»Damit Caesar es Ihnen dann leichter ausziehen kann, Missis?«, erkundigte sich Amali und entnahm Deirdres bestürztem Gesichtsausdruck die letzte Gewissheit.

»Wo… woher weißt du …?«, fragte Deirdre tonlos, um sich dann jedoch gleich zu fangen. »Was sagst du da?«, berichtigte sie sich und versuchte, ihre Stimme fest und streng klingen zu lassen. »Was nimmst du dir heraus?« Sie warf den Kopf zurück, bemühte sich um Empörung.

Amali verdrehte die Augen – und wechselte von der Zofe zur Freundin.

»Deirdre, du konntest noch nie besonders gut lügen«, bemerkte sie gelassen. »Mama Adwe hat immer gewusst, wer den Honigkuchen stibitzt hat, sie brauchte dir nur ins Gesicht zu sehen. Und ich seh's dir jetzt auch an. Genau wie diese Verliebtheit. Die strahlt dir und deinem Nigger schon seit Wochen aus den Augen. Ich wollt es bloß nicht wahrhaben. Aber ihr konntet ja nicht mal aufpassen! Nein, fang jetzt nicht wieder an zu leugnen, Nafia hat euch im Stall gesehen. Und nicht nur ein Mal!«

»Du … du …«

Deirdre wusste nicht, was sie erwidern sollte. Etwas in ihr trieb sie, Amali zu beschimpfen und ihr zu drohen. Caesar hätte das getan, da war sie sich sicher, es war bestimmt das Beste, alles beharrlich abzustreiten. Doch Deirdre wollten keine Lügen über die Lippen.

»Denk dir gar nicht erst irgendwelche Strafen für mich aus«, fuhr Amali derweil fort. »Du hast mir einen Freibrief geschrieben, schon vergessen? Ich bin deine Freundin, Deirdre …«

»Dann wirst du … Victor nichts verraten?«, fragte Deirdre leise.

Amali schüttelte den Kopf. »Nein. Natürlich nicht. Das wäre auch grausam. Er vertraut dir doch. Er liebt dich. Es würde ihm das Herz brechen …«

»Aber ich liebe Caesar!«, behauptete Deirdre. »Ich wollte das nicht, es ist einfach passiert … wobei ich Victor nie wehtun wollte. Aber …« Auf ihrem Gesicht erschien ein Lächeln. »Wenn du mir jetzt hilfst, Amali, dann kann da ja gar nichts mehr passieren. Er wird es nie rausfinden. Ach, Amali, ich wollte dich längst einweihen, ich dachte nur, du magst Caesar nicht, und …« Deirdre machte Anstalten, Amali zu umarmen, aber Amali wich zurück.

»Ich mag ihn auch nicht«, sagte sie kurz. »Doch selbst wenn ich ihn mögen würde, ich würde dir trotzdem nicht helfen …«

Deirdre musterte sie bestürzt. »Du hast eben noch gesagt, du bist meine Freundin …«

»Und eben deshalb helfe ich dir nicht!«, schleuderte ihr Amali entgegen. »Weil ich weiß, dass es nicht gut für dich ist. Der Kerl ist für niemanden gut, Deirdre, und für dich am allerwenigsten! Wenn Victor dich verstößt … Vor dem Gesetz bist du genauso schwarz wie ich!«

Deirdre lächelte unsicher. »Ich habe auch einen Freibrief«, murmelte sie.

Amali fasste sich an die Stirn. »Ja, hast du. Nur leider nicht unter dem Bett wie ich. Den deinen hat wohl eher dein Mann …«

»Victor würde … er würde nicht so weit gehen, meinen Freibrief zu zerreißen!«, sagte Deirdre entrüstet. »Egal, wie sehr ich ihn enttäusche, er … er ist ein guter Mann.«

»Er würde ihn dir schon geben«, stimmte Amali beschwichtigend zu. »Denn ein guter Mann ist er wirklich. Doch was machst du dann? Was machen wir dann, Deirdre? Glaubst du, der Mèz braucht eine Zofe? Und ihre kleine Schwester? Und ihr kleines Kind? Wir stünden alle mit dir auf der Straße. Wahrscheinlich würdest du nicht mal zurück nach Jamaika wollen, oder? Du glaubst doch nicht, dein Caesar wäre willkommen auf Cascarilla Gardens? Oder in der feinen Gesellschaft von Kingston?«

Deirdre biss sich auf die Lippen. Amali sah geradezu, wie es hinter ihrer Stirn arbeitete. Wahrscheinlich führte sie sich zum ersten Mal vor Augen, was ihr bevorstünde, falls die Sache mit ihrem Geliebten herauskam.

Die junge Frau rieb sich die Stirn. »Aber Caesar ist … Caesar ist eine … eine Offenbarung, du kannst dir nicht vorstellen, wie es mit ihm ist.« Sie hob flehend die Hände. »Ich kann nicht Schluss machen, Amali, ich kann es einfach nicht. Unsere Liebe …« Sie klang hilflos.

»Ich hab Lennie auch geliebt«, sagte Amali hart. »Und ich hab gelitten, als er fortging, obwohl auch er nicht gut für mich war. Man überlebt das, Deirdre, das hast du mir damals selbst gesagt. Also schick den Kerl weg. Zu seinem Piratenschiff oder zu seiner Bonnie – wobei die eigentlich auch zu gut für ihn ist. Er würde sie nur unglücklich machen. Leb dein Leben weiter. Lass mich meins und Nafia ihres weiterleben. Libbies hat gerade erst angefangen. Ich warne dich, Deirdre …«, Amali hob die Stimme, »bevor ich diesem Caesar erlaube, ihr das zu zerstören, da nehm ich mir selbst ein Messer und stoß es ihm in den Rücken! Oder ich zeig ihn an bei der Gendarmerie. Würd mich wundern, wenn er da nicht gesucht würde, dein ›Caesar le Grand‹!« Wütend holte sie das Reitkleid aus dem Schrank und warf es Deirdre hin. »Hier, zieh's dir allein an. Als kleinen Vorgeschmack darauf, wie es wäre, in irgendeiner Absteige mit Caesar zu hausen. Dann fällt es vielleicht gleich leichter, die Sache zu beenden.«

Deirdre blieb fassungslos zurück, als ihre Zofe hinausrauschte. Sie hatte das Gefühl, als läge etwas in ihr im Sterben. Amali meinte es ernst. Sie hatte Angst um sich und ihre Familie, und wenn Deirdre ihre Affäre nicht selbst beendete, würde sie etwas tun, das ihren Liebsten ins Unglück stürzte. Also musste Deirdre Schluss machen. Wenn es nicht noch einen Ausweg gab. Wenn ihr Pirat nicht vielleicht noch einen Ausweg fand …

»Es gibt lediglich eine Frau, die es weiß?«, fragte Jefe.

Sein Gesicht nahm einen lauernden Ausdruck an, hinter dem Deirdre eiskalte Entschlossenheit erkannte – das Gesicht eines Piraten, der vor dem Schlimmsten nicht zurückschreckte.

»Wahrscheinlich wissen sie es alle.« Deirdre seufzte. Sie war völlig aufgelöst nach der Auseinandersetzung mit Amali. Ihr Haar hing offen herunter, sie hatte sich nicht mal die Zeit genommen, es aufzustecken, und sie war kreidebleich. »Nafia auf jeden Fall, die Köchin …«

»Das sind immer noch wenige«, bemerkte Jefe. Er spielte mit den Zügeln seines Braunen. »Ich könnte einen … hm … Brand …«

Die Pferde traten eben aus dem Mangrovenwald hinaus auf den Strand. Jefe hatte Deirdre bereits mit den gesattelten Tieren erwartet und ihr in den Sattel geholfen, aber sie hatte nicht wie sonst jede Gelegenheit genutzt, ihn dabei wie zufällig zu berühren. Sie schien Körperkontakt eher zu scheuen. Das Gelände der Dufresnes hatte sie nicht schnell genug verlassen können, um ihrem Geliebten gleich nach der ersten Wegbiegung ihr Herz auszuschütten.

»Caesar, du willst nicht ernstlich unser ganzes Hauspersonal umbringen!« Deirdre lachte nervös. »Das ist völlig unmöglich. Wir können nur … wir müssen Amali nur irgendwie in Sicherheit wiegen. Indem du Bonnie wirklich heiratest, zum Beispiel. Und diesen Laden übernimmst. Und wenn wir uns dann ein paar Wochen nicht sehen …«

»Deirdre, ich kann unmöglich …«, hob Jefe an, um dann aufgeregt zum Strand zu deuten. »Was ist das?«

Deirdre meinte, sich sechs Wochen zurückversetzt zu fühlen. Am Strand ihrer Bucht lag ein Ruderboot, rasch an Land gezogen und dann verlassen, wie damals das Boot von Caesar. Sogar die Farben stimmten überein – und das war es wohl, was ihren Begleiter so in Erregung versetzte.

»Das ist eins von unseren Booten!«, antwortete der große Schwarze jetzt auf seine eigene Frage. »Herr, im Himmel, das ist die *Mermaid!* Das ist der Captain, sie sind gekommen …«

»Das ist die *Mermaid?*«, fragte Deirdre spöttisch, obwohl ihr nicht nach Scherzen zumute war. Natürlich war dies allenfalls ein Beiboot der *Mermaid*. Das Piratenschiff mochte außerhalb der Bucht ankern.

Jefe, der sein Pferd so schnell wie möglich zum Boot getrieben hatte, erkannte nun auch schon die Spuren eines Lagerfeuers ganz vorn unter einer der Mangroven – und Deirdre erschrak zu Tode, als zwei Männer aus dem Wald traten, ähnlich abenteuerlich gekleidet wie ihr Liebster bei seiner Ankunft. Ein Langer, Dunkelhaariger trug einen Dreispitz und ein Brokatjacket, das ursprünglich sicher mal für einen Ballsaal angefertigt worden war, der Zweite, größer und dicker, trug Samtweste und Kniehosen zu einem Holzbein.

»Sanchez! Pitch!« Jefe setzte Roderick in Galopp, um schneller zu seinen Freunden zu kommen. Es wirkte recht schneidig, nur das Abspringen gelang nicht so elegant, wie er es sich gewünscht hätte.

Die beiden Männer ließen die riesige Schildkröte, die sie als frischen Proviant für die *Mermaid* gefangen hatten, sofort los, um Jefe entgegenzueilen.

»Sieh einer an! Big Black Caesar hoch zu Ross!«

Der einbeinige Koch strahlte über sein ganzes feistes und jetzt, gegen Mittag, schon schweißfeuchtes Gesicht. Herzlich umarmte er Jefe.

Der hochgewachsene Mulatte entdeckte derweil Deirdre, die auf ihrem zierlichen Schimmel und mit dem offenen, im Wind wehenden Haar wieder aussah, als sei sie einem Märchen entstiegen.

»Und das?« Dem Mann blieb buchstäblich der Mund offen stehen. »Teufel noch mal, Caesar, wenn das Bobbie ist … dann schick ich dem Doktor glatt noch unsern alten Captain zur Erneuerung!« Sanchez lachte schallend.

Pitch grinste. »Der würd sich bedanken, wenn sie ihm dafür sein bestes Teil abschneiden müssten! Aber die Lady hier …« Er verbeugte sich ungelenk vor Deirdre. »Das ist ein Fang, Caesar! Wo hast du die aufgetan? Und wo ist Bobbie? Der Kleine lebt doch noch, oder? Sonst wärst du nach Santo Domingo gekommen.«

Jefe nickte. Dann half er Deirdre galant vom Pferd.

»Deirdre Dufresne«, stellte er förmlich vor. »Meine zukünftige Frau!«

Deirdre errötete, während die Männer gutmütig aufjohlten.

»Und dies sind Sanchez, unser Quartiermeister, und Pitch, unser Koch!«, sprach Jefe weiter.

Deirdre gab es einen Stich, dass er wie selbstverständlich von seinen Leuten sprach. Jefe bemerkte das nicht, ihm fiel auch nicht auf, dass ihre Begrüßung für seine Freunde kurz und frostig ausfiel.

»Seit wann seid ihr hier, Sanchez?«, fragte er nur eifrig und half dabei schon, die Schildkröte ins Boot der Piraten zu schleppen. »Das Schiff ist wieder in Ordnung?«

Sanchez nickte. »Ist wie neu. Auch wenn's lange gedauert hat, es war ganz schön viel kaputt. Nun, die Prise hat's zehnmal abgedeckt. Da wartet auch noch ein hübsches Sümmchen auf dich und Bobbie. Für den natürlich ein Bonus wegen der Verletzung. Ist er denn ganz wiederhergestellt? Wo ist er denn nun?«

Jefe grinste. »Sanchez, wenn du 'n Rendezvous hast, mit so 'nem Prachtweib wie Deirdre … schleppst du da den kleinen Bobbie mit dir rum? Wenn die Tagesplanung das hier vorsieht?« Er machte eine kurze, eindeutige Handbewegung.

Deirdre errötete.

Der Mulatte verstand. »Ah, ja … Caesar, ein Mädchen, ein einsamer Strand … Alter Frauenheld! Aber im Ernst, Bobbie ist gesund? Er kann mit uns weitersegeln?«

Jefe nickte. »Wie neu!«, wiederholte er Sanchez' Worte.

Pitch entkorkte eben eine Flasche Rum. »Hier, Jungs … auf das Wiedersehen. Hier sind wir an Land, da dürfen wir. Der Lady hätten wir natürlich gern einen Sherry angeboten, aber leider …« Der Koch verbeugte sich wieder.

Deirdre war nahe dran, ihn um einen Schluck aus der Rumflasche zu bitten. Erst Amalis Ausbruch und jetzt diese Begegnung am Strand – sie hätte eine Stärkung brauchen können. Natürlich tat sie nichts dergleichen, sondern sah ihren Begleiter nur vorwurfsvoll an, als der nach der Flasche griff.

Sanchez nahm sie ihm umgehend wieder weg. »Nichts da, Pitch. Den Jungen verleiten wir jetzt nicht zum Saufen, der hat Wichtigeres vor.« Er wiederholte Jefes Geste. »Muss ja auch Abschied feiern mit seinem Mädchen …« Nun war es der Mulatte, der sich vor Deirdre verneigte. »Nichts für ungut, Mademoiselle, dass wir Ihren Zukünftigen aufgehalten haben. Aber der Tag ist ja noch lang … Viel Spaß, Caesar, man sieht sich dann!«

Er winkte Jefe und Deirdre launig zu, schob das Boot ins

Wasser und spedierte seinen nicht so begeisterten Freund Pitch hinein. Mit kräftigen Ruderschlägen entfernten sich die Männer.

Deirdre wusste, dass sie mit ihrem Caesar reden musste. Über Amalis Drohungen, die Piraten, Bonnie … Doch sie konnte nicht anders, als ihm zunächst einfach in die Arme zu fallen. Sobald das Ruderboot außer Sicht war, liebten sie sich, wie sie es noch nie getan hatten, seit sie sich das erste Mal begegnet waren. Jefe trieb Deirdres Leidenschaft zu ganz neuen Höhen. Er nahm sie mit der Wildheit und dem Hunger, den ein Pirat nach sechs enthaltsamen Wochen auf See verspüren mochte. Am Ende waren sie mit Sand bedeckt und rannten zum Wasser, um sich abzuspülen – küssten sich gleich darauf erneut und liebten sich ein weiteres Mal, nachdem sie das Salz auf der Haut des anderen geschmeckt hatten. Für Deirdre verschmolzen Meer und Himmel zu einem Blau. Für kurze Zeit vergaß sie alles um sich herum, sie meinte sich aufzulösen und mit ihrem Geliebten, der seinerseits Teil von Wind und Wasser, dem Grün des Waldes und dem Gold des Strandes wurde, eins zu werden.

»Du wirst doch nicht wirklich gehen? Du wirst mich nicht wirklich verlassen?«, fragte Deirdre schließlich mit klopfendem Herzen.

Jefe lag neben ihr, auf den Ellenbogen gestützt, und verschlang ihren nackten Körper mit Blicken, als wollte er sich ihn für immer einprägen.

»Von Wollen, Liebste, kann da keine Rede sein«, versicherte er ihr. »Aber schau, das ist doch eine Fügung, dass deine Zofe uns gerade ertappt hat, und jetzt kommt die *Mermaid* zurück. Natürlich würde ich gern bei dir bleiben, und noch lieber würde ich dich mitnehmen. Doch ich fürchte, du gehst nicht als Schiffsjunge durch. Ich hätte auch Angst um dich, Deirdre … ich könnte nie …«

Deirdre dachte vage an Bonnie. Um die schien er sich nicht

gefürchtet zu haben, als er sie mit auf das Schiff der Piraten genommen hatte.

»Es ist sicher nicht für lange!« Jefe sprach eifrig weiter. »Gib mir ein Jahr, allerhöchstens zwei … ach was, gib mir sechs Monate! Dann bin ich wieder da, mit ausreichend Geld, um dich zu holen. Ich vergess dich nicht, Deirdre, wie könnte ich dich vergessen?«

Deirdre antwortete nicht. Natürlich würde er sie nicht vergessen, ebenso wenig wie sie ihn. Was das anging, vertraute sie felsenfest ihrer gegenseitigen Anziehung. Sie hielt etwas Besonderes zusammen, ein Band, das sich dehnte, jedoch niemals reißen würde. Keiner von ihnen konnte das leugnen. Aber auf See konnte ihm so viel passieren, er konnte umkommen, seine Gliedmaßen verlieren wie dieser Pitch … Deirdre schauderte allein bei dem Gedanken, seinen vollkommenen Körper zerschlagen oder verunstaltet sehen zu müssen.

»Und Bonnie?«, versuchte sie es schließlich noch einmal. »Du hast Victor gehört, sie kann dieses Leben auf Dauer nicht aushalten. Willst du sie trotzdem mitnehmen? Willst du nicht mit ihr hierbleiben? Der Laden …«

Jefe machte eine wegwerfende Handbewegung. »Bonnie hat ihr Leben, und wir haben unseres«, erwiderte er ungehalten. »Sie muss selbst entscheiden, ob sie mitgeht oder ob sie bleibt. Der liebe, gute Doktor bietet ihr doch bestimmt eine Stelle als Sklavin in seinem Haus an.« Er verzog das Gesicht.

Deirdre verzichtete darauf, ihm vorzuhalten, dass es im Hause Dufresne keine Sklaven gab. »Wie kannst du von ›unserem Leben‹ reden und fortgehen?«, fragte sie stattdessen, jetzt völlig verzweifelt. Je länger sie daran dachte, was ihn auf der *Mermaid* erwarten konnte, desto mehr wuchs ihre Angst. Vielleicht war es ja sogar mehr als Angst? Vielleicht war es eine Ahnung? Sie hatte das Gefühl, ihn unbedingt schützen zu müssen. Selbst wenn das bedeutete, ihr behagliches Leben aufzugeben. Es war wie immer nach der Liebe mit dem großen Schwarzen, wie immer, wenn Victors Ehering nicht an ihrer Hand steckte, sondern sorglich verwahrt in einer Tasche ihres abgelegten Kleides. In diesen Stunden wollte Deirdre nichts anderes, als mit ihrem Geliebten zusammensein, ohne Rücksicht auf jegliche Konsequenzen. »Hör zu, Caesar, ich … was ist, wenn wir zusammen fortgehen? Jetzt gleich … oder heute Nacht. Nicht auf die *Mermaid*, aber irgendwohin, wo wir zusammen sein können. Ich brauche keinen Luxus, ich … mit dir würde ich auch in einer Hütte wohnen …«

Jefe ignorierte ihre Worte. Langsam näherte sich sein Mund dem ihren, und er begann sie zu küssen. Von ihren Lippen arbeitete er sich zu ihrem Hals, dann zu ihren Brüsten vor. Er ließ die Zunge in ihrem Bauchnabel kreisen …

»Caesar!« Deirdre stöhnte. »Versprich, dass du wenigstens darüber nachdenkst!«

Jefe lächelte ihr zwischen zwei Küssen zu. »Aber ja, Liebste, aber ja … ich denk drüber nach. Doch erst mal hören wir jetzt auf zu denken. Jetzt ist Zeit zu fühlen, Deirdre. Zeit zu fühlen …«

Deirdre war todmüde, als sie am späten Nachmittag endlich nach Hause ritten, und sie nahm an, dass es ihrem Liebhaber ähnlich ging. Victor war zu einem Patienten unterwegs, Bonnie half in der Küche. Amali warf Deirdre bitterböse Blicke zu, als sie die Zofe bat, ihr ein Bad einzulassen.

»Ich hoffe, das war ein Abschied«, bemerkte Amali, als Deirdre später wohlig seufzend in das Rosenwasser glitt.

Die Zofe musterte ihre Missis unwillig. Ihr Körper war bedeckt mit kleinen Kratzern und Rötungen. Sie hatte nie Vergleichbares an Deirdre gesehen, nachdem sie mit Victor zusammen gewesen war. Aber immerhin verstand sie jetzt, warum ihre Herrin sich ihr in der letzten Zeit oft nicht nackt hatte zeigen wollen.

»Vielleicht«, murmelte Deirdre schläfrig.

Sie mochte sich jetzt nicht noch einmal mit Amali streiten, und sicher hatte auch ihr Geliebter heute keine Lust mehr auf eine Auseinandersetzung mit Bonnie. Die aber würde sich nicht umgehen lassen, wenn er ihr von der *Mermaid* berichtete. Deirdre hoffte zudem, dass die Köchin die junge Frau gleich ins Bett schickte, wenn die Küche abgeräumt und ein kalter Imbiss für Victor vorbereitet war – er aß gern noch eine Kleinigkeit, wenn er von seinen Patientenbesuchen heimkam. Dann würde Bonnie heute gar nicht mehr mit dem großen Schwarzen zusammentreffen, alle Entscheidungen mussten auf den kommenden Morgen verschoben werden ... Und morgen würde Deirdre ihren Caesar erneut beschäftigen ... er würde nicht segeln wollen, wenn er fliegen konnte ...

Deirdre erwachte am nächsten Morgen allein in ihrem Schlafzimmer. Victor war spät heimgekommen, und zum Glück hatte er seine Frau nicht mehr lieben wollen. Deirdre hätte ihn auch dieses Mal nicht abgewehrt, doch sie hatte ein weites Nachthemd übergezogen, um die Spuren ihrer wilden Spiele mit ihrem Liebhaber zu verbergen. Deirdre dachte kurz an die Ekstase zurück, in die er sie am Strand versetzt hatte, und fühlte sich voller Tatendrang. Sie musste ihn schnellstmöglich erneut treffen, ihn an sich binden, bevor er auf dumme Gedanken kam. Das war ohnehin die einzige Möglichkeit – Vernunftgründen gegenüber war er sicher nicht zugänglich. Als sie sich liebten, hatte er ihr jedoch versprochen, noch einmal über die *Mermaid* nachzudenken. Deirdre war voller Zuversicht. Wenn sie es jetzt schaffte, dass er das Schiff absegeln ließ, dann überlegte er sich vielleicht auch noch einmal die Sache mit Bonnie und dem Laden. Und im äußersten Notfall ... Vielleicht sollte sie doch mit ihm fliehen. Wog ein Tag wie der vorherige nicht jedes Opfer auf?

Deirdre trat ans Fenster und ließ den Blick über das Sklavenquartier, die Ställe und den Garten gleiten. Sie hoffte, ihren Liebsten zu sehen, doch auf dem Hof war niemand. Schließlich warf sie einen Morgenrock über, glättete kurz ihr Haar und ging dann hinunter. Es war früh, Victor saß sicher noch am Frühstückstisch, und es würde ihn freuen, wenn sie ihm Gesellschaft leistete.

Tatsächlich aß Victor eben mit großem Appetit eine Portion Okraschoten und Stockfisch. Und natürlich leuchteten seine Augen auf, als er Deirdre kommen sah. Sie lächelte zurück, und er stand auf, um sie zu küssen. Deirdre erwiderte den Kuss aufrichtig. Victor war ein wundervoller Mann, und es war schön, mit so viel Liebe überschüttet zu werden. Doch ein ganzes Leben lang? Ein ganzes Leben Langeweile unter Victors Schutzschild von Sanftmut, Zärtlichkeit und Freundlichkeit? Wenn man das Abenteuer an der Seite eines Big Black Caesar haben konnte?

»Wo ist denn Bonnie, Nafia?«, fragte Victor, als das kleine Mädchen mit ernstem Gesicht den Brotkorb auf den Tisch stellte.

Nafia drängte sich weiter um Aufgaben im Haushalt, beim Frühstück hatte in letzter Zeit aber eher Bonnie bedient, nachdem sie der Köchin bei den Vorbereitungen zur Hand gegangen war.

»Weg«, antwortete Nafia.

Deirdre traf das Wort wie ein Messerstich.

»Was heißt denn ›weg‹, Kleines?«, erkundigte sich Victor.

Nafia zuckte die Schultern. »Weiß ich auch nicht. Aber heute Morgen sind wir aufgewacht, weil die Pferde gewiehert haben und mit den Hufen an die Wand geschlagen. Die haben Hunger gehabt, Mèz Victor! Das haben sie gesagt!«

Victor lächelte. »Und wo war Caesar? Hat der sie nicht gefüttert?«

Nafia schüttelte den Kopf. »Nein. Weil, der ist nämlich auch weg. Amali hat dann die Pferde gefüttert, und ich wollte Bonnie wecken, damit sie Sabina hilft. Ich hab ganz laut an ihre Tür geklopft.« Bonnie hatte nach ihrer Genesung das Gästezimmer der Dufresnes verlassen und war in einen der Räume im Dienstbotenquartier gezogen. »Aber sie hat nicht aufgemacht. Und dann kam Amali und sagte, dass die bestimmt auch weg ist. Als ob sie sich schon so was gedacht hat. Na ja, wir haben dann nachgesehen. Hätte ja auch sein können, dass sie krank war oder so. Aber sie war nur weg. Obwohl ihre Kleider alle noch da waren. Das ist komisch, nicht, Mèz Victor?«

Victor seufzte. Für ihn war das eher die Bestätigung seiner Befürchtungen. »Armes, dummes Kind«, sagte er leise.

Dann sah er verwundert zu Deirdre, die jetzt haltlos schluchzte. Victor wunderte das. Natürlich hatten sie sich alle an ihre seltsamen Hausgäste gewöhnt und empfanden ihren Weggang als schmerzlich. Aber dass es Deirdre nun so mitnahm …

»Was ist denn, Deirdre?«, fragte er sanft.

Seine Frau sprang auf. »Nichts!«, rief sie. »Gar nichts … ich … es ist wirklich gar nichts, schick mir einfach Amali, wenn sie die Pferde versorgt hat …«

Dann rannte sie die Treppe hinauf, warf sich auf ihr Bett und weinte, weinte und weinte. Draußen vor der Bucht setzte die *Mermaid* die Segel. Das Ziel war ein Handelsschiff, das Seegalls Späher im Hafen von Cap-Français ausgemacht hatten – beladen mit Tabak, bestimmt für Paris. Die *Mermaid* folgte ihm nach Norden …

# FELS IM NEBEL

Das Karibische Meer
Saint-Domingue – Cap-Français, Nouveau Brissac,
Roche aux Brumes

Frühjahr bis Herbst 1756

## KAPITEL 1

Jefe und Bonnie hatten sich verändert, seit sie in Cap-Français gelebt hatten. Es fiel nicht sehr auf, nur ein so genauer Beobachter wie der umtriebige Quartiermeister Sanchez bemerkte, um wie viel ehrgeiziger Jefe geworden war. Vor seinem Aufenthalt in Saint-Domingue hatte er sich nie großartig darum gekümmert, welche Schiffe die *Mermaid* verfolgte und enterte. Natürlich hatte er sich immer über reiche Beute gefreut, aber ob es viel oder wenig war, schien ihm egal gewesen zu sein – das Geld war ihm ohnehin gleich zwischen den Fingern zerronnen wie den meisten anderen Piraten. Sie gaben es für Frauen und vornehme Gewänder aus, in denen sie stolz wie die Pfauen in den Häfen herumspazierten.

Jetzt jedoch hielt »Black Caesar« sein Geld zusammen, und neuerdings wollte er mitreden, wenn es darum ging, ob man sich um einen Segler »kümmern« sollte, der gerade mal eine Ladung Zuckerrohr nach England bringen wollte, oder ob man sich an die Verfolgung eines Schiffes machte, das besser bewachte Luxusgüter transportierte. Der große Schwarze plädierte dabei immer für die lohnenswertere Prise und das höhere Risiko, und obendrein wirkte er auf die Mannschaft ein, den Posten des Leutnants erneut zu besetzen. Die Männer sollten ihn dazu wählen oder Sanchez. Falls es der Mulatte würde, wollte Jefe sich um den Job als Quartiermeister bewerben. Beide Posten brachten größere Anteile an der Prise – und Jefe damit näher an seine erträumte Zukunft mit der Frau seines Herzens.

Bonnie bemerkte natürlich auch, dass Jefe sein Geld neuerdings sparte, und freute sich darüber. Sie war ungern mit ihm auf die *Mermaid* zurückgekehrt. Sehr viel lieber hätte sie einen Laden in Cap-Français aufgemacht. Aber ohne Jefe hatte das alles keinen Sinn, sie hätte sich auch gar nicht zugetraut, ganz allein ein Geschäft zu führen. Schließlich war sie nicht Máanu. Und als Jefe ihr dann vorhielt, dass ihr Geld nur knapp für die Geschäftsgründung reichte und dass man ein viel besseres Leben haben könnte, wenn man noch etwas mehr sparte, war es um Bonnie geschehen. Natürlich, Jefe träumte von einem größeren Unternehmen … irgendwann waren sogar die Worte »Kaufmann« und »Schiffseigner« gefallen. Bonnie hielt das für ziemlichen Unsinn. So reich wurde man nun auch wieder nicht mit der Freibeuterei.

Als sie in diesen Wochen jedoch sah, wie entschlossen Jefe das Geld zusammenraffte, begann sie fast, an seine Träume zu glauben. Natürlich sprach sie mit niemandem darüber, sie lächelte nur in sich hinein, wenn Sanchez und Pitch Jefe mit der »Frau seiner Träume« aufzogen, für die er sein Geld offenbar zusammenhielt.

Die Veränderungen, die in Bonnie vorgegangen waren, zeigten sich subtiler. Eigentlich bemerkten sie allenfalls der Captain und die anderen Kanoniere, die während der Enterungen auf der *Mermaid* blieben. Der Erste Kanonier Bobbie war zögerlicher geworden. Natürlich schoss er immer noch, und er traf auch – aber er zielte seltener mitten hinein in die Menge der Matrosen auf dem feindlichen Schiff, er schien nicht mehr so wild entschlossen, so viele Feinde wie nur möglich auszulöschen. Der Captain führte das auf die Verletzung zurück – vielleicht fehlte es dem Kleinen ein wenig an Biss, nun, da er wusste, wie es sich anfühlte, von einer Kanonenkugel getroffen zu werden. Auf die Dauer musste er sich das allerdings abgewöhnen. Ein Pirat, der Mitleid hatte, war undenkbar. Doch vorerst behandelte Seegall seinen Ersten Kanonier mit Nachsicht. Sein Bobbie würde die Verletzung irgendwann vergessen und die Ängste ablegen. Er war schließlich ein Mann!

Bonnie dagegen fühlte sich mehr als Frau, nachdem sie in Cap-Français endlich wieder eine hatte sein dürfen. Vor allem hatte sie dort zum ersten Mal in ihrem Leben wie eine normale Frau gelebt. Sie hatte gelernt, Mitleid und Gespür für die Gefühle anderer zuzulassen, Gesichter zu deuten … und mit anderen Frauen zu sprechen, die nicht auf sie hinuntersahen. Mit Máanu hatte sie das natürlich auch tun können, aber damals war sie noch ein kleines Mädchen gewesen und Máanu mehr eine Mutter als eine Freundin. Mit Amali dagegen hatte sie Klatsch austauschen, über harmlose kleine Dinge reden und kichernd den bunten Tand zur Verschönerung ausprobieren können, mit dem Bonnie so gern gehandelt hätte. Sie hatte gelernt, dass die Köchin es nicht ernst meinte, wenn sie schimpfte und lamentierte. Nachdem sie sich in der ersten Zeit erschrocken geduckt hatte, sobald Sabina laut geworden war, hatte sie das bald lachend ignorieren können. Überhaupt hatte sie offen und arglos zu lachen gelernt und das wiehernde oder brüllende Lachen der Matrosen, das auf Scherze folgte, die sie oft nicht einmal verstand, für eine Weile vergessen können.

Bonnie hatte Deirdre, die wunderschöne Herrin, rückhaltlos bewundert und den Doktor geradezu angebetet. Sie wusste, dass er nicht guthieß, was die Männer auf der *Mermaid* taten – egal wie viel Verständnis er für Bonnies missliche Lage in den Händen eines gewalttätigen Backras aufgebracht hatte. Victor Dufresne und sein Haushalt hatten in ihr Moralvorstellungen erweckt, die sie jahrelang verdrängt oder durch Wut überlagert hatte. Aber es war nicht zu leugnen, dass es dieselben Vorstellungen von Gut und Böse waren, die ihr auch Máanu vermittelt hatte.

*»Du willst doch auch nicht, dass man dich bestiehlt!«*

Bonnie konnte sich nicht helfen, doch jedes Mal, wenn sich die Mannschaft eines geenterten Schiffes wieder verbissen wehrte und sie den Befehl zum Abfeuern der Kanonen der *Mermaid* gab, dröhnte ihr der Kopf von Máanus Worten. Jefes Mutter hatte sie damit vor Jahren sanft getadelt, nachdem sie etwas Zuckerzeug im Laden hatte mitgehen lassen. Danach hatte Bonnie nie wieder gestohlen – bis jetzt. Und sosehr sie sich darüber freute, wie herzlich die Mannschaft der *Mermaid* ihren Bobbie erneut an Bord begrüßt hatte – Bonnie begann, sich unwohl zu fühlen. Sie hätte ihr Leben als Piratin lieber heute als morgen beendet.

»Du musst für mich stimmen, Bonnie! Du kannst gar nicht anders, es wäre so viel Geld …«

Bonnie war dabei, ihre Kanone zu reinigen, und Jefe redete seit einer halben Stunde aufgeregt auf sie ein.

»Wir könnten mit einem Schlag reich sein!«

»Oder tot«, gab Bonnie zu bedenken. »Mensch, Jefe, wenn der Captain schon zögert … und Sanchez … die sind doch sonst für jede gute Prise zu haben. Aber das … vielleicht ist es einfach zu groß für uns …« Sie polierte den Lauf ihres Geschützes.

»Ach was, groß!« Jefe schüttelte den Kopf. »Wir haben schon erheblich größere Schiffe aufgebracht mit mehr Besatzung. Ich verstehe gar nicht, was ihr alle habt! Es ist ein Schiff, nichts mehr!«

»Es ist eine Fregatte, voll beladen mit Gold aus den spanischen Kolonien«, hielt Bonnie ihm vor. »Und entsprechend gut wird sie bewacht sein. Es ist gefährlich, sie anzugreifen, Jefe. Sieh es doch ein!«

Die Mannschaft hatte am Tag zuvor im Hafen von Kingston von dem Schiff erfahren, das angeblich in Santo Domingo vor Anker lag, bereit für die Überfahrt ins Mutterland Spanien. Der

Hafen war wegen größerer Reparaturarbeiten angefahren worden, und nun redete die halbe Inselwelt nur von den märchenhaften Schätzen, die die *Isabella Santa* angeblich geladen hatte. Jefe hatte daraufhin vorgeschlagen, dem Schiff bei Hispaniola aufzulauern und es zu entern. Die Bucht, in der die *Mermaid* repariert worden war, kam als Versteck infrage, sie würden der Fregatte von dort aus den Weg abschneiden können. Es musste ein rasches Manöver werden – wenn die Mannschaft wachsam war, konnte sie die Tarnung der Piraten durchschauen. Aber die Bucht würde ideal sein, ihr war eine kleine Insel vorgelagert, in der das Piratenschiff im Schatten von Felsen lauern konnte, um dann blitzschnell zuzuschlagen. Captain Seegall verstand sich auf ein solches Vorgehen, er hatte weiland mit Blackbeard an vielen solcher Angriffe teilgenommen, doch er wusste auch um das Risiko. Sanchez, sein Quartiermeister, riet rigoros von der Aktion ab.

»Das Schiff wird relativ klein sein und infolgedessen wendig«, argumentierte er. »Und es wird geschulte Wachmannschaften an Bord haben und schwere Artillerie – Vierundzwanzigpfünder, vielleicht Zweiunddreißigpfünder – und Männer, die fähig sind, sie zu bedienen. Die brauchen nur Lunte zu riechen und zuerst zu schießen, dann landen wir schneller auf dem Meeresgrund, als wir uns vorstellen können. Lasst das sein, Leute! Du bist nicht Blackbeard, Captain, und die gute alte *Mermaid* ist nicht die *Queen Anne's Revenge*.«

Das Ganze war unter den führenden Köpfen der *Mermaid* ausführlich diskutiert worden, und schließlich hatte Jefe darauf bestanden, die gesamte Mannschaft zur Abstimmung zusammenzurufen. Nun warb er um Stimmen. Und hoffte natürlich auf Bonnie und die anderen Kanoniere. Von ihrer Kunst würde hier schließlich vieles, wenn nicht alles, abhängen.

»Überleg es dir!«, riet er schließlich, als Bonnie unschlüssig blieb. »Aber überleg es dir gut! Wenn wir jetzt zögern, fahren wir vielleicht noch in zehn Jahren zur See. Dagegen ein Goldschatz … Wir könnten sesshaft werden …«

Bonnie biss sich auf die Lippen.

Unendlicher Reichtum auf einen Schlag, das war es letztlich auch, was Captain Seegall bei der abendlichen Versammlung vorsichtig für das Entern der *Isabella* plädieren ließ. Der Kapitän war mehr als unschlüssig, doch das Gold lockte ihn – sicher mehr als die meisten Mitglieder seiner Mannschaft. Jeffrey Seegall war über fünfzig Jahre alt, ein biblisches Alter für einen Freibeuter, kaum einer seiner Wegbegleiter hatte es jemals erreicht. Der Draufgänger hatte sich auch gut gehalten, er war immer noch ein starker Kämpfer. In der letzten Zeit spürte er nun jedoch das Alter. Wie die meisten Seeleute litt er unter Gelenkschmerzen nach zu vielen feuchten Tagen und Nächten an Bord, seine Reflexe wurden langsamer, oft genug mussten Sanchez oder Jefe ihm beispringen, wenn er es beim Entern mit einem wirklich starken Fechter zu tun hatte. Sehr lange, das war ihm klar, würde das nicht mehr gut gehen. Es wäre besser, es Twinkle nachzumachen und sich zur Ruhe zu setzen.

Aber Seegall hatte nicht allzu viel gespart. Er unterhielt seit Jahren eine Frau auf Martinique – eine Schönheit, die entsprechende Ansprüche stellte. Wenn Celestine ausschließlich für den Captain da sein und den größten Teil des Jahres einfach auf ihn warten sollte, dann wollte sie dafür mit Luxus umgeben werden. Seegall finanzierte also ein Haus mit Köchin, Dienerschaft und Zofe für die Herrin. Die Hausangestellten waren Sklaven, Lohnkosten fielen also nicht an, doch auch sie wollten essen – und wenn sie die Herrin ein bisschen bespitzelten, um sicherzustellen, dass Celestine ihren Teil an der Vereinbarung einhielt, dann forderten sie dafür auch eine gewisse Vergütung.

Seegall träumte davon, sich im Alter in diesem Haus und von dieser Frau verwöhnen zu lassen, aber dafür reichte sein

Geld einfach noch nicht. Vielleicht würde er das Haus ein oder zwei Jahre unterhalten können, wenn er die *Mermaid* verkaufte, womöglich übernahm sie ja auch ein Mitglied der Mannschaft, und Seegall konnte am Geschäft beteiligt bleiben. So viel abwerfen, dass es reichte, Celestines Bedürfnisse für den Rest seines Lebens zu befriedigen, würde das jedoch nie. Die Aussicht, sich die Ladung der *Isabella Santa* anzueignen, erschien ihm da wie die Antwort auf all seine Gebete. Wenn das Risiko nur nicht gar so groß wäre.

»Wir könnten sie manövrierunfähig schießen«, bemerkte Bonnie zögernd. Sie sprach sich nicht gern gegen den vorsichtigen Sanchez aus, aber wenn es denn schon sein musste ... Jefe hatte Recht, die Prise war zu verlockend. Und so hatte sie den ganzen Nachmittag über eine Strategie nachgedacht, die das Risiko so weit wie möglich minimierte. »Also, wenn wir wirklich hinter dieser Insel Deckung finden. Wir müssten in dem Moment feuern, in dem wir in Sicht kommen. Und wir müssten natürlich treffen, auf weite Distanz.«

Die Schiffskanonen der *Mermaid* hatten eine Reichweite von mehr als tausend Yards, auf See war es jedoch kaum möglich, präzise zu zielen. Schon auf hundert Yards wurde es schwierig. Zum Glück hatte die *Mermaid* in Bonnie einen wirklich erstklassigen Kanonier.

»Wenn wir auf zweihundert Yards rankommen, traue ich es mir zu!«, erklärte Bonnie selbstbewusst. »Und Rivers kann's auch ...« Sie wies auf den Zweiten Kanonier. »Wenn wir denen eine Breitseite verpassen, und ich nehme gezielt die Takelage aufs Korn und Rivers den Schiffsrumpf knapp über der Wasserkante ... Das Schiff soll ruhig ein bisschen leckschlagen, aber nicht gleich untergehen. Dann ist nichts mehr mit Abhauen, und beschäftigt ist die Mannschaft obendrein, weil alle Angst haben, dass sie absaufen ...«

Jefe grinste. »Na also, was sag ich euch? Auflauern, überraschen, abschießen und entern – was ist groß dabei? Und schon sind wir reich. Kommt Leute, da könnt ihr doch nicht Nein sagen!«

Sanchez schüttelte den Kopf. »Ihr habt die Bucht und die Insel nicht mal gesehen, Caesar und Bobbie«, wandte er ein, aber es war kein sehr stichhaltiges Argument.

Captain Seegall hatte vorher gesagt, ihr angestrebtes Versteck sei optimal – zumindest wenn die *Isabella* nicht zu weit vom Land entfernt segle. Damit war jedoch nicht zu rechnen. Solange es möglich war, hielten sich eigentlich alle Schiffe in Sichtweite der Küste.

Seegall rieb sich die Stirn. »Also stimmen wir ab, Leute«, meinte er. »Wer ist fürs Entern?«

Die Hände der Seeleute flogen hoch. Als einer der letzten meldete sich Bonnie.

»Gegenstimmen?«

Sanchez hob trotzig den Arm, aber mit ihm stimmten nur noch der Koch, der Schiffszimmermann und zwei weitere ältere Mannschaftsmitglieder.

Jefe frohlockte. »Na also, Captain! Noch eine Schlacht, dann winkt der verdiente Ruhestand!«

Seegall musterte ihn ernst. »Es wird auf jeden Fall meine letzte Schlacht«, meinte er dann. »Egal, wie es ausgeht …«

Was die Bucht und die Santo Domingo vorgelagerte Insel anging, hatten der Captain und die anderen Befürworter der Aktion nicht zu viel versprochen. Das Eiland war unbewohnt und von dichtem Urwald überwuchert. In der Mitte ragte ein Felsen auf, wie geschaffen dafür, die *Mermaid* zu verbergen. Es gab zurzeit auch genügend Wind, um das Schiff rasch in Fahrt zu bringen, die Piraten würden sich ihrem Opfer in hohem Tempo nähern können. Nun hieß es nur noch zu warten und zu hoffen, dass sich die Wetterverhältnisse nicht änderten. Die Spannung an

Bord steigerte sich mit jedem Tag, ja jeder Stunde, die verging. Abgesegelt war die *Isabella Santa* wohl noch nicht. Das Schiff war zwischen Jamaika und Hispaniola in einen schweren Sturm geraten, und die Reparaturen in Santo Domingo dauerten anscheinend länger, als Seegall beim Absegeln der *Mermaid* angenommen hatte.

Bonnie und ihre Helfer übten zum hundertsten Mal die blitzschnelle Ausrichtung ihrer Kanone, als Sanchez sich zu ihr gesellte.

»Angst?«, fragte er.

Bonnie wollte nicken, doch dann fiel ihr gerade noch rechtzeitig ein, dass sie ja Bobbie, ein Mann, war.

»Na… natürlich nicht, Sanchez. Ich … ich krieg das hin mit der Kanone, ich … ich freu mich schon …« Es klang nicht sehr zuversichtlich.

Sanchez grinste. »Warum hast du dafür gestimmt, Bobbie?«, fragte er. »Du bist doch sonst ein vernünftiger Junge. Und das hier … selbst wenn das gut geht, es wird uns Opfer kosten, mehr noch als die *Bonne Marie* vor ein paar Monaten. Ist es das wert?«

Bonnie nickte ernst. »Doch, Quartiermeister!«, erklärte sie jetzt mit deutlich festerer Stimme. »Wenn wir hinterher reich sind. Wenn Caesar …«

Sanchez seufzte. »Caesar hat dir was versprochen, ja? Worum geht es denn, Kleiner? Will er die *Mermaid* übernehmen? Sie dem Captain abkaufen? Das war ja wohl vorher schon mal im Gespräch. Und du wirst dann Quartiermeister?«

Bonnie lachte. »Ach was!«, gab sie zurück und räusperte sich schnell, weil sie mit fast normaler Stimme gesprochen hatte. Das war etwas, das sie sich abgewöhnen musste, Bobbie konnte nicht ewig im Stimmbruch bleiben … Aber jetzt war ja sowieso bald alles vorbei. »Nein, Caesar und ich gehen an Land. Am liebsten in Saint-Domingue. Da war es ganz schön. Und wir machen uns mit irgendwas selbstständig. Caesar meint, bei so viel Geld, da reicht es für ein … ein richtiges Handelshaus. Was will er noch werden …? Import-Export-Kaufmann.«

Sanchez verzog den Mund zu einem traurigen Lächeln. Wie ernsthaft der Junge das erzählte, und was er sich wohl darunter vorstellte! Der kleine Bobbie als Kaufmann? Als harter Verhandlungspartner für Kapitäne, Pflanzer, Schiffseigner? Caesar hätte er das eher zugetraut. Trotzdem war der Plan größenwahnsinnig. Hatte man je von einem internationalen Handelshaus gehört, das von zwei Schwarzen geleitet wurde?

»Und wie wollt ihr das mit dem Sklavenhandel handhaben?«, fragte er hart. »Meines Wissens ein wichtiger Zweig des Fernhandels … Bobbie, wach auf! Egal, wie viel Geld ihr habt, mehr als ein kleines Geschäft in einem Hafen ist für Nigger nicht drin …«

»In den französischen Kolonien gibt es freie Nigger!«, erklärte Bonnie im Brustton der Überzeugung.

Sanchez verdrehte die Augen. »Klar. Doch sie besitzen nicht gerade die großen Tabakplantagen, oder? Bobbie, denk nach! Warum war Blackbeard Captain und Black Caesar Leutnant? Warum gibt es keinen einzigen schwarzen Freibeuter, der es zu einem eigenen Schiff brachte? Das gilt im Übrigen auch für braune Freibeuter …« Der Mulatte wies auf sich selbst.

»Aber Caesar meint …« Bonnie fühlte sich überrumpelt.

»Caesar meint, weil er es mit 'ner schönen weißen Frau treibt, wär er der Herr der Welt!«, höhnte Sanchez. »Wo hat er die überhaupt aufgegabelt? Wollte ich dich schon immer mal fragen, er selbst hüllt sich ja in Schweigen …«

»Mit 'ner … was?« Bonnie spürte, wie ihr das Blut aus dem Gesicht wich.

Sanchez lachte. »Nun sag nicht, das hat er auch vor dir verheimlicht? Ich glaub's nicht! Vor seinem besten Freund! Muss also wirklich was Ernstes sein. Du wirst sie doch mal gesehen haben. Ist 'ne bildschöne Frau, schwarze Locken, grüne Augen.

Das sieht man selten. Und hockte auf ihrem Schimmel wie ’ne leibhaftige Fee … während Caesar ihr auf einem Braunen hinterherhoppelte …«

Bonnie atmete auf und rang sich ein gezwungenes Lachen ab. »Ach, die meinst du … Das ist die Frau von dem Arzt, der mich behandelt hat. Der Doktor hat Caesar im Stall schlafen lassen, und dafür hat er bei den Pferden geholfen. Als … als Reitknecht.«

Bonnie wusste, dass Jefe das peinlich gewesen war. Aber sich so eine abenteuerliche Geschichte auszudenken … Jefe und Mrs. Dufresne – das war völlig undenkbar.

Sanchez tippte sich an die Stirn. »Geritten hat er das Weib todsicher«, bemerkte er. »Mensch, Bobbie, hast du denn keine Augen im Kopf? Den beiden stand’s doch auf der Stirn geschrieben. Und wir waren noch nicht ganz abgerudert, Pitch und ich, da haben die sich schon im Sand gewälzt. Kannst Pitch ja fragen. Was hast du denn, Bobbie? Ist dir nicht gut?«

Bonnie musste sich an ihrer Kanone festhalten, um nicht den Boden unter den Füßen zu verlieren. Und Sanchez drehte das Messer in ihrer Wunde arglos weiter herum.

»Na ja, seitdem ist er so, unser Caesar … Sparsam, häuslich, mit großen Hirngespinsten! Jetzt versteh ich’s natürlich. Die Gattin vom Doktor! Mann, damit die ihren Alten verlässt, muss man der schon was bieten!«

Bonnie stöhnte. Aber sie tat es leise, sie blieb beherrscht. Weshalb sollte es Bobbie auch etwas ausmachen, dass Caesar ihn mit Deirdre Dufresne betrog? Dass er ihn belogen und ihm falsche Versprechungen gemacht hatte? Bonnie allerdings – der machte es etwas aus! Jefe hatte ihr nicht nur das Herz gebrochen, sondern sie auch von dem sichersten Platz fortgelockt, an dem sie je gewesen war.

»Was ist jetzt, Bobbie, willst du nicht mal gucken?« Rivers, der Zweite Kanonier, kam Bonnie unwissentlich zu Hilfe. Sie hatte den Männern vorhin die Aufgabe gegeben, ihre Kanonen auf einen bestimmten Felsen auf der Insel zu richten, um ihre Zielgenauigkeit anschließend zu korrigieren. »Inzwischen hätten wir das Eiland da schon dreimal versenken können!«

»Untersteht euch!«, scherzte Sanchez. »Die Insel ist unsere einzige Hoffnung, das hier lebend zu überstehen. Dann lass ich dich mal wieder an deine Arbeit, Bobbie …«

Bonnie musste sich zwingen, ihm zuzulächeln. »Du … bist aber nicht sauer, oder?«, fragte sie. Sie wusste, dass das albern war und kaum zu ihrer Rolle passte. Bobbie musste langsam erwachsen werden. »Weil ich nicht wie du gestimmt habe?«

Sanchez schüttelte den Kopf, jetzt wieder völlig ernst. »Nein, Kleiner. Wenn wir morgen diesen Kahn entern und im Gold schwimmen, dann kann ich dir dazu ja nur gratulieren. Und wenn nicht … dann landen wir eh alle in der Hölle. Was soll ich dir da noch übel nehmen?«

Bonnie verbrachte eine unruhige Nacht in ihrer Hängematte neben Jefe, der sich in der seinen eingerollt hatte wie in einen Kokon. Er schlief wie ein Kind. Eine bevorstehende Schlacht hatte ihn noch nie beunruhigt. Doch Bonnie wusste, dass der Kapitän und der Quartiermeister in ihren Verschlägen ihre Angelegenheiten ordneten. Ein paar der Mannschaftsmitglieder beteten – zu welchem Gott auch immer –, und viele wanderten ruhelos über das Deck und hielten Wache, obwohl in der Nacht eigentlich nicht mit dem Auftauchen des Schiffes zu rechnen war.

Bonnie dagegen dachte keinen Herzschlag lang über die *Isabella Santa* nach. Am Tag zuvor war es ihr noch wichtig gewesen, aber nach dem Gespräch mit Sanchez war es ihr beinahe egal, ob sie reich wurde oder nicht – und ob sie am Leben bleiben oder sterben würde. Am Abend hatte sie stundenlang aufs Festland geschaut, fast sehnsüchtig. Dies war Hispaniola, wenn auch der spanische Teil. In wenigen Stunden konnte man per Schiff in

Cap-Français sein. Und selbst wenn man zu Fuß unterwegs sein würde – es musste möglich sein, über die Grenze nach Saint-Domingue zu kommen.

Bonnie dachte vage darüber nach, an Land zu schwimmen. Aber dann sagte sie sich, dass sie ihre Kameraden nicht verraten durfte. Keiner der anderen Kanoniere hätte den Felsen auf der Insel auch nur halbwegs exakt getroffen. Wenn jemand die *Isabella* mit einem oder zwei Schüssen außer Gefecht setzen konnte, dann nur sie. Später würde sie dann mit Jefe reden. Vielleicht hatte Sanchez ja doch etwas missverstanden – oder sie konnte Jefe den Unsinn noch ausreden, ein gemeinsames Leben mit Deirdre Dufresne anzustreben. Vielleicht gab es ja auch eine Alternative, die Jefe reizte. Bonnie dachte unglücklich daran, tatsächlich die *Mermaid* zu kaufen, wenn der Captain sich zur Ruhe setzte. Wenn sie ihnen gehörte … Hatte es nicht auch weibliche Freibeuter gegeben? Eine davon hieß sogar fast wie sie: Anne Bonny. Vielleicht konnte sie offen als Frau neben Jefe zur See fahren?

Aber nutzte das alles etwas, wenn er sich nichts aus ihr machte? Verzweifelt klammerte sich Bonnie an die Worte Dr. Dufresnes: … *Er hat dir immerhin das Leben gerettet … Also bedeutest du ihm auch etwas!*

Bonnie grübelte stundenlang, aber die entscheidende Überlegung ließ sie nicht zu. Sie konnte sich nicht eingestehen, dass Dr. Victor Dufresne, der Mann, auf dessen Urteil sie so sehr vertraute, genauso betrogen worden war wie sie selbst …

## KAPITEL 2

Die *Isabella Santa* passierte das Inselchen vor der Bucht am nächsten Tag um die zehnte Stunde. Sie musste im Morgengrauen im Hafen von Santo Domingo abgelegt haben. Die Mannschaft der *Mermaid* war längst bereit für ihr riskantes Manöver. Auch der Wind schien auf ihrer Seite, er trieb das Piratenschiff unter vollen Segeln blitzschnell aus der Deckung auf die Seite der Fregatte zu – und die Piraten feuerten gleich aus fast allen Rohren. Bonnie, die auf die Segel des spanischen Schiffes gezielt hatte und den Hauptmast mit ihrer Spezialmunition genau traf, eilte gleich weiter an die nächste geladene Kanone und richtete sie auf den Bug des Schiffes aus. Im letzten Moment überlegte sie es sich jedoch anders und schoss das Schiff nicht leck, sondern zielte auf eine der gewaltigen Kanonen des Gegners, die sie an Deck erkannte. Auch Rivers und die anderen Kanoniere leisteten gute Arbeit. Alle luden zügig nach, um eine zweite Chance zu haben, wenn die *Mermaid* der *Isabella Santa* näher kommen würde.

Die Spanier hatten ihre Kanonen allerdings auch sofort bemannt, die Geschütze mussten schon geladen gewesen sein. Sie beschossen die Enterer mit einem Hagel von gehacktem Blei, Eisen und Nägeln – allerdings fehlte ihnen die Kaltblütigkeit, damit so lange zu warten, bis die *Mermaid* wirklich nah heran war. So landete fast die ganze Ladung wirkungslos im Wasser, und die schweren Kanonen nachzuladen, dauerte lange. So waren noch keine Einschläge am Deck der *Mermaid* zu verzeichnen, als Sanchez »Klar zum Entern!« brüllte, das Piratenschiff erbebte nur unter Treffern im unteren Bereich. Schlagseite zeigte es aber nicht, schwere Lecks konnten nicht geschlagen sein, die *Isabella Santa* war dagegen völlig lahmgelegt.

Bonnie hätte nie damit gerechnet, dass ihr Plan wirklich aufgehen würde. Sie feuerte weiter auf die Luken, aus denen die Läufe der Kanonen des Gegners herausragten, während Sanchez und seine Männer schon ihre Enterhaken auswarfen und sich in den Kampf auf dem Oberdeck der *Isabella* stürzten. Wie erwartet standen ihnen erfahrenere Verteidiger gegenüber als gewöhnlich – aber eine so eingespielte Wachmannschaft, wie Sanchez prophezeit hatte, wies die *Isabella* dann doch nicht auf. Bonnie nahm an, dass ein Teil der Männer schon getötet worden war, als sie die Kanonen der *Isabella* beschossen hatten. Sie selbst und ihre Kanoniere hatten dreimal unmittelbar oder in die Nähe der Stückpforten getroffen. Bonnie erkannte Feuerschein im Schiffsinneren, Explosionen waren auch zu hören. Offensichtlich hatte sich das Schießpulver der Kanonen entzündet – darin konnte kaum jemand überlebt haben. Und wenn man bedachte, dass man zum Nachladen eines so schweren Geschützes bis zu fünfzehn Mann benötigte …

Für die erfahrenen Kämpfer der *Mermaid* war es jedenfalls nicht sehr aufreibend, die *Isabella* zu entern. Jefe kämpfte wie immer verbissen, Sanchez focht elegant, Captain Seegall erledigte mit fast jugendlichem Schwung einen Gegner nach dem anderen.

»Wir siegen!«, rief Bonnie ungläubig den anderen Kanonieren und ihren Helfern zu. »Sieht tatsächlich aus, als würden wir siegen!«

Es sah nicht nur so aus. Der Kampflärm an Deck war noch nicht ganz verebbt, als die ersten Piraten Truhen voller Gold aus dem Frachtraum der *Isabella* schleppten. Der Captain hatte sie zum Löschen der Brände hinuntergeschickt, dann hatten sie es nicht erwarten können, die Ladung zu sichten. Sie mussten sich vergewissern …

»Gold!«

Jefe wühlte mit blutigen Händen in einem Sack glänzender Münzen, Sanchez hielt jubelnd zwei Barren in der Hand und winkte damit zur *Mermaid* hinüber.

Dann plötzlich erstarrte er. Er brüllte Jefe etwas zu, gleichzeitig erbebte die *Mermaid* unter Bonnie und den anderen und bäumte sich auf wie ein bockendes Pferd. Einmal, zweimal und ein drittes Mal, Bonnie klammerte sich entsetzt an die Reling – und musste dann ihrer Kanone ausweichen, die auf sie zuzurollen drohte. Kugeleinschläge? Aber die *Isabella* schoss längst nicht mehr, und die Schüsse schienen auch von backbord zu kommen, während sie der *Isabella* ihre Steuerbordseite zugewandt hatten …

Bonnie blickte alarmiert zu Jefe hinüber und sah, wie der Schrecken sich in seinem Gesicht spiegelte. Die Männer auf der *Isabella* schauten gebannt auf irgendetwas hinter der *Mermaid*. Ein paar der Piraten schrien auf, Fassungslosigkeit zeigte sich auf ihren Gesichtern – während die Überlebenden der *Isabella* ausgelassen zu jubeln begannen.

In diesem Moment neigte sich die *Mermaid* gefährlich zur Seite, und Bonnie wandte sich endlich um. Was sie sah, ließ ihren Atem stocken: Hinter der *Mermaid* ragte ein windschnittiger leichter Dreimaster auf – ein französisches Kriegsschiff! Im Eifer des Gefechts hatte niemand den sich nähernden Segler bemerkt, bevor der aus allen Rohren zu feuern begonnen hatte – und er war nah genug bei der *Mermaid*, um sicher zu treffen. Das Piratenschiff ächzte unter den Einschlägen …

»Sie sinkt!«, schrie Rivers und zerrte Bonnie aus ihrer Erstarrung. »Alle ins Wasser, sie sinkt …«

Bonnie überließ sich seiner Führung. Er hatte recht, wenn sie nicht schnell von Bord kam, würde der Sog des sinkenden

Schiffes sie mit in die Tiefe reißen. Während sie ins Meer sprang, schoss ihr der Gedanke an ihre Ersparnisse durch den Kopf, die gerade mit der *Mermaid* untergingen. Und dann explodierte es hinter ihr. Captain Seegalls Schiff wurde von einem Flammenmeer verschluckt. Die Franzosen johlten. Sie hatten die Pulverkammer getroffen, das Piratenschiff gezielt versenkt.

Bonnie schwamm um ihr Leben, während um sie herum Wrackteile ins Wasser donnerten. Mit einem Seitenblick erfasste sie die *Isabella* – vielleicht konnten die Enterer sich ja mit deren Kanonen gegen die Franzosen wehren? Aber die Soldaten an Bord der *Jeanne d'Arc* hatten längst ihre Musketen auf die Piraten an Deck der spanischen Fregatte gerichtet.

»Waffen wegwerfen! Oder wollt ihr, dass wir den Kahn auch noch versenken?«

Der Kapitän brüllte den Befehl auf Französisch hinüber und wiederholte ihn auf Spanisch, als die Freibeuter nicht sofort reagierten. Als einer der Männer zu fliehen versuchte, indem er von der *Isabella* ins Meer sprang, knallte ein Schuss. Er wurde getroffen, noch bevor er die Reling erreichte. Sanchez ließ als Erster die Waffen sinken, die anderen Männer taten es ihm nach.

Bonnie klammerte sich verzweifelt neben Rivers an eine Holzplanke und kämpfte gegen den Sog des untergehenden Schiffes an. Sie sah, dass ein paar der anderen Schiffbrüchigen zu der kleinen Insel schwammen, aber sie hatte nicht die Kraft dazu und wusste auch nicht, was eine solche Flucht bringen sollte. Natürlich konnte man versuchen, sich zu verstecken oder zu verteidigen, aber letztlich würde das nur einen Aufschub bedeuten. Die Insel war zu klein, um sich dort dauerhaft zu verbergen.

Bonnie wusste später nicht, wie lange sie im Wasser gewesen war. Wahrscheinlich hatten die französischen Soldaten keine halbe Stunde gebraucht, um die Piraten auf der *Isabella* gefangen zu nehmen und sich dann darum zu kümmern, die Überlebenden der *Mermaid* aus dem Wasser zu bergen. Für Bonnie dehnte sich die Zeit jedoch zu Stunden. Bevor sie die Schiffbrüchigen einsammelten, holten die Franzosen das schwimmende Treibgut von der *Mermaid* in ihre Boote, ein paar Seekisten und andere Dinge, die sich als wertvoll erweisen konnten. Und dann lieferten sie sich noch ein Gefecht mit den Piraten, die sich auf das Inselchen geflüchtet hatten. Bonnie musste zusehen, wie weitere ihrer Freunde fielen – die Männer auf der Insel kämpften verbissen, aber ohne jede Chance. Bis Bonnie endlich jemand ein Seil zuwarf, waren ihre Finger fast abgestorben.

»Raufklettern!«, befahl eine Stimme aus dem Rettungsboot, während sie sich noch mühte, auch nur das Tau zu fassen. »Und keine Tricks! Wer eine Waffe zieht, ist des Todes!«

Tatsächlich empfingen die Militärs die geretteten Piraten in ihren Beibooten und dann an Bord der *Jeanne d'Arc* mit geladenen Musketen. Sie überließen nichts dem Zufall – vielleicht hatten sie ja früher schon mit Freibeutern zu tun gehabt und wussten, dass Männer wie Sanchez oder Jefe immer für eine Überraschung gut waren. Bonnie ließ sich jedoch willenlos abführen. An ihrem Gürtel hing zwar das Schlachtermesser, doch nach dem Überlebenskampf im Wasser hätte sie gar nicht die Kraft gehabt, es schnell zu ziehen. Und sie allein gegen ein schwer bewaffnetes Kriegsschiff?

»Teufel auch, das sind Franzosen!«, schimpfte Sanchez. Er schien seine erste Benommenheit überwunden zu haben und lamentierte bereits wieder, als man Bonnie in eine Ecke auf dem Deck der *Jeanne d'Arc* stieß, in der man die Piraten gesammelt hatte. »Was mischen die sich hier ein?«

Captain Seegall warf ihm einen traurigen Blick zu. Der Kapitän war kreidebleich im Gesicht, sein feuchter Bart wirkte im Kontrast dazu so dunkel, dass man an eine Wiedergeburt Blackbeards hätte glauben können.

»Das war das Ende«, sagte er tonlos. »Damit haben die guten Zeiten geendet. Als sie anfingen, gemeinsame Sache zu machen. Wir waren plötzlich der Feind … und sie jagten uns … sie jagten uns wie die Hasen …«

Bonnie biss sich auf die Lippen. Sie hatte davon gehört. Von den goldenen Zeiten der Piraterie, die für Blackbeard und die Seinen ein einziger Triumph gewesen waren, für die Handelsschifffahrt in der Karibik aber eher ein Albtraum. Damals hatten sich England, Frankreich, Spanien und auch die weniger bedeutenden Seefahrerstaaten immer wieder gegenseitig bekriegt. Ihre Herrscher waren so weit gegangen, den Freibeutern Kaperbriefe auszustellen, die ihr Tun legalisierten, Kaufleute und Gouverneure hatten Piratenschiffe finanziert und ausgesandt. Wenn man nur wusste, wer gerade mit wem im Krieg lag, fand man immer einen Hafen, in dem man ungehindert anlanden konnte. Piraten begründeten ganze Städte wie Port Royal auf Jamaika oder Hopital auf Hispaniola. Sie traten offen auf und rühmten sich ihrer Taten, bis ihr Treiben der internationalen Seefahrt zu bunt wurde.

Die Reeder begannen, auch Handelsschiffe mit Geschützen auszurüsten, man ächtete endlich die Piraterie. Auf Dauer führte das zur Absetzung der korrupten Gouverneure, die sie unterstützten. Die Anzahl der Häfen, in denen Piraten Asyl fanden, schrumpfte dramatisch. Und wenn sich eine Gelegenheit ergab, dann griff auch mal ein französisches Schiff zugunsten der Spanier ein, egal, wie gespannt sich das Verhältnis zwischen den beiden Nationen sonst zeigte. Zurzeit schienen die aber ohnehin nicht miteinander im Krieg zu liegen – aber vielleicht war es auch nur der Triumph des Sieges, der die Mannschaften und Offiziere der *Jeanne d'Arc* und der *Isabella Santa* ausgelassen miteinander feiern ließ.

Der Kapitän der *Jeanne d'Arc* stieß überaus freundschaftlich mit dem Ersten Offizier der *Isabella Santa* auf die erfolgreiche

Rettung an – und vielleicht wechselte ja auch etwas Gold als Dankeschön den Besitzer. Uneinigkeit zwischen den Spaniern und den Franzosen bestand lediglich darüber, was man nun mit den gefangenen Freibeutern anstellen sollte. Dreiundzwanzig Männer der *Mermaid* hatten den Schiffsuntergang und die Kämpfe überlebt. Die Franzosen wollten die Piraten nach Port-au-Prince oder Cap-Français bringen, die Spanier nach Santo Domingo.

»Was wäre denn besser?«, fragte Bonnie bang.

Sie stand neben dem seit der Gefangennahme stoisch schweigenden Jefe, wie alle anderen mit gefesselten Händen und Füßen. Das Messer hatte man ihr abgenommen.

Sanchez lachte bitter. »Das kommt drauf an, ob du lieber Froschschenkel oder Paella isst«, spottete er. »Sofern man als Henkersmahlzeit nationale Spezialitäten serviert. Mach dir keine Hoffnungen, Kleiner. Ob Santo Domingo, Cap-Français oder Port-au-Prince – hängen wirst du auf jeden Fall.«

Die Entscheidung der Sieger fiel schließlich zugunsten der Franzosen, schon deshalb, weil die Freibeuter auf dem Kriegsschiff besser bewacht werden konnten als auf der Fregatte. Die *Jeanne d'Arc* steuerte zudem ohnehin Cap-Français an, musste ihre Route also nicht ändern. Die Spanier hätten dagegen zurücksegeln müssen, sie waren zeitlich sowieso längst in Verzug. Sie würden froh sein, ihre brisante Fracht endlich im Mutterland loszuwerden.

»Glaubst du, Dr. Dufresne kommt zu unserer Hinrichtung?«, fragte Bonnie beklommen in Jefes Richtung. Man hatte die Piraten vom Entscheid der Sieger in Kenntnis gesetzt und sie dann in einen stickigen, feuchten Raum unter Deck gesperrt. »Und … die … die Missis …?« Sie dachte an das, was Sanchez ihr über Jefe und Deirdre erzählt hatte. Plötzlich schien es kein großes Gewicht mehr zu haben. Jefe mochte von einem Leben mit der schönen Weißen geträumt haben, jetzt würde er mit Bonnie zusammen sterben.

Jefe antwortete nicht, er gab nur einen erstickten, verzweifelten Ton von sich. Seit sich die Piraten auf der *Isabella* ergeben hatten, schwieg er und starrte wie paralysiert vor sich hin. In seinen Augen spiegelte sich seine ganz persönliche Hölle.

»Die sind doch … die sind doch öffentlich, diese Hinrichtungen?«

Captain Seegall nickte. »Ja, ein wahres Volksfest«, bemerkte er grimmig. »Und ich erwarte von jedem von euch, dass er die Würde behält. Sie wollen ein Spektakel, und wir werden es ihnen bieten.«

Er warf einen Blick auf die Luke, durch die man sie in ihr Verlies geworfen hatte. Davor waren die geretteten Güter von der *Mermaid* gestapelt, unter anderem die Bordapotheke und die Seekisten des Captains und des Quartiermeisters. Wenn die Richter gnädig waren, würden sie ihnen erlauben, in ihren »Galauniformen« zum Galgen zu schreiten, wie Blackbeard und seine Männer es getan hatten.

Die Mannschaftsmitglieder nickten. Bonnie fiel auf, dass sie alle ruhig blieben und dass keiner von ihnen Jefe einen Vorwurf machte. Sie hatten etwas gewagt, und sie waren gescheitert – nun würden sie das Schicksal ihrer berühmten Vorgänger teilen.

Es dauerte gerade mal einen Tag, bis sie Cap-Français erreichten. Bonnie sah gleich nach vertrauten Gesichtern aus, als man sie in Fesseln von Bord, durch das Hafengelände und zur Gendarmerie führte. Sie fühlte sich fast etwas getröstet, das Hafenviertel und die vertrauten, von bunten Holzhäusern gesäumten Gassen wiederzusehen, und kämpfte mit den Tränen, als sie das Ladenlokal passierten, das sie beinahe gemietet hätte. So ganz mochte sie die Hoffnung dennoch nicht aufgeben. Wenn Victor Dufresne davon erfuhr, dass sie hier war – sie und Jefe –, vielleicht konnte er ja etwas tun, um ihnen zu helfen? Sie war überzeugt, dass er es wenigstens versuchen würde. Jefe, der neben ihr ging, schien allerdings kein bisschen zuversichtlich zu sein. Er bewegte sich nur schlurfenden Schrittes voran und blickte zu Boden. Vielleicht hätte er die Dufresnes nicht einmal benachrichtigt, wenn er es gekonnt hätte. Vielleicht schämte er sich vor Deirdre seiner Niederlage …

Bonnie entdeckte allerdings kein bekanntes Gesicht in der Menge, die sich entlang der Straße zusammenrottete, um die Gefangenen anzugaffen. Sie hörte die Worte »Piraten«, »Hinrichtung« und »Hängen« aus ihren aufgeregten Gesprächen heraus, aber dann war das Steinhaus, in dem die Gendarmerie untergebracht war, auch schon erreicht. Die Marinesoldaten übergaben ihre Gefangenen an die Gendarmen, und man trieb sie in ein primitives Kellerverlies. Der Kapitän der *Jeanne d'Arc* stellte großzügig ein paar seiner Männer als zusätzliche Wachen zur Verfügung.

»Immerhin gibt's ein Fenster!«, tat der unverwüstliche Sanchez kund und wies auf einen vergitterten Schlitz, der den Blick auf den Marktplatz freigab. »Wenn hier die Hinrichtungen stattfinden, haben wir einen Logenplatz!«

Bonnie überlegte, wie lange es wohl dauern würde, sie abzuurteilen. Doch schon am nächsten Tag erfuhr sie, dass niemand Interesse hatte, die Piraten lange gefangen zu halten – die Gendarmen sorgten sich wohl um die Sicherheit. Sie wollten die Freibeuter verurteilen, solange die *Jeanne d'Arc* noch im Hafen lag. Man trieb die Gefangenen also gleich am nächsten Nachmittag gefesselt und gut bewacht in einen Gerichtssaal, der zum Bersten mit Zuschauern gefüllt war. Bonnie hatte zunächst verlegen auf den Boden gesehen, zwang sich dann aber aufzuschauen und nach einem Familienmitglied der Dufresnes zu suchen. Ergebnislos ließ sie den Blick über die eifrigen, mitleidslosen Gesichter der Städter und Seeleute gleiten.

»Der Doktor ist nicht da …«, wisperte sie Jefe zu, der immer noch schwieg.

Die Verhandlung dauerte dann nicht einmal eine Stunde – die meiste Zeit verging damit, die Namen der Piraten zu erfragen und aufzuschreiben. Dann schilderte der Kapitän der *Jeanne d'Arc* das Bild, das sich ihm vor der Bucht mit der kleinen Insel geboten hatte, führte an, dass die *Isabella* durch den Beschuss der Piraten schwer beschädigt worden sei und dass über dreißig Besatzungsmitglieder einschließlich des Kapitäns getötet worden waren.

»Ohne Zweifel Freibeuterei, die Kerle waren schon dabei, die Beute zu verteilen«, endete der Zeuge.

Der Richter, ein hagerer Mann mit gewaltiger, weiß gepuderter Perücke, nickte und griff nach der Liste mit den Namen der Piraten. Er rief die Männer nacheinander auf und fragte, ob sie sich schuldig bekannten. Alle außer Jefe standen ihm Rede und Antwort. Der Richter machte sich Notizen, danach sprach er für jeden Einzelnen das Urteil.

»Bobbie, Kanonier des Piratenschiffes *Mermaid* – Sie werden der Freibeuterei und des Raubes für schuldig befunden.«

Bonnie schwankte, als sie etwas zu verstehen meinte wie: Tod durch den Strang. Dann war schon der Nächste an der Reihe.

»Die Urteile werden morgen bei Tagesanbruch vollstreckt«, endete der Richter schließlich mit einem erbarmungslosen Blick auf die Delinquenten.

Er nickte den Zuschauern und Zeugen noch einmal zu, erklärte die Sitzung für beendet und stand auf. Keine Stunde später begann man vor dem Kerker der Piraten mit dem Aufbau des Galgens.

»Ich sag's ja«, bemerkte Sanchez, »wir sollten die Loge hier vermieten. Da draußen hat keiner so gute Sicht …«

Die Männer verfolgten mit stoischem Schweigen den Aufbau der Galgenplattform, einer einfachen Holzkonstruktion. Eine

Fallklappe gab es nicht, der Henker würde die Männer hochziehen müssen. Ein hässlicher Tod. Wenn sich das Seil plötzlich straffte, konnte man mit etwas Glück an einem Genickbruch sterben, meist lief es aber auf langsames jämmerliches Ersticken hinaus.

Immerhin wurde dem Wunsch des Kapitäns und des Quartiermeisters, in ihrer besten Kleidung zur Hinrichtung schreiten zu können, nachgegeben. Sowohl Seegall als auch Sanchez öffneten ihre Truhen für alle. Einigen der Männer schien die Auswahl der Jacketts und Kniehosen wichtiger zu sein als ein letztes Gebet.

Jefe und Bonnie beteiligten sich nicht an der makabren Modenschau. Bei Bonnie wunderte das niemanden, sie hatte schließlich nie etwas anderes getragen als Leinenhosen und karierte Hemden. Aber Jefe hatte den Prunk immer geliebt … Sanchez und die anderen versuchten die halbe Nacht lang, ihm wenigstens ein seidenes Jacket oder eine Brokatweste aufzudrängen. Letztere nahm er schließlich, wohl um seine Ruhe zu haben. Bislang hatte er immer noch kein Wort gesagt, er hielt sich auch abseits von den anderen. Bonnie hätte sich am liebsten an ihn geschmiegt, um ihn und sich selbst zu trösten. Doch das ging natürlich nicht. Jefe würde sie abwehren, und es passte auch nicht zu ihrer Rolle. Bonnie fand sich damit ab, als Bobbie zu sterben.

Der Marktplatz füllte sich mit lachenden und schwatzenden Schaulustigen, als die Sonne über der Stadt aufging. Der verheißungsvolle Duft von Backwerk wehte über den Platz, ein geschäftstüchtiger Bäcker hielt Tartes und Madeleines feil, die reißenden Absatz fanden. Wie Captain Seegall vorausgesagt hatte, herrschte Volksfeststimmung.

Im Kerker waren die Männer bereit, sich dem Galgen zu stellen. Ein paar murmelten noch Gebete oder Flüche vor sich hin, die anderen warteten einfach auf das Ende. Als der erste Sonnenstrahl durch das Gitter fiel, erhob sich der Kapitän.

»Männer«, sagte er ruhig. »Die Stunde ist gekommen, um Abschied zu nehmen. Und vielleicht ein paar Worte des Dankes zu sagen. Ihr wart eine gute Mannschaft, ihr habt tapfer gekämpft – wir waren dem endgültigen Triumph so nahe, wie man ihm nur sein kann, doch es sollte nicht sein. Also treten wir nun vor unseren Schöpfer oder sehen den Teufel. Was weiß ich? Viele Männer sind uns auf diesem Weg vorausgegangen, und weiß Gott, wir haben selbst genug in die Hölle geschickt. Es ist nun an uns, ihnen alle Ehre zu machen. Tretet mit hoch erhobenem Haupt vor den Henker, schenkt dem Leben ein Lächeln, bevor ihr in den Tod geht. Wir hatten ein gutes Leben. Ich weiß nicht, wie es euch geht, aber ich bedauere nichts!«

Die Piraten klopften auf den Boden und äußerten Zustimmung, als sich jetzt auch die Luke öffnete.

»Die ersten drei raustreten!«, befahl einer der Wächter.

Der Kapitän machte Anstalten, den Fuß auf die Leiter zu setzen. »Ich gehe voran«, sagte er würdevoll.

Sanchez schüttelte jedoch den Kopf. »Nichts da, Captain!«, erklärte er. »Es war immer das Vorrecht des Quartiermeisters, als Erster den Fuß auf die Planken des zu enternden Schiffes zu setzen. Das lasse ich mir auch jetzt nicht nehmen. Wer geht mit mir?«

Bonnie erwartete, dass sich Jefe erheben würde, doch ihr Freund schien die Rede des Captains gar nicht gehört zu haben, er verharrte weiter in seiner Apathie. Statt seiner trat Rivers vor, und der Wächter wies von oben auf den Zimmermann.

»Du!«, sagte er. »Nichts für ungut, Captain, aber Sie sollen die Aussicht noch ein bisschen genießen. Man wird Sie als Letzten hängen, Befehl vom Gouverneur …«

Seegall schwieg resigniert, als Sanchez die Leiter hinaufkletterte und von oben zu den anderen hinuntergrinste.

»Man sieht sich!«, grüßte er frech.

Über das Gesicht des Captains flog ein Lächeln.

Die nächste Stunde war die schlimmste in Bonnies bisherigem Leben. Einer nach dem anderen stiegen ihre Freunde, die fast so etwas wie eine Familie für sie geworden waren, hinauf in die Sonne, um dann aufrecht und in ihrer leuchtend bunten Kleidung, in Spangenschuhen, Lederstiefeln oder barfuß das Podest zum Galgen zu erklettern. Die meisten schafften eine Art Grinsen, während ihnen der Henker die Schlinge um den Hals legte, um dann doch ihre Würde zu verlieren, wenn sich das Seil zuzog. Egal, was sie sich vorgenommen hatten, im Todeskampf krampften und zappelten sie, traten um sich und gaben schließlich Urin und Exkremente von sich.

Als der zehnte der Männer starb, begann Bonnie verzweifelt zu weinen, nur der Gedanke an die Rede des Captains und daran, sich nicht noch im letzten Moment zu verraten, um womöglich den Respekt der Männer zu verlieren, hielt sie davon ab, dies an Jefes Brust zu tun. Irgendwann hoffte sie, endlich selbst an der Reihe zu sein, doch der Blick der Wachen war noch nicht auf sie oder Jefe gefallen.

Am Ende waren in dem Kerker nur noch drei Menschen übrig – der Kapitän, der sich stoisch den Tod all seiner Männer angesehen und jedem, der seinen Blick vor dem Weg zum Galgen suchte, noch einmal zugenickt hatte, und die beiden Schwarzen.

Bonnie, die sich zuletzt in einer Ecke verkrochen hatte, um nichts mehr sehen zu müssen, stand auf. Sie befürchtete, Jefe aufhelfen zu müssen, er machte keine Anstalten, sich allein zu erheben.

»Gut, Captain, Sie sind dran!«, erklärte der Wächter. »Kommen Sie rauf, dann geht's gleich runter zur Hölle.« Er lachte.

»Und … wir?«, fragte Bonnie erstickt.

»Ach ihr … hat man euch das nicht gesagt?« Der Wächter wirkte verwundert. »Für euch gilt das Urteil nicht. Schwarze Seeräuber werden nicht gehenkt. Die kommen auf den Sklavenmarkt.«

Bonnie hatte keine Zeit, seine Worte auch nur zu begreifen, als Jefe einen mörderischen Schrei ausstieß. Er sprang auf die Füße, rannte zur Leiter und wäre vielleicht hinaufgestürmt, hätte ihm der Wächter keine Muskete entgegengehalten.

»Ihr wollt mich nicht mal hängen?«, brüllte er. »Ich bin schuld an all dem, und ihr wollt mich nicht mal hängen?«

Der Wächter lachte erneut. »Nun überschlag dich mal nicht vor Dankbarkeit«, höhnte er.

»Aber … aber Black Caesar wurde gehenkt …« Jefe wandte sich Hilfe suchend an Seegall. »In … Virginia …«

Der Wächter hob die Schultern. »Muss 'ne englische Kolonie sein«, mutmaßte er. »Die Engländer hängen sie, wahrscheinlich haben die Sklaven genug. Hier fehlen jedoch Arbeitskräfte. Also Glückwunsch, Kleiner«, er grinste Bonnie zu, »und Großer. Captain?«

Seegall erklomm würdevoll die Leiter. Er schenkte den Zurückbleibenden keinen Blick mehr, auch Bonnie fand keine Worte des Abschieds. Sie war zu erschüttert ob ihrer plötzlichen Rettung und Jefes heftiger Reaktion. Der junge Mann schrie, rüttelte an der Leiter und dann an den Gittern nach draußen, während Seegall unter den Galgen trat. Das himmelblaue Seidenjacket des Kapitäns leuchtete in der Sonne, er übergab dem Henker würdevoll seinen Dreispitz und legte sich dann selbst die Schlinge um den Hals. Bonnie wandte sich ab, bevor sein Todeskampf begann, Jefe jedoch sah zu, bis die Menge um den Galgen sich verlief.

Und dann begann er, haltlos zu weinen.

Auf dem Marktplatz kämpfte Amali immer noch gegen die Übelkeit an, die sie gleich zu Beginn der Hinrichtungen befallen hatte. Es war inzwischen heiß auf dem Platz, und es stank nach Schweiß, Urin und Exkrementen. Dennoch hatten Amali und Sabina ausgeharrt bis zum Tod des letzten Mannes. Vielleicht hätte ihnen Victor diese Last abgenommen, aber er weilte mit Deirdre auf Nouveau Brissac und wurde erst am nächsten Tag zurückerwartet. Die Hinrichtung der Crew des Piratenschiffes würde dann immer noch Stadtgespräch sein. Deirdre würde davon erfahren und schlaflose Nächte verbringen, bis Victor herausgefunden hätte, ob Bonnie und der große Schwarze unter den Verurteilten gewesen waren. Entschlossen, ihrer Freundin diese Qualen zu ersparen, hatte Amali die Köchin überredet, mit ihr der Hinrichtung beizuwohnen.

»Na, jetzt du kannst atmen auf«, bemerkte Sabina gelassen, als die Frauen sich endlich auf den Heimweg machten. »Du kannst beruhigen Madame: War nicht seine Schiff.«

## KAPITEL 3

Deirdre Dufresne durchlebte ein Wechselbad der Gefühle, seit Jefe sie verlassen hatte. Es begann mit dem heftigen Schmerz des Verlustes, der dann aber bald in Wut darüber umschlug, dass er nicht mal ein Wort des Abschieds gefunden hatte. Die Wut wich schließlich der Trauer und letztlich nagender Furcht. Sie war sich sicher, dass ihr Caesar sie liebte und nur deshalb zurück auf die *Mermaid* gegangen war, um reich zu werden und ihr dann ein standesgemäßes Leben bieten zu können. So, wie Deirdre ihn einschätzte, würde er dabei unwägbare Risiken eingehen. Deirdre bebte vor Angst, wenn sie nur daran dachte.

Tagsüber schaffte sie es meist, sich irgendwie abzulenken, doch nachts lag sie stundenlang wach und stellte sich vor, was ihrem Geliebten bei Stürmen und Seeschlachten, Kaperfahrten und Schenkenprügeleien passieren konnte. Sie war ruhelos und gereizt und ließ es ihre gesamte Umgebung spüren. Amali und sogar Nafia konnten ihr nichts mehr recht machen, sie wechselte im Laufe eines Vormittags dreimal den Speiseplan für eine abendliche Gesellschaft – ihre Ehe mit Victor geriet in eine ernsthafte Krise.

Paradoxerweise führte gerade die Trennung von ihrem Geliebten dazu, dass sie die Zärtlichkeiten ihres Mannes nicht mehr genießen oder auch nur freundlich über sich ergehen lassen konnte. Solange sie ihren Mann betrogen hatte, war sie ausgeglichen und glücklich gewesen, so erfüllt von Leidenschaft und Lust, dass noch reichlich für Victor übrig geblieben war. Jetzt aber trieb es sie zur Weißglut, wenn er sie anfasste, ihr Komplimente machte und sie zu harmlosen Vergnügungen ausführte. Manchmal musste sie sich bezähmen, ihm nicht ihre Wut darüber entgegenzuschleudern, dass er da war und nicht ihr Caesar, dass er in Sicherheit war, während Caesar sein Leben riskierte. Sie wusste, dass dies ungerecht war und dass sie Victor mit ihrer Haltung verletzte. So versuchte sie denn, es so gut wie möglich zu kaschieren. Aber Deirdre war eine schlechte Lügnerin. Victor nahm es ihr nicht ab, wenn sie sich mit Kopf- oder Regelschmerzen entschuldigte, er ließ es auch nicht zu, dass sie sich allzu oft zurückzog, statt die Abende mit ihm zu verbringen. Der junge Arzt bemerkte ihre Depression, führte sie aber darauf zurück, dass seine Frau immer noch nicht schwanger war. Es war nur logisch, dass er alle Anstrengungen unternahm, diesen Zustand alsbald zu ändern.

Victor tat alles, was ihm nur möglich war, um Deirdre glücklich zu machen. Immer wieder stellte er seine Arbeit zurück und verbrachte die Wochenenden mit ihr auf Nouveau Brissac. Er ritt mit ihr aus und tanzte mit ihr auf den Bällen der Pflanzer. Die Gesellschaft der Gegend hatte sich endlich von dem gewaltsamen Tod der Courbains erholt und feierte erneut rauschende Feste, wozu die Hochzeit von Gérôme Dufresne mit Yvette Courbain den Auftakt bildete. Victors Bruder war damit am Ziel seiner Träume. Durch die Verbindung mit der Erbin wurde er zum Herrn über eine riesige Kaffeeplantage mit über zweihundert Sklaven, die obendrein an den Besitz seines Vaters grenzte. Die Familie Dufresne gehörte nun endgültig zu den reichsten Pflanzern auf Saint-Domingue.

Victor ließ Deirdre ein traumhaft schönes Kleid für die Hochzeit schneidern, und schließlich fand jeder, dass die Frau des Arztes die Braut in jeder Beziehung ausstach. Deirdre lächelte auch pflichtschuldig und machte charmant Konversation – ihre Stimmung besserte sich allerdings nicht, und gleich am nächsten Tag machte sie ihrem Mann eine heftige Szene, als der sie wieder einmal allein ließ, um eine möglicherweise vergiftete Familie zu besuchen.

»Die haben gestern einfach zu viel gegessen und getrunken!«, rief sie verärgert. »Und jetzt sollst du wieder den halben Tag unterwegs sein, um ihre Magenverstimmung zu behandeln. Ich wünschte, sie würden diesen Macandal endlich fassen …«

Victor glaubte zwar nicht, dass dies ihre aktuelle Ehekrise beheben würde, stimmte Deirdre sonst aber zu – auch wenn er eine gewisse Sympathie für schwarze Revolutionäre hegte. Er konnte verstehen, dass die Sklaven um ihre Freiheit kämpften und dass viele von ihnen ihre Herren hassten. Die Pflanzer gaben ihnen schließlich oft genug Grund dazu. Macandals Methoden ließen sich damit jedoch nicht entschuldigen, Victor empfand die Giftmorde als hinterhältig und falsch.

Bislang sah es allerdings nicht so aus, als stünde die Ergreifung des Giftmischers kurz bevor, obwohl die Weißen inzwischen mehr über Macandal wussten. Offenbar war er nicht erst durch die Giftanschläge auffällig geworden, sondern steckte auch hinter etlichen, sehr brutalen Maroon-Angriffen auf Pflanzungen bei Port-au-Prince. Die unterschieden sich allerdings nicht sehr von vergleichbaren Übergriffen auf anderen Inseln – gesetzlose freie Schwarze und entlaufene Sklaven, die sich in den Bergen verschanzten, überfielen Plantagen, um Geld, Schmuck, Werkzeuge und Vieh zu rauben. Für die Plantagensklaven kamen die Überfälle ebenso überraschend wie für die Pflanzer, die Hausdiener wurden getötet wie ihre Herren, bevor das Haus durchsucht und in Brand gesteckt wurde. Die Räuber waren fast immer schon weg, bevor die Feldsklaven in ihren abgelegenen Quartieren überhaupt etwas von dem Überfall merkten. Gezielte Versuche, sie zu befreien, wurden in der Regel nicht gemacht. Schlossen sich den Maroons allerdings

Sklaven an, wies man sie nicht ab. Viele waren es jedoch nicht. Selbst Granny Nanny auf Jamaika, die als große Befreierin der Sklaven galt, hatte im Rahmen Dutzender Überfälle nicht mehr als zweihundert Männer und Frauen in die Freiheit geführt.

Macandals Vorgehen hatte sich dann aber irgendwann geändert. Der Maroon-Führer war vom Räuber zum Aufrührer geworden – er besuchte nun heimlich die Sklavenquartiere der Plantagen und predigte den Leuten die Revolution. Er zog Haus- und Feldsklaven auf seine Seite und bereitete die Angriffe auf die Pflanzer damit vor. Die Schwarzen fühlten sich dadurch ernst genommen und halfen ihm gern, doch Macandal selbst kam es weniger auf kleinere Erfolge an wie die Befreiung von ein paar Hundert Leuten – sein langfristiges Ziel war, die Weißen in Panik zu versetzen. Irgendwann, so schien er zu hoffen, würde die Angst sie dazu bewegen, die Sklaverei aufzuheben. Tatsächlich schlotterten die Pflanzer jetzt schon vor Furcht, von Gesetzesänderungen war bislang allerdings nicht die Rede. Man verschärfte lediglich die Strafen für Aufrührerei und verbot den Sklaven mehr und mehr Vergnügungen. Einkäufe bei den *pacotilleurs* waren inzwischen fast nur noch im Beisein der Aufseher gestattet. Die Stimmung zwischen Herren und Sklaven wurde dabei immer schlechter, aber wenn Victor darauf hinwies und eine ganz entgegengesetzte Strategie empfahl, fielen seine Eltern, Brüder und deren Nachbarn über ihn her, als habe er Macandal persönlich verteidigt.

»Es gibt Hinweise darauf, dass sich die Morde gezielt gegen Pflanzer richten, die ein strenges Regiment führen«, hielt Victor der Gesellschaft immer wieder vor. »Es muss ja ein gehöriges Hasspotenzial bestehen, wenn schwarze Köchinnen kleine Kinder vergiften.«

»Während die Maroons Hausneger mit umbringen, damit sie nicht noch Hilfe holen«, fügte Deirdre hinzu, wenn sie gelegentlich die Energie aufbrachte, sich zu streiten. »Die meisten großen Sklavenaufstände wurden durch treue Hausdiener vereitelt.«

Das war zwar eine Tatsache, aber die Dufresnes und ihre Nachbarn wollten trotzdem nichts davon wissen. Und Macandal arbeitete immer effektiver. Er musste sich hervorragend auf die Giftmischerei verstehen, seine Methoden wurden noch ausgefeilter. Inzwischen dauerte es länger, bis das Gift wirkte, in der Regel setzten die Bauchkrämpfe der Betroffenen erst bei Nacht ein. Die Täter unter den Haussklaven waren längst über alle Berge, wenn man die Suche nach ihnen am Morgen einleiten konnte. Und wahrscheinlich stellte Macandals Organisation ihnen zudem Fluchthelfer. Ein Fall wie der der Sklavin Assam wiederholte sich deshalb nicht. Die Täter – oder vermeintlichen Täter – blieben spurlos verschwunden.

»Und das Perfide ist, dass man nicht mal sicher sein kann, dass die anderen Hausnigger wirklich unschuldig sind«, wetterte Gérôme Dufresne aufgebracht. Seine erste Amtshandlung als Herr der Plantage seiner Frau war es gewesen, das gesamte Hauspersonal der Courbains zu Feldsklaven zu degradieren. »Womöglich wissen die genau Bescheid und schieben es nur auf den einen, der weg ist, um dann gleich den nächsten Anschlag auf eventuelle neue Herren zu planen.«

»Und damit steigt der allgemeine Verfolgungswahn auf ein höheres Niveau«, seufzte Victor und schaute in die Gästerunde seiner Familie beim Dinner. »Statt dass ihr euren treuesten Hausdienern Freibriefe ausstellt und den anderen begründete Hoffnungen darauf macht. Da läuft euch vielleicht auch mal einer weg und sucht sein Glück in der Stadt, aber vergiften wird er euch sicher nicht.«

Victor verleideten diese fruchtlosen Diskussionen den Aufenthalt auf seiner Heimatplantage ebenso wie die immer wieder lästigen Konsultationen bei verängstigten Pflanzern. Er kam eigentlich nur noch um Deirdres willen nach Nouveau Brissac – und dachte dann auch endlich mal daran, seinen Vater um die Überlassung eines Reitknechts zu bitten, der Amali die ungeliebte Stallarbeit abnehmen und Deirdre in Cap-Français bei Ausritten begleiten konnte. Dufresne übergab ihnen bereitwillig den tiefschwarzen Leon, einen sanften Riesen mit klangvoller, tiefer Stimme und immer fröhlichem Wesen. Der junge Mann kam gern mit in die Stadt, er war gesellig, ein begabter Musiker, der Sabina, Amali und die hingerissene Nafia am Abend mit Gesang und Trommeln unterhielt. Er erwies sich als zuverlässig, war sich für keine Arbeit zu gut und übernahm auch Hausdienertätigkeiten, obwohl er ein ausgebildeter Kutscher und Reitknecht war. Victor war mehr als zufrieden mit Leon, der sich leicht und freudig in den Haushalt der Dufresnes einfügte. Seine Hoffnung, dass sich auch Deirdre schnell mit dem jungen Mann anfreunden würde, erfüllte sich jedoch nicht. Deirdre schien den Neuen nicht zu mögen, sie fand ständig etwas an ihm auszusetzen – obwohl er viel mehr von Pferden verstand, die Tiere ehrlich gern hatte und dreimal so gut ritt wie der entlaufene Caesar.

Jefe und Bonnie blieben nicht lange allein in der Zelle der Gendarmerie. Kurz nach den Hinrichtungen erschien ein Sklavenhändler, um sie abzuholen. Der Mann, ein grobschlächtiger Weißer, der Bonnie an ihren Backra Dayton erinnerte, besah Jefe wohlgefällig, Bonnie eher desinteressiert.

»Der eine ist ja ein Prachtkerl«, bemerkte er zu dem Gendarmen, der ihn hineinbegleitet hatte. »Aber der Kleine war wohl der Schiffsjunge – für den gibt's nicht viel, der kriegt auf den Feldern doch bestimmt nichts geschafft. Na ja, wie auch immer. Und jetzt zieht euch aus, ihr zwei!«

Der Händler wandte sich an die beiden Schwarzen und warf ihnen die Kleidungsstücke hin, in denen männliche Sklaven feilgeboten wurden: helle, weite Leinenhosen. Die Oberkörper der Männer blieben in der Regel frei, die Käufer wollten die Muskeln sehen. Sie interessierten sich auch dafür, ob die Rücken der Sklaven Narben von Auspeitschungen aufwiesen. Renitenz minderte den Preis.

»Wird's bald?«, fragte der Händler und drohte mit einer Reitpeitsche.

Jefe starrte wie paralysiert auf Bonnie, die den Blick zu Boden gerichtet hielt. Schließlich besann er sich, zog sein Hemd über den Kopf und die Hose aus. Bonnie löste zögernd das Band der ihren, unter der sie noch eine kurze Unterhose trug.

»Ganz ausziehen!«, donnerte der Händler. »Alles, ihr Mistkerle, ich will nur noch nackte schwarze Haut sehen! Nicht dass da noch einer ein Messer versteckt.«

Jefe schlüpfte aus seiner Hose und stand nun vor den Männern, wie Gott ihn geschaffen hatte. Ein prachtvoller Anblick, der Händler pfiff anerkennend durch die Zähne. Bonnie kreuzte zögernd die Arme vor der Brust und zog dann endlich das Hemd über den Kopf.

Es war der Gendarm, der ihre Brüste als Erster bemerkte.

»Corrière, ich glaub's nicht! Schau dir mal das an!«

Der Sklavenhändler ließ den Blick von Jefe zu Bonnie schweifen und erstarrte. »Das ist … das ist ja unglaublich! Hosen runter, Kleiner! Wir wollen sehen, ob du 'n Mädchen bist oder 'n Zwitter!«

Mit einem raschen Schnitt seines Messers durchtrennte er das Leinenband, das Bonnies Unterhose an ihrem Platz hielt. Die junge Frau schluchzte auf, als ihr letztes Kleidungsstück hinunterglitt.

Die Männer starrten sie ungläubig an.

»Sie war auf dem Freibeuterschiff?«, fragte Corrière. »Kein Zweifel möglich? Also 'ne Piratenbraut hab ich mir immer anders vorgestellt.« Seine Blicke fuhren über Bonnies abgehärmte

Gestalt, ihre kleinen Brüste und ihre spärliche Körperbehaarung.

»Von wegen Braut!«, lachte der Gendarm. »Das Gör hat 'ne Kanone bedient! Hier, lies: Bobbie – Erster Kanonier.« Er hielt dem Händler die Liste mit den Namen und Diensträngen der Piraten hin. »Ham die alle gedacht, du wärst 'n Junge, Kleine? Du hast die ganze Mannschaft genarrt?«

Bonnie nickte mit gesenktem Kopf. Dem Gendarmen schien sie fast leidzutun. »Wie heißt du denn richtig?«, fragte er freundlich.

»Bonnie«, sagte Bonnie leise. Sie versuchte, ihre Hände schützend vor Brüste und Scham zu halten. »Bitte ...«

Corrière verstand. »Schon gut, Süße, ich hol dir auch 'n Kleidchen«, meinte er versöhnlich und zwinkerte dem Gendarmen zu. »Nicht, dass hier einer auf dumme Gedanken kommt. Aber was es nicht alles gibt ...« Kopfschüttelnd verließ er die Zelle, nicht ohne sich vorher noch einmal umzusehen. »Und Sie sperren die zwei solange in getrennte Zellen«, wies er den Gendarmen an. »Damit wir am Ende nicht drei haben!«

Bonnie hatte sich wieder notdürftig bekleidet, als der Gendarm sie über den Gang führte. Das Frauenverlies war so früh am Morgen noch leer. Am Abend mochte es sich mit Hafendirnen füllen, die randaliert oder ihre Freier bestohlen hatten, doch vorerst hatte Bonnie es für sich allein. Sie kauerte sich leise weinend in eine Ecke. Natürlich fror sie nicht, selbst in den Kellern war es heiß auf Hispaniola, aber sie schämte sich zu Tode. Und jetzt würde alles wieder von vorn losgehen. Man würde sie an irgendjemanden verkaufen, der sich keine bessere Sklavin leisten konnte. Bonnie machte sich über ihren Marktwert keine Illusionen: Sie hatte kaum besondere Fähigkeiten und war weder stark noch schön. Dass sie lesen und schreiben konnte, nutzte ihr nichts, es war Sklaven verboten. Ihr einziger Vorzug war bislang noch ihre Jugend. Und die zog vor allem alte Lüstlinge wie Dayton an.

Bonnie fragte sich, ob man sie nicht besser gehenkt hätte.

Corrière erschien wenig später wieder und brachte Bonnie ein verwaschenes blaues Kleid, das ihr viel zu groß war. Er beobachtete sie dabei, wie sie sich umzog, und seufzte, als er erkannte, dass ihr ohnehin wenig reizvoller, magerer Körper auch noch mit Narben übersät war.

»Wann … wir … verkauft werden?«, wagte Bonnie schließlich, das Wort an ihn zu richten.

Ihr Französisch war nicht sehr gut. Zwar verstand sie vieles von dem Patois, das die Sklaven und Mulatten auf den Inseln sprachen – auf Captain Seegalls Schiff hatte es die verschiedensten Nationalitäten gegeben, und jeder hatte etwas von der Sprache des anderen mitgenommen. In ihrer Fähigkeit, sich auszudrücken, war sie jedoch stark eingeschränkt.

Corrière rieb sich die Stirn. »Das Gör ist mager, hässlich und kann zu allem Überfluss nicht mal vernünftig reden«, murmelte er vor sich hin. Erst dann wandte er sich an Bonnie. »Wenn dich überhaupt einer kauft, kann ich dem Himmel danken … Markt ist jedenfalls morgen. Und jetzt komm mit, ich hab ein Haus hier, da kannst du schlafen. Vielleicht kann Marie dich ja noch ein bisschen herrichten … dass du nicht gar so nach nix aussiehst.«

Bonnie folgte ihm eingeschüchtert. Sie hatte keine Ahnung, wie es dieser Marie gelingen sollte, sie bis zum nächsten Tag zu verschönern, aber sie hoffte, in Corrières Haus wieder mit Jefe zusammenzutreffen.

Das bewahrheitete sich dann allerdings nicht. Jefe wurde von einem der Gendarmen in Ketten hinübergebracht, Bonnie durfte Corrière ungefesselt begleiten. Ein paar Worte zu wechseln war dabei unmöglich. In dem schäbigen Holzhaus am

Hafen angekommen, wies Corrière dem Mädchen auch gleich eine Zelle mit anderen schwarzen Frauen zu. Bonnie sah, dass man Jefe die Ketten nur abnahm, um ihm Fußfesseln anzulegen. Er verbrachte die Nacht aneinandergebunden mit anderen Sklaven, alle von ähnlichem Körperbau wie er. Wahrscheinlich plante Corrière, sie als Gruppe an einen Pflanzer zu verkaufen. Zwei der Männer wiesen schwere Narben von Peitschenschlägen auf, sie wirkten auch jetzt nicht resigniert, sondern eher wütend über ihr Schicksal. Einzeln waren sie sicher kaum loszuschlagen, gemeinsam mit vorgeblich fügsamen Sklaven mochten sie jedoch trotzdem einen annehmbaren Preis erzielen.

Bonnie tapste verunsichert in das Gefängnis der Frauen, einem relativ kleinen Raum, in dem sie mit zwanzig anderen zusammengepfercht war. Aus dem Toiletteneimer in der Ecke stank es bestialisch, obwohl der Raum sonst sauber war. Es gab auch ein paar Schlafmatten, aber längst nicht genug für alle. Bonnie suchte sich einen halbwegs freien Platz und hockte sich auf den Boden. Beim Eintreten hatte sie einen Gruß gemurmelt, doch keine der Frauen antwortete, niemand schien Interesse an Konversation zu haben. Die meisten starrten einfach vor sich hin, wie Jefe in den Tagen zuvor, nur eine Frau und ein junges Mädchen klammerten sich aneinander und weinten leise – Mutter und Tochter wohl, die man am nächsten Tag wahrscheinlich getrennt verkaufen würde. Eine andere junge Schwarze hielt ein Baby in den Armen. Sie war außergewöhnlich schön, Bonnie erinnerte sie entfernt an Máanu, aber sie wirkte noch exotischer. Bonnie hatte nie eine so schlanke, sehnige Person gesehen. Der Hals der jungen Frau war lang, ihre Nase nicht breit wie die der meisten Schwarzen, sondern schmal, die Stirn hoch. Sie wirkte allerdings nicht wie ein Mischling, sondern eher wie das Mitglied einer schwarzen Rasse, die vielleicht aus einer anderen Gegend Afrikas kam als Bonnies Vorfahren. Bonnie fiel auf, dass ihre Ohrläppchen für Ohrschmuck durchbohrt waren.

Das außergewöhnliche Aussehen wurde noch dadurch betont, dass die Frau ihr Haar stoppelkurz trug, es war sogar kürzer als Bonnies.

Bonnie lächelte der Schwarzen zaghaft zu, als sie aufblickte. Sie erwiderte den Blick freundlich, schien sich aber kein Heben der Mundwinkel abringen zu können. Das Baby verzog jedoch den Mund, was so niedlich aussah, dass Bonnie sich bei dem Wunsch ertappte, es in den Arm zu nehmen.

»Junge?«, fragte sie vorsichtig auf Französisch. »Mädchen?«

»*Fille*«, Mädchen, sagte die Frau. »Namelok«.

»Namelok Name?«, erkundigte sich Bonnie.

Die Frau nickte, dann schwieg sie wieder. Bonnie dachte darüber nach, ob sie ihr irgendetwas Tröstliches sagen konnte. Sie hatte im Haus des Doktors gehört, dass man den Frauen die Kinder vor der Geschlechtsreife nicht wegnehmen durfte. Was das betraf, waren die Gesetze in den französischen Kolonien gnädiger als in den englischen. Ob ein Mann wie Corrière allerdings Skrupel haben würde, die kleine Namelok einfach verschwinden zu lassen, wenn ihm jemand einen guten Preis für die Mutter allein bot?

Bonnie bezweifelte es und versank in dumpfes Schweigen. Bis das Baby irgendwann greinte und seine Mutter begann, es in den Schlaf zu singen. Bonnie lauschte ihrer tiefen, klangvollen Stimme, die eine traurige Weise in einer fremden Sprache intonierte. Die Frau musste aus Afrika gekommen sein, das Kind war sicher hier geboren. Kein Säugling überlebte einen Sklaventransport von Afrika nach Saint-Domingue.

Der leise Gesang schläferte schließlich auch Bonnie ein, er vertrieb die furchtbaren Bilder vom Morgen, die ihr jedes Mal vor Augen traten, wenn sie die Lider senkte. Sanchez' launige Abschiedsworte, die Männer im Todeskampf am Galgen, der sich leerende Kerker und schließlich Jefes Verzweiflung über Bonnies und seine zweifelhafte Rettung – eine Sinfonie des

Schreckens, untermalt vom Gesang der jungen Frau, die dann im Traum in neues Grauen mündete. Bonnie sah Dayton mit aufgeschlitzter Kehle. Er lief blutend über den Sklavenmarkt und suchte nach ihr. Als er sie schließlich fand, bezahlte er für sie mit dem Geld, das sie für ihren späteren Laden gespart hatte. Dann zerrte er sie mit sich. Sie erkannte das Haus am Strand, die Schlachttiere … und das Bett des Backras war immer noch blutdurchtränkt.

Bonnie erwachte mit einem Schrei, als sich über dem Meer eine goldene Sonne erhob, und fuhr sofort erneut zusammen, als sich ein Schatten über ihr auftat. Aber natürlich war es kein Geist, sondern nur eine große schwarze Frau, die eigentlich ganz freundlich wirkte.

»He, hast du schlecht geträumt?«, fragte sie mit einem Lächeln. Über ihrem glänzenden schwarzen Mondgesicht leuchtete ein roter Turban. »Ist ein Jammer, dass die Götter uns nicht wenigstens mal schöne Träume schenken … Du bist das Mädchen vom Piratenschiff?«

Bonnie nickte und rieb sich die Augen.

»Tja, dann muss ich dich wohl mitnehmen«, erklärte die Frau. »Ich bin Marie. Ich koch hier für den Mèz Corrière und helf ihm mit den Mädchen … War jahrelang selbst Hure …«

»Hure?«, fragte Bonnie. Sie war noch nicht ganz wach, aber sie hatte die Frau ganz gut verstanden und schon wieder das Gefühl, als steche ihr jemand ein Messer ins Herz.

»Tja, Herzchen … warum soll ich's leugnen?«, seufzte Marie. »Hab Glück gehabt, dass der Herr gerade 'ne Köchin brauchte, als der Puff von meinem Mèz schließen musste …«

Sie zog Bonnie auf die Füße und schob sie gemeinsam mit drei anderen jungen Frauen hinaus, darunter das schluchzende Mädchen, das sich an seine Mutter klammern wollte, und die Afrikanerin mit dem Baby. Bonnie fiel auf, dass die drei anderen auffallende Schönheiten waren. Corrière wollte sie wohl Freudenhäusern anbieten. Warum er dazu allerdings auch Bonnie ausgewählt hatte, war ihr ein Rätsel.

Sie sollte es bald erfahren.

# KAPITEL 4

Victor Dufresne hing düsteren Gedanken nach, als er den Sklavenmarkt am Hafen betrat. Er hasste es, dort zu sein. Schon die Gerüche, die über diesen Ort waberten – Schweiß, Schmutz, Angst und Fäulnis –, verursachten ihm Übelkeit. Gewöhnlich mied er solche Märkte, aber an diesem Tag hatte der Stadtbüttel, der für die Marktordnung zuständig war, nach ihm geschickt. Den Händlern war es zwar egal, in welchem Zustand sie ihre menschliche Ware auf den Markt schleppten, doch inzwischen vermuteten die Mediziner, dass viele Krankheiten von einem Betroffenen auf den anderen übertragen werden konnten. Cholera zum Beispiel häufte sich, wenn die Kranken Kontakt mit Gesunden hatten, und auch andere Seuchen waren ansteckend – sogar von Schwarzen auf Weiße und umgekehrt, was viele Weiße immer noch überraschte.

Der Hafenmeister hatte deshalb ein Auge auf die Sklaven, die unter seiner Obhut feilgeboten wurden, und wies wenigstens die ab, denen »der Rotz aus allen Körperöffnungen« lief, wie er an diesem Tag den Zustand von zwei schwarzen Jungen beschrieben hatte. Die Händler widersprachen ihm natürlich aufs Schärfste, und so bat er gelegentlich den Arzt, sich die Kranken anzusehen und die Entscheidung zu treffen. Victor mochte seine Bitte nicht abweisen, er brachte sogar Medizin mit, die den Sklaven vielleicht helfen würde. Illusionen, für seinen Besuch bezahlt zu werden, machte er sich allerdings nicht –

gerade Kinder waren nichts wert, ihr Händler würde keinen Sol an sie verschwenden.

Der junge Arzt drängte sich also durch die Menge der Käufer und Schaulustigen, sah die Aufseher und Einkäufer der großen Plantagen bei der Prüfung neuer Arbeitssklaven und schaute angeekelt weg, wenn sie die Muskeln der Männer betasteten und ihre Zähne kontrollierten. Andere Händler priesen ihre Ware als geschulte Hausdiener, wobei Victor allerdings seine Zweifel hatte. Wenn sich überhaupt jemand von ausgebildeten, zuverlässigen Knechten trennte, so wurden sie meistens an Bekannte vermittelt. Aber vielleicht hatte sich das ja inzwischen geändert. Misstrauische Plantagenbesitzer wie Gérôme mochten ihr Personal schon aus nichtigsten Gründen austauschen.

Am deprimierendsten wirkten die Stände, an denen frisch importierte Sklaven angeboten wurden. Die Männer und Frauen waren mager und wirkten völlig verängstigt. Es mochte stimmen, dass es auch in Afrika Sklaverei gab – Befürworter des Prinzips führten immer wieder an, dass dort ganze Stämme vom Sklavenhandel lebten und gern auch weiße Händler belieferten. Dieser Markt war jedoch sicher nichts, auf das die Menschen vorbereitet waren. Von der Sprache bis zur Kleidung, von der Nahrung bis zum Hausbau war ihnen alles fremd.

Victor mühte sich, so schnell wie möglich an den Ständen vorbeizukommen, und erreichte dann auch bald das Büro des Hafenmeisters. Es war in einem schlichten Holzhaus untergebracht, die zwei Jungen hatte man im Hinterhof angekettet. Victor folgte dem gelassenen Hafenmeister und dem lamentierenden Händler zu ihnen hinaus und war entsetzt. Die beiden waren unterernährt und todkrank. Der Ältere hustete, der Jüngere lag apathisch am Boden und wehrte nicht einmal die Fliegen ab, die sich auf sein schweißfeuchtes Gesicht setzten. Aus seiner Nase lief gelblich grüner Rotz, der Hafenmeister hatte nicht übertrieben.

Victor seufzte. »Sie haben Recht, die können so nicht verkauft werden«, entschied er für den Hafenmeister und wandte sich dann an den Händler. »Und das liegt doch auch nicht in Ihrem Sinne, Monsieur. Wer gibt Ihnen denn was für die beiden? Haben Sie kein Haus hier, in dem Sie Ihre Sklaven zwischen den Märkten unterbringen? Da gibt es doch bestimmt Frauen, die sie pflegen würden.«

Der Händler schnaubte. »Keine Chance. Die Weiber packen die nicht an. Die Kerle sind wohl aus irgendeinem Stamm, der sich in Afrika nicht sonderlich beliebt gemacht hat. Jedenfalls weigert meine Bonne sich beharrlich, auch nur einen Handschlag für sie zu tun. Ich kann sie natürlich zwingen. Aber ob das was bringt ...« Der Mann zuckte die Achseln.

Victor verstand. Seine Haushälterin hatte zweifellos ihren eigenen Kopf, und wenn sie dem Haus sonst gut vorstand, wollte der Mann es sich offensichtlich nicht mit ihr verscherzen. Sie würde die Jungen dann wohl auch eher vergiften als pflegen. Es endete oft blutig, wenn afrikanische Stammesfeindschaften auf die Sklavenquartiere der Plantagen übergriffen.

»Es wäre jedenfalls gut, wenn sich irgendjemand fände, der sich um sie kümmert«, bekundete Victor. Er sah schwarz für die Jungen, aber er würde dieses Problem auch nicht lösen können. Immerhin öffnete er seine Tasche und übergab dem Händler die Medizin, die er mitgebracht hatte, sowie einige Kräuter. »Sie sollten die Jungen warm halten und ihnen dreimal täglich einen Teelöffel von diesem Sud geben. Wenn sie etwas essen wollen, so viel wie möglich, leichte Kost, Haferbrei oder in Milch eingeweichten Zwieback. Sie müssen aufgepäppelt werden. Und wenn Sie in ihrer Hütte diese Kräuter verbrennen, sollten sie besser Luft bekommen.«

Victor bezweifelte, dass irgendeiner seiner Ratschläge befolgt werden würde. Mehr konnte er jedoch nicht tun, wenn er die Jungen nicht gleich kaufen und in sein eigenes Haus mitnehmen wollte. Und wenn er mit solchen Hilfsaktionen erst mal anfing, würde er sich schnell ruinieren – ganz zu schweigen von dem Risiko, sich eine ansteckende Krankheit in die Arztpraxis zu holen.

Resigniert machte er sich wieder auf den Heimweg über den Markt und versuchte, nicht nach rechts und nicht nach links zu sehen. Er warf auch nur einen kurzen, angewiderten Blick auf einen Stand, der von Schaulustigen, Schankwirten und Bordellbesitzern umlagert wurde. Hier standen ausschließlich Frauen zum Verkauf. Sie waren aufreizend gekleidet und grotesk weiß geschminkt. Victor wagte es nicht, ihnen in die Augen zu sehen. Aber dann hörte er eine zaghafte, verzweifelte Stimme.

»Doktor … Mèz Victor …«

Victor fuhr herum und sah ein mageres Mädchen auf dem Podium. Bonnie steckte in einem seltsam durchlöcherten Kleid und trug darüber ein Brokatjackett, ähnlich dem, in dem der große Schwarze am ersten Abend bei ihm aufgekreuzt war. Die Ausgehuniform eines Piraten. Auf ihrem kurzen Haar saß ein Dreispitz schief, was wohl verwegen wirken sollte, doch das Gesicht darunter zeigte nur Scham und Verzweiflung. Sofern unter der schneeweißen Schminke und dem aufdringlichen Lippenrot überhaupt eine Regung erkennbar war. Victor fand schon die Mode, weiße Frauen noch heller zu schminken, hässlich. Bei schwarzen wirkte es demütigend und grotesk. Und ein Mädchen wie Bonnie …

Victor starrte sie entsetzt an. Der Händler auf dem Podium bemerkte sein Interesse sofort.

»Oh, da hat ja einer nur Augen für unsere Piratenbraut!«, grinste er. »Das ist mal was anderes für Ihre Kunden, Monsieur, oder auch für den Eigenbedarf. Mit der Kleinen haben Sie sozusagen zwei in einem! Ist als Junge mit den Piraten gefahren. Muss ich noch mehr sagen? Die macht's Ihnen von hinten und von vorn.« Er schob Bonnie vor. »Und wie's der Zufall will, ist sie auch gleich die Nächste. Ihre Gebote, meine Herren! Die Chance, das Besondere zu erstehen …«

Bonnie hielt den Kopf gesenkt, sie weinte lautlos, die Tränen wuschen Schlieren in die weiße Schminke.

Victor trat vor. »Was wollen Sie haben für das Mädchen?«, fragte er heiser. »Ohne Auktion.«

Der Händler zog die Stirn kraus, als müsse er da etwas abschätzen. Dann nannte er einen viel zu hohen Preis. Victor dachte einen Herzschlag lang nach. Wenn er um Bonnie steigerte, würde er sie für die Hälfte des Preises bekommen. Es sah nicht aus, als gäbe es sehr viele Interessenten. Doch das Mädchen war jetzt schon bis aufs Blut gedemütigt und verängstigt.

»In Ordnung«, sagte Victor und zückte seine Börse. »So viel habe ich nur nicht bei mir. Hier sind eine Anzahlung und meine Karte. Holen Sie sich das Geld am Nachmittag bei mir ab. Falls ich einen Bürgen brauche – der Hafenmeister kennt mich …«

Der Händler lachte. »Sie kennt jeder, Doktor. Aber keine Angst, Corrière ist diskret – bleibt unter uns, Männer, dass sich der Doktor eine kleine Piratenbraut leistet, nicht wahr?«

Die Kerle an dem Stand grölten. Wahrscheinlich würden sich die Einzelheiten über Victors Sklavenkauf spätestens bis zum nächsten Tag in ganz Cap-Français verbreitet haben.

Victor würdigte den Mann keiner Antwort. Er reichte Bonnie die Hand und half ihr vom Podium, wobei er merkte, dass ihm die flammenden Blicke einer sehr schlanken, bildschönen jungen Frau folgten, die noch auf dem Podium stand, ein Baby im Arm. Victor hoffte, dass sie nicht von ihm erwartete, sie auch noch zu kaufen.

Als Bonnie das Straßenpflaster unter ihren nackten Füßen spürte, entlud sich ihre Anspannung in ersticktem Schluchzen. Sie warf sich vor Victor zu Boden und umklammerte seine Beine.

»Danke, Monsieur, danke, danke, Mèz Victor …«

Peinlich berührt zog Victor sie hoch. »Um Himmels willen,

Bonnie, nun mach nicht noch mehr Aufsehen!«, fuhr er sie an. »Du brauchst mir nicht zu danken. Nur lauf uns möglichst nicht wieder weg, das wird sonst teuer – ich bin auch keinesfalls jede Woche auf diesem Markt. Und nun lass uns dies erst mal abwischen …« Er nestelte ein Taschentuch aus seinem Rock und entfernte den größten Teil der Schminke von Bonnies Gesicht. »Wir brauchen auch irgendetwas, das du überziehen kannst. Dieses Jackett …«

»Ich hab so was nie getragen«, stammelte Bonnie. »Ich meine, Bobbie …«

Victor verstand. Bobbie war kein Stutzer gewesen wie die anderen Piraten, und Bonnie fühlte sich nun erst recht dadurch gedemütigt, dass man sie zu dieser bösen Parodie auf die Sitten der Piraten zwang.

Victor sah sich suchend um und entdeckte gleich an der nächsten Ecke einen Stand mit billiger gebrauchter Kleidung. Rasch erstand er einen unauffälligen, dunklen Umhang. Bonnie schälte sich noch aus dem verhassten Jackett, obwohl sie sich dabei erkennbar schämte. Das durchlöcherte Kleid ließ ihre Brüste und ihre Hüften sehen. Bei einer Versteigerung hätte man ihr das Jackett sicher abgenommen und sie so zur Schau gestellt. Victor war froh über seinen Entschluss, ihr das zu ersparen.

Während Bonnie rasch den Umhang über das Kleid zog, merkte der junge Arzt, dass die Augen der schlanken schwarzen Schönheit auf dem Podium immer noch auf ihn und Bonnie gerichtet waren. Langsam wurde ihm das unheimlich.

»Dann komm jetzt, Bonnie«, meinte er schließlich. »Wir gehen nach Hause. Da kannst du dich auch umziehen. Deine alten Kleider wird Amali ja noch haben.« Während Bonnies Aufenthalt bei den Dufresnes hatten die Frauen zwei Kleider der Zofe für sie geändert.

Bonnie, die sich inzwischen gefasst hatte, schüttelte den Kopf.

»Nein … nein. Tut … tut mir leid, Mèz Victor. Zuerst … zuerst müssen wir Caesar suchen.«

Victor sah sie erstaunt an. »Caesar ist auch hier?«, erkundigte er sich. »Was ist denn überhaupt passiert, Bonnie?«

Bonnie berichtete aufgeregt, was ihnen widerfahren war, ihre Stimme überschlug sich beinahe. »Und dann haben sie ihn angekettet … mit vielen anderen Schwarzen, riesigen Kerlen, zwei davon sahen aus wie Schläger«, endete sie schließlich mit der Schilderung von ihrer und Jefes Einlieferung im Haus des Händlers Corrière. »Mit denen kriegt er bestimmt Ärger … und …«

Noch während sie sprach, rannte Bonnie voraus über den Markt und hielt hektisch Ausschau nach ihrem Freund. Victor folgte ihr wenig begeistert. Er machte sich keine besonderen Sorgen um den großen Schwarzen, der würde mit den anderen Sklaven schon zurechtkommen. Und sonst … Victor hatte den starken Verdacht, dass der junge Mann nicht ganz unschuldig an dem war, was Bonnie und ihm zugestoßen war. Zudem würde es Victor ein weiteres kleines Vermögen kosten, den zweiten Sklaven auch noch zu kaufen. Für so kräftige Feldsklaven zahlten die Pflanzer hohe Summen. In die Kasse des Arzthaushalts Dufresne würde das eine ziemlich Lücke reißen.

Wenn Victor sich trotzdem nicht wehrte, mit Bonnie noch einmal über den Markt zu ziehen, so nur wegen Deirdre. Es würde sie glücklich machen, ihren Pferdeknecht zurückzubekommen. Mit dessen Ersatz wurde sie einfach nicht warm. Victor konnte das zwar nicht nachvollziehen, er selbst fand Leon wesentlich sympathischer und vor allem umgänglicher als den selbstbewussten Freibeuter. Für Deirdre war er jedoch bereit, Caesar zurückzuholen. Er hätte inzwischen fast alles getan, um sie aufzuheitern, wenngleich er befürchtete, dass Bonnies Freund nicht lange bleiben würde.

Der junge Arzt rieb sich die Stirn. Wahrscheinlich würde

Caesar Ausbruchspläne schmieden, sobald man ihm die Ketten abnahm, und dann ging alles von vorn los. Aber gut, er würde es vom Zufall abhängig machen. Wenn sie den großen Schwarzen fanden, würde er sehen, was er für ihn tun konnte.

Bonnie dagegen hegte keine Zweifel. Sie hatte ihr eigenes Schicksal schon fast vergessen und sorgte sich nur noch um den Freund. Bonnie erkundete den Markt, schaute bei jedem Stand genau hin, um Jefe um Himmels willen nicht zu übersehen, und blickte sich auch immer wieder um, ob Victor ihr sicher folgte. Der Arzt wirkte nicht wirklich begeistert davon, Jefe auch noch freizukaufen, und schließlich dachte Bonnie auch mit einem Anflug schlechten Gewissens daran, ob es wirklich ein Glück für den Doktor sein würde, wenn Jefe zurück in dessen Haus kam. Wenn es stimmte, dass da etwas gewesen war zwischen Jefe und der Missis … Aber damit würde sie sich später beschäftigen. Jetzt musste er erst mal gerettet werden … Bonnie merkte gar nicht, dass sie schon zweimal über den Markt gelaufen waren, ohne den jungen Mann zu finden.

»Das bringt nichts, Bonnie«, sagte Victor schließlich, halb mitleidig, halb streng. »Er ist offensichtlich nicht mehr da. Und das ist auch nicht verwunderlich, die Aufseher von den Plantagen kommen früh zum Markt, bevor die besten Sklaven weg sind. Sie haben ja meist noch einen weiten Weg mit den Negern und wollen vor Dunkelheit zurück sein.«

Victor nahm das zumindest an. Er selbst hätte mit einer ganzen Gruppe von Schwarzen wie Caesar keine Nacht auf der Straße verbringen wollen.

Bonnie fuhr sich nervös durch ihr kurzes Haar. »Aber es kann nicht sein … er kann nicht … und wenn … wenn wir ihn doch verpassen …« Sie war noch nicht bereit, ihre Hoffnungen aufzugeben.

»Wir könnten den Händler fragen!«, fiel ihr plötzlich ein. »Diesen … diesen Corrière!«

Victor seufzte. Er hatte nicht die geringste Lust, zu dem Stand zurückzukehren, auf dem Corrière seine Huren anbot. Allerdings waren sie in der Nähe, und wenn Bonnies Seligkeit davon abhing …

An Corrières Stand begann eben eine Versteigerung, eine der letzten. Der Händler veräußerte das »Glanzstück seines heutigen Angebots«, wie er mit schmierigem Lächeln erklärte. Und tatsächlich überboten sich die Männer gegenseitig. Die große Afrikanerin, die auf dem Podium stand, ihr Kind an sich gedrückt hielt und ins Nichts starrte, war inzwischen fast nackt, Corrière zog ihr einen der Fetzen nach dem anderen vom Körper. Scham schien sie allerdings nicht zu empfinden. Sie wirkte wie eine Statue aus schwarzem Stein. Die Männer machte das völlig verrückt. Zu den ernsthaften Bietern gehörten jedoch nur zwei. Victor kannte einen von ihnen. Dem dicken, schmutzigen Petit gehörten etliche Hurenhäuser im Hafen. Mitunter schlich sich eins seiner Mädchen in Victors Armensprechstunde. Der andere Mann wirkte kaum sympathischer, er leckte sich ständig die Lippen und wirkte verschlagen und bösartig. Victor wünschte der jungen Frau fast, dass Petit den Zuschlag bekam.

Jetzt erst bemerkte Corrière den Arzt in der Reihe der Bietenden. Er grinste sofort zu ihm hinunter.

»Nanu, Doktor! Sie sind noch mal zurückgekommen? Sind Sie die Piratenbraut schon leid? Aber Umtauschen ist nicht, da müssen Sie schon noch mal tief in die Tasche greifen!«

Bonnie schoss das Blut ins Gesicht, doch Victor sah den Mann nur mit kühler Verachtung an. Und spürte erneut die Blicke der großen schwarzen Frau auf sich ruhen. Sie schien aus ihrer Starre erwacht zu sein, als Corrière den Arzt ansprach. Ihre Augen begannen zu glänzen, und ein Zittern durchfuhr ihren Körper.

Victor stellte rasch seine Frage, und Corrière nickte ihm zu. »Gleich, Doktor. Erst müssen wir das hier zu einem Ende bringen. Wenn Sie also nicht bieten möchten … Was ist mit dir, Petit?«

Das letzte Gebot war von dem verschlagenen Fremden gekommen. Und es lag wesentlich höher als das vorige von Petit. Der Dicke machte eine abwehrende Handbewegung. Er gab auf.

»Dann also zum Ersten, zum Zweiten und zum Dritten – die entzückende junge Frau geht an Monsieur Carbot aus Port-au-Prince. Eine weite Reise. Aber hat sich doch gelohnt für die Kleine, oder? Und das Baby gibt's als Dreingabe … Auch ein Mädchen. Wird sicher hübsch. Wenn Sie's ein paar Jahre füttern …«

Corrière drückte die Hand des Mannes, der den Mund zu etwas verzog, was wohl ein Lächeln sein sollte, bevor er sich der Frau auf dem Podium zuwandte. Dem Baby gönnte er keinen Blick. Bonnie erfasste ein eisiges Gefühl. Niemand in Port-au-Prince würde wissen, dass es Namelok je gegeben hatte, wenn dieser Kerl mit seiner Sklavin dort ankam.

»Und nun zu Ihnen, Doktor.« Corrière strich sich eine schweißfeuchte Haarsträhne aus dem Gesicht. Er schien zufrieden. An diesem Tag hatte er sehr gut verdient. »Tut mir ja leid, dass Sie Ihre Piratensammlung heute nicht vervollständigen können, der Große ist gleich morgens übern Ladentisch gegangen. Ansehnliche Plantage, irgendwo südöstlich von hier …«

Bonnies Augen wurden riesig. »Er ist weg?«, fragte sie erstickt. »Wo … wer …?«

»Wissen Sie zufällig noch, wer ihn gekauft hat?«, fragte Victor.

Corrière schüttelte den Kopf. »Nee. Das hab ich gar nicht gemacht, ich hab die Kerle 'nem Bekannten in Kommission gegeben. Den kann ich natürlich fragen, aber der verkauft jeden Markttag fünfzig von den Niggern.«

Victor legte Bonnie tröstend die Hand auf die Schultern und hoffte, dass die Geste nicht aufreizend wirkte. Doch bevor er mit ihr gehen konnte, kam Leben in die schwarze Frau auf dem Podium, die sich eben noch fast unbeteiligt von ihrem künftigen Herrn hatte betasten lassen.

»Du! Warte! Pi… Piratenbraut!«

Bonnie sah erstaunt zu ihr hoch, desgleichen Victor. Die Frau schien aufzuatmen, dass sie die Aufmerksamkeit der beiden erregt hatte. Sie bewegte sich rasch und fast katzenhaft schnell an den Rand des Podiums. Ihr Käufer wollte sie festhalten, doch sie war schneller.

»Hier!« Bevor irgendjemand sie zurückreißen konnte, hatte sie Bonnie ihr Baby in die Arme gelegt. »Sie Namelok. Sie Mädchen. Sie jetzt deins!«

Bonnie hielt das Kind an sich gepresst, während um sie herum ein Tumult losbrach. Der Käufer packte seine neue Sklavin und schlug sie brutal. Dann stieß er sie zurück in die Mitte des Podiums. Sie wehrte sich nicht, hielt die Blicke nur verzweifelt auf das Baby gerichtet. Einmal schweiften sie kurz über Bonnie und Victor. Ihre Lippen formten ein Wort: Bitte!

Victor wusste nicht, was er tun sollte. Der Mann, dem die junge Frau jetzt gehörte, schien sich nicht für das Baby zu interessieren, nun mischte sich dagegen Corrière ein.

»Moment, Moment, so geht's ja nun nicht, sie kann nicht einfach das Balg verschenken. Monsieur Carbot, Sie wissen, der Code Noir verpflichtet uns, die Kinder bei den Müttern zu lassen. Ich … ich werde mich nicht strafbar machen …«

Carbot lachte. »Sie gehört Ihnen doch gar nicht mehr«, sagte er mit einer Stimme, die Bonnie Schauer über den Rücken jagte. »Sie ist bereits mein. Und sie denkt mit, nicht wahr, meine Schöne … Belle, ja, Belle ist ein passender Name für dich. Also, Belle …« Er schürzte die Lippen. »Du sagst, das Kind ist gar nicht von dir?«

Über das Gesicht der jungen Frau zog ein unbeschreiblicher Ausdruck der Trauer und des Abscheus vor diesem Mann. Sie hatte beschlossen, sich von Namelok zu trennen – und nun sollte sie ihre Tochter auch noch verleugnen.

Bonnie gab sich einen Ruck. »Nein«, sagte sie. »Ist … es ist meins. Sie … sie nur hat aufgepasst auf meine Baby. Und jetzt … jetzt wir gekommen, es zu holen.«

Ihre Stimme klang erstickt, und sie zitterte vor Angst. Was war, wenn der Doktor das Kind nicht haben wollte?

Corrière grinste mal wieder. »Tatsächlich, Monsieur? Da hat meine Sklavin kostenlos das Kindermädchen für Ihr Balg gespielt?« Er rieb Daumen und Zeigefinger Geld fordernd aneinander.

Bonnie hatte Victor Dufresne noch nie so wütend gesehen. In den Augen des sanften Arztes stand Hass. Aber Victor beherrschte sich eisern. Er griff erneut nach seiner Börse, zog ein paar Scheine heraus und warf sie Corrière vor die Füße.

»Das sollte reichen – für eine Stunde der Zeit Ihrer Sklavin. Und jetzt nimm dein Baby und geh, Bonnie. Bevor ich …«

Victor sprach den Satz nicht zu Ende. Graute es ihm doch selbst vor dem Bild, das sich eben vor sein inneres Auge schob: Corrière, schreiend vor Schmerz und sich windend in Krämpfen, nachdem ein Sklave ihm Gift ins Essen gemischt hatte. Victor konnte sich nicht helfen. Er brachte plötzlich Verständnis auf für François Macandal und die Menschen, die für ihn töteten.

Während er seine Gedanken energisch niederkämpfte, ließ er den Blick noch einmal kurz zum Podium wandern. Nameloks Mutter starrte auf ihr Baby, so als wollte sie sich seinen Anblick für immer einprägen.

»*Au revoir*, Madame!«, sagte Victor leise. »Die Kleine wird es gut haben. Und Ihnen viel Glück!«

Die Afrikanerin antwortete nicht. Sie sah Victor, Bonnie und Namelok nur unendlich traurig nach, bis die drei im Marktgetümmel verschwunden waren.

Jefe und die Männer, an die er gefesselt war, hatte man schon bei Tagesanbruch auf den Markt gebracht, als Marie noch dabei war, Bonnie und die anderen Frauen für den Verkauf vorzubereiten. Um diese Zeit gab es noch nicht viele Schaulustige, dafür eine Menge ernsthafter Kaufinteressenten. Die großen Plantagen schickten ihre Käufer – meist Aufseher, in der Regel Männer mit langjähriger Erfahrung. Mitunter kamen die Besitzer aber auch selbst. Keiner von diesen Leuten sprach viel, während sie ihre Auswahl trafen, und wenn überhaupt, dann allenfalls mit den Händlern. Die Sklaven betrachteten sie wie Vieh, betasteten ihre Muskeln, inspizierten ihre Rücken und wiesen sie mit knappen Bewegungen ihrer Peitschen an, die Münder zu öffnen und eine Kontrolle ihrer Zähne zuzulassen. Kam einer der Schwarzen der Aufforderung nicht nach, schlugen sie zu. Nicht fest – schließlich lag es ihnen fern, anderer Leute Besitz zu beschädigen –, aber doch kräftig genug, damit der Sklave »spurte«.

Jefe fing sich eine Anzahl dieser Schläge ein, bevor der Händler, ein Bekannter von Corrière, den dieser zuvor Pastis genannt hatte, den Sklaven anblitzte und die Peitsche auf seinen Rücken niederfahren ließ. Danach fügte sich Jefe, brennend vor Wut – ein Gefühl, das sich auch in den Augen dreier anderer in seiner Gruppe spiegelte. In denen der restlichen vier stand schlichte Resignation. Jefe bekam nicht jedes Gespräch zwischen Händler und Kaufinteressent mit, er begriff jedoch, dass etliche Kunden zu handeln versuchten. Sie hätten gern nur die friedfertigen Sklaven gehabt, jeder dieser Männer wusste, dass Arbeiter wie Jefe letztlich Ärger machen würden.

»Und immer auf dem Sprung, sich davonzumachen!«, meinte einer zum anderen. »Die lässt man drei Minuten aus den Augen, schon sind sie auf dem Weg in die Berge.«

Pastis pries seine Ware jedoch mit markigen Worten: »Die hauen nicht mehr ab, das garantier ich. Die sind doch nicht lebensmüde. Gucken Sie sich den an …« Er hob das außergewöhnlich lange Haar eines der Sklaven an, und Jefe sog scharf die Luft ein, als er sah, dass der Mann keine Ohren mehr hatte. Dazu prangte ein Brandmal auf seiner Schulter. »Beim nächsten Mal können Sie dem die Sehne durchschneiden und …«

»Und anschließend kann ich ihn nicht mal mehr zum Viehhüten einsetzen«, höhnte einer der Käufer. »Dann ist er nichts mehr wert, aber fressen will er trotzdem …«

»Das wird der Kerl nicht riskieren!«, behauptete der Händler. »Und die anderen auch nicht. Deshalb mischen wir die ja gerade, da denken wir uns schon was dabei! Die anderen sehen, was ihrem Kumpan passiert ist, und das schreckt ab!«

»Fluchtversuch?«, fragte Jefe leise in Richtung des ohrenlosen Mannes, der sein Haar rasch wieder über die Narben fallen ließ.

Der Sklave nickte. »Über ein Monat weg, dachte, ich geschafft. Dann doch erwischt. Ich gesucht Lager von Macandal und gefragt falsche Leute …« Er machte eine resignierende Handbewegung. Anscheinend war er an einen Spitzel geraten. »Zweite Mal nur zwei Wochen«, sprach der Mann dann ungefragt weiter. »Deshalb nicht geschnitten Sehne durch. Mèz sehr gnädig …« Er lachte grimmig. »Nicht verstümmeln Pierrot, nur verkaufen …«

Jefe zog die Augenbrauen hoch. Die »Gnade« des Sklavenhalters erklärte sich zweifellos mit der Äußerung des Aufsehers: Ein Sklave mit durchgeschnittener Achillessehne war nichts mehr wert, während ein guter Arbeiter selbst dann noch etwas einbrachte, wenn er als renitent bekannt war.

So dauerte es auch nicht sehr lange, bis sich ein ernsthafter Interessent für die Sklavengruppe fand. Der Mann war groß und hager, seine Augen stahlblau und kalt. Er trug einen Degen, eine Muskete am Gürtel und natürlich eine Peitsche in der Hand.

»Gute Körper, verdrehte Köpfe«, kommentierte er das Angebot kurz in Richtung des Händlers. »Für Letzteres erwarte ich einen Nachlass.«

Der Händler wiederholte seine Argumente, der Mann zuckte jedoch nur die Schultern. »Am Abhauen werde ich die schon hindern, das lassen Sie mal meine Sorge sein«, antwortete er gelassen. »Aber solche Kerle erfordern mehr Aufwand, das muss sich im Preis niederschlagen. Und mein Boss hat nichts zu verschenken. Also, was ist damit?« Er schrieb eine Summe auf ein Blatt Papier und reichte es Pastis.

Der begann sofort zu lamentieren, was der Mann in Ruhe abwartete. »Ich komme nachher noch mal wieder«, erklärte er dann, ohne ein weiteres Angebot zu machen.

Pastis lief ihm nach, und die Verhandlungen gingen außer Hörweite der Sklaven weiter. Schließlich ließ der Mann den Händler trotzdem stehen und ging seiner Wege.

»Gut so. Der mir machen Angst«, murmelte der Jüngste der Sklaven. Er wirkte fügsam, aber ein bisschen beschränkt.

»Da nicht einer besser, einer schlechter. Alle Dreck«, fasste Pierrot seine bisherigen Erfahrungen mit Pflanzern zusammen.

Jefes Frage nach seiner Flucht hatte wohl das Eis gebrochen, die Männer schienen jetzt endlich bereit, miteinander zu reden. Allerdings nur, bis der Händler wiederkam.

»Klappe! Man will euch hier sehen, nicht hören.«

Ein kurzer Schlag mit der Peitsche brachte die Sklaven wieder zum Verstummen. Jefe und Pierrot schwiegen allerdings nur, solange der Händler aufpasste, sonst setzten sie ihre Unterhaltung leise fort. Die anderen wagten nicht, den Mund wieder aufzutun, während Pastis seine Ware wortreich zwei anderen Pflanzern anbot. Beide zeigten sich jedoch kaum interessiert.

»Nein, nicht, wenn sie schon vorher versucht haben, abzuhauen«, erklärte einer von ihnen entschieden. »Die bleiben anfällig für Fluchtgedanken. Und in diesen Zeiten, da Macandal um die Plantagen schleicht …«

»Wer ist eigentlich Macandal?«, fragte Jefe jetzt seinen Leidensgenossen. Der Name war zuvor schon gefallen.

Bevor Pierrot jedoch noch antworten konnte, erschien der hagere Kerl erneut, der schon zuvor für die Schwarzen geboten hatte. Inzwischen trotteten ihm sechs weitere aneinandergekettete Sklaven hinterher, auch einem von ihnen fehlten die Ohren.

»Und? Haben Sie überlegt?«, fragte der Mann den Händler.

Pastis schnaubte resigniert. »Wenn Sie fünfzig drauflegen …«

Der Hagere schüttelte den Kopf. »Ich lege dreißig drauf«, bot er an. »Aber das ist mein letztes Angebot. Wenn ich das Wort ›vierzig‹ auch nur höre, bin ich weg.«

Pastis schwieg und machte Anstalten, die Fesseln der Männer von dem im Boden des Standes eingelassenen Ring zu lösen. Die Gruppe blieb dabei allerdings durch Ketten verbunden.

»Da haben Sie die Kerle«, erklärte er unzufrieden. »Werden Sie glücklich damit.«

Der Mann grinste. »Ich verspreche Ihnen, dass die Männer ein langes, glückliches Leben haben werden. So, Jungs, und nun sagt: ›*Bonjour*, Mèz Oublier, und danke, dass wir auf Roche aux Brumes arbeiten dürfen.‹«

Jefe sah seinen Käufer ungläubig an. Pierrot spuckte auf den Boden. Die Peitsche Oubliers traf ihn sofort, und der Schlag war gut gezielt. Ein roter Striemen zog sich quer über das Gesicht des großen Schwarzen.

»Du fängst an!«

Er schlug noch dreimal zu, bis Pierrot den Satz wiederholt hatte.

»Du!« Oublier wandte sich an Jefe.

»Ich kann kein Französisch«, log Jefe, obwohl er die Sprache auf der *Mermaid* annehmbar sprechen gelernt hatte. Sein Fechtmeister, ein französischer Pirat namens Javert, hatte darauf bestanden, ihn darin zu unterweisen.

»Dann lernst du es jetzt!«

Die Peitsche pfiff durch die Luft, und Jefe schwankte unter dem plötzlichen Schmerz. Er war bislang nie geschlagen worden, und irgendwie hatte er immer gedacht, dass die Demütigung mehr schmerzen würde als die Hiebe. Oubliers Handhabung der Peitsche belehrte ihn jetzt eines Besseren. Er hob die Hand, um sich das Blut vom Gesicht zu wischen, und zog sie entsetzt zurück, als der nächste Schlag seine Finger traf.

»Ich warte …«

»Sag es einfach«, presste Pierrot zwischen den Zähnen hervor.

»*Bonjour*, Mèz …« Jefe hatte sich nie so geschämt, und er war nie so wütend gewesen wie in diesem Augenblick. Irgendwann würde er sich an diesem Kerl rächen, er würde …

»Noch mal, mein Freund, das klang nicht wirklich glaubhaft!«

Oublier hob die Peitsche, und Jefe wiederholte die Worte.

»Na also. Und du?«

Der Jüngste der Gruppe war inzwischen so eingeschüchtert, dass er sich zweimal verhaspelte. Auch er bekam die Peitsche zu spüren, doch längst nicht so gnadenlos wie seine Vorgänger. Oublier beherrschte sein Geschäft, er wusste genau, wie hart er zuschlagen musste. Die anderen sprachen die Worte mit regelrechtem Enthusiasmus. Oublier war zufrieden.

»Dann kommt jetzt«, forderte er seine neuen Männer auf.

Die sechs Sklaven, die sich eben resigniert gesetzt und angelegentlich zu Boden gestarrt hatten, erhoben sich. Jefe sah auch auf ihren Gesichtern Peitschenspuren.

»Wir haben einen langen Weg vor uns. Ich hole mein Pferd aus dem Mietstall, und dann geht's los.«

Oublier und sein Anhang waren auf der Straße nach Osten, lange bevor man Bonnie auf den Markt trieb.

Victor brachte Bonnie und das Baby zunächst in die Küche, wo er erwartungsgemäß Sabina und Amali antraf. Es war elf Uhr, an sich hätte Deirdre die Zofe längst rufen müssen, damit sie ihr beim Ankleiden half und sie vielleicht bei Besuchen oder Einkäufen begleitete, doch Deirdre hatte sich in der letzten Zeit angewöhnt, länger im Bett zu bleiben. Meist schlief sie nicht, sondern starrte nur dumpf brütend die Wand an.

»*Mon Dieu!*« Sabina war die Erste, die Bonnie erkannte. »Die Kleine! Wo du kommst her? Und … *ma chere*, was sie haben mit dir gemacht?« Sie starrte auf Bonnies zerfetztes Kleid – in den Umhang hatte diese Namelok gewickelt.

Amali war nicht minder verblüfft, zog allerdings sofort ihre Schlüsse aus Bonnies Anblick und den Hinrichtungen am Tag zuvor. »Bonnie … die … die Piraten? War es doch das Schiff? Und man hat dich … man hat dich begnadigt, weil du noch so jung bist? Um Himmels willen, Bonnie … Was ist mit …?«

Sie brach ab. Es war sicher besser, vor Victor nicht sofort nach Caesar zu fragen. Und sie konnte sich die Antwort ja auch selbst zusammenreimen. Zur Besatzung des Piratenschiffes hatten sicher mehr als zwanzig Männer gehört. Caesar musste im Gefecht mit den Soldaten umgekommen sein.

»Sie haben mich … mich leben lassen, weil ich schwarz bin«, flüsterte Bonnie. Das Wort »begnadigt« wollte ihr nicht von den Lippen.

»Ich habe sie auf dem Sklavenmarkt gefunden und gekauft«, erklärte Victor kurz. »Wenn ihr vielleicht jemand ein paar ordentliche Sachen holen könnte …«

Die Köchin sprang auf. Sie freute sich erkennbar über Bonnies Rückkehr – Sabina hatte das Mädchen ehrlich gemocht, und obendrein wurde mit Bonnies Kauf ihr Wunsch nach einer weiteren Küchensklavin wahr. Jetzt aber sah sie das Baby in Bonnies Armen.

»Was das ist?«, fragte sie verwirrt.

Bonnie, die Namelok während des ganzen Weges fest an sich gedrückt, aber weder angesehen noch angesprochen hatte, schaute das Baby nun an, als sähe sie es zum ersten Mal.

»Das ist …«, stammelte sie, »… das ist meine Kind.« Dann reichte sie das Baby an Amali weiter und brach in Tränen aus.

Victor hatte inzwischen gesehen, dass vor dem Behandlungsraum drei Patienten warteten – Leon, der sich auch außerhalb des Stalles gern nützlich machte, hatte ihnen eben Erfrischungen serviert und trieb jetzt Scherze mit ihnen. Der Arzt hörte sie lachen, Leon war ein begnadeter Unterhalter. Auf Nouveau Brissac hatte er zu einer Gruppe von Musikanten und Komödianten gehört, die vor allem in der Weihnachtszeit auftraten. Hier verkürzte er Victors Patienten gern die Wartezeit – eine unschätzbare Hilfe, wenn Victor die Sprechstunde wegen eines Notfalls nicht rechtzeitig beginnen konnte. Früher waren die Wartenden oft verstimmt gewesen, wenn er dann endlich kam. Nachdem Leon mit den Männern gescherzt, den Frauen Komplimente gemacht und mit den Kindern geschäkert hatte, traten sie meist mit einem Lächeln ein.

Jetzt winkte der junge Schwarze seinem Herrn aber erleichtert zu. Natürlich, die Leute warteten seit mehr als einer Stunde. Der junge Arzt atmete auf. Die Sprechstunde war ein guter Grund, Bonnie und die anderen Schwarzen sich selbst zu überlassen, und ein Terrain, auf dem er sich wesentlich sicherer fühlte als bei der Aufgabe, die schluchzende Bonnie zu trösten und Sabina und Amali zu erklären, woher dieses Baby kam.

Victor verzog sich also zu seinen Patienten, während Amali Bonnie in die Dienstbotenquartiere führte, ihr Wasser zum Waschen brachte und ihr dann ihre alten, sauberen Kleider heraussuchte. Sabina versorgte derweil das Baby, sie machte Milch warm und füllte Libbys altes Fläschchen. Die Kleine konnte schon aus einem Becher trinken.

Als Amali und Bonnie zurück in die Küche kamen, lag Namelok zufrieden trinkend im Arm des riesigen Leon, der sie fütterte und dabei über das ganze Gesicht strahlte.

»So süße Baby! Und sieht aus wie Natalie!«

»Wer Natalie ist?«, fragte Bonnie, obwohl sie eigentlich eher fragen wollte, wer dieser Mann war.

Auf den ersten Blick war sie erschrocken, als sie seine breiten Schultern und seine Größe sah. Jefe? Aber dann erkannte sie natürlich gleich ihren Irrtum. Von Nahem sah Leon Jefe nicht im Entferntesten ähnlich. Sein Gesicht war eher rund und weich, seine Augen waren ruhig und funkelten nicht raubtierhaft wie die ihres Freundes. Jefe hatte Bonnie oft an einen Panther erinnert, während sie beim Anblick dieses Mannes eher an einen Bären dachte.

»Kind von Freundin von Leon, auf Plantage von Mèz Dufresne«, gab der Knecht gelassen Auskunft. »Und sieht wirklich aus wie diese Baby. Ist deins?«

Über das Gesicht des Mannes zog ein Anflug von Irritation, anscheinend wunderte er sich über die mangelnde Ähnlichkeit zwischen Namelok und ihrer vermeintlichen Mutter. Doch er lächelte gleich wieder. Bonnie schwankte zwischen Freude und panischem Schrecken. Es war selten, dass ein Mann sie so freundlich ansah – nach ihren Erlebnissen am Vormittag konnte sie nicht mehr an die Unschuld eines Lächelns glauben.

»Ja, sag schon, Bonnie!«, meinte auch Sabina. »Wo du haben her *bébé*? Nicht kann sein deins, warst nicht lang genug weg. Was ist überhaupt? Mädchen? Junge?«

Bonnie nahm Leon jetzt fast besitzergreifend das Baby aus dem Arm, um es weiterzufüttern. Es war ihr erster Versuch, so etwas hatte sie noch nie gemacht. »Es ist eine Mädchen«, sagte sie und lächelte, als Namelok mit dem Trinken innehielt und sie anstrahlte. »Sie heißen Namelok.«

»Wie?«, fragte Sabina.

»Das nicht kann sein!«, rief Leon.

Die plötzliche Aufregung hielt ihn nicht an seinem Platz. Der große Mann sprang auf und lief zu Bonnie, um sich das Kind noch einmal genau anzusehen. Er bewegte sich geschmeidig – auch etwas, das Bonnie an Jefe erinnerte, Leon ließ sie jedoch eher an einen Tänzer denn an einen Kämpfer denken.

»Das zu viel Zufall! Mein Freundin Sankau auch wollte nennen Baby Namelok. Weil schönes Baby, und Namelok heißt ›wunderschön‹. Aber Mèz nicht erlauben. Weil nicht kann aussprechen diese Name aus Afrika. Er nennen ›Natalie‹.«

Amali begriff jäh. »Leon, Sankau, du weißt, zu welche Stamm gehört sie? Sie kommen aus Afrika, oder?«

Leon nickte. »Sie immer sich nannte Massai. Sie aussehn anders. Schwarz und ganz dünn, sie …«

Amali und Sabina lauschten interessiert, und Bonnie nickte. Sankau hatte offensichtlich zum gleichen Stamm gehört wie Nameloks Mutter. Das Rätsel um Nameloks Herkunft war damit gelöst, man würde ihr später immerhin sagen können, wo in Afrika ihre Wurzeln lagen. Auch wenn sie den Namen ihrer leiblichen Mutter niemals kennen würde.

»Jetzt sie ist meine Kind«, sagte Bonnie entschlossen in Leons Richtung. »Auch wenn wundern sich alle, warum ich haben so eine schöne Kind.«

Leon lächelte sie erneut an. »Warum sich wundern? Du doch auch schöne Mädchen.«

Bonnie blitzte ihn an. »Und du sein eine Lügner!«, sagte sie.

Genau solche verlogenen Komplimente hatte Corrière ihr an diesem Morgen auf dem Sklavenmarkt gemacht. Der Fremde wirkte betreten ob ihrer harschen Worte.

»Ich nicht Lügner«, stellte er richtig, freundlich, aber bestimmt. »Leon mag Menschen. Für mich fast alle Menschen schön, wenn freundlich.« Er wirkte aufrichtig.

Bonnie rannte hinaus – es durfte nicht sein, dass sie schon wieder weinte.

Auf dem Hof zwischen Haus und Sklavenquartier lief sie Victor in die Arme. Der Arzt hatte seine Patienten versorgt und zeigte sich erfreut, Bonnie zu sehen.

»Bonnie, da bist du ja. Ich wollte dich eben suchen. Was

meinst du, gehen wir hinauf und sagen der Herrin guten Tag? Und Namelok hast du bei dir, das ist gut, dann kannst du sie ihr gleich zeigen.«

Im Stillen hoffte er, dass das Baby eine aufmunternde Wirkung auf Deirdre haben würde. Die kleine Libby hatte sie ja zumindest am Anfang vergöttert. Andererseits mochte es ihre Depression verstärken, wenn nun auch Bonnie ein Baby hatte. Ein angenommenes Kind … Victor dachte in letzter Zeit immer häufiger auch selbst an eine Adoption. Falls er keine Kinder zeugen oder Deirdre keine haben konnte, fand sich vielleicht ein fremdes Kind, dem sie ihre Zeit und ihre Liebe würde geben können.

Deirdre saß vor dem Spiegel in ihrem Ankleidezimmer und fuhr ziellos mit der Bürste durch ihr offenes Haar. Sie hätte Amali rufen sollen, doch mit der hätte sie wieder reden müssen, und dabei war es doch nur lästig, zu plaudern. Viel lieber saß sie hier allein und hing ihren Gedanken nach. Gedanken an eine Bootsfahrt am Strand … an einen Ausritt, bei dem sie ein Regenguss überrascht hatte … an Caesars schwellende Muskeln unter seinem nassen Hemd … Mitunter auch ein bisschen daran, wie schuldig sie sich Victor gegenüber fühlte. Sie sollte sich wirklich bemühen, netter zu ihm zu sein, und manchmal suchte sie in sich nach der tiefen Liebe, die sie noch bis vor wenigen Monaten für ihn empfunden hatte. Inzwischen fühlte sie sich nur noch leer, die Welt um sie schien hinter einem dunklen Schleier zu liegen, und sie hatte keine Kraft mehr, irgendetwas zu spüren.

Als Victor jetzt die Tür öffnete, wandte Deirdre sich verwundert um. Mit ihm hatte sie um diese Zeit nicht gerechnet. Wenn, dann erschien eher Amali, um sie doch noch zu irgendwelchen Aktivitäten zu überreden. Aber die pflegte anzuklopfen.

Deirdre bemühte sich um ein Lächeln für ihren Mann, es erstarb jedoch sofort, als sie Bonnie sah. »Du?«, fragte sie. »Wo …

wo kommst du her?« Sie holte tief Luft. Sollten die beiden zurück sein? Hatte Caesar es sich anders überlegt? Deirdre sah Bonnie mit glänzenden Augen an. »Wo … wo ist Caesar?«

Bonnie knickste eingeschüchtert. »Verkauft«, gab sie unglücklich Auskunft. »Wir … wir waren beide auf dem Sklavenmarkt. Und … und Monsieur Victor hat mich gefunden und gekauft, aber …«

Sie erschrak, als das Flackern in Deirdres Augen von Freude über Angst zu Unglauben und dann zu Wut wechselte. Der Blick der jungen Frau irrte von Bonnie zu ihrem Mann.

»Du … du hast was?«, fragte Deirdre tonlos in Victors Richtung, bevor sie ihren Atem wiederfand und ihr Stammeln zu einem Schreien wurde. »Sie waren beide auf dem Markt, aber du hast sie gekauft und ihn dagelassen? Du hast zugelassen, dass sie ihn … dass sie ihn … dass irgendjemand anders ihn bekommt? Ich hasse dich!«

## KAPITEL 5

Mèz Oublier ritt seit drei Stunden nach Südosten, und er legte dabei ein mörderisches Tempo vor. Jefe und die anderen Sklaven mussten sich fast die ganze Zeit im Laufschritt bewegen, um mit dem leichten Trab seines Pferdes mitzukommen. Er hatte ein Seil durch die Handfessel des ersten Mannes jeder Gruppe gezogen und führte sie jetzt links und rechts seines Pferdes mit, als hielte er Hunde oder ein Handpferd an der Leine. Die Männer mussten höllisch aufpassen, nicht hinzufallen. Sie waren zwar alle stark und an körperliche Anstrengungen gewöhnt, aber in Ketten in gleichmäßigem Tempo hintereinander her zu laufen war nicht einfach. Die Eisenschellen scheuerten zudem an den Fußgelenken. Zur Mittagszeit, als Oublier kurz anhielt und etwas Brot, Käse und Wasser an die Männer verteilte, hatten alle blutende Wunden. Oublier trieb sie trotzdem weiter.

»Lassen sie einem die Ketten immer an?«, fragte Jefe den offenbar erfahrenen Sklaven Pierrot. »Auch beim Arbeiten?«

Pierrot schüttelte den Kopf. »Nein, stört«, meinte er. »Dann weniger Zuckerrohr schneiden, verstehen? Gewöhnlich machen ab in Sklavenquartier auf Plantage. Aber diese Mèz ist Schinder. Weiß keiner, was ihm fällt ein …«

Oublier beabsichtigte, seine neuen Arbeiter zu zermürben. Gerade die renitenten unter ihnen sollten gleich sehen, was sie erwartete, wenn sie nicht spurten. Jefe war nach diesem langen, ermüdenden Tag auch erst mal glücklich, als sie die Hüttensiedlung, die zu der Plantage Roche aux Brumes gehörte, nach einer weiteren Stunde Marsch erreichten.

Am Haupthaus, einem monumentalen Bau mit Säulen und marmorner Freitreppe, waren sie vorher vorbeigelaufen. Es lag auf einem Hügel, der sich weit über das Tal erhob, in dem sich der größte Teil der Plantage befand. Dort also lebte Oublier? Jefe wunderte sich ein bisschen darüber, dass er nicht wenigstens einen Abstecher ins Haus machte, um seine Familie zu begrüßen, bevor er die neuen Sklaven in ihrem Quartier ablieferte. Letzteres lag in einer Art Wäldchen – man hatte einen Teil der Palmen und Farngewächse, die hier früher gestanden hatten, einfach nicht abgeholzt, um zwischen den Hütten zusätzlich Schatten zu spenden, primitiven Hütten aus Holz und Lehm, nur das Fundament war gemauert.

Um die Hüttensiedlung herum gab es ein paar stabilere Häuser, in denen wohl die Aufseher untergebracht waren. Die Bauten wirkten nicht viel komfortabler als die der Sklaven, aber natürlich hatte jeder eine Behausung für sich und musste sie nicht wie die Schwarzen mit mehreren Mitbewohnern teilen. Die Häuser waren im Kreis um die Hütten der Schwarzen aufgestellt, was die Bewachung der Sklaven erleichterte. Natürlich würden die Männer die Umgebung ihrer Wohnungen nicht pausenlos im Blick haben, die Sklaven wussten jedoch, dass sie, um das Quartier zu verlassen, zwischen den Häusern zweier Aufseher hindurchmussten – Bauten, zu denen geräumige Veranden gehörten, auf denen leicht jemand im Schatten sitzen und müßig auf den Weg schauen konnte …

Jefe bemerkte das sofort, und auch Pierrot schien trotz aller Müdigkeit die Lage abzuschätzen. Letztlich waren sie aber beide froh, als sie sich endlich vor der zentralen Küche für die Sklaven, einem offenen Gebäude, in dem über großen Feuern Eintopf köchelte, zu Boden fallen lassen konnten.

»Hier schlaft ihr heute Nacht«, erklärte Oublier kurz, ohne

Anstalten zu machen, die Männer von ihren Ketten zu befreien. »Könnt euch in der Küche unterstellen, wenn's regnet. Und morgen nach der Arbeit baut ihr euch neue Hütten … wobei eine schon steht, vier Kerle können also morgen Abend gleich in ein gemütliches Heim ziehen. Die vier, die am besten arbeiten. Also, esst jetzt was, schlaft, und morgen schauen wir mal, wer die meisten Setzlinge in den Boden kriegt.«

Damit überließ er die Männer sich selbst – und lenkte sein Pferd zur Verwunderung der Neuen nicht in Richtung Haupthaus, sondern zu einer der Hütten, die den Aufsehern gehörten. Jefe schwante etwas. War Oublier etwa gar nicht ihr neuer Backra oder, wie man hier sagte, Mèz?

Pierrot machte sich andere Gedanken. »Setzlinge? Wahrscheinlich sie wollen vergrößern Plantage. Und geht um Zuckerrohr, Bruder, nicht Tabak … *Merde* … beides harte Arbeit, aber Zuckerrohr mehr.«

Jefe nickte. Er wusste nichts über Tabak, doch Zuckerrohrplantagen kannte er aus Grand Cayman. Vage Erinnerungen an seinen Vater stiegen in ihm auf. Die endlosen Felder, die staubigen Wege, rechts und links gesäumt von den übermannshohen Gräsern. Wogendes Grün, durch das Máanu ihn geführt hatte, bevor sie endlich in dem verkommenen, schmutzigen Sklavenquartier angekommen waren, in dem sein Vater hauste. Die ungelenke Begrüßung seiner Eltern – nach einem Jahr der Trennung war es schwer gewesen, wieder miteinander warm zu werden. Aber Jefe hatte Akwasi bewundert und zu ihm aufgeschaut, diesem riesigen Schwarzen mit seinen ungeheuren Muskeln, der irgendwann im Laufe des Weihnachtstages immer zu erzählen begann. Von Nanny Town, von Aufständen, von Freiheit – von Flucht.

»Also erweitern sie die Pflanzung«, überlegte Jefe und dachte darüber nach, wie sich das auf eventuelle Fluchtmöglichkeiten auswirken würde. Vielleicht grenzten die neu gerodeten Flächen ja an Urwald, in dem es leicht war, sich abzusetzen? »Deshalb die zehn neuen Sklaven – und vier weitere, um alte zu ersetzen. Was mag wohl mit den Männern geschehen sein, die in der freien Hütte geschlafen haben?«

»Na, was schon? Tot.« Die ältere, rundliche Sklavin, die den Neuen jetzt große Schüsseln mit Eintopf brachte und auch gleich eine Salbe für die aufgescheuerten Fußgelenke bereithielt, gab kurz und bündig Auskunft. »Ein bei Unfall, Bäume fällen. Zwei an Fieber … hier viel Fieber, sehr feucht …« Das Sklavenquartier lag in einer Senke unterhalb des Herrenhauses, und der Boden war morastig. Jefe verscheuchte eben zum wiederholten Mal eine Unzahl dicker Schmeißfliegen von seinem verletzten Knöchel. Hitze und Feuchtigkeit … ein Klima, wie die Biester es liebten. Auch für Stechinsekten musste dieses Sklavenquartier ein Paradies sein. »Und ein gehenkt. Weil hat versucht, auf Aufseher zu gehen los.«

»Dafür gleich gehenkt?«, fragte Pierrot verwundert. »Ein Feldsklave? Noch jung? Der doch viel Geld wert!«

Die Köchin zuckte die Schultern. »Das nicht wichtig für Mèz Oublier und neue Mèz von Haus. Hat gesagt komische Wort: Wichtig, Exempel statuieren. Damit wir nicht alle machen nach …« Sie verzog den Mund zu einem schrägen Lächeln.

»Mèz Oublier ist also gar nicht der Pflanzer?«, erkundigte sich jetzt Jefe.

Die Frau schüttelte den Kopf. »Nein. Mèz Oublier Oberaufseher. Kam mit neue Mèz, der geheiratet Tochter von alte Mèz. Alte Mèz tot …« Sie seufzte, als ob sie das bedauere.

»Und was ist für ein Plantage?«, fragte Pierrot. »Mèz Oublier sagen Zuckerrohr. Aber das hier doch Kaffeeland, nicht?«

Die Frau nickte. »Hier beides. Und der alte Mèz nur hatte Kaffee, aber der junge jetzt auch pflanzen Zuckerrohr. Dafür neues Land gerodet, und arme Jimi gefallen Baum auf Kopf.« Der bei dem Unfall umgekommene Sklave schien ihr am Herzen gelegen zu haben. Sie bekreuzigte sich jetzt auch, als sie von ihm sprach. Dann wies sie die Gruppe an, sich gleich unter das Dach ihrer Küche zu begeben. »In Nacht immer Regen. Besser gleich da hinlegen …«

Sie sollte Recht behalten. Gleich bei Sonnenuntergang ging ein Platzregen nieder, der das Sklavenquartier fast überschwemmte. Jefe wurde schlagartig klar, was den schnellen Einzug in eine Hütte zu einem solchen Privileg machte – beim Kommen hatte er noch gedacht, dass es ihm nichts ausmachen würde, auch langfristig draußen zu nächtigen. Aber hier lief das Wasser offensichtlich bei Regen in jedes nicht geschlossene Gebäude. Der Boden der offenen Küche war gleich überflutet, zu allem Übel liefen auch die Latrinen über, die aus unerfindlichen Gründen inmitten der Siedlung und nicht außerhalb angelegt waren. Die Männer kämpften die ganze Nacht über gegen Nässe und übel riechenden Schlamm.

Am Morgen zog dies natürlich gleich wieder Tausende von Fliegen an, die auch das Essen umschwirrten. Immerhin musste niemand hungern. Ein halbes Dutzend Köchinnen, angeführt von der rundlichen Sklavin, die sie am Abend zuvor schon kennengelernt hatten und die alle Charlene nannten, versorgten die Schwarzen großzügig mit Hirsebrei, Reis und Bohnen auf Fladenbrot.

Die Aufseher speisten an einem Tisch für sich, ließen sich zusätzlich Früchte und Fleisch schmecken und beobachteten schon jetzt die Sklaven.

»Sie nicht können hören, was wir sagen«, raunte Charlene den Neuen zu. »Aber sie so tun. Und ich glauben, Mèz Oublier hat Spitzel. Also, Vorsicht …«

Jefe fragte sich, ob auf allen Plantagen ein solcher Terror herrschte oder ob er es nur mit einem besonders vorsichtigen Pflanzer und außergewöhnlich grausamen Aufsehern zu tun hatte. Er versuchte sich daran zu erinnern, was Deirdre von ihrer Heimatplantage erzählt hatte. Viel war es nicht gewesen. Er hatte nichts von der Sklaverei hören wollen, die sie obendrein verteidigte, und es hatte auch bessere Dinge gegeben, über die man reden oder die man einfach tun konnte. Spitzel waren in Deirdres Berichten sicher nicht vorgekommen. Im Haus der Dufresnes hatten die Diener sich nicht permanent gefürchtet.

Immerhin ließ Oublier den Neuen nun endlich die Ketten abnehmen. Jefe fühlte sich wie befreit, als er neben Pierrot und ein paar anderen Sklaven, die die neuen einweisen sollten, zu den Feldern ging. Oublier beaufsichtigte die Neuen an diesem Tag noch selbst. Wieder ritt er auf seinem Pferd neben ihnen her, seine Peitsche traf sofort jeden, der trödelte.

Das Feld für die Zuckerrohrsetzlinge lag in der prallen Sonne. Auch in den Pausen konnte kein Schatten aufgesucht werden, nach der Rodung war das Gelände baumlos.

»Pausen sowieso nicht viel«, kommentierte Pierrot, als Jefe das anmerkte. »Nur für Mittag. Schnell essen, dann weiter …«

Wie sich herausstellte, war der aufsässige große Schwarze auf einer Zuckerrohrplantage geboren. Die Arbeitsabläufe waren ihm also nicht fremd, auch wenn er in den letzten Jahren einem Kaffeepflanzer gehört hatte. Nun erklärte er Jefe und den anderen Neuen rasch, was von ihnen erwartet wurde.

Abel, der jüngste aus Jefes alter Gruppe und bärenstark, arbeitete wie ein Berserker. In Windeseile schnitt er Setzlinge zu und brachte sie in den Boden, fest entschlossen, sich bei Oublier beliebt zu machen. Allerdings hatte er nicht begriffen, worauf es wirklich ankam. Wie Jefe am Vortag schon angenommen hatte, war der Junge etwas zurückgeblieben, er schien nicht mal zählen zu können. Auf jeden Fall schnitt er in seinem Eifer die Halme zu kurz ab und setzte sie zu tief in die Erde. Die Anweisung, jeder Steckling müsse mindestens drei »Augen« enthalten, knotenartige Verdickungen, aus denen sich später neue Triebe entwickeln sollten, hatte er wohl auch nicht verstanden.

Pierrot fiel das erst gegen Mittag auf – Jefe und er hatten in nicht zu schnellem, aber gleichmäßigem Tempo ihre eigenen Stecklinge in die Erde gebracht. Die beiden würden vielleicht nicht das beste Ergebnis haben, aber am Abend auch nicht zu Tode erschöpft sein.

Jetzt nahm der erfahrene Sklave den Jungen erst mal zur Seite. »Abel, mir tut leid, was du da machen *merde*! Musst du setzen alles noch mal. Mach vorsichtig, dass nicht sieht Mèz, sonst strafen …«

Abel würde die Scharte bis zum Abend noch auswetzen können, nur den Wettbewerb konnte er nicht mehr gewinnen. Das zumindest schien der Junge gleich zu begreifen. Er schmollte.

»Ich machen gut!«, erklärte er. »Ich machen, wie gezeigt Vorarbeiter. Du nur neidisch, weil ich schneller …«

Pierrot fasste sich an den Kopf. »Nein, Abel. Ich dein Freund. Nur nicht früher gesehen. Aber wissen, dass du machen falsch …«

Er setzte zu einer erneuten Erklärung an, doch Abel war schon aus der Hocke, in der die Männer arbeiteten, auf die Füße gesprungen und hastete nun zu Mèz Oublier. »Mèz, der da mir sagen, ich machen verkehrt. Ich so viel Zucker gepflanzt. Kommen, gucken!«

Pierrot verdrehte die Augen in Jefes Richtung, als der Aufseher nun tatsächlich Abels Arbeit inspizierte. Wie erwartet reagierte er mit einem Wutanfall.

»Kannst du denn nicht aufpassen, du dummes schwarzes Stück Dreck? Was hab ich mir da andrehen lassen? Dem Corrière werde ich was anderes erzählen! Die Hälfte renitent, die andere Hälfte dümmer als ein Grashalm!«

Seine Peitsche sauste auf Abels nackten Rücken nieder. Der Junge stöhnte auf – und begann zu klagen.

»Aber … aber Mèz, ich doch wollte nur machen richtig. Ich fragen, ich …«

»Und wer ist der Nigger, der dir den ganzen Morgen dabei zugeguckt hat, wie du Scheiße gebaut hast?« Oublier ließ die Blicke drohend über die Männer schweifen.

Abel zeigte zitternd auf Pierrot.

Der seufzte. »Mich erinnern du, Jefe, dass nicht mehr tun gute Werke …«, stieß er zwischen den Zähnen hervor, als Oublier nach drei Peitschenschlägen von ihm abließ.

Abel hatte fünf bezogen und machte sich nun heulend, mit gebeugtem und blutigem Rücken an die Korrektur seiner morgendlichen Arbeit.

»Das hättest du auch ohne Prügel haben können«, raunte Jefe ihm zu. »Lass es dir eine Lehre sein. Du bist schwarz, Junge! Wir sind deine Freunde, nicht der Mèz!«

Einer der älteren Plantagenarbeiter, der die Männer zuvor eingeführt hatte, schien diese Worte gehört zu haben und warf Jefe einen Seitenblick zu. Jefe erwiderte ihn hochmütig. Vielleicht riskierte er damit, dass der Mann ihn melden würde, obwohl er nicht wusste, was an seiner Äußerung verboten gewesen war. Aber auch wenn Oublier ihn auspeitschte – er würde sich nicht den Mund verbieten lassen!

Dann geschah allerdings nichts mehr, der Rest des Tages verging ohne besondere Vorkommnisse. Für Jefe und die anderen Männer verschwamm er schließlich zu einer Art bösem Traum, ihre Rücken schmerzten, die Arme wurden schwer, und die Menge der Setzlinge schien kein Ende zu nehmen. Dabei sollte das Auspflanzen des Zuckerrohrs noch gar nicht die schwerste Arbeit gewesen sein. Pierrot erklärte, dass es sehr viel anstrengender würde, die meterhohen, harten Halme später zu schneiden. Aber die Sonne setzte den Männern zu, Jefe meinte, noch nie eine solche Hitze erlebt zu haben. Dabei war er in der Karibik aufgewachsen und hatte schon früher schwer gearbeitet. Pierrot bestätigte allerdings seinen Eindruck, als er das anmerkte.

»Hier feucht. Felder in Senke, genau wie Dorf. Und jede Nacht regnet, Boden nie richtig trocken, deshalb Hitze heißer …«

Jefe verstand, was er meinte. Die Luft war geschwängert mit Feuchtigkeit, es schien, als atme man Wasser und als trockne der Schweiß nicht auf der Haut. Für die Pflanzen mochte das gut sein, die Menschen hingegen brachte es um. Jefe dachte an die zwei Männer, die am Fieber gestorben waren. Er musste unbedingt weg, bevor er zu schwach dazu wurde.

An diesem Abend jedoch dachte ganz sicher niemand der Neuen an Flucht. Jefe sehnte sich nur noch nach Essen und Ruhe. Schatten gab es jetzt immerhin, Oublier hatte die Männer erst bei Sonnenuntergang zur Rückkehr zusammengetrieben. Bevor es losging, inspizierte er kurz die Arbeit jedes Einzelnen und bestimmte die vier Glücklichen, die an diesem Abend keine Hütte mehr würden bauen müssen. Jefe, Pierrot und Abel waren erwartungsgemäß nicht darunter.

»Wie baut man denn überhaupt eine Hütte?«, fragte Jefe resigniert, während er sich neben Pierrot in Richtung Sklavenquartier schleppte.

Sein Freund musterte ihn mit gerunzelter Stirn. »Wo du denn kommst her?«, fragte er verwundert. »Weiß doch jeder, wie bauen Hütte!«

Jefe wusste es nicht, aber die Männer sollten zum Hüttenbau ohnehin Vierergruppen bilden, und so schloss er sich Pierrot an. Abel trottete ebenso hinter ihm her, wovon Pierrot sichtlich nicht begeistert war.

»Ich den nicht will haben dabei. Der nur machen Ärger!«, gab er zu bedenken.

Jefe hob die Schultern. »Es muss sich einer um ihn kümmern«, erwiderte er. »Wenn auf den keiner aufpasst, schlägt der Mèz ihn tot, bevor er auch nur halbwegs kapiert, was er hier tun soll.«

Pierrot seufzte, musste jedoch zugeben, dass sie sich mit Abel den besten Arbeiter der acht verbleibenden neuen Sklaven gesichert hatten. Abel setzte in Windeseile die hölzernen Eckpfeiler – die anderen mussten nur darauf achten, dass er sie auch in rechtem Winkel zueinander anordnete. Schließlich maß Jefe die Hütte aus und achtete darauf, dass der Fußboden eben war und das Mauerwerk gleichmäßig hochgezogen wurde. Die Sklavenhütten der Karibik bestanden nicht ganz aus Stein, sondern wurden nur hüfthoch gemauert. Darüber baute man mit Holz und füllte die Räume zwischen den Verstrebungen, die das Dach hielten, mit Lehm aus. Im Allgemeinen pflegte der im täglichen Sonnenschein schnell zu trocknen, aber in diesem Teil der Insel würde das wegen der hohen Luftfeuchtigkeit sicher dauern.

Jefe machte sich denn auch Sorgen und dachte an andere Baumaterialien, während sie mauerten. Die Hütte in dieser Nacht noch fertigstellen zu können war aussichtslos, obwohl auch der Vierte im Bunde schnell und geschickt arbeitete. David, wie er sich vorstellte, war auf dem Feld der Langsamste gewesen. Sein Rücken wies fast so viele Striemen auf wie der von Pierrot – David hatte jedoch keine Vergangenheit als Ausbrecher. Und er sprach fast perfekt Französisch.

»Ist sinnlos«, erklärte er, als Jefe ihn nach Fluchtmöglichkeiten fragte. »Man kommt nicht weg. Aber ich mach es mir hier ruhig. Ich tu nicht mehr für die, als muss ich tun. Und ich mag Mädchen. Sicher finde ich bald ein Mädchen.«

Jefe lächelte in sich hinein, musste jedoch zugeben, dass David ein gut aussehender Bursche war. Er war ein wenig hellhäutiger als die meisten Sklaven, hatte freundliche braune Knopfaugen und einen fein geschnittenen, sinnlichen Mund. Dazu entpuppte er sich als begabter Musiker. Er unterhielt die Männer beim Hausbau, indem er mit volltönender Stimme abwechselnd Choräle und Trinklieder anstimmte – und es schaffte, die Choräle wie die Gassenhauer und die Gassenhauer wichtig klingen zu lassen. Wann immer man ihm Holz in die Hand gab, fand er etwas, worauf und womit er trommeln konnte.

Pierrot und Jefe schauten zunächst etwas missmutig, weil sie befürchteten, dass der Hausbau so langsamer voranging, aber das Gegenteil war der Fall. David gab einen lebhaften Rhythmus vor, und allen ging die Arbeit leichter von der Hand. Schon im Laufe des ersten Abends fanden sich außerdem Mädchen vor ihrer Hütte ein. Verschämt kichernd plauderten sie zunächst mit David, dann auch mit den anderen Männern, und sehr bald boten sie ihre Hilfe an. Küchensklavinnen brachten Früchte vorbei, sicher stibitzt vom Tisch der Aufseher. Drei Mädchen boten sich an, Palmwedel für das Dach der Hütte zu schneiden, zwei ließen sich gleich neben dem Bauplatz nieder und flochten Schlafmatten für die Männer. Am Bauplatz der anderen vier Sklaven war längst nicht so viel los – aber da gab es ja auch keinen David, der die Mädchen bezauberte.

Am nächsten Abend prahlte er vor ihnen mit drei neuen Striemen, die er an seinem zweiten Arbeitstag Oubliers Peitsche verdankte. Alle Neuen waren langsamer als am Tag zuvor gewesen – schließlich hatten sie ja noch die halbe Nacht an ihren Hütten gearbeitet, doch David hatte seinen Einsatz wirklich auf ein Minimum heruntergeschraubt. Die Mädchen feierten ihn jetzt für seinen passiven Widerstand.

»Als ob er wäre der alte Macandal persönlich«, bemerkte Pierrot kopfschüttelnd. David verstand es meisterlich, sich als Freiheitskämpfer darzustellen.

»Du hast mir immer noch nicht erzählt, wer dieser Macandal ist!«, drängte Jefe, und nun erhielt er eine Antwort.

»Später, in Hütte«, flüsterte Pierrot ihm zu, und als sie dann erschöpft auf ihre Schlafmatten fielen, erzählte er Jefe alles, was er über den Rebellen wusste. Jefe lauschte hingerissen. Zum ersten Mal seit seiner Gefangennahme fühlte er sich nicht mehr gänzlich alleingelassen und bar jeder Hoffnung, als er schließlich einschlief. Noch immer in einer Hütte ohne Dach, aber schon zwischen hochgemauerten Wänden. Er musste diesen Macandal finden und sich ihm anschließen! Nur so konnte er sich für all das rächen, was die Weißen ihm und seinem Volk antaten!

## KAPITEL 6

Victor war schockiert über Deirdres Ausbruch gewesen, er brauchte einige Tage, um darüber hinwegzukommen. Vor allem konnte er sich die Sache nicht erklären. Seine junge Frau war völlig außer sich gewesen, schließlich hatte sie sich auf ihn gestürzt und seine Brust mit ihren Fäusten bearbeitet, bevor sie schluchzend zusammengebrochen war. Bonnie hatte Erklärungen gestammelt – und Deirdre endlich eine Entschuldigung. Natürlich hatte Victor Caesar nicht absichtlich auf dem Sklavenmarkt zurückgelassen, bei klarem Verstand hätte sie ihm das nie vorgeworfen. Aber Deirdre war nicht bei klarem Verstand. Victor hatte das schon längst befürchtet, und jetzt konnte er es nicht mehr wegleugnen. Deirdre schien, aus welchen Gründen auch immer, auf dem besten Weg, sich in Schwermut zu verlieren, und Victor wusste nicht, was er dagegen tun sollte.

Die Medizin war gegen solche Zustände machtlos. Allenfalls rieten Ärzte zu Orts- und Luftveränderungen, die manchmal Wunder wirken sollten. Victor dachte ernstlich darüber nach, mit Deirdre nach England zu reisen – aber gerade jetzt war er beruflich so stark in Anspruch genommen, dass er sich unmöglich für mehrere Monate freinehmen konnte. Dabei hätte er Saint-Domingue ganz gern mal wieder den Rücken gekehrt. Die Praxis florierte, was erfreulich war, andere Pflichten belasteten ihn dagegen sehr. Erneut war es zu Giftanschlägen gekommen – Macandals Schergen rückten wieder näher heran an Nouveau Brissac. Die letzte Plantage, deren Besitzer man ausgelöscht hatte, lag gerade mal einen Dreistundenritt von der Pflanzung der Dufresnes entfernt, die Haussklaven hatten ihre Herren angeblich am Morgen tot in ihren Betten gefunden. Das kam in der letzten Zeit häufiger vor – die Pflanzer wurden Opfer ihrer eigenen Vorsichtsmaßnahmen. Viele ließen ihre Diener inzwischen nicht mehr im Haus nächtigen und starben, wenn es sie denn traf, allein und unter Qualen. Bei seinem nächsten Besuch auf Nouveau Brissac bat die Gendarmerie Victor, einen älteren Arzt aus Mirebalais zu kontaktieren, um sich mit ihm auszutauschen. Dr. Leroux war auf einer Nachbarplantage der letzten Opfer zu Gast und hatte den Tod der Leute feststellen müssen. Und auch in der Nähe seiner eigenen Praxis hatte es schon Giftmorde gegeben. Der Arzt war davon sehr betroffen und suchte den Austausch mit Kollegen.

»Wir müssen dieses Übel an der Wurzel packen«, erklärte Dr. Leroux, als Victor ihn bei seinen Gastgebern besuchte, »und herausfinden, was für ein Gift das ist, mit dem dieser Macandal die Leute umbringt. Hören wir uns doch mal um. Und sollte es nicht auch Bücher geben? Der Fall dieser La Voisin am Hof des französischen Königs – der ist doch genau untersucht worden. Vielleicht finden wir da Anhaltspunkte. Ich weiß ja nicht, wie es in Ihrer Stadt aussieht, doch bei uns gibt es eine ganze Menge zwielichtiger Heiler, an die sich die Leute wenden, die keinen Arzt bezahlen wollen oder können.«

»Heiler?«, fragte Victor unwillig. »Wohl eher Engelmacherinnen!«

»Auf Jamaika nennt man sie Baarm Maddas«, bemerkte Deirdre.

Auf Victors Wunsch hatte sie ihn zu dem Gespräch mit dem Mediziner begleitet, und sie lebte nach dem mehrstündigen Ritt mit Victor richtiggehend auf. Überhaupt begann sie in der letzten Zeit, sich aus ihrer Verzweiflung herauszukämpfen. Amali hatte ihren Anteil daran. Sie war wieder einmal wütend geworden, nachdem sie von Deirdres Ausbruch Victor gegenüber gehört hatte. Der junge Arzt hatte seiner Frau eine beruhigende Medizin gegeben und Amali gebeten, sie zu Bett zu bringen. Amali hatte allerdings gefunden, dass eher eine Standpauke angebracht war. Sie hatte sich sofort auf Deirdre gestürzt, als sie ihr Schlafzimmer betrat.

»Du hast ihn beschimpft, weil er es versäumt hat, dir deinen Liebhaber zurückzukaufen?«, zeterte sie. »Dabei kann man nur allen Geistern danken, dass er's nicht geschafft hat! Herrgott, Deirdre, was hättest du denn gemacht, wenn der Kerl jetzt Sklave wäre in deinem Haus?«

»Ich mache mir doch nur Sorgen«, flüsterte Deirdre. Sie sah erbarmungswürdig aus, ihr Haar war strähnig und das Gesicht verquollen vom Weinen. »Auf See … als er bei den Piraten war … war ich krank vor Angst, Amali, das weißt du doch, und jetzt …«

»Dann kannst du dich jetzt ja freuen, denn du brauchst dich nicht mehr zu sorgen!«, sagte Amali. Sie verhärtete sich gegen jegliches Mitleid für ihre Freundin und Herrin. »Caesar ist nicht mehr in Gefahr, es sei denn, er versucht eine Flucht, das kann man bei dem Kerl ja nie wissen. Aber wenn die aufpassen auf dieser Plantage … Und meine Güte, Dede, wenn sie ihn schon in einer Gruppe angeketteter Gefangener verkauft haben, dann wissen die Aufseher, dass sie ein Auge auf ihn halten müssen. Auf der Plantage jedenfalls wird ihm nichts passieren …«

»Nichts passieren?«, fragte Deirdre. Sie schluchzte nicht mehr, das Opium wirkte langsam, aber immer noch rannen ihr Tränen die Wangen hinunter. »Sie können ihn schlagen, und diese Arbeit auf den Feldern …«

»Damit geht es ihm dann wie allen anderen Plantagensklaven!«, unterbrach Amali sie unbeeindruckt. »Hier in Saint-Domingue ist er noch besser dran als auf Jamaika. Hier hat er jeden Sonntag frei und an allen Feiertagen. Wenn er sich gut führt, kann er eine Frau nehmen, Kinder haben … ein ganz normales Leben führen. Gut, er hat es sich nicht ausgesucht. Doch welcher Schwarze sucht sich schon sein Leben aus? Und Caesar ist obendrein selbst schuld! Er hätte mit Bonnie einen Laden am Hafen haben und in Freiheit leben können. Stattdessen hat er sie und sich selbst in große Gefahr gebracht. Sie wären beinahe umgekommen. Bonnie hat es mir erzählt. Der Beutezug, auf dem sie gefangen genommen wurden, war seine Idee. Er hat sie durchgesetzt, gegen den Willen des Maats und des Captains. Jetzt muss er die Konsequenzen tragen. Also vergiss ihn, Missis! Dein Doktor ist zehnmal besser!« Victor war in Amalis Achtung noch mehr gestiegen, seit er Bonnie und Namelok freigekauft hatte.

Wenn Deirdre nachdachte und sich etwas zusammennahm, musste sie ihrer Dienerin natürlich auch Recht geben. Victor war Caesar weit überlegen. Er war freundlich, verantwortungsbewusst und auch kein so schlechter Liebhaber, wenn man ihn nicht gerade mit einem Feuersturm wie ihrem großen Schwarzen verglich. Also bemühte sie sich, nicht mehr an diese verrückte Affäre zu denken, und ihre Furcht um Caesar ließ schließlich nach. Denn auch damit hatte Amali natürlich Recht: Im Sklavenquartier einer Plantage war er sicher nicht glücklich, aber auch nicht in Gefahr.

Deirdre begann also, sich der Welt wieder zuzuwenden, und der Ritt zu Dr. Leroux – die Plantage, auf der er zu Gast war, lag etwa dreißig Meilen südlich vom Anwesen der Dufresnes entfernt – war da ein guter Anfang. Jetzt erzählte sie recht lebhaft von der Bekanntschaft ihrer Mutter mit verschiedenen schwarzen Heilerinnen. Nora hatte von den Baarm Maddas viel gelernt, sich jedoch nie für Gifte interessiert.

»Glauben Sie denn, die Frauen würden es Ihrer Mutter erzählen, wenn sie irgendetwas wüssten?«, fragte Dr. Leroux aufgeregt.

Deirdre nickte. »Sicher. Sie vertrauen ihr. Und von Macandal haben sie nie etwas gehört. Sie sind auch nicht so gemein und rachsüchtig. Die meisten sehen sich als etwas wie … na ja, Priesterinnen. Vor allem diejenigen, die noch aus Afrika kommen. Die sind auch oft Obeah-Frauen …«

»Sie betreiben Voodoo«, übersetzte Victor für seinen fragend blickenden Kollegen. »Und das sagt man ja auch von Macandal …«

Über den Rebellen von Saint-Domingue waren inzwischen die verschiedensten Gerüchte im Umlauf. Unter anderem erzählte man sich, dass er ein Zauberer und Schamane sei, der auf übernatürliche Weise Macht über seine Leute gewinne. Victor glaubte kein Wort, er hatte jedoch auch nie einer Voodoo- oder Obeah-Zeremonie beigewohnt. Deirdre wusste, dass ihre Mutter diese Dinge sehr viel ernster nahm.

Dr. Leroux lächelte. »Ihre Mutter muss eine interessante Frau sein«, bemerkte er. »Wir sollten sie wirklich einmal konsultieren. Falls wir beide nicht weiterkommen mit den ›Baarm Maddas‹ in unseren Städten.«

Victor mühte sich in der Folgezeit nach Kräften, Kontakte zu all den Wunderheilern und Engelmacherinnen zu knüpfen, die in Cap-Français ihr Unwesen trieben. Er tat das ungern, im Grunde verachtete er diese Leute, die ihm im Gegenzug auch wenig Sympathie entgegenbrachten. Eher sympathisierten sie mit Macandal. Eine von ihnen, eine hübsche Mulattin, sehr viel jünger als die meisten Frauen ihres Gewerbes, lachte Victor ins Gesicht, als er sie um Auskünfte über auf Hispaniola heimische Giftpflanzen bat.

»Wenn ich davon was wüsste und gäbe es dann auch noch zu, dann würde ich mich doch wohl sehr bald auf der Gendarmerie wiederfinden, oder, Doktor? Und ich weiß noch gut, wie sie die arme Assam da damals herausgeschleift haben, um sie am Ende dann noch verbrennen zu können. Nein, Doktor, das finden Sie mal alleine raus – zumal mir die Opfer dieser Giftmorde auch nicht leidtun. Auf den Plantagen trifft das keinen Falschen!«

»Beim letzten Mal waren es drei kleine Kinder …«, sagte Victor gequält.

Die Frau zuckte die Schultern. »Und in zehn Jahren wären es drei große Mistkerle gewesen. Feist und böse, genährt vom Blut ihrer schwarzen Sklaven. Nein, Doktor, ich bring keinen um, glauben Sie's mir, aber ich werde auch keinen Handschlag tun, um von denen einen zu retten!«

Victor gab es also auf und verlegte sich stattdessen aufs Literaturstudium. Er las alles, was er über Gifte finden konnte, und experimentierte mit Mäusen in dem kleinen, seiner Praxis angeschlossenen Labor. Bislang hatte man jedoch nur einmal eine kleine Probe der Speise sicherstellen können, in die das Gift für die Opfer gemischt worden war, und dagegen erwiesen sich alle Antitoxine, mit denen Victor es versuchte, als nutzlos.

Deirdre verbrachte derweil viel Zeit mit Bonnie, von der sie sich jede Einzelheit ihres Lebens auf dem Piratenschiff erzählen ließ. Victor deutete ihr Interesse daran optimistisch, er freute sich über jedes lebendige Gespräch, das Deirdre wieder führte. Amali schien es dagegen bis aufs Blut zu reizen … Die Frauen in seinem Haushalt gaben Victor nach wie vor Rätsel auf.

Dann jedoch fiel wieder eine Familie in der Umgebung von Nouveau Brissac einem Giftanschlag zum Opfer, und Victor musste sich eingestehen, dass er mit seiner Arbeit nicht vorankam. Schließlich entschied er sich, nun tatsächlich Nora Fortnam hinzuzuziehen. Bisher hatte er Macandal in seinen Briefen an die Schwiegereltern kaum erwähnt – die Fortnams sollten sich keine Sorgen darum machen müssen, dass Deirdre in Saint-Domingue womöglich gefährdet war. Jetzt hingegen schüttete er sein Herz aus – und da er gerade dabei war, schrieb er auch über Deirdres Schwermut.

*»Ich weiß nicht, was ich falsch mache oder falsch gemacht habe, aber Deirdre ist nicht mehr so offen, lebhaft und glücklich wie zuvor. Vielleicht ist das darauf zurückzuführen, dass wir immer noch kein Kind haben, obwohl wir es uns sehnlichst wünschen. Gegenüber den Kindern der Dienerinnen verhält Deirdre sich jedoch aufgeschlossen und liebevoll wie immer – was ungewöhnlich ist für eine Frau, die aufgrund von Kinderlosigkeit schwermütig wird. Meinen Beobachtungen zufolge mögen die oft keine Säuglinge von anderen Frauen um sich haben …* Victor klingt wirklich besorgt.«

Nora legte den Brief ihres Schwiegersohnes, den sie Doug eben vorgelesen hatte, beiseite und ließ den Blick über ihren Garten schweifen. Der Blaue Mahoe warf lange Schatten, und die Orchideen erstrahlten jetzt, da es auf Sonnenuntergang zuging, in voller Schönheit. Ihre Blüten hatten sich am Morgen der Sonne geöffnet und schienen nun noch das letzte Licht spiegeln zu wollen.

»Und ich muss sagen, ich habe mir auch schon Gedanken gemacht …«

»Ja?«, wunderte sich Doug. »Davon hast du bisher nie etwas gesagt.«

Er selbst fand Victors Besorgnis zwar rührend, sah es jedoch als sehr viel alarmierender an, dass sich seine Tochter im Wirkungsbereich eines Giftmörders befand, als dass sie gelegentlich schlecht gelaunt war.

»Weil ich mich und dich nicht verrückt machen wollte«, erklärte Nora. »Es war ja auch nur so ein Gefühl … Deirdre hat sich über nichts beklagt in ihren Briefen, aber ihr Schreibstil hat sich geändert. Früher pflegte sie alles so lebhaft zu schildern – meine Güte, man sah den alten Dufresne doch geradezu vor sich mit seiner pompösen Perücke und seinen Einladungen im Stil des Sonnenkönigs! Und die eingebildeten Nachbarn, die Damen der Kirchengemeinde … Himmel, Doug, aus der Geschichte von dieser Sklavin, die unter die Piraten geraten ist, hätte die alte

Deirdre einen halben Roman gemacht! Jetzt beschränkt sie sich auf Floskeln: ›Wie geht es euch? Mir geht es gut.‹ Und spröde, kurze Berichte. Es ist, als wäre ihr das Briefeschreiben lediglich eine lästige Pflicht.«

Doug überflog noch einmal Victors Brief. »Victor zufolge scheint sie alles nur noch als eine lästige Pflicht zu betrachten«, bemerkte er nachdenklich.

Nora nickte. »Genau. Irgendetwas stimmt nicht mit ihr. Und diese Sache mit dem Gift …«

»Kannst du Victor da weiterhelfen?«, fragte Doug.

Nora zuckte die Schultern. »Ich weiß nicht. Ich kenne natürlich ein paar Pflanzen und Pflanzenbestandteile, die in kleinen Mengen eine heilende Wirkung haben, in großen Mengen jedoch zum Tod führen können. Man muss sie vorsichtig dosieren. Und vielleicht … vielleicht käme ich auch an die Mambos heran …«

»Mambos?« Doug spielte mit einer Cascarilla-Blüte.

»So nennt man auf Hispaniola die Obeah-Frauen«, sagte Nora, »Voodoo-Priesterinnen. Viele von ihnen sind auch heilkundig – wenn man es so nennen will. Den schwarzen Frauen auf den Plantagen geht es ja hauptsächlich darum, Kindersegen zu verhindern.«

Auf Jamaika galt das als großes Problem. Die schwarzen Frauen, hauptsächlich Ashanti, gingen jedes Risiko ein, um keine Kinder in die Sklaverei zu gebären. Abtreibungen waren an der Tagesordnung, und da sie natürlich heimlich stattfanden, die Baarm Madda nicht immer gut geschult war und die Frauen hinterher keinerlei Schonung erfuhren, waren sie die Ursache für viele Todesfälle unter jungen Schwarzen. Deirdre hatte Nora allerdings geschrieben, dass es auf den Plantagen in Hispaniola mehr Kinder gab. Sie führte das auf die katholische Erziehung der Sklaven zurück, die Abtreibung ächtete, und darauf, dass die Schwarzen kirchlich heiraten durften.

»Mit dir würden die Frauen jedenfalls eher reden als mit Victor.« Doug lächelte schelmisch. »Wenn du erst mal da wärest … Irre ich mich, oder läuft die ganze Überlegung darauf hinaus? Und dass wir dabei Deirdre wiedersehen würden, wäre nur eine nette Dreingabe?«

Nora schaute ihren Mann besorgt an, aber ihre Augen leuchteten auf. »Du meinst, wir sollten wirklich fahren?«, fragte sie. »Hier alles stehen und liegen lassen …«

Doug nickte. »Das hatten wir uns doch sowieso einmal vorgenommen. Und wann, wenn nicht jetzt? Auf der Plantage läuft es auch ohne uns, Kwadwo und Adwea kümmern sich um alles, und die Jungen sind ja sowieso in der Schule …« Der Reverend in Kingston hatte ein Kolleg für Jungen eröffnet, und Thomas und Robert besuchten es während der Woche. »Wir können es natürlich ständig verschieben, wir können auch einfach losfahren. Und wenn du meinst, dass Victor dich braucht …« Doug zwinkerte Nora zu.

»Dede braucht uns«, sagte sie ernst. »Wenn ich Victor weiterhelfen kann, dann ist das nur … na ja, eine ›nette Dreingabe‹.«

Nora packte natürlich trotzdem nicht nur Geschenke für Deirdre und die Dienerschaft, sondern auch eine ganze Tasche voller Pflanzenproben, Baumrinde, Blüten und Essenzen diverser heimischer Pflanzen ein, als die Reise schließlich anstand. Sie sprach noch einmal mit den Baarm Maddas, die Sache mit Macandal mochte sie jedoch nicht direkt ansprechen. Ihre Andeutungen führten allerdings oft zu peinlichen Fragen wie »Warum du wollen wissen, weiße Missis? Du wollen totmachen dein Gatte?« Die meisten der selbstbewussten schwarzen Heilerinnen bedienten sich einer deutlichen Sprache. Eine von ihnen bot Nora sogar einen Liebestrank an, um die Leidenschaft zwischen ihr und Doug wieder anzufachen. Nora lachte, nahm den Sud aber schließlich an sich. Für sich und Doug brauchte sie ihn nicht, aber vielleicht tat er ja Wunder bei Victor und Deirdre?

Nora schmunzelte. Zumindest konnte die Geschichte Victor aufheitern. Und das schien dringend nötig zu sein.

Nora und Doug stachen im Juli in See und gedachten, bis nach Weihnachten zu bleiben. Unter Pflanzern waren solche langen Aufenthalte nichts Ungewöhnliches. Auf Cascarilla Gardens war genügend Platz für Besucher, und Nora hoffte, dass auch Deirdres Stadthaushalt mit der Einquartierung keine Probleme haben würde. Natürlich planten sie überdies einen Aufenthalt auf der Plantage der Dufresnes, Victors Eltern hatten bereits brieflich ihr Entzücken über den Besuch geäußert und eine Einladung ausgesprochen. Das Weihnachtsfest auf Nouveau Brissac war ein gesellschaftliches Muss für jeden, der in Saint-Domingue Rang und Namen hatte. Nora hatte den zu erwartenden Festen Rechnung getragen und sich zwei Ballkleider schneidern lassen. Doug zwang sie zur Anschaffung einer neuen Perücke.

»Das ist ein ganz konventioneller Haushalt, das weißt du doch aus Deirdres Briefen«, erklärte sie. »Die brauchen keine weißen Rebellen, die haben schon ihren Macandal …«

Die Überfahrt verlief ruhig, und Nora genoss ihre erste Seereise seit ihrer Übersiedelung nach Jamaika. Wieder verbrachte sie Stunden auf Deck – zunächst, um die Strände ihrer Heimatinsel, die sie so liebte, vom Meer aus zu bewundern, später konnte sie sich dann nicht am Spiel der Delfine sattsehen, die das Schiff begleiteten, und schließlich kam sogar ein Wal in Sicht. Nora bestaunte, wie sich die Sonne im Wasser des Meeres spiegelte, und schwelgte in der Schönheit des Sonnenuntergangs, wenn Myriaden goldener Pfeile auf die winzigen, sich kräuselnden Wellen niederzugehen schienen.

»Ich glaube, als junger Mann wäre ich zur See gefahren«, sagte sie verträumt zu Doug, der sie daraufhin auslachte.

»Wenn man drei Wochen von Schiffszwieback gelebt hat und dabei in der Takelage herumgeklettert ist, verfliegt die Faszination«, sagte er.

Doug musste es wissen. Er hatte sich die Überfahrt von England nach Jamaika als Matrose verdient, nachdem er seine Studien in Europa abgebrochen hatte und seinen Vater nicht um Geld bitten wollte.

Schließlich umsegelten sie Hispaniola, und Nora freute sich an den Stränden und grün bewaldeten Hügeln des großen Eilands. Die vorgelagerten kleinen Inseln erschienen ihr paradiesisch.

»Es müsste traumhaft sein, auf einer solch einsamen Insel allein mit dir zu stranden«, schwärmte sie, um dann allerdings einzuschränken: »Aber ohne Kannibalen. Abenteuer hatten wir auf Jamaika genug.«

Doug hoffte, in Saint-Domingue nicht gleich in ein neues verwickelt zu werden. Die Sache mit Macandal erschien ihm gefährlich, er kannte die von gut geführten Maroons ausgehende Gefahr noch aus den Tagen Granny Nannys auf Jamaika. Dort war es schließlich gelungen, die Maroons zu befrieden, aber in Saint-Domingue schienen die Fronten verhärtet – und wie es aussah, nicht nur aufseiten der Weißen. Die eiskalt geplanten Morde zeugten von blankem Hass, obendrein schien Macandal intelligent und gebildet zu sein. Ein gefährlicher Gegner. Doug gedachte, den Aufenthalt auf der dominguanischen Plantage so kurz wie möglich zu halten. In der Stadt würde er sich sicherer fühlen.

# KAPITEL 7

Victor hatte seine Frau schon lange nicht mehr so strahlend, glücklich und gelöst erlebt wie an dem Tag, an dem sie ihre Eltern endlich im Hafen von Cap-Français begrüßen konnte. Nora erschrak allerdings, als sie Deirdre sah. Die junge Frau erschien ihr dünner und blasser als bei ihrer Heirat. Nora schloss Deirdre und Victor in die Arme – und dann auch Amali, die hinter Deirdre wartete und ihren Sonnenschirm hielt.

»Ich kann es kaum erwarten, auch Nafia wiederzusehen und deine Tochter kennenzulernen, Amali … Liberty heißt sie, nicht wahr? Was für ein hübscher Name! Wie schön, euch alle wiederzusehen!«

Leon fuhr sie in der kleinen Kutsche zum Stadthaus. Sie war mit vier Passagieren schon überfüllt, Amali musste zu Fuß gehen, das Gepäck würde man später abholen.

»Es ist halt nur ein kleiner Wagen«, entschuldigte sich Deirdre, aber Doug winkte ab.

»Ihr habt ja auch einen Stadthaushalt und keine große Plantage«, sagte er. »Was habe ich dir damals gesagt, Prinzessin? Du wirst dich etwas einschränken müssen, eine Arztfrau kann keine goldene Kutsche erwarten.«

»Vielleicht ist sie ja nur deshalb nicht ganz glücklich, weil sie hier in weniger Luxus lebt«, äußerte Doug später seiner Frau gegenüber, als sie sich in einem der Gästezimmer einrichteten.

»Ich meine, es ist sehr hübsch hier. Aber verglichen mit Cascarilla Gardens …«

Nora schüttelte den Kopf. Sie war eine aufmerksamere Beobachterin. »Das glaube ich nicht. Und dann hätte sie auch am Anfang nicht so begeisterte Briefe geschrieben. Und damals hatten sie noch weniger Personal. Nur die Köchin, Amali und Nafia. Jetzt ist zusätzlich Bonnie hier. Wenn ich es mir recht überlege, Doug … damit fing es an! Deirdre hat sich verändert seit … seit dieser Pirat damals diese Bonnie brachte … Wer weiß, was mit der los ist. Victor wird doch nicht etwa …«

Nora brach ab. Weder sie noch Doug konnten sich wirklich vorstellen, dass Victor etwas mit einer jungen schwarzen Frau angefangen haben sollte, die obendrein als Patientin in sein Haus gekommen war. Dennoch war Nora entschlossen, Bonnie im Auge zu behalten. Sie bat sie gleich am nächsten Morgen, ihr beim Ankleiden behilflich zu sein, obwohl sich auch Nafia um diese Arbeit riss. Die Kleine hatte in den letzten beiden Jahren viel gelernt und wollte es zeigen. Nora vertröstete sie auf den kommenden Tag.

Bonnie war schüchtern, aber beflissen und höflich. Die junge Frau versuchte, sich nützlich zu machen, wo sie konnte – Nora vermochte nichts Außergewöhnliches an ihr festzustellen. Sie erzählte so liebevoll von dem Kind der Fremden, um das sie sich kümmerte, und letztlich erregte ihre Geschichte eher Noras Mitleid als ihren Argwohn.

»So ein nettes, kleines Ding«, bemerkte sie Doug gegenüber, nachdem sie dem Mädchen gedankt und es weggeschickt hatte. »Was muss man dem wohl angetan haben, dass es sich in die Arme dieser Freibeuter hat treiben lassen?«

Sie ordnete ihr Haar erneut. Nach Bonnies diesbezüglichen Bemühungen hatte es sich gleich wieder gelöst. Die junge Frau hatte kein Talent zur Zofe.

Doug zog die Augenbrauen hoch. »Nora, das ›nette, kleine

Ding‹ war nach eigenen Angaben Erster Kanonier auf einem Piratenschiff. Das heißt, es hat Dutzende braver Seeleute zu den Fischen geschickt. Die schießen mit einer Art Schrot, Nora, der alles zerfetzt. Beim Entern baden sie in Blut. Also unterschätze mal die kleine Bonnie nicht!«

Nora runzelte die Stirn. »Du meinst, es hat doch mit ihr zu tun? Sie hat Deirdre irgendetwas angetan?«

Doug schüttelte den Kopf. »Nein. Das glaube ich nicht, jedenfalls gibt es dafür keinen Anhaltspunkt. Sie gehen doch völlig normal miteinander um.«

Tatsächlich war Deirdres und Bonnies Verhältnis unverbindlich freundlich. Weder gingen sich die beiden aus dem Weg – was mühelos möglich gewesen wäre, da Bonnie viel in der Küche beschäftigt war und sich sonst die Hausarbeiten selbst einteilte – noch gab es unterschwellige Andeutungen oder kleine Bosheiten, wenn sie miteinander sprachen. Deirdre schäkerte ebenso mit Namelok wie mit Liberty, was auch für Doug und Nora dagegensprach, dass sie ein unerfüllter, sehnlichster Kinderwunsch belastete.

»Wenn es überhaupt Differenzen gibt zwischen Nora und einer der Schwarzen«, sprach Doug nun allerdings weiter, »dann eher mit Amali. Ist dir das nicht aufgefallen? Die zwei waren früher zwei kichernde Erbsen. Und jetzt höre ich nur: ›Ja, Missis, nein, Missis‹. Und ›Amali, würdest du …‹. Sie gehen höflich, aber eisig miteinander um. Da würde ich mal ansetzen, also, wenn du es mit unauffälligem Aushorchen versuchen willst. Wir könnten Amali auch ein bisschen unter Druck setzen, wenn sie nicht von allein damit herausrückt, was ihre Beziehung zu Deirdre so verändert hat.« Er lächelte.

Nora schlug mit ihrem Fächer nach ihm. Die beiden machten sich eben fertig für ein Dinner mit einigen Gästen aus Victors und Deirdres Kirchengemeinde, in dessen Verlauf Nora ein bisschen besser verstand, was ihre Tochter in Cap-Français so deprimierte. Die bessere Gesellschaft der wohlhabenden Stadt war langweilig, und es gab viel zu wenige Leute in Deirdres und Victors Alter, mit denen sie gesellschaftlich verkehren konnten.

An diesem Abend war ein junger Lehrer geladen, der seine wohlerzogene Frau mitbrachte – ein farbloses Geschöpf, das sicher schon hausbacken geboren worden war. Außer ihm erschien der, wie unter Papisten üblich, unverheiratete Pfarrer mit seiner Schwester, die, obwohl höchstens dreißig Jahre alt, schon verbittert und sauertöpfisch war. Nora erinnerte sich noch recht gut an ihre ersten Jahre auf Jamaika, in denen ihr jeden Sonntag die Gesellschaft Reverend Stevens und seiner bigotten jungen Gattin aufgezwungen worden war. Bei diesem Dinner im Hause Dufresne langweilte Nora sich genauso wie ihre Tochter und ihr Ehemann – zumindest bis das Thema auf Macandal und die Anschläge kam. Der Pfarrer brachte es auf, und Victor und Nora nutzten die Gelegenheit zu weiteren Fachsimpeleien und Überlegungen bezüglich Macandals Hintergrund.

»Es heißt, er ließe sich gottähnlich verehren!«, bemerkte der Geistliche empört und blickte so grimmig auf seinen Teller, als zeige das darauf liegende Brathuhn ähnlich blasphemische Tendenzen. »Seine Anhänger sollen ihn anbeten. Und er … er führt einen lockeren Lebenswandel … Angeblich stehen die jungen Frauen an, um mit ihm … hm …«

»… Unzucht zu treiben!«, vervollständigte seine Schwester mit hochrotem Kopf.

Doug Fortnam zuckte die Achseln. »Was erwarten Sie? Er ist ein König in seinem Reich – die verhalten sich alle nicht anders, denken Sie an Ludwig XIV. Wahrscheinlich nennen seine Leute ihn sogar ›König‹. Die Maroons auf Jamaika nannten ihre Anführerin Queen Nanny, deren Brüder wurden mit ›King‹ tituliert. Und die Anbetung …«

»Da spielen so viele Religionen mit hinein«, führte Nora aus. »Bei den Maroons auf Jamaika hatte das Christentum einen starken Einfluss, ursprünglich waren sie Nachfahren von spanischen Sklaven. Dazu kamen die Ashanti-Anführer mit ihren Kulten, die Obeah-Geister …«

»Hier bestehen die Maroon-Gemeinden zum Teil aus Nachkommen der Indianer«, erklärte Victor. »Die werden auch ihre Schamanen haben.«

»Heidnische Sünder!«, warf die Pfarrersschwester ein und bekreuzigte sich.

»Aber sicher Leute, die örtliche Heilpflanzen und Gifte kennen«, meinte Nora. »Wie weit bist du mit deinen Versuchen, Victor? Die Mäuse tun mir ja fast etwas leid, doch wenn die Symptome übereinstimmen – zu einem Teil der Wirkstoffe, die ich mitgebracht habe, gibt es Gegengifte.«

Die beiden Heilkundigen bestritten jetzt die Unterhaltung, und diesmal waren es Pfarrer und Lehrer, die sich langweilten. Doug beobachtete derweil seine Ziehtochter. Deirdre trug ein wunderschönes, eng anliegendes Kleid aus glänzender Seide. Ihr Haar fiel über ihre Schultern, gebändigt nur durch einige blumengeschmückte Schildpattkämme. Ihr blasses, aber nicht gepudertes Gesicht wurde beherrscht von ihren riesigen Augen und dem sinnlichen Mund. Von ihren weiblichen Gästen unterschied sie sich wie ein Kolibri von zwei Spatzen oder feisten Tauben. Weder mit der Pfarrersschwester noch der Lehrersgattin hatte sie auch nur das Geringste gemeinsam – Doug fiel zum ersten Mal auf, dass es das schwarze Blut war, das ihr Aussehen mitbestimmte. Eigentlich verwunderlich, dass das bisher nie jemand bemerkt hatte.

Deirdre fiel nicht auf, dass ihr Vater sie beobachtete. Sie konzentrierte sich ganz auf ihren Mann und gab sich redlich Mühe, für seine Ausführungen Interesse aufzubringen. Aber ihr Blick schweifte immer wieder ab, verlor sich im Abendhimmel über der Veranda, auf der sie speisten, und schien mit den Wolken nach Osten zu wandern. Deirdre bemühte sich offensichtlich um ihre Beziehung zu ihrem Gatten, und Doug hatte auch nicht den Eindruck, als ob sie Victor nicht mehr liebte, es fehlte ihr jedoch an Leidenschaft. Irgendetwas zerrte an ihr, in ihren Augen stand der Wunsch, woanders zu sein, etwas Aufregenderes zu tun, als einer langweiligen Tischrunde vorzustehen. Irgendetwas musste die Sehnsucht in ihr geweckt haben, intensiver zu leben.

Nora fiel es nicht schwer, eine Situation herbeizuführen, in der sie ungestört und vertraut mit Amali reden konnte. Victor hielt seine Sprechstunde, Deirdre war mit ihrem Vater ausgeritten, und die anderen Diener gingen irgendwo im Haus ihren Pflichten nach. Amali folgte bereitwillig Noras Aufforderung, sie zum Markt am Kirchplatz zu begleiten. Sie ließ Libby bei der Köchin und bei Bonnie und nahm beflissen Einkaufskorb und Sonnenschirm.

»Den kannst du hierlassen.« Nora lachte und wies auf das seidene Schirmchen. »Bei mir ist da schon lange Hopfen und Malz verloren. Du weißt doch, zu Hause trage ich auch keinen …«

Wenn Nora sich auf ihrer eigenen Plantage bewegte, schützte sie Haar und Teint lieber durch die traditionellen Turbane der schwarzen Frauen vor der Sonne – ein Aufzug, in dem sie sich vor anderen Pflanzern natürlich nicht sehen lassen durfte, über den man aber nichtsdestotrotz in ganz Kingston tuschelte. Heute wählte sie einen breitkrempigen Sonnenhut, der ihr sehr gut stand, zu einem mit bunten Blumen bedruckten, hellen Sommerkleid. Durchaus wohlgefällig bemerkte sie, dass ihr immer noch die Blicke vieler Männer folgten, als sie, geführt von Amali, die Gassen rund um den Markt von Cap-Français erforschte.

Auch Amali erntete Scherzworte und Pfiffe der schwarzen und braunen Händler und Fuhrleute. Sie sah gut aus in ihrem roten Rock, der weißen Bluse und dem knallroten Turban, mit dem sie ihr Haar schmückte. Darunter lugten riesige, bunte

Kreolen hervor, Amali hatte sich Ohrlöcher stechen lassen. Sie war eine bildhübsche junge Frau mit blitzenden Augen – ihrer gescheiterten Ehe schien sie nicht nachzutrauern.

Nora beschloss, dass sie es wagen konnte, die Sache anzusprechen. »Und wohin hat sich nun dein Lennie verzogen?«, fragte sie Amali.

Die beiden Frauen füllten ihren Korb an einem Obststand mit Papayas und einer sauren Frucht, die Nora nicht kannte und die Amali Corossol nannte. Ihr Saft bildete die Grundlage eines sehr erfrischenden Getränks. Nora gedachte, Adwea ein paar der stacheligen Früchte oder gleich ein paar Setzlinge für ihren Küchengarten mitzubringen.

Amali zuckte die Schultern und verzog verächtlich den Mund. »Der treibt sich im Hafen rum, Missis, in einer der Spelunken da. Hat eine Neue, eine Hure, wenn Sie mich fragen. Anständige Leute verkehren da jedenfalls nicht, wo die arbeiten. Nur schräges Volk … Caesar ist auch immer hingelaufen … Würd mich nicht wundern, wenn die Piraten in dem Schuppen ein und aus gegangen wären, wenn sie mal hier waren …«

»Caesar?«, fragte Nora.

Amali biss sich auf die Lippen. »Der Kerl, der Bonnie damals brachte. Auch so einer von den Männern, die nur Ärger machen.«

Amali schien nicht über Caesar reden zu wollen. Ob sie verliebt in ihn gewesen war? Nora fragte vorsichtig weiter nach Amalis Liebesleben und hörte von ihrer mal mehr, mal weniger intensiven Beziehung zu dem hübschen braunen Milchmann.

»Der Jolie würd mich schon heiraten, glaub ich. Aber ich will nicht. Mir gefällt's beim Doktor. Und wer weiß, als was der Kerl sich entpuppt, wenn ich ihn erst habe.«

Amali schritt gelassen neben ihrer Missis her. Sie schien nicht verbittert zu sein, allenfalls vorsichtig.

»Und wenn du dich im Haus umsiehst?«, neckte Nora. »Würde dir Leon nicht gefallen?«

Nora fand den großen Stallknecht sehr sympathisch, schon weil er ihre eigene Liebe zu Pferden teilte. Wenn Leon mit seiner sanften, dunklen Stimme zu den Tieren sprach, beruhigte sich selbst die leicht erregbare Alegría.

Amali zuckte die Achseln. »Ach, der Leon … Wer weiß, wie lange der bleibt. Dem Mèz Victor gefällt er ja, und er ist auch ein guter Kerl. Aber die Missis mag ihn nicht. Und sonst … Der Leon hat für keine Augen außer für Bonnie. Die merkt das nur gar nicht. Der geht er auch nicht aus dem Kopf, der Caesar …«

Auch nicht? Nora war alarmiert. Obwohl Amali eher mitleidig klang als eifersüchtig. Nora beschloss, ihr wichtigstes Thema jetzt direkt anzuschneiden.

»Und was ist mit Deirdre, Amali?«, fragte sie. »Habt ihr euch gestritten? ›Der Herrin gefällt dies oder jenes nicht …‹, so hast du doch sonst nicht von Deirdre geredet! Ihr wart Freundinnen.«

Amali wandte sich heftig zu ihrer alten Missis um. »Ich bin noch ihre Freundin, Missis. Auch wenn's ihr nicht immer passt, ich …« Ihre Hand flog zu ihrem Mund.

»Es passt ihr nicht, dass du ihre Freundin bist?«, fragte Nora freundlich. »Das verstehe ich nicht. Aber du … Amali, du weißt doch etwas! Was war zwischen dir und ihr? Und warum ist sie so … Warum hat sie sich so verändert?«

Amali zuckte die Achseln. »Es wird doch schon besser«, wich sie aus.

Doch damit ließ Nora sie nicht durchkommen. »Was wird besser, Amali? Und nochmals: Was war zwischen ihr und dir?«

Amali schwieg verstockt, und Noras Gedanken rasten. Worum konnten die Freundinnen sich gestritten haben? Worum stritten sich Frauen im Allgemeinen? Es ging doch wohl nicht um einen Mann? *Ich bin gern beim Doktor* … Amalis Worte. Aber nein, an eine Beziehung zwischen Victor und einer der schwarzen Dienerinnen konnte Nora nicht glauben.

»Zwischen mir und ihr war gar nichts!«, sagte Amali schließlich ungehalten. »Ich hab ihr nur … na ja, ein oder zwei Mal die Meinung gesagt. Weil … es betrifft doch uns alle, was sie tut. Monsieur Victor ist so ein guter Mann, und er ahnte so gar nichts.«

Nora durchfuhr es eisig.

»Amali«, flüsterte sie. »Amali, das war es, richtig? Sie … Deirdre … hat oder hatte eine Affäre? Mit einem anderen Mann?«

»Und mehr hat sie nicht gesagt?«, fragte Doug.

Nora hatte ihn gleich beiseite genommen, als er von seinem Ausritt zurückgekehrt war. Er war sehr guter Stimmung gewesen, Deirdre hatte völlig normal gewirkt, als er mit ihr durch die Wälder hinter Cap-Français galoppiert war. Er hatte sich nur gewundert, dass der Ritt nicht am Strand endete, obwohl Victor ihm von einer sehr schönen Bucht ganz in der Nähe erzählt hatte.

Doug zog sich in seinem und Noras gemeinsamen Zimmer für den Abend um. Ein Empfang beim Gouverneur stand an – wahrscheinlich würde es wieder genauso langweilig werden wie bei allen anderen gesellschaftlichen Ereignissen in Saint-Domingue, zu denen die Fortnams bislang geladen worden waren. Nora hatte sich schon mit Amalis Hilfe fein gemacht und fand jetzt Zeit, ihrem Mann die Unterredung mit der Zofe ausführlich zu schildern.

Doug war erwartungsgemäß völlig verblüfft und hatte etliche Fragen. »Amali hat nicht gesagt, wer es war? Ob es zu Ende ist? Meine Güte, Nora, das musst du aus ihr herauskriegen!«

Nora zuckte die Schultern und spielte mit dem Schönheitspflästerchen in Form einer Libelle, auf dem Amali trotz ihres Widerspruchs bestand. Sie hasste diese Albernheiten, aber auf Hispaniola galten sie als gesellschaftliches Muss.

»Wie denn? Soll ich Amali auspeitschen?«, gab sie scharf zurück. »Ich hatte jedenfalls nicht den Eindruck, als ob ich sie irgendwie sonst dazu bringen könnte, mehr zu erzählen. Und ich verstehe es auch. Sie ist Deirdres Freundin, sie ist loyal. Sie sagt jedoch ganz klar, dass es vorbei ist. Der Mann sei weg.«

»Und was heißt das? Er hat sie verlassen? Er ist gestorben? Was haben wir darunter zu verstehen?«

Doug setzte mit Schwung die neue Perücke auf. Er sah aus, als wäre er durch einen Hurrikan gelaufen, und brachte Nora durch den aufstaubenden Puder obendrein zum Husten.

»Weiß ich nicht«, sagte Nora und griff nach einem Kamm, um seine Haartracht zu glätten. »Setz dich, du siehst arg zerrupft aus! Jedenfalls scheint Deirdre ihm nachzutrauern, obwohl sie dagegen ankämpft. Aber laut Amali kommt sie darüber hinweg. Es braucht nur seine Zeit.«

»Wer kann das bloß gewesen sein?«, überlegte Doug. »Kannst du dir vorstellen, dass irgendeiner der gepuderten alten Kerle hier auch nur im Entferntesten interessant ist für Deirdre?« Er rümpfte die Nase, als Nora seine Perücke erneut puderte.

»Nein«, meinte Nora. »Ich schaue sie mir heute Abend dennoch genau an. Und ansonsten … Morgen fahren wir ja nach Nouveau Brissac. Da war Deirdre immer ganz gern, obwohl die alten Dufresnes sie wahnsinnig machen mit ihren förmlichen Mahlzeiten und der Art, wie sie ihre Sklaven behandeln. Womöglich findet sich ja dort eine Spur des geheimnisvollen Fremden …«

# KAPITEL 8

Jefe gewöhnte sich relativ schnell an die Arbeit auf der Zuckerrohrplantage. Dabei beschränkte sich die reine Landarbeit zunächst auf das Setzen der Stecklinge, zu ernten gab es noch nichts auf Roche aux Brumes, der neue Besitzer begann ja erst mit dem Anbau des Zuckerrohrs. Während die Pflanzen wuchsen – der erste Schnitt wurde nach etwa zwei Jahren vorgenommen –, wurden die Sklaven hauptsächlich mit dem Bau der Anlagen beschäftigt, die dann zum Pressen des Zuckerrohrs, zum Kochen und Raffinieren des Saftes gebraucht wurden. Das Holz, das zur Rodung der Felder geschlagen worden war, wurde dabei verbaut.

Jefe fiel die Arbeit nicht schwer. Er verstand sich darauf, Stämme zu Brettern zu schneiden – er war dem Schiffszimmermann der *Mermaid* oft genug zur Hand gegangen, um die Blockhäuser fachgerecht zusammenhämmern zu können. Oublier war zufrieden mit ihm, die Peitsche bekam der junge Sklave selten zu spüren.

Meist arbeitete Jefe mit Pierrot und Abel zusammen, auch David ließ sich, wenn eben möglich, bei ihnen einteilen. Er sorgte weiterhin eher für gute Laune als sich sonderlich anzustrengen, Abel betete ihn jedoch an und übernahm gern die Hälfte seiner Aufgaben. Pierrot und Caesar, wie Jefe sich nach wie vor nennen ließ, hielten auf die beiden ein Auge. Weder sollte David durch seine Faulheit noch Abel durch seine Beschränktheit die Aufmerksamkeit der Aufseher auf sich lenken. Das gelang erstaunlich gut – allerdings fiel das Quartett damit Leuten auf, die auf dieser Plantage eine mindestens ebenso wichtige Rolle spielten wie Oublier und seine Männer.

»Damon will euch sprechen«, raunte Charlene, die Köchin, Jefe und Pierrot eines Abends zu, als sie vor ihrer offenen Küche hockten und heißhungrig über eine große Schüssel *bouillie*, einen Brei aus grünen Bananen und Maismehl, herfielen. Er war äußerst schmackhaft, über die Verpflegung im Sklavenquartier konnte sich niemand beschweren. Wie Jefe und Pierrot inzwischen wussten, hatten Charlene und einige ihrer Helferinnen früher im Haupthaus gekocht. Charlene war als Köchin geschätzt gewesen, doch nach dem Tod der alten Herrschaften, die wohl einem Giftanschlag erlegen waren, war das gesamte Hauspersonal ausgetauscht worden. Der neue Mèz traute den alten Bediensteten nicht, und so waren die Hausdiener zu ihrem größten Leidwesen auf das Feld verbannt worden, Charlene und ihre Helferinnen hatten die Sklavenküche übernommen. Ein Glücksfall für die Arbeiter. Die feiste, freundliche Schwarze zauberte auch aus den einfachsten Zutaten wohlschmeckende Gerichte.

Jefe musste sich eingestehen, dass Pitchs Küche auf der *Mermaid* nicht im Entferntesten an die ihre herangereicht hatte, obwohl er oft frische Zutaten wie Fisch oder Schildkröte und vor allem Fleisch zur Verfügung gehabt hatte. Hier auf Roche aux Brumes wurde gespart, wo man konnte. Griot oder Tasso, also Schweine- oder Ziegenfleischgerichte, kamen allenfalls sonntags auf den Tisch, dann jedoch exzellent zubereitet mit pfeffrigen Saucen, die eine Spezialität der Gegend zu sein schienen.

»Er wartet in eurer Hütte auf euch«, wisperte Charlene. »Aber nur auf euch, nicht auf den Kleinen und den Spaßvogel …«

Jefe und Pierrot sahen einander verwundert an. Sie waren jetzt seit ein paar Monaten auf der Plantage und hatten schon bemerkt, dass Damon unter den Sklaven eine besondere Stellung innehatte. Offiziell gab es den Posten eines Bushas hier nicht, aber die Schwarzen betrachteten ihn doch als eine Art Vormann oder Sprecher. Wann immer sie sich mit irgendeinem Anliegen an Oublier zu wenden wagten, musste Damon es vortragen – und handelte sich damit fast jedes Mal Prügel ein.

Jefe fragte sich, warum er sich immer wieder dazu einspannen ließ. Es war abzusehen, dass der Aufseher die Anliegen der Sklaven abweisen würde. Oublier tat es schon aus Prinzip, selbst für hilfreiche Vorschläge aus der Arbeiterschaft hatte er kein Ohr. An die erinnerte er sich mitunter Wochen später, um sie als eigene Ideen auszugeben – und versetzte ihre Urheber an andere, möglichst untergeordnete Arbeitsstellen, damit sich sein geistiger Diebstahl nicht herumsprach.

Aber Damon hielt die Schläge stoisch aus – und auch immer mal wieder für andere Männer den Rücken hin. Niemals verriet er einen seiner Leute, er nahm die Bestrafung für irgendwelche Vergehen lieber auf sich, als die Schuldigen anzuzeigen. Die Sklaven behandelten ihn dafür mit Hochachtung.

»Damon ist hier Bokor«, meinte Pierrot angelegentlich und erklärte das dann genauer dem verständnislosen Jefe. »Der Mann, der macht Voodoo-Zeremonie. Macht man nicht, da, wo du herkommst? Ihr nicht beschwören heimlich Geister auf Grand Cayman?«

Jefe nickte. Natürlich gab es Obeah-Gemeinden auf den Inseln, aber er selbst hatte keiner direkt angehört. Máanu jedenfalls war nicht hingegangen, und Jefe hatte nur heimlich einmal einer Zeremonie beigewohnt. Den Jungen hatte sie damals befremdet, er hatte nicht an die Geister glauben können, die man mit Tieropfern und Zuckerrohrschnaps anzulocken suchte. Und die Leute, die sich anschließend besessen auf dem Boden gewälzt hatten, hatten ihn auch eher abgestoßen als fasziniert. Später, während der Zeit auf der *Mermaid*, hatte er kein Bedürfnis verspürt, seine Bekanntschaft mit Obeah und Voodoo in den diversen, von den Piraten angesteuerten Häfen zu erneuern. Auf Piratenschiffen beschwor man keine Geister. Ein paar der Männer hatten immer mal wieder Gebete gesprochen, doch die hatten sich eher an den Christengott, den Teufel oder den Klabautermann gerichtet.

»Auf Plantagen das gibt es fast immer«, erläuterte Pierrot. »Obwohl hier ich mir kann nicht vorstellen. Bei die Aufsicht von Oublier ist nicht möglich, dass sich alle schleichen aus Quartier. Aber wenn Voodoo-Treffen, dann sicher mit Damon.«

Und nun wartete dieser geheimnisvolle Mann auf Jefe und Pierrot. Die beiden beeilten sich, der »Einladung«, die sicher nicht risikofrei war, nachzukommen. Der große, magere Mann mit dem schon ergrauenden Haar hockte im Schneidersitz auf dem Boden der Hütte, die mit den vier Schlafmatten und ein paar Körben zur Aufbewahrung der wenigen Habseligkeiten ihrer Bewohner nur einfach eingerichtet war.

»Ich grüße euch!«, sagte er würdevoll. »Caesar, Pierrot, ihr seid ausgewählt worden.«

»Wir sind was?«, fragte Jefe.

Er verstand nicht immer alles, was auf Patois geredet wurde, denn sein Fechtmeister hatte natürlich fließend Französisch gesprochen. Damon sprach die Sprache der Pflanzer zu Jefes Verwunderung korrekt und nicht das gebrochene Französisch der Sklaven. Allerdings neigte er dazu, sich etwas kompliziert auszudrücken.

»Man hat euch erwählt«, wiederholte Damon jetzt etwas deutlicher. »Wir haben uns entschlossen, euch zu einem Treffen einzuladen.«

»Wer sein ›man‹?«, erkundigte sich Pierrot.

»Wir, die Eingeweihten auf dieser Plantage. Wir sind nicht viele, es kommen auch welche von der Nachbarplantage. Nur vor uns zwölf Leuten würde der Geist wohl nicht reden.«

»Vor uns zwölf Aposteln und ein paar anderen redet ein Geist, meinst du?«, höhnte Jefe.

Damon verzog das Gesicht, Jefe konnte nicht erkennen, ob belustigt oder unwillig. »Die Zahl ist ein Zufall. Aber ja … ja, du kannst es so nennen. Es mag ein gutes Omen sein. Bislang waren wir zehn …«

»Also jetzt noch mal«, forderte Jefe jetzt wieder ernst. »Du lädst uns zu einem geheimen Treffen in der Nacht ein, wir sind von einer Art Geheimbund auserwählt worden … Wie kommen wir zu der Ehre?«

»Es ist gut, dass du es als eine Ehre begreifst«, sagte Damon, er überhörte die Ironie in Jefes Stimme. »Es ist jedoch kein Geheimbund. Es sind nur die Stärksten und Mutigsten unter uns. Nicht alle, die wir einladen, folgen dem Ruf, verraten hat uns allerdings noch niemand. Was beweist, dass wir die Richtigen auswählen, auch wenn ihnen mitunter der Mut fehlt. Euch haben wir ausgesucht, weil … nun, dir, Pierrot, eilt dein Ruf voraus. Du hasst die Pflanzer, du hast bereits versucht, in die Berge zu entkommen. Und wenn du *ihn* gesucht hast, so kannst du kaum Hemmungen haben, Gewalt anzuwenden, um *seine* Ziele durchzusetzen.«

Jefe wollte nachfragen, wer gemeint war, dann sah er jedoch, dass Pierrot sich kerzengerade aufsetzte. Sein Freund schien also zu wissen, worum es ging. In Pierrots Gesicht ging ein Leuchten auf.

»Und du, Caesar«, sprach der Alte weiter, »du bist ein unbeschriebenes Blatt. Wir kennen dich noch nicht, wir wissen aber, dass du Kampferfahrung hast. Gut, vielleicht vergießt du ja nur Blut, um dich zu bereichern, und hältst das Risiko klein. Wir haben jedoch gesehen, was ihr beide, du und Pierrot, in den letzten Monaten für den kleinen Dummkopf getan habt, der da eure Hütte teilt. Wenn Oublier den noch nicht erschlagen hat, ist das euer Verdienst. Das gilt auch für den anderen, der die Trommel schlägt und den Mädchen den Kopf verdreht. Wir haben daraus geschlossen, dass euer Volk euch wichtig ist. Und wenn das so ist, dann werdet ihr heute Nacht mit uns kommen wollen.«

»Wo… wohin?«, fragte Pierrot leise und ehrfürchtig.

»Zu einem Schuppen zwischen den Plantagen. Mehr braucht ihr nicht zu wissen. Ihr schließt euch uns einfach an, nachdem sich jeder einzeln aus dem Quartier geschlichen hat. Treffen ist die Gabelung des Weges zwischen Sklavenquartier und Haus. Wenn der Mond hoch am Himmel steht …« Damon stand auf.

»Und was ist da in dem Schuppen?«, wollte Jefe wissen.

Er war neugierig, nachdem er gesehen hatte, wie erregt Pierrot wirkte. Aber bevor er sich den anderen anschloss, wollte er mehr wissen. Für irgendeinen Zauber würde er das Risiko nicht eingehen. Er hatte keine Lust, sich unerlaubt für nur eine Nacht von der Plantage zu entfernen. Wenn er ging, dann würde er für immer gehen. Zu den Rebellen in die Berge.

»*Er* spricht«, antwortete Damon.

Pierrot vollführte eine Geste, als wollte er sich bekreuzigen.

»Wer spricht?«, fragte Jefe hart.

Damon sah ihm in die Augen. Dann zischte er: »Macandal.«

Jefe und Pierrot beschlossen, sich nahe der Höhle des Löwen hinauszuschleichen, sie entschieden sich für die Passage zwischen Oubliers Haus und dem des Unteraufsehers Lebois. Hier gab es Buschwerk. Lebois lebte mehr oder weniger heimlich mit einer der Sklavinnen zusammen, die an seinem Haus einen Garten angelegt und wie in ihrer Heimat üblich mit einer Hecke aus stacheligen Pflanzen begrenzt hatte. Das Gestrüpp bot wenig Tarnung, aber doch ein bisschen mehr als das kahl gerodete Land zwischen den anderen Aufseherhäusern. Allerdings war das Risiko in dieser Nacht ohnehin gering. Damon hatte gesagt, dass die Aufseher gemeinsam feierten, und tatsächlich hatten sie ein Feuer vor einem ihrer Häuser entzündet, wo sie Fleisch grillten und tranken – bis der erste der nächtlichen Regengüsse sie zwang, sich auf die überdachte Veranda zurückzuziehen. Unwahrscheinlich, dass bei diesem Wetter jemand um die Häuser patrouillierte, obwohl Oublier grundsätzlich jede Vorsichtsmaßnahme zuzutrauen war.

Tatsächlich ging alles gut, und die zwölf Verschwörer von Roche aux Brumes fanden sich nass bis auf die Haut am vereinbarten Treffpunkt etwas außerhalb der Siedlung ein. Der Mond war nicht zu sehen, der Himmel hing voller Wolken, doch alle hatten den Zeitpunkt richtig geschätzt. Jefe stellte erstaunt fest, dass es sich bei den »Auserwählten« nicht nur um Männer handelte. Auch eine der weiblichen Feldarbeiterinnen war vertreten sowie eine andere junge Frau, die er nur flüchtig kannte. Clarisse arbeitete im Haus und war wohl ebenso wie Jefe und Pierrot zum ersten Mal dabei.

»War vorher auf Nachbarplantage«, erklärte Pierrot, der offensichtlich entzückt davon war, sie hier zu treffen. Er hatte seit einiger Zeit ein Auge auf sie geworfen. »Hat mitgebracht neue Mèz …«

Er wollte noch mehr erzählen, aber Damon legte den Finger auf den Mund. Noch waren sie dem Sklavenquartier nahe und es bestand Gefahr, einer Patrouille in die Arme zu laufen.

Damon führte seine Leute im Schatten der baumhohen Kaffeepflanzen weiter. Nach einer Weile erreichten sie einen Schuppen, der ursprünglich wohl der Trocknung und Lagerung von Kaffeebohnen gedient hatte oder noch diente, zurzeit war er allerdings leer. Er lag mitten in den Feldern und weit weg von den Sklavenquartieren beider Plantagen. Die Wahrscheinlichkeit einer Entdeckung war sehr gering. Man hätte hier auch Obeah-Zeremonien feiern können, doch der Schuppen war zu klein, um eine ganze Gemeinde zu fassen. Dennoch hing ein Geruch von Kräutern und Zuckerrohrschnaps in der Luft, der Pierrot verdächtig schien.

»Voodoo?«, fragte er Damon.

Der Bokor nickte lächelnd. »Wir opfern nur selten und nicht in großen Gruppen«, erklärte er dann bedauernd, »das würde auffallen. Wenn jedoch jemand ein Anliegen hat …«

»… und ein Huhn bringt …«

So weit erinnerte sich sogar Jefe an die Gepflogenheiten bei Obeah-Zeremonien. Er erinnerte sich dunkel, dass seine Mutter eine Henne dabeigehabt hatte, als sie seinem Vater nach Grand Cayman gefolgt war. Das Tier hatte jahrelang gut gefüttert in ihrem Hinterhof gelebt – immer für den Fall, noch einmal als Opfer gebraucht zu werden. Aber Máanu hatte den Glauben an die Geister damals wohl irgendwann verloren.

Damon nickte wieder. »… dann versammeln wir uns hier im kleinen Kreis«, gab er Auskunft. »Ah, seht, da sind die anderen!« Er wies auf eine weitere Gruppe Sklaven, die sich von Süden her näherte, ebenfalls ohne Fackeln und im Schatten der Kaffeepflanzen.

»Und wo ist Macandal?«, fragte Jefe.

Eine entsetzte Handbewegung Damons gebot ihm Schweigen. Offenbar sprach man den Namen des Rebellenführers nicht aus.

Doch dann erschien wie aus dem Nichts ein kleiner drahtiger, mit einer Machete bewaffneter Mann. Er war kein Schwarzer, zumindest kein reinblütiger. Seine Gesichtszüge, sofern man sie erkennen konnte, wirkten kantig und exotisch.

»Losung?«, wisperte er.

»›Der Geist von Hispaniola‹«, antwortete Damon. »Wir sind zwölf.«

Der Mann nickte. »Dann geht hinein. Möge der Geist euch erleuchten.«

Auf der anderen Seite der Hütte schien ein zweiter Wächter die Prozedur mit den Ankömmlingen von der Nachbarplantage durchzuführen. Schließlich schlüpften sie einer nach dem anderen in den Schuppen. Zur Gruppe der anderen Plantage gehörten vierzehn Leute, elf Männer und drei Frauen. Und im Inneren der Hütte befanden sich bereits fünf Menschen. Zwei junge Frauen knieten vor einem Mann, der ganz hinten in der Hütte im Schneidersitz auf dem Boden hockte. Hinter ihm, an der Wand, lehnten zwei weitere Männer mit Musketen. Sie trugen die gebräuchliche Kleidung der Schwarzen und Mulatten auf den Inseln – weite, helle Leinenhosen, auf Hemden hatten sie verzichtet. Im Schein der beiden Laternen, die rechts und links des sitzenden Mannes aufgestellt waren, schimmerte ihre Haut rötlich braun. Auch sie also Mulatten oder Menschen mit einer ähnlichen Abstammung wie der Wächter draußen, den Jefe nicht einschätzen konnte.

»Indianer«, flüsterte Damon, als hätte er seine Gedanken gelesen. »Maroons …«

Jefe konzentrierte sich jetzt jedoch auf den sitzenden, vielleicht mittelgroßen, hageren Mann, der ein besticktes, afrikanisch anmutendes Gewand trug, eine Art Kaftan. Er schien ganz in sich versunken, es war, als bemerke er die Menschen gar nicht, die in die Hütte strömten und sich ihre Plätze suchten. Wenn überhaupt, so schien er nur die beiden jungen Frauen wahrzunehmen, die ihn offensichtlich anbeteten. Ihnen lächelte er gelegentlich beiläufig zu, bevor er den Blick wieder auf den Boden richtete.

»Das ist er?«, raunte Jefe verwundert Pierrot zu.

Sein Freund zuckte die Schultern. Wahrscheinlich hatte auch er sich François Macandal beeindruckender vorgestellt. Jefe bemerkte erst jetzt, dass er einen Armstumpf im langen Ärmel seines Kaftans verbarg. Wenn das der Revolutionsführer sein sollte, der Geist und die Hoffnung von Hispaniola … Wie sollte ein Einarmiger seine Armee in den Kampf führen?

Dann trat endlich Stille ein in der Hütte, und auf einmal regte sich der Mann. Er hob den Kopf und fixierte die Anwesenden, schon sein Blick genügte, sie alle in seinen Bann zu ziehen. François Macandal hatte tiefdunkle Augen, in denen ab und zu helle Funken aufsprühten. Seine Augen loderten vor Lebendigkeit – und vor Hass.

»Wollt ihr die Freiheit?«, fragte er ruhig.

Die Sklaven waren zu verblüfft, um zu antworten.

Macandal straffte sich. »Ja, richtig, es ist gut, dass ihr darüber nachdenkt«, sagte er dann, »denn der Kampf um die Freiheit kann euch das Leben kosten. Sie kostet euch die Behaglichkeit eurer sicheren Quartiere, die Anerkennung eurer Herren, die doch mancher von euch sucht. Oder irre ich mich da?«

Er blickte um sich und lächelte, als sich ein paar Blicke senkten. »Die Haussklaven unter uns«, bemerkte er, »die treuen Diener … ›Unsere Köchin ist wie ein Familienmitglied‹ …« Die letzten Worte säuselte er im Tonfall einer Pflanzergattin, und seine Zuhörer lachten.

»Aber ein Familienmitglied, dessen man sich kalt lächelnd entledigt, wenn einem irgendetwas nicht passt!«, donnerte Macandal. Dann stand er auf. »Hört endlich auf, euch einlullen zu lassen von euren Mèz, die nichts als Blutsauger sind! Es gibt nichts, was sie besser können als ihr. Sie sind weder klüger noch stärker, sie haben nur die Macht auf ihrer Seite. Solange wir sie ihnen lassen! Und sie tun alles, um sie zu bewahren. Denkt nur an die Pfaffen, die euch weismachen wollen, eure Stellung sei gottgewollt! Und als brave Christen habt ihr zu dienen auf dem Platz, auf den Gott euch gestellt hat. All das ist Unsinn und übelste Lästerung dazu. Denn nicht Gott hat euch zu Sklaven gemacht! Er hat alle gleich geschaffen – und er wird die strafen, die seine Schöpfung mit Füßen treten. Es hat seine Zeit gedauert, meine Freunde, denn Gott ist langmütig. Aber jetzt, jetzt hat er den Frevlern seine Geißel geschickt …«

»Den Schwarzen Messias!«, intonierten die Frauen zu den Füßen Macandals und die Männer hinter ihm. »Macandal!«

»Den Geist von Hispaniola!«, rief Damon.

Macandal lächelte ihm zu. »Oh, ich bin kein Geist, mein Freund. Ich bin ein Mensch, wie Jesus Christus es auch war, geschickt von Gott, um euch zu eurer Rache zu führen. Gemeinsam werden wir die weiße Pest hinwegfegen von Hispaniola! Und wenn wir dabei den Eindruck erwecken, hier wären Armeen von Geistern unterwegs, dann ist das ganz richtig so. Wir schüren Angst unter den Weißen, wir wollen, dass sie vor uns zittern!«

Macandal schaute beifallheischend in die Runde, doch der erwartete Jubel blieb aus. Er blickte streng von einem seiner Zuhörer zum anderen.

»Sehe ich da Bedenken, sehe ich Zweifel in euren Augen? Hat man euch degradiert, aus den Häusern der Weißen geworfen, nachdem einer meiner Jünger unter euren Herren gewütet hat? Habt ihr das Gefühl gehabt, als hätte Gottes Zorn eher euch getroffen und nicht die Mèz? Aber so dürft ihr nicht denken! Natürlich, mancher von euch schuftet jetzt vielleicht auf den Feldern, statt leichte Arbeit im Haus zu verrichten. Aber trotzdem habt ihr einen Sieg errungen! Ihr habt den Pflanzern Angst gemacht. Hört ihr? Versteht ihr? Eure Herren, eure Aufseher haben Angst vor euch!«

Die Sklaven regten sich, als er die letzten Worte in den Raum schleuderte. Einige tuschelten, andere gaben gedämpfte Beifallsbekundungen von sich, und in den Augen fast aller begann sich das Leuchten im Blick des Schwarzen Messias zu spiegeln.

»Natürlich ist es nicht leicht«, sprach Macandal nun weiter. »Niemand sagt, dass es leicht ist, die Freiheit zu erlangen, und dass es ohne Opfer geht. Der Weg in die Freiheit, meine Freunde, bedeutet, den Weißen den Weg in die Hölle zu bahnen. Es wird also heiß, es wird gefährlich. So mancher von uns wird dabei verbrennen oder dem Teufel begegnen, wir mögen gezwungen sein, Seite an Seite mit ihm zu kämpfen. Was ist jedoch der Teufel gegenüber den Männern und Frauen, die sich eure Herren nennen, die sich anmaßen, euch zu ›besitzen‹? Die euch auf Märkten verschachern, eure Körper ausbeuten und versuchen, eure Seelen auf ihren Altären des Mammon zu opfern? Verglichen mit ihnen ist der Teufel ein Freund! Also zieht ihm lachend entgegen! Wenn wir die Weißen in die Hölle führen müssen, wenn wir ihnen dorthin vorausgehen müssen, bevor wir das Paradies erlangen, dann sei es so!«

Macandal lief vor seinen Zuhörern hin und her und fixierte immer wieder den einen oder anderen mit seinen glühenden Blicken, als spräche er ganz allein zu ihm. Jefe fühlte sich an die letzten Worte Captain Seegalls erinnert. Auch der Pirat hatte sich nicht vor dem Teufel gefürchtet.

»Hast du Angst zu töten, Schwester?«, wandte sich Macandal jetzt an eine kleine, zierliche Schwarze in der ersten Reihe, die Jefe entfernt an Bonnie erinnerte.

Die Frau lachte bitter. »Meine Tochter starb am Fieber, einen Arzt ließ der Mèz nicht kommen. Mein Sohn starb beim Roden eines Feldes, weil es dem Aufseher nicht schnell genug gehen konnte, bis die Bäume fielen. Mein zweiter Sohn starb am Galgen, nachdem er in seiner Wut und seinem Schmerz eben diesen Kerl dafür schlug. Wie soll ich da Skrupel haben zu töten? Wie soll ich da Angst haben vor der Hölle? Viel schlimmer, als das, was ich erlebt habe, kann sie nicht sein. Also, wenn du mir Gift gibst, Macandal, werde ich es den Mèz ins Essen mischen. Wenn du mir eine Pistole gibst, werde ich sie erschießen, und wenn du mir eine Machete gibst, haue ich sie in Stücke. Ich freue mich auf den Kampf, Macandal! Sag mir nur, wann ich beginnen kann.« Sie stand auf und hob die Faust.

Macandal nickte der Frau anerkennend zu, dann ließ er den Blick wieder über die Sklaven schweifen, er blieb an Jefe hängen. Der Schwarze Messias blitzte ihn an.

»Kannst du warten, Bruder?«

Jefe erwiderte den Blick. »Ich warte nicht gern.«

Macandal lachte. »Kein guter Mann wartet gern«, bemerkte er, »doch die Rache ist ein Gericht, das man kalt genießt, junger Mann.«

»Werde ich es denn noch erleben?« Damon unterbrach den Wortwechsel zwischen Macandal und Jefe. Seine Stimme klang dringlich, natürlich, er war kein junger Mann mehr. »Werde ich noch die Luft der Freiheit atmen können?«

Macandals Blick wanderte in die Weite. »Es wird bald sein«, murmelte er, »es wird bald sein … Der Same ist schon gelegt. Die Pflanzer zittern vor Angst. In naher Zukunft werden wir dieses Land mit Feuer und Blut, mit Gift und Tod und Terror und Panik überziehen. Bis sie fliehen, mein alter Freund. Bis sie uns anflehen, fliehen zu dürfen …« Die Zuhörer jubelten. Macandal war jedoch noch nicht fertig mit Damon. Er trat, jetzt wieder mit blitzenden Augen, nahe an den alten Mann heran. »Und wenn du es nicht erlebst, mein Freund, dann musst du wiederkommen!« Macandals Stimme klang wie ein Zischen. »Du musst all deinen Willen, all deine Kraft und all deinen Hass in den Wunsch legen zurückzukehren. Komm als Schlange, die deine Peiniger erwürgt! Komm als Wolf, der sie zerreißt! Komm als Elefant, der sie zertritt! Komm als Kain, der Abel dahinmeuchelt! In welcher Gestalt du auch immer kommst, töte! Wir schaffen es jetzt, oder wir schaffen es später. Wir fegen die Weißen hinweg von Hispaniola!«

Damon wirkte wie betäubt, aber die anderen Zuhörer klatschten und schrien. Sie huldigten Macandal wie einem Priester oder einem Gott. Jefe sah, wie die kleine Frau und auch Pierrots Schwarm aus dem Herrenhaus von Roche aux Brumes ihm die Hände küssten. Letztere zog er zu sich hoch und küsste sie auf den Mund. Damon verlor später kein Wort darüber, dass sie sich ihrem Zug nicht anschloss, sondern verschwand. Jefe und Pierrot sollten sie erst am nächsten Morgen beim Appell wiedersehen, strahlend, die schwarze Haut wie von innen heraus glühend.

Aber auch Jefe war wie entflammt, als das Treffen schließlich endete.

»Das ist es also, das ist der Plan! Wir werden den Weißen das Land hier vergällen. Wir werden ihnen so viel Angst machen, dass sie von allein verschwinden. Das ist genial, Pierrot! Das erfordert gar keinen großen Aufstand, gar keinen Krieg. Wir treiben sie einfach zum Wahnsinn, bis … ja, bis die feisten Kerle sich nicht mehr aus ihren Häusern wagen, ihr Essen nicht mehr anrühren … bis ihre kleinen Frauchen sie anflehen, sie wegzubringen …« Er sprang in irrer Vorfreude neben seinen Freunden her.

Pierrot wirkte dagegen eher ernüchtert. Er war zunächst schweigend und offenbar verdrießlich ob des Abgangs seiner Angebeteten mit Macandal neben Jefe hergegangen. Jetzt schaute er skeptisch zu ihm hinüber.

»Du schon mal gesehen Angst in Augen von Oublier? Und von seine Freunde?«, fragte er dann mit einem Schnauben. »Der bleiben, und andere auch. Nein, Caesar, da wir brauchen mehr als ›Messias‹, damit Weiße uns lassen die Land! Da wir brauchen richtig Aufstand mit Heer und viel Waffen. Und Schwarze, die schwingen Machete, nicht mischen ein bisschen Gift und warten, dass Mèz gehen von selbst.«

»Aber es wird ihnen doch gar nichts anderes übrig bleiben!«, frohlockte Jefe. »Wenn die Plantagen erst brennen, wenn wir den Satan beschwören, wenn …«

Pierrot zuckte die Achseln. »Werden wir sehen, wer brennt«, murmelte er resigniert.

# KAPITEL 9

Ich möchte wetten, dass Monsieur Dufresne das nicht billigt«, bemerkte Nora, als Victor und seine Gäste endlich zum ersten Besuch auf Nouveau Brissac aufbrachen. In Ermangelung ausreichenden Platzes in der Kutsche ließen sie alle Diener im Stadthaus zurück. Victor lenkte den Wagen selbst, und Deirdre ritt ihre Alegría nebenher. Ihr gefiel dieses Arrangement, sie wirkte lebhaft und freute sich erkennbar auf den Ritt. Nora und Doug sowie ihr Gepäck hatten so gerade genug Platz in der Kutsche. »Es sieht ein bisschen aus, als ob Zigeuner reisen würden«, meinte Nora. »Hätten wir nicht eine Kutsche mieten können und diesen Wagen hier nur fürs Gepäck nutzen?«

Doug zuckte die Achseln. »Hätten wir. Aber du weißt genau, dass Victor darauf bestanden hätte, es zu bezahlen. Und so viel verdient er auch wieder nicht. Dieses neue Kleid für Deirdre kostet ein Vermögen, und da reden wir noch gar nicht über ihre Weihnachtsgarderobe. Das Fest wird über drei Tage gehen, wenn ich es richtig verstanden habe, und garantiert braucht sie für jede Ballnacht ein aufwendiges Kleid«, sagte er leise.

Doug hatte schnell bemerkt, dass mit Victors Praxis in Cap-Français kein Vermögen zu machen war. Natürlich gab es einige betuchte Patienten, aber einen großen Teil seiner Zeit verbrachte Victor in seinem Labor oder mit der Behandlung der ärmeren Bevölkerungsschichten. Die zahlten wenig – und oft nur in Naturalien. Sie brachten Früchte, Fische oder auch mal ein Huhn vorbei, was den Speiseplan im Haus der jungen Dufresnes frisch und abwechslungsreich machte, doch das Bankkonto des Arztes füllte es nicht. Doug wusste sehr gut, was es kostete, in reichen Häusern wie dem des Gouverneurs zu verkehren. Ländliche Vergnügungen wie die Feste auf Nouveau Brissac verschlangen obendrein Zeit, man fuhr ja nicht eben für einen Abend aufs Land. Und Zeit war Geld für den jungen Arzt.

Natürlich berichtete Victor, dass er auch auf der Plantage seiner Eltern Patienten empfing, aber ob er den Freunden seiner Familie wirklich Rechnungen schickte? Doug glaubte das nicht. Er argwöhnte immer noch, dass Deirdre etwas Mangel an materiellem Wohlstand litt. Hatte ihr Liebhaber ihr vielleicht mehr bieten können? Doug fragte sich, wie es sich möglich machen ließe, die jungen Dufresnes ein bisschen finanziell zu unterstützen.

»Ich bin jedenfalls gespannt auf die Plantage«, bemerkte Nora. »Nouveau Brissac, das klingt nach einem Schloss.«

»Es gibt in der Tat ein Schloss Brissac«, erklärte der weitgereiste Doug, »es liegt in Frankreich, an der Loire. Vielleicht ist es ein früherer Familiensitz. Würde mich nicht wundern, wenn die Dufresnes schon Geld hatten, bevor sie sich in Saint-Domingue niederließen.«

Victor bestätigte das sofort. Sein Großvater war im Gefolge des ersten französischen Gouverneurs nach Hispaniola gekommen und hatte sich gleich den schönsten Besitz gesichert.

»Nouveau Brissac ist ein traumhafter Ort«, schilderte der Arzt den Fortnams seine Heimatplantage. »Allerdings auch ein bisschen unwirklich … Ihr werdet sehen, was ich meine. Ich hoffe, dass es euch gefällt.«

Nora war nie in Frankreich gewesen, sie hatte nur Bilder von den dortigen Schlössern gesehen. Als sie jetzt Nouveau Brissac in der Mittagssonne vor sich liegen sah, fühlte sie sich tatsächlich wie in einem Traum, versetzt nach Versailles. Auch ihr eigenes Haus auf Jamaika wirkte verspielt, Deirdre hatte es als

Kind gern mit einem Schloss verglichen. Cascarilla Gardens war jedoch ein Holzbau, der karibische Leichtigkeit spiegelte. Das Haus der Dufresnes leuchtete dagegen reinweiß, hatte schiefergraue Dachschindeln und bestand aus Stein. An allen vier Ecken war es von Türmen begrenzt, ganz typisch für den Stil französischer Prachtbauten. Schon die Auffahrt mit den symmetrisch angelegten Blumenrabatten wirkte mehr als beeindruckend. Das Haus war von einem Park umgeben, der zweifellos von französischen Landschaftsarchitekten gestaltet worden war. Nicht einmal das in Schlossgärten so beliebte Heckenlabyrinth fehlte. Auf die Einbeziehung einheimischer Gewächse hatte man bei der Anlage weitestgehend verzichtet, Nora erkannte lediglich einige Mahagoni- und Zedernarten, die es zwar nur in der Karibik gab, die dem Architekten aber wohl europäisch genug erschienen waren, um sie hier zu integrieren.

»Es ist unwirklich!«, sprach Doug aus, was Nora dachte. Leise allerdings, bis zu Victor auf dem Bock oder Deirdre auf ihrem Pferd sollten seine Worte nicht dringen. »Ich würde eher sagen gespenstisch! Meine Güte, die Siedler bei uns haben ja schon ihr Möglichstes getan, um Jamaika in Kleinengland zu verwandeln, aber Nouveau Brissac … Es sieht aus, als hätte man ein Loire-Schlösschen in die Tasche gesteckt und hier wieder aufgestellt.«

Nora nickte. »Das muss unglaublich teuer gewesen sein«, murmelte sie.

Doug lachte. »Das ist es noch«, meinte er. »Sie müssen Heerscharen von Sklaven einsetzen, allein für die Pflege dieses Parks! All die perfekt gestutzten Hecken – in diesem Klima kann man den Pflanzen doch beim Wachsen regelrecht zuschauen! Und siehst du irgendwo auch nur ein winziges bisschen Unkraut?«

Victor wandte sich um und lächelte seinen Schwiegereltern zu. »Willkommen in Frankreich«, bemerkte er bitter. »Aber macht euch keine Sorgen. Wenn ihr gänzlich die Orientierung verliert, zeige ich euch gern mal die Sklavenquartiere. Dann wisst ihr wieder, wo ihr seid.«

Tatsächlich wirkte die schwarze Dienerschaft im Hause der Dufresnes irritierend. Man hätte hier eher weiße Lakaien erwartet, obwohl selbst der Knecht, der Victor und Deirdre die Pferde abnahm, in eine Livree gewandet war und das dunkle Kraushaar weiß gepudert trug. Die bombastische Eingangshalle schüchterte die älteren Fortnams auch nicht derart ein wie damals Deirdre. Sie kannten repräsentative Bauten wie diese aus England und Frankreich, und bevor Cascarilla Gardens abgebrannt war, hatte es dort nicht viel bescheidener ausgesehen.

»Madame und Monsieur Sie erwarten zu Essen«, erklärte der schwarze Majordomus und wies den Fortnams ihre Zimmer an.

Wahre Zimmerfluchten, wie sie erwartet hatten. Das Gepäck wurde heraufgeschafft, und natürlich fand sich eine Zofe für Nora, die sofort begann, sie den Ansprüchen der Dufresnes entsprechend herzurichten.

Doug beobachtete ihre Bemühungen mit gerunzelter Stirn. »Nora, es ist mitten am Tag«, bemerkte er, als die Zofe ihr das Haar aufsteckte und puderte. »Wie willst du dich da am Abend noch steigern?«

Nora lachte. »Du wirst überrascht sein, Liebster. Aber nun mach, verwandele dich auch in einen Landadeligen. Wenn schon nicht in einen französischen, so doch wenigstens in einen englischen. Es bringt nichts, die Dufresnes zu brüskieren. Wir sind nun mal mit ihnen verwandt, und wenn wir herausbekommen wollen, ob das, was mit Deirdre passiert ist, hier seine Ursachen hat, dann sollten wir uns besser mit ihnen anfreunden.«

Doug zwängte sich also in Kniehosen und Spangenschuhe und machte dann höflich Konversation mit Jacques und Louise Dufresne. Auch Deirdre und Victor hatten sich förmlich gekleidet, machten aber schon Pläne für einen weniger angespannten Nachmittag. Gemeinsame Pläne, wie Nora erleichtert feststellte.

Victor wollte im Sklavenquartier nach dem Rechten sehen und Sprechstunde halten – und Deirdre plante, ihn zu begleiten und ihm zu helfen.

»Das ist ja etwas ganz Neues, dass du dich für Krankenpflege interessierst, Dede!«, sagte Nora erfreut zu ihrer Tochter. »Trittst du doch noch in meine Fußstapfen?«

Deirdre lächelte. »Wenn ich Victor ab und zu mal zu Gesicht bekommen will, bleibt mir gar nichts anderes übrig«, scherzte sie. »Und hier bei den Schwarzen … es geht ihm ja sonst keiner zur Hand.«

Das wunderte Nora. An sich gab es in jedem Sklavenquartier Heiler, die über zumindest rudimentäre Kenntnisse der Naturmedizin verfügten und sich freuten, etwas dazulernen zu können. Und natürlich Frauen, die Krankenpflege betrieben, schon weil sie sich um ihre Angehörigen sorgten.

Victor bedachte seine Schwiegermutter mit einem vielsagenden Blick, bevor sie ihrer Befremdung Ausdruck geben konnte. »Du kannst gern mitkommen, *belle-mère*«, lud er Nora ein. »Vielleicht …«

Er sprach nicht weiter, aber natürlich ging es um die Hoffnung, mithilfe der weißen Heilerin vielleicht doch noch in Kontakt mit einer der hiesigen Baarm Maddas zu kommen. Nora stimmte eifrig zu. Sie brannte darauf, die Sklavenquartiere auf Nouveau Brissac zu sehen.

Inzwischen hatten die Dufresnes und ihre Gäste sich gesetzt, und der erste Gang des Mittagsmahls war serviert. Doug stocherte sichtlich unbehaglich in seinem Krabbencocktail. Ob man Macandals Gifte wirklich nicht schmeckte?

»Ach ja, richtig, Sie betätigen sich ja auch als eine Art … Arzt«, wandte Louise Dufresne sich an Nora. Das Wort Ärztin schien ihr nicht über die Lippen zu wollen. »Mir ist es ja ein Rätsel, wie man sich in diese Niederungen hinabbegeben kann, aber gut, es mag auch etwas Faszinierendes haben.« Es klang, als hätte Nora eben ihre Begeisterung für die Erforschung von Stechinsekten geäußert.

»Es ist ein bisschen aus der Not geboren«, erklärte Nora gelassen. Sie erinnerte sich schmerzlich an die Tage mit Elias, ihrem ersten Mann. Sie hatte mitunter die nüchtern rechnende Kaufmannstochter vorgeschoben, um ihr Engagement in den Sklavenquartieren zu begründen. Etwas Ähnliches schien auch hier angebracht. »Unser einziger Arzt in Kingston … nun ja, er hat eine etwas zu enge Beziehung zu Rumflaschen, wenn Sie wissen, was ich meine. Und Schwarze behandelt er sowieso nicht. Also oblag es allein den Aufsehern, zwischen arbeitsfähig und nicht arbeitsfähig zu entscheiden, wenn ein Sklave sich krank meldete. Sie schickten die Leute fast immer auf die Felder – und sie starben oft an Krankheiten oder Verletzungen, die mit drei oder vier Fehltagen und entsprechender Pflege leicht hätten ausgeheilt werden können. Ein enormer finanzieller Verlust. So ein Feldsklave kostet ja ein kleines Vermögen. Inzwischen hat auf Jamaika fast jeder eingesehen, dass es preiswerter ist, einen Heilkundigen zu Hilfe zu bitten. Die ganz großen Plantagen beschäftigen sogar eigene Ärzte.«

Victor nickte zustimmend. »Meine Rede, Vater! Deine Sklaven und dazu jetzt die von Gérôme … das sind um die sechshundert Leute. Es würde sich lohnen, dafür jemanden einzustellen. Ich könnte sogar selbst …«

Er hielt inne. Natürlich zog er sein Haus in Cap-Français dem Schloss seiner Eltern vor, Deirdre mochte es jedoch glücklich machen, auf der Plantage zu leben. Ihr schienen die Eigenheiten der Dufresnes wesentlich weniger auszumachen als ihm selbst. Offensichtlich hatte sie sich schnell daran gewöhnt, sich zu jedem Treffen mit ihren Schwiegereltern herzurichten wie zu einem Staatsempfang – und außerhalb der Mahlzeiten hatte sie auf Nouveau Brissac ja eher mehr Freiheiten als in der Stadt. Kein Mensch scherte sich darum, ob sie ausritt oder nicht. Victor hatte gehört, wie sie ihrer Mutter verriet, dass sie sogar einen Fluss zum Baden gefunden hatte.

»Natürlich sieht man ab und zu ein Krokodil«, bemerkte sie augenzwinkernd. »Aber tagsüber sind die völlig ungefährlich, sie jagen nur nachts.«

Tatsächlich hörte man eigentlich nie von Krokodilangriffen auf Hispaniola, doch Victor war dennoch besorgt gewesen, und auch Nora konnte gut auf ein Bad im Beisein der Reptilien verzichten. Sie zog sowieso das Meer vor, aber die Bucht der roten Mangroven war ihr nicht abgelegen genug, als dass sie sich vor neugierigen Blicken wirklich sicher fühlte.

Jacques Dufresne schüttelte nur den Kopf zu dem erneuten Vorstoß seines Sohnes. »Das fehlte noch, dass du hier als Plantagenarzt arbeitest«, erregte er sich. »Was würden die Leute sagen? Ein Dufresne, der sich vor den Niggern in den Schlamm wirft und ihnen die dreckigen Füße verarztet? Und nebenbei möchtest du dann noch die Damen der Nachbarschaft behandeln, ja? Unmöglich, Victor! Und auch völlig überflüssig. Die schwarzen Kerle sind zäh und die Weiber erst recht. Und wenn uns doch mal einer wegstirbt … Wir nagen hier nicht am Hungertuch, Madame Fortnam. Wir können unsere Ausfälle ersetzen.«

Doug seufzte. Er wusste nicht, wie oft er diese Argumente schon gehört hatte. Dabei hatte er gehofft, die Papisten in Hispaniola seien eher gewillt, ihren Sklaven eine Seele zuzugestehen. Schließlich scheuten ihre Priester ja keinen Aufwand, diese durch die Taufe zu erretten. Das schien jedoch erst nach dem Ableben der Täuflinge eine Bedeutung zu bekommen. Solange die Sklaven lebten, behandelte man sie nicht anders als Handelswaren, deren Wert man gegen den Aufwand zu ihrer Erhaltung abwog.

Zum Glück hob Louise Dufresne die Mittagstafel auf, bevor die Auseinandersetzung weiter eskalieren konnte. Doug atmete innerlich auf. Er sehnte sich jetzt schon zurück in die Stadt –

oder noch besser nach Cascarilla Gardens. Nichtsdestotrotz bemühte er sich um gute Stimmung.

»Wie wär's, Monsieur Dufresne, zeigen Sie mir, wie man Kaffee anbaut, während unsere barmherzigen Samariter hier sich um Ihre Sklaven kümmern?«, fragte er leutselig.

Ein Ausritt erschien ihm eine gute Idee nach dem üppigen Essen. Beim Anblick von Jacques Dufresnes elegantem Aufzug konnte er sich allerdings kaum vorstellen, dass dieser Pflanzer seine Plantage persönlich inspizierte. Er betätigte sich wohl mehr als Geschäftsmann und Vermarkter seiner Produkte denn als Verwalter der Pflanzung. Das schien auch den Erben hauptsächlich zu beschäftigen. Gisbert weilte zurzeit auf der Kaffeebörse in Port-au-Prince, die Leitung der Plantage überließen beide den Aufsehern.

Victors Vater winkte denn auch ab. »Ich kann Ihnen einen Aufseher als Führer stellen«, bot er wenig interessiert an. »Oder Gérôme kann Sie morgen herumführen. Sie wollen doch sowieso nach Roche aux Brumes, oder?« Am Abend sollte auf Nouveau Brissac eine Gesellschaft stattfinden, aber am nächsten Tag wurden die Fortnams auf der Nachbarplantage erwartet, die Gérôme Dufresne seit seiner Heirat mit der Erbin leitete. »Er wird Ihnen dann auch sein neues Steckenpferd vorführen. Zuckerrohr …«

Jacques Dufresne rümpfte ein wenig die Nase. Er schien auf Zuckerrohrpflanzer hinunterzusehen, was wiederum Doug etwas ärgerte. Der Anbau der Riesengräser und die Erzeugung von Zucker war harte Arbeit. Gut, vielleicht kam es weniger auf Qualitätssicherung an als bei Kaffee – die Raffinierung von Zucker gelang eigentlich immer –, doch derartige Experten waren die Kaffeepflanzer auch nicht. Die meisten lieferten ihre Kaffeebohnen unbearbeitet nach Europa, wo sie dann erst durch die Röstung ihr spezielles Aroma entfalteten.

»Ich kann dir die Plantage auch zeigen, wenn wir im Sklavenquartier fertig sind, *beau-père*«, bot Victor seinem Schwiegervater an. »Schließ dich uns einfach an.«

Doug zog sich also um wie auch Victor und die Frauen und ritt mit. Er amüsierte sich über die kleinen, freundlichen Pferde mit ihrem weichen Gang, auf Jamaika hatte man eher hochbeinige, aus England importierte Tiere. Nora genoss den Ritt auf ihrer eleganten Braunen, auch wenn sie mit ihr nicht so schnell vorankam wie Deirdre auf Alegría.

»Das ist sicher auch eine Frage der Ausbildung«, bemerkte sie ihrer Tochter gegenüber. »Im Galopp kommen sie bestimmt gut voran, wenn man sie gehen lässt. Die Rasse hat doch Feuer. Warte ab, wenn ich mich erst mal an die Kleine hier gewöhnt habe, fordere ich dich zu einem Rennen.«

Deirdre lachte. »Und hinterher zieht dir der Stallmeister das Fell über die Ohren«, erwiderte sie. »Es ist gewollt, dass die Pferdchen sich so langsam bewegen. Die Pflanzer hier haben es nicht eilig, es soll eher bequem sein und graziös aussehen.«

Sie ritten gemächlich die gut befestigte Straße zum Dorf der Schwarzen entlang. Der Weg zwischen Herrenhaus und Sklavenquartier war nur kurz, führte aber in eine völlig andere Welt. Victor lenkte sein Pferd an Noras Seite. Er wollte sie noch ein wenig vorbereiten auf das, was sie erwartete.

»Es ist natürlich nicht so, dass die Sklaven hier immer gesund sind«, kam er auf die Behauptung seines Vaters zurück. »Im Gegenteil, die Zustände sind katastrophal! Und da spielt natürlich vieles mit – auch dieser Macandal trägt eine Mitschuld. Natürlich bringt man beinahe Verständnis für ihn auf, wenn man meinen Vater, meinen Bruder und die anderen Pflanzer so hört. Aber man muss auch sehen, was er den Sklaven mit dieser Rebellion antut. Gegen die richten sich nämlich alle Repressalien, die bei Macandal nicht ankommen. Es war schon immer verboten, dass sich die Sklaven verschiedener Plantagen zusammenrotten. Früher hat man meist ein Auge zugedrückt, wenn ein Heiler von einer Pflanzung zur anderen ging oder ein *pacotilleur* Wundermedizin anpries oder einfache Heilkräuter verkaufte. Jetzt allerdings lässt die Angst vor Macandal und seinen Einflüsterungen die Sklavenquartiere zu Festungen werden. Neuerdings werden selbst die Latrinen mitten im Dorf angelegt, damit nachts keiner einen Grund hat, sich rauszuschleichen. Das lockt natürlich Fliegen an.«

Nora nickte aufgeregt. »Hast du nicht auch schon beobachtet, dass dadurch die Fieberrate steigt?«, erkundigte sie sich begierig.

»Dadurch oder durch die Stechinsekten«, erwiderte Victor. »Und wenn die Latrinen erst überlaufen, ist der Gestank bestialisch … Wobei das hier noch harmlos ist, da müsst ihr erst mal die Quartiere bei Gérôme sehen! Und als ob das alles noch nicht genug wäre, werden heilkundige Schwarze in der letzten Zeit regelrecht verfolgt. Sie könnten ja Giftmischer sein. Daher rührt auch der Mangel an willigen Helfern, wenn ich in den Sklavenquartieren praktiziere. Die Leute wollen nicht in Verdacht kommen. Wenn sie diesen Macandal nicht bald mal fassen, wird das ganze Land zum Pulverfass.«

Die Atmosphäre im Sklavenquartier war tatsächlich mehr als angespannt und die hygienischen Zustände schlimmer, als Nora sich je hatte vorstellen können. Das Dorf lag mitten in der Kaffeepflanzung, und obwohl die Plantage riesig war, gestand man den Schwarzen nur eine kleine Lichtung zu. Die Wege zwischen den Hütten waren eng und schlammig, und über allem lag der widerliche Geruch der Latrinen. Die Menschen wirkten beklagenswert unglücklich und überarbeitet.

Nora bemerkte gleich, dass die Leute den Weißen misstrauten, selbst dem Arzt, der sich schließlich mit der eigenen Familie anlegte, um ihnen zu helfen. Am aufgeschlossensten zeigten sich noch die Frauen, vor allem Deirdre gegenüber. Die junge Arztfrau verschenkte neben medizinischen Ratschlägen freigebig Tand, den sie in Cap-Français in den Hafenläden kaufte. Ein paar bunte Tücher oder Ohrringe öffneten ihr die Herzen und lösten die Zungen.

Victor erklärte, dass die weiblichen Schwarzen es zurzeit besonders schwer hätten. »Die Kaffeeernte hat begonnen«, sagte er und reinigte eine entzündete Wunde an der Hand einer Pflückerin. »Mein Vater setzt da sehr gern Frauen ein. Sie haben geschicktere, kleinere Hände. Und er erwartet mindestens hundertsechzig Pfund Kaffeekirschen pro Tag von jeder Pflückerin, besser zweihundert. Das ist kaum zu schaffen, aber die Aufseher treiben die Frauen erbarmungslos an.« Vorsichtig trug er Salbe auf die Hand seiner Patientin auf und legte einen Verband an. »Und nun wirst du zwei Tage pausieren und diese Wunde sauber halten!«, wandte er sich an die junge Frau. »Wenn da immer wieder Saft von den Kirschen rankommt und Schmutz, dann heilt es nie. Ich sage dem Aufseher Bescheid, dass er dich in der Küche beschäftigen soll.«

»Wird er dir da Folge leisten?«, fragte Nora besorgt.

Victor zuckte die Schultern. »Meistens tut er das. Ich verfolge diese Fälle ja weiter, und wenn ein Sklave infolge einer Zuwiderhandlung der Aufseher stirbt, wird mein Vater schon deutlich. Er redet zwar anders, weiß jedoch auch, was ein guter Feldsklave wert ist. Und dieses Mädchen hier gehört zu den besten Pflückerinnen. Hoffen wir also das Beste.«

In Kontakt mit schwarzen Heilerinnen kamen Nora und Victor an diesem Nachmittag im Sklavenquartier zwar nicht, aber Nora konnte sich trotzdem nützlich machen, als sich ein paar der Sklavinnen verschämt mit Frauenleiden an Deirdre wandten. Sie scheuten sich, dem männlichen Arzt ihre intimsten Probleme vorzutragen, und entsprechend mühsam gestaltete sich die Behandlung.

»Sie kommen zu mir und fragen, und ich frage dann Victor, und der will wiederum etwas von den Frauen wissen … Es ist ungeheuer kompliziert«, klagte Deirdre, als sie mit Nora zu den Männern zurückschlenderte.

Nora hatte drei Frauen untersucht, bei einer eine Schwangerschaft und bei einer anderen eine sehr ernsthafte Unterleibsentzündung festgestellt. Auf gar keinen Fall durfte sie in den nächsten Wochen auf die Felder! Nora hoffte, dass Victor eine Freistellung durchsetzen konnte.

»Und wie ist es bei dir selbst, Dede?«, fragte Nora ihre Tochter. Endlich ergab sich eine Gelegenheit, das Thema Kind anzuschneiden. »Hast du das Gefühl, dass bei dir alles in Ordnung ist? Du bist schließlich schon recht lange verheiratet, aber noch nicht schwanger.«

Deirdre rieb sich die Schläfe. Sie wusste nicht recht, was sie dazu sagen sollte. Tatsächlich hatte sie ihre mangelnde Fruchtbarkeit in der ersten Zeit ihrer Ehe bedauert, dem Himmel aber während ihrer Affäre mit Caesar dafür gedankt. Inzwischen war sie wieder so weit, sich ein Kind von Victor zu wünschen. Die Erinnerung an Caesars Leidenschaft verschwamm langsam, und ihre erste Verliebtheit in Victor, die sich dadurch so leicht hatte auslöschen lassen, wich einer von tiefem Respekt und gegenseitiger Freundlichkeit getragenen Liebe. Wenn sie mit einem Kind gesegnet würde – Deirdre würde sich freuen. Auch der Langeweile in Cap-Français würde dies entgegenwirken – und den ständigen Sticheleien ihrer Schwiegermutter, die allerdings weniger wurden, seit Yvette gleich nach der Eheschließung mit Gérôme schwanger geworden war. Ein überaus dringendes Verlangen nach einem Kind empfand Deirdre dennoch nicht, und sie fühlte sich absolut nicht krank.

»Ich nehme es, wie es kommt«, gab sie gelassen zurück. »Vielleicht brauchen wir einfach ein bisschen länger …«

Nora nickte. Die verzweifelte Sehnsucht ihrer Tochter nach einem Kind als Ursache für deren Schwermut schloss sie damit endgültig aus. »Bei mir hat es auch nicht sofort geklappt«, berichtete sie, etwas widerstrebend, schließlich hatte sie ihren ersten Mann ja auch nicht besonders geliebt. »Du weißt, ich war vor Doug mehrere Jahre verheiratet, aber ich wurde nicht schwanger. Und dann auch erst nach einigen Monaten von … deinem Vater. Mit Thomas und Robert ging es später ganz schnell. Ich denke nicht, dass du dir schon Sorgen machen musst.«

Deirdre lächelte. »Tue ich nicht«, versicherte sie. »Ich hoffe bloß, Victor macht sich nicht so viele Gedanken.«

Nora vermerkte zufrieden, dass ihre Tochter an Victor dachte, und auch der weitere Verlauf des Tages bestärkte sie in der Hoffnung, dass Deirdres Ehe erneut auf einem guten Weg war.

Die jungen Leute ritten nebeneinander, als Victor den Fortnams die Plantage zeigte – Hektar um Hektar mannshohe Kaffeesträucher, die um diese Zeit rote Früchte trugen.

»Sie würden auch höher wachsen«, erklärte Victor, »doch das erschwert das Pflücken. Deshalb hält man sie durch Beschneiden auf dieser Größe.«

»Du solltest ein paar Setzlinge mitnehmen, Mommy«, schlug Deirdre vor. »Für deinen Garten. Die Blüten sind sehr hübsch. Schneeweiß. Ich liebe es, wenn die Pflanzen in Blüte stehen.«

»Das ist allerdings ein kurzes Vergnügen, Kaffee blüht oft nur wenige Stunden. Dafür blühen die Pflanzen allerdings immer wieder, die Ernte ist nicht direkt an die Jahreszeit gebunden. Irgendwo auf der Plantage wird fast immer gepflückt«, fügte Victor hinzu.

»Und die … Kirschen?«, fragte Nora. »Kann man sie essen?«

Victor lachte. Er musste gleich wieder an Macandal denken, seine Schwiegermutter sicherlich auch. »Giftig sind sie nicht, das wäre wohl auch zu einfach«, neckte er sie. »Aber für uns sind nur die Bohnen interessant, in jeder Kirsche befinden sich zwei. Im Anschluss an das Pflücken muss also das Fruchtfleisch entfernt werden. Wir machen das hier. Wartet, ich zeige es euch, da drüben sind die Anlagen.«

Victor führte seine Gäste zu einer Ansammlung mehr oder weniger offener Schuppen neben einem Bachlauf, und die Fortnams beobachteten die Sklaven der Dufresnes beim Schlämmen der Kaffeefrüchte und beim Lösen des Fruchtfleisches unter fließendem Wasser – man hatte vom Bach Waschrinnen abgegeleitet. Große Wannen, gefüllt mit Wasser, standen für die Fermentation der Kaffeebohnen bereit. Zu ihrem Entsetzen entdeckte Nora eine Gruppe kleiner Mädchen, die unter einem Baum saßen und eifrig die Pergamenthüllen von den Bohnen schälten.

»Wie viele Stunden machen sie das am Tag?«, fragte sie Victor.

Der zuckte die Schultern. »Ich will es gar nicht wissen. Immerhin sitzen sie im Schatten. Die Pflückerinnen stehen oft stundenlang in der prallen Sonne, und viele von ihnen sind nicht viel älter.«

Nora presste die Lippen zusammen. Auf Cascarilla Gardens wurden so kleine Kinder noch nicht zu ernsthafter Arbeit herangezogen. Aber dort baute man ja auch keine Schlösser …

Der Besuch auf der Plantage hatte Noras ohnehin schon begrenzte Begeisterung für das feudale Leben der Dufresnes weiter gedämpft. Sie musste allerdings zugeben, dass sie selten auf einer prunkvolleren Abendveranstaltung gewesen war als der, die Louise Dufresne eigens gab, um die Fortnams ihren Nachbarn und Freunden vorzustellen. Diese unterschieden sich nicht wesentlich von den Pflanzern auf Jamaika. Alle waren selbstzufrieden, trugen ihren Reichtum zur Schau und erschienen mit Legionen von Leibdienern und Zofen, um fortwährend umsorgt zu werden. Einige postierten beim Bankett schwarze Vorkoster hinter ihren Sitzen. »Das soll natürlich kein Misstrauen ausdrücken, Louise, Liebste, aber diese unselige Geschichte mit diesem Macandal …«

Victor seufzte innerlich. »Macandal arbeitet längst mit langsam wirkenden Giften, Mesdames und Messieurs«, bemerkte er. »Sie nähmen also höchstens ein paar Schwarze mit in den Tod, wenn es uns hier träfe. Retten würden die Vorkoster Sie nicht.«

Die Schwarzen hörten sich das stoisch an. Nora fragte sich, was in ihren Köpfen vorging, und schämte sich für deren Herren, doch sie machte brav Konversation und versuchte, möglichst keine strittigen Themen anzuschneiden.

Doug hatte sich darauf verlegt, nicht mehr an Macandal zu denken und zu essen statt zu reden. Er genoss die raffinierte französische Küche und bemühte sich, die damit verbundenen Gefahren zu verdrängen.

Beide Fortnams behielten bei all dem ihre Tochter im Auge, aber hier mussten sie sich keine Sorgen machen. Wohlgefällig nahmen sie wahr, dass Deirdre sich gemeinsam mit ihrem Mann amüsierte. Die zwei flirteten und tanzten – in der jungen Ehe schien sich alles zu normalisieren. Ein ominöser Liebhaber oder Exliebhaber zeigte sich auch nicht im Umfeld der alten Dufresnes. In der Gesellschaft der Pflanzer gab es zwar mehr jüngere Leute als in Cap-Français, Deirdre interessierte sich jedoch allein für Victor.

»Da scheint wirklich alles vorbei zu sein«, meinte Nora zufrieden, als sie sich schließlich am späten Abend in ihrer luxuriösen Suite an Doug schmiegte, während vor dem Haus der Tropenregen auf den Park der Dufresnes und die ohnehin schon feuchten Sklavenquartiere niederging. »Wenn sie jetzt noch irgendwann schwanger wird … Ich denke, dann wird alles gut.«

# KAPITEL 10

Am nächsten Morgen hatte sich der Regen gelegt, aber die Sonne zeigte sich nur zaghaft. Die jungen Dufresnes und die Fortnams ritten durch dichten Bodennebel, als sie zu dem vereinbarten Besuch bei Gérôme und Yvette aufbrachen.

»Ich hätte nicht gedacht, dass es irgendwo noch feuchter sein könnte als auf Jamaika«, bemerkte Nora.

Es war sehr warm, und die Feuchtigkeit schien sich durch ihre Kleidung zu stehlen. Sie fühlte sich wie durch lauwarmes Wasser gezogen, und das Gefühl, Wasser zu atmen, war wieder da wie damals bei ihrer Ankunft in der Karibik.

Doug zuckte die Schultern. »Für den Kaffeeanbau ist das ideal, nicht wahr, Victor? Und dem Zuckerrohr wird's auch nicht schaden. Aber, schaut mal! Himmel, träume ich, oder schwebt da wirklich … Camelot?«

Die Reiter hatten eben einen kleinen Hügel erklommen und schauten hinunter auf ihr Ziel. Nicht nur Doug stockte der Atem. Aus dem Nebel heraus ragte ein Fels, auf dem ein schlossähnliches Herrenhaus thronte. Es war etwas kleiner als das der Dufresnes, jedoch im gleichen Stil errichtet und schien jetzt tatsächlich über dem Nebel zu schweben, der die gesamte Umgebung einhüllte. Die Sonne ließ die weißen Mauern aufleuchten und malte unwirkliche Schatten zu Füßen der Türmchen.

Deirdre gab einen Ton des Staunens von sich. »Jetzt weiß ich endlich, warum sie es Roche aux Brumes genannt haben«, murmelte sie fast andächtig.

Bis zum Tod der Courbains war das Anwesen nur als die Courbain-Plantage bekannt gewesen. Erst Gérôme Dufresne hatte ihm nach seiner Heirat mit Yvette den poetischen Namen gegeben: Roche aux Brumes – Fels im Nebel.

»Ja, ich hab das Anwesen auch erst zwei- oder dreimal so gesehen«, sagte Victor, der die Euphorie der Besucher nicht teilte. »Der Anblick ist spektakulär, ich weiß, in den Tälern wird sich der Nebel allerdings noch stundenlang halten. Und da liegen die Sklavenquartiere. Diener in diesem Märchenschloss möchte ich nicht sein …«

»Wir sind jetzt ja erst einmal Besucher«, brach Doug den Zauber, in dem Deirdre und Nora allen Bedenken zum Trotz immer noch gefangen schienen. »Und ich weiß nicht, wie es euch geht, aber ich käme ganz gern ins Trockene.«

Yvette und Gérôme Dufresne begrüßten ihre Gäste mit Fruchtsaft, Kaffee und einem reichhaltigen Frühstück. Sie waren in der Nacht noch nach Roche aux Brumes zurückgekehrt. Seit ihrer Schwangerschaft konnte Yvette langen Abendgesellschaften nichts mehr abgewinnen. Überhaupt schien sie sich nicht mehr allzu gern zu bewegen. Sie zeigte auch keine Lust, sich im Laufe des Tages weiteren Unternehmungen anzuschließen. Dabei hatten die Gäste viele Pläne.

Victor drängte nach dem Frühstück zu einem Besuch in den Sklavenquartieren. Gérôme war nicht begeistert, stimmte jedoch zu. Wie bei seinem Vater zeigte sich auch bei ihm der Zwiespalt zwischen dem Wunsch, mit seinen Schwarzen so wenig wie möglich zu tun zu haben, andererseits aber ihre Arbeitskraft solange es ging zu erhalten.

Deirdre wollte aufstehen, um ihren Mann zu begleiten, Yvette hielt sie jedoch zurück. »Du willst doch nicht schon wieder weg, Deirdre? Dabei hatten wir gestern keine Zeit, uns zu unterhalten. Ich dachte, du erzählst ein bisschen von Cap-Français. Was so los ist in der Stadt, was der Gouverneur macht …«

Deirdre ließ sich wieder in ihren Korbsessel fallen. »Was soll der Gouverneur schon Interessantes machen?«, fragte sie, sichtlich ungehalten. »Er regiert und sucht nach Rechtfertigungen, warum er Macandal nicht fasst. Yvette, ich sollte wirklich mit Victor reiten. Er braucht jemanden, der ihm hilft.«

Nora erkannte, dass ihre Tochter einen Ausweg suchte, ihrer augenscheinlich langweiligen Schwägerin zu entkommen, sie fand dennoch, dass sie aus Höflichkeit einen Kompromiss suchen sollte. Yvette Dufresne sah hier draußen sicher wochenlang keine gleichaltrige weiße Frau. Sie hatte sich bestimmt ehrlich auf Deirdres Gesellschaft gefreut, auch wenn die beiden wenig gemeinsam hatten.

»Lass nur, Deirdre«, meinte sie freundlich. »Ich helfe Victor, bleib noch ein bisschen bei deiner Freundin. Ihr habt euch doch sicher Dinge zu erzählen, die Männer und Eltern nicht mithören müssen, oder?«

Yvettes Strahlen verriet Nora, dass sie darauf brannte, sich über ihre Ehe und die Schwangerschaft auszutauschen, während Deirdre ihrer Mutter einen ziemlich bösen Blick zuwarf. Sträuben konnte sie sich jetzt nicht mehr, sie war zum Gespräch mit ihrer Schwägerin verdammt. Nora hoffte, dass sie einige der Ratschläge, die Victor ihr für die Sklavenfrauen mit Schwangerschaftsproblemen erteilt hatte, an Yvette weitergeben würde.

Gérôme hatte Doug eigentlich die Zuckerrohrpflanzung zeigen wollen, erklärte nun jedoch überraschend, seinen Bruder zunächst zur Visite im Sklavenquartier begleiten zu wollen.

»Ich sollte mich da mal sehen lassen, obwohl Oublier natürlich alles im Griff hat. Der beste Aufseher übrigens, den irgendeiner von uns je hatte, Monsieur Fortnam. Arbeitet absolut selbstständig, wird auch mit den schwierigsten Fällen fertig. Er sucht die Kerle persönlich aus, kauft unschlagbar billig ein und zähmt sie zuverlässig. Scheint ihm Spaß zu machen … Na ja, jedem das seine.«

Gérôme wirkte geradezu euphorisch, als er von seinem Aufseher schwärmte, aber Victor verzog den Mund.

»Der unschlagbare Mèz Oublier ist mit ziemlicher Sicherheit der Grund dafür, dass Gérôme sich uns anschließt«, wisperte er Nora zu. »Er ist ein Schinder der übelsten Sorte, mit dem bin ich schon mehrmals aneinandergeraten. Das vermeidet Gérôme allerdings tunlichst. Der Mann droht schnell mit Kündigung, wenn ihm was nicht passt. Kein Wunder, jeder Pflanzer der Gegend hat schon versucht, ihn abzuwerben. In deren Augen gibt der Erfolg ihm Recht. Ich dagegen würde mich sorgen – einer wie Oublier treibt Macandal die Leute reihenweise zu.«

Nora hatte Victors Worte, die Sklavensiedlung auf Roche aux Brumes sei um einiges trostloser als die auf Nouveau Brissac, noch im Ohr, jetzt stellte sie schaudernd fest, dass ihr Schwiegersohn nicht übertrieben hatte. Das Hüttendorf lag auch nach Sonnenaufgang in nebligem Halbdunkel, der sintflutartige Regen der Nacht hatte es völlig überflutet. Ein großer, hagerer Mann auf einem Pferd trieb unter Flüchen und Beschimpfungen einen Trupp Sklaven an, die Bewässerungsgräben aushoben. Selbst die Aufseher hatten also eingesehen, dass etwas getan werden musste. Wahrscheinlich war das Wasser auch in ihre Häuser eingedrungen.

Nun sprengte der Reiter allerdings gleich auf die Ankömmlinge zu. »Ah, Monsieur Dufresne! Schön, dass Sie vorbeischauen!«, grüßte er freundlich. »Ich hoffe nicht, um sich zu beschweren, weil die Kerle hier noch nicht auf den Feldern sind. Aber wir mussten entwässern, Bernard schwemmt der ganze Garten weg. In zwei Aufseherhäusern steht die Brühe fußhoch, und die Weiber in der Küche beschweren sich, dass sie kein Feuer ankriegen, wenn ihnen das Wasser bis zu den Knien steht.«

Nora fand ihre Überlegung bestätigt. Die Sklavenhütten und die Küche hätten die Aufseher wenig gekümmert, aber wenn es in ihren eigenen Häusern und Gärten feucht wurde …

»Nein, nein, schon in Ordnung!«, beeilte sich Gérôme zu versichern. »Sie machen das zweifellos richtig, Oublier. Darf ich übrigens vorstellen? Die Schwiegereltern meines Bruders Victor. Madame und Monsieur Fortnam. Monsieur Fortnam unterhält eine Zuckerrohrplantage auf Jamaika.«

Oublier grüßte höflich. »Und der Doktor!« Er grinste, als er Victor erkannte. »Auch mal wieder hier? Die Drückeberger ein wenig in ihrer Haltung bestätigen … Heute wird's wohl ein bisschen schwierig sein, ein trockenes Plätzchen zu finden.«

»Schlimm genug«, bemerkte Victor. »Wie viele Fiebertote gab es in den letzten Monaten, Oublier? Wie viele ›Unfälle‹ bei den letzten Baumaßnahmen? Doch lassen wir das, Sie werden mir ohnehin keine erschöpfenden Auskünfte geben. Komm, *belle-mère*, wir suchen einen einigermaßen annehmbaren Platz für die Konsultation und hören mal, was die Leute so zu erzählen haben.«

Erstaunlicherweise fiel die Begrüßung des Arztes auf dieser Plantage wesentlich euphorischer aus als auf Nouveau Brissac. Vor allem die rundliche Köchin und ihr Personal stürzten auf ihn zu und schilderten ihre gesundheitlichen Wehwehchen und andere Probleme.

»Charlene hat großes Vertrauen zu mir«, erklärte Victor Nora die Lage. »Und wohl auch ein bisschen Sehnsucht nach einer weißen Familie. Sie war Köchin im Haus, Gisbert, Gérôme und ich kennen sie seit unserer Kindheit. Sie hat uns immer mit Leckerbissen verwöhnt, eine ganz freundliche, fürsorgliche Frau. Das hat ihr leider nicht geholfen. Nachdem Yvettes Eltern umgebracht worden sind, hat Gérôme das gesamte Küchenpersonal ausgetauscht, obwohl Charlene ganz sicher nichts damit zu tun hatte. Es ist absurd anzunehmen, sie hätte irgendjemanden vergiften wollen. Ich habe mich damals für sie eingesetzt, das dankt sie mir heute noch. Jetzt bekocht sie jedenfalls das Sklavenquartier und ist hier so was wie der ›gute Geist‹. Sofern

Oublier etwas wie gute Geister aufkommen lässt ... Ich wundere mich immer, dass dem Pfarrer nicht das Weihwasser verdunstet, wenn er hier die Messe liest.«

Nora lächelte über Victors Zynismus, auch sie fand Oublier unsympathisch. Der Aufseher ließ jetzt die Sklaven antreten, die mit dem Ausheben der Gräben beschäftigt gewesen waren. Die Männer, kräftige junge Kerle, hatten sich vor Gérôme aufzustellen und den Mèz förmlich zu begrüßen. Das konnte sie noch nachvollziehen, doch das anschließende, vielstimmige »Danke, dass wir auf Roche aux Brumes arbeiten dürfen!« empfand sie als gänzlich überflüssige Demütigung. Für die hiesigen Lebensbedingungen konnten höchstens Moskitolarven dankbar sein.

Nora beschloss, sich der peinlichen Prozedur zu entziehen, und fragte Charlene nach den Latrinen. Die Köchin blickte verlegen zu Boden, bevor sie Auskunft gab.

»Nicht sehr sauber, Madame. Kann man nicht zumuten weiße Dame. Tut leid, mich schämen, aber nicht kann halten sauber. Immer Wasser, immer laufen über ...«

Nora versuchte es trotzdem, fand den Abtritt nach Charlenes Beschreibung auch sofort und ekelte sich dann doch zu sehr davor, ihn zu benutzen. Es war nicht verwunderlich, dass schon die ersten Patienten, die Victor konsultierten, über Durchfälle klagten. Sie berichteten, dass viele der Arbeiter trotz starker Diarrhö auf die Felder geschickt worden waren. Hier züchtete man geradezu die Cholera.

Auf dem Weg zurück zu dem Baum, unter dem Victor seine provisorische Praxis aufgebaut hatte, passierte Nora die Reihen der Männer, die sich eben zerstreuten. Oublier hatte sie zur weiteren Tagesarbeit auf die Felder beordert. Nora hielt den Kopf gesenkt – sie mochte die durch den Appell ohnehin gedemütigten Sklaven nicht auch noch forschend ansehen. Dann spürte sie jedoch den Blick eines Menschen auf sich und schaute auf.

Tatsächlich sah sie direkt in die Augen eines jungen Mannes – und meinte, zurück in die Vergangenheit geworfen worden zu sein! Der Mann war groß und sehr muskulös. Sein Gesicht war vielleicht etwas schmaler und schärfer geschnitten, als sie es in Erinnerung hatte. Die Nase breit, die Stirn hoch, die Lippen wulstig, aber schön geschwungen, die Augen hell … Die Narbe fehlte allerdings …

Nora rieb sich die Stirn. Was hatte da Besitz von ihr ergriffen? Natürlich hatte der junge Mann keine Narbe. Und natürlich war es nicht Akwasi. Er …

Der Blick des Mannes ließ sie los. Eben noch hatten Verwunderung, Verwirrung und etwas wie Erkennen darin gestanden, jetzt schweifte er wieder desinteressiert ab. Ein seltsames Zusammentreffen, das Aufblitzen von Erinnerungen, die keine gemeinsamen sein konnten.

Nora schüttelte den Kopf und wandte sich energisch Victor und ihrer Arbeit zu. Erst als Doug noch einmal vorbeischaute, bevor er sich mit Gérôme und Oublier an die Inspektion der Zuckerrohrpflanzung machte, brach es doch aus ihr heraus.

»Doug, ich … eben, auf dem Appellplatz … es ist verrückt, aber ich glaube, ich habe einen Geist gesehen.«

Doug lachte. »Wessen Geist, Liebste? Hier scheint ein geisterreiches Gebiet zu sein. Du …«

»Monsieur Fortnam?«

Die Stimme Oubliers war befehlsgewohnt, er machte auch vor den Gästen seines Arbeitgebers nicht halt. Offensichtlich wollte er los und keine Zeit mehr verlieren.

Doug verdrehte die Augen. »Dann also bis später, Liebste. Und ich hoffe, ihr seid dankbar, dass wir euch den bösen Geist dieses Quartiers wenigstens ein paar Stunden entführen. Gérôme will, dass Oublier uns die Pflanzung zeigt. Also könnt ihr in Ruhe eure Patienten behandeln.« Er grüßte noch einmal in Noras und Victors Richtung und schwang sich dann auf sein Pferd.

Seinem eigenen Geist sollte er eine Stunde später begegnen.

Gérôme ritt mit Doug durch die frisch angelegten Zuckerrohrfelder, während Oublier seine Männer direkt zu den noch im Bau befindlichen neuen Anlagen führte. Doug begutachtete pflichtschuldig die Setzlinge und äußerte sich kundig zum Abstand, der zwischen den Pflanzen eingehalten werden musste, um gute Erträge zu erzielen, und zu den Entwässerungsgräben.

»Es ist vernünftig, das Wasser hier abzuleiten. Die Pflanzen brauchen zwar viel Feuchtigkeit, im Schlamm stehen wie Reis sollten sie dennoch nicht. Das ist aber auch eine Tiefebene hier, in der Ihre Plantage liegt! Haben Sie nicht fürchterliche Probleme mit Malaria? Ich habe gehört, dass bei solchen Wetterbedingungen selbst die Schwarzen sterben wie die Fliegen.«

Gérôme zuckte die Achseln. Die Fieberhäufigkeit in seinem Sklavenquartier interessierte ihn wenig. Statt auf Dougs Einwand einzugehen, wies er auf die neu erstellten und halb fertigen Gebäude, die jetzt vor ihnen lagen. Für die Zuckerrohrproduktion benötigte man eine Vielzahl von Wirtschaftsgebäuden. Die Pflanzen wurden ja nicht exportiert, wie sie waren. Zumindest musste vorher der Saft gepresst, gekocht und getrocknet werden. Die dabei entstandenen Kristalle nannte man Muskovade, sie konnte im Bestimmungsland weiterverarbeitet werden. Die meisten Pflanzer terrierten sie allerdings noch mit Tonerde und verkauften dann gleich weiße Zuckerkristalle. Außerdem hatte nahezu jede Zuckerrohrplantage ihre Rumdestillerie. Der Zuckerrohrsirup wollte schließlich ebenfalls verarbeitet werden. Um die Rohstoffe zwischen den diversen Gebäuden hin und herzutransportieren, wurden natürlich Gespanne gebraucht, also kamen Ställe und Remisen dazu. Gérôme hatte für die Bauten etwa einen Hektar Land verplant, sämtliche männlichen Sklaven der Plantage waren hier beschäftigt, während die Frauen Kaffee pflückten.

Doug hörte Oubliers Befehlsstimme über das gesamte Gelände dröhnen, andere Aufseher schwangen ihre Peitschen. Die Arbeiter schleppten schweigend Holz oder hämmerten es zu Schuppen zusammen. Inzwischen war es Mittag, aber der Dunst lag immer noch über der Plantage, und es wehte kein Lüftchen. Dafür floss ein Bach quer über das Gelände – zweifellos täglich genährt durch neue Regenfälle … Gérôme erklärte nun lang und breit, warum er sich für eine Wassermühle zum Betreiben der Pressen statt für eine Windmühle entschieden hatte. Doug war das klar, er lauschte seinem Gastgeber nur mit halbem Ohr. Eher konzentrierte er sich auf den Destillierschuppen, der neben der Wassermühle entstand – und blickte unversehens in das Gesicht eines der Sklaven, die geschickt dicke Stämme zu einem stabilen Blockhaus zusammenfügten. Wie seine Frau eine Stunde zuvor fühlte auch er sich wie vom Blitz getroffen. Diese hohe Stirn, die hellen Augen, das kräftige Kinn und die breite Nase – das Gesicht insgesamt vielleicht etwas schmaler, als er es in Erinnerung hatte, aber sonst … die Muskeln, die geschmeidigen Bewegungen …

»Akwasi?«, flüsterte Doug.

Natürlich war ihm der Schwarze nicht nahe genug, es zu hören, er hatte den Blick auch schon wieder abgewandt. Ohne Anzeichen eines Erkennens. Doug fühlte sich schwindlig. Konnte es an dieser drückenden Schwüle liegen? Neigte er zu Wahnvorstellungen?

»Wie bitte?«, fragte Gérôme höflich. Auch er hatte nicht verstanden.

Doug nahm sich zusammen. »Nichts, Verzeihung, Monsieur Dufresne. Ich … war etwas abgelenkt, ich meinte … Sagen Sie, dieser Schwarze da … er kommt mir bekannt vor. Ist er hier geboren, oder haben Sie ihn dazugekauft?«

Gérôme warf einen Blick auf den Mann. »Der? Der ist nicht von hier. Aber auch nicht aus Jamaika, oder woher Sie ihn sonst kennen könnten. Hat eine ganz interessante Geschichte. Einer von Oubliers cleveren Käufen. Eingehandelt mit einer ganzen Gruppe, in Ketten, Sie wissen schon.« Er lachte. »Und zum Markt kam er direkt von einem Piratenschiff! Ja, gucken Sie nicht so, das gibt's noch! Die Weißen haben sie gehenkt, die Schwarzen verkauft. Zu komisch, nicht wahr?«

Doug musste an Bonnie denken. Sie war ebenfalls von einem solchen Schiff gekommen. Ob das ein Zufall war?

»Wie … heißt er denn?«, erkundigte er sich.

Gérôme schürzte die Lippen. »Hm … warten Sie mal … der hatte so einen römischen Namen … Augustus. Oder Achill …«

Doug verzichtete darauf, Victors Bruder darauf hinzuweisen, dass Achill griechisch war. Aber jedenfalls war es nicht Jefe … Er wusste nicht, ob es ihn beruhigte.

Noch bevor sich die Fortnams über ihre wunderlichen Erlebnisse austauschen konnten, fand am Nachmittag dieses Tages eine weitere Begegnung statt.

Nach dem gähnend langweiligen Vormittag mit Yvette Dufresne war Deirdre entschlossen, zumindest den Nachmittag auf ihrem Pferd zu verbringen. Die Sonne hatte sich endlich halbwegs gegen die Dunstschwaden durchgesetzt. Sie tauchte Roche aux Brumes in ein gelbliches Licht.

»Was ist, Mommy, reiten wir unser Rennen?«, wandte sich Deirdre an ihre Mutter. »Hier gibt es breite Wege, und teilweise ist die Gegend ganz flach. Trocken sollte es inzwischen auch sein – ideale Bedingungen für Paso gegen Araber.«

Nora lachte. Sie hatte eben mit ihrer Tochter und Yvette Tee getrunken und verstand, dass es Deirdre hinausdrängte. Am Abend stand wieder ein Dinner an, auch Gérôme hatte Nachbarn geladen, Zuckerrohrpflanzer. Nora ahnte, dass es erneut langweilig werden würde – für ihre Tochter und auch für sie. Allenfalls Doug würde sich stundenlang angeregt über Zuckerrohr unterhalten können. Und sich hinterher darüber aufregen, dass die anderen versucht hatten, ihm diverse rechtliche Informationen zum Handel mit dem Mutterland kostenlos aus der Nase zu ziehen.

»Na, gut, Deirdre«, erwiderte Nora. »Lassen wir satteln. Sie reiten nicht, Madame Dufresne?«

Yvette erging sich noch einige Zeit in den Gefahren des Reitens während der Schwangerschaft und dem Klima im Osten von Saint-Domingue, das ohnehin jegliche Bewegung an frischer Luft zu einem unkalkulierbaren Risiko werden ließ. Deirdre und Nora lauschten höflich, während ihre Pferde gesattelt wurden.

»Wo sind denn eigentlich Daddy und Victor?«, fragte Deirdre, als sie endlich vom Hof ritten.

Nora zuckte die Achseln. »Ich glaube, Victor läuft mal wieder Sturm gegen diesen Mèz Oublier, es gab da heute Morgen Unstimmigkeiten zwischen ihm und den Aufsehern im Sklavenquartier. Sie wollten partout keine Krankschreibungen akzeptieren. Jetzt diskutieren sie das aus, Victor, Gérôme und Oublier, und Doug hat sich als eine Art Schlichter angeschlossen.«

Deirdre musste lachen. »Daddy als Schlichter in Sklavenangelegenheiten? Na, wenn da nicht anschließend die Plantage brennt ... Los, trab an, dann haben wir die Pferde warm, bis nachher die guten Wege kommen.«

Nora ließ sich das nicht zweimal sagen. Sie ritt nach wie vor gern schnell, als Mädchen war sie Jagden geritten. Ihr Vollblut Aurora war mit ihr nach Jamaika gekommen, die Stute hatte ihr Feuer an ihre Kinder und Kindeskinder vererbt. Zu ihnen gehörte auch Alegría, die allerdings mehr im Typ des Arabers stand. Sie war nicht größer als die Paso-Stute Cava, die Nora jetzt ritt, und die sie für schneller hielt, als man es ihr ansah. So gesehen waren die Chancen also ausgeglichen.

Mutter und Tochter kamen auf verschlungenen Pfaden am Sklavenquartier vorbei in die Kaffeeplantagen hinein. Schon hier waren die Wege breit angelegt und gepflegt, ein rascher Galopp war dennoch nicht ratsam. Hinter jeder Biegung konnte man auf einen Erntewagen oder einen Trupp Pflückerinnen treffen. Auf der Kaffeepflanzung herrschte reger Betrieb. Die Frauen beschränkten sich also auf mittlere Gangarten und grüßten freundlich nach rechts und links, wenn sie an den Arbeiterinnen und ihren Aufsehern vorbeikamen. Nora schaute genau hin, entdeckte zu ihrer Beruhigung jedoch keine der Frauen auf den Feldern, die sie gemeinsam mit Victor als arbeitsunfähig ausgesondert hatte. Zumindest vorläufig setzte der Arzt sich also durch.

Und dann wichen die unvertrauten Buschreihen der Kaffeepflanzung Feldern, deren Anblick Nora nur zu bekannt war. Alegría und Cava erreichten die Zuckerrohrplantage.

»Hier können wir angaloppieren!«, erklärte Deirdre vergnügt. »Wenn ich mich recht erinnere, geht dieser Weg geradewegs durchs Zuckerrohr bis zum Bauplatz der neuen Wirtschaftsgebäude. Da stand noch nicht viel, als ich zum letzten Mal hier war. Wir sollten trotzdem am Ende ein bisschen aufpassen. Jedenfalls ist der Bauplatz das Ziel!«

Nora lächelte. »Und der Start ist hier?«, vergewisserte sie sich, aber Deirdre ließ ihrer Stute schon die Zügel schießen.

»Das gilt nicht!«, rief Nora ihr lachend nach und setzte dann schnell Cava in Galopp.

Zu ihrem Bedauern erfüllte die kleine Stute ihre Hoffnungen nicht. Cava war nicht für Rennen gezüchtet. Die Pasos hatten zwar Feuer, aber wenn sie sich anstrengten, wurde ihre Galoppade eher höher als schneller. Nora genoss den bequemsten Galopp ihres Lebens – ohne auch nur die kleinste Chance, das Rennen zu gewinnen.

Deirdre dagegen fühlte Alegría unter sich fliegen. Soweit es im Damensattel ging, stellte sie sich in den Bügel und machte sich leicht, um alles aus ihrem Pferd herauszuholen. Alegrías Hufe trommelten auf den griffigen Boden, und Deirdre fühlte sich eins werden mit dem gleißenden Sonnenlicht und dem milchigblauen Himmel. Nur das Liebesspiel mit Caesar hatte sie vergleichbar glücklich gemacht, doch sie war fest entschlossen, daran nie wieder zu denken.

Der breite Weg war sicher eine halbe Meile lang, aber Alegrías lange Galoppsprünge ließen die Entfernung rasch schrumpfen. Deirdre erreichte den Bauplatz sehr viel früher, als sie erwartet hatte, und sie war schon an den ersten drei Gebäuden vorbei, bevor es ihr gelang, die Stute zu zügeln.

Es war schließlich ein kompaktes Blockhaus, halb fertig, vor dem Deirdre das Pferd zum Stehen brachte, schwer atmend, rot im Gesicht von der Anstrengung und strahlend vor Glück. Ihre Mutter war zweifellos weit abgeschlagen! Dieses Rennen hatte sie gewonnen.

Aber dann trat ein Arbeiter aus dem Blockhaus, wohl angelockt durch die Hufschläge – und Deirdre musste sich an Alegrías Mähne festhalten, um nicht aus dem Sattel zu gleiten. Eine Luftspiegelung? Ein Traum? Starr vor Schreck, Unglauben und Verwirrung verhielt Deirdre ihr Pferd vor Jefe. Der junge Mann stand in der fahlen Sonne. Er hatte Hammer und Nägel noch in der Hand gehalten, als er das Haus verließ, aber jetzt entfielen sie ihm.

»Deirdre …« Eine heisere Stimme, eine Stimme, die ihr vom ersten Moment an durch Mark und Bein gegangen war, die alle Saiten der Erregung in ihr schwingen ließ …

Auch Jefe konnte zunächst kaum glauben, dass es wirklich Deirdre war, die da plötzlich auf dem gleichen Schimmel wie damals in Cap-Français vor ihm stand, das Haar offen, die Augen leuchtend und die Wangen so rosig wie nach dem Liebesspiel. Wie in Trance sagte er ihren Namen, wollte auf sie zugehen, ihr vom Pferd helfen, wie sie es ihm damals erklärt hatte, um die Rolle des Pferdeburschen glaubhafter zu machen. Er wollte sie in die Arme schließen, küssen – und lieben …

»Caesar?« Pierrots ungeduldige Stimme riss Jefe aus seinem Traum.

Oublier war nicht auf dem Bauplatz, aber auch die anderen Aufseher führten ein strenges Regiment. Wenn jemand bemerkte, dass Jefe seinen Arbeitsplatz einfach so verlassen hatte …

Jefe antwortete nicht. Er verlor sich in Deirdres Augen, er vergaß die Aufseher, die Arbeit … Pierrot spähte neugierig um die Ecke – und Jefe empfand fast etwas wie Eifersucht, als sein neuer Freund verwirrt auf das Pferd und die Frau starrte.

»Oh … oh, Madame …«, stammelte Pierrot. Er wusste nicht, ob eher Duckmäuserei oder freche Schmeichelei angebracht war, auf jeden Fall verbeugte er sich schon einmal unterwürfig und fasste dabei reflexartig nach Jefes Arm. »Verzeihen Sie, Madame, wir gleich machen Weg frei. Verzeihen, dass dumme Nigger im Weg stand …«

Er wollte Jefe wegziehen. Anscheinend konnte er sich die Szene nur damit erklären, dass der Sklave die Bahn des Pferdes gekreuzt und damit Deirdres Ritt aufgehalten hatte.

Deirdre blickte immer noch wie paralysiert auf ihren verloren geglaubten Geliebten, während Alegría langsam die Geduld verlor und unartig zu tänzeln begann.

»Komm jetzt, Caesar, der Aufseher …« Pierrot schüttelte seinen Freund.

»Deirdre«, sagte Jefe noch einmal.

Was gingen ihn die Aufseher an? In diesem Augenblick wäre er bereit gewesen, sich mit jedem von ihnen anzulegen, bevor er sich noch einmal von Deirdre trennen ließ.

Aber Deirdre schien jetzt zu sich zu kommen. Sie riss die Augen mühsam von Jefe los und zügelte ihr Pferd.

»Es war … es war nichts«, stammelte sie in Pierrots Richtung. »Der … der junge Mann hat gar nichts gemacht. Ich bin nur … nur erschrocken. Geht … geht einfach wieder an eure Arbeit. Wir werden dann …« *Später*, formten ihre Lippen, als sie Jefe einen letzten Blick schenkte.

Pierrot zog seinen Freund zurück ins Blockhaus, verständnislos, aber erleichtert.

Deirdre rang um Fassung. Sie musste sich beruhigen, ihre Mutter musste jeden Augenblick im Ziel eintreffen. Und wenn Nora sie und Caesar zusammen sah … Deirdre machte sich nichts vor: Der andere Sklave mochte das Band nicht bemerkt haben, das sich sofort wieder zwischen ihr und dem Schwarzen geknüpft hatte, Victor hatte es ja auch nie bemerkt. Aber ihrer Mutter würde es nicht entgehen!

# KAPITEL 11

Caesar, der Name war Caesar!«

Doug und Nora Fortnam hatten sich endlich ausgetauscht, während sie sich in ihren Räumen – auf Roche aux Brumes waren sie kaum weniger nobel untergebracht als auf Nouveau Brissac – auf die Abendgesellschaft vorbereiteten. Und Nora erinnerte sich jetzt wieder an den Namen des Piraten, der Bonnie damals gebracht hatte.

»Deirdre hat ihn mal beiläufig erwähnt, er hat sich wohl als Pferdeknecht nützlich gemacht, solange er in Cap-Français war.«

Doug zog die Augenbrauen hoch. »Ich kann mir Jefe ja als Knecht nicht vorstellen«, murmelte er.

Nora lachte freudlos. »Ich konnte ihn mir auch als Sklaven im Zuckerrohr nicht vorstellen. Aber du glaubst auch, dass er es ist, oder?«

Doug band seine Kniehosen über den seidenen Strümpfen zu. Es war mühsam, sich jeden Abend in diese Garderobe zu zwängen, aber einen Leibdiener, der ihm beim Ankleiden helfen konnte, hatte er abgelehnt.

»Die Ähnlichkeit ist frappierend«, meinte er. »Er ist Akwasi wie aus dem Gesicht geschnitten, und wenn man Máanu kennt, sieht man die Ähnlichkeit mit ihr ebenfalls. Das kann kein Zufall sein. Du sagst doch auch, es habe ausgesehen, als hätte er dich erkannt.«

Nora puderte ihr Gesicht. »Zumindest schien er sich irgendwie an mich zu erinnern. Mit dir war da nichts?«

Doug zuckte die Schultern. »Er war vier Jahre alt«, gab er zu bedenken. »Noch drei Monate jünger als Deirdre. Da ist es normal, wenn er sich nicht an mich erinnert, er hat mich ja auch nur kurz gekannt. Und du … du sahst anders aus in Nanny Town. Und nach all den Jahren … Außerdem kann ich mir nicht vorstellen, dass Máanu viel getan hat, um die Erinnerung an uns wachzuhalten. Aber das alles lässt sich ja leicht klären. Wir brauchen ihn nur zu fragen.«

Doug schüttelte Puder aus seiner Perücke, und Nora musste schon wieder niesen. Diesmal lachte sie nicht über das Ungeschick ihres Mannes, sondern wedelte sich nur Luft zu.

»Und dann?«, fragte sie ernst. »Was machen wir, wenn er Jefe ist? Kaufen wir ihn frei?«

Doug schürzte die Lippen. »Das ist die Frage. Eben deshalb habe ich ihn auch noch nicht angesprochen. Ich will keine falschen Hoffnungen wecken.«

Nora sah in ihrem Spiegel, wie unsicher ihr Mann war, und auch er verfolgte ihr Mienenspiel. Ihre Hände zitterten so sehr, dass sie es kaum schaffte, Lippenrot aufzutragen.

»Wir … wir müssen es doch eigentlich. Er sollte kein Sklave sein. Wir haben Máanu versprochen … wir haben Nanny versprochen …« Sie sprach nicht weiter.

Doug trat zu ihr und zog ihren Kopf an seine Hüfte. »Nora, er war damals ein Kind. Wir haben versprochen, für ihn zu sorgen, und das haben wir getan. Für ihn und für Máanu. Er war frei, und er hatte alle Chancen. Was er dann aus seinem Leben gemacht hat …«

»Es ist seine eigene Schuld, willst du sagen?«, fuhr Nora ihn an. »Aber das ist es nicht! Er ist Sklave, weil er schwarz ist!«

Doug schnaubte. »Wenn er weiß wäre, hätten sie ihn gehenkt«, bemerkte er hart. »In diesem Fall kann er seine Hautfarbe also als Glücksfall betrachten. Und die Sklaverei als Strafe. Wenn man ihn als Weißen begnadigt hätte, wäre er auch in ein

Gefangenenlager gekommen. Die Franzosen haben Inseln, auf denen es nicht gerade gemütlich zugeht. Und denk mal an das, was Victor über die kleine Bonnie erzählt hat. Die wollte ein Geschäft mit ihm aufbauen, in Cap-Français. Es war schon alles geregelt. Stattdessen rannte Caesar … oder Jefe wieder weg und schloss sich erneut den Piraten an. Da hat er die zweite Chance vertan. Was macht er jetzt, wenn wir ihm die dritte geben? Nutzt er sie endlich, oder rennt er geradewegs nach Cap-Français, schnappt sich seine Bonnie und stürzt sich in das nächste gefährliche Abenteuer?«

Nora seufzte. Es war schwierig. Aber sie konnte Jefe einfach nicht mit so nüchternen Augen sehen wie Doug – und Victor, der ihrem Mann wahrscheinlich zugestimmt hätte. Er hatte den Fortnams gestanden, dass er eigentlich ganz froh gewesen war, den großen Schwarzen auf dem Sklavenmarkt nicht mehr gefunden zu haben. Was die nächste Frage aufwarf: Sollten sie Victor sagen, dass der junge Mann hier war? Sollten sie ihm die ganze Geschichte erzählen? Und Deirdre … sollte man ihr, die sich an ihren Halbbruder vielleicht gar nicht mehr erinnerte, davon berichten?

Deirdre saß wie auf Kohlen und stocherte lustlos in ihrem Essen herum, während ihr Tischherr lauthals darüber schwadronierte, wie sich der Zuckerverbrauch in Europa womöglich noch steigern ließe. Er schwärmte von Chocolaterien, man sah ihm die Vorliebe für süße Kleinigkeiten an. Monsieur Gachets Bauch sprengte fast seine Seidenweste. Die Unterhaltung langweilte Deirdre, aber wahrscheinlich hätte sie auch keine Ruhe gefunden, wenn es um eines ihrer Lieblingsthemen gegangen wäre. All ihre Gedanken seit dem Wettritt kreisten nur noch um ihren Caesar.

Der große Schwarze war in diesem Sklavenquartier! Sie hatte ihn wiedergefunden. Und nun musste sie eine Möglichkeit finden, zu ihm zu gelangen, sie musste … Deirdre streifte Victor mit einem Seitenblick und spürte einen Anflug von Zweifel. Wollte sie das wirklich wieder anfangen? Sie wusste doch, wohin ein weiteres Treffen mit Caesar führen würde! Und sie konnte sich lebhaft vorstellen, was Amali sagte, wenn sie erneut damit begann, ihren Mann zu betrügen. Das alles war unklug, es war falsch, sie ging ein unkalkulierbares Risiko ein. Aber die magische Anziehungskraft, die der Schwarze für sie hatte, war stärker.

Als die Tafel endlich aufgehoben wurde und die Damen sich zum Kaffee, die Herren zu einer Zigarre in getrennten Zimmern zurückzogen, murmelte Deirdre einen Vorwand und lief hinaus in den Garten. Er war nicht so prächtig wie der von Nouveau Brissac. Man merkte, dass Yvette Dufresne nicht gern im Freien war. Aber Deirdre kam die Gartengestaltung sehr entgegen. Zwischen Magnolienbüschen und Baumfarnen konnte man leicht mit der Dunkelheit verschmelzen. Deirdre hatte für diesen Abend ein nachtblaues Kleid gewählt. Sie atmete auf, als sie das Haus hinter sich gelassen hatte.

Plötzlich merkte sie jedoch, dass sie keinen weiterführenden Plan hatte. Zum Sklavenquartier zu laufen war unmöglich. Nicht in hochhackigen Seidenschuhen, nicht in einem bodenlangen Kleid, dem man den Kontakt mit den schlammigen Wegen nach drei Schritten ansehen würde. Und nicht auszudenken, falls es regnen sollte … Es regnete fast jede Nacht um diese Jahreszeit. Schon jetzt waren kein Mond und keine Sterne zu sehen, es zogen also Wolken auf. Deirdre wandte sich unschlüssig zurück in Richtung Haus. Ihre Mutter würde sie auch bald vermissen …

»Deirdre?«

Deirdre fuhr herum. In einem Palmenhain stand jemand … ein Mann … Caesar. Die junge Frau vergaß Victor, ihre Eltern, ihr Kleid. Sie warf sich wie eine Verhungernde in die Arme ihres Geliebten, trank seine Küsse und drängte sich an seinen Körper, nur noch von dem Wunsch getrieben, eins mit ihm zu werden.

Jefe hatte sich aus dem Sklavenquartier geschlichen, kaum dass seine Hüttengenossen schliefen, war zwischen den Aufseherhütten hindurchgerobbt und hatte sich dann im Garten des Haupthauses versteckt. Auch er ohne Plan. Wenn Deirdre nicht gekommen wäre … Doch er hatte gewusst, dass sie kommen würde. Genau wie sie gewusst hatte, dass er alles versuchen würde, um sie zu sehen. Jetzt musste er sich beherrschen, ihr das Kleid nicht vom Körper zu reißen. Er wollte sie, gleich hier und jetzt, und Deirdre wollte ihn auch.

»Caesar, ich muss … ich muss zurück, sie werden mich vermissen, da ist eine Gesellschaft … um Himmels willen, Caesar, das Kleid … wenn es reißt …«

»Dann reißt es eben! Deirdre, wenn sie mich hier fassen, peitschen sie mich aus, und wenn sie uns beide erwischen, bin ich tot. Da denkst du an ein Kleid?«

Jefe versuchte, ihre voluminösen Röcke hochzuschieben, was Deirdre nicht behagte. Es hier im Stehen zu tun, an eine der Palmen gelehnt … Irgendwie war es würdelos, und sie hatte Victor doch auch nicht wieder betrügen wollen … Aber ihr Verlangen war schließlich stärker als jede Überlegung. Deirdre lüftete ihre Röcke schließlich selbst und ließ Caesar in sich eindringen. Die beiden explodierten fast gleichzeitig, als er begann, sich in ihr und mit ihr wie in einem Tanz zu bewegen. Jefe musste Deirdre auffangen, als sie sich endlich voneinander lösten.

»In diesem verdammten Korsett kriege ich kaum Luft«, keuchte sie. »Aber … aber das macht es fast noch … noch erregender … o Gott, Caesar, ich könnte schreien vor Glück! Ich lebe wieder, nur durch dich lebe ich!«

Jefe lächelte. »Ich habe dich auch vermisst«, bemerkte er, und dann lachten sie beide. »Was machen wir jetzt? Kannst du …« Er biss sich auf die Lippen, er hasste es, sie zu bitten. »Kannst du mich loskaufen?«

Deirdre rieb sich die Schläfe. Sie musste jetzt dringend ihre

Kleidung ordnen und zurück zu den Frauen gehen. Und sich pudern … Sie glühte, man musste es ihr ansehen …

»Hör zu, Caesar, jetzt noch nicht«, erwiderte sie bedauernd. »Ich … meine Eltern sind hier. Und meine Mutter … sie würde etwas merken …«

Jefe winkte ab. »Wenn nicht mal dein Mann bisher was gemerkt hat?«

»Meine Mutter würde es merken«, beharrte Deirdre. »Und deshalb müssen wir warten. Ich … ich sage niemandem, dass ich dich wiedergefunden habe. Geh also Victor aus dem Weg, wenn er im Sklavenquartier Visite macht, aber so oft kommt das ja nicht vor. Und nach Weihnachten, wenn meine Eltern weg sind … dann tue ich so, als hätte ich dich jetzt erst gesehen und bestürme Victor, dich zurückzuholen. Anders geht es nicht. Bis dahin …«

Bis dahin gingen Deirdre und Jefe Risiken ein, über die Pierrot, der sehr bald hinter das Geheimnis seines Freundes kam, nur den Kopf schütteln konnte. Deirdre verblüffte ihren Mann und ihre Eltern völlig, indem sie das Ansinnen äußerte, noch ein paar Tage bei ihrer »Freundin« Yvette verbringen zu wollen, während Victor und die Fortnams nach Cap-Français zurückkehrten.

»Sie langweilt sich hier doch so ohne weibliche Gesellschaft. Gerade jetzt, da das Kind bald kommt …«

Das Kind wurde erst in zwei Monaten erwartet, und am liebsten hätte Deirdre sich gleich so lange bei den Dufresnes auf Roche aux Brumes eingerichtet. Das war jedoch ausgeschlossen. Nora schaute schon argwöhnisch, als Deirdre und Victor sich auf eine Woche einigten.

»Was findest du denn plötzlich an dieser dummen Person?«, fragte Nora bei der Verabschiedung unverblümt. »In ein paar Wochen fahren wir wieder nach Hause, dann sehen wir uns erneut jahrelang nicht.«

Deirdre biss sich auf die Lippen. »Na ja, ich … ich war nicht sehr höflich zu Yvette in der letzten Zeit, ich sollte wirklich … Sie ist so dankbar, weißt du, und sie ist ja auch irgendwie Teil meiner Familie und …«

Nora seufzte. »Na schön, dann leiste der jungen Lady noch ein wenig Gesellschaft. Vielleicht hast du ja auch schon genug vom Elternbesuch.«

Deirdre genoss die Woche mit ihrem Caesar mit allen Sinnen. Selbstverständlich war es nicht so einfach, ihn zu treffen, wie im Stadthaus in Cap-Français. Die Liebenden spielten nicht mehr mit Deirdres Ehe und Victors Ehre, sie spielten mit dem Leben des Sklaven Caesar. Pierrot machte ihnen das eindringlich klar, als Deirdre sich in der ersten Nacht ins Sklavenquartier schlich, um Jefe zu überraschen.

»Madame, wenn man Sie erwischen, dann sie uns peitschen alle aus – und Caesar sie bringen um. Ich nicht weiß, was sagt Gesetz zu Neger, die weiße Frau schänden …«

»Ich schände sie doch nicht, ich …« Jefe wollte etwas einwenden, aber Pierrot gebot ihm zu schweigen. »Das ganz anders sehen Oublier! Und der Mèz und der Doktor! Oublier dir geben siebzig Peitschenhiebe oder hundert. Und dann du tot. Unfall, schade, großes Bedauern von alle … Und Sie, Madame, wird man lassen sehen zu. Also wegbleiben hier und nicht machen nix in Hütte von Pierrot und Abel und David!«

Jefe und Deirdre fielen schließlich zwischen Küche und Latrinen übereinander her – der reine Irrsinn, jeder, der zum Abtritt ging, hätte sie sehen können. Allerdings hatten sie Glück, es regnete wieder mal in Strömen. Deirdre und Jefe merkten das kaum, sie wälzten sich so leidenschaftlich im Schlamm wie früher im warmen Sand.

In den nächsten Nächten schlich Jefe an den Aufseherhäusern vorbei und traf Deirdre im Garten des Herrenhauses, wo ihnen immerhin ein Pavillon Schutz vor dem Wetter bot. Und einmal zog sie ihn entschlossen mit ins Haus und liebte ihn auf den seidenen Laken ihrer Gastgeber. Ein Wahnsinn … ein Spiel mit dem Feuer.

Pierrot sorgte sich von Tag zu Tag mehr um Jefe, der jede Nacht fortlief und am Tag immer öfter bei der Arbeit einschlief. Er deckte ihn, wo er konnte, sah jedoch, dass Jefes inneres Glühen den Freund ebenso aufzehrte wie dessen vornehme Geliebte. Beide konnten nicht genug voneinander bekommen. Deirdre kam selbst tagsüber mit ihrem Pferd auf den Bauplatz und beobachtete Jefe. Es konnte nur eine Frage der Zeit sein, bis das auch den Aufsehern auffiel.

Jefes Freund atmete auf, als der große Schwarze am Samstag vor Sonnenaufgang zurückkehrte und missmutig berichtete, dies sei das letzte Treffen mit Deirdre gewesen. Die junge Frau würde an diesem Tag nach Nouveau Brissac und am Montag mit ihren Eltern und ihrem Mann nach Cap-Français zurückkehren. Bis zum Weihnachtsfest waren es noch viele Wochen.

»Aber am Sonntag gehe ich nach Nouveau Brissac«, verkündete Jefe. »Irgendwie schaffe ich es schon, sie da zu treffen …«

Pierrot griff sich an die Stirn. »Das verboten, du weißt – und Aufseher reiten Patrouille.«

Nach wie vor setzten die Pflanzer das Versammlungsverbot von Sklaven unterschiedlicher Plantagen mit aller Härte durch, auch Gérôme und Jacques Dufresne hielten ihre Leute strikt getrennt. Jefe wollte von den Risiken natürlich nichts hören, er brach gleich nach dem Sonntagsgottesdienst auf.

Pierrot richtete bei dieser Messe zum ersten Mal ein ehrliches Gebet an den Gott der Papisten: Er sollte Caesar und Deirdre bitte auch noch diesen letzten Tag ungefährdet überstehen lassen.

Deirdre wunderte sich kein bisschen darüber, dass ihre Eltern Amali mitbrachten, als sie an diesem Wochenende erneut nach Nouveau Brissac kamen. Die Zofe hatte natürlich Verdacht geschöpft, sie besaß einen siebten Sinn, wenn es um die Befindlichkeiten ihrer Freundin ging.

»Amali weiß etwas!«, sagte Nora nach dem Sonntagsgottesdienst auf Nouveau Brissac zu Doug.

Nora hatte die Messfeier genutzt, um ihre Tochter und deren Zofe eingehend zu beobachten. Der Gottesdienst fand, wie auch auf Jamaika üblich, im Freien im Sklavenquartier statt – das war einfacher, als alle Sklaven zum Haupthaus zu beordern. Die Aufseher konnten hier zudem leichter ein Auge auf die Männer und Frauen halten. Die Teilnahme an der Messe war für die Schwarzen Pflicht, auch das nicht anders als in englischen Kolonien. In der Regel standen die Sklaven auf einer Seite in der prallen Sonne, wobei die Leute der Dufresnes es angenehmer hatten, da im ganzen Dorf Bäume standen. Die Weißen hatten Sitzplätze im Schatten, wo ihnen schwarze Kinder oder Haussklaven Luft zufächelten.

Auch Amali stand hinter Deirdre und hielt ihren Sonnenschirm, doch zwischen den jungen Frauen schien eine Eisschicht zu liegen. Wenn Nora sich nicht sehr irrte, hatten die beiden sich am Abend zuvor heftig gestritten. Victor hatte aufgrund eines Notfalls in Cap-Français bleiben müssen, Amali und Deirdre hatten die Räume des Ehepaars also für sich – und Deirdre hatte wohl keine Ausrede gefunden, sich den Vorwürfen der Zofe zu entziehen.

»Aber was soll sie denn wissen?«, fragte Doug desinteressiert. Er hatte sich beim Gottesdienst gelangweilt und freute sich auf das gute Mittagessen. »Und jetzt komm mir nicht wieder mit diesem ominösen Liebhaber. Deirdre war auf Roche aux Brumes als Gesellschafterin ihrer schwangeren Freundin. Wen soll sie denn da empfangen haben? Oder hattest du das Gefühl, es wäre irgendetwas zwischen ihr und einem dieser fürchterlichen Zuckerrohrpflanzer aus der Gegend?«

»Jedenfalls hat sie am Tag nach dem Essen mit den Zuckerrohrpflanzern angefangen, sich höchst merkwürdig zu benehmen«, zischte Nora. »Und sieh sie dir jetzt doch an! Sie hat sich verändert. Sie ist …«

»Sie hat abgenommen«, bemerkte Doug.

Nora seufzte. »Auch das kann ein Indiz für kurze Nächte sein«, bemerkte sie. »Aber vor allem … Herrgott, ich sehe doch, wenn mein Kind verliebt ist! Dieses Leuchten, das von ihr ausgeht, sie berührt beim Gehen ja kaum den Boden. Und die Rastlosigkeit, die Unruhe …«

»Das gehört zur Verliebtheit?«, neckte Doug.

»Darin manifestiert sich das schlechte Gewissen!«, gab Nora zurück. »Und ich bin nahezu sicher, Deirdre wollte gestern Nacht noch weg, um den Mann zu treffen, sobald sie hörte, dass Victor nicht mehr kommt. Amali hat sie bestimmt nicht gelassen. Das würde den Ärger erklären.«

Doug lachte. »Na schön, du kleine Spionin. Dann kann ich mich ja darauf gefasst machen, dass du Deirdre heute den ganzen Tag nicht aus den Augen lässt. Was machen wir? Reiten wir aus? Vielleicht zu jener geheimnisvolle Plantage, auf der ihr Liebhaber lauert? Nora, womöglich ist es gar Gérôme!«

Nora schüttelte verärgert den Kopf. »Unsinn. Und du irrst dich. Ich werde Deirdre sehr wohl aus den Augen lassen, zumindest soll sie das denken. Ich bekomme heraus, was da vorgeht, verlass dich drauf!«

Nora war der Wahrheit mit ihren Vermutungen tatsächlich sehr nahe gekommen. Amali hatte Deirdre gleich mit ihrem Verdacht konfrontiert, als sie ihrer ansichtig wurde. Und Deirdre wäre nur zu gern zurück nach Roche aux Brumes geritten, um Jefe auch in dieser Nacht noch zu treffen. Dem stand allerdings nicht nur

Amalis vehementer Protest, sondern auch Deirdres Furcht vor einer Entdeckung im Sklavenquartier entgegen. Ihr Geliebter hätte ja nichts von ihrem Besuch gewusst, sie hätte sich hinein-, nicht er sich hinausschleichen müssen, und das traute sie sich ohne seine Führung nicht recht zu.

Nun jedoch fieberte die junge Frau seinem Besuch auf Nouveau Brissac entgegen. Wieder ein viel zu großes Risiko – und so weit, den Sklaven gleich zum Herrenhaus ihrer Schwiegereltern zu bestellen, mochte Deirdre nun doch nicht gehen. Stattdessen hatten die beiden sich im Wirtschaftsbereich verabredet, in einem der Schuppen, in denen die Kaffeebohnen nach der Entfernung des Fruchtfleisches trockneten. Am Sonntag arbeitete hier niemand. Wenn die beiden erst da waren, würden sie sicher ungestört sein. Jefe musste allerdings sowohl an den Aufsehern der einen als auch an denen der anderen Plantage vorbei.

Deirdre machte sich kurz nach dem Mittagessen auf den Weg. Zu Fuß, um kein Aufsehen zu erregen. Sie trug ein leinenes hellgrünes Nachmittagskleid und war nur locker geschnürt, um sich leicht an- und ausziehen zu können. Amali hatte natürlich erneut Argwohn geschöpft. Wieder einmal schimpfte die Zofe – und fing Nora dann trotzdem ab, als diese ihrer Tochter folgen wollte. Deirdre hatte nicht gemerkt, dass ihre Mutter keine Mittagsruhe hielt wie die Dufresnes, sondern sich im Korridor auf die Lauer legte. Sie hatte sich, versteckt hinter einer goldgeschmückten, voluminösen Anrichte, auf einem Sofa platziert und machte jetzt Anstalten, ihrer Tochter zu folgen. Amali trat ihr in den Weg.

»Gehen Sie nicht, Missis, bitte. Es ist besser, Sie bleiben hier.«

Nora stieß scharf die Luft aus und machte Anstalten, Amali zur Seite zu schieben. »Nun deck sie nicht auch noch, Amali!«, befahl sie unwirsch. »Denn sie geht doch zu ihrem Liebhaber, oder? Es hat wieder angefangen. Wer ist es, Amali?«

Amali schaute verlegen zu Boden. »Glauben Sie mir, Missis, Sie möchten es nicht wissen«, sagte die Zofe. »Es wäre … es wäre zu peinlich, es …«

»Es stimmt also«, meinte Nora streng. »Meine Tochter trifft sich erneut mit dem Mann, der deinen Angaben zufolge nicht mehr da sein soll. Oder ist es ein anderer?«

Amali schüttelte den Kopf. »Es war einfach Pech«, seufzte sie. »Es gibt so viele Plantagen, warum er ausgerechnet hierherkommen musste … und Deirdre lief ihm natürlich auch gleich über den Weg. Ich konnte das nicht ahnen, Missis. Ich hab ihr auch schon den Kopf gewaschen. Doch sie … sie will ja nicht hören.« Die junge Frau klang resigniert.

Nora schob sie jetzt entschieden aus dem Weg. »Amali, bei aller Liebe, aber ich schätze, es muss ihr mal jemand den Kopf waschen, der da mehr Erfahrung hat! Und das werde ich jetzt übernehmen, ob es der jungen Dame peinlich ist oder nicht. Ich …«

»Es ist für … für Sie peinlich«, murmelte Amali. »Es ist für alle sehr unangenehm, es …«

»Mädchen, ich hab auf dieser Welt schon viel erlebt, und mir ist nur noch sehr wenig unangenehm«, beschied Nora sie resolut. »Nun geh mir endlich aus dem Weg, sonst verliere ich sie aus den Augen. Oder kannst du mir vielleicht einfach sagen, wo ich sie finde? Und … ihn?«

Amali schüttelte den Kopf. »Ich … ich weiß nicht«, stammelte sie. »Aber die Richtung … die Richtung ist sicher Roche aux Brumes.«

Genau das hatte Nora erwartet, und sie fand die Spur ihrer Tochter auch sehr schnell wieder. Es hatte schließlich gerade erst erneut geregnet, die Wege waren mal wieder verschlammt, und Deirdres zierliche Füße hinterließen charakteristische Abdrücke. Nora hatte schon im Korridor gesehen, dass ihre Tochter barfuß war. Es ließ sie lächeln, wunderte sie jedoch auch. Würde ihr Liebhaber, der doch sicher ein reicher Pflanzer oder gar Adliger war, dies nicht befremdlich finden?

Nora folgte Deirdres Spur durch den Park zur Kaffeeplantage. Sie ließ das Sklavenquartier links liegen, was Nora klar war, schließlich traute sie ihrer Tochter keine Affäre mit einem der Aufseher zu. Diese Männer waren fast alle schlecht erzogen und brutal, Nora mochte gar nicht daran denken, dass ihre Deirdre sich in einen von ihnen verliebt haben könnte.

Inzwischen war die Sonne nach dem mittäglichen Guss wieder aufgegangen, und von den Wegen stieg erneut Dunst auf. Nora geriet ins Schwitzen. Auf Jamaika war die Regenzeit nicht gar so extrem – oder vielleicht empfand sie das auch nur so, weil die Luft am Meer ja stets frischer war. Nora vermisste Cascarilla Gardens – so nett es in Cap-Français war und so pompös auf Nouveau Brissac –, aber sie konnte auf keinen Fall heimkehren, ohne herauszufinden, was mit Deirdre nicht stimmte.

Nora merkte auf, als die Wirtschaftsgebäude der Plantage in Sicht kamen. Gut möglich, dass der Treffpunkt hier lag, um diese Jahreszeit suchte man sich lieber einen überdachten Ort für ein Schäferstündchen. Und tatsächlich führte Deirdres Spur zu einem der Schuppen und vereinigte sich kurz davor mit den Fußspuren eines offensichtlich großen Mannes – der ebenfalls barfuß ging!

In Nora stieg eine Ahnung auf, und dann hörte sie Gelächter aus dem Schuppen, Schmeicheleien, Zärtlichkeiten, Geflüster auf Englisch. Immerhin fließendes Englisch. Also doch kein Sklave?

Nora überlegte nicht lange. Sie riss die Tür auf.

## KAPITEL 12

Das Erste, was Nora beim Betreten des Schuppens ins Auge fiel, war Deirdres Ehering. Er befand sich in einem der Wandregale, gleich neben der Tür, damit Deirdre später ja nicht vergaß, ihn wieder anzulegen. Der Ring war sorglich auf ein Tuch gelegt worden. Es wirkte fast, als habe ihre Tochter dort ihre Beziehung zu Victor für ein paar unbeschwerte Stunden beiseitegelegt – nicht zerschlagen, nur unterbrochen wie eine Arbeit oder die Lektüre eines Buches, und nicht besorgt und schuldbewusst, sondern ganz fürsorglich und selbstverständlich.

Nora starrte einen Herzschlag lang auf den Ring, bevor sie die Blicke durch das Innere des Schuppens schweifen ließ. Sie entdeckte Deirdre und ihren Liebhaber umgehend, aber die Stellung, in der die beiden sich vereinigt hatten, war ihr völlig neu. Sie schienen Nora auch zunächst nicht zu bemerken. Erst als sie die Tür laut hinter sich zuschlug, schaute Deirdre verblüfft zwischen zwei tiefschwarzen Schenkeln hervor – und wurde sofort rot, als sie Nora erkannte. Mit Amali mochte sie gerechnet haben, ihre Mutter hätte sie hier wohl nie vermutet.

Nora verfolgte schweigend, wie ihre Tochter verzweifelt versuchte, sich mit einem Rest von Würde aus der kompromittierenden Situation zu befreien. Von ihrem Liebhaber sah Nora nur üppiges krauses Haar, das Gesicht des Mannes erkannte sie erst, als Deirdre sich aufgerichtet hatte. Dann aber fühlte Nora ihr Herz zu Eis erstarren.

Jefe. Caesar.

Nora atmete tief durch. Sie musste jetzt ruhig bleiben, durfte die Nerven nicht verlieren. Mit letzter Kraft straffte sie sich und blitzte die beiden an, die nun verschämt versuchten, ihre Blöße zu bedecken.

»Am besten zieht ihr euch erst mal an«, sagte Nora mitleidlos.

Jefe streifte schnell seine Leinenhose und das weite Hemd über. Deirdre blickte hilflos auf ihr Korsett. Nora half ihr schließlich, sich zu schnüren.

»Du kannst dann auch gehen«, wandte sie sich an Jefe – der sie anstarrte, als sähe er einen Geist. Erinnerte er sich nun doch? Auf jeden Fall widersprach er nicht, sondern machte Anstalten, sich wie ein geprügelter Hund hinauszuschleichen.

»Oder nein, warte …«

Nora fiel im letzten Moment ein, wie gefährlich der Heimweg für den jungen Mann werden konnte. Sie griff nach einem Stück Papier und einem Bleistift, die im Eingang des Schuppens auf einem Regalbrett gelegen hatten. Die Aufseher notierten hier wohl die Menge der eingebrachten Kaffeebohnen.

»Ich schreibe dir einen Passierschein. Nicht auszudenken, dass sie dich auch noch erwischen und auspeitschen … Obwohl … eine Tracht Prügel hättet ihr wohl beide verdient …«

Nora kritzelte ein paar Worte auf das Papier, während Deirdre ihr Kleid überzog. »Und nun verschwinde!«, sagte sie kurz und drückte Jefe das Schreiben in die Hand.

»Sie … werden uns nicht melden?«

Er fragte so ungläubig, dass Nora fast meinte, den kleinen Jungen wieder vor sich zu sehen, der schon damals unüberlegt gehandelt hatte und oft ausfallend gewesen war und dennoch den Charme gehabt hatte, der auch seinen Eltern in deren besten Zeiten eigen gewesen war.

»Verschwinde«, wiederholte Nora, und Jefe ging.

»Gut, dann also zu dir.« Nora wandte sich ihrer Tochter zu,

die ihrem Liebhaber fassungslos hinterhersah. Ob sie erwartet hatte, dass er blieb und sie unterstützte? »Du hast Victor betrogen …«

»Wirst du's ihm sagen?«, fragte Deirdre.

Es sollte wohl herausfordernd klingen, aber Nora vernahm bei der jungen Frau auch die Stimme des kleinen Mädchens, das etwas angestellt hatte.

»Nein«, antwortete Nora, griff nach dem Ehering und warf ihn Deirdre zu. »Es wäre sinnlos, ihm wehzutun. Diese Sache hat ja hiermit ein Ende.«

»Ach so?« Jetzt zeigte sich wieder Trotz auf Deirdres schönem Gesicht. »Und was ist, wenn ich das ganz anders sehe? Wenn ich … also wenn ich mich von Victor scheiden lassen will und Caesar heiraten …«

Nora schüttelte den Kopf. »Du bist Katholikin, du kannst dich nicht scheiden lassen«, erinnerte sie ihre Tochter. »Aber selbst, wenn du könntest. Mit dir und Jefe – das ginge nicht.«

»Und warum nicht?«, fuhr Deirdre ihre Mutter an. Sie schien gar nicht bemerkt zu haben, wie Nora ihren Liebhaber genannt hatte. »Weil er schwarz ist? Vergisst du da nicht, dass ich auch schwarz bin? Auf dem Papier jedenfalls … und …«

Nora gebot ihr mit einer Handbewegung Einhalt. »Auf dem Papier bist du weiß«, sagte sie. »Aber damit hat es sowieso nichts zu tun. Du kannst Jefe – den jungen Mann, den du als Caesar kennst – nicht heiraten. Nirgendwo auf der Welt. Ihr seid verwandt …«

Deirdre lachte nervös. »Verwandt? Aber … aber wir …«

»Er ist dein Halbbruder, Deirdre«, sagte Nora leise. »Ihr habt denselben Vater.«

»Akwasi war Sklave auf der Plantage meines damaligen Mannes.« Zum ersten Mal erzählte Nora ihrer schockierten und völlig demoralisierten Tochter alle Einzelheiten ihrer Geschichte.

Der Tropenregen tropfte auf das Dach des Schuppens und verwischte die Spuren, die Jefe und die Frauen hinterlassen hatten. »Und er liebte mich. Während Máanu, meine Zofe, ihn liebte. Eine verfahrene, verzweifelte Situation, von der ich obendrein nichts ahnte. Dann flohen beide zu den Maroons, es kam zu jenem Überfall auf Cascarilla Gardens, bei dem mein Mann ums Leben kam. Die Maroons hätten mich auch getötet, Akwasi bestand jedoch darauf, mich mitzunehmen. So kamen wir alle nach Nanny Town, dem legendären Maroon-Dorf, das als uneinnehmbar galt. Akwasi hielt mich als seine Sklavin, aber dann, als ich mit dir schwanger wurde, bestand Granny Nanny darauf, dass er mich zur Frau nahm. Nach afrikanischem Ritus nahm er zur selben Zeit auch Máanu zur Frau – bei den Ashanti können Männer mehrere Ehefrauen haben. Auch sie wurde schwanger, drei Monate nach deiner Geburt brachte sie Jefe zur Welt. Máanu und ich zogen euch mehr oder weniger gemeinsam auf. Ihr war das gar nicht so recht, aber ihr wart unzertrennlich. Jefe hing mehr an meinem Rockzipfel als an dem seiner Mutter, so ist es kein Wunder, dass ihr euch auch heute noch zueinander hingezogen fühlt.«

»Und dann hat Daddy dich und mich geholt«, meinte Deirdre sich zu erinnern.

Nora biss sich auf die Lippen. So hatten sie es ihr als Kind erzählt, doch es war ein wenig anders gewesen. »Doug hat sich nach Nanny Town durchgekämpft und wollte uns holen. Ja. Aber er wurde ergriffen und gefangen genommen – es war eine dramatische Geschichte. Doug ist damals nur knapp mit dem Leben davongekommen. Und Akwasi fiel in Ungnade bei Granny Nanny, er wurde verstoßen. Máanu, die ihn über alles liebte, lief ihm nach, wobei sie Jefe zurückließ. Doug und ich kehrten mit euch Kindern heim nach Cascarilla Gardens. Wir versprachen Granny Nanny, euch beide wie unsere eigenen Kinder aufzuziehen.«

Deirdre runzelte die Stirn. »Das wäre mit Caesar ... Jefe ... doch, der Name klingt vertraut ... aber schwer gewesen«, wandte sie ein, »so schwarz, wie er ist.«

Nora nickte. »Es kam ja auch nicht dazu. Tatsächlich plante Akwasi ein Attentat auf den Gouverneur von Jamaika. Máanu verhinderte es in letzter Minute. Und da auch Doug sich für Akwasi einsetzte, wurde er nicht gehenkt, sondern nach Grand Cayman verbannt. Máanu bestand darauf, ihm dorthin zu folgen – mit Jefe. Der Gouverneur stellte Mutter und Sohn einen Freibrief aus.«

»Ja«, murmelte Deirdre. »Da kam er her ... Caesar. Seine Mutter hatte einen Gemischtwarenladen auf Grand Cayman ... Also ist es ... es ist kein Irrtum ...« Sie rieb sich die Schläfen.

Nora schüttelte den Kopf. »Nein, ein Irrtum ist unmöglich, wir, also Doug und ich, haben Jefe sofort erkannt. Er ist seinem Vater wie aus dem Gesicht geschnitten. Also finde dich damit ab, Deirdre. Du kannst Jefe oder Caesar oder wie auch immer er sich nennen mag, nicht so lieben, wie eine Frau einen Mann liebt. Diese unselige Affäre mit ihm endet hier und heute.« Sie legte den Arm um ihre Tochter, als sie Tränen in Deirdres Augen sah.

»Aber was soll ich ihm sagen?«, flüsterte Deirdre.

»Was du willst«, erwiderte Nora. »Sag ihm ruhig die Wahrheit, obwohl das natürlich Komplikationen nach sich ziehen könnte. Wenn er über deine Abkunft Bescheid wüsste, könnte er Victor und dich erpressen. Denn ich gehe doch recht in der Annahme, dass ihr den Dufresnes auf Nouveau Brissac ebenso wenig die Wahrheit über deine Abstammung gesagt habt wie denen auf Roche aux Brumes, oder?«

Deirdre nickte. »Aber wir könnten ihn freikaufen«, meinte sie. »Wir könnten ihn immerhin freikaufen.«

»Mit welcher Begründung?«, fragte Nora hart. »Und wofür wäre es gut? Doug und ich haben schon darüber gesprochen, Deirdre, bevor ich ... hinter eure Beziehung kam. Jefe büßt hier die Strafe für ein Verbrechen ab, das ihn als Weißer den Kopf gekostet hätte. Wenn wir ihm die nun erlassen … Wo würde er bleiben? In Cap-Français herumlungern? Dich immer wieder in Versuchung führen? Bonnie zu neuen Dummheiten aufstacheln? Nein, Deirdre, das Beste ist, Jefe bleibt, wo er ist. Und du gehst mit deinem Gatten zurück nach Cap-Français und bist ihm von jetzt an eine brave Frau. Oder liebst du ihn so gar nicht mehr?«

Deirdre sah zu Boden. »Doch«, murmelte sie und schob ihren Ring langsam wieder über ihren Finger. »Ich mag Victor, er ist … ein wunderbarer Mensch. Aber Caesar war … war … Mit ihm war es etwas so Besonderes …«

Nora seufzte. »Das war es zweifellos«, bemerkte sie. »Aber jetzt ist es vorbei. Du fährst morgen mit uns in die Stadt und fängst damit an, Jefe zu vergessen.«

Jefe hatte allerdings nicht vor, Deirdre zu vergessen. Im Nachhinein mochte er auch kaum glauben, dass er sich von ihrer Mutter derart hatte demoralisieren lassen! Diese Frau hatte jedoch eine Art an sich … Jefe fühlte sich wie ein kleiner Junge, wenn sie ihn anblitzte. Dennoch hätte er Deirdre nicht einfach mit ihr allein lassen dürfen. Er hätte sie verteidigen, um ihre Liebe kämpfen müssen … Auf jeden Fall schuldete er seiner Geliebten jetzt eine Entschuldigung.

Pierrot raufte sich die Haare, als Jefe gleich am Sonntagabend noch einmal aufbrach, um die Sklavensiedlung zu verlassen.

»Zweimal an eine Tag! Du lebensmüde!«, schalt er den Freund. »Du mehr Glück als Verstand. Dass die Frau dich nicht wird melden …«

Jefe grinste schief. »Sie würde ihre Tochter ja mit anschwärzen«, erklärte er.

Pierrot griff sich an die Stirn. »Wenn Tochter sagen, du sie angefasst wider Willen … du hängen, Caesar! Ich dir gesagt schon zehnmal. Jetzt Vernunft annehmen du! Hierbleiben!«

Jefe hörte nicht auf Pierrot. Er hob nur kurz grüßend die Hand und verschmolz dann mit den Schatten, schon wieder auf dem Weg nach Nouveau Brissac.

Die Gesellschaftsräume im Herrenhaus der Dufresnes waren wie erwartet noch hell erleuchtet. Aber ob Deirdre dort mit ihren Eltern und Schwiegereltern dinierte? Sein Gefühl sagte ihm Gegenteiliges. Sie würde in dieser Nacht auf ihrem Zimmer sein. Nachdenken, vielleicht weinen – über seine Feigheit nachgrübeln womöglich. Und am kommenden Morgen fuhren sie alle wieder zurück nach Cap-Français – ihre Enttäuschung, ihr Ärger über ihn würden sich verfestigen.

Jefe dachte nicht lange nach. Er musste herausfinden, in welchem Zimmer sie schlief, und dann … Er schlich in den Garten, der völlig ausgestorben wirkte, und hoffte kurz, dass Deirdre kommen würde, doch selbst wenn sie seine Anwesenheit spürte – er glaubte nicht, dass sie an diesem Tag noch einmal ein Risiko eingehen würde. Wenn er sie nicht zwang … Jefe spähte hinauf zu den oberen Stockwerken des Gebäudes. Die Fenster dort waren alle dunkel – oder nein, aus einem drang ein schwacher Lichtstrahl, als habe jemand nur eine Kerze entzündet. Jefe beschloss, es mit diesem Raum zu versuchen. Er nahm ein paar Kiesel und warf die Steinchen gegen die Scheibe. Dann wartete er. Und sah die Silhouette von Deirdres Zofe am Fenster. Amali … nicht gerade seine Freundin. Jefe duckte sich und beschloss zu warten. Wenn Deirdre dort oben war, musste sie ebenfalls etwas gehört haben. Und sie würde … sie musste kommen!

Jefe verbrachte eine enervierende halbe Stunde hinter einem Bougainvilleastrauch. Der Duft der Pflanze war betörend und vernebelte seine Sinne. Der junge Mann begann, von Deirdre zu träumen. All die vielen Male, die er sie in seinen Armen gehalten hatte … Er rief sich ihre Leidenschaft, ihr Lachen, ihr schweres, blumiges Parfüm in Erinnerung. Jefe pflückte eine der Bougainvilleablüten und atmete tief den Duft ein. Aber so, wie es zurzeit zwischen ihm und Deirdre lief, konnte es nicht weitergehen. Nicht jetzt, da Nora Fortnam von der Sache wusste. Dann auf einmal kam ihm eine Lösung in den Sinn: Er musste mit Deirdre fliehen. Möglichst gleich, möglichst noch in dieser Nacht. Und was sie dazu brauchten, waren Pferde! Wenn Deirdre mitmachte, wenn es ihr gelang, zwei Pferde aus den Ställen der Dufresnes zu beschaffen, dann hätten sie am kommenden Tag, wenn man ihr Verschwinden bemerkte, schon einen gewaltigen Vorsprung auf dem Weg in die Berge. Sie konnten nach dem Lager von Macandal suchen, er würde ihnen sicher Asyl bieten – ihm zumindest ... Was Deirdre, eine weiße Frau, anging, war er sich da nicht so sicher. Doch Deirdre war schwarzhaarig, und auch ihr Teint war eher dunkel. Man konnte sie als Mulattin ausgeben. Ja, das würde gehen. Sie konnten bald schon fort sein, frei sein, wenn nur Deirdre mitspielte.

»Caesar?«, flüsterte eine Stimme.

Jefe fuhr herum. Er hatte Deirdre nicht kommen hören – und zu sehen war sie auch kaum, sie hatte einen dunklen Mantel über ihr helles Kleid gezogen. Nur ihr Parfüm ... Er fragte sich, wie lange sie schon da gestanden und zu ihm hinübergesehen hatte.

Deirdre schien jedoch eben erst gekommen zu sein, jedenfalls entschuldigte sie sich für die Verspätung. »Es ging nicht schneller, ich ... ich musste mich erst ankleiden.« Mit Amalis Hilfe hatte sie dabei wohl nicht rechnen können.

Jefe zog sie an sich. »Für mich brauchtest du dir nichts anzuziehen«, flüsterte er.

Er meinte es ernst. Sie hätte diesen Mantel auch einfach über ihr Nachthemd werfen können. Umso näher wären sie einander gewesen, und umso einfacher wäre es gewesen, vor der Flucht noch einmal dem Drang zu folgen, sich zu vereinigen.

Aber Deirdre wehrte sich gegen seine Umarmung. Jefe war irritiert.

»Lass das, Caesar, ich … ich will das nicht …«

Jefe lachte leise. »Ach komm, Deirdre … sei doch nicht böse. Ich hätte nicht einfach weglaufen dürfen. Ich … ich war nur so erleichtert. Als ich die Frau sah, dachte ich doch, jetzt sei alles aus. Deine Mutter …«

Deirdre befreite sich aus seiner Umarmung und machte eine wegwerfende Handbewegung. »Ach das … vergiss es, ich bin dir nicht böse. Die Sache mit uns muss trotzdem ein Ende haben. Es geht nicht mehr, Caesar, bitte, sieh es ein. Ich will nicht mehr.«

Jefe schnaubte. »Auf einmal?«, fragte er. »Hat die weiße Mommy ihrem weißen Töchterchen ins Gewissen geredet? Oder hast du Angst?« Sein Tonfall wurde wieder weicher. »Du brauchst keine Angst zu haben, Deirdre, ich habe mir etwas überlegt. Pass auf, wir verschwinden. Wir fliehen zusammen, jetzt gleich! Wir suchen die Maroons … Du gehst sicher leicht als Mulattin durch, mit deinem dunklen Haar, du …«

Er hielt verblüfft inne, als er sie lachen hörte.

»Was ist daran komisch?«, fragte er böse.

Deirdre biss sich auf die Lippen. »Nichts … nichts natürlich. Nur … ich als Mulattin …«

Sie lachte wieder, fast hysterisch, sie konnte nicht damit aufhören.

Für Jefe klang es wie Spott. »Das wäre undenkbar?«, fragte er wütend. »Es wäre undenkbar für dich, unter deiner Würde, nur ein schlechter Scherz, wenn du schwarz sein solltest?«

Deirdre schüttelte den Kopf und versuchte, sich zu beruhigen. »Nein, nein, natürlich nicht. Ich kann trotzdem nicht. Ich will nicht. Ich will nicht in die Berge …«

»Und warum nicht?«, stichelte Jefe. »Weil du dein gemütliches Leben dann aufgeben müsstest? In einer Hütte leben statt in einem Palast?« Er wies auf das Herrenhaus vor ihnen.

Deirdre schloss die Augen. Einen Herzschlag lang verlor sie sich an den Traum einer Hütte in den Bergen, einem Leben mit ihrem Caesar … der Anflug einer Erinnerung an Nanny Town schob sich vor ihr inneres Auge. Runde Hütten, glückliche schwarze Kinder, die in ihrem Schatten spielten … Aber dann wurde ihr erneut bewusst, dass der Mann, von dem sie träumte, Jefe war, ihr Bruder.

»In … in gewisser Weise«, murmelte sie. Irgendeinen Grund musste sie ihm nennen, er würde sie sonst weiter bedrängen. »Ich … ich möchte bei Victor bleiben.«

»Du liebst mich nicht genug!«, schleuderte Jefe ihr entgegen. »Um es mit dir zu treiben war ich gut genug, aber mit mir leben, in einer Familie …«

Deirdre versuchte krampfhaft, gegen die Tränen anzukämpfen, die ihr in die Augen schossen.

»Caesar, ich liebe dich sehr …«, flüsterte sie, und es war die Wahrheit.

Sie durfte ihn ja auch lieben. Niemand konnte ihr verbieten, ihren Bruder gern zu haben. Und sie konnte Victor lieben … Seit Nora am Nachmittag mit ihr gesprochen hatte, kämpfte sie wieder mit Selbstvorwürfen. Sie hatte Victor Unrecht getan, und das, obwohl er ihr nach wie vor alles bedeutete.

»Das tust du nicht!«, rief Jefe. »Du verachtest mich! Du hast mich nur benutzt, du … Ich liebe dich, Deirdre!«

Deirdre brach das Herz, als er es noch einmal mit Flehen versuchte.

»Ich liebe dich, ich würde alles für dich tun. Ich werde dich auch weiter lieben, ich lasse dich nicht einfach gehen, ich werde hier sein, immer, immer werde ich hier sein, und eines Tages wirst du wieder …« Er griff nach ihren Händen.

Deirdre wollte nachgeben, sich an seine Brust sinken lassen. Aber dann nahm sie sich zusammen. Sie musste sich jetzt verhärten, auch um seinetwillen. Wenn er ihr wirklich auflauerte, wenn er jedes Mal, wenn sie auf Nouveau Brissac oder Roche aux Brumes waren, weglief und im Garten auf sie wartete … Es war nur eine Frage der Zeit, bis man ihn dabei erwischte. Und wenn sie womöglich auch wieder schwach wurde? Wenn sie Jacques oder Gérôme Dufresnes Aufsehern vielleicht beide in die Arme liefen? Was an diesem Nachmittag mit Nora geschehen war, konnte sich irgendwann mit Victor wiederholen. Und überhaupt. Caesar war Jefe, ihr Liebhaber war ihr Bruder. Und das konnte, konnte, konnte nicht sein …

Deirdre zwang sich, Jefe in die Augen zu sehen und die ihren Blitze schleudern zu lassen. »O nein, das wirst du nicht, Caesar! Du wirst mir nicht hinterherlaufen, und ich werde dir nie wieder nachgeben …«

Jefe lachte. »Und was willst du dagegen tun?«, neckte er sie. »Mich verraten? Alles über uns verraten?«

Deirdre hielt seinem Blick stand. »Ich brauche gar nichts zu verraten. Ich würde dich auch nicht gleich an den Galgen bringen. Aber ein kleiner Hinweis, dass du mir lüsterne Blicke zuwirfst, sollte reichen, Caesar, für die Prügel, die meine Mutter dir angedroht hat. Lass mich in Ruhe, Caesar! Ich will nichts mehr von dir, ich liebe dich nicht … Und ja, in gewisser Hinsicht habe ich dich benutzt …«

Es tat unendlich weh, das zu sagen, es war unsagbar schmerzhaft, den Glanz in seinen Augen brechen zu sehen.

»Ich … ich war nur ein Spielzeug?«

Deirdre holte tief Luft. »Ja«, sagte sie. »Ja, du warst ein sehr nettes Spielzeug. Bist du jetzt zufrieden? Und nun lass mich gehen, und du geh auch zurück. Morgen musst du arbeiten.«

Sie hatte es gedankenlos dahingesagt, aber gerade diese letzten kurzen Worte ließen den Hass in Jefe aufglühen.

»Ja, morgen bin ich wieder ein Sklave!«, schrie er. »Morgen bin ich wieder ein Nigger, ein Stück Dreck, ein …«

»Du bist auch heute ein Sklave«, sagte Deirdre müde.

Sie wollte diese Auseinandersetzung nur noch beenden. Und Jefe musste aufhören zu schreien. Amali, die sicher am Fenster lauerte, musste ihn schon hören, und es konnte auch mal ein anderer Dienstbote aus dem Haus treten oder gar jemand von der Herrschaft. Ihren Eltern zum Beispiel wäre ein nächtlicher Spaziergang im Garten durchaus zuzutrauen.

»Also geh dorthin, wo du hingehörst.« Deirdre wandte sich zum Gehen.

»Weißes Miststück!«

Deirdre versuchte, nicht auf die Worte zu hören, die er ihr nachrief. Sie konnte ihn nicht lieben, und eine Liebe, die es nicht gab, konnte sie auch nicht verlieren.

Deirdre war trotzdem untröstlich, als sie sich zurück in ihr Zimmer schlich.

# DER SCHWARZE MESSIAS

Saint-Domingue – Roche aux Brumes, Cap-Français,
Macandals Lager

Herbst 1756 – Anfang 1757

# KAPITEL 1

Jefe war wie in Trance, als er endlich aufhörte, Deirdre zu beschimpfen. Sie hörte es ja doch nicht mehr, sie war längst im Haus verschwunden. Und er ging nur weitere Risiken ein, indem er herumpöbelte. Andererseits war er weit davon entfernt, an irgendwelche Gefahren zu denken. Es war zu schmerzlich, zu enttäuschend. Deirdre … er hatte alles für sie tun wollen, hatte letztlich die *Mermaid* und ihre Mannschaft für sie ans Messer geliefert, und nun stellte sich heraus, dass er ihr nie etwas bedeutet hatte. Wenn er ernsthaft darüber nachdachte, war es schon in Cap-Français abzusehen gewesen. Als sie ihm zuriet, mit Bonnie im Hafen zu bleiben. Das hätte ihr gefallen, ihr Spielzeug jederzeit zur Verfügung zu haben, gefesselt an Bonnie und einen langweiligen Laden …

Jefe steigerte sich in seine Wut hinein, um den Schmerz zu betäuben. Und die Tränen, die ihm die Wangen hinunterliefen, während er sich zurück zum Sklavenquartier von Roche aux Brumes treiben ließ, erklärte er mit dem wieder einsetzenden Regen. O nein, er weinte nicht um dieses weiße Miststück. Wenn überhaupt, dann waren das Tränen der Wut, des Hasses … Er hatte die Weißen immer gehasst! Schon auf Grand Cayman. So, wie sein Vater sie gehasst hatte. Wie hatte er sich nur blenden lassen können von der Schönheit einer Deirdre Dufresne? Wie hatte er darüber Macandal vergessen können und seinen Entschluss, sobald wie möglich in die Berge zu fliehen?

»Halt! Wer ist da?«

Jefe hatte kaum bemerkt, dass er Nouveau Brissac inzwischen verlassen und das Gelände von Roche aux Brumes betreten hatte. Dabei hätte er längst vorsichtiger sein sollen, vom Schatten eines Baumes in den des nächsten huschen müssen. Er konnte das doch. Aber jetzt …

»Stehenbleiben!« Die Stimme von Mèz Oublier …

Jefe begann zu rennen. Wenn es ihm gelang, unerkannt ins Sklavenquartier zurückzukommen … Doch da hörte er auch schon Hufschläge hinter sich. Natürlich, der Aufseher patrouillierte nicht zu Fuß … Jefe dachte verzweifelt nach, während er keuchend weiterlief. Was sollte er sagen? Wie sich rechtfertigen?

Dann fiel ihm plötzlich etwas ein. Der Passierschein von Nora Fortnam! Er steckte immer noch in seiner Tasche. Und auch, wenn Oublier ihm natürlich niemals glauben würde, dass die Lady ihn mitten in der Nacht irgendwohin beordert hatte … es gab ihm doch eine Atempause.

Jefe blieb stehen. »Nicht schießen, Mèz Oublier! Bitte, bitte, Sie mich erschrecken, deshalb … ich Caesar, Mèz, von Plantage hier. Ich nicht Ausbrecher!« Schwer atmend, aber mit gespielt harmlosem Gesichtsausdruck sah er zu dem Aufseher hoch.

Oublier schnaubte. »Ach ja? Und warum läufst du dann vor mir weg, wenn du nichts zu verbergen hast? Was machst du hier, Caesar? Raus mit der Sprache!«

Jefe hielt ihm mit nur halb gespieltem Zittern das Papier entgegen. »Hier, Mèz, Passierschein. Von Madame aus … aus große Haus. Ich ihr geholfen, da sie mir …«

Jefe fiel siedendheiß ein, dass er sich mit Nora weder auf eine Geschichte geeinigt noch den Passierschein auch nur gelesen hatte. Nun, haltbar würde die Sache um diese Zeit sowieso nicht mehr sein. Doch immerhin ging der erste Teil der Rechnung auf. Der Aufseher griff nach dem Zettel. Jefe blickte zu Boden. Er brauchte eine Waffe … und verlor dann keine Zeit, als Oublier das Papier nah an seine Augen hielt, um im schwachen Mondlicht irgendetwas erkennen zu können. Wenn ihn das auch nur einen Herzschlag lang ablenkte …

Jefe ergriff einen kräftigen Ast. Sie hatten hier die Bäume für die neuen Hütten im Sklavenquartier gefällt, und das Restholz war liegen geblieben. Jetzt rettete es ihm die Haut. Noch bevor Oublier reagieren konnte, schmetterte er den Knüppel mit aller Kraft gegen seinen Oberkörper. Der Aufseher schwankte im Sattel, und dann, als Jefe gleich noch einmal ausholte, erschrak auch noch sein Pferd. Der Rappe stieg – und Oubliers Füße rutschten aus den Steigbügeln.

Jefe sah den Aufseher fallen und schlug sofort auf ihn ein. Es gab ein knackendes Geräusch, als der Knüppel Oubliers Schläfe traf – und Jefe wusste eigentlich, dass er nicht mehr tun musste. Seine angestaute Wut auf diesen Mann, und auch auf Deirdre, schuf sich jedoch Raum. Jefe schlug wieder und wieder zu. Erst als Oubliers Kopf nur noch eine blutige Masse war, kam er zur Besinnung – und erschrak über seine Tat.

Schon auf den Angriff auf einen Aufseher stand der Tod – Jefe dachte an den Mann, der kurz vor seiner Ankunft auf der Plantage gehenkt worden war. Und er hatte nun einen von ihnen erschlagen. Es gab keine Chance, damit durchzukommen. Natürlich würden die anderen Sklaven für ihn lügen. Doch wenn man sie auspeitschte … niemand schwieg unter der Folter. Und Abel würde sich auch ganz ohne Peitschenhiebe binnen kürzester Zeit in Widersprüche verstricken. Nein, weder konnte er das Risiko eingehen, noch die anderen Sklaven mit in die Sache hineinziehen. Er konnte jedoch etwas anderes …

Jefe zog kurz Bilanz, was alles durch den Mord in seinen Besitz gelangt war – ein Säbel, mit dem er besser umgehen konnte als die meisten Feinde, mit denen er es auf der Flucht zu tun haben konnte, eine Peitsche, eine Muskete und ein Pferd. Jefe wollte Deirdre hassen, aber im Moment dankte er dem Himmel für ihre Bemühungen, ihm zumindest die Grundbegriffe des Reitens beizubringen. Er konnte sich im Sattel halten, auch im Galopp. Und dieses Pferd trug einen schönen, bequemen Sattel …

Jefe löste mit dem Säbel den Gürtel von der Leiche und zog Oublier auch die Stiefel aus. Sie passten ihm nicht ganz. Wenn er lange darin laufen müsste, würden sie drücken. Beim Reiten war es jedoch besser, Stiefel zu tragen, statt die Füße barfuß in die Steigbügel zu stellen. Das Pferd blieb brav stehen, als Jefe aufstieg. Er atmete auf. Dann trieb er den Rappen vorsichtig an. Der setzte sich in Bewegung, und Jefe warf einen letzten triumphierenden Blick auf seinen toten Feind und das Sklavenquartier von Roche aux Brumes.

Er war wieder frei. Und wenn er jemals hierher zurückkehren würde, dann nur, um Rache zu nehmen!

Jefe ritt so schnell er konnte auf die bewaldeten Hügel im Inland Hispaniolas zu. Die Insel war vom Meer her kolonialisiert worden, und die Kaffee-, Tabak- und Zuckerrohrplantagen fraßen sich immer weiter ins Landesinnere hinein. Aber es gab noch ausreichend unberührtes Gebiet, das den Maroons Schutz bot. Es sollte etliche Camps geben, die unter Macandals Oberaufsicht standen. Angeblich wurden die entlaufenen Sklaven, die freien Schwarzen und Nachkommen der Indianer dort auch militärisch geschult.

Jefe hatte natürlich keine Vorstellung, wo genau er die Dörfer suchen sollte, er erinnerte sich allerdings an die Erzählung seiner Mutter, die einst durch die Blue Mountains geirrt war, um das legendäre Nanny Town zu erreichen. Ich wusste, dass ich die Maroons nie finden würde, hatte sie gesagt, aber ich war mir sicher, sie finden mich.

Darauf wollte sich nun auch Jefe verlassen, vorerst waren jedoch noch Grenzpflanzungen zu durchqueren. Der junge Mann bewegte sich darin so vorsichtig voran, wie das für einen Reiter nur möglich war. Er hatte gehört, dass die Aufseher hier besonders wachsam waren. Jefe stieß dennoch mit keinem einzigen Weißen zusammen, gesucht wurde er offensichtlich noch nicht. Das Fehlen von Oubliers Pferd war zwar möglicherweise schon in der Nacht bemerkt worden, und vielleicht hatte man die Leiche auch gleich gefunden, aber sicher konnte sich niemand vorstellen, dass ein Feldsklave den rassigen Rappen beherrschte und sich lange genug in hohem Tempo auf ihm halten konnte, um zwanzig Meilen in kürzester Zeit hinter sich zu bringen.

Der kleine Trupp von *pacotilleurs*, den er am Morgen auf dem Weg nach Osten überholte, wusste jedenfalls von nichts und stellte auch keine Fragen. Die Händler wunderten sich zwar sichtlich, einem Schwarzen auf einem wertvollen, mit hochwertigem Sattelzeug ausgestatteten Pferd zu begegnen, aber sie fragten nicht, sondern teilten nur eine Mahlzeit mit Jefe und tauschten unverfängliche Neuigkeiten mit ihm aus. Macandal, so erfuhr er, hatte Giftanschläge auf einige Plantagen in Artibonite, im Westen der Insel, verübt, ganze Brunnen waren vergiftet worden. Einer der Pflanzer hatte dabei nur Vieh verloren. Ihm wurden die sterbenden Pferde, Rinder und Schweine wohl früh genug gemeldet, um sich selbst zu retten. Auf zwei anderen Pflanzungen hatte es dagegen die gesamte weiße Familie dahingerafft – die Sklaven waren geschlossen in die Berge geflohen.

»Jetzt geht natürlich die Angst um«, verkündeten die *pacotilleurs*. »Schlecht für uns, denn der Handel zwischen den Plantagen liegt völlig danieder, gut dagegen für Macandal.«

Jefe meinte, einen wissenden Unterton herauszuhören. Vielleicht müsste er diese Männer nur fragen, womöglich wussten sie den Weg zu Macandal. Es war bekannt – leider auch den Weißen –, dass die Aufständischen die fliegenden Händler gern als Boten nutzten. Er wagte die Frage jedoch nicht, sondern folgte zunächst weiter der Straße, um dann davon abzuweichen und tief in den Urwald einzudringen. Das Pferd kämpfte sich durch herabhängende Zweige, Farne und Buschwerk, und Jefe lauschte beunruhigt auf die Laute der Tiere in den Bäumen, im Unterholz und in den Flüssen. Wenn er oder das Pferd tranken, hielt er die Muskete stets schussbereit. Es hieß, dass Krokodile blitzschnell angriffen …

Für die beiden Männer, die ihm am zweiten Tag seiner Flucht in den Weg traten, als wären sie aus dem Nichts erschienen, wäre Jefe auf keinen Fall schnell genug gewesen – weder mit der Muskete noch mit dem Säbel. Zudem waren auch sie bis an die Zähne bewaffnet. Und sie hielten sich nicht mit langen Vorreden auf.

»Was machen hier?«, blaffte der eine ihn an, bevor Jefe sich noch vom ersten Schreck erholt hatte.

Jefe versuchte, gelassen zu bleiben. »Ich suche den … den Geist von Hispaniola.« Das war die Losung gewesen.

Die beiden Männer sahen einander an. »Du kommen von Plantage?«, fragte der Sprecher.

Jefe nickte. »Ja. Und ich habe ihn sprechen gehört. Ich war einer … einer von zwölf. Und ich habe das Herz und den Mut und die Kraft zu kämpfen. Nur die Geduld habe ich verloren …«

Die Männer grinsten. Sie kannten die Reden ihres Anführers gut.

»Woher du haben Pferd?«, fragte der zweite Mann.

Jefe zuckte die Schultern. »Es hatte keinen Herrn mehr … da mochte ich es nicht frei herumlaufen lassen. Es hätte in die Zügel treten können …«

Die Männer lachten jetzt beide. »Und mit Verschwinden von Herr du hattest nichts zu tun?«, bemerkte der Erste mit spöttischem Unterton. »Wir gehört Geschichte. Von Sklave, die getötet Aufseher. Unten in Roche aux Brumes.«

»Dann braucht das Pferd sie ja nicht mehr zu erzählen«, meinte Jefe. »Mein Name ist Caesar. Big Black Caesar. Bringt ihr mich jetzt zu Macandal?«

»Wir dich bringen in Lager. Da du sehen Geist. Aber du nicht sagen Black Caesar. Nur Caesar. In Camp von Macandal alle schwarz.«

Jefe stieg ab und folgte den Männern zu Fuß, das Pferd tapste ihm brav hinterher. Die Wege, über die ihn die beiden führten, wären für einen Reiter auch schwer passierbar gewesen, Jefe allein hätte sie kaum gefunden. Man musste sich unter üppigem Buschwerk mit fleischigen Blättern und manchmal betörend duftenden, manchmal seltsam erdig oder gar verfault riechenden Blüten oder Rispen bücken. Der Weg war weit, und Jefe fragte sich, ob Macandal wirklich in einem so großen Kreis um sein Lager Wachen abstellte oder ob er nur zufällig einer Patrouille über den Weg gelaufen war.

»Wie viele seid ihr in eurem Lager?«, erkundigte er sich.

»In Einzellager nicht viele, zweihundert, dreihundert … Aber insgesamt … ganze Lakou … viele Tausend Mann und Frau. Sind Dörfer, auch … auch Lager …« Ein passenderes Wort schien dem Mann nicht einzufallen. »Wo lernen schießen, kämpfen, mischen Gift …«

Militärische Ausbildungslager. Also stimmte es, was man sich über Macandal und seine Organisation erzählte. Und die Gruppe selbst nannte sich Lakou, das Voodoo-Wort für Gemeinde. Macandal war also nicht nur ihr militärischer, sondern tatsächlich auch ihr spiritueller Führer.

Jefe war mehr als gespannt, als das Lager des Schwarzen Messias endlich in Sicht kam. Es lag gut versteckt im Schatten eines mit rötlichen Felsen überzogenen Hügels mitten im unberührten Urwald, den man bei der Anlage des Dorfes nicht angetastet hatte. In der Umgebung der Plantagen wurden die Wälder zumindest ausgedünnt, um lichter zu wirken, hier hatte man darauf verzichtet. Sicher bewusst, niemand erwartete mitten in diesem grünen Dschungel eine menschliche Ansiedlung.

Das Lager wirkte enttäuschend auf Jefe. Nach den Erzählungen seiner Mutter von Nanny Town hatte er eine Art afrikanisches Dorf mit Rundhütten, Einfriedungen und Feldern erwartet. Macandals Lager unterschied sich allerdings kaum von einer Sklavensiedlung. Auch hier waren die Häuser primitiv, klein, schnell aus Holz und Lehm gebaut. Es gab auch nur wenig Landwirtschaft. Um manche Häuser herum fanden sich Gärten, um andere nur festgestampfter Naturboden. Ein paar Schweine suchten zwischen den Hütten nach Nahrung, in einem Korral befanden sich schlecht genährte Rinder. Eine Überraschung bot lediglich der Versammlungsplatz vor dem Eingang zu einer Art Grotte oder Höhle im Hügel.

»Tempel«, erklärte einer von Jefes Begleitern und wies auf den Berg. Wahrscheinlich nutzte man diese natürliche Kathedrale für Gottesdienste.

»Hier gleich sprechen Geist«, fügte der andere Mann hinzu. »Du hinsetzen, zuhören. Danach reden.«

Auf dem freien Platz saßen schon etliche Schwarze, vorwiegend Männer. Jefe nahm an, dass dieses Lager hauptsächlich Kämpfer, weniger Familien beherbergte. Seine Begleiter wiesen ihm einen freien Platz an und setzten sich dann selbst. Jefe war unschlüssig. Er hätte sich gern ausgeruht, aber eigentlich musste er erst mal einen Platz für das Pferd finden. Ob es im Lager Ställe gab? Unsicher wandte er sich dem Korral zu, in dem die Rinder standen. Vielleicht konnte er den Rappen dazustellen oder wenigstens darin anbinden, und dann musste er Futter für das Tier finden.

Jefe entschied, das Pferd erst einmal in den Auslauf zu bringen und dann um Hilfe zu bitten. Als er jedoch Anstalten machte, das Tor zum Korral zu öffnen, schoss eine große, schlanke Frau aus der Hütte nebenan – einer niedrigen, ovalen Hütte, so wie man sie angeblich in Afrika baute. Die schlichte Konstruktion war ihm zuvor gar nicht aufgefallen, jetzt hätte Jefe sie sich gern näher angesehen. Dazu bot sich allerdings keine Gelegenheit. Die Frau stellte sich ihm, sichtlich aufgebracht, entschlossen in den Weg.

»Meine Rinder!«, rief sie aggressiv.

Jefe bemerkte erst jetzt, da die Frau ihm mit blitzenden Augen und wütendem Gesichtsausdruck gegenüberstand, wie schön sie war. Das kurze Haar betonte ihre hohen Wangenknochen und brachte ihr edles Gesicht und die brombeerfarbenen dunkel umrandeten Lippen erst richtig zur Geltung. Ihre Augen waren groß und leicht schräg gestellt, und in den durchbohrten Ohrläppchen trug sie bunte Ringe. Auch ihre Kleidung war auffällig. Sie trug eine Art Kaftan, vergleichbar mit dem, den Macandal bei seiner Rede getragen hatte. Er war leuchtend rot.

Jefe machte eine beschwichtigende Handbewegung. »Ich will gar nichts von deinen Rindern«, beteuerte er. »Ich wollte nur mein Pferd dazustellen.«

»Nicht zu meine Rinder!«, erklärte die Frau.

Weder Jefes Waffen noch sein imponierender Körperbau schienen sie in irgendeiner Weise zu beeindrucken. Um ihre Rinder zu schützen, hätte sie offenbar vor nichts zurückgeschreckt.

Jefe seufzte. »Wohin denn dann? Hast du einen Vorschlag? Habt ihr sonst keine Pferde? Oder Maultiere?«

Die Frau schien ihn nicht oder nur ungenügend zu verstehen. Jetzt kam jedoch eine andere, ähnlich gekleidete, aus Richtung des Versammlungsplatzes. Auch sie war jung und sehr hübsch, nur kleiner, gedrungener, mit üppigen Brüsten und langem Kraushaar. Ihr Kaftan war weiß.

»Keiner stielt deine Rinder, Sima«, begütigte sie. »Mach dir doch nicht immer solche Sorgen. *Er* hat sie dir gegeben, also behältst du sie auch.«

»Mann Pferd«, sagte die Schlanke unglücklich.

»Ich bin gerade angekommen und würde mir gern die Rede

des Geistes anhören«, wandte Jefe sich an die Neue, die erfreulicherweise fließend Französisch sprach. »Aber vorher muss ich das Pferd irgendwo unterbringen. Und es würde sicher gern etwas fressen. Es ist weit gelaufen.«

Die Frau nickte verständnisvoll. »Wo das Futter ist, weiß ich nicht«, meinte sie. »Aber dahinten ist ein Schuppen für die Maultiere, da kannst du das Pferd hinstellen. Irgendjemand wird es dann schon füttern. Und du komm nun, Simaloi. *Er* wartet …«

Die rot gewandete Schöne nickte, beobachtete argwöhnisch, ob Jefe sich wirklich mit dem Pferd entfernte, bevor sie ihren Wachtposten aufgab, dann folgte sie der anderen.

Jefe fand das befremdlich, lief aber schnell zu dem improvisierten Pferdestall, in dem auch Futter lagerte. Er band den Rappen an, sattelte ihn ab und nahm den Sattel sowie die Waffen mit. Er glaubte nicht, dass man in Macandals Lager mit Diebstählen rechnen musste, die Frau mit den Rindern hatte ihn jedoch verunsichert. Wenn hier schon die Gefahr bestand, dass jemand magere Rinder stahl …

Jefe kam gerade in dem Moment auf den Versammlungsplatz, als sich die Holztür zu der Grotte im Berg öffnete. Zwei junge Mädchen stießen sie auf, dann strömten Frauen heraus und gruppierten sich rechts und links des Eingangs. Jefe nahm wahr, dass sie alle jung und schön waren – sie gehörten offenbar verschiedenen Stämmen an, einige waren auch Mischlinge oder trugen die Züge der indianischen Ureinwohner. Die Frauen waren außergewöhnlich reizvoll und ähnlich gekleidet wie die beiden, die er schon beim Rinderkorral kennengelernt hatte.

Jefe erhaschte einen Blick in die Grotte. Abgesehen von dem gespenstisch roten Leuchten – die rötlichen Felswände reflektierten das Licht etlicher Fackeln – glich das Heiligtum einem Obeah- oder Voodoo-Tempel. Es gab ein Feuer in der Mitte, an den Wänden hingen Götterfiguren verschiedenster afrikanischer Kulturen sowie Kreuze und Abbildungen der christlichen Dreifaltigkeit und der Muttergottes. Ein paar niedrige Hütten waren erstellt worden, in denen die Geister wohl Wohnung nehmen konnten. Die Obeah-Leute auf den Caymans pflegten sie um ihre eigenen Häuser herum zu gruppieren. Das legte den Gedanken nahe, dass Macandal in dieser Grotte wohnte. Es mochte tiefer drinnen weitere Räume geben.

Jetzt jedenfalls trat der drahtige, einarmige Mann ins Freie – ein gut geplanter Auftritt, denn eben ging die Sonne unter und hüllte den Führer und Voodoo-Priester dieser Gemeinde in ein gespenstisch rotes Licht. Macandal folgten zwei größere Männer – sicher Mayombe und Teysselo, die engsten Freunde des Geistes, wie man auf den Plantagen flüsterte. Angeblich stammten sie aus der gleichen Provinz in Afrika wie Macandal, auf jeden Fall wirkten sie ein wenig wie eine Leibgarde. Jefe beobachtete fasziniert, wie Macandal durch die Reihen der Frauen schritt, die sich sofort vor ihm niederwarfen und den Saum seiner Gewänder und seine Füße küssten. Einem Piraten wäre es niemals eingefallen, einem noch so sehr geschätzten Gegenüber derart untertänig zu huldigen, die Frauen schienen es hingegen willig und gern zu tun. Die große, schöne Frau – wie hatte die andere sie genannt? Sima? – stimmte ein betörendes Lied an. Ihre dunkle Stimme hatte Jefe eben schon fasziniert, nun, da sie sang, zog sie ihn so sehr in ihren Bann, dass er sich zwingen musste, seine Aufmerksamkeit auf Macandal zu richten.

In diesem Moment warf sich auch die restliche Gemeinde in den Staub, die Menschen auf dem Versammlungsplatz erwarteten Macandal auf den Knien. »Heiland, Erlöser, Messias«, riefen sie. Der Schwarze Messias lächelte und gebot ihnen mit einer bescheiden wirkenden Geste, sich wieder bequemer zu setzen. Der Aufforderung kamen sie schnell nach, die Hochrufe verstummten langsam.

Schließlich erhob sich Macandals Stimme. Eindringlich und betörend wie damals in dem Schuppen, in dem Jefe ihn zum ersten Mal gesehen hatte. Hier, vor seinem versammelten Volk, sprach Macandal noch machtvoller und selbstbewusster.

»Meine Freunde!«, grüßte er die Zuhörer, »ehrt nicht mich. Ehrt die Götter und Geister, die mich gesandt haben!«

Macandal griff nach einer Fackel und entzündete einen vorbereiteten Holzstoß. Das Feuer loderte sofort auf, und eine der Frauen, Jefe erkannte die weiß gekleidete, die ihm zuvor den Weg zu den Ställen gewiesen hatte, bereitete einen Kessel vor, der darübergehängt wurde. Eine andere brachte ein Huhn, eine weitere Kalebassen mit Zuckerrohrschnaps und Rum – die Voodoo-Zeremonie begann. Aber Macandal beschwor nicht nur die Götter, seine Opferfeier und Anrufung verlief eher verhalten. Jefe fiel auf, dass keine Schnapsflaschen kreisten und dass niemand in Trance verfiel, schrie und zuckte, wie er es von Obeah-Zeremonien kannte, wenn die Geister in die Körper der Gläubigen fuhren. Ob das eine mit dem anderen zusammenhing? Jefe hatte Besessenheit immer für eine Folge des massiven Alkoholgenusses während der Zeremonien gehalten. Hier wünschte man sich offenbar, dass die Gläubigen einen klaren Kopf behielten, auch wenn die Dämpfe, die schließlich aus dem Kessel drangen, nachdem sich darin das Blut der Opfertiere, der reichlich damit vermengte Zuckerrohrschnaps und die Aromen verschiedener Kräuter verbanden, durchaus etwas Betäubendes hatten. Oder Belebendes?

Jefe wusste nicht, ob er seinen Willen verlor oder gerade an Mut und Zuversicht gewann. Die Gesänge der Gemeinde waren auf jeden Fall lauter und eindringlicher als alles, was er bisher auf ähnlichen Zusammenkünften gehört hatte. Mitunter klangen sie mehr wie Schlachtrufe denn wie Hymnen.

»Die Götter lieben euch!«, rief Macandal, während er die Gemeinde mit der Flüssigkeit aus dem Kessel bespritzte, um sie zu heiligen und zu segnen. »Und sie haben euch Geschenke gemacht! Eines davon bin ich – ich wurde geschickt, um euch in die Freiheit zu führen! Und das zweite ist das Land! Wir alle hier … oder zumindest unsere Väter, haben schon einmal Land besessen. Drüben in Afrika, in unserer Heimat. Dann verschleppten uns die Weißen, getrieben von Habgier und Bosheit, in ein neues Land, das vermeintlich ihnen gehört. Aber so ist es nicht! Land gehört immer denjenigen, die es bearbeiten. Und wir haben dadurch Anspruch auf dieses Land! Die Götter haben es mir offenbart, sie stehen hinter euch, sie schenken euch, sie schenken uns, Hispaniola, dieses Land. Schaut es euch an, meine Kinder!« Macandal zog eine der jungen Frauen, die im Halbkreis um das Feuer knieten, in dessen hellen Schein und strich ihr etwas von dem Blut aus dem Kessel auf die Stirn. Dann öffnete er ihr Gewand, das fließend an ihr herabglitt. Die zierliche Schwarze kniete jetzt nackt vor der Versammlung, doch sie lächelte, beseelt von der Ehre, für dieses Ritual erwählt worden zu sein.

»Wenn dies hier, wenn sie Hispaniola ist«, Macandal zog wie ein Magier ein Tuch aus einem Gefäß, das hinter ihm am Feuer stand, »so trug sie zunächst diese Farbe.« Feierlich legte er der Frau einen gelben Schal um die Schultern, der ihre Blöße allerdings kaum verdeckte. »Die Farbe der Indianer, der Arawak, die ursprünglich hier lebten.« Vereinzelt jubelten die Zuhörer auf. Wohl die Nachkommen der Arawak unter den Maroons. »Dann erschienen die Weißen«, Macandals Stimme wurde drohend, Jefe meinte, irgendwo ein Trommeln zu hören, das seine Worte unterstrich, »und sie töteten die Menschen der Stämme. Die Menschen, denen dieses Land wirklich gehörte! Sie unterjochten sie, brachten ihnen ihre Krankheiten, ihren Schnaps, ihre Laster.« Macandal nahm ein großes weißes Tuch und drapierte es so über den Körper der jungen Frau, dass es den gelben Schal größtenteils verdeckte. »Erst kamen die Spanier, dann die

Franzosen«, sprach er weiter, »alle bösartig und verderbt. Doch die Götter ließen sie in ihr Unglück laufen, indem sie in ihrer Gier und ihrer Selbstüberschätzung auf den Schwarzen Kontinent übersetzten, um Sklaven für ihre Plantagen zu fangen. So kamen wir nach Hispaniola, meine Freunde. So kam ich nach Hispaniola – und ich bringe die Rache!« Wie durch einen Zauber erschien plötzlich ein schwarzes Laken in Macandals Hand. Liebevoll hüllte er die Frau darin ein, bis von dem weißen Schal nichts mehr zu sehen war. »Seht ihr, wem Hispaniola gehören wird, wenn wir nun endlich kämpfen?«, fragte Macandal mit lauter, tragender Stimme in die Menge.

Die Leute jubelten, klatschten, einige Frauen gaben eine Art Trillern von sich. Die junge Schwarze auf der Bühne zog das Tuch enger um sich und blickte zu Macandal auf.

»Ich gehöre dir, nur dir!«, flüsterte sie.

Jefe las die Worte mehr von ihren Lippen ab, als sie zu hören, doch Macandal musste sie vernehmen können, und er nickte. »Ich gehöre euch allen!«, sagte er gütig. »Ich gehöre dem Land, ich bin das Land …«

»Du wirst niemals sterben!«, rief eine der Frauen.

»Ich werde niemals sterben!«, bestätigte Macandal.

Erneut schrien und pfiffen seine Anhänger.

»Und bald, bald kommt nun der Tag, an dem wir triumphieren werden!«, rief Macandal. »Also tut, was euch aufgegeben ist – die Männer bereiten sich vor für den Kampf, die Frauen helfen mir mit den Pflanzen und den Tränken. Viele tausend Giftrationen wollen vorbereitet sein, um die Pflanzer in die Hölle zu schicken. An jenem großen, gesegneten Tag!«

Macandal erhob sich und reichte der jungen Frau an seiner Seite die Hand, um sie in den Tempel zu führen. Sie strahlte und warf den anderen Frauen um sich herum triumphierende Blicke zu. Wahrscheinlich würde sie in dieser Nacht das Lager des Geistes teilen. Die beiden verschwanden wie ein Götterpaar aus dem Feuer- in den Fackelschein am Eingang zur Grotte und dann ganz in dem roten Hügel. Das Tor schloss sich hinter ihnen, Mayombe und Teysselo platzierten sich davor.

»Ich dachte, ich sollte noch mit ihm reden«, wandte sich Jefe etwas benommen an die beiden Männer, die ihn herbegleitet hatten.

Einer von ihnen nickte. »Ja. Wir dich melden, *Er* dich rufen. Du gehen zu Tür, warten. *Er* dich rufen. Sicher.«

Jefe fragte sich, ob der Geist nicht gerade Dringlicheres zu tun hatte. Sein Blick auf die junge Frau war ziemlich eindeutig gewesen. Aber gut, er konnte warten. Vor der Tür saßen einige der Frauen, die zuvor um das Feuer gekniet hatten. Sie schienen ebenfalls zu warten. Ob sie auch ein Anliegen hatten? Oder gar in der Grotte wohnten? Auch die weiß gekleidete Frau saß am Eingang zur Grotte, mit gleichmütigem Gesicht. Als sie Jefes Sattel und die Waffen sah, erkannte sie ihn und lächelte.

»Hat dir das keiner abgenommen, neuer Mann?«, fragte sie.

Jefe schüttelte den Kopf. »Im Stall war niemand. Und einfach dalassen wollte ich es nicht. Ich meine … wenn hier selbst Rinder gestohlen werden, mitten im Dorf …«

Die Frau verzog das Gesicht. »Niemand hier stiehlt«, erklärte sie dann. »Schon gar keine Rinder. Das ist nur eine verrückte Idee von Simaloi.«

»Von wem?«, fragte Jefe.

Die Frau zeigte in Richtung des Rinderkorrals. »Von der Frau mit den Rindern. Sie kommt aus Afrika, wo sie zu einem seltsamen Stamm gehörte. Für die Leute dort ist der Wert einer Frau davon abhängig, wie viele Rinder sie hat – und hier hatte Sima natürlich keine. Sie kam völlig außer sich hier an, war ausgerissen aus einem Bordell in Port-au-Prince. Und hat da wohl ein Kind zurücklassen müssen oder verloren. Sie spricht kaum Französisch, leider haben wir hier niemanden, der ihre Sprache versteht. Von ihrem Stamm wird wohl nur selten jemand verschleppt. Weil es große Krieger seien, meint sie. Das sind andere allerdings auch. Ich denke eher, ihr Stamm zieht viel im Inland herum. Das macht es schwerer für Sklavenfänger, die wollen ihre Beute ja nicht tagelang jagen … Wie auch immer – Sima war sehr unglücklich, und mein Mann … Na ja, wenn er etwas will …« Sie seufzte und hob resigniert die Arme.

»Dein Mann?« Jefe verstand jetzt nichts mehr.

»Mein Ehemann«, erklärte die Frau spöttisch und wies auf die Tür zu der Grotte, vor der sie warteten. »Ich bin Mireille Macandal. Und es ist nicht so, dass *Er* mich nicht schätzt. Aber Simaloi und Kiri, mit der er gerade dort drinnen ist, und Colette und Camille … Nun ja, er hat ein großes Herz, wenn du verstehst. Und der Weg in Simas Hütte führte nun mal über die Anschaffung von ein paar Rindern. *Seine* Männer haben deshalb extra eine Plantage überfallen … Jedenfalls besitzt sie jetzt wieder ein paar Rindviecher und fühlt sich wichtig. Wenn es sie glücklich macht …«

Jefe schluckte. Macandal verlangte seiner Frau offensichtlich einiges ab, doch Mireille schien es mit Fassung zu tragen. Und mit ihr die beiden anderen Frauen, die vor der Grotte warteten, bis Macandal mit seiner augenblicklichen Geliebten fertig war. Sie wirkten ebenso unbeteiligt wie Mireille.

»Ihr … wohnt dort?«, fragte Jefe und wies auf die Grotte.

Mireille nickte. »Ja. François und ich, und Mayombe und Teysselo mit ihren Frauen.« Sie zeigte auf die beiden anderen.

Sie gehörten also nicht zu Macandal, er führte keine offizielle Vielehe, wie Jefe gerade noch vermutet hatte. In Afrika war dies allerdings völlig normal, auch sein eigener Vater hatte in Nanny Town eine Zweitfrau neben Máanu gehabt. Oder mehrere … Jefe erinnerte sich nicht mehr genau an Akwasis Erzählungen. Máanu hatte andere Frauen nie erwähnt.

Hinter der Tür zu Macandals Tempel schien sich jetzt etwas zu tun. Die Wachen traten beiseite, jemand öffnete die Pforte von innen. Als Erstes trat Kiri heraus. Hoch erhobenen Hauptes und sichtlich stolz begab sie sich zu den Hütten – wahrscheinlich bewohnte sie eine eigene so wie Simaloi. Simaloi … Das Gesicht der jungen Frau stand ihm deutlich vor Augen. Und ihre traurige Geschichte …

Nun hatte Jefe allerdings anderes zu tun, als über Simaloi nachzugrübeln. François Macandal erschien endlich im Eingang zu seinem Refugium und schenkte Jefe sein gewinnendes Lächeln.

»Du bist der Mann, der hoch zu Ross hier eingetroffen ist, nachdem er den berüchtigten Mèz Oublier erledigt hat?«

Verblüfft sah Jefe seinem Gegenüber in die vor Vergnügen blitzenden Augen. Macandal genoss seine Überraschung.

»Wir haben von dir gehört!«, erklärte der Geist. »Und was bringst du uns hier?« Er wies fragend auf den Sattel und die Waffen.

»Beute«, meinte Jefe. »Die Waffen, die ich dem Mistkerl abgenommen habe.«

Macandal nickte und begutachtete die Muskete fachkundig, als Jefe sie aus der Satteltasche zog. »Bring sie gleich hinein«, sagte er und ging Jefe voraus.

Auch die Frauen huschten nun hinter ihm in die Grotte, zogen sich aber gleich tiefer in den Berg zurück. Anscheinend beherbergte der rote Hügel etliche Gelasse. Von dem großen Hauptraum, der den Tempel bildete, gingen mehrere Gänge ab. Macandal nahm sich eine der Fackeln, und sie erreichten kurz darauf über einen Seitengang einen weiteren Raum – ein Waffenarsenal. Zu Jefes Überraschung gab es Musketen, Pistolen, Säbel, Messer … mehr als die *Mermaid* je besessen hatte.

»Wenn die Zeit kommt, werden wir gerüstet sein!«, erklärte Macandal stolz.

Jefe legte seine Waffen dazu. »Sind die alle von entlaufenen Sklaven mitgebracht worden?«, wunderte er sich.

Macandal schüttelte den Kopf. Sein Haar war lang, im Licht der Fackel wirkte es wie ein rötlicher Heiligenschein.

»Nein. Die meisten bringen nichts mit außer ihrem Leben. Die Waffen kaufen wir, wo immer wir ihrer habhaft werden können. Und natürlich helfen uns auch gern die Pflanzer damit aus, die sie nicht mehr brauchen …« Er machte grinsend eine Geste des Halsabschneidens. »Du würdest nicht glauben, wie viele Feuerwaffen sich auf einer durchschnittlichen Plantage finden. Dumm nur, dass wir den Kerlen gewöhnlich gar nicht erst die Zeit lassen, die Dinger zu laden.«

Neben den gefürchteten Giftanschlägen griffen Macandals Männer oft Plantagen an. Auch dabei machten sie sich die Hilfe der Sklaven zunutze. Macandal brachte die Schwarzen im Haus und auf dem Feld schon vor dem Angriff auf seine Seite, verließ sich auf ihre Loyalität und kam ausdrücklich als ihr Befreier. Verräter gab es kaum, die Sklaven öffneten Macandals Leuten die Türen, wenn ihre Herren schliefen, und die Pflanzer wurden meist in ihren Betten erdolcht, bevor sie den Angriff auch nur bemerkten.

»Was willst du nun tun, Caesar?«, fragte Macandal ruhig.

Jefe ahnte, was von ihm erwartet wurde, und ließ sich vor dem Geist von Hispaniola auf die Knie nieder. Die Geste widerstrebte ihm, aber es war sicher nicht in seinem Sinne, sie dem Schwarzen Messias zu verweigern. »Ich will mich dir anschließen«, sagte er. »Und für unsere Freiheit kämpfen. Ich kann mit Musketen und mit dem Messer umgehen, auch mit dem Säbel. Ich könnte deine Männer im Fechten unterrichten.«

Macandal nickte. »Ich hörte von … deiner Vergangenheit. Du kannst hierbleiben. Aber du musst dich bewähren, bevor ich dir einen Posten als Ausbilder gebe, sonst gibt es böses Blut unter den anderen. Man wird dir eine Unterkunft zuweisen, dann trainierst du mit den Männern. In ein paar Tagen werden wir eine Pflanzung angreifen, östlich von hier. Dann werden wir sehen.«

Jefe erhob sich gelassen. Er hatte davon gehört, dass Macandals Armee militärisch organisiert war, es gab Sergeants, Leutnants und andere Führungspositionen. Doch hier wurde man offensichtlich nicht gewählt wie auf der *Mermaid*. Wer welchen Posten bekam, bestimmte nur einer: Macandal. Der Schwarze Messias blickte ihn prüfend an.

»Wie ist es sonst mit deiner Freiheit? Gibt es irgendjemanden auf den Plantagen? Eine Geliebte? Eine Frau?«

Jefe dachte voller Schmerz an Deirdre. Ihm war jedoch klar, dass Macandal sicher nicht aus persönlichen Gründen fragte oder um Anteil an seinem Schicksal zu nehmen. Es ging wohl eher um mögliche Mitverschwörer.

»Nichts, was mich aufhält, nichts, was mir die Kraft raubt«, sagte er entschlossen.

»Nichts, was du nicht töten würdest?«, zischte Macandal. Das Licht um ihn herum tanzte, seine Züge wirkten gespenstisch starr – und Jefe verstand plötzlich, warum man ihn den Geist nannte.

Erneut erschien Deirdres schönes Gesicht vor Jefes innerem Auge, aber er verdrängte es. »Nichts, was ich nicht töten würde!« erklärte er. »Doch es gibt ein Mädchen in Cap-Français. Eine Sklavin im Haus eines Arztes.«

»Victor Dufresne?«, fragte Macandal. Er war wirklich erstaunlich gut informiert.

Jefe nickte. »Ihr können wir vertrauen«, sagte er. »Sie … sie wird tun, was ich sage.«

Macandal lachte. »Du besitzt also ihr Herz … Fragst du dich manchmal, ob es ihr guttut?«

Jefe runzelte die Stirn. Er verstand die Frage nicht. Aber Macandal bestand auch nicht auf einer Antwort.

»Wir kommen darauf zurück, wenn der Tag da ist«, sagte er und machte sich auf den Rückweg zum Hauptraum des Tempels. Jefe folgte ihm. Er nahm Essensdüfte wahr, die aus den Gängen drangen. Mireille und die anderen Frauen kochten. Jefes Hoffnung, Macandal würde auch ihn an seine Tafel laden, erfüllte sich indes nicht. Der Geist geleitete ihn hinaus und gab ihm eine kurze Anweisung, wie er zu den Unterkünften der »Soldaten« finden konnte.

»Wir freuen uns, dass du hier bist!«, sagte er dann noch. »Die Götter haben dich geschickt.«

Draußen war es inzwischen stockdunkel, und der erste Regen fiel. Simaloi, die junge Afrikanerin, hockte im Eingang ihrer niedrigen Hütte, hielt ein Feuer in Gang und bewachte offensichtlich ihre Rinder. Jefe lächelte ihr zu, als er vorbeiging.

»Schöne Tiere!«, bemerkte er. Sie blickte immer noch argwöhnisch. »Du heißt Simaloi?«, versuchte er einen weiteren Vorstoß.

Sie nickte scheu. »Mich nennen Sima«, antwortete sie dann. »Simaloi schwierig. Simaloi Massai.«

»Massai ist dein Stamm?«, riet Jefe.

Die junge Frau nickte.

Jefe wagte es, sich neben sie zu setzen, merkte aber gleich, dass sie sich zurückzog.

»Mich«, er zeigte auf sich, »mich nennen sie Caesar. Mein afrikanischer Name ist jedoch Jefe. Ashanti.« Er klopfte sich auf die Brust.

Simaloi zeigte die Andeutung eines Lächelns. »Ashanti dein Stamm?«

Jefe nickte ebenfalls. »Aber wir haben keine Rinder«, erklärte er.

Zumindest nahm er das an. Tatsächlich wusste er nicht, ob die Ashanti in Afrika Vieh gehalten hatten.

»Dann keine Diebe«, erklärte Simaloi ernst und offensichtlich erfreut. »Weil … alle Rinder auf Welt gehören Massai. Geschenk von Götter.«

Jefe fand, dass man darüber sicher geteilter Meinung sein konnte, aber das war bei Gottesgeschenken wohl immer so. Und von ihm aus konnte Simaloi die Rinder dieser Welt auch gern alle haben. Er war glücklich, neben ihr zu sitzen und vor dem Tropenregen geschützt zu sein, der wieder auf das Lager herabprasselte, wie an fast jedem Abend. Neben Deirdre hätte er nicht sitzen können, ohne von seiner Leidenschaft schier überwältigt zu werden, doch neben Simaloi … Er freute sich an ihrer Schönheit und hatte das Gefühl, dass sie etwas in ihm wachsen ließ. Ein bisschen wie die Fürsorge, die er immer für Bonnie empfunden hatte. Und doch mehr.

Jefe wartete den Regen schweigend ab, dann verließ er Simaloi mit kurzem Gruß. Aber er würde wiederkommen. Er musste wiederkommen und mit ihr reden. Vielleicht konnte er ihr Französisch beibringen. Vielleicht brauchte sie jemanden, der sich um sie kümmerte. Dabei vergaß er, dass sie bereits jemanden hatte, der sich um sie kümmerte oder doch zumindest ein gewisses Interesse für sie hegte. Es sollte ihm schmerzlich ins Gedächtnis gerückt werden, als er am nächsten Abend erneut der Predigt des Geistes lauschte. Denn in dieser Nacht erwählte *Er* Simaloi.

»Nimmt er jeden Tag eine andere?«, erkundigte Jefe sich unwillig bei seinem Nachbarn, als Macandal mit der schönen Massai-Frau in der Grotte verschwand.

Simaloi ging ebenso willig mit wie die junge Frau am Tag zuvor, allerdings blickte sie nicht so triumphierend um sich. Die Gunst Macandals mochte ihr eine Ehre sein, doch offensichtlich keine Freude.

Der junge Mann neben Jefe, ein drahtiger, eher kleiner Mulatte, der durch seine blitzenden schwarzen Augen und seine wallende Lockenmähne auffiel, lachte. Er hieß Michel, und die beiden teilten eine Hütte mit zwei weiteren Soldaten. Die Unterbringung in Macandals Lager unterschied sich nicht wesentlich von der im Sklavenquartier der Plantage, das Essen war sogar schlechter als auf Roche aux Brumes. Schließlich fehlte hier die Hand der begnadeten Köchin Charlene. Die Tagesarbeit kam Jefes Neigungen jedoch deutlich mehr entgegen als die Schufterei im Zuckerrohr. Von Sonnenauf- bis Sonnenuntergang widmeten sich die jungen Männer der Kriegskunst. Sie übten das Schießen mit modernen Waffen und alte, afrikanische Kampftechniken mit Stöcken und Speeren. In der Fechtkunst zeichnete sich niemand besonders aus, auch was blitzschnelles Laden und Abfeuern von Musketen anging, hätte Jefe selbst die Ausbilder leicht übertrumpfen können. Er hielt sich aber zurück, stolz auf seine Besonnenheit. Wenn es zum Angriff auf die Plantage kam, würde er allen zeigen, was er konnte, und sich damit vor dem auszeichnen, auf den es ankam. Macandal.

Jetzt dämmerte es ihm jedoch, dass sein Verhältnis zu dem Rebellenführer getrübt sein konnte, noch bevor es zum ersten Kampf kam. Jefe behagte es nicht, dass Macandal so selbstverständlich die Hand auf eine Frau legte, die ihm gefiel.

»Die Weiber sich drängen!«, antwortete jetzt Michel auf seine Frage. »Weil ist Segen sein Saft.« Er grinste. »Gibt auch immer Ärger in Dörfer, wenn Geist spricht. Frauen sich schleichen in sein Hütte. Hier ja nicht viele verheiratet, aber in Maroon-Dörfer schon. Geist dann muss sein gütig und schenken Maultier an Mann. Oder streng und nehmen weg Frau …«

»Er nimmt seinen Männern die Frauen weg?«, wunderte sich Jefe. »Mit Gewalt?«

Michel verdrehte die Augen. »Für Frau nicht brauchen Gewalt. Frauen alle wollen leben mit Macandal, anbeten ihn, kriegen sein Kinder … Aber Geist immer sagt, sie dableiben, bei ihre Männer. Außer wenn sehr, sehr schön. Und Mann auch will, dass dableiben, und wenn kriegen Esel, dann zufrieden, wenn Frau mit Geist …« Er vollführte eine obszöne Geste.

Die Sache mit den Frauen schien Macandals Schwäche zu sein – was Jefe sogar verstand. Auch er hatte es stets genossen, unter den Huren in den Häfen wählen zu dürfen. Wenn da nur nicht Simaloi gewesen wäre … Er drückte sich noch eine Zeit lang in der Nähe des Tempels herum, bis Macandal die junge Frau entließ, und folgte ihr dann zu ihrer Hütte. Sie fütterte ihre Rinder mit Getreide und Grünzeug, das sie ihnen wohl am Nachmittag geschnitten hatte, und hatte nichts dagegen, dass Jefe ihr dabei zur Hand ging.

»Du magst … den Geist?«, fragte er schließlich, als sie dann ihr abendliches Feuer entzündete – zu seiner Verwunderung mit getrockneten Kuhfladen als Brennmaterial.

Simaloi blickte ihn mit glühenden Augen an. »Ja! O ja! Er uns befreien. Er geben Land und Rinder! Er alle Weißen wird totmachen! Alle! Ich hassen Weiße!« Ihr schönes Gesicht verzog sich. Sie meinte es ernst.

Jefe hätte gern nach ihrer Hand gegriffen, er hielt sich jedoch zurück. Am Tag zuvor war sie schon zurückgeschreckt, als er sich nur etwas genähert hatte, um sich vor dem Regen zu schützen.

»Das ist auch mein Ziel!«, erklärte er. »Wir alle wollen die Weißen vernichten. Macandal ist da nicht der Einzige!«

»Aber zu Macandal sprechen Geister!«, behauptete Simaloi.

Jefe lächelte. »Und zu mir sprechen Musketen«, setzte er dagegen. »Zu mir spricht der Stahl meines Schwertes, spricht die Klinge meines Messers.«

Simaloi schaute bewundernd zu ihm auf. »Ashanti große Krieger?«, fragte sie.

Er nickte. »Sehr große Krieger!« bestätigte er. »Und ich werde es dir beweisen.«

Die Plantage, die das nächste Angriffsziel Macandals sein sollte, lag zwanzig Meilen westlich von Cap-Français und wurde von einer Familie namens Delantier betrieben. Wie auf Nouveau

Brissac pflanzte man hier Kaffee und Zuckerrohr, das Herrenhaus war allerdings weniger einem Schloss nachempfunden als einer Festung. So jedenfalls kam es Jefe vor, als er mit einem Trupp schwer bewaffneter Maroons um das trutzige, steinerne Gebäude herumschlich. Nein, Sinn für verspielte Architektur hatte Mèz Delantier nicht, es hieß, er verstehe auch sonst keinen Spaß. Auf jeden Fall war es einfach für Macandal gewesen, die Haus- und Feldsklaven für sich einzunehmen. Sie hassten ihre Herrschaft – und je näher sie ihr durch die Arbeit waren, desto tiefer war die Abneigung. Die Delantiers schienen richtiggehende Menschenschinder zu sein.

Jefe empfand keinen Anflug von schlechtem Gewissen, als er jetzt in ihr Haus eindrang. Aber dann kam es zu einem Zwischenfall, der die gesamte Aktion gefährdete.

Macandals Männer betraten das Gebäude durch den Kücheneingang, geführt von einem Haussklaven. Der Plan sah vor, die Herren der Plantage im Schlaf zu überraschen und gleich in ihren Betten zu töten. Die Angreifer schlichen durch die Wirtschaftsräume, kamen dann ins Speisezimmer und durchquerten einen Korridor, von dem rechts und links Gesellschaftsräume abgingen. Ein Salon, in dem die Frau des Hauses empfing, das Herrenzimmer … Und aus eben diesem drangen erstickte Laute, als die Männer daran vorbeigingen.

Jefe und die anderen verharrten abrupt, als sie das Schluchzen hinter der verschlossenen Tür hörten. Nun verstanden sie auch Worte. Ein Mädchen wimmerte und flehte.

»Nein, Mèz, bitte nein … Bitte nein, Monsieur … ich … *Maman! Papa!*« Das Mädchen rief verzweifelt um Hilfe. Es musste sich um eine Sklavin handeln.

Jefe und die anderen Männer blickten einander alarmiert an und gingen sofort in Position, um den Raum zu stürmen. Keiner von ihnen zögerte dabei auch nur einen Augenblick. Egal, wie ihre ursprünglichen Pläne ausgesehen hatten, als Erstes musste das Mädchen befreit werden. Und der Besitzer der Plantage, auf den sie es abgesehen hatten, war ja offensichtlich auch hier …

Bevor sie jedoch ihren Überraschungsangriff starten konnten, verlor der Hausdiener, der sie führte, die Beherrschung. »Janine!«, schrie der Mann und stürzte auf die Tür zu. »Dieses Schwein! Dieses Schwein hat meine Tochter … Janine, hier ist *papa*!« Verzweifelt riss er die Tür auf.

Der große, kräftige Mann im Schlafrock, der gerade einem vielleicht vierzehnjährigen schwarzen Mädchen die Kleider vom Leib riss, fuhr herum. Blitzschnell griff er nach einem an der Wand des Herrenzimmers hängenden Degen und stieß ihn kurzerhand seinem Diener in den Leib, als der ins Zimmer stürzte. Einen Augenblick später streckte der Pflanzer einen der sechs großen Schwarzen nieder, die ins Zimmer stürmten. Macandals Männer waren mit Macheten bewaffnet und gebrauchten sie auch äußerst geschickt. Einem geschulten Degenfechter hatten sie allerdings wenig entgegenzusetzen.

Jefe stieß den Sergeant, der den Trupp führen sollte, entschlossen beiseite. Mit Macandals Erlaubnis hatte er Oubliers Säbel behalten und war jetzt bereit, sich zum Kampf zu stellen.

»Ich mache das hier!«, erklärte er kurz und baute sich vor dem Pflanzer auf, der sich jetzt in eine Zimmerecke drückte und den Männern drohend seine Waffen entgegenhielt. Das junge Mädchen beugte sich schluchzend über seinen sterbenden Vater. »Geht ihr rauf und erledigt die Gattin dieses Mistkerls. Delantier, nehme ich an?« Er verbeugte sich spöttisch vor dem Pflanzer, sein Gesicht blieb jedoch hart.

Macandals andere Männer zogen sich zurück – Jefe hatte sehr entschlossen geklungen. Die meisten von ihnen kannten seine Geschichte. Ein Pirat … Sie trauten ihm zu, den Säbel zu führen, und sie sahen natürlich, dass die Fechter Platz brauchten für ihren Kampf.

Delantier griff sofort an, als er eine Chance dazu sah, aber

Jefe konterte geschickt. Tatsächlich spielte er mit diesem Pflanzer wie eine Katze mit der Maus. Der Mann hatte zwar sicher mal eine gute Ausbildung in der Fechtkunst erhalten, aber so viel Übung im Ernstfall wie Jefe hatte er nicht.

Jefe hielt ihn trotzdem noch hin – sollte er ins Schwitzen kommen, bevor er vor seinen Schöpfer trat. Er fügte ihm etliche Wunden zu, statt ihn mit einem Streich zu erledigen. Eine kleine Rache für den Hausdiener, Janine und sicher viele andere Mädchen. Der Pflanzer musste jetzt auch die Schreie seiner Frau und seiner Kinder anhören, die oben von den anderen Maroons niedergemetzelt wurden. Im Allgemeinen töteten sie rasch und leise, aber wenn die Haussklaven von besonders tiefem Hass auf ihren Mèz erfüllt waren, mischten sie sich manchmal ein, und der Überfall wurde zu einem Blutbad. Diesmal gipfelte es darin, dass die schwarzen Knechte und Hausmädchen die Herrin des Hauses mit Peitschen auf die Empore über der Treppe zum Eingangssaal trieben, in den Jefe jetzt auch den Mèz drängte. Er stieß dem Mann den Säbel ins Herz, als die Haussklaven seiner Frau die Kehle durchschnitten und sie johlend die Treppe hinunterstießen. Von den Maroon-Kämpfern war niemand zu sehen. Sie hatten die Weißen den Hausdienern überlassen und waren wohl schon damit beschäftigt, die Wertsachen einzusammeln. Gleich darauf kamen sie mit gefüllten Säcken die Treppe herunter. Die Plünderer brauchten nie lange zu suchen. Das Hauspersonal wusste genau, wo Schmuck und Geld aufbewahrt wurden.

Jefe reinigte seinen Säbel an einem der Teppiche der Delantiers und steckte ihn wieder in die Scheide.

Der eigentliche Anführer des Trupps grinste ihn an. »Gehen wir?«, fragte er. Jefes Fechtkampf mit dem Hausherrn hatte ihn offensichtlich Respekt vor dem großen Schwarzen gelehrt. »Du bist doch hier fertig, oder?« Er warf einen Blick auf den getöteten Delantier.

Jefe nickte. »Hier schon«, meinte er. »Aber ich würde gern

noch einen Abstecher in die Ställe machen. Es geht um … ein Geschenk.«

»Die Pferde holt schon der Trupp von Leutnant Jean«, gab der sichtlich verwunderte Sergeant zurück.

Es wurden stets verschiedene Angriffstrupps eingesetzt, wenn Macandals Männer eine Plantage stürmten. Während einer die Pflanzer ausschaltete und das Haus durchsuchte, ließen die Stallknechte andere in die Ställe, wo sie Pferde und Sattelzeug mitgehen ließen. Alles sollte möglichst gleichzeitig geschehen und die Plünderung zügig vonstatten gehen.

Jefe lächelte dem Mann zu. »Schon richtig. Aber ich … ich brauche ein paar Rinder …«

Es war nicht ganz einfach, auf der Delantier-Plantage Rinder aufzutreiben. Die wenigsten Pflanzer hielten Nutzvieh. Schließlich berichteten die Sklaven aber doch von zwei Ochsengespannen bei der Zuckerrohrpresse. Jefes Vorgesetzter murrte ein wenig, weil es die gesamte Aktion aufhielt, wenn sie die Tiere noch holten. Jefe, Michel und einer der befreiten Sklaven, der mit den Gespannen vertraut war, erboten sich hingegen, den Umweg zu machen und mit den Rindern nachzukommen. Natürlich ein Risiko – aber der Geist war es schließlich selbst eingegangen, als er Simalois Rinder stahl …

Tatsächlich verlief der Raub der Ochsen völlig reibungslos, lediglich die Flucht mit ihnen gestaltete sich zur Geduldsprobe – die Tiere waren stur und langsam. In der Morgendämmerung stand Jefe dann jedoch stolz vor der Hütte von Simaloi.

Die junge Frau wischte sich ungläubig den Schlaf aus den Augen. »Du … Rinder?«

Jefe lächelte ihr triumphierend zu. »Nein, ich habe keine Rinder«, sagte er dann ernst. »Du weißt doch, ich bin Ashanti. Die Rinder gehören den Massai, ich habe sie dir nur zurückgebracht.«

Über Simalois Gesicht ging ein Leuchten. »Du große Krieger!«, erklärte sie, bevor sie die vier Ochsen ihrer Rinderherde zugesellte.

Macandal musste von der Sache mit den Ochsen erfahren haben, erwähnte sie aber mit keinem Wort, als er Jefe später zu sich befahl und in den Rang eines Leutnants beförderte. Er übersprang damit einige Dienstgrade der Armee, doch das kümmerte niemanden. Jefe sollte die Ausbildung der Männer im Fechten übernehmen und in Zukunft selbst Überfälle leiten.

»Werden wir denn noch viele machen?«, fragte er. »Setzen die Pflanzer nicht irgendwann Militär ein?«

Macandal lachte. »Das haben sie längst. Glaub mir, Caesar, wir haben unsere Schlachten schon geschlagen. Da unten ...«, er wies auf die Wälder unterhalb seines Hügels, »verrotten Hunderte von blau-roten Röcken – und ihre Träger!«

»Aber wenn wir jetzt vermehrt Plantagen angreifen ... Versteh mich nicht falsch, ich will mich nicht drücken, ich nehm's gern mit der ganzen Armee auf ... Aber ich möchte verstehen ...« Jefe hätte gern mehr über die Strategie Macandals gewusst. Über den Tag des letzten Kampfes, von dem alle sprachen.

»Du bist ein kluger Kopf, Caesar«, sagte Macandal. »Und du hast Recht. Ja, sie werden ihre Truppen wieder sammeln. Sicher auch welche aus Frankreich anfordern, die paar Männer, die sie hier noch haben, sind uns zahlenmäßig jetzt unterlegen. Und ja, sie werden ein Heer aussenden. Doch das alles kostet Zeit. Vor ihrem Weihnachtsfest, vor der Geburt des Messias, werden sie es nicht schaffen. Und wenn die Truppen dann ankommen ... nun, sie werden ein Land im Aufruhr vorfinden, verwüstete Plantagen, die letzten überlebenden Pflanzer in Panik. Wir geben ihnen dann nur noch den Rest und sehen zu, wie sich die letzten Weißen um die Plätze auf den Schiffen schlagen, um Hispaniola zu verlassen!«

Macandal hatte sich in Rage geredet. So würde es auch klingen, wenn er seinen Plan erst all seinen Gefolgsleuten vortrug.

Jefe glühte vor Stolz, dass ihn der Geist als Ersten ins Vertrauen zog. »Also Weihnachten?«, fragte er.

Macandal nickte.

# KAPITEL 2

Deirdre Dufresne und ihre Eltern sollten erst während ihres nächsten Besuchs auf Nouveau Brissac von Jefes Flucht erfahren. In den Wochen bis dahin drängte niemand darauf, Victors Familie allzu bald wiederzusehen. Deirdre fürchtete sich vor einer erneuten Begegnung mit Caesar – den sie jetzt konsequent Jefe nannte, wenn sie an ihn dachte. Mithilfe ihrer Eltern wärmte sie die Erinnerungen an ihren Halbbruder wieder auf. Nora erzählte ihr alles, was in Nanny Town geschehen war, und Doug steuerte Berichte über die kurze Zeit bei, die Jefe mit den Fortnams auf Cascarilla Gardens verbracht hatte.

»Wir mochten ihn gern, aber er trieb uns auch oft zur Weißglut«, lächelte er. »Er war ein Wirbelwind und grundsätzlich immer erst mal gegen alles.«

»Máanu und Nanny hatten ihn maßlos verwöhnt«, fügte Nora hinzu. »Er mochte sich nicht anpassen, nichts lernen … Ich frage mich, wie er später auf Grand Cayman klargekommen ist.«

»Er hätte auf jeden Fall einen Vater gebraucht«, meinte Doug, »aber mit dem Zusammenleben von Máanu und Akwasi hat es ja wohl nicht geklappt.«

»Habt ihr denn überhaupt noch mal etwas gehört von Máanu und Akwasi?«, erkundigte sich Deirdre. »Und von … von Jefe?«

Nora zuckte die Schultern. »Gemeldet hat Máanu sich nie –

obwohl sie schreiben konnte. Sie war wohl sehr enttäuscht, dass man ihr nicht erlaubte, mit Akwasi zusammenzuleben.«

»Jedenfalls nicht, ohne sich wieder in Sklaverei zu begeben«, fügte Doug hinzu. »Als ich das hörte, habe ich das Schlimmste befürchtet, aber so weit ging die Liebe wohl doch nicht. Zum Glück!«

Nora schüttelte den Kopf. »Máanus Liebe hätte dafür sicher ausgereicht«, widersprach sie. »Sie … Ich denke, sie hat es für Jefe getan. Das Kind wäre ja sonst auch als Sklave aufgewachsen, und das wollte sie nicht.«

Doug seufzte. »Und nun ist er doch als solcher geendet. Jefe ist Akwasi zu ähnlich. Er steht sich wie sein Vater selbst im Weg.«

Deirdre biss sich auf die Lippen. Sie wurde diesmal weitaus besser mit dem Verlust Jefes fertig als bei seinem ersten Verschwinden. Sicher auch deshalb, weil sie sich nun endlich erklären konnte, was die unwiderstehliche Anziehungskraft ausgemacht hatte, die er auf sie ausgeübt hatte. Es musste eine vage Erinnerung gewesen sein – und sie hatten beide den Ruf des Blutes falsch verstanden …

Jetzt, da endlich alles geklärt war, genossen Nora und Doug ihren Aufenthalt in Cap-Français. Auf die Plantagen im Inland zog sie nichts. Tatsächlich graute es ihnen sogar schon vor den Weihnachtsfeiertagen, die sie unweigerlich unter all den bornierten Pflanzern und Sklavenhaltern auf Nouveau Brissac würden verbringen müssen. Schon das, was man in Cap-Français über den immer härteren Kurs hörte, den die Plantagenbesitzer in Saint-Domingue gegen ihre Schwarzen fuhren, entfachte ihren Widerspruchsgeist. Und die Dufresnes rissen sich vermutlich auch nicht um weitere Besuche der angeheirateten Verwandtschaft aus Jamaika. In den letzten Tagen mit ihnen waren Doug häufig Bemerkungen herausgerutscht, die ihn nicht beliebter gemacht hatten. Die französischen Pflanzer wollten nichts darüber hören, wie man das Maroon-Problem friedlich lösen konnte – sie waren aufgebracht über Macandals Morde, und sie wollten Blut sehen. Wenn es sein musste, auch das der eigenen Arbeiter!

»Mein Bruder hat jedenfalls wieder hart durchgegriffen!« Victor seufzte, als sie bei einer Abendeinladung beim Gouverneur von der Flucht eines Sklaven von Roche aux Brumes und der Ermordung des berüchtigten Mèz Oublier hörten. »Dabei war der Kerl, der die Tat begangen hat, sowieso weg, und die anderen wussten offenbar von nichts. Jedenfalls hat keiner was gestanden, obwohl Gérôme alle Feldsklaven hat auspeitschen lassen. Ich würde mich nicht wundern, wenn sie jetzt auch die Flucht planten.«

Nora und Doug wechselten einen besorgten Blick, als sie vom Entkommen des Sklaven hörten. Ihnen war sofort der Gedanke an Jefe durch den Kopf geschossen, Victor wusste jedoch nicht, um wen es sich handelte.

Deirdre hielt sich bei den Diskussionen an diesem Abend ganz zurück. Sie repräsentierte die Arztfrau an der Seite ihres Mannes und tanzte mit jedem, der sie dazu aufforderte. Victor war überglücklich über die Veränderungen in ihrem Wesen. Deirdre schien ihre Schwermut endlich überwunden zu haben. Sie wandte sich ihrem normalen Leben in Cap-Français wieder zu, nahm regen Anteil an Victors Arbeit, dem Leben der Diener und dem Aufwachsen der Kinder. Sie versöhnte sich mit Amali, beobachtete interessiert Leons Werben um Bonnie und machte die Köchin endlich wieder glücklich, indem sie der Zusammenstellung der Speisefolge die gebührende Aufmerksamkeit schenkte sowie Abendessen und kleine Gesellschaften plante.

Im November kam dann allerdings noch eine Einladung aus Nouveau Brissac, die Victor, Deirdre und die Fortnams nicht ablehnen konnten. Yvette hatte ihrem Gérôme einen Sohn geboren, und auf Roche aux Brumes stand die Taufe an. Deirdre bangte ein wenig vor einem möglichen Wiedersehen mit Jefe, aber Nora fand ihre Ahnung schon bestätigt, als sie gleich am Morgen nach ihrer Ankunft mit Victor zum Sklavenquartier ritt, um Kranke zu behandeln. Der entflohene Sklave aus Roche aux Brumes war tatsächlich Jefe gewesen, seitdem fehlte von ihm jede Spur. Bei den anderen Sklaven der beiden Plantagen hatte er sich damit den Ruf eines Freiheitshelden erworben. Die Stimmung zwischen Herren und Sklaven war im ganzen Umkreis schlecht. Gérôme hatte sich die letzten Sympathien seiner Leute verscherzt, als er nach Oubliers Tod regelrecht unter den Feldsklaven hatte wüten lassen. Victors Befürchtungen bewahrheiten sich – zwei der Männer waren bei oder nach den Auspeitschungen gestorben, kurz danach waren drei geflohen, die allerdings bald wieder eingefangen und drakonisch bestraft worden waren. Einer von ihnen starb an Wundbrand, nachdem man ihm die Sehne durchgeschnitten hatte. Das alles schürte den Hass. Weder Victor noch Nora schmeckte fürderhin das Essen, das man ihnen auf Nouveau Brissac oder Roche aux Brumes vorsetzte. Sie waren beide überzeugt davon, dass jeder Haussklave freudig für Macandal getötet hätte, wäre nur ein Ruf an ihn erfolgt.

»Ach, das legt sich alles wieder nach dem Weihnachtsfest«, meinte allerdings Gisbert Dufresne, als Victor ihm und seinem Bruder die schlechte Stimmung in ihren Sklavenquartieren vorhielt. »Wenn sie sich erst nach Herzenslust vollgefressen und besoffen haben, sind sie auch wieder ganz zufrieden mit ihren Mèz.«

Auch in Saint-Domingue war das Weihnachtsfest der Höhepunkt des Jahres für die Feldarbeiter. Allerdings gingen die Herren weit über das hinaus, was die Engländer auf Jamaika ihren Leuten boten. Auf Hispaniola hatten die Sklaven nicht einfach nur frei, die Pflanzer richteten ein aufwendiges Fest für sie aus. Es gab Essen so viel sie wollten, oft brieten ganze Ochsen am

Spieß, und auch der Alkohol wurde nicht rationiert. Die Pflanzer ließen Musiker kommen und ihren Leuten zum Tanz aufspielen, und am Weihnachtstag lockerten sich in der Regel die Versammlungsverbote. Besuche von Freunden oder Familienmitgliedern von anderen Plantagen wurden geduldet. Besonders die Dufresnes ließen sich zu Weihnachten nicht lumpen. Nicht nur ihr Weihnachtsball für die Weißen galt als eines der wichtigsten gesellschaftlichen Ereignisse des Landes, sondern auch das Fest für ihre Sklaven.

»Und jetzt, da Oublier weg ist«, fügte Gérôme hinzu, »also versteht mich richtig, er war großartig, ich werde nie wieder einen Aufseher finden wie ihn, aber die Risiken, die er beim Kauf von Sklaven eingegangen ist … Wir werden das jedenfalls nicht so weitermachen. Besser ein bisschen mehr Geld ausgeben und dafür einen gefügigen Sklaven haben. Dieser Caesar …«

»Caesar?«, fragte Victor alarmiert. »Der Caesar, den wir eine Zeit lang bei uns hatten? Der ist hier?«

Deirdre senkte den Kopf, auch Nora und Doug mochten ihrem Schwiegersohn nicht in die Augen sehen. Sie hatten sich nicht verschworen, Victor und natürlich auch Bonnie nichts von Jefes Wiederauftauchen auf Roche aux Brumes zu erzählen, letztlich hatten sie aber alle geschwiegen.

»Ihr hattet den Kerl mal bei euch?«, wunderte sich Gérôme. »Wie das? Ich dachte, Oublier hätte den direkt von seinem Piratenschiff weggekauft. Ein Fehler, den er jetzt mit dem Leben bezahlt hat. Solche Kerle lassen sich nicht zähmen. Den Gauner hätten sie besser gehenkt, genau wie seine weißen Spießgesellen …«

»Caesar hat Oublier getötet?«, fragte Deirdre entsetzt.

Nora hätte sich ohrfeigen können. Warum hatte sie es ihrer Tochter nicht gleich erzählt? Aber zwischen ihrer morgendlichen Visite bei den Schwarzen und dem förmlichen Mittagessen, bei dem sie gerade saßen, war einfach keine Zeit geblieben.

»Und ist mit seinem Pferd verschwunden!«, bestätigte Gérôme. »Weiß der Henker, wo er reiten gelernt hat.«

Nora sah, dass Victor seiner Frau einen vielsagenden Blick zuwarf und dass Deirdre errötete. Sie hoffte, dass Victor das nur auf die Reitstunden für ihren Pferdeknecht zurückführte, nicht auf andere Geheimnisse.

»Aber dann ist er … dann ist er ja jetzt frei«, murmelte Deirdre geistesabwesend.

»Und sitzt mit ziemlicher Sicherheit zu Füßen des ›Schwarzen Messias‹ Macandal!«, erregte sich Jacques Dufresne. »Einer mehr, der raubt und mordet!«

»Nun lasst aber mal dieses unerquickliche Thema!«, befahl Louise Dufresne.

Nora dankte ihr im Stillen. Bislang hatte wohl noch niemand bemerkt, wie sehr die Nachricht Deirdre aufgewühlt hatte. Die junge Frau wurde abwechselnd rot und blass und stocherte nur noch in ihrem Essen herum.

»Es ist gar nicht gut für dich, Jacques, wenn du dich immer so erregst«, sprach Louise weiter. »Und du, Gérôme, solltest Yvette nicht beunruhigen. Sie hat mit dem Kind und der Taufe schon genug zu tun. Hat der Gouverneur nun zugesagt?«

Nora beobachtete ihre Tochter, während die Dufresnes die Gästeliste für das Fest am nächsten Tag diskutierten. Deirdre hatte sich recht schnell wieder im Griff. Sie schien erleichtert zu sein, und in gewisser Weise teilte Nora diese Empfindung. Auch sie gönnte Jefe die Freiheit, wenngleich sie sich größte Sorgen darüber machte, was er damit anstellte.

Victor sorgte sich, wie er Deirdre und den Fortnams später bei einem Ausritt erzählte, am ehesten um Bonnie. Er schien das mit Amali gemeinsam zu haben, auch sie hatte den anderen Dienern im Hause Dufresne nichts von Jefe erzählt.

»Wir werden es ihr sagen müssen«, überlegte er. »Auch auf die Gefahr hin, dass sie ihm wieder nachläuft.«

»Er macht sich nichts aus ihr!«, bemerkte Deirdre mit einem alten Anflug von Eifersucht.

Victor seufzte. »Nein. Aber sie hat ihn immer geliebt. Ich fürchte, wenn sie von Caesar erfährt, werden Leons Bemühungen um sie im Sande verlaufen.«

Obwohl niemand verstand, warum Leon die unscheinbare Bonnie der bildschönen Amali und sämtlichen anderen jungen Schwarzen in Cap-Français vorzog – es war nicht zu leugnen, dass er in seiner sanften, beharrlichen Weise um sie warb. Bonnie betrachtete seine Komplimente und kleinen Geschenke zunächst mit größter Skepsis, weshalb alle vermuteten, dass sie sich noch zu sehr in der Rolle des Knaben Bobbie sah. Leon blieb jedoch hartnäckig. Er hatte den großen Vorteil, dass Namelok ihn ebenso vergötterte wie er das Kind. Vielleicht erinnerte die Kleine ihn ja wirklich an seine Liebe zu der Sklavin Sankau, wie Amali annahm, oder er war einfach mit vielen Geschwistern aufgewachsen und mochte Babys. Er ging sehr geschickt mit Kindern um und brachte Namelok stets schnell zur Ruhe, wenn sie schrie.

Tatsächlich begann Bonnie bald, ihn um Hilfe zu bitten, wenn sie Probleme mit dem Kind hatte. Sie hatte sich nie zuvor um Kinder gekümmert und wusste nicht, wie sie Namelok halten sollte, wie viel die Kleine schlafen musste und wie man sie fütterte. Natürlich waren auch Amali und die Köchin stets bereit, ihr das abzunehmen – aber ihnen gegenüber empfand sie offensichtlich eine Art Eifersucht. Namelok sollte ihr Baby sein, nicht Sabinas oder Amalis! Mit Leon konnte sie ihre Zuneigung eher teilen. Schließlich war es normal, dass ein Kind eine Mutter hatte und einen Vater. Bonnie mochte zwar nach wie vor überhaupt nicht darüber nachdenken, irgendwann jemand anderen zu heiraten als Jefe, Leon nahm sich jedoch Zeit, ihr näherzukommen. Er pflückte Blumen für sie und kaufte kleine Leckereien, die er dann im Garten mit Bonnie und Namelok teilte.

Immer wieder brachte er ihr billigen Schmuck aus den Läden im Hafenviertel mit, wenn er dort zu tun hatte, und bewunderte sie, wenn sie die Ketten, Armreife und Ohrringe trug. Leon schien glücklich, wenn sie bei ihm saß und lauschte, während er die Trommel schlug und dazu sang. Er hatte eine schöne, melodische Stimme und kannte Lieder aus Afrika, obwohl er auf Nouveau Brissac geboren war und seinen Heimatkontinent nie betreten hatte.

»Neger auf Plantage mir haben beigebracht!«, erklärte er. »Uh, war schwer lernen Worte! Aber macht Leute glücklich, wenn singen von zu Hause … Kann ich singen von dein Zuhause auch! Kennst du Lieder aus Grand Cayman?«

Bonnie schüttelte zu dieser Frage beim ersten Mal einfach den Kopf, aber irgendwann erzählte sie auch ein wenig von ihrer freudlosen Kindheit und Jugend. Sie öffnete sich dem geduldigen Zuhörer Leon, fasste mehr und mehr Zutrauen und begann, seine Zuneigung zu erwidern.

Und nun, so befürchtete Victor, mochte sie diese zarte, knospende Beziehung vielleicht aufgeben, um Caesar in eine ungewisse Zukunft zu folgen. Dem jungen Arzt brach schon der Gedanke fast das Herz. Sein Schützling hatte sich in den letzten Monaten derart gut entwickelt. Bonnie hatte zugenommen und schien sogar noch etwas gewachsen zu sein. Sie war in allem gelassener und sicherer geworden. Vor Kurzem hatte Victor sie dazu angestellt, seine Patienten zu empfangen und ihm während der Sprechstunde zu helfen. Die junge Frau sprach inzwischen gut Französisch, konnte fließend lesen und machte sich überall nützlich. Alle im Stadthaus der Dufresnes würden sie vermissen, wenn sie wirklich davonliefe. Und was es für die kleine Namelok bedeuten würde, nicht im sicheren Cap-Français, sondern irgendwo in einem Rebellendorf aufzuwachsen, mochte sich Victor gar nicht vorstellen.

Nichtsdestotrotz rief er die junge Frau zu sich, als die Familie einen Tag nach der Taufe nach Cap-Français zurückkehrte. Sie lauschte angespannt, die großen schwarzen Augen weit aufgerissen, als er ihr von Jefes Aufenthalt auf der Plantage seines Bruders und seiner Flucht berichtete.

»Ich schwöre dir, ich hab es nicht gewusst, Bonnie«, versicherte der Arzt. »Und Deirdre auch nicht. Die wäre ja sonst die Erste gewesen, die mich gebeten hätte, ihn zurückzukaufen.«

Bonnie senkte den Kopf, als er Deirdre erwähnte. Es tat immer noch weh, sich daran zu erinnern, dass Jefe sie geliebt hatte. So sehr, dass er sogar die *Mermaid* für sie geopfert hatte.

»Wo ist er denn wohl jetzt?«, fragte sie schließlich, als Victor seinen Bericht beendet hatte. »Irgendwo … auf einem Schiff?«

Auch dieser Gedanke tat weh. Sie hätte erwartet, dass Jefe sie suchte, bevor er wieder in See stach. Aber andererseits wusste er ja ebenso wenig davon, dass sie bei den Dufresnes war, wie sie von seinem Verkauf nach Roche aux Brumes geahnt hatte. Es sei denn, Deirdre hätte ihm von ihr erzählt. Bonnie glaubte keinen Herzschlag lang daran, dass Deirdre nichts von Jefe gewusst hatte! Im Gegenteil, ein Wiederaufflackern dieser Liebe erklärte alles: Deirdres plötzlichen Wunsch, mehrere Tage auf Roche aux Brumes zu verbringen, Amalis Ärger und Unruhe … Nein, da war wieder etwas vorgefallen, und erst Jefes Flucht ohne Deirdre hatte die Affäre beendet. Ob er dabei auch nur einen Gedanken an sie, Bonnie, verschwendet hatte? Ob er auch nur versucht hatte, sie zu finden?

»Sicher nicht auf einem Schiff, Bonnie«, antwortete Victor auf ihre Frage. »Im Hafen hätten sie ihn gefasst. Da wird streng kontrolliert. Und er hat diesen Aufseher getötet, wird also obendrein noch als Mörder gesucht. Nein, viel wahrscheinlicher ist eine Flucht in die Berge, zu diesem Macandal.«

»Um zu kämpfen«, murmelte Bonnie.

Sie verspürte einen Anflug von schlechtem Gewissen. Vielleicht sollte sie Jefe helfen, vielleicht sollte sie auch in die Berge … Aber wenn Macandal diesen Kampf gewann, würde Jefe zurückkommen und Deirdre holen. Und Bonnie würde nichts mehr haben außer ihrer Freiheit. Keine Arbeit, keine Familie, keinen … keinen Leon … Sie biss sich auf die Lippen.

Victor rieb sich die Schläfe. Er wusste nicht, ob er es ansprechen sollte, aber bevor das Mädchen eine Dummheit machte … »Bonnie, wenn du zu ihm willst … Ich hoffe es nicht, eigentlich solltest du inzwischen wissen, dass er nicht gut für dich ist, doch bevor du bei Nacht und Nebel wegläufst, stelle ich heute noch einen Freibrief aus für dich und Namelok.«

Bonnie schüttelte den Kopf. »Das ist … das ist sehr, sehr gütig, Mèz. Aber ich werde nicht gehen. Namelok und ich bleiben hier.«

An diesem Tag erlaubte sie Leon zum ersten Mal, ein wenig ihre Hand zu halten. Sie verriet ihm nicht, warum sie weinte, als er später ein jamaikanisches Lied für sie sang.

# KAPITEL 3

Jefe wusste nicht, wie ein Mann aus dem Stamm der Massai eine Frau umwarb, und er hatte auch keine Ahnung, welche Regeln es da bei den Ashanti zu beachten gab. Also versuchte er, Simaloi auf die Art näherzukommen, die er überall in der Karibik unter Weißen und Mulatten beobachtet hatte – er brachte ihr Geschenke. Den vier Zugochsen folgten zwei Milchkühe nach dem zweiten Überfall auf eine Pflanzung, an der er beteiligt war, darüber hinaus verbrachte er so viel Zeit mit ihr wie eben möglich. Schon bald half er ihr, Futter für die Rinder zu schneiden oder sie am Rand des Dorfes zu hüten.

Der jungen Frau allein fiel es schwer, die Herde zusammenzuhalten, am liebsten hätte sie die Tiere in ihrem Korral gefüttert. Da gab es allerdings Einwände anderer Dorfbewohner. Das Futter war schon für die Pferde und Maultiere knapp und seine Beschaffung schwierig. Die Maroons sahen nicht ein, Getreide an eine Herde Rinder zu verfüttern, die niemandem wirklich zugute kam. Simaloi wehrte sich nämlich vehement dagegen, die Ochsen schlachten zu lassen. Stattdessen zapfte sie den Tieren Blut ab, vermischte es mit Milch und schüttelte die Mischung, die sie *saroi* nannte, ausgiebig in einem speziellen Gefäß, um die Gerinnung des Blutes zu vermeiden. Das so entstehende Getränk gehörte bei ihrem Stamm wohl zu den Grundnahrungsmitteln. Simaloi schien es zu schmecken, und sie bot auch den anderen Dorfbewohnern davon an. Die lehnten allerdings angewidert ab, was wieder die junge Frau nicht verstand. Jefe war der Einzige, der bereit war, es zu versuchen.

»Das muss sein Liebe!«, höhnte Michel, als er an Simalois Hütte vorbeikam und seinen Freund heldenhaft an dem Becher mit der rosafarbenen Flüssigkeit nippen sah.

»Das macht stark!«, behauptete Simaloi.

Seitdem Jefe sich um sie bemühte, verbesserte sich ihr Französisch zusehends. Sie gewann langsam die Fähigkeit, sich besser auszudrücken, und erzählte von ihrem früheren Leben. Jefe erfuhr vom Nomadenleben der Massai, die oft weite Strecken zurücklegten, um Futter für ihre Tiere zu finden. Sie waren Hirten, aber dennoch auch ein kriegerisches Volk. Die Sklavenhändler, so berichtete Simaloi stolz, fürchteten sie, es kam nur selten vor, dass ihnen ein Massai ins Netz ging. Simaloi und ihre Familie hatten einfach Pech gehabt. Ihr Vater hatte einem Händler an der Küste Elfenbein verkaufen wollen und sich dazu weit aus den angestammten Gebieten seines Volkes hinausbewegt. Während er unterwegs war, hatten Sklavenfänger sein Lager gestürmt und seine Frauen und Kinder in ihre Gewalt gebracht. Die Familie war dann schon in Afrika getrennt worden, Simaloi hatte einige Zeit bei einem swahilischen Sklavenhändler verbracht, dem sie gefiel und der sie schwängerte. Dass sie schwanger war, hatte sie allerdings erst in Cap-Français gemerkt – es war ein Wunder, dass ihr Kind die Überfahrt auf dem Sklavenschiff überlebt hatte. Sie brachte es dann im Haus eines Kaufmanns im Villenviertel der Stadt zur Welt, doch kurz danach übergab man sie erneut einem Händler.

»Nicht weiß ich warum, aber glaube, dass Madame böse, weil Mèz wollen mich … wollen mit mir …«

Jefe entnahm Simalois Andeutungen, dass die Frau heilfroh gewesen war, dass das Kind nicht die Züge ihres Gatten trug. Sie hatte wohl befürchtet, er habe es gezeugt, kaum dass Simaloi in ihr Haus gekommen war, und drängte dann darauf, die junge Frau wegzuschicken, um weitere Komplikationen zu vermeiden. Obendrein hatte Simaloi sich auch nicht allzu gut zur Haussklavin geeignet. Sie konnte mit Rindern umgehen – beim Abstauben der Möbel in einem herrschaftlichen Haus oder bei der Arbeit als Zofe konnte Jefe sie sich nicht vorstellen. Schließlich war die junge Frau in dem Bordell gelandet, aus dem sie dann zu Macandal geflohen war.

»Und das Kind?«, fragte Jefe.

»Sie wollten umbringen«, sagte Simaloi leise. »Da ich lieber habe es verschenkt.«

Mehr war nicht aus ihr herauszubekommen. Jefe mochte das Thema nicht weiter verfolgen, da es Simaloi traurig machte. Sie weinte nie – anscheinend war es bei ihrem Stamm verpönt, Schmerzen und Gefühle zu zeigen –, aber er merkte, wie nahe ihr der Verlust ihrer Tochter ging.

Jefe ließ sie also lieber von ihrem Leben bei den Massai erzählen, ihren Wanderungen und ihren Rindern, obwohl ihre spätere Geschichte für ihn natürlich aufschlussreicher war. Die Anzahl der Männer, die sie missbraucht hatten, seit sie aus ihrem alten Leben gerissen worden war, erklärte jedenfalls ihre Zurückhaltung, was körperliche Berührung anging. Sie erlaubte Jefe, sich in oder vor ihrer Hütte neben sie zu setzen, bewirtete ihn und schien sich über seine Besuche zu freuen. Aber sie wich zurück, sobald er etwas näher an sie heranrücken oder gar ihre Hand nehmen wollte.

Nur dem Verlangen Macandals ergab sie sich – und zog den Zorn all seiner anderen Geliebten auf sich, als sie zu seiner Lieblingsfrau avancierte.

Macandal brachte Simaloi niemals zur Sprache, wenn er mit Jefe Überfälle plante und Strategien diskutierte. Er zog den jungen Mann jetzt bei jeder Beratung mit seinen Hauptleuten hinzu, und Jefe war außerordentlich stolz, zum engeren Kreis um den Schwarzen Messias zu gehören. Bei den Besprechungen ging es ausgesprochen sachlich zu. Macandal verzichtete auf jegliches Pathos und erwartete von seinen Männern die Vermeidung von Rangstreitigkeiten und Profilierungskämpfen. Frauen wurden nie erwähnt, eine Auseinandersetzung um eine Frau hätte der Rebellenführer zweifellos als unwürdig empfunden. Und ein Caesar als Rivale eines Macandal … der Schwarze Messias ließ nicht zu, dass dies auch nur für irgendjemanden denkbar wurde. Er ignorierte die sich anbahnende Beziehung zwischen seiner Geliebten und seinem Leutnant und erwartete, dass die anderen Männer im Lager das auch taten.

Macandal zeigte Jefe jedoch sehr wohl, wem die Massai-Frau wirklich gehörte. Seit der junge Leutnant ihr die ersten Rinder gebracht hatte, erwählte der Rebellenführer Simaloi nahezu jede Nacht. Meist wanderte sein Blick kurz gelassen in Jefes Richtung, wenn sie willig seine Hand nahm, aufstand und ihm in die Grotte folgte. Die Botschaft war klar: *Er*, der Geist, brauchte die Frau nicht zu umwerben. Sie war da, und sie war sein.

Jefe brachte das in Rage. »Bei mir zuckt sie schon zurück, wenn ich nur ihre Finger streife«, beklagte er sich bei Michel, der immer mehr zu einem Freund wurde, »dabei gebe ich mir wirklich Mühe. Diese Rindviecher gestern …«

Jefe und seine Männer hatten eine weitere Plantage überfallen, und so reibungslos die Plünderung auch abgelaufen waren – die drei Milchkühe der Pflanzung hatten sich als störrische Biester erwiesen, die nicht aus ihrem Stall wollten. Sie hielten Jefe während des ganzen Weges zurück ins Lager in Atem.

Michel lachte. »*Er* Geist. Alle Rinder gehören Simaloi, alle Frauen Macandal. Sie nicht dankbar, er nicht fragen.«

Jefe bemühte sich trotzdem weiter, doch dann verlor die seltsame Rivalität des Rebellenführers und seines Leutnants um die Frau aus dem Volk der Massai plötzlich an Wichtigkeit. Einen Monat vor Weihnachten verkündete der Geist seinem Volk seinen Plan.

»Ich habe beschlossen, an ihrem größten Feiertag zuzuschlagen – wir werden den Tag nutzen, an dem sie uns die meisten Freiheiten lassen, den Tag, an dem schon einmal ein Messias vom Himmel gesandt wurde, um die Leidenden zu erretten! In den nächsten Wochen werden wir Giftpakete ausgeben – an die Sklaven auf Hunderten, vielleicht Tausenden von Plantagen. Ich selbst werde an dem Abend, den sie heilig nennen, auf einer der größten Plantagen sein, um mit der Ausrottung der Weißen zu beginnen. Und am nächsten Tag, dem Fest der Geburt des Herrn, wird unser neues Hispaniola geboren werden! Aus den Schreien und aus dem Blut der Sklaventreiber!«

Wie zur Bekräftigung der Rede ergoss sich das Blut der Opfertiere in Macandals Kessel. Es war bereits dunkel, die Geister waren angerufen worden, und sie materialisierten sich dieses Mal wirklich in ein paar Männern und Frauen, die über Macandals Ankündigung in Verzückung gerieten. Zur Feier des Tages kreisten Kalebassen mit Schnaps – die Maroons gerieten in Hochstimmung, und die Frauen des Geistes ließen sich an diesem Tag nicht abweisen. Gleich drei folgten Macandal und Simaloi in die Grotte, während die anderen draußen tanzten.

Jefe teilte sich eine Flasche mit Michel. »Nun wird ernst«, tat der junge Maroon mit den langen Locken kund. »Wo wird anfangen mit Mord an Heilige Abend Macandal? Muss sein große Pflanzung, wichtige Pflanzung.«

Jefe nickte und blickte ihn grimmig, aber auch mit einem Ausdruck unbändigen Triumphes an. Es war unter anderem ihm zu verdanken, dass die Wahl auf diese Plantage gefallen war.

»Auf Nouveau Brissac«, antwortete er, »bei den Dufresnes.«

In den Wochen vor Weihnachten entfaltete sich im Lager der Rebellen hektische Aktivität. Die Frauen arbeiteten fast rund um die Uhr an der Erstellung der Giftpakete. Sie zogen in Gruppen in die Wälder, um nach Macandals Angaben die nötigen Blüten, Flechten und Pilzgewächse dafür zu finden, trockneten sie sorgfältig und zerstampften sie zu Pulver. Macandal kontrollierte ihre Arbeit und setzte sich mit seinen Hauptleuten zusammen, um die einzelnen Angriffspläne zu erarbeiten. Am 25. Dezember sollte dann seine Armee zuschlagen. Während die Pflanzer auf ihren Plantagen starben, würden Macandals Soldaten die Gendarmerien in den Städten und die Kasernen des Militärs angreifen. Der Plan war, Ämter, Stützpunkte und Gefängnisse zu übernehmen und damit das gesamte Gemeinwesen Saint-Domingues zu kontrollieren. Das musste natürlich generalstabsmäßig organisiert werden. Jefe, einer der wenigen, die lesen und schreiben konnten, schrieb und zeichnete sich daran die Finger wund.

Eines Abends sprach Macandal dann zu den Sklaven, die teilweise von weit entfernten Plantagen eintrafen, um die Giftpakete in Empfang zu nehmen. Sie gingen dazu beträchtliche Risiken ein – viele Hauptleute Macandals hatten sich dagegen ausgesprochen, sie überhaupt einzuladen. Es wäre sehr viel weniger gefährlich gewesen, die Pakete durch Boten der Maroons oder die immer noch allgegenwärtigen *pacotilleurs* verteilen zu lassen. Etliche Gebiete der Insel erreichte man tatsächlich nur durch sie, schließlich lagen mehrere Tagesmärsche zwischen den Pflanzungen bei Port-au-Prince und dem Lager des Geistes. Macandal wollte allerdings so viele seiner Anhänger wie möglich persönlich erreichen, er selbst wollte sie für seine Sache entflammen.

»Wenn nur einer gefasst wird, kann er den ganzen Plan verraten«, gab dagegen Jefe zu bedenken. »Und auch du, Macandal … Es ist gefährlich, wenn du dich nach Nouveau Brissac begibst. Warum bleibst du nicht hier, lässt uns das machen, und trittst erst in Erscheinung, wenn das Land in unseren Händen ist?«

Es war ausgemacht, die Giftpakete für die Umgebung von Cap-Français in dem Schuppen zwischen Nouveau Brissac und Roche aux Brumes, in dem Jefe Macandal zum ersten Mal gehört hatte, zu verteilen, und Macandal war entschlossen, dort am Nachmittag des Heiligen Abends noch einmal zu den örtlichen Köpfen der Bewegung zu sprechen. Danach wollte er sich mit seinem gesamten Gefolge auf der Plantage der Dufresnes einschleichen und mit den Schwarzen feiern, während die Haussklaven dem Hausherrn und den Besuchern des Weihnachtsballes das Gift verabreichten. Jefe hielt das, ebenso wie viele andere Hauptleute, für ein unnötiges Risiko.

Macandal aber lachte nur. »Mich kriegen sie nicht, Junge! Ich bin unsterblich, vergiss das nicht! Ich muss dabei sein, um den Leuten Mut zu machen. Sie müssen wissen, dass ich da bin, dass ich sie schütze, dass mein Licht auf sie fällt! Wir werden uns nicht mehr verstecken! Wir werden unseren Göttern opfern, während sie die Geburt ihres Christus feiern. Wir werden tanzen und singen und …«

Macandals Rede vor den ausgesuchten Sklaven sollte während der Christmessen auf den Plantagen stattfinden. Letztere hielt man aus praktischen Gründen am Nachmittag ab, sodass danach die Bälle stattfinden und die Sklaven entweder bedienen oder ihrerseits feiern konnten. Zu Weihnachten hatten es die Feldsklaven besser als die Hausdiener. Für sie begann das Schlemmen schon am Heiligen Abend, während die Haussklaven den Weißen noch aufwarten mussten. Das Fehlen einiger weniger Schwarzer bei den Messen würde nicht bemerkt werden, Vertreter aller umliegenden Pflanzungen konnten in den Schuppen zwischen Nouveau Brissac und Roche aux Brumes kommen. Und wie es aussah, plante Macandal ja auch für sie eine religiöse Zeremonie. Er sprach von Opferungen, Tanz und Geisterbeschwörung.

»Wer von uns soll denn mitkommen?«, fragte Jefe resigniert.

Er hatte den Ort für das Treffen vorgeschlagen, nachdem er gehört hatte, dass die Wachsamkeit auf Roche aux Brumes sehr nachgelassen hatte, seit er Oublier in die Hölle geschickt hatte. Die verbliebenen Aufseher hatten zwangsläufig an den Bestrafungsaktionen teilnehmen müssen und fühlten sich seitdem noch stärker vom Hass der Sklaven verfolgt als vorher. Durch den Mord an Oublier war ein Damm gebrochen, immer wieder begehrten Schwarze auf und griffen Weiße an, auch wenn es ihren Tod bedeutete. Keiner der Aufseher von Roche aux Brumes wagte sich jetzt noch an lange, einsame Patrouillenritte, wie sie zu Zeiten Oubliers gang und gäbe gewesen waren. Natürlich bewachten die Männer das Sklavenquartier, doch sie behielten nur die möglichen Fluchtwege zwischen ihren Häusern im Auge. Wie man sich trotzdem hinausschlich, wusste jeder aus Damons engerem Zirkel.

Ob den Aufsehern zweier Plantagen aber auch eine große Voodoo-Zeremonie am helllichten Tag entgehen würde? Jefe hätte das Risiko lieber vermieden.

»Du kommst mit«, antwortete Macandal jetzt gelassen. »Und drei der anderen Leutnants. Mayombe und Teysselo nicht.«

Jefe nickte. Die beiden Freunde Macandals sollten die Angriffe in anderen Gebieten leiten. Da konnten sie bis zum Weihnachtstag nicht ankommen, wenn sie Macandal noch am Heiligen Abend nach Nouveau Brissac begleiteten.

»Und von den Frauen Sima und Mireille ...«

»Frauen?«, fragte Jefe verblüfft. »Du willst Frauen mitnehmen?«

Der Geist lächelte zynisch. »Die machen es doch erst richtig festlich!«, gab er zurück. »Erinnerst du dich nicht an das erste Mal, da du mir zugehört hast? Spürst du die Macht nicht stärker, fühlst du dich nicht lebendiger, wenn der Atem des Geistes eine Frau streift?«

Jefe erinnerte sich dunkel an die junge Schwarze von der Dufresne-Plantage, die weit mehr gestreift hatte als nur Macandals Atem. Und auch dieses Mal würden Frauen von den Plantagen zu seiner Zeremonie kommen. Macandal konnte sich ihrer bedienen, wenn er glaubte, sie zur Beschwörung der Geister zu brauchen. Es war nicht nötig, Simaloi und Mireille irgendeiner Gefahr auszusetzen.

»Es wird nichts passieren!«, erklärte Macandal gelassen. »Ich weiß es. Dies wird unser Triumph! Ich sah Hispaniola in Flammen, Caesar. Und wir werden sie entzünden!«

## KAPITEL 4

Es war Leons musikalische Begabung, die ihm überraschend eine Einladung zum Weihnachtsfest auf Nouveau Brissac einbrachte. Er hatte dort von Kindheit an zu einer Gruppe von Musikern gehört, und die anderen Mitglieder baten nun Victor, seinem Knecht zu erlauben, beim Fest der Sklaven aufzuspielen. Jacques Dufresne unterstützte das – er war froh, keine Musiker von auswärts engagieren zu müssen, und Victor hatte natürlich auch keine Einwände.

»Wir nehmen dich gern mit, dann kannst du auch deine Eltern und Geschwister wiedersehen«, sagte er wohlwollend.

Leon verzog das Gesicht. »Schon … ja, Mèz, mich sehr freuen«, druckste er, obwohl er gar nicht so aussah. »Und ich auch gern machen Musik. Aber wollte eigentlich bleiben hier, singen für Bonnie und Namelok und Libby und Amali und Nafia und Sabina …«

Victor fiel siedendheiß ein, dass er an die Weihnachtsfeier für seine eigenen Bediensteten noch keinen Gedanken verschwendet hatte. Leon dagegen schien bereits Pläne gemacht zu haben, wenngleich es ihm wohl vor allem um eine Person ging. Und die schien ihm wichtiger zu sein als seine Familie und seine alten Freunde.

»Wenn ich gehen nach Nouveau Brissac«, räumte er schließlich ein, »dann nicht kann mitnehmen Bonnie? Kann kennenlernen Leons Mom.«

Leon schaute Victor bittend an, lächelte aber auch schon wieder, sichtlich erfreut über seine eigene Idee. Sicher würde Victor nichts dagegenhaben, dass er seine Freundin seiner Mutter und seiner Familie vorstellen wollte. Und so konnte er auf dem Fest singen, Bonnie und Namelok jedoch trotzdem bei sich haben.

»Warum nehmen wir sie nicht alle mit?«, fragte kurz darauf Deirdre, als Victor sie auf das Fest für die Schwarzen ansprach. »Dann macht Amali keine Dummheiten mit ihrem Milchmann, Sabina sieht ihre Freunde auf Nouveau Brissac wieder … Sie hat doch auch Kinder dort, oder? Und fünf Schwarze mehr fallen gar nicht auf bei dem Riesenfest.«

»Aber die Versammlungsverbote«, gab Victor zu bedenken. »Vater und Gérôme haben bei der Taufe noch verlautbart, das würde dieses Mal auch Weihnachten streng gehandhabt.«

»Ach, das gilt doch nicht für unsere Leute!«, wandte Deirdre ein. »Leon hat *beau-père* schließlich ausdrücklich angefordert, und Sabina kommt auch von seiner Plantage. Himmel, Victor, mach ihm einfach klar, dass sie alle zu seiner Familie gehören.«

Victor lachte. »Ganz so würde er das sicher nicht sehen, aber du hast Recht, damit kann man es begründen. Sie sind alle Dufresne-Sklaven. Und Freigelassene. Das müssen wir der Familie allerdings nicht auf die Nase binden.«

Deirdre nickte. »Wir brauchen dann nur einen zweiten Wagen – überleg schon mal, welcher von deinen zufriedenen Patienten dir einen leiht.«

Die Diener der Dufresnes waren hellauf begeistert, als Victor ihnen den gemeinsamen Ausflug vorschlug. Auch sie hatten, nicht zuletzt über Leon und Sabina, von dem legendären, weihnachtlichen Gelage im Sklavenquartier von Nouveau Brissac gehört und lechzten danach, einmal dabei zu sein.

»Sie geben den Sklaven schon am Nachmittag des Heiligen Abends frei!«, begeisterte sich Amali. Sie war nun schon jahrelang auf Hispaniola, aber dass die Heiligung der katholischen Feiertage in ihrer neuen Heimat auch für Plantagensklaven galt, begeisterte sie immer noch. »Und am Weihnachtstag und am Tag danach! Und die ganze Zeit gibt es freies Essen und Bier und …«

»Am Heiligen Abend besuchen alle die Messe, das ist keine freie Zeit«, dämpfte Victor ihren Jubel. »Und was den zweiten Weihnachtstag angeht … das kommt die Pflanzer hart an. Es hat natürlich Nachwirkungen, wenn sie den Schwarzen erlauben, sich am Tag zuvor bis zur Bewusstlosigkeit zu betrinken. Mit hohen Leistungen ist da am Folgetag nicht zu rechnen. Feldsklaven gehen zudem nicht gerade ungefährlichen Betätigungen nach. Ich nehme an, da haben sich so viele am Tag nach dem Fest umgebracht oder schwer verletzt, dass es für die Pflanzer einfach billiger ist, ihnen noch einmal freizugeben.«

»Und du wirst mich doch wohl auch an den Feiertagen nicht im Stich lassen, Amali?«, fügte Deirdre mit leisem Tadel hinzu. »Wir Frauen müssen uns dreimal täglich umziehen, bei all den Empfängen und Bällen und Matineen … ich bin so froh, dich dieses Jahr dabeizuhaben!«

Auf Nouveau Brissac, Roche aux Brumes und den Nachbarplantagen jagte in den Feiertagen eine Festivität die andere. Nora dachte wehmütig daran, dass sie auf Jamaika stets nur einen einzigen Weihnachtsball zu überstehen hatte. Die englischen Pflanzer übertrieben es nicht derart mit den Festlichkeiten wie die Franzosen. Und überhaupt begann Nora, sich nach ihrer Plantage zu sehnen. So gern sie bei ihrer Tochter war, sie freute sich schon sehr darauf, zurück nach Cascarilla Gardens zu kommen. Die Rückreise war für Mitte Januar gebucht. Aber jetzt ging es erst noch einmal zu den Dufresnes, und Victor hatte sich erfreulicherweise nicht dagegen gewehrt, dass Doug Wagen für ihre ganze Gesellschaft gemietet hatte. Victor, Deirdre und die Fortnams saßen in einer komfortablen Kutsche, in der auch

Amali noch Platz gefunden hatte, da Victor sie persönlich kutschierte. Leon fuhr einen Pritschenwagen mit dem Gepäck, der restlichen Dienerschaft und den Kindern. Alle waren blendender Laune, Leon sang den Kindern vor, und schließlich stimmten nicht nur Sabina und Amali, sondern auch Bonnie in das einfache Lied mit ein.

Nora lehnte sich zurück in ihren weichen Sitz und versuchte, sich zu entspannen. Zumindest die Fahrt war schön, sie liebte es, durch die unberührte Natur zu fahren, die es rund um Cap-Français noch gab. Später wich sie dann den endlosen Kaffee-, Tabak- und Zuckerrohrpflanzungen, aber hier waren die Wege noch von Palmen und Dschungelgewächsen mit ihren gummiartigen, fleischigen Blättern beschattet. Nora schaute nach heimischen Tieren aus, hatte jedoch wieder kein Glück. Weder das Zaguti, ein kleines Nagetier, das in den Bäumen lebte, noch der Schlitzrüssler ließen sich blicken. Beide sollte es nur auf Hispaniola geben, aber Nora hatten sie sich bislang nicht gezeigt. Ebenso wenig Krokodile oder andere Reptilien, die größer waren als Eidechsen. Nora fand das schade. Sie liebte es, ihr unbekannte Tiere zu erforschen und Pflanzen zu entdecken, die sie in ihrem eigenen Garten heimisch machen konnte. Auf Hispaniola hatte sie schon etliche Samen und Setzlinge gesammelt, es galt jetzt nur noch, sie unbeschadet übers Meer zu bringen. Wenn nur in den nächsten Tagen alles gut ging. Doug hatte klar gesagt, dass er während der Weihnachtstage Giftanschläge auf die Plantagen befürchtete.

»Vielleicht nicht gleich auf Nouveau Brissac, die Schwarzen sind da ja ganz wild auf ihr großes Fest. Aber insgesamt … Für Macandal wäre das eine gute Zeit, um zuzuschlagen. Und wir sind in diesen Tagen … auf wie vielen Plantagen eingeladen, Nora? Am liebsten würde ich eine Magenverstimmung vortäuschen und mir nur von Sabina Haferschleim servieren lassen.«

Das würde natürlich nicht gehen, Nora dachte jedoch schon

daran, sich wenigstens ein oder zwei der Festlichkeiten durch vorgetäuschtes Unwohlsein zu entziehen. Vielleicht konnte sie stattdessen mit Victor Sprechstunde in den Sklavenquartieren halten und die Stimmung zwischen Herren und Dienern damit ein wenig verbessern.

Die Fahrt jedenfalls versuchte sie zu genießen – zumal auch das Wetter es gut meinte. Natürlich war es warm wie überall in der Karibik, aber um diese Jahreszeit war immer mit Regen zu rechnen, und das blieb den Reisenden an diesem Tag erspart. Besonders die Diener, deren Wagen kein Verdeck hatte, freuten sich darüber, für Victor allerdings entpuppte es sich als kein reiner Glücksfall. Seine Mutter schaute höchst indigniert, als er die Kutsche mit seiner Familie selbst vorfuhr – und das auch noch gleichzeitig mit den Prachtwagen weiterer Gäste, die zum Dinner geladen waren. Angesichts des schönen Wetters hatte Louise Dufresne sie vor dem Haus erwartet.

Die anderen Gäste, Monsieur und Madame Saussure, entstiegen natürlich einer Chaise mit livriertem Kutscher, ein ebenso förmlich bekleideter kleiner Page öffnete ihnen den Fond. Die beiden ließen sich selbstverständlich nichts anmerken, wirkten allerdings höchst befremdet von Victors Auftreten – und erst recht von seinem Aufzug. Der junge Arzt hatte sich für die Fahrt leger gekleidet – er trug wie sein Schwiegervater Breeches und Stiefel anstelle der Kniehosen und Schnallenschuhe.

»Der englische Stil?«, bemerkte Monsieur Saussure mit Blick auf die Ankömmlinge und fuhr wie prüfend über seine gepuderte Perücke. »Es soll ja bequemer sein, aber ob sich das durchsetzt?«

»Mein Sohn wird sich gleich angemessen kleiden«, bemerkte Louise Dufresne eisig und duldete Victors und Deirdres Begrüßungskuss auf ihre gepuderte Wange. »Und meine Schwiegertochter natürlich auch.«

Deirdres leichtes Sommerkleid, für das die junge Frau sich

kaum schnüren musste, fand ebenso wenig Gnade vor ihrem gestrengen Blick wie ihr nur locker im Nacken zusammengebundenes Haar.

Deirdre lächelte Amali zu, die ihr selbstverständlich ins Haus folgte, während die anderen Schwarzen darauf warteten, dass Louise Dufresne ihnen ein Quartier anweisen ließ.

»Da siehst du's. Wenn du mich nicht frisierst, bin ich verloren …«

Da sich weiter niemand um sie kümmerte, lenkte Leon seinen Wagen schließlich einfach zum Sklavenquartier. Natürlich nicht, ohne das Gepäck seiner Herrschaft vorher auszuladen. Sein Versuch, es auch gleich ins Haus zu tragen, wurde allerdings von einem der Hausdiener vereitelt.

»Keine Fremde in Haus, Befehl von Mèz«, entschuldigte sich der Mann.

Leon runzelte die Stirn. »Fremde? Ich? He, ich bin Leon! Ich hier geboren, Sohn von Mathilde … Was du haben, Mann?«

Er wunderte sich, dass der Hausdiener verschlossen blieb, doch in den nächsten Stunden sollte ihn das Verhalten seiner Freunde noch oft befremden. Natürlich freute sich seine Mutter, ihn zu sehen, und auch Sabina wurde von ihren Kindern stürmisch willkommen geheißen. Aber das laute Willkommen, das er im Sklavenquartier erwartet hatte – immerhin war er hier geboren und obendrein als Trommler eingeladen worden –, blieb aus. Überhaupt schien eine Atmosphäre der Anspannung über dem Sklavenquartier zu liegen. Leon und Sabina fühlten sich wie Eindringlinge, als man Victors Schwarzen auch noch die abgelegenste Hütte zum gemeinsamen Gebrauch zuwies. Eigentlich hatten sie erwartet, bei ihren Familien untergebracht zu werden, aber Patrick, der Majordomus, der es ebenfalls an Herzlichkeit missen ließ, teilte ihnen die Unterkunft am äußersten Rand des Dorfes zu.

»Wir krank oder so, dass nicht uns wollen haben?«, fragte Leon verwirrt, als er sich erstaunlich schnell allein mit Bonnie und den Kindern dort wiederfand. All seine Freunde und Familienmitglieder schienen etwas anderes zu tun zu haben, als mit ihm zu plaudern oder Bonnie kennenzulernen. »Was komisch mit uns?«

»Nicht mit uns, eher mit den anderen«, gab Bonnie vage zurück.

Es war verrückt, aber sie fühlte sich in diesem Dorf an die Atmosphäre auf der *Mermaid* erinnert. Die angespannte Stimmung vor einem Angriff.

# KAPITEL 5

Die Anweisung Jacques Dufresnes, keine fremden Sklaven ins Haus zu lassen und das Versammlungsverbot von Sklaven verschiedener Plantagen auch so weit wie möglich durchzusetzen, erwies sich schnell als undurchführbar. Schon am Vorweihnachtstag trafen die ersten Hausgäste ein und brachten selbstverständlich ihre Zofen, Leibdiener und Kutscher mit – einige Übervorsichtige sogar ihre Köche, die das Küchenpersonal der Dufresnes überwachen und Giftmörder enttarnen sollten. Schwarze Vorkoster beschäftigten inzwischen fast alle.

Natürlich konnte man all diesem Personal nicht das Haus verbieten, und auch was die Vermischung der Gruppen anging – die Sklaven der Gäste schliefen zwar nicht im Sklavenquartier der Dufresnes, sondern in den Ställen, aber die Mahlzeiten mussten sie mit den Leuten der Plantage gemeinsam einnehmen. Es wurde auch kein gesondertes Fest für sie ausgerichtet oder gar ein zweiter Gottesdienst organisiert. Spätestens am Nachmittag des Heiligen Abends vermischten sich folglich alle, worauf Macandal und seine Helfer natürlich spekulierten. Weder fiel es auf, dass sich der Rebellenführer und seine Leute dem Schuppen zwischen Nouveau Brissac und Roche aux Brumes näherten, noch dass sich auf allen umliegenden Plantagen Männer und Frauen davonschlichen, um anstelle der Christmesse den Schwarzen Messias reden zu hören.

Jefe machte die Versammlung im Schuppen trotzdem nervös.

Gemeinsam mit den anderen Hauptleuten Macandals nahm er die Sklaven in Empfang und erfragte die Losung, bemüht, die Leute so schnell wie möglich fern von den Straßen und Wegen zwischen den Plantagen zu haben. Es sollten sich jetzt zwar alle Herren und Sklaven im Gottesdienst befinden, doch die Praxis sah anders aus, wie Jefe schon vermutet hatte, und wie ihm die eintreffenden Sklaven bestätigten. So mancher von ihnen hatte sich blitzschnell in eine Pflanzung schlagen oder in einen Straßengraben werfen müssen, um von den Insassen vorbeifahrender Kutschen nicht gesehen zu werden. Viele Besucher des Weihnachtsballs auf Nouveau Brissac hatten einen weiten Anfahrtsweg, und die Messe war ihnen offensichtlich nicht so wichtig. Auch Reiter waren unterwegs – meist Aufseher, die zu Weihnachten Bekannte auf anderen Plantagen oder eine Geliebte in Cap-Français besuchten.

»Ich hoffe, Macandal hält sich jetzt wenigstens mit der Lautstärke zurück«, seufzte Jefe, als die Männer endlich den Schuppen hinter den letzten Nachzüglern schlossen. »Auf die Singerei sollten wir auf jeden Fall verzichten, das trägt doch weit. Und wenn einer auf der Straße hört, dass hier am Weihnachtsabend Geister beschworen werden …«

Einer der Hauptleute nickte, die anderen schauten Jefe jedoch strafend an. Aus seinen Worten sprach schließlich eine gewisse Respektlosigkeit. Jefe wusste, dass er damit das Risiko einging, die Gunst des Geistes zu verlieren. Andererseits fiel es ihm im Laufe der Aktion immer schwerer, sich zu beherrschen. Denn sosehr er von Macandals Zielen und seiner Strategie überzeugt war, so empfand er das persönliche Auftreten des Rebellenführers doch als zunehmend enervierend. Jefe war gern bereit, Macandal als militärischem Führer Respekt entgegenzubringen, er glaubte jedoch nicht an Götter und Geister, Unsterblichkeit und Auserwählung. Er hielt Macandal für intelligent und imponierend, aber nicht für gottgesandt, und er empfand es als peinlich, wenn die Leute vor ihm niederknieten und um seinen Segen flehten. Macandals pompöses Auftreten als Zweiter Messias war aufgesetzt und lächerlich – und zum Teufel, ihm standen ebenso wenig alle Frauen dieser Welt zu, wie den Massai alle Rinder gehörten!

Jefe rieb sich die Stirn, als seine Gedanken erneut dahingehend entgleisten. Er war sich durchaus darüber bewusst, dass seine Probleme mit Macandals religiöser Führerschaft ihre Wurzeln in dessen Umgang mit den Frauen allgemein und Simaloi im Speziellen hatten. Eine Voodoo-Zeremonie hatte sinnliche und gelegentlich auch sexuelle Elemente, aber an sich gehörte es nicht zwingend zum Kult, dass sich ihr Leiter von Frauen und Mädchen berühren oder gar anbeten ließ. Macandal forderte das jedoch, und er machte nicht den geringsten Hehl daraus, dass ihn diese Anbetung erregte. Nach jeder seiner Reden und Zeremonien, denen Jefe beigewohnt hatte, »erhörte« er eine seiner Anhängerinnen, indem er sie auf sein Lager zog, manchmal auch mehrere Frauen. Natürlich zwang er sie nicht dazu, aber die von den anderen Männern ständig wiederholte Ausrede, sie machten das freiwillig, traf zumindest auf Simaloi nicht zu.

Jefe war der jungen Massai in den letzten Wochen weiter nähergekommen. Sie öffnete sich ihm zusehends, und er erfuhr immer mehr über das Leben der Frauen aus ihrem Stamm. Was er hörte, erfüllte ihn oft kaum weniger mit Abscheu als das Wissen über ihren Missbrauch nach der Versklavung. Eine Massai musste damit rechnen, ohne die eigene Zustimmung verheiratet zu werden, eine Ehefrau teilte ihren Mann fast immer mit mehreren anderen Frauen. Wenn ihr Gatte Besuch empfing, konnte es ihr passieren, mit diesem wildfremden Mann als Gastgeschenk das Lager teilen zu müssen. Nein zu einem Mann zu sagen war für Simaloi undenkbar, erst recht nicht zu einem so großen, wichtigen Mann wie Macandal.

Jefe sah dennoch, wie sie sich duckte, wenn der Geist nach

den Zeremonien die Reihe seiner Frauen abschritt, wie zögerlich sie ihm die Hand reichte und wie verschämt und unglücklich sie die Augen senkte, wenn sie ihm folgte. Von Freiwilligkeit konnte da nicht die Rede sein. Auch jetzt, da sie zu Macandals Begrüßung im Schuppen tanzte und sang, sich vor ihm zu Boden warf und seine Füße küsste, sah die junge Massai nicht sehr glücklich aus. Bei Mireille wirkte dieses Gehabe ebenfalls mehr routiniert als begeistert, allerdings schmiegten sich viele der anwesenden Sklavinnen schamlos an Macandal und buhlten ganz offensichtlich um seine Gunst. Die Stimmung im Schuppen war aufgeheizt, noch bevor die Kalebassen mit Zuckerrohrschnaps kreisten, um die Geister willkommen zu heißen. Die Sklaven waren aufgeregt und fühlten sich geehrt, dieser letzten Zusammenkunft vor dem großen Schlag gegen ihre Unterdrücker beiwohnen zu dürfen. Sie feierten Macandal überschwänglich, sangen inbrünstig die Anrufungen der Götter mit und jubelten zu den Ausführungen des Geistes.

»Ich bin das Schwert Gottes! Ich bin unsterblich, und ich mache euch unsterblich! Ich sehe Feuer und Tod! Ich sehe Angst und Flucht! Helft mir, die Weißen hinwegzufegen! Habt keine Skrupel! Jedes Kind, das ihr tötet, steht euch morgen nicht als Feind gegenüber! Jede Frau, die ihr tötet, kann keine neuen Unterdrücker gebären! Indem wir ihre Kinder vergiften, nähren wir die unseren! Diese Insel wird uns gehören! Glaubt ihr mir? Seht ihr es auch?«

Die Männer und Frauen brüllten ihre Zustimmung heraus, und Jefe sah besorgt in Richtung der Türen. Wenn jetzt irgendjemand von Nouveau Brissac nach Roche aux Brumes ritt, waren sie verloren. Macandal sah jedoch keine Notwendigkeit, sich kurzzufassen. Er entzündete in aller Ruhe sein Feuer und opferte unzählige Hühner, um das Gelingen seiner Pläne zu unterstützen. Wer auch immer von den Plantagensklaven es geschafft hatte, einen Hahn oder eine Henne an sich zu bringen, ließ sich stolz mit dem Blut des Tieres besprengen. Alle strotzten vor Mut und Zuversicht, als Macandal schließlich von einem zum anderen tanzte und ihnen die Giftpakete überreichte. Manche nahmen sie nur für die eigene Plantage entgegen, andere gleich für einen ganzen Distrikt. Die Weihnachtsfeierlichkeiten machten es möglich, das Gift innerhalb zweier Tage fast flächendeckend in der Kolonie zu verteilen. Die Zofen, Leibdiener und Kutscher brachten die Pakete von einer Plantage zur anderen, sogar die Vorkoster – in dem Wissen, dass sie vielleicht selbst mit in den Tod genommen wurden. Nicht immer gelang es ihnen, den Genuss der vergifteten Speisen nur vorzutäuschen oder sie wieder von sich zu geben, bevor das Gift wirkte.

Schließlich ging die Veranstaltung ihrem Ende entgegen, und Jefe atmete auf. Wahrscheinlich machte er sich ganz unnötig Sorgen und es ging doch noch alles gut. Jetzt und später … Er hoffte, dass es wirklich nicht auffiel, wenn sie sich am Abend, wie von Macandal geplant, unter die feiernden Sklaven auf Nouveau Brissac mischten. Wieder eine seiner Ideen, die Jefe für leichtsinnig hielt. Aber Macandal wollte da sein, wenn die Festgäste starben. Er wollte das Massaker miterleben, das Chaos, das ausbrechen würde, wenn der Ball zu einem Totentanz wurde. Jefe wusste, dass er die Wirkungszeit des Giftes genau berechnet hatte. Zwei oder drei Stunden nach dem Bankett, das den Ball einleitete, würden sich die Pflanzer in Krämpfen winden. Und zwei- bis dreihundert sterbende Festgäste – Jefe lächelte – würden auch Victor Dufresne überfordern. Zumal der die Wirkung des Giftes ja auch am eigenen Leibe spüren würde. Der Doktor und seine Deirdre … Jefe schwankte zwischen dem Bedauern, ihren schönen Körper zerstören zu müssen, und der Vorfreude auf seine Rache. Am Ende überwog diese. Deirdre hatte ihn weggestoßen, sie hatte zu den Weißen gehören wollen. Jetzt würde er zusehen, wie sie mit ihnen unterging! Jefe kämpfte die Erinnerung daran nieder, wie sehr er die junge Frau geliebt hatte.

Ein Irrweg – ein entsetzlicher Irrweg, wenn er an die *Mermaid* und ihre Besatzung dachte. Er hatte seine Freunde und beinahe sein Leben geopfert für eine Frau, die wahrscheinlich nicht mal mit ihm gegangen wäre, wenn er ihr alle Schätze der spanischen Goldminen zu Füßen gelegt hätte.

Jefes Blick wanderte zu Simaloi. Sie war ganz anders, sie war fügsam, sanft – und doch bereit, für ihre Sache zu kämpfen. Irgendwann würde sie auch Leidenschaft entwickeln, da war er sich sicher. Wenn sie nur wirklich sein werden könnte … Er hatte sie förmlich um ihre Hand gebeten, als er ihr die letzten Rinder gebracht hatte, dabei jedoch festgestellt, dass sie die Frage nicht wirklich verstand. Sie hatte das nicht zu entscheiden. Ob sie einem Mann gegeben wurde oder nicht, bestimmte ihr Vater.

»Der ist doch tot!«, hatte Jefe verwirrt eingewandt, woraufhin Simaloi den Kopf gesenkt hatte.

»Dann bestimmen die Geister«, hatte sie gemurmelt.

Jefe verstand. Die Geister sprachen mit Macandal.

Er wandte seine Aufmerksamkeit wieder der Zeremonie zu. Macandal segnete seine Zuhörer mit dem Blut- und Alkoholgemisch aus dem Kessel. Der war bis zum Bersten gefüllt. Aber immerhin verließen jetzt die ersten Männer beseelt den Schuppen. Die Frauen konnten sich jedoch nicht von Macandal trennen. Und er machte keine Anstalten, sie wegzuschicken. Im Gegenteil, er begann mit der Auswahl …

Jefe konnte kaum fassen, dass der Geist tatsächlich drei der schönsten jungen Mädchen erwählte, bevor er die anderen entließ.

»In diesen Frauen sind die Geister der Insel!«, erklärte er. »Die Göttinnen der Erde, die sich mit dem Gott des Krieges vereinigen müssen, um uns den Sieg zu schenken.«

Er tanzte mit den Mädchen, während die anderen Sklaven, einige beglückt und überzeugt, andere befremdet, ins Freie strömten. Aber bevor er sich mit den Frauen einschließen konnte, meldete sich Mireille. Jefe hatte sie in den letzten Monaten oft für ihre Geduld bewundert, nun sah er, dass auch ihr Gleichmut Grenzen hatte.

»François, das kann nicht sein!« Die kleine, füllige Frau baute sich vor ihrem Gatten auf und schüttelte den Kopf. »Wir sind tief in Feindesland, du willst heute Nacht den größten, den entscheidenden Schlag gegen die Sklavenhalter führen, und jetzt hast du nichts anderes im Kopf, als dich mit der nächsten ›Göttin‹ zu vereinigen? Denkst du denn gar nicht an diese Mädchen? Sie müssen zurück auf ihre Plantage, der Gottesdienst ist wahrscheinlich längst zu Ende, und sie sehen nicht aus wie Feldsklavinnen. Also haben sie heute Abend nicht frei. Ihre Herren erwarten sie. Wenn du sie hier noch länger aufhältst, bringst du sie in Gefahr.«

»Das egal!«, rief eines der Mädchen. »Gern sterben für Messias! Gern geben alles!« Es fiel vor Macandal auf die Knie. Ein zweites tat es ihr nach.

Macandal lächelte den beiden zu und machte Anstalten, ihnen aufzuhelfen, Mireille ließ sich jedoch nicht einschüchtern.

»Das ist dumm! Denkt ihr gar nicht daran, dass ihr nicht die Einzigen wäret, die für ihn stürben? Wenn sie euch fassen und verhören – ihr verratet uns doch nach dem dritten Peitschenschlag!« Sie wandte sich von den jetzt ängstlich blickenden Mädchen ab und schob sich zwischen sie und ihren Mann. »Du lässt diese dummen Dinger jetzt gehen, François, und hoffst, dass sie ungeschoren heimkommen. Wenn alles gut geht, kannst du später noch mal herkommen und sie alle segnen. Irgendwann, wenn wir gewonnen haben. Aber nicht jetzt! Verschwindet, Mädchen – und betet zu allen Göttern und Göttinnen, dass euch niemand sieht!«

Die jungen Frauen warfen scheue Blicke auf Macandal. Der Geist von Hispaniola stand wie ein getadelter Schuljunge vor seiner Gattin und rang sichtlich um Haltung.

»Sie hat recht«, gab er schließlich zu. »Die Zeit läuft uns davon, meine Kinder. Also geht und erfüllt eure Aufgabe, wie ich die meine erfülle!« Er hob die Hand, um die jungen Mädchen mit einer Art Segen zu verabschieden.

»Und … und was mit Sieg?«, fragte eines von ihnen schüchtern. »Was mit Sieg, wenn nicht Vereinigung mit Göttin? Dann nicht Sieg?«

Mireille seufzte, aber Macandal hatte seine Fassung wiedergefunden. »Sorge dich nicht, Tochter!«, sagte er fest. »Die Vereinigung wird stattfinden. Simaloi!«

Die junge Frau fuhr zusammen, als sein Ruf sie traf. Sie hatte sich erleichtert gezeigt, als Macandal seine Wahl an diesem Tag unter den Sklavinnen getroffen hatte, und bereitete sich schon auf den Aufbruch vor. Wahrscheinlich hatte sie die ganze Zeit ähnliche Sorgen gehegt wie Jefe und Mireille. Und nun …

»Komm, Simaloi!« Macandal streckte die Hand aus.

Jefes Herz blieb beinahe stehen, als Simaloi den Kopf schüttelte. »Nein!«, sagte sie. »Ich jetzt nicht … Vereinigung. Ich nicht Göttin – und mich nicht rufen die Geister. Immer nur du mich rufen. Du groß Messias, großer Krieger. Aber ich … ich selbst gefragt Götter. Und Götter mir gesagt: Du gebracht vier Rinder, Ashanti gebracht acht!« Sie wies auf Jefe. »Und nicht wollen töten Rinder, essen *saroi* mit mir. Du immer Fleisch.«

Macandal war kein Kostverächter. Simaloi hatte häufig Rindfleisch über den Feuern gesehen, an denen Mireille für ihn kochte.

Macandal blitzte die junge Frau an. »Du willst nicht? Du willst … Caesar?« Er wirkte eher verblüfft als beleidigt.

Simaloi nickte zögerlich. Dann wagte sie aufzublicken und schaute direkt in Jefes ungläubiges, aber schon aufstrahlendes Gesicht. »Ja. Er mich gefragt, ob heiraten. Ob lieben. Und glaub ich, dass lieben Caesar …«

Jefe kämpfte mit dem Drang, zu ihr zu laufen und sie in die

Arme zu schließen. Sie hatte also doch darüber nachgedacht. Und sie zog ihn dem ›Schwarzen Messias‹ vor. Er wollte sie küssen, sie von hier wegbringen ... Macandal war jedoch noch nicht mit ihr fertig.

»Und mich?«, donnerte er. »Du wagst es zu sagen, dass du mich nicht liebst? Mich, deinen Gott? Den, dem du gehörst?«

Jefe hörte, dass auch die anderen Hauptleute hinter ihm scharf einatmeten, und über die Gesichter der Sklavinnen, die den Schuppen noch nicht verlassen hatten, zog ein Ausdruck von Unglauben und Abscheu. Bislang hatte niemand protestiert, wenn Macandal sich als Messias bezeichnet hatte oder als Verkörperung heidnischer Kriegsgötter. Was er Simaloi allerdings entgegenschleuderte ...

*Ich bin der Herr, dein Gott* – das Bibelzitat. Selbst auf den nicht katholisch erzogenen Jefe wirkte es aus Macandals Mund blasphemisch – die getauften und ihr Leben lang wöchentlich in den Gottesdienst gezwungenen Sklavinnen schienen zu erwarten, dass gleich ein Blitz vom Himmel fuhr, um ihn zu strafen.

Simaloi dagegen verblüffte alle. Sie fiel vor Macandal auf die Knie nieder und küsste den Saum seines Gewandes. »Gott ich bete an«, befand sie dann mit ihrer betörend dunklen Stimme. »Rinder mich gehören. Aber Caesar ... ich lieben. Ist Unterschied zwischen Gott, Besitz und Mann.«

Dabei stand sie auf, schenkte Macandal noch ein kleines, um Verzeihung heischendes Lächeln und ging dann zu Jefe, um ihm die Hand zu reichen.

Macandal schluckte. »Mireille«, murmelte er.

Mireille ging zu ihm und wandte sich dann von seiner Seite aus an die letzten Anwesenden. »Wenn er der Gott ist, dann bin ich die Göttin«, sagte sie ruhig. »Denn ich bin seine Frau, ihm angetraut im Namen des Gottes, der ihn geschickt hat. Also geht jetzt, die Vereinigung wird vollzogen werden, wie sie schon oft vollzogen worden ist. Der Sieg wird uns gehören, da gibt es keinen Zweifel! Tod den Pflanzern! Feuer und Gift und Verderben über ihre Häuser! Ihr seid heute Nacht die Hände des Geistes von Hispaniola, seine Schwerter, seine Fackeln! Macht es gut, geht mit den Geistern!«

Die anderen Hauptleute verstanden den Wink. Sie öffneten die Türen für die letzten Zuhörer.

»Komm jetzt!«, sagte Mireille knapp zu ihrem Gatten, als alle gegangen waren. »Wir sollten uns reinigen. Wir stinken alle nach Blut und Schnaps. Es würde auffallen, wenn wir so unter Menschen gingen.«

»Wir gehen zu der Weihnachtsfeier auf diese Plantage!«, beharrte Macandal.

Er wirkte geschlagen, aber er straffte sich schon wieder und kämpfte um die Wiederherstellung seiner Würde. Wenn in dieser Nacht alles gut ging, würde der Nachmittag vergessen sein.

Mireille und die Hauptleute reinigten den Schuppen und holten saubere Kleidung aus ihren Bündeln – am Abend würden die Rebellen natürlich keine farbenfrohen Kaftane tragen, sondern die Baumwollkleidung der Sklaven. Um Waschwasser brauchten sie sich nicht zu kümmern. Der für den frühen Abend typische tropische Platzregen ging gerade nieder und spülte alle Spuren der Voodoo-Zeremonie von ihren Körpern, als erst Mireille und Macandal und anschließend seine Hauptleute nackt ins Freie hinter den Schuppen traten.

Das Paar vor dem Schuppen bemerkte nichts von der Nässe. Im strömenden Regen umarmten sich Jefe und Simaloi.

# KAPITEL 6

Bonnie fühlte sich ein bisschen schuldig, weil sie nichts zu tun hatte, während Amali fast rund um die Uhr damit beschäftigt war, sich um Deirdres Kleidung und ihre Frisuren zu bemühen. Schon die Abendrobe zu plätten und sämtliche Schleifchen und Rüschen richtig zur Geltung zu bringen dauerte Stunden, auch die festlichen Nachmittagskleider waren aufwendig, bestanden sie doch aus diversen Reifröcken und Unterröcken, Spitzeneinsätzen und Mantillen. Bonnie hatte sich natürlich gleich angeboten, Amali zu helfen, aber sie zeigte nach wie vor kein großes Geschick für die Arbeit einer Zofe.

»Kümmere dich lieber um die Kinder!« Amali lachte, als Bonnie schon das erste Spitzenleibchen verkehrt herum in den Schrank hängte. »Oder amüsier dich mit Leon!«

Leon war schon den ganzen Tag mit den Leuten seiner Musikgruppe zusammen und probte für den Abend, wenn sie im Sklavenquartier zum Tanz aufspielen würden. Das Treffen mit den Musikern hatte ihm über die seltsam angespannte Stimmung im Dorf der Schwarzen hinweggeholfen. Er meinte inzwischen, sich das am Vortag nur eingebildet zu haben. Inzwischen spürte nur noch Bonnie die Anspannung, die sich obendrein zum Nachmittag hin zu steigern schien. Überall in Haus und Garten herrschte hektische Aktivität – viel zu viel für einen Haushalt, der an Gäste und große Festivitäten gewöhnt war.

Selbst Nafia fiel das auf. Die Kleine war am Morgen ins Haus gegangen, um dort eine Beschäftigung zu finden. Sie wäre zu gern bei dem Ball zugegen gewesen, um die Roben und aufwendigen Hochfrisuren der Gäste zu bewundern, die Musik spielen zu hören und die Tänze zu sehen. Amali hatte ihr versprochen, bei den Hausdienern ein gutes Wort für sie einzulegen, und zuerst fanden sich auch kleine Hilfsdienste für das Mädchen. Aber die Hausmädchen und Diener waren konfus, gaben widersprüchliche Anweisungen und zeigten sich so ungeduldig mit dem Kind, dass Nafia schon gegen Mittag entmutigt wieder zu Bonnie gekommen war. Sie wollte nun doch lieber die Kinder hüten, als sich dem Durcheinander im Haus weiter auszusetzen.

Damit nahm sie Bonnie die letzte sinnvolle Betätigung ab, und die junge Frau verschlug es schließlich in die Küche. Hier hatte sich auch Sabina inzwischen eingefunden – und prompt die wichtigsten Aufgaben übernommen, weil die Köchinnen und Köche der Dufresnes an diesem Tag offensichtlich nichts zustande brachten.

»Nadine immer gut mit Torten«, wunderte sie sich und zeigte auf eine junge Frau, die sich hilflos um einen gänzlich eingefallenen, kläglichen Biskuitboden bemühte. »Und nun sie macht das. Und Pierre hat versalzen Suppe – möchte man meinen, dass ist verliebt, aber guckt wie drei Tage Regen … Weiß nicht, was hier los. Du mir helfen, Bonnie, dann wir schaffen das …«

Fast dreihundert Gäste sattzubekommen verlangte natürlich nicht nur eine Hilfskraft mehr, sondern gut geplantes Vorgehen – nur, dass in der Küche niemand dazu in der Lage schien. Bonnie nahm gleich ein Schälmesser und machte sich über einen Berg Gemüse her. Fasziniert sah sie zu, wie Sabina das Heft in die Hand nahm und jeden Augenblick dieses Weihnachtsabends genoss. Sie musste sich in Victors Stadthaus, in dem allenfalls kleine Abendgesellschaften gegeben wurden, völlig unterfordert fühlen.

Inzwischen brach draußen die Dämmerung herein, und zum Glück regnete es nicht mehr, als das Küchenpersonal des

Sklavenquartiers draußen große Feuer entzündete, an denen die Leckereien für die Schwarzen zubereitet wurden. Es gab marinierte Schweineschulter mit Zwiebel-Chili-Sauce und Reis mit Bohnen. Man briet Gemüsebananen und Ziegenfleisch, in großen Töpfen köchelte Hähnchen in scharfer Sauce – rustikaler als die Leckereien, die Sabina und die anderen Köche für die Weißen zubereiteten, aber Bonnie lief trotzdem bereits das Wasser im Munde zusammen. Wenn das Bankett vorbei war, würden die Küchenhelfer und sie draußen feiern können, Leon und Nafia hielten sicher die besten Stücke für sie zurück. Bei den Köchen schien allerdings keine besondere Vorfreude zu herrschen. Im Gegenteil, je weiter die Vorbereitungen fortschritten – und damit doch das Ende der Arbeit nahte –, desto fahriger, ungeschickter und aufbrausender wurde das Küchenpersonal. Sabina, der einzige Fels in der Brandung, konnte darüber nur den Kopf schütteln.

»Vielleicht zu viele hier«, überlegte sie schließlich, nachdem sie die Suppe abgeschmeckt und für gut befunden hatte. »Und gleich auch noch Kellner raus- und reinrennen. Pass auf, Bonnie, du jetzt machen Schluss. War gut, sehr, sehr gute Arbeit, aber jetzt du gehen feiern mit dein Leon. Hörst du? Sie schon spielen Musik!« Tatsächlich klangen die ersten, feurigen Rhythmen der Musiker zum Küchengebäude herüber.

Bonnie band ihre Schürze ab. »Das meinst du wirklich ernst?«, fragte sie erfreut.

Sabina nickte – und merkte zu ihrer Verblüffung, dass einer der Hauptköche die Bänder ihrer eigenen Schürze löste. »Und du gehen mit!«, sagte er bestimmt. »Du Recht, zu viele Köche hier. Zu viele Leute. Danke für helfen, doch du jetzt gehen.«

Sabina blickte ihn verwirrt an. »Hier große Durcheinander«, wandte sie ein.

»Wir das machen!«, meinte eine weitere Köchin, die zuvor gescholtene Nadine. »Das jetzt unsere Küche!«

»Aber …«, Sabina wollte weitere Argumente anbringen, der Koch schob sie allerdings energisch aus der Tür Richtung Garten.

»Du feiern, Sabina. Du so lange nicht gesehen deine Kinder, jetzt feiern mit sie!«

Sabina schüttelte den Kopf. Ihre Tochter war Zofe bei Louise Dufresne und an diesem Abend ganz sicher unabkömmlich. Und ihr Sohn war Hausdiener und beim Bankett zum Kellner bestimmt. Den könnte sie also nur sehen, wenn sie in der Küche bliebe.

Bonnie dagegen war froh, der Hektik im Haus entkommen zu können. Sie war hungrig – und sie freute sich auf Leon. Also ließ sie die zögernde Sabina, wo sie war, und schlenderte auf die Feuer zu, an denen Bier und Schnaps ausgeschenkt wurde. Dort spielte auch die Musik, Leon würde beglückt sein, sie zu sehen.

»François …«

Jefe fiel es schwer, Macandal mit seinem Vornamen anzureden. Das taten eigentlich auch nur Mireille und seine engsten Freunde. Aber François war ein geläufiger Vorname, er würde den Rebellenführer damit nicht verraten.

»Wassis, Junge?«

Macandal sah ihn über seinen Becher hinweg an. Er trank seit Stunden Rum mit ein paar älteren Sklaven, von denen Jefe nicht wusste, ob sie seine wahre Identität kannten oder ihn einfach nur für einen Besucher hielten, der wie sie aus Afrika kam. Die anderen Hauptleute und Mireille hielten sich besorgt in der Nähe. Macandals Männer stellten seine Handlungen ungern infrage, aber dass es nicht ratsam sein konnte, sich in dieser Runde zu betrinken, konnte keiner von ihnen leugnen. Sie selbst nippten nur an Bechern mit Bier oder Punsch, und gewöhnlich hätte Macandal das auch getan. An diesem Abend drehten sich die Gespräche der Männer jedoch um Frauen – um die fügsamen, guten in Afrika und um die Weiber auf Hispaniola, die genauso arbeiteten und nicht minder ernst genommen werden wollten wie die männlichen Sklaven. In vielen Sklavenquartieren, so klagte einer der alten Männer, führten die Frauen sogar das große Wort.

»Und jetz wollense schon selbst bestimmen, wense … wense heiraten wollen!«, empörte sich Macandal. »Das is … das is nicht der Wille der Götter …«

Jefe seufzte. Offensichtlich trank sich der Geist über die Geschichte mit Simaloi hinweg, das Erlebte nagte an seinem Stolz. Jefe hatte vage Schuldgefühle. Aber er brauchte jetzt dennoch die Anweisungen Macandals. Der Anführer hatte sich ausbedungen, höchstpersönlich den Befehl zum Beginn der Aktion zu geben, und nun wurde es Zeit. In der Küche waren sie fertig. Die Gäste, die mit einem Aperitif durch die Gesellschaftsräume und Gärten flaniert waren, versammelten sich langsam im Speiseraum. Jefe musste das Gift in die Küche bringen, die Mischung mit den Speisen überwachen – und die rechtzeitige Warnung der Vorkoster organisieren!

»François … jetzt?«

Macandal regte sich. »J… ja!«, lallte er grinsend. »Sch… schick das ganze V… Volk in die Hölle!«

Jefe biss sich auf die Lippe. So deutlich sollte er es nicht aussprechen! Wenn das so weiterging, würde er sich noch verraten. Die Männer um Macandal lachten jedoch nur.

»Das ganze Weibervolk in der Hölle …«, grinste einer von ihnen. »Wird heiß hergehen da …«

Jefe erhob sich, halbwegs erleichtert. Immerhin hatte er jetzt seinen Marschbefehl. Um Macandal mussten sich Mireille und die anderen Männer kümmern.

Simaloi erwartete ihn ein paar Schritte weiter. Sie würde ihn zur Küche begleiten. Seit sie sich für ihn entschieden hatte, folgte sie ihm auf dem Fuße – Jefe wusste nicht, ob das Ausdruck ihrer Liebe war oder ob sie sich doch vor einer möglichen Rache des Geistes fürchtete. Ratsam war es aber sicher nicht. Die große, sehr schlanke Simaloi mit ihrem kurz geschorenen Haar war eine auffallende Frau. Irgendeiner der Weißen könnte sie sehen und Dufresne nach ihr fragen.

Nervös lächelte er sie an. »Sima, Liebste, sie wollen keine fremden Sklaven im Haus. Schon wenn ich mich einschleiche, ist das ein Risiko. Und du … Leg wenigstens einen Schal um deinen Kopf.«

Simaloi verhüllte sich folgsam, und Jefe ging zielstrebig und so selbstverständlich, als habe er alle Berechtigung, dort zu sein, auf die Küche zu. Die Musikanten, die an einem der Feuer aufspielten, beachtete er nicht, auch nicht die zierliche junge Frau, die eben mit einer Schale Reis und Hühnchen auf sie zuging, um sich bei ihnen niederzulassen.

Bonnie jedoch sah Jefe – und hätte ihr Essen beinahe fallen lassen. »Jefe …«, flüsterte sie. »Caesar …«

Sie wollte spontan auf ihn zulaufen, dann überlegte sie es sich jedoch anders und verhielt ihren Schritt. Jefe war kein Sklave mehr. Er war zu den Rebellen entkommen. Was also machte er hier?

Bonnie dachte kurz nach. Konnte es sein, dass er gekommen war, um Deirdre zu sehen? Sie womöglich zu rauben? Aber dafür war diese Weihnachtsfeier doch ein denkbar schlechter Ort! Deirdre war so oft allein mit ihrem Pferd unterwegs, hier und in Cap-Français – warum sollte er also eine Gesellschaft aufsuchen, um sie heimlich zu treffen?

Und dann, mit einem Schlag, wurde Bonnie alles klar: Die seltsame Stimmung im Sklavenquartier, die sie an die Anspannung vor einer Schlacht erinnerte. Die Unruhe in der Küche, die in den Bemühungen des Küchenpersonals gipfelte, Sabina loszuwerden – kurz bevor das Essen serviert wurde. Und dann tauchte Jefe auf, zweifellos geschickt von Macandal! Die Rebellen planten einen Giftanschlag.

Bonnie stellte ihre Schale ab, ihre Hände zitterten ohnehin fast zu sehr, um sie zu halten. Ihr Herz raste, doch sie folgte Jefe – und er ging zur Küche … genau wie sie befürchtet hatte!

Bonnie überlegte fieberhaft. Sollte sie ihm nachlaufen, ihn stellen, versuchen, ihn und das Küchenpersonal an ihrem Vorhaben zu hindern? Natürlich würde er erschrecken, vielleicht würde er sie auch anhören. Aber hatte sie wirklich eine Chance? In der Küche arbeiteten Dutzende von Verschwörern. Ein Wort von Jefe, und sie würden Bonnie überwältigen und festhalten, bis ihr Werk vollendet war. Bonnie dachte daran, Leon einzuweihen, ihm und den anderen Musikern die Sache zu erklären, würde allerdings zu lange dauern. Das Sextett war schon etwas angeheitert. Und den entschlossenen Aufständlern in der Küche hätten die paar Männer selbst nüchtern genauso wenig entgegenzusetzen gehabt wie Bonnie allein.

Bonnie warf einen Blick auf die hell erleuchteten Fenster des Haupthauses. Sie liebte die Weißen nicht … Gott wusste, sie hatte genug von ihnen in die Hölle geschickt. Das hier hingegen … fast dreihundert Menschen, unter ihnen Victor Dufresne, der ihr das Leben gerettet hatte. Deirdre, die sie bewunderte, auch wenn sie ihr die Hoffnung auf ein Leben mit Jefe genommen hatte. Die Fortnams, die immer nett zu ihr gewesen waren, und die irgendetwas über Jefe wussten … Bonnie erinnerte sich, dass Amali Andeutungen gemacht hatte.

Und dann lief sie einfach los, rannte an den livrierten Dienern vorbei, die den Gästen den Weg in den Saal wiesen, und fand sich schwer atmend im Eingang des großen Speisesaals wieder, in dem die festlich gekleideten Menschen gerade ihre Tische aufsuchten und sich setzen. Der Doktor. Sie musste den Doktor finden … Aber sie konnte Victor nicht entdecken, ebenso wenig Deirdre …

»Was du machen hier?« Bonnie fuhr zusammen, als die schroffe Stimme eines der Diener und Saalordners hinter ihr erklang. »Du raus hier!«

»Nein, ich muss … ich muss …«

Bonnie schaute verzweifelt in die Menge, sie sah jedoch nur prächtige Seiden- und Brokatkleidung, weiß geschminkte Gesichter, wallende Perücken sowie hoch aufgetürmte Frisuren. Unmöglich, irgendjemanden auf den ersten Blick zu erkennen.

»Du verschwinden! Gleich!«

Ein weiterer Diener griff nach ihrem Arm, und Bonnie wehrte sich. »Ich muss jemanden finden …«

»Was ist denn, Bonnie?«

Eine Frau in einem grünen Seidenkleid näherte sich ihnen. Das Handgemenge am Rand des Festsaals hatte offensichtlich Aufsehen erregt. Und die Frau kannte ihren Namen … Bonnie sah genauer hin und erkannte aufatmend Nora Fortnam.

Sie wollte etwas sagen, irgendetwas erfinden, um sich zu erklären, damit Nora den Dienern befahl, sie in Ruhe zu lassen. Wenn ihr nur etwas eingefallen wäre … Aber als Nora Bonnies aufgewühltes Gesicht sah, wandte sie sich ganz von selbst beschwichtigend an die Diener.

»Es ist in Ordnung … Charles und Louis, nicht wahr?« Sie lächelte den Männern beruhigend zu. »Sie gehört zu mir. Anscheinend gibt es irgendein Problem mit meiner Dienerschaft … Komm mit, Bonnie, erzähl mir, was los ist.«

Bonnie wäre Nora am liebsten um den Hals gefallen. Vor allem, da Nora sie jetzt auch noch von den Saalordnern, die womöglich zu den Verschwörern gehörten, wegführte. In einer Nische zwischen einem Blumenarrangement und einer reich mit Intarsienarbeiten geschmückten Vitrine hielt sie an.

»Was ist denn los, Bonnie? Du siehst ja aus, als hättest du einen Geist gesehen!«

»Ich habe Caesar gesehen!«, stieß Bonnie aus. »Auf dem Weg

zur Küche. Und ich bin sicher, dass er … Er kommt von Macandal …«

Nora verstand sofort. Und sie schien keinen Augenblick nachdenken zu müssen. Beim Blick in den Speisesaal verstand Bonnie auch, warum. Die Gäste hatten sich eben gesetzt, der erste Kellner trat aus dem Verbindungsgang zur Küche, eine Terrine in der Hand …

Nora stürzte auf den Mann zu. Es wirkte wie ein Versehen, dass sie mit ihm zusammenstieß und die Terrine zu Boden warf. Das Porzellan zerschellte, Suppe spritzte über die weißen Kniehosen des Dieners …

Nora hörte spitze, gezierte Schreie hinter sich – und schlug dem nächsten Diener im Küchengang die zweite Suppenterrine aus der Hand, dann betrat sie die Küche. Die Dienerschaft erstarrte. Alle blickten auf Nora – und dann auf Jefe, der eben Anstalten machte, ein graues Pulver in einen Topf mit Ragout zu füllen.

»Jefe!« Nora wusste, dass ihre Stimme vor Erregung schrill klang, aber sie war laut genug, um zu ihm durchzudringen. »Jefe, was zum Teufel machst du da?«

Jefe sah verwirrt auf. Der Klang ihrer Stimme und ihrer Worte brachte irgendetwas in ihm zum Klingen, erweckte eine Art Erinnerung. Hatte er nicht genau das schon einmal gehört? Oder mehr als einmal? Die Erinnerung an ein Kind, das eben die Hand auf eine heiße Herdplatte legen wollte, blitzte in ihm auf.

Und jetzt erkannte er auch die Frau. Deirdres Mutter, Nora Fortnam. Aber woher kannte sie seinen richtigen Namen? Den hatte er nicht einmal Deirdre genannt …

Jetzt jedoch griffen seine Instinkte. Jefe drückte das Päckchen mit dem Gift der großen, schlanken Frau in die Hand, die hinter ihm stand. Und er selbst griff mit einer blitzschnellen fließenden Bewegung nach einem Messer, sprang auf Nora zu und setzte es ihr an die Kehle.

»Woher wissen Sie meinen Namen?«, zischte er. »Und was wollen Sie hier? Reden Sie, oder Sie sind tot! Mach weiter, Sima! Wir machen weiter wie geplant!«

»Aber …«

Die junge Frau mit dem Gift zögerte. Und auch eine der Köchinnen reagierte, sie nahm das Ragout weg. Es ging nicht weiter wie geplant, die Wahrscheinlichkeit, dass dieser Frau jemand folgte, war zu groß. Und auch wenn das nicht geschah: Caesar konnte sie nur zum Schweigen bringen, indem er sie umbrachte. Aber man würde sie lange bevor das Gift wirkte vermissen … Die Verschwörer brauchten einen neuen Plan.

Nora stieß scharf die Luft aus. »Lass mich, Jefe!«, sagte sie ruhig. »Ich habe keine Angst vor dir. Was machst du hier? Ist das Gift in dem Beutel? Wolltest du uns alle töten?«

Jefe lachte. »O ja, Madame. Das wollte ich, und das werde ich auch. Und Sie werden die Erste sein …«

Nora schüttelte den Kopf. Das Messer ritzte die zarte Haut ihres Halses, aber sie achtete nicht darauf.

»Mein Mann wird nach mir suchen«, bemerkte sie gelassen. »Du kommst damit nicht durch.«

Jefe fasste das Messer fester. »Sie glauben gar nicht, Madame, womit ich durchkomme. Jeder hier ist auf meiner Seite, nicht auf Ihrer. Einer von uns wird gleich da hinausgehen und Ihrem Mann sagen, dass Ihnen schlecht geworden ist. Man hat Sie auf Ihr Zimmer gebracht, und er möchte bitte nach Ihnen sehen. Da oben wird jemand auf ihn warten, er wird somit der Zweite sein. Und der gute Herr Doktor der Dritte. Denn er wird sich ja zweifellos anschließen. Er will doch immer helfen …«

Jefes Stimme troff vor Hohn – zumindest versuchte er, all seine Verachtung für die Gesellschaft auszudrücken, zu der Nora Fortnam gehörte. Aber tief in ihm bohrten dennoch die

Fragen. Woher kannte sie seinen Namen? Was machte sie so furchtlos? Und warum meinte er, ihre Stimme schon einmal gehört zu haben? Früher, viel früher als damals im Schuppen, als sie ihn und Deirdre entdeckt hatte.

»Aber heute wird er nicht helfen!«, fuhr Jefe fort. »Alle hier werden sterben. Und nicht nur hier. Der Geist ist hier, Madame! *Er* bringt Tod und Verwüstung … Schmerzen und Angst …«

»Und Dede?« fragte Nora ruhig. »Die willst du auch vergiften?«

Dede – wieder ein Wort, das etwas in Jefe auslöste. Es musste ein Kosename für Deirdre sein. Doch warum stiegen bei dem Namen Bilder in ihm auf? Bilder eines kleinen Mädchens, das einen Kranz aus Blüten im Haar trug, einen Kranz, den er, Jefe, geflochten hatte …

Jefe verdrängte die Bilder. Er starrte Nora hasserfüllt an. »Deirdre? Die vor allen anderen!« Er wollte nicht weiterreden, doch dann brach seine ganze Wut und Enttäuschung aus ihm heraus. »Zuerst sagt sie, sie liebt mich, und dann … Wenn es ein bisschen schwierig wird, rennt sie doch zurück zu ihrem Doktor. Ein verräterisches Miststück! Und ich sage Ihnen was, weiße Lady: Wenn ich sie nicht haben kann, dann soll er sie auch nicht haben! Ich werde ihr beim Sterben zusehen, und ich werde dabei lachen … Lachen werde ich …«

Er stand hinter Nora, aber sie hörte an seiner Stimme, dass er eher mit den Tränen kämpfte. Die große, schlanke Frau, die immer noch das Päckchen mit dem Gift hielt, schaute ihn verwirrt an. Ihr Kopftuch war verrutscht, es gab kurz geschorenes, krauses Haar frei.

Nora schüttelte den Kopf. »Du irrst dich, Jefe«, sagte sie sanft, und vor ihrem inneren Auge wurde er wieder zu dem kleinen Jungen, der im Zelt der Queen mit den Trommeln der Ashanti spielte. »Dede … Deirdre … liebt dich sehr. Sie kann dich jedoch nicht so lieben wie … wie ihren Mann … Sie darf es nicht. Es ist passiert, ich weiß, aber es war … ein … hm … Irrweg … mehr noch, es war … eine Sünde …«

»Weil ich schwarz bin und sie weiß?«, stieß Jefe mit einem bitteren Lachen hervor. »Welcher Gott hat das bestimmt?«

Nora drückte seine Hand mit dem Messer entschlossen hinunter und wandte sich zu ihm um. »Welcher Gott auch immer im Himmel regiert, er treibt manchmal seltsame Späße mit uns«, sagte sie leise. »In diesem Fall sind göttliche Gesetze und weltliche allerdings gleich. Du kannst nicht mit Dede zusammen sein, obwohl sie vor dem Gesetz in Jamaika genauso schwarz ist wie du. Das ist sie nämlich, sie ist meine Tochter mit einem ehemaligen Sklaven. Akwasi, dein Vater, war auch der ihre. Du bist ihr Bruder, Jefe. Erinnerst du dich nicht? Akwasi hatte zwei Frauen, damals in Nanny Town, eine davon war ich. Du nanntest mich Mama Nora, und du wolltest jeden Tag mit mir aufs Feld. Weil Dede bei mir war. Weil du sie damals schon liebtest, genau wie sie dich liebte. Das ist gut und richtig. Aber ihr seid Bruder und Schwester, Jefe. Mann und Frau könnt ihr nicht sein.«

Nora sah Jefe fest in die Augen und erkannte, dass in ihm etwas brach. Egal was er sagte – und egal, was zwischen ihm und der jungen schwarzen Frau gewesen war, die der Szene fassungslos zusah –, er hatte Deirdres Verlust niemals verschmerzt.

Nora hätte ihm gern Zeit gelassen, mit der neuen Erkenntnis fertig zu werden. Aber jetzt musste schnell etwas geschehen. Louise Dufresne klingelte eben nach dem nächsten Gang. Die Suppe – jedenfalls das, was Nora davon unversehrt gelassen hatte – musste wohl verzehrt worden sein. Nora fragte sich, womit die Dufresnes ihr seltsames Verhalten gegenüber den Kellnern erklärt hatten – und hoffte, dass der erste Gang noch nicht mit Gift versetzt gewesen war.

Nora trat einen Schritt zurück und warf einen verächtlichen Blick auf das Messer, das Jefe immer noch in der Hand hielt. »Und nun tu, was du tun musst, Jefe. Wenn du meinst, dass es richtig ist, dann erstich mich jetzt. Lass diese Leute servieren und vergifte deine Schwester. Aber ich sage dir gleich: Du tötest damit alle Liebe, die du in dir hast.«

Jefe ließ die Waffe sinken. »Wir … wir tun es nicht …«, flüsterte er. »Wenn … wenn Sie uns nicht verraten. Wenn Sie die Leute nicht verraten …« Er wies auf die Sklaven in der Küche, die starr vor Angst auf die Szene blickten. »Man würde sie …«

Nora nickte. »Man würde sie alle töten«, vervollständigte sie. »Oder doch zumindest austauschen. Dufresne würde kaum dreihundert Sklaven umbringen. Was mich betrifft, ich kann schweigen. Wenn du nur …«

»Nein!«

Plötzlich kam Leben in die junge Frau mit dem kurzen Haar – einer wunderschönen Frau, wie Nora jetzt bemerkte. Sie hoffte, dass Jefe sie liebte. Dass sie ihm vielleicht Frieden brachte. Die Frau schien das hingegen anders zu sehen.

»Wir Plan, Caesar! Geist hat Plan! Du nicht aufgeben, weil da drin Geliebte oder Schwester … Ich geopfert Kind, Geist geopfert Hand, viele geopfert Leben! Und du nun opfern Dede!«

Entschlossen gab sie das Gift in das Ragout und rührte es um. Dann drückte sie den Kessel der nächstbesten Küchenhilfe in die Hand.

»Da! Du bringen raus! Du töten alle!«

Die junge Sklavin schaute hilflos auf den Kessel. Natürlich konnte sie so nicht servieren. Das Ragout musste erst in Porzellanschüsseln gefüllt und dann einem livrierten Kellner übergeben werden … Das Küchenmädchen traf abrupt eine Entscheidung. Es leerte den Kessel in einen Mülleimer.

»Wir nicht machen. Sie uns bringen alle um!«, erklärte die junge Frau. Die anderen um sie herum nickten.

Simaloi stieß einen erstickten Schrei aus. »Dann … dann alles umsonst! Alles Verräter! Ich … ich sage Geist!« Damit stürmte sie hinaus.

Nora folgte ihr mit den Blicken. Sie versuchte zu verstehen, was die junge Frau gemeint hatte.

»Macandal …«, fragte sie dann erstickt, »Macandal ist hier?«

Jefe brauchte es nicht zu bestätigen. Nora sah die Wahrheit in den Gesichtern aller Küchensklaven. Sie holte mühsam Luft, musste sich jetzt fassen. Zum ersten Mal, seit sie in der Küche war, fühlte sie sich wirklich in Gefahr. Wenn diese Menschen annahmen, sie verriete ihren Anführer …

»Ich werde nichts sagen«, erklärte sie bestimmt. »Ich verrate euch nicht. Ich bin gegen die Sklaverei, ich kann … ich kann euch verstehen. Jetzt … jetzt muss ich aber gehen. Wenn man mich vermisst …«

Sie sah aus dem Augenwinkel, wie einer der Köche nach einem Messer griff, ein anderer nach dem Stiel eines schweren Topfes. Jefe würde ihr nichts tun, die anderen mochten jedoch daran denken, sich ihrer zu entledigen. Dann aber nahm sie erleichtert wahr, dass Doug am Eingang der Küche auftauchte.

»Hat hier irgendjemand meine Frau Nora gesehen?«

Nora rannte auf Doug zu. »Ich bin hier, Doug … Ich … es gab ein Problem mit einem Gewürz … die … die Frage, ob es wirklich bekömmlich ist … Aber jetzt …«

Sie sah erleichtert, dass er trotz der Festkleidung seinen Degen trug. Vorher war ihr das nicht aufgefallen. Ob Bonnie ihn gewarnt hatte? Der Weg nach oben, um die Waffe zu holen, erklärte zumindest, dass er erst jetzt nach ihr suchte. Gewöhnlich hätte Doug sofort nach ihr Ausschau gehalten, wenn sie ihren Platz neben ihm nicht eingenommen hätte.

»Jetzt gehen wir einfach wieder hinein, ja?«

Nora lächelte ihrem Mann zu – und unsicher, aber wie sie hoffte, verschwörerisch, den Leuten in der Küche. Jefe stand irgendwo zwischen ihnen. Sie glaubte nicht, dass Doug ihn wahrgenommen hatte – und hoffte, dass er ihn nicht ansprechen würde, falls das doch der Fall war.

Doug hatte jedoch nur noch Augen für Nora und wirkte mehr als erleichtert. Er wehrte sich nicht, als sie ihn aus der Küche zog.

»Was zur Hölle war da los?«, fragte er dann aber doch. »Bonnie war ganz aufgelöst und redete irgendwas von Caesar, du warst plötzlich verschwunden, der halbe Saal schwamm in heller Ochsenschwanzsuppe …«

Plötzlich sah er die Blutstropfen an ihrem weiß gepuderten Hals, und sein Blick verdunkelte sich. Doug schluckte die Frage hinunter, als Nora mit ernstem Gesicht den Kopf schüttelte und sich dann rasch in Bewegung setzte. Er folgte ihr alarmiert, als sie durch den Küchengang lief und dann möglichst unauffällig durch den Speisesaal. Im Eingangsbereich standen die Hausdiener, die Bonnie eben hatten hinauswerfen wollen. Nora zog Doug ins Herrenzimmer und schlug die Tür hinter ihnen zu.

»Wir müssen reden! Doug, ich glaube … Ich glaube, Macandal feiert da draußen irgendwo mit den Sklaven!«

## KAPITEL 7

»Ob wir ihn verraten?« Doug hatte Noras aufgeregtem Bericht gelauscht und lief nun erregt, die Hand auf dem Knauf seines Degens, im Zimmer auf und ab. »Du bist nicht bei dir, Nora, natürlich unternehmen wir etwas. Der Kerl wollte uns alle umbringen! Wenn Bonnie nicht wäre, säßen wir jetzt da drinnen und würden vergiftetes Essen zu uns nehmen!«

Nora griff sich nervös ins Haar und brachte die pompöse Perücke dabei völlig durcheinander. »Aber ich habe … ich habe es versprochen … und man kann doch verstehen … Herrgott, Doug, der Mann will einfach kein Sklave mehr sein! Wir selbst würden doch auch kämpfen!«

»Kämpfen ist eine Sache«, erklärte Doug bestimmt. »Giftanschläge sind eine andere. Dieser Macandal ist ein Massenmörder. Keine Granny Nanny, mit der man verhandeln kann. Kein Akwasi, der durch pure Verzweiflung in den Kampf getrieben worden ist. Der Mann ist größenwahnsinnig und brandgefährlich. Also vergiss deine Versprechungen, Nora. Ich gehe jetzt in den Saal, spreche mit Dufresne und schaue, ob sich unter den Stutzern da drinnen genügend Kerle finden, die einen Degen führen können und Manns genug sind, sich ein paar schwarzen Verschwörern entgegenzustellen!« Damit stürmte er hinaus.

Nora wusste nicht, was sie sich wünschen sollte. Doug hatte Recht, Macandal musste aufgehalten werden. Aber Jefe … Wenn nur Jefe davonkam, und die junge Frau, die bei ihm gewesen war.

Simaloi rannte durch das Sklavenquartier, aufgewühlt und blind vor Tränen. Verzweifelt versuchte sie zu verstehen, was da vor sich gegangen war. Die Frau hatte Jefes afrikanischen Namen gekannt. Und sie hatte von einer anderen Frau gesprochen. Einer Frau, die Jefe liebte oder geliebt hatte. Und dabei hatte er ihr doch gesagt, er liebe sie. Und dass man nur eine Frau habe auf Hispaniola. Dass sie das sei. Dass es Unrecht sei, was der Geist getan hatte. Und jetzt … Sie musste mit jemandem reden. Und den Geist warnen. Niemals würde diese weiße Frau wirklich schweigen! Sie würde Macandal verraten. Wenn er nicht bald floh, war er verloren.

»Langsam! Hier Kinder!«

Die dunkle, sanft tadelnde, aber eigentlich freundliche Stimme gehörte zu einem schwarzen Hünen, in den Simaloi beinahe hineingelaufen wäre. Er hielt ein kleines Mädchen an der Hand. Es tapste unsicher zwischen dem Mann und einem älteren Mädchen her. Doch Simalois Blick wurde von einer Frau angezogen, die an seiner anderen Seite ging. Einer kleinen, unscheinbaren Frau, die ein Baby im Arm hielt …

»Namelok!«

Simaloi schrie auf, als sie ihre Tochter erkannte. Oder besser die Frau, der sie ihre Tochter gegeben hatte. Namelok hatte sich in den letzten Monaten so verändert, dass sie das Mädchen kaum wiedererkannt hätte. Zumindest nicht als ihr Kind. Dass die Kleine ein Massai-Kind war, schien Simaloi unübersehbar. Zumindest gehörte das Baby ganz sicher nicht zu der Frau, die es hielt.

»Meine Baby! Das meine Baby!«

Sie starrte Bonnie an, die im ersten Moment verwirrt war. Jetzt lächelte sie unsicher. Und dann erkannte sie erfreut Nameloks Mutter. Sie lebte und war offensichtlich wohlauf, nach ihrer letzten Begegnung auf dem Sklavenmarkt hatte Bonnie ja eher das Schlimmste befürchtet. Sie hielt ihr zunächst auch ganz bereitwillig das Baby entgegen, als Simaloi die Arme ausstreckte. Aber Namelok begann sofort zu schreien, als die fremde Frau Anstalten machte, sie aus Bonnies Armen zu nehmen.

Bonnie zog das Kind daraufhin fester an sich. »Warte, sie will noch nicht«, sagte sie, »sie ist aufgeregt heute. Später …«

Simaloi blitzte Bonnie an, die plötzlich die Bedrohung empfand, die von dieser Begegnung ausgehen konnte.

»Gib mir!«, forderte Simaloi. »Sie meine Kind. Ich jetzt nicht mehr Sklavin. Du mir geben Baby wieder!«

Bonnie wich erschrocken zurück, und Leon stellte sich schützend zwischen sie und Simaloi.

»Was los? Du verrückt?«, fragte er die Massai schroff. »Erst fast umrennen Kind, dann klauen?«

Bonnie blickte hinter ihm vor. »Sie hat Recht«, sagte sie. »Sie war es, die mir Namelok gegeben hat. Aber sie ist jetzt nicht mehr ihr Baby!« Sie wandte sich an Simaloi. »Du hast sie mir geschenkt!«, erklärte sie. »Sie gehört jetzt mir.«

»Sie nicht dir gehören! Sie nicht Sklave!«, fuhr Simaloi auf.

Bonnie lächelte gequält. »Nein, aber sie ist jetzt mein Kind, meine Tochter. Sie gehört zu mir!«

Simaloi blitzte sie an. Sie schien sich auf sie stürzen zu wollen. »Sie meine Tochter!«, schrie sie. »Ich sie will zurück …«

Bonnie zog das immer noch weinende Baby fester an sich.

»Du erst mal beruhigen!« Leon nahm Simalois Arm. Er wollte ihr nicht wehtun, aber er konnte ihr nicht erlauben, sich womöglich mit Bonnie um Namelok zu schlagen. »Kind gehört euch beide, ja? Du sie lassen bei Bonnie, aber immer besuchen. Ihr geht sehr gut bei Bonnie. Bonnie gute, sehr gute Mutter. Victor Dufresne gute Mèz – hat geschrieben Freibrief für Namelok. Du Recht, sie nicht Sklavin … Und sie hat besser in Stadt als hier auf Plantage.« Leon nahm an, dass die Massai-Frau von Jacques oder Gérôme Dufresne gekauft worden war und jetzt auf Nouveau Brissac oder Roche aux Brumes lebte.

Simaloi schüttelte heftig den Kopf. »Wenn geht mit mir, auch nicht Sklavin. Nie wieder! Sicher bei Geist! Und ich Rinder haben! Viel Rinder, wird sein reich!«

Bonnie und Leon schauten einander verständnislos an.

»Bonnie!«

Bonnie zuckte zusammen. Diese Stimme hätte sie unter Hunderten sofort erkannt. Jefe!

In Jefes Gesicht ging ein Strahlen auf. »Bonnie! Das hätte ich nicht gedacht, dass ich dich noch mal wiedersehe, du …« Er machte Anstalten, Bonnie zu umarmen. Der jungen Frau ging sofort das Herz auf. Zuvor hatte sie den großen Schwarzen nur als Bedrohung für ihre Freunde empfunden, aber jetzt, da er sich so offensichtlich freute, sie zu sehen …

»Du mir helfen, Caesar! Sie will meine Kind!«

Simaloi unterbrach die Begrüßung und wies auf Bonnie. Ihre Stimme klang anklagend, aber auch hoffnungsvoll. Mit Jefes Auftauchen hatten sich die Machtverhältnisse geändert. So bärenhaft und kräftig Leon auch wirkte – mit dem großen Krieger der Ashanti würde er es nicht aufnehmen können. Simaloi war sich da sicher, er musste nur klar ihre Partei nehmen.

Bonnie schien Jefe jedoch nicht zu fürchten. »Es ist mein Kind! Sie hat es mir gegeben, und jetzt will sie es zurück. Das geht nicht, sie …«

Das Strahlen in Jefes Gesicht verflog. Verwirrt blickte er von einer der Frauen zur anderen. Er war erfreut, Bonnie wiederzusehen, und auch darüber, dass Sima ihm den Auftritt in der Küche wohl verziehen hatte. Aber jetzt konnte er sich nicht mit ihren Streitereien befassen. Er musste Macandal warnen – und dann so schnell wie eben möglich verschwinden! Simaloi schien Macandal jedoch völlig vergessen zu haben.

»Hört mal«, Jefe wandte sich beschwichtigend an die beiden Frauen. »Warum klärt ihr das nicht später? Jetzt, da Bonnie wieder da ist … du wirst doch mit uns kommen, Bonnie, oder? Du wirst mit uns kämpfen, die Weißen besiegen … Du musst den Geist reden hören, dann wirst du verstehen! Und wenn wir erst wieder im Lager sind, einigt ihr euch über das Kind.«

»Ich gehe nicht mit!«, sagte Bonnie fest. »Und ganz sicher nehme ich Namelok nicht mit in ein Rebellencamp. Ich bin zufrieden hier und …« Sie wollte von ihrem Freibrief erzählen, doch Jefe schien ihr nicht zuzuhören.

»Ich nicht gehen ohne Namelok!«, erklärte Simaloi ebenso entschlossen. »Du sie wegnehmen Frau, Jefe. Wenn du Krieger, wenn du lieben mich …«

Bonnie blitzte ihn an. »Versuch's nur!«, sagte sie drohend.

Jefe stand hilflos vor den beiden Frauen, aber dann half ihm einer von Macandals Hauptleuten aus der Klemme. Der Mann kam völlig aufgelöst von den Feuern auf sie zugerannt.

»Caesar, der Geist … er völlig verrückt … und völlig betrunken. Wir … wir müssen wegschaffen, sonst sie ihn schnappen … Wenn sie fangen ihn … und uns! Sie uns knüpfen auf!«

Jefe schüttelte den Kopf. »Der Giftanschlag ist missglückt«, gestand er. »Aber was sagst du? Macandal … wo ist er? Immer noch mit den Kerlen am Feuer?«

Der Mann nickte. »Und redet und redet. Wir ihn wegschleppen, Caesar, rasch, bevor geschieht Unglück!«

Jefe nahm Simalois Hand. »Sima, komm, das ist jetzt erst mal wichtiger. Wir kümmern uns nachher um alles. Bonnie …«

»Ich gebe das Kind nicht heraus!«, sagte Bonnie mit fester Stimme.

»Ich kommen und holen Kind!«, schrie Simaloi.

Jefe zog sie mit sich, auf das Feuer zu, an dem Macandal gesessen hatte. Und dann erklangen Stimmen aus dem Haupthaus, und sie hörten Pferdegetrappel. Eine Gruppe Reiter galoppierte von den Ställen aus auf den Festplatz der Sklaven zu.

»Niemand rührt sich von seinem Platz!« Die befehlsgewohnte Stimme von Jacques Dufresne brachte alle Gespräche der Schwarzen zum Schweigen. »Wenn einer auch nur den Versuch macht zu kämpfen …«

»Bewahrt alle die Ruhe!« Eine besonnenere, klare Stimme mit englischem Akzent mischte sich ein. Bonnie erkannte, Jefe erahnte die Stimme Doug Fortnams. »Habt keine Angst! Niemandem geschieht etwas. Alle Dufresne-Leute sind sicher. Wir kontrollieren nur die Besucher. Es heißt, es hätten sich Aufrührer eingeschlichen. Bleibt alle, wo ihr seid, setzt euch und hebt die Hände. Wer sich nicht bewegt, hat nichts zu befürchten …«

Das Treiben auf dem Festplatz erstarrte. Die meisten Sklaven ließen sich gehorsam auf dem Boden nieder und hoben die Arme. Nafia, Bonnie und die Kleinen versteckten sich hinter Leons breitem Rücken. Jefe zog Simaloi blitzschnell in den Schatten eines Holzstoßes. Er schaute nach den Sprechern aus und entdeckte sie gleich. Vom Haus aus bewegte sich ein Trupp mit Säbeln und Musketen bewaffneter Ballgäste auf das Festgelände der Sklaven zu, an ihrer Spitze der Hausherr Jacques Dufresne. Dougs Stimme war von weiter oben gekommen. Jefe erkannte, dass er zu Pferde saß, ebenso wie drei oder vier weitere Männer, unter anderem der Doktor. Sie ritten ohne Sättel – wahrscheinlich hatten sie sich durch einen Hinterausgang zu den Ställen geschlichen und den Pferden, unbemerkt von den Stallburschen, nur rasch Zaumzeug übergeworfen.

Jetzt patrouillierten sie rund um das Gelände. Gänzlich absperren konnten diese wenigen Reiter den Stallbereich und das Sklavenquartier jedoch nicht. Jefe spähte nach Fluchtmöglichkeiten aus – und sah den Maroon, der ihn zu Macandal gerufen hatte, ganz in der Nähe hinter den voluminösen Trommeln von Leons Musikgruppe. Im Schatten der Gebäude konnten sie sicher verschwinden. Sie mussten nur Macandal holen und …

»Kommt nur! Hierher!« Die Stimme war nicht minder laut und selbstsicher als die der Weißen, klang aber deutlich nach übermäßigem Alkoholgenuss. Sie ließ Jefe das Blut in den Adern gefrieren. »Ihr ssssucht doch mich!«

Macandal, der Geist von Hispaniola, erhob sich von seinem Sitz bei den Feuern. Er schwankte ein bisschen – und er lachte trunken. »Aba … aba … mich kriegt ihr nicht! Ich bin … ich bin … der … Messias … der … der sweite Mes… Messias … ich bin unsterblich …«

»Nicht mal der Erste war unsterblich«, murmelte Jefe.

Verzweifelt duckte er sich noch tiefer hinter den Holzstoß, während die Weißen jetzt auf den betrunkenen Rebellenführer zustrebten. Simaloi tat es ihm nach.

»Unn unn d… die L… Leute hier w… werden sich alle er… heben unn … unn kämpfen für ihr… ihren Gott …«

Der Maroon, der hinter den Trommeln hockte, warf Jefe einen hoffnungsvollen Blick zu. Das wäre eine Möglichkeit … Wenn die Sklaven sich jetzt wirklich bewaffneten, und sei es mit Holzscheiten und Küchenmessern, wenn sie entschlossen vorgingen … Auf der Plantage befanden sich an diesem Abend sicher fünf- bis sechshundert Sklaven, die meisten davon kräftige Männer, und auch die Frauen gewöhnt an schwere Arbeit. Sie müssten mit den vielleicht hundertfünfzig männlichen Ballgästen fertig werden – selbst wenn einige von ihnen bewaffnet waren. Die Rebellen verfügten auch noch über Musketen. Allerdings alle bei Macandal …

»Nu … nu macht schon! Schlagt sie tot, die … die weißen Teufel!« Macandal brüllte trunken in die Runde und besprengte seine umstehenden Saufkumpane mit Rum, wie er es sonst mit dem magischen Sud der Voodoo-Zeremonien tat. »Hispaniola den Schwarzen! Freiheit für … für all…« Seine Stimme erstarb abrupt, als einer der Reiter auf ihn zustürmte und ihn niederschlug.

Jefe hielt den Atem an. Die Schwarzen mussten sich jetzt erheben. Jefe überlegte, ob er aufspringen und den Kampfruf aufnehmen sollte, doch ein Blick auf die eingeschüchterten, verängstigten Menschen auf dem Festplatz ließ ihn innehalten. Die Sklaven der Dufresnes und ihrer Gäste würden nicht kämpfen. Man konnte sie vielleicht dazu bewegen, ihren Herren Gift ins Essen zu mischen. Die Vorstellung, sich blindlings auf ihre bewaffneten Mèz und Aufseher zu stürzen machte, ihnen jedoch zu viel Angst. Macandal hatte keine Chance …

Jefe sah, wie Macandal im flackernden Licht des Feuers versuchte, wieder auf die Beine zu kommen – und wie einer der Maroons Mireille in den Schatten eines Stallgebäudes zerrte. Macandals Frau wehrte sich heftig. Sie wollte zu ihrem Mann, aber dem war nicht mehr zu helfen. Die Männer Dufresnes hatten ihn inzwischen erreicht und hielten ihn fest. Er lamentierte laut, setzte sich jedoch nicht zur Wehr. Wie sollte er auch? Für einen Kampf war er längst zu betrunken.

»Wir hier weg!« Der Maroon, der eben noch hinter den Trommeln gehockt hatte, war zu Jefe gerannt und versteckte sich jetzt neben ihm und Sima hinter dem Holzstoß. »Sie nicht passen auf. Wir fliehen … Oder können helfen Macandal?«

Jefe schüttelte den Kopf und machte sich bereit für einen Spurt. »Sicher nicht – und schon gar nicht, solange er in diesem Zustand ist. Wenn sie ihn irgendwo einsperren … man wird sehen. Renn, Sima, da hinter dem Stall finden wir Deckung. Und dann können wir uns wegschleichen. Solange noch keiner kontrolliert.«

Dufresne und seine Männer kosteten ihren Triumph aus. Unter Hochrufen sämtlicher Gäste – auch die Frauen wagten sich jetzt zumindest an die Fenster des Festsaales – führten sie Macandal ab. Die Sklaven starrten derweil wie hypnotisiert auf das abrupte Ende einer Legende. Niemand achtete auf ein paar Schwarze, die sich im Schatten der Wirtschaftsgebäude durch den dunklen Garten entfernten. Jefe zerrte Simaloi hinter sich her, die anderen die sichtlich unwillige Mireille.

Schließlich sammelten sich Macandals Gefolgsleute demoralisiert und geschlagen vor dem Schuppen zwischen Nouveau Brissac und Roche aux Brumes. Mireille schluchzte, selbst Simaloi schien kurz davor, mit den Regeln ihres Stammes zu brechen und den Tränen freien Lauf zu lassen. Wobei sie nicht gewusst hätte, ob sie eher um den Geist oder um ihr Kind weinte.

Jefe ließ den Blick über die Gruppe gleiten. Die Männer starrten teilnahmslos vor sich hin, immerhin waren sie vollzählig und niemand war verletzt.

»Hört zu!« Jefe raffte sich auf. Er fühlte sich nicht wirklich danach, die Führung zu übernehmen, doch außer ihm würde es niemand tun. Die anderen wirkten noch zu schockiert darüber, dass die Weißen nicht von einem Blitz erschlagen worden waren, als sie Hand an Macandal gelegt hatten. »Wir können nicht hierbleiben und unsere Wunden lecken. Wir müssen Mayombe und Teysselo erreichen. Und die müssen allen Verschwörern auf den Plantagen Nachricht geben – sie dürfen morgen kein Gift einsetzen! Und erst recht keine Gendarmerien angreifen. Wir ziehen uns vorerst zurück, wir verhalten uns ruhig.«

»Aber wir müssen François retten!«, flehte Mireille. »Ihr könnt ihn doch nicht den Weißen überlassen! Ohne ihn …«

»Ohne ihn sind wir verloren«, erklärte einer der Hauptleute resigniert.

Jefe wollte ihm wütend entgegenschleudern, dass man keinen Messias brauchte, um eine Rebellion durchzuführen, und dass es ohne betrunkene Geister vielleicht sogar noch besser ginge. Das wäre im Moment jedoch nicht hilfreich gewesen.

»Wir müssen jetzt erst einmal herausfinden, wo sie ihn hinbringen«, begütigte er. »Und dann werden wir ihn befreien! Noch ist nichts verloren, Leute. Verliert nur nicht den Mut!«

Entschlossen blickte er von einem zum anderen. Mireille schniefte ein wenig getröstet, die Männer schienen wieder etwas Lebensenergie zu zeigen.

Simaloi nickte. »Ashanti große Krieger!«, erklärte sie vertrauensvoll. »Erst befreien Geist, dann holen meine Kind!«

Jefe widersprach nicht. Wenigstens schien sie ihm wegen Deirdre nicht mehr zu zürnen und auch nicht wegen des verhinderten Giftanschlags. Im Moment hatten sie auch wirklich größere Sorgen.

Jefes Stimmung besserte sich, als er Macandals Leuten jetzt in Richtung Cap-Français vorausging. Natürlich würde es nicht einfach sein, den Geist zu befreien und seine Pläne doch noch zu verwirklichen, aber immerhin würde ihm Simaloi niemand mehr streitig machen.

Und irgendetwas in seinem Herzen dankte außerdem den Göttern dafür, dass Deirdre, Dede, seine erste Liebe und seine Schwester, in dieser Nacht nicht sterben würde.

## KAPITEL 8

Nora Fortnam hatte keinen Schlaf mehr gefunden, nachdem ihr zugetragen worden war, wie das Urteil lautete, das ein schnell zusammengerufenes Gericht gegen Macandal verhängt hatte. Der Rebellenführer sollte am 20. Januar auf dem Platz vor dem Gouverneurspalast bei lebendigem Leib verbrannt werden.

»Es ist widerlich«, stimmte Doug seiner Frau zu. »Und sie werden ein riesiges Ereignis daraus machen. Aus allen Teilen der Kolonie werden Sklaven hergebracht, damit die Leute sich selbst davon überzeugen können, dass ihr ›Messias‹ nicht unsterblich ist.«

»Aber das könnten sie auch haben, indem sie ihn einfach hängen«, erwiderte Nora. Die Fortnams saßen mit Victor und Deirdre am Frühstückstisch – es war eine der letzten gemeinsamen Mahlzeiten vor ihrer Abreise. So richtig wollte es allerdings keinem schmecken, Deirdre hatte sich sogar übergeben, als Victor von dem Urteil berichtete. Er war früh morgens von einem Notfall zurückgekehrt und hatte auf dem Weg nach Hause davon erfahren. »Ich sehe ja ein, dass sie ihn hinrichten müssen, aber so …«

»Die Papisten hatten noch nie sehr viel Geduld mit Ketzern«, bemerkte Doug. »Und als solchen bezeichnen sie ihn doch, oder?«

Victor nickte. »Ja, sie scheinen ihm die Sache mit dem ›Schwarzen Messias‹ fast noch mehr übel zu nehmen als die

Giftmorde und die Überfälle. Trotzdem ist es barbarisch. Ein Rückfall ins Mittelalter! Ich werde mich jedenfalls weigern, das mit anzusehen.«

»Dich wird ja auch keiner zwingen«, bemerkte Deirdre. Sie warf einen Blick auf Bonnie, die bei Tisch bediente und das Gespräch natürlich mit anhörte. Der jungen Schwarzen war das Blut dabei ebenso aus dem Gesicht gewichen wie Nora. Ihre Hände zitterten, als sie Kaffee nachschenkte. »Aber die Sklaven …«

»Wir sollten auf jeden Fall hierbleiben«, murmelte Nora.

Sie hatte die Abreise nach Jamaika so sehr herbeigesehnt, aber das bevorstehende Spektakel änderte alles. Nora redete sich ein, dass sie Deirdre und ihre Familie nicht alleinlassen wollte, in Wahrheit ging es jedoch um ihre Schuldgefühle. Wenn sie Jefe nicht gestellt, wenn er Macandal in seiner Verwirrung nicht verraten hätte, wenn sie Doug gegenüber geschwiegen hätte … Nora fühlte sich regelrecht verpflichtet, hier bis zum bitteren Ende auszuharren.

»O nein, Nora!« Doug schüttelte entschlossen den Kopf. »Du wirst dir das auf keinen Fall antun, nur weil du dich schuldig fühlst.«

Nora senkte den Kopf. Ihr Mann kannte sie zu gut.

»Du hattest überhaupt keine Wahl, du musstest ihn anzeigen. Und für das Urteil dieses infamen Gerichts bist du nicht verantwortlich.«

»Aber ich bin verantwortlich«, sagte Bonnie kleinlaut. Sie hielt sofort die Hand vor den Mund, natürlich sollte sie nicht sprechen oder sich gar in die Unterhaltung ihrer Herrschaft einmischen, wenn sie bediente. Sie konnte jedoch einfach nicht an sich halten. »Ich hab Jefe verraten. Und jetzt hasst er mich … bestimmt hasst er mich … und das Blut des Geistes kommt über mich und …«

»Bonnie!« Victor schüttelte den Kopf. »Bonnie, du bist doch

nicht abergläubisch! Das Blut des Geistes! Macandal war sicher ein begnadeter Redner. Ich habe ihn ja gehört, der hat selbst seine Häscher noch in völlig betrunkenem Zustand in seinen Bann gezogen! Ich kann mir gut vorstellen, wie das auf die Sklaven wirkte. Und er war ein guter Stratege. Aber er ist ein Mensch, kein Geist, kein Messias, einfach nur ein Mensch. Er verdient den Tod, da stimme ich Doug absolut zu, nur nicht so einen schrecklichen. So etwas verdient niemand. Dieses Urteil ist eine Schande für die ganze Kolonie! Aber keiner von uns trägt die Schuld daran.«

»Und sieh es mal anders, Bonnie«, meinte auch Doug. »Wenn du Nora nicht auf Jefe aufmerksam gemacht hättest – dann wärest du mitverantwortlich für den Tod Tausender Menschen. Es war ein großer Schlag geplant, Giftmorde auf allen Plantagen, Angriffe auf die Gendarmerien …«

Deirdre legte ihr Besteck beiseite. Sie konnte nun wirklich nichts mehr essen.

»Aber die Sklaven wären jetzt frei«, sagte sie leise. »Wenn Macandal nicht gefasst worden wäre, dann hätten die Schwarzen einmal gesiegt.«

Jefe und seine Leute waren noch in der Weihnachtsnacht ins Hauptlager der Rebellen zurückgekehrt und hatten gleich Boten zu den anderen Stützpunkten der Verschwörer ausgesandt. Am nächsten Tag waren dann auch Mayombe und Teysselo wieder da, bereit, eine Befreiung zu planen. Einfach gestaltete sich das jedoch nicht.

»Er ist im Verlies der Gendarmerie von Cap-Français eingesperrt«, berichtete ein Späher der Bewegung, der als *pacotilleur* viel herumkam. »Am ersten Tag war er noch auf der Dufresne-Plantage, da hättet ihr zuschlagen müssen, da wäre es leichter gewesen. Aus der Stadt kriegt ihr ihn nie raus.«

»Auf der Plantage waren sie alle zu feige!«, erklärte Jefe. »Da war nichts zu machen. Wir hatten Glück, dass wir noch rauskamen. Wieder hineinzugehen wäre nur mithilfe der Sklaven möglich gewesen. Und mit denen war nichts mehr anzufangen. Wahrscheinlich hätte uns sogar noch jemand verraten, wenn wir es versucht hätten.«

»Vorher waren sie doch alle Feuer und Flamme für den Plan!«, wunderte sich Mayombe, ein großer, magerer Mann mit schlaffen Gesichtszügen, aber scharfen Augen. »Wir hatten sie alle auf unserer Seite, sie wollten Blut sehen.«

»Solange sie davon überzeugt waren, dass Macandal selbst keins vergießen kann«, sagte Mireille. Macandals Ehefrau bestand darauf, den Beratungen zum weiteren Vorgehen der Maroons beizuwohnen, und dachte gar nicht daran, das schweigend zu tun. »Sie haben ihn für unverwundbar gehalten und für unbesiegbar. Jetzt zweifeln sie. Und es liegt an uns, sie wieder zu überzeugen. Wenn wir ihn nicht befreien, ist alles verloren.«

Mayombe und Teysselo sahen einander grimmig an. Jefe hegte den leisen Verdacht, dass die beiden schon über Macandals Nachfolge grübelten – und sich darüber keineswegs einig waren. Wahrscheinlich hätte jeder von ihnen gern die Führung der Rebellen übernommen. Jefe dagegen neigte nach den Erfahrungen der letzten Tage zu Mireilles Ansicht. Egal, ob es ebenso gute oder bessere Führer für diese Revolution gab als den Messias – auch er selbst hätte sich zugetraut, die Aufständischen zu führen –, die Sklaven brauchten jedoch die Legende Macandal. Sie wollten an seine Gottgesandtheit glauben, nur das machte ihnen Mut, sich aufzulehnen. Seit der Geist im Gefängnis saß, hatten sich viele Verschwörer zurückgezogen, die Haussklaven der Pflanzer zeigten sich serviler und loyaler denn je, die Feldsklaven kuschten unter der Peitsche ihrer Aufseher.

Jefe seufzte. »Also schön. Das Gefängnis der Gendarmerie … Wie kommen wir da rein? Lassen sie Besucher zu?«

Der Informant, ein rundlicher, harmlos wirkender Mulatte,

schüttelte den Kopf. »Niemanden. Nur einen Priester. Und das Ganze ist bewacht wie eine Festung.«

»Sie würden mich hineinlassen«, überlegte Mireille. »Sie müssen, ich bin seine Frau!«

Die Männer lachten. »Sie würden dich gleich dazusperren«, beschied sie Teysselo. »Es ist doch bekannt, dass du mit ihm gelebt hast. Sie geben dir mit Sicherheit eine Mitschuld.«

»Aber ich …« Mireille wollte etwas einwenden, Jefe gebot ihr allerdings mit einer Handbewegung Schweigen.

»Selbst wenn sie dich hineinließen, Mireille, du könntest ihn nicht in deiner Rocktasche herausschmuggeln. Und wenn wir die Gendarmerie stürmen würden … sie liegt mitten in der Stadt. Noch während der Kämpfe bekämen die Gendarmen Verstärkung. Wie sollten wir dann da rauskommen?«

»Er liegt in Ketten«, bemerkte der *pacotilleur*.

Jefe seufzte. »Das auch noch. Wir müssten also mit einem Schmied anrücken. Oder einen der Wächter foltern, damit er die Schlüssel herausrückt. Und das alles mitten in Cap-Français!«

»Nein!« Mireilles Gesicht spiegelte pure Verzweiflung wider. Ihr Mann mochte sie oft zum Wahnsinn getrieben haben, doch sie liebte ihn zweifellos, vielleicht mehr als ihr Leben. »Wir können ihn nicht seinem Schicksal überlassen!« Mireille sah flehend von einem zum anderen.

Jefe rieb sich die Stirn. »Habe ich gesagt, dass wir aufgeben?«, fragte er ungeduldig. »Nein. Wir versuchen auf jeden Fall, ihn zu befreien. Aber es geht nur, wenn sie ihn rausholen. Es geht nur bei der Hinrichtung …«

»Ich verlasse euch gar nicht gern«, seufzte Nora.

Sie umarmte ihre Tochter, ihren Schwiegersohn und sämtliche Schwarze aus dem Haushalt Dufresne – zum Abschied hatten sie alle die Fortnams zum Schiff begleitet. Sogar Namelok war dabei, und Libby machte sich schon bereit, dem Schiff mit einem von Deirdres seidenen Tüchern nachzuwinken. Die *Queen of the Waves*, ein schmuckes, nicht allzu großes Segelschiff, lag im Naturhafen von Cap-Français bereit, um die Passagiere an Bord zu nehmen, aber Nora konnte sich nicht trennen.

»Du gehst sehr gern!«, behauptete stattdessen Doug und schob sie entschlossen in Richtung Gangway. »Und das nächste Mal besucht ihr uns auf Cascarilla Gardens. Von mir aus mit der ganzen Bagage!« Er kniff Namelok, die von Leons Arm aus interessiert auf das Treiben im Hafen blickte, lächelnd in die Wange. »Da geht es entspannter zu als hier – ich werde aufatmen, wenn ich wieder Mama Adwes gutes Essen genießen darf – und ganz sicher sein kann, dass keiner Gift hineingemischt hat.«

»Ich nie mische Gift in Essen von Mèz!«, entrüstete sich Sabina, woraufhin alle lachten. »Auf Nouveau Brissac sie mich rausgeschickt. Ich nie, nie hätte vergiftet Mèz!«

»Das wissen wir doch, Sabina!«, begütigte Deirdre. »Keiner macht dir einen Vorwurf. Aber die Atmosphäre auf den Plantagen … In der letzten Zeit habe ich mich nur noch unwohl gefühlt. Wir fahren so bald nicht wieder zu deinen Eltern, oder, Victor?«

Victor schüttelte den Kopf. Er war mehr als zufrieden darüber, dass Deirdre nicht mehr aufs Land drängte. In den letzten Wochen hatte sich in der Stadt alles aufs Schönste eingespielt. Deirdre hatte sich endlich mit Leon angefreundet und unternahm ihre Ausritte nun zufrieden in seiner Begleitung. Außerdem gab es neuerdings zwei junge Ehepaare in der Stadt, mit denen die Dufresnes Umgang pflegten. Einer der Männer war Reeder, der andere arbeitete für den Gouverneur, und eine der jungen Frauen teilte Deirdres Begeisterung für das Reiten. Sie hatte ihr Pferd aus Frankreich mitgebracht, ein hochbeiniges Vollblut, mit dem sich Alegría nun regelmäßig in Rennen maß.

»Wir bringen jetzt diese Sache mit Macandal hinter uns. Ich

werde versuchen, die Schwarzen so weit wie möglich fernzuhalten«, er zwinkerte Leon zu, »was wahrscheinlich nur geht, indem ich auch dem letzten einen Freibrief ausstelle, und zwar heute noch. Dann werden wir hier ein friedliches Leben führen.«

Der Abschiedsschmerz ging in Leons Jubel unter – er war der Einzige, der bislang noch nicht über einen Freibrief verfügte. Und als Deirdre Nora zum Abschied etwas ins Ohr flüsterte, wirkte diese plötzlich auch gar nicht mehr betrübt, sondern eher euphorisch. Noch einmal drückte sie Deirdre an sich und schien etwas sagen zu wollen, aber Deirdre schüttelte verschwörerisch den Kopf und gebot ihr damit Schweigen.

»Übers Jahr kommen wir nach Jamaika! Ganz sicher!«, beteuerte die junge Frau. »Und solange grüßt ihr Mama Adwe und Kwadwo und all die anderen.«

»Und die Warringtons und die Keensleys.« Doug lachte und küsste seine Tochter noch einmal, bevor er seine Frau nun endgültig aufs Schiff geleitete. »All unsere reizenden Nachbarn werden entzückt sein zu hören, dass du sie nie vergessen hast. Weißt du jetzt eigentlich ein bisschen mehr über Giftpflanzen, geliebte Nora?«

Die Dufresnes warteten am Hafen und winkten, bis die *Queen of the Waves* am Horizont verschwunden war. Dann machten sie sich auf den Heimweg – Deirdre etwas melancholisch, doch die Sklaven waren in Feststimmung.

Leon scherzte mit den Frauen über das, was er mit seiner künftigen Freiheit anzufangen gedachte, und Amali begeisterte sich darüber, dass Libby eben zum ersten Mal Schiff gesagt und *au revoir* ganz ohne Fehler ausgesprochen hatte. Niemand achtete auf Bonnie, die ihre Blicke müßig, aber wachsam über das Treiben am Hafen schweifen ließ. Bonnie hatte Simalois Ausbruch auf Nouveau Brissac nicht vergessen, und sie fürchtete seitdem stets Übergriffe auf Namelok. Genau wie sie inzwischen wusste, dass die junge Massai zu Jefe und damit zu Macandal gehört hatte, wusste Jefe gewiss, dass Bonnie wieder bei Dr. Dufresne lebte. Zweifellos hatten die Rebellen ihre Quellen, sie konnten leicht herausfinden, wo sie sich mit Namelok aufhielt. Leon und die Dufresnes meinten zwar, dass die Aufrührer zurzeit sicher anderes zu tun hätten, als eine Kindesentführung zu planen. Bonnies Panik wurde mitunter jedoch so groß, dass sie ernstlich daran dachte, die Dufresnes zu verlassen.

Nun war das bisher nicht möglich gewesen, wenn sie nicht auch Leon verlassen wollte. Noch so etwas, das weiter in der Schwebe war. Sie ließ zu, dass Leon um sie warb, aber in ihr Bett gelassen hatte sie ihn bislang noch nicht. Sosehr sie seine freundliche Art mochte und sich ihm verbunden fühlte – nach all dem, was sie mit Männern erlebt hatte, traute sie keinem genug, um sich vollständig auf ihn einzulassen. Keinem außer Jefe …

Bonnie rieb sich die Schläfe. Sie musste sich diesen Unsinn endlich aus dem Kopf schlagen und ernstlich über eine Verbindung mit Leon nachdenken. Nun, da er frei sein sollte, würde er sicher bald von Heirat sprechen. Und wenn Bonnie wollte, konnte sie das davon abhängig machen, dass er mit ihr und Namelok fortging … Sie schaute zu Leon hinüber, der die vergnügte Namelok auf seinen breiten Schultern reiten ließ. Es wäre eine gute Entscheidung, sie konnte sich keinen besseren Vater für die Kleine wünschen – und sich selbst keinen besseren Mann.

Die kleine Gruppe ging eben an der Spelunke vorbei, in der Lennie immer noch lebte und arbeitete, Amali blickte angestrengt in eine andere Richtung. Auch Leon sah aufs Meer hinaus, während Libby ihr neues Wort Schiff aufgeregt wiederholte und auf die in den Hafen einlaufenden Segler zeigte.

Bonnie war die Einzige, die ihre wachsamen Blicke über die Schenke und die Männer darin schweifen ließ – und sie meinte, einer Sinnestäuschung zu erliegen, als sie den großen schwarzen Mann mit den blitzenden hellbraunen Augen darin erkannte. Jefe trug die Kleidung der Hafenarbeiter. Er fiel hier nicht auf – und er ließ sich nicht anmerken, dass er Bonnie erkannte. Aber gesehen hatte er sie, da war sie sich sicher. Sein Blick hatte den ihren gekreuzt.

Bonnie hängte sich demonstrativ bei Leon ein und versuchte, ihre Nervösität zu überspielen. Jefe grinste sie an. Und dann waren sie vorbei.

Bonnie schluckte. Hatte sie sich die Begegnung vielleicht doch nur eingebildet? Jefe würde kaum so gelassen dasitzen, wenn er gekommen war, um ihr Kind zu stehlen.

*Die Rebellen haben anderes zu tun …* Victors beruhigende Worte fielen ihr wieder ein. War Jefe gar nicht ihretwegen hier? Ging es in Wirklichkeit um Macandal?

Bonnie versuchte, sich mit dieser Überlegung zu beruhigen – und dieses Mal zog sie niemanden ins Vertrauen. Was auch immer Jefe vorhatte, solange es sie und Namelok nicht betraf, würde sie ihn nicht verraten.

Dann, am Abend, wurde sie jedoch eines Besseren belehrt. Bonnie überlief es kalt, als sie ihr Quartier betrat und einen Zettel auf dem Tisch entdeckte.

*Bobbie!*
*Komm in die Bucht der roten Mangroven.*
*Um Mitternacht. Du bist es uns schuldig.*

Bonnie überlegte bis zuletzt, Leon einzuweihen oder einfach nicht hinzugehen. Aber Jefes Nachricht klang nicht wie eine Drohung, eher wie ein Hilferuf. Und wenn er tollkühn genug gewesen war, sich am helllichten Tag in die Dienerunterkünfte zu schleichen, dann hätte er auch leicht in den Garten gehen können, wo Nafia den ganzen Nachmittag über mit Libby und

Namelok gespielt hatte. Wenn er nur hier war, um seiner Massai-Frau das Kind zurückzuholen … Es gab einfachere Methoden, als Bonnie bei Nacht an den Strand zu locken, zumal er doch davon ausgehen konnte, dass sie Namelok erstens nicht mitbringen und sie zweitens sicher bei jemand anderem unterbringen würde, womöglich bei ihrer Herrschaft.

Schließlich trug sie das schlafende Kind gegen elf hinüber zu Amali. Die war eben erst mit ihrer Arbeit fertig geworden. Die Dufresnes hatten eine kleine Abendgesellschaft gegeben, und Deirdre hatte Amalis Hilfe bis jetzt benötigt. Sie war also hellwach, als Bonnie kam – und bemerkte sofort ihre Aufregung.

»Ich soll auf Namelok aufpassen? Jetzt, mitten in der Nacht?« Amali runzelte die Stirn, dann ging ein Leuchten über ihr Gesicht. »Dann tust du's jetzt also endlich? Du gehst zu Leon?«

Bonnie wusste darauf nichts Rechtes zu antworten. Sie hatte über eine Ausrede nachgedacht und eigentlich beschlossen, eine Unpässlichkeit vorzutäuschen. Vielleicht eine Magenverstimmung, in deren Folge sie dreimal pro Stunde auf den Abtritt rennen musste – und mit der sie Namelok weder wachhalten noch anstecken wollte. Aber das mit Leon war natürlich viel besser …

Sie biss sich auf die Lippen. »Ich … da möchte ich nicht drüber reden, ich …«

Amali kicherte. »Du bist so prüde!«, tadelte sie. »Hab ich dir nicht immer alles von Jolie erzählt? Und von Lennie, der gegen Jolie ein ziemlicher Versager war, unter uns gesagt.«

Sie war ganz aufgekratzt und plauderte vergnügt. Amali schätzte Bonnies Gesellschaft, schließlich war die junge Frau eine der wenigen, mit denen sie auf Saint-Domingue Englisch sprechen konnte.

»Es ist das erste Mal«, murmelte Bonnie, was Amali wieder einmal verwirrte. Bonnie hatte nicht alles über ihren früheren

Backkra erzählt – und ganz sicher nichts von seinem Tod. Aber dass sie keine Jungfrau mehr war, konnte sich Amali zusammenreimen. »Also so etwas wie das erste Mal«, verbesserte sie sich.

Amali lächelte. »Ist schon gut, ich versteh's ja. Jedenfalls viel Spaß! Und Namelok brauchst du vor morgen früh nicht abzuholen. Ich leg sie zu Libby, die kuscheln ja gern miteinander.«

Amali legte Namelok behutsam in das Körbchen ihrer Tochter, das direkt neben ihrem Bett stand. Sicherer konnte das Kind nicht untergebracht werden.

»Ich geh dann mal«, sagte Bonnie, Amalis erneutes Gekicher geflissentlich überhörend. Sie würde sich für den kommenden Morgen etwas ausdenken müssen. Nicht, dass Amali noch Leon mit der Angelegenheit neckte.

Jetzt dachte Bonnie allerdings nur noch an Jefe und das Treffen in der Bucht. Sie legte die halbe Meile bis zum Strand im Laufschritt zurück und schob sich erst, als sie die Bucht schon fast erreicht hatte, im Schatten der Mangroven unauffällig näher. Wenn Jefe seine Massai-Frau bei sich hatte oder womöglich noch bedrohlicher wirkende andere Leute, wollte sie das wenigstens wissen. Dass sie sich noch davonschleichen konnte, glaubte sie allerdings nicht. Jefe hatte sie sicher bereits kommen hören – das Leben als Pirat hatte seine Sinne geschärft. Auch Bonnie selbst nahm bei Nacht leiseste Geräusche wahr und erkannte die kleinste Bewegung im Dunkeln. So entdeckte sie Jefe auch sehr bald im Schatten eines Felsens. Er schien allein zu sein, zumindest war kein Mensch bei ihm. Hinter ihm lag oder stand allerdings etwas Kleines … War es ein Schaf, eine Ziege oder ein großer Hund? Es bewegte sich nicht.

Bonnie trat aus dem Mangrovendickicht, und Jefe kam gleich auf sie zu. »Ich wusste, dass du kommst!«, sagte er und nahm sie etwas linkisch in die Arme.

Früher hatte Bonnie stets versucht, sich in diese seltenen Umarmungen hineinzuschmiegen, und ihnen später stundenlang nachgeträumt, heute machte sie sich steif. »Was willst du, und wer schickt dich?«, fragte sie steinern. »Wenn es um das Kind geht …«

Jefe schüttelte den Kopf. »Darum geht's nicht. Jedenfalls jetzt nicht, und später hat es sich vielleicht erübrigt. Bonnie, es geht um Macandal. Wir wollen ihn befreien.«

Bonnie hob die Brauen. »Gut«, sagte sie. »Ich meine, ich finde es nicht gut, was er getan hat – und was ihr tun wolltet, war ungeheuerlich. Aber dass sie ihn lebendig verbrennen wollen, finde ich auch nicht gut. Also von mir aus … die Gendarmerie ist allerdings hervorragend bewacht. Sie patrouillieren draußen, zwei Bewaffnete stehen ständig vor den Toren. Besuch erlauben sie auch nicht. Wenn du das also wissen wolltest …«

Jefe machte eine wegwerfende Handbewegung. »Das wissen wir längst. Wir haben unsere Spione. In die Gendarmerie ist nicht reinzukommen. Also werden wir es bei der Hinrichtung tun, wenn sie ihn rausholen.«

»Auf dem Weg zum Scheiterhaufen?«, erkundigte sich Bonnie und runzelte die Stirn. »Das halte ich auch nicht für machbar. Ihr wisst wahrscheinlich, dass sie Sklaven aus der ganzen Kolonie herholen, damit sie sich das ansehen, und garantiert bieten sie die halbe französische Armee auf, um sie zu bewachen.«

Jefe nickte. »Wissen wir auch. Sie werden ihn in Ketten zum Hinrichtungsplatz schleppen, eskortiert von sechs Männern. Und die Straßen säumen die Militärs. Die einzige Möglichkeit für ihn zu entkommen ist während der Hinrichtung. Wenn der Scheiterhaufen bereits brennt.«

»Aber dann brennt er doch auch!«, wandte Bonnie ein.

Jefe verzog das Gesicht. »Ohne Verletzungen wird es nicht gehen, doch wir hoffen, dass er überlebt. Pass auf, Bonnie, die Henkersknechte, die alles vorbereiten und ihn dann auch festbinden werden, sind Mulatten. Sie sympathisieren mit uns. Und nachdem ein bisschen Geld den Besitzer gewechselt hat, sind sie sogar ganz auf unserer Seite. Sie werden für den Pfahl verrottetes Holz nehmen. Es wird einfach sein, ihn abzubrechen. Und für die Stricke Hanf – trocken, dünn, leicht brennbar. Einer wird zudem versuchen, Macandals Kleidung mit Wasser zu tränken – sie schütten Öl auf den Scheiterhaufen, damit es schneller brennt, und er wird so tun, als überschütte er damit auch den Delinquenten. Sobald sich dann der Holzstoß entzündet, die Flammen auflodern und sich hoffentlich auch ordentlich Rauch entwickelt, kann er fliehen.«

Bonnie runzelte die Stirn. »Mitten durch die Stadt? Mit sicher schweren Brandwunden? Aber wieso erzählst du mir das überhaupt alles? Was soll ich dabei tun? Ich habe mit der Hinrichtung nichts zu schaffen, wir werden nicht mal hingehen. In Dr. Dufresnes Haushalt arbeiten nur noch freie Schwarze. Uns kann keiner zwingen.«

Die letzten Sätze sagte sie fast stolz. Sie hatte am Tag zuvor noch mit Leon und den anderen auf ihrer aller Freiheit angestoßen.

Jefe blickte gequält. »Nun, wir können dich natürlich auch nicht zwingen, Bonnie … Nur … nur bitten … Schau mal!«

Er zog rasch die Decke weg, mit der das undefinierbare Ding bedeckt war, das sie schon von Weitem neben ihm ausgemacht hatte. Verblüfft erkannte Bonnie eine vielleicht kalbsgroße Kanone.

»Was ist das denn für ein niedliches Baby?«, lachte sie. »Sieht aus wie das Kind meiner alten Schiffskanone.« Neugierig fuhr sie über den Lauf des kleinen Geschützes.

»Das ist ein Falkonett«, erklärte Jefe, sichtlich erfreut über ihr Interesse. »Ein Dreipfünder, eine Infanteriewaffe. Man kann sie sehr leicht bewegen, sie wiegt nicht mehr als zwei Männer.«

»Bringt aber auch nicht viel mehr Kerle um«, bemerkte Bonnie sachlich, sie klang wieder ganz wie Bobbie, der Schiffskanonier. »Es sei denn, man lädt sie mit Kartuschen, dann hat man natürlich eine gewisse Streuwirkung. Mag in einer Feldschlacht ganz nützlich sein. Aber sonst … Im Ernst, Jefe, das ist doch kaum mehr als ein Spielzeug. Was willst du denn damit anstellen?«

»Es donnern lassen …«, antwortete Jefe, und seine Augen blitzten auf, »… wenn Gott im Himmel es denn schon versäumt hat, bei Macandals Verhaftung Blitze zu schleudern. Auf den sollten wir uns also auch bei der Hinrichtung nicht verlassen. Wenn Macandal ausbricht«, erläuterte er nun seine Idee näher, »wird es Verwirrung geben auf dem Platz. Stell dir nur vor, ein Mann, der vom Scheiterhaufen springt. Der Geist, der wieder erwacht! Da wird kaum jemand einen kühlen Kopf bewahren. Und wir werden natürlich unser Bestes tun: Feuer entzünden, kämpfen, wenn es sein muss, schießen, wenn die Gendarmen versuchen, ihn aufzuhalten …«

»Ihr wollt auf dem Platz vor dem Gouverneurspalast Musketen abfeuern? Oder gar dieses … Falkonett?«, fragte Bonnie entsetzt. Sie untersuchte die Lademöglichkeit der kleinen Waffe und wirkte ganz angetan von der kleinen Kanone. »Der Platz wird voller Sklaven sein! Einschließlich Frauen und Kindern. Ihr könntet ein Blutbad anrichten mit eurem ›Donner‹.«

Jefe nickte. »Wir werden versuchen, es möglichst ohne Schusswechsel vonstatten gehen zu lassen. Die Leute werden durcheinanderrennen, flüchten …«

»Wovor flüchten?«, fragte Bonnie.

»Na, vor dem Donner!«, rief Jefe, als sei sie schwer von Begriff. »Bonnie, zu Beginn werden wir es infernalisch knallen lassen, eine Kugel wird in die Treppe zum Gouverneurspalast einschlagen …«

»Darauf könnten Leute sitzen«, gab Bonnie zu bedenken.

»Dann eben in den Gouverneurspalast selbst. Das siehst du ja dann, Bonnie. Du musst entscheiden, wo du hinschießt …«

»Ich?« Bonnies Augen wurden riesig. »Ihr wollt, dass ich dieses Baby abfeuere?«

Jefe nickte wieder. »Wer sonst, wenn nicht du?«, fragte er. »Du hast die größte Erfahrung. Du bist der beste Kanonier, den selbst Leute wie Seegall und Sanchez je gesehen haben. Wenn irgendjemand mit dem Ding exakt zielen kann, dann du.«

Bonnie holte tief Luft. Sie wollte direkt Nein sagen, aber dann beschloss sie, Jefe wenigstens anzuhören.

»Also noch mal, Jefe, und ganz langsam. Ihr plant, diese Kanone irgendwo auf dem Hinrichtungsplatz aufzustellen …«

»Am Rand des Platzes«, erläuterte Jefe. »Auf einem Wagen. Unter Decken versteckt und drum herum ein Dutzend unserer Leute. Und du. Also, Bonnie, das wird ganz natürlich aussehen, als wären wir auf den Wagen geklettert, um besser sehen zu können. Wenn die Kanone erhöht steht, hast du ein besseres Schussfeld. Sobald der Scheiterhaufen auflodert, feuerst du das Baby ab. Alles wird sich erschrecken, wenn es knallt. Dann schlägt die Kugel ein in den Palast. Ist eine gute Idee übrigens, sie in die Fassade donnern zu lassen. Der Stein wird splittern, Trümmer fliegen herum, die Menschen schreien, rennen weg – und in dem Moment entkommt Macandal. Er rennt in Richtung Hafen, unsere Männer fangen ihn auf, ersticken die Flammen und verschwinden mit ihm in der Menge.«

»Und die Kanone?«, fragte Bonnie.

»Verschwindet mit dem Wagen«, meinte Jefe. »Aber damit hast du dann ja gar nichts mehr zu tun, Bonnie. Du kannst dich gleich nach dem Schuss absetzen. Wenn du nicht bei uns bleiben willst. Ich finde immer noch, du solltest dich uns anschließen. Mit Simas Kind. Sie hat Recht, es sollte in Freiheit aufwachsen.«

Bonnie wollte ihm erneut von Nameloks Freibrief berichten. Doch warum sollte er ihr jetzt zuhören, wenn er es schon zwei Mal nicht getan hatte? Resigniert schwieg sie, untersuchte noch einmal die Kanone, richtete den Lauf probeweise aus. Es war einfach. Sie fixierte eine der Mangroven im Mondlicht. Zu schade, dass sie das Ding nicht ausprobieren konnte.

»Wenn ich einen Fehler mache, töte ich unsere Leute«, sagte sie leise.

Jefe schüttelte den Kopf. »Du machst keinen Fehler!«, erklärte er. »Das habe ich auch den anderen gesagt. Wenn man sich auf irgendwas verlassen kann, dann auf die Zielsicherheit von Bobbie. Und selbst wenn … selbst wenn wir Opfer bringen müssten … An Macandal hängt die Zukunft dieses Landes. Wenn er nicht überlebt, wenn am Tag danach Tausende Schwarze bezeugen können, dass er schreiend in den Flammen starb, dann ist das auch das Ende der Revolution. Wir werden niemals frei sein, Bonnie!«

Bonnie schwieg, sie dachte an Namelok. Es war leicht, von Opfern zu sprechen, wenn man nichts zu verlieren hatte …

Jefe seufzte. »Wenn du es nicht machst«, sagte er dann, »wird es wahrscheinlich an mir hängen bleiben.«

»An dir?«, unterbrach ihn Bonnie. »Aber du warst nie ein guter Schütze!«

Das stimmte. Jefe war ein erstklassiger Degenfechter und todesmutiger Nahkämpfer. Er konnte Feuerwaffen auch sehr schnell laden und abfeuern, treffsicher war er allerdings nie gewesen.

Jetzt zuckte er die Schultern. »Bonnie … du oder ich oder jemand anders. Doch irgendwer wird dieses Falkonett am 20. Januar abfeuern. Er wird den Gouverneurspalast treffen oder die Treppe oder einen Trupp Gendarmerie oder eine Gruppe von Sklaven. Wir hätten es gern unblutig, aber wenn es sein muss … Macandal wird von diesem Scheiterhaufen fliehen, so wahr ich Caesar heiße!«

Bonnie verzog das Gesicht zu einem Grinsen.

»So heißt du doch gar nicht«, murmelte sie. »Aber gut, du hast mich überzeugt. Bobbie wird am Tag der Hinrichtung auf eurem Wagen sein.«

# KAPITEL 9

Bonnie hatte in dieser Nacht Glück, was ihre Tarnung anging. Als sie sich zurück in ihr Quartier geschlichen hatte und eben die Tür hinter sich schließen wollte, sah sie Leon über den Zugangsweg torkeln. Offensichtlich war er nach seiner kleinen Freiheitsfeier noch ausgegangen, um mit Freunden in einer der Hafenspelunken anzustoßen. Sein erster Ausgang als freier Mann, das erste Mal, dass er niemanden hatte fragen müssen, bevor er das Sklavenquartier verließ. Bonnie lächelte. Wahrscheinlich hatte er jedem Gendarmen seinen Freibrief unter die Nase gehalten. Und Bonnie, Sabina und Amali hatten nichts davon gemerkt, da sie alle mit der Abendgesellschaft der Dufresnes beschäftigt gewesen waren.

Am kommenden Morgen jedenfalls würde sie Amali bedauernd berichten können, dass sie Leon am Abend nicht angetroffen habe. Amali habe schon geschlafen, als sie Namelok hatte zurückholen wollen.

Bonnie kuschelte sich in ihre Decke. Sie zitterte jetzt schon, wenn sie an die gefährliche Aktion dachte, zu der Jefe sie da schon wieder überredet hatte. Aber die Geister schienen ja zumindest bis jetzt auf ihrer Seite.

Am 20. Januar begann das Militär schon früh, das Publikum auf dem Hinrichtungsplatz vor dem Regierungsgebäude zusammenzutreiben. Einige Schwarze hatten sogar schon dort genächtigt – wohlbewacht von ihren Aufsehern, die sie aus den entferntesten

Teilen der Kolonie hergeleitet hatten. Die Menschen wirkten still und deprimiert, Fluchtpläne schmiedete sicher kaum einer. Macandals Verhaftung hatte ihnen den Mut geraubt. Außerdem hatten die Leute natürlich zu Fuß gehen müssen und waren völlig erschöpft. Feldsklaven waren vergleichbare körperliche Anstrengungen gewöhnt, aber an diesem Tag hatte man auch viele Haussklaven mitgebracht. Die waren schließlich in erster Linie für die Giftmorde verantwortlich gewesen.

Weitere Sklavengruppen von näher gelegenen Plantagen trafen im Laufe des Tages ein. Die Hinrichtung war für den späten Nachmittag angesetzt – sehr gut für die Pläne der Rebellen. Wenn sie sehr viel Glück hatten, mochte es wirklich donnern und blitzen. Ein Gewitter war nicht unwahrscheinlich, da der Himmel verhangen war und die Sonne nicht richtig durchbrach. Das Licht war gelblich und ob der angespannten Atmosphäre wirkte es fast etwas gespenstisch.

Im Hause Dufresne war die Stimmung gedrückt. Es hatte Ärger mit der Obrigkeit gegeben, als Victor sich mit Hinweis auf die Freiheit seiner Dienerschaft weigerte, seine Schwarzen auf den Platz vor dem Gouverneurspalast zu zwingen. Schließlich hatte Victor selbst dem nachhaltigen Druck seiner Familie und der Gesellschaft nachgegeben und sich bereit erklärt, an der Seite des Gouverneurs, seines Vaters und seines Bruders an der Hinrichtung teilzunehmen. Die Dufresnes waren am Tag zuvor schon aus Nouveau Brissac und Roche aux Brumes angereist – Gérôme mit Frau und Kind, die er auch zu dem Spektakel mitzunehmen gedachte. Victor konnte seinen Abscheu darüber kaum verbergen und war froh, dass die Dufresnes nicht in seinem Haus, sondern im Gouverneurspalast nächtigten. Am Vorabend der Hinrichtung gab der Gouverneur einen Empfang für sie – schließlich verdankte Saint-Domingue es ja ihrer Wachsamkeit, dass Macandal gefangen werden konnte. Das zumindest wurde in den mannigfaltigen Festreden immer wieder betont. Victor war erleichtert, dass Deirdre schon früh eine Unpässlichkeit vortäuschte – oder wirklich litt, sie schien blass unter der Schminke – und zum Aufbruch drängte.

Nun beobachteten die jungen Dufresnes von ihrem Balkon aus den Aufmarsch der Sklaven, viele von ihnen wurden durch ihre Straße getrieben, und alle wirkten resigniert, erschöpft und verängstigt. Deirdre wurde bei ihrem Anblick schon wieder schlecht, Victor konnte ihre Gefühle nachvollziehen. Schon bei dem Gedanken, sich später diese Hinrichtung ansehen zu müssen, schüttelte es ihn. Immerhin musste er sich dem Spektakel nicht allein stellen. Antoine Montand, der junge Reeder, mit dessen Familie die Dufresnes sich angefreundet hatten, musste aus gesellschaftlichen Gründen ebenso daran teilnehmen wie Frédéric de Mure in seiner Stellung als Assistent des Gouverneurs. Beiden grauste es davor wie Victor.

»Ich denke, wir werden danach noch in eine Hafenschänke gehen«, sagte Victor, als er sich schließlich von Deirdre verabschiedete. »Das Grauen hinunterspülen … Also sorge dich nicht, Liebste, wenn ich später komme.«

Deirdre nickte. Sie war erneut blass und hatte sich an diesem Morgen schon zweimal übergeben müssen. Neben ihrem Abscheu vor der Hinrichtung plagte sie die Sorge um ihren Halbbruder Jefe. Wer wusste, was die Rebellen sich ausdenken mochten, um Macandal vielleicht doch noch zu befreien? Der Gouverneur, das Militär und die Gendarmerie befürchteten jedenfalls einen Angriff auf die Eskorte des Delinquenten und würden ihn entsprechend scharf bewachen lassen.

Bonnie traf ihre Vorbereitungen heimlich – und es war dieses Mal nicht einfach, eine Ausrede zu erfinden, um Namelok in Amalis Obhut zu geben. Alle Schwarzen in Saint-Domingue rückten so nah wie möglich zusammen, um den Schrecken auszusperren. Sabina und Leon planten eine gemeinsame Gebetsstunde zur Zeit der Hinrichtung. Deirdre würde zwar Madeleine Montand und Suzanne de Mure empfangen, und die Diener mussten servieren, aber den Frauen würde der Sinn wahrscheinlich auch eher nach stillem Gebet als nach einer lebhaften Runde am Kaffeetisch stehen. Sabina plante kühn, die Damen einfach dazuzubitten.

Bonnie fiel kein Grund ein, sich von dem Treffen auszuschließen, dann beschloss sie, sich einfach ohne jede Begründung abzusetzen. Namelok ließ sie bei Nafia wie jeden Nachmittag. Wenn sie nicht zum Gebet kam, würde sich schon irgendjemand um die Kleine kümmern.

Bonnie schlich sich erst mal in den Wald, um sich in Ruhe erneut in Bobbie zu verwandeln. Sie hatte sich schon Tage vorher Männerkleidung gekauft, die Baumwollhosen der Sklaven und ein kariertes Hemd, wie es die meisten Mulatten im Hafen trugen. Als Bonnie es jetzt überzog, bemerkte sie verwundert, dass ihre Brüste größer geworden waren. Die bessere Ernährung und die Ruhe im Hause Dufresne hatten tatsächlich dafür gesorgt, dass sie nicht nur zunahm, sondern auch weibliche Formen entwickelte. Eigentlich war das erfreulich, aber jetzt störte es. Bonnie band ein Tuch straff um ihre Brüste. Ja, so war es besser. Ihre runderen Hüften fielen unter den weiten Hosen nicht auf. Blieb das Haar. Bonnie mochte es auf keinen Fall wieder abschneiden. Sie band es im Nacken zusammen und versteckte es unter einer Mütze, die, wie sie hoffte, auch ihre durchbohrten Ohrläppchen verbarg. In der letzten Zeit liebte sie es, Schmuck zu tragen, schon weil sie wusste, dass es Leon gefiel. Bonnie machte sich Sorgen, ob diese Tarnung ausreichte, aber sie kämpfte die Zweifel entschlossen nieder. Für ein paar Stunden musste es gehen. Es war unwahrscheinlich, dass an diesem Tag irgendjemand prüfende Blicke auf einen schwarzen Jungen warf, und Jefes Komplizen waren ja wohl eingeweiht.

Schließlich wanderte »Bobbie« wie ein beliebiger Schaulustiger zum Hinrichtungsplatz. Bonnie mahnte sich, darauf zu achten, sich wie ein Mann zu bewegen – sie hatte Bobbies festen Schritt, seine gern in den Taschen seiner Hosen verborgenen Hände und seine hängenden Schultern fast vergessen.

Der Platz vor dem pompösen Palast, in dem der Gouverneur nicht nur wohnte, sondern auch seinen Amtsgeschäften nachging, war bereits schwarz vor Menschen. Nur ein relativ schmaler Weg von der Gendarmerie zu dem in der Mitte aufgebauten Scheiterhaufen wurde freigehalten. Bonnie erkannte darin schnell einen Schwachpunkt in Jefes Plan. Die Rebellen waren von mehreren Fluchtwegen ausgegangen, sie hatten geglaubt, Macandal könnte sich nach dem Entkommen nahezu ungehindert in Richtung Hafen bewegen, wo es sicher mannigfache Verstecke für ihn gab. Tatsächlich war das Rund um den Scheiterhaufen von Menschen versperrt, Macandals Helfer würden erst einen Durchgang schaffen müssen, wenn er nicht direkt in die Reihen der Militärs rennen sollte. Nun mochte das in dem zu erwartenden Durcheinander kein großes Problem sein. Aber falls der Geist dann wirklich brannte … Es würde auf jeden Augenblick ankommen, die Flammen zu löschen, wenn er überleben wollte. Darum mussten sich jedoch andere kümmern …

Bonnie verdrängte ihre dunklen Befürchtungen und suchte nach dem Wagen mit der Kanone. Sie atmete auf, als sie ihn entdeckte. Er stand exakt da, wo es verabredet war. Und auch sonst verlief alles nach Plan. Die Männer auf dem Wagen riefen sie sofort an, als sie sich näherte – kein Wunder, Jefe saß auf dem Bock und hielt die Zügel der beiden Maultiere.

»Bobbie!«

Wie Schaulustige, die vielleicht schon ein paar Schlucke Rum oder Zuckerrohrschnaps getrunken hatten, johlten die sechs kräftigen Schwarzen bei Bonnies Anblick auf.

»Komm hier rauf, da unten du sehen nix!« Gleich zwei von ihnen streckten ihr die Arme entgegen und zogen sie hinauf.

Bonnie inspizierte unauffällig das unter Decken verborgene Falkonett. Ja, auch das war perfekt aufgestellt. Sie brauchte es nicht mehr zu bewegen, die Ausrichtung auf den Palast stimmte. Sie würde nur noch das genaue Ziel auswählen müssen. Wobei sie die Treppe ausschloss. Sie musste zuverlässig über die Köpfe all der Menschen hinwegschießen, also kam nur ein höher gelegenes Ziel infrage. Bonnie konnte lediglich hoffen, dass die Reichweite des Falkonetts tatsächlich den Angaben entsprach, die Jefe ihr gemacht hatte.

Vor dem Eingang des Regierungsgebäudes, der den besten Blick auf den Scheiterhaufen bot, war eine Tribüne aufgebaut, auf der gerade die Honoratioren der Stadt und die Vertreter der Plantagenbesitzer Platz nahmen. Bonnie stellte fest, dass sie sich auf ihren Adlerblick immer noch verlassen konnte. Sie entdeckte Victor, seine Verwandten und Monsieur Montand, dem man selbst auf diese Entfernung anmerkte, wie deplatziert er sich hier fühlte. Auch der Doktor verriet durch erkennbares Desinteresse an jeder Unterhaltung mit den anderen Dufresnes sein Unwohlsein.

»Mensch!« Einer der Schwarzen folgte Bonnies Blick auf die Tribüne. »Wenn wir da reinschießen … Wir sie können alle auslöschen mit ein Schlag!«

Bonnie schüttelte den Kopf. »Nein, das wäre zu gefährlich«, behauptete sie.

Dabei war ihr der Gedanke natürlich auch schon durch den Kopf geschossen. Es wäre mühelos möglich gewesen, die Kugel in die Gesellschaft um den Gouverneur zu lenken. Doch natürlich lag es ihr fern, Victor Dufresne zu verletzen. Und sie wollte auch nicht erneut zum Mörder werden. Bobbie hatte als Kanonier der *Mermaid* genug Tote auf dem Gewissen. Früher hatte sie nie darüber nachgedacht, aber jetzt geisterten die Seelen der unschuldigen Seeleute mitunter durch ihre Träume.

Schließlich fixierte Bonnie einen Mauervorsprung, ein Relief oberhalb des pompösen Eingangsportals. Es zeigte nackte Männer auf Pferden, die unglücklich die Mäuler aufrissen. Bonnie befand, dass es um dieses Kunstwerk nicht schade war. Und wenn sie die Kanone darauf ausrichtete, sollte sogar genügend Marmor absplittern und weit genug fliegen, um den Männern um den Gouverneur ein paar kleine Wunden zu reißen. Etwas Blut war sicher gut, um die Angst der Menschen anzuheizen.

Die Männer auf dem Wagen hatten Bonnies kurze Einschätzung der Lage schweigend beobachtet, was der jungen Frau ein unheimliches Gefühl gab. Auf der *Mermaid* war immer geredet und gescherzt worden, auch direkt vor dem Angriff, wobei sicher eine gewisse Hysterie mitspielte. Die Rebellen auf dem Wagen waren jedoch nicht die einzigen, deren Verhalten unnatürlich gedämpft wirkte. Tatsächlich lag über dem ganzen Platz eine angespannte Stille. Die Sklaven standen oder saßen schweigend auf den ihnen zugewiesenen Plätzen und schienen ins Leere zu starren. Die Militärs und Aufseher, die sie in Schach halten sollten, waren zur Untätigkeit verdammt und beschränkten sich darauf, grimmig zu schauen. Das verhältnismäßig kleine bunte Grüppchen von Mulatten und freien Schwarzen aus dem Hafenviertel, die freiwillig zur Hinrichtung gekommen waren, ließ sich von der Stimmung anstecken. Die vorwiegend jungen Männer hatten sicher ein Spektakel erwartet und hielten Bierkrüge und Schnapsflaschen in der Hand. Jetzt schauten sie genauso betreten wie die Sklaven.

Lediglich auf der Ehrentribüne bemühte man sich um Heiterkeit. Der Gouverneur scherzte theatralisch mit seinen Gästen, man unterhielt sich und ließ die Dufresnes noch einmal hochleben. Aber es wirkte gezwungen, und das fahle Dämmerlicht dieses Tages unterstrich die Abstrusität der Szenerie.

Dann ertönte ein Trommelwirbel, die Menschenmenge auf dem Platz regte sich erschrocken, und vor der Gendarmerie formierte sich der Zug, der Macandal zum Hinrichtungsplatz bringen sollte. Berittene Truppen, bewaffnete Militärs – der Gouverneur hatte nicht übertrieben: Dieser Gefangene wurde von so vielen, bis an die Zähne bewaffneten Männern eskortiert, dass jeder Fluchtversuch und jeder Angriff gänzlich aussichtslos war. Sicher diente das auch dazu, die Präsenz der Staatsmacht zu demonstrieren. Die Soldaten in ihren rot-blauen Uniformen, die Kavalleristen in ihren hohen Stiefeln und den Dreispitzen wirkten zweifellos imponierend.

»Ein Narrenfest«, zischte Jefe zwischen den Zähnen hervor.

Dann plötzlich verzerrte sich das bunte Bild. Wie auf ein Kommando ging der nachmittägliche Tropenregen auf Cap-Français nieder, und die Zuschauer, die Soldaten sowie der Delinquent, der in einem weiten weißen Hinrichtungsgewand steckte, waren binnen kürzester Zeit bis auf die Haut durchnässt. Die Schwarzen auf dem Platz ertrugen es stoisch, die Wachen fluchten.

Jefe machte dagegen ein unauffälliges Siegzeichen in Richtung seiner Männer. Es konnte nicht besser kommen. Das Holz auf dem Scheiterhaufen und der Schandpfahl in seiner Mitte waren nass und würden schlecht brennen. Auch der Mann, der Macandals Kleidung nass machen sollte, wurde nicht gebraucht.

Bonnie richtete ihren Blick jetzt auf den Schwarzen Messias, den sie zuvor nie gesehen hatte. Ein hagerer, mittelgroßer Mann, nicht sehr beeindruckend – aber er sollte ja erst an Ausdruck gewinnen, wenn er redete … Auf jeden Fall ließ er sich nicht einschüchtern. Hoch erhobenen Hauptes schleppte er sich zwischen seinen Wachen auf den Hinrichtungsplatz zu. Die Ketten an seinen Füßen ließen ihn nur langsam und mühsam vorankommen, doch er wirkte gefasst – sogar ein wenig majestätisch.

Vereinzelt erhoben sich Hochrufe unter den Sklaven, die aber sofort mit Peitschenschlägen unterdrückt wurden. Macandal wandte den Rufern das Gesicht zu und lächelte.

»Er ist großartig!«, sagte einer der Schwarzen neben Bonnie andächtig.

Bonnie überlegte, ob sie die Kanone jetzt schon ausrichten sollte. Dann sagte sie sich jedoch, dass sie Zeit hatte. Der oberste Richter würde erst noch einmal das Urteil verlesen, der Gouverneur jedes Gnadengesuch ablehnen … Kein Grund, jetzt schon das Risiko einzugehen, das Falkonett zu enthüllen.

Die Militärs ließen Macandal in Ketten, bis sie den Scheiterhaufen erreichten, dann bauten sich sechs bewaffnete Gendarmen um ihn herum auf. Ein Schmied entfernte die Ketten, dann übernahmen die Henkersknechte den Delinquenten sofort. Zur allgemeinen Bestürzung lächelte der Geist, als man ihn so schwer bewacht auf den Scheiterhaufen schleifte.

»Solch eine Angst habt ihr vor mir!«, ertönte seine weit tragende Stimme. »Solch eine Angst habe ich euch eingejagt, dass ihr hier … wie viele, zwei, drei, vier Regimenter habt aufmarschieren lassen, nur um mich über einen kümmerlichen Marktplatz zu schleifen. Mich, einen einzelnen Mann. Denn das sagt ihr doch immer – nur ein Mann, nichts als ein Mann, kein Geist, kein Messias.«

Er lachte dröhnend und hob den Kopf, das Regenwasser troff über sein krauses Haar und sein Gesicht, der Baumwollanzug hing schlaff an seiner schmalen Gestalt herunter. Jeder andere hätte einen jämmerlichen Anblick geboten, aber um den Geist schien eine Aureole von Macht zu schweben.

»Doch ich werde es euch zeigen! Ihr werdet sehen, mit wem ihr euch hier anlegt! Ihr …«

»François Macandal!« Der oberste Richter unterbrach Macandals Rede mit scharfer Stimme und begann mit der Urteilsverlesung. Auf dem Platz war es jetzt nicht mehr so still wie zuvor. Unruhe breitete sich aus, man hörte Rufe und das Geräusch von Peitschenschlägen auf nackter Haut.

Bonnie enthüllte das Falkonett und begann es mit sicherer

Hand auszurichten. Kein Mensch würde sich jetzt nach ein paar Schwarzen auf einem Wagen umsehen. Und außerdem … Sie hatte eigentlich nie an einen zweiten Messias geglaubt, aber nun war es, als habe Macandals Rede ihr Kraft gegeben.

»… verurteile dich zum Tod …« Der Richter sprach weiter, kam aber kaum gegen das laute Prasseln des Regens an. Macandals Stimme dagegen übertönte es mühelos.

»Ihr könnt den Gesandten Gottes nicht verurteilen und nicht richten!«, rief er, während die Henkersknechte ihn an den Pfahl banden.

Bonnie hoffte, dass man ihn vorher darüber informiert hatte, was er tun musste, um sich zu befreien. Wenn die Männer es ihm jetzt erst zuraunen wollten, war es eindeutig zu spät. Macandal hörte nicht zu, er war zu sehr davon berauscht, noch einmal vor den Sklaven von Saint-Domingue zu predigen.

»Ihr meint, ihr könntet mich zur Hölle schicken? Mich braten? Vielleicht wird es sogar so aussehen. Aber wohin ihr mich auch schickt, ich werde zurückkehren. Ich werde als Wolf zurückkehren, der euch zerreißt. Ich werde als Schlange zurückkehren, die euch erwürgt. Ich werde als Skorpion zurückkehren, dessen Stich euch vergiftet! Ich werde mein Volk in die Freiheit führen. Denn ich bin Gottes Schwert!«

Während Macandal sprach, hörte der Regen schlagartig auf. Es war nur ein sehr kurzer Schauer gewesen, Bonnie hoffte, dass er auf dem Scheiterhaufen überhaupt etwas ausgerichtet hatte. Die Henkersknechte gossen nun Öl auf das Holz, ließen den Pfahl allerdings aus, an den Macandal gebunden war.

Und dann loderten die Flammen um Macandal auf. Bonnie hatte nicht gehört, wer den Befehl oder das Zeichen gegeben hatte, den Scheiterhaufen zu entzünden, sie vernahm nur die Stimme des Geistes.

»Ihr denkt, Feuer könnte mir etwas antun? Blitz und Donner werde ich euch senden!«

Rauchschwaden und Flammen entzogen seine Gestalt jetzt der Sicht der Zuschauer – und Bonnie wusste, dass es Zeit war, bevor Jefe sie nur ansehen konnte. Sie legte Feuer an die Lunte – und durch die Menge ging ein einziger Aufschrei, als die Kanone ihre Kugel mit lautem Knall ausspie. Noch bevor sie einschlug, flüchteten die ersten Menschen, und dann explodierte das Relief am Regierungsgebäude. Die kleine Kugel bewies mehr Schlagkraft, als Bonnie erwartet hatte. Steine prasselten herab, der Marmor zersprang, und die Bruchstücke flogen in alle Richtungen …

»Ein Blitzschlag! Der Herr straft sie!«

Erste Rufe der Angst, aber auch des Triumphes wurden aus den Reihen der Sklaven laut. Verängstigte Menschen warfen sich auf den Boden. Militärs brüllten Befehle, Verschwörer Parolen.

Und durch den Rauch und die Flammen des Scheiterhaufens taumelte eine Gestalt, die Beine bereits frei, aber den lichterloh brennenden Pfahl noch auf den Rücken gebunden. Macandal befreite seine rechte Hand und den Stumpf seiner linken, spreizte die Arme, aber die noch brennenden Reste der Fesseln entzündeten jetzt auch sein Hemd. Bonnie fühlte sich an ein Kruzifix in Flammen erinnert. Der Geist stolperte in die schreiende, betende, fliehende Menge – und war von einem Augenblick zum anderen nicht mehr zu sehen.

Bonnie wusste natürlich, dass dort unten Leute mit Decken gewartet hatten, die die Flammen blitzschnell ausschlugen und Macandal in ihre Mitte nahmen. Es konnte nicht schwierig für sie gewesen sein, mit den Menschenmassen zu verschmelzen, die den Verbrennungsplatz in einen Hexenkessel verwandelt hatten. Doch auf die verängstigten, leicht zu beeindruckenden Menschen musste es wirken, als habe eine übernatürliche Macht Macandal entrückt. Unter die Schreie der Angst und des Entsetzens mischten sich solche des Jubels … und Bonnie spürte plötzlich, wie sich der Wagen unter ihr in Bewegung setzte.

»Festhalten!«, schrie Jefe.

In diesem Momet sahen auch die anderen Verschwörer, dass sich ein Regiment Soldaten in ihre Richtung in Bewegung gesetzt hatte. Natürlich, die hatten herausgefunden, woher die Kugel gekommen war. Bonnie und die Männer klammerten sich an den Wagen, während Jefe seine Maultiere durch die engen Straßen der Stadt lenkte. Rücksichtslos trieb er die Tiere durch die Menge. Die Flüchtenden, die bereits Seitenstraßen erreicht hatten, sprangen entsetzt zur Seite. Bonnie hoffte nur, dass sie niemanden umbrachten. Aber dann hatten sie die belebten Straßen und die Soldaten weit hinter sich gelassen. Bonnie fürchtete, dass ihnen Reiter folgen würden, die wenigen Berittenen auf dem Platz waren jedoch zur Genüge damit beschäftigt, dort Ordnung zu schaffen. Es war sicher zu Prügeleien gekommen, die Worte des Geistes hatten so manchen Sklaven dazu gebracht, sich zu wehren.

»Lass mich hier raus!«, forderte Bonnie, als der Wagen durch eine Straße, ganz nah dem Haus der Dufresnes, rumpelte.

Jefe hatte die Geschwindigkeit etwas zurückgenommen. Ein Pritschenwagen, der im Galopp durch die Vorortstraßen raste, wäre aufgefallen.

»So wie du bist?«, fragte Jefe spöttisch. »Willst du deinem Doktor als Bobbie in die Arme laufen?«

Bonnie schaute an sich hinunter. Sicher, daran hatte sie nicht gedacht. Ihre Männerkleidung war nass vom Regen und schmutzig vom aufspritzenden Schlamm bei der halsbrecherischen Flucht. Außerdem stank sie nach Schießpulver.

»Wenn du willst, setze ich dich im Wald hinter dem Strand ab«, schlug Jefe vor.

Bonnie nickte. Dort hatte sie auch ihre Frauenkleider versteckt. Kurz darauf verhielt Jefe die Maultiere nahe der Bucht der roten Mangroven.

Bonnie kletterte mit noch zitternden Knien vom Wagen.

»Ich hoffe, er schafft es«, murmelte sie, als Jefe sich ebenfalls hinabgleiten ließ und ihre Arme umfasste.

»Er hat es schon geschafft!«, sagte Jefe. Er sah ihr in die Augen und schien kurz davor, sie an sich zu ziehen. »Du hast es geschafft. Bonnie, das werden wir dir nie vergessen! Aber du … willst du nicht doch mit uns kommen? Wir holen dieses Kind …«

Bonnie überlegte, ob das, was sie in seinen Augen sah, nur Stolz auf sie war oder auch etwas wie Liebe. Hatte sie doch eine Chance gegen Frauen wie Deirdre und Simaloi, wenn sie sich nur nützlich machte? Wenn sie sich immer dann, wenn er es verlangte, in Bobbie verwandelte?

Aber dann schüttelte sie entschlossen den Kopf. Sicher empfand Jefe etwas für sie. Es war nur keine Liebe, eher … Nun, vielleicht Respekt, in gewisser Weise sogar Bewunderung. Aber Bonnie würde sie sich immer verdienen müssen. Und auf keinen Fall schloss die Zuneigung Namelok mit ein. *Dieses Kind* … Leon hatte die Kleine wunderschön genannt. Als Bonnie ihn zum ersten Mal gesehen hatte, hatte er sie in den Armen gehalten und gefüttert. Er sang für sie, er war bereit, sie zu verteidigen … Als Macandal gefangen worden war, hatte Leon sich vor Bonnie und die Kinder gestellt – Jefe und Simaloi hatten nur sich selbst in Sicherheit gebracht.

Ganz plötzlich empfand Bonnie bei dem Gedanken an den riesigen Leon mit der winzigen Namelok in den Armen ein Gefühl von Liebe, Zärtlichkeit und Vertrauen. Ein Gefühl, das sie vorher nie jemand anderem als Jefe hatte entgegenbringen können.

Bonnie sah zu Jefe auf. Er lächelte einladend. Doch Bonnie konnte ihn sich nicht mit einem Kind in den Armen vorstellen. Zu Jefe gehörten die Machete, der Degen, das Falkonett.

»Nein, Jefe«, sagte sie noch einmal. »Ich bleibe hier. Und das Kind bleibt auch hier. Ich will in Frieden leben, Jefe. Wenn ich dir, wenn ich euch und unserem Volk und Macandal je etwas schuldete, dann habe ich es heute abgeleistet. Du hast deinen Messias, Jefe. Lass mir meine Freiheit.«

Sie sah sich nicht noch einmal um, als sie jetzt aus dem Wald hinaus zum Strand lief, ihre Männerkleidung abwarf und sich in die Wellen stürzte. Das warme Wasser des Meeres wusch alles von ihr ab, den Gestank nach Schießpulver und den beißenden Geruch des Scheiterhaufens, den Angstschweiß – und auch all ihre Schuld. Bonnie ließ die Geister ihrer Vergangenheit hinter sich. Die toten Seeleute, die Männer der *Mermaid* – und den Mann, den sie in ihren Träumen niemals Caesar genannt hatte. Sie tauchte unter, kraulte mit kräftigen Bewegungen weit hinaus in die Bucht und ließ sich dann von den Wellen zurücktragen.

Skip Daytons verängstigte kleine Sklavin hatte längst schwimmen gelernt.

# KAPITEL 10

Victor Dufresne und Antoine Montand beendeten diesen Nachmittag tatsächlich in einer Hafenschenke – wenn auch längst nicht so deprimiert, wie sie vorher angenommen hatten.

Der Gouverneur und die anderen Weißen hatten die Tribüne natürlich sofort verlassen, nachdem wie durch ein Wunder niemand durch den Kanonenschuss und den Steinschlag schwerer verletzt worden war. Unter dem Schutz des Militärs waren sie in den Gouverneurspalast geleitet worden, auf dem Platz davor war es zurzeit nicht sicher genug für die Vertreter der Kolonialmacht. Bei einigen der zur Teilnahme an der Hinrichtung gezwungenen Sklaven hatten sich Spannung, Angst und Wut in einem regelrechten Amoklauf entladen. Victor hatte die Gelegenheit genutzt, sich von der aufgeregten Gesellschaft der Pflanzer zurückzuziehen. Auf dem Hinrichtungsplatz wurde ein Arzt gebraucht, und Antoine Montand schloss sich an, um dem Mediziner zur Hand zu gehen. Die beiden leisteten den verletzten Vertretern der Ordnungsmacht ebenso Erste Hilfe wie den verwundeten Schwarzen – aber bei fünf Soldaten und dreizehn Sklaven konnte Victor nur noch den Tod feststellen. Es war allerdings niemand direkt durch die Hand der Verschwörer umgekommen.

»Die Maroons haben das ganz geschickt gelöst«, bemerkte Antoine Montand bewundernd, als die Männer endlich in der Schenke vor ihrem Rumpunsch saßen. »Ein Schuss aus einer

Kanone oder was das war, um Verwirrung zu stiften, ihren Messias packen und verschwinden. Das war gut geplant!«

Victor nickte und nahm einen großen Schluck aus seinem Glas. Der Punsch war stark, der Mann am Ausschank hatte es gut gemeint. Aber an diesem Tag brauchten wirklich alle Zeugen der missglückten Hinrichtung einen guten Schluck. Den ersten gegen den Schock – und dann, je nach Hautfarbe und Gesinnung, um Wut und Ärger hinunterzuspülen oder um den gelungenen Schlag der Rebellen zu feiern. In dieser Hafenspelunke überwog Letzteres. Die freien Schwarzen und Mulatten, die hier verkehrten, ließen den Geist ganz offen hochleben.

»Ob der Mann das allerdings überleben kann …«, sinnierte der Arzt, als er sein Glas wieder absetzte. »Er stand doch lichterloh in Flammen, zumindest sah es so aus.«

Montand zuckte die Schultern. »Aus dem Volk wird es jedenfalls keiner bezweifeln«, meinte er. »Vielleicht haben die Kerle den Mann nicht gerettet, die Legende dagegen ganz sicher.« Er hob sein Glas. »Also trinken wir auf den Zweiten Messias. Vielleicht ist er ja doch unsterblich.«

Victor trank schweigend. Er dachte weniger an einen Gott oder an einen Geist, sondern an einen Mann, der sich, sofern er noch lebte, in irgendeinem Versteck vor Schmerzen wand.

In das Stadthaus der Dufresnes drang die Nachricht von Macandals Flucht durch Amalis Freund, den kreolischen Milchmann. Er war gleich zu ihr geeilt, als er davon gehört hatte, und verhinderte mit seiner Neuigkeit Bonnies peinliches Verhör. Leon, Sabina und Amali hatten es befremdlich gefunden, dass sie Namelok ohne ersichtlichen Grund alleingelassen hatte. Und als sie nun mit nassem Haar, erschöpft, aber auch aufgekratzt aus der Bucht der roten Mangroven kam und behauptete, sie habe nur ein bisschen schwimmen wollen, prasselte natürlich ein Regen von Fragen auf sie nieder.

Bonnie war jedoch gleich vergessen, als die Begeisterung nur so aus Jolie hervorsprudelte.

»Er ist frei! Macandal ist frei! Gott ihn hat entrückt, wie wirkliche Messias! Erst er geredet, ganz laut, ganz frei … und dann er steigt von Scheiterhaufen wie leuchtende Engel!«

»Warte mal!« Amali war zwar ebenso fasziniert wie die anderen Schwarzen, unterbrach ihren Freund aber trotzdem nach den ersten Worten. »Wir gehen zur Missis. Das muss sie auch wissen!« Entschlossen zog sie mit Jolie und der gesamten Dienerschaft in das Wohnzimmer, in dem Deirdre mit ihren Freundinnen saß. »Das musst du hören, Deirdre!«, sprudelte Amali auf Englisch heraus und schob ihren Freund vor die Damen. »Die haben … die haben Macandal tatsächlich befreit!«

Jolie war nicht schüchtern. In der Folge lieferte er seinem schwarzen und weißen Publikum einen farbigen Bericht über die Vorgänge auf dem Platz vor dem Gouverneurspalast.

»Hat gegeben Donner und Blitz! Ist eingeschlagen in Palast von Regierung. Beinahe hat erschlagen Gouverneur!«

»Ein Blitz?«, fragte Deirdre verwundert. Rund um ihr Haus hatte es nicht gewittert.

»Mehr … mehr Kugel von Kanone. Hat schon gegeben Helfer, glaub ich. Nicht nur Gott und Engel von Himmel«, schränkte Jolie schließlich seine fromme Schilderung ein.

Deirdre nickte und sah Amali an. Die Jamaikanerinnen glaubten nicht so bereitwillig an Wunder wie die katholischen Schwarzen aus Saint-Domingue, die sich pausenlos bekreuzigten und Jolies Rede immer wieder durch euphorische Ausrufe wie »Gelobt sei Gott!« und »Danke, Jesus!« unterbrachen. Eine Verschwörung von Macandals Anhängern erschien ihnen wahrscheinlicher als ein göttliches Eingreifen.

»Und Victor ist wirklich nicht verletzt?«, fragte Deirdre schließlich besorgt.

Sie dachte im Stillen auch an Jefe. Gut möglich, dass der die

Hand im Spiel gehabt hatte. Ob auch wirklich niemand von den Verschwörern zu Schaden gekommen war?

»Und Antoine?« Madeleine Montand sah Jolie besorgt an, während Suzanne de Mure nur stumm zu beten schien.

Jolie schüttelte den Kopf. »Ich gesehen alle«, beruhigte er die Frauen. »Der Docteur und Monsieur Montand geholfen Verletzte. Und Monsieur de Mure sich kümmert um Gouverneur. Alle sehr aufgeregt, alle die weißen Herrschaften …« Er grinste. »Gouverneur hat geguckt, als hat gesehen Gespenst!«

»Einen Geist …«, murmelte Deirdre, sie hätte beinahe gelächelt. »Macandal wird es noch schaffen, dass wir alle an Geister glauben.«

Suzanne de Mure seufzte. »Und sie demnächst auch wieder fürchten«, fügte sie hinzu. »Mir war nicht wohl bei dem Gedanken an den Scheiterhaufen. Das ist barbarisch. Doch dass er jetzt wieder frei herumläuft und weitere Morde plant, gefällt mir auch nicht.«

Bei den Frauen im Haus blieb die Stimmung ambivalent, aber immerhin konnten sie jetzt wieder lebhaft diskutieren. Im Bereich der Dienerschaft überwog die Freude über Macandals Flucht, auch wenn Sabina immer wieder laut verkündete, dass sie seine Methoden absolut nicht gutheiße und dass sie unter keinen Umständen jemals ihre Herrschaft vergiften würde. Bonnie wurde dazu gar nicht erst gefragt. Während die anderen sich wild spekulierend darüber austauschten, wo der Geist sich jetzt wohl versteckt halte und ob er wirklich unbeschadet durch die Flammen hatte fliehen können, hielt sie nur Namelok in den Armen. Leon sah sie erstaunt an, als sie sich zögerlich an ihn schmiegte, legte dann aber liebevoll den Arm um sie, während er seine Theorien zum Thema Geist vor den anderen ausbreitete.

»Muss haben himmlische Schutz! Sonst nicht können durch

Feuer gehen! Sonst nicht können weg sein auf einmal. Jolie sagt: Ist plötzlich verschwunden, entrückt von Engel …«

Bonnie hielt sich zurück, war aber verwundert darüber, dass ihre Freunde offenbar längst vergessen hatten, unter welchen Umständen der Schwarze Messias sich von den Weißen hatte fassen lassen. Sie selbst empfand sein Trinkgelage im Zentrum der Macht des Feindes als sicheres Zeichen dafür, dass Macandal nichts als ein Mensch war. Ein besonderer vielleicht, einer, der in Extremen lebte. Doch Gott, wenn es ihn gab, hätte den Schwarzen sicher einen besseren Messias gesandt.

Sabina teilte schließlich an jeden der Diener ein Glas Rum aus, mit dem sie sonst Süßspeisen verfeinerte, und Deirdre und ihre Freundinnen entkorkten eine Flasche guten Weines. Gegen Abend machten sich Madeleine Montand und Suzanne de Mure dann auf den Heimweg. Sabina bereitete für Deirdre und Victor ein kaltes Abendessen zu. Der Doktor ließ allerdings auf sich warten, Deirdre speiste allein und ohne großen Appetit.

»Ich werde gleich zu Bett gehen«, erklärte sie Amali. »Wenn du mir beim Auskleiden hilfst und das Haar bürstest, kannst du gehen. Vielleicht magst du ja noch etwas unternehmen mit deinem Jolie.«

Amali lächelte und knickste dankbar. Ein Ausflug in die Stadt würde ihr gefallen, ganz Cap-Français pulsierte vor Spannung. Allerdings war es sicher nicht ganz ungefährlich, sich in dieser Nacht auf die Straßen zu wagen. Die meisten Aufseher hatten ihre Plantagensklaven inzwischen gesammelt und trieben sie zurück in ihre Quartiere, die Leute aus weit entfernten Gegenden würden sich jedoch nicht bei Nacht in Marsch setzen. Jolie hatte erzählt, dass man provisorische Pferche für sie errichtet und Soldaten abgestellt hatte, um sie zu bewachen. Überall patrouillierten Gendarmen und Militärs. Während des Aufruhrs waren etliche Sklaven geflohen, man hoffte nun, zumindest einen Teil von ihnen in den Hafenschenken wieder aufzufinden. Dabei war es schon zu etlichen Prügeleien gekommen. Die betrunkenen Gäste der Spelunken warfen die Ordnungskräfte kurzerhand hinaus, wenn eine Kontrolle drohte. In Begleitung von Jolie und mit ihrem Freibrief in der Tasche würde Amali sich allerdings sicher fühlen. Und auf die Kinder konnte ja zur Abwechslung mal Bonnie aufpassen …

Leon zwinkerte der jungen Frau zu, als sie in die Küche kam, um den anderen von ihren Plänen zu berichten. Während Sabina und Bonnie noch aufräumten und Nafia und Libby die Reste von Deirdres Abendessen verputzten, fütterte er Namelok mit klein geschnittenem Honigbrot.

»Kannst du gern gehen«, sagte er und strahlte Amali an. »Bonnie und ich bleiben hier.«

Der Blick, mit dem er Bonnie streifte, verhieß allerdings keine übertriebene Aufmerksamkeit den Kindern gegenüber. Und Bonnie erwiderte ihn mit leuchtenden Augen und glühenden Wangen. In dieser Nacht würde sie sich Leon schenken – und vielleicht zum ersten Mal in ihrem Leben Freude an der körperlichen Liebe finden.

Deirdre schrak aus dem Halbschlaf, als jemand zwei Stunden später gegen ihre Tür hämmerte. Sie wäre beinahe über einem Buch eingenickt. Nur eine leichte Sorge um Victor hielt sie noch wach. Nicht, dass sie etwas dagegen hatte, wenn er mit seinen Freunden etwas trinken ging, und sie konnte sich auch denken, warum er so lange ausblieb. Frédéric de Mure hatte sich bestimmt erst spät aus dem Gouverneurspalast entschuldigen können, um zu Victor und Antoine zu stoßen, nun wollten die beiden sicher hören, was sich dort abgespielt hatte. Aber in dieser Nacht konnte es gefährlich werden im Hafen von Cap-Français. Victor war zwar als Arzt bekannt und geachtet – die Mulatten und freien Schwarzen wussten zu schätzen, was er mit seiner Armenklinik für sie tat. Doch Rum und Zuckerrohrschnaps waren in Strömen geflossen, wie Jolie berichtet hatte, und womöglich machten die Betrunkenen keinen Unterschied mehr zwischen »guten« und »schlechten« Weißen.

Deirdre warf einen Morgenmantel über und lief die Treppe hinunter. Victor konnte das nicht sein, der verhielt sich stets ruhig und rücksichtsvoll, wenn er nach Hause kam, und er hatte natürlich auch einen Schlüssel. Also musste etwas passiert sein! Die junge Frau verschwendete keinen Gedanken daran, dass es vielleicht gefährlich werden könnte, einem Fremden die Tür zu öffnen. Sie sorgte sich nur noch um Victor – oder war Amali und Jolie etwas zugestoßen?

Deirdre riss die Tür auf und wich instinktiv zurück. Fassungslos blickte sie auf die Erscheinung, die da betreten vor ihr auf der Schwelle stand. Caesar! Sie versuchte, ihren Halbbruder Jefe in dem Mann zu sehen, doch in diesem Moment wurde sie von der Erinnerung an ihre erste Begegnung mit ihm vor genau dieser Tür überwältigt. Caesar war gekleidet gewesen wie ein Pirat, und er hatte Bonnie in den Armen gehalten. Nun trug er die bunte Alltagskleidung eines Mulatten. Aber die Dringlichkeit, mit der er ins Haus des Arztes starrte, war die gleiche wie damals.

»Caesar!«

Deirdre konnte das Aufleuchten ihrer Augen bei seinem Anblick nicht verhindern – ebenso wenig wie er seinen Blick von ihrem Körper losreißen konnte. Der Morgenrock verhüllte dessen Formen nur ungenügend.

»Caesar, was willst du?« Deirdre hoffte, dass ihre Stimme fest klang, aber sie merkte, dass sie ihr entglitt. »Ich … ich liebe dich nicht mehr. Das habe ich dir doch gesagt. Und wenn du jetzt hier aufkreuzt, mitten in der Nacht …«

Jefe lachte heiser. »Aber ich liebe dich noch, Dede …«, sagte er dann zärtlich. »Wie ich dich immer geliebt habe … Weißt du noch, als ich dir damals den Blumenkranz für dein Haar brachte? Da wollten wir heiraten …«

Deirdre versuchte zu lächeln. »Ich weiß es wieder«, murmelte sie. »Und … ja … ja, du weißt es inzwischen natürlich auch, das … das mit uns. Meine Mutter hat es dir erzählt. Und ich bin froh, dass ich … dass ich dich doch noch lieben kann …«

»Eben hast du gesagt, dass du es nicht mehr tust«, neckte er sie.

Er konnte nicht anders, als sie in die Arme zu schließen. Deirdre spürte, wie er einen Kuss in ihr Haar drückte. Sie sah zu ihm auf.

»Es war etwas Besonderes«, flüsterte sie. »Und … und Gott möge mir beistehen, ich bereue es nicht … Und du?«

»Wie könnte ich es bereuen?«

Deirdre sträubte sich nicht, als er sie noch einmal küsste. Nicht auf den Mund, nur auf die Wange. Vielleicht war es trotzdem etwas mehr als ein Kuss, wie Geschwister ihn tauschten … Deirdre genoss ihn dennoch ohne Schuldgefühle. Ihren Abschiedskuss.

Dann jedoch löste sie sich energisch aus Jefes Umarmung. »Es ist aber vorbei«, sagte sie dann noch einmal entschlossen. »Es ist unwiderruflich vorbei, auch das ist etwas, das ich nicht bereue. Also, was willst du von mir?«

Jefe straffte sich. »Von dir will ich gar nichts«, meinte er. »Ich will … ich muss … den Doktor sprechen.«

Die beiden standen immer noch in der offenen Haustür, beleuchtet von der Laterne, die Sabina für Victor angelassen hatte, als sie das Haus verließ. Jetzt schaute Deirdre über Jefes Schulter hinweg – und erkannte schemenhaft eine Gestalt im Dunkel des Gartens.

»Mein … mein Mann ist nicht da«, hob sie an, aber in dem Moment trat Victor näher.

»Womit kann ich helfen … Caesar?«, fragte er hart. »Da du schon freundlicherweise nichts von meiner Frau willst, zumindest nichts mehr?«

Victors Stimme klang so scharf, wie Deirdre sie noch nie gehört hatte. Und nun sah sie auch sein Gesicht. Es spiegelte Wut und Abscheu wider – und Enttäuschung, als er sich Deirdre zuwandte.

»Das war es also, Deirdre. Deshalb deine Trauer, deine Schwermut in all der Zeit, nachdem er weg war. Ich hab's auf alles Mögliche geschoben, nur das Offensichtliche ist mir entgangen. Dein Pirat hatte sich abgesetzt. Hatte genug von dir, nachdem ihr es hier wochenlang unter meinen Augen getrieben hattet! Was war ich bloß für ein argloser Idiot! All die Ausritte, die Ausreden, wenn du stundenlang wegbliebst. All die Gründe, warum Caesar unbedingt hierhin mitmusste und dahin. Ich hab mir nie was dabei gedacht, Deirdre! Was euch wahrscheinlich amüsiert hat. Habt ihr über mich gelacht, Caesar? Hat meine Dummheit euch noch zusätzlich erregt? Nachdem es wahrscheinlich jeder wusste außer mir – und Bonnie, die wurde doch wohl auch betrogen!«

Die letzten Worte schleuderte er erneut Jefe entgegen und hob dabei die Hand, als ob er ihn schlagen wollte. Jefe ging sofort in Verteidigungsposition. Victor hatte jedoch rechtzeitig innegehalten. Er war kein Mann, der sich prügelte.

»So war es doch gar nicht …« Deirdre trat auf ihn zu und fasste seine Hand. »Das musst du mir glauben, ich … Ich hab das nicht … nicht absichtlich gemacht. Es passierte einfach. Es war ein Irrtum, ein Irrweg, wir … wir durften gar nicht …«

»Ich hab nicht genug von ihr gehabt!«, trumpfte dagegen Jefe auf. »Ich hätte nie genug von ihr bekommen. Aber es ist ja auch egal, wir durften einander ohnehin nicht lieben …«

Deirdre achtete nicht auf ihn. »Es tut mir so leid, Victor!«, flüsterte sie.

Victor schnaubte. »Da habe ich eben noch das Gegenteil gehört«, bemerkte er. »Noch vor drei Minuten hast du gesagt, dass du nichts bereust.«

Deirdre biss sich auf die Lippen. Er hatte also das ganze Gespräch mitgehört. Oder doch fast alles. Hätte er den Garten direkt hinter Jefe betreten, wäre sein Kommen den geschärften Sinnen des Rebellen sicher nicht entgangen.

»Ich habe auch gesagt, dass es vorbei ist!«, rief sie. »Und ich … also es … es tut mir vielleicht nicht leid, was ich mit Jefe hatte, aber es tut mir leid für dich. Ich … ich wollte dir niemals wehtun, dich niemals verlassen. Ich liebe dich, Victor …«

Jefe biss die Zähne zusammen. Sie hatte ihn niemals verlassen wollen. Jetzt zumindest wusste er es. Er hatte die *Mermaid* und ihre Besatzung völlig grundlos ans Messer geliefert. Doch der Gedanke an Captain Seegall und seine Leute brachte ihn jetzt wenigstens so weit wieder zu sich, dass er sich an seine Mission erinnerte. Es gab Wichtigeres als eine vergangene Liebe. Und um Himmels willen durfte er sich hier nicht mit Victor Dufresne schlagen! Wenn er den Doktor vollends gegen sich aufbrachte, war alles verloren.

»Du wolltest also, dass ich es niemals erfahre?«, fragte Victor seine Frau. Jefe gönnte er vorerst keinen weiteren Blick.

Deirdre nickte schuldbewusst. »Es tut dir doch nur weh«, sagte sie noch einmal. »Das wollte ich dir ersparen. Und es … es ändert auch gar nichts. Es ist längst vorbei, Victor. Bitte, es … es ist doch längst vorbei …« Sie wollte sich an ihn schmiegen, aber Victor wehrte sie ab.

»Wir können später darüber reden, was es ändert«, sagte er aufgebracht und wandte sich von ihr ab. »Vorerst sollten wir uns mit dem beschäftigen, was deinen … deinen alten Freund hierher geführt hat. Was ist los, Caesar? Geht es um Macandal?«

Jefe bemerkte fasziniert, dass jede Wut aus dem Gesicht des Arztes gewichen war. Victor schaute ihn forschend an wie seine Patienten oder deren Angehörige. Bisher hatte Jefe stets auf Victor herabgesehen, jetzt kam er nicht umhin, ihn für seine Beherrschung zu bewundern.

Der junge Mann senkte die Augen. »Ja«, sagte er leise. »Es … es geht ihm sehr schlecht. Er ist schlimm verbrannt, überall … überall am Körper. Er hat schreckliche Schmerzen. Wenn Sie ihm nicht helfen …«

Victor seufzte. »Du weißt, dass ich mich damit strafbar mache? Und dass das Risiko sehr viel höher ist als damals, als ich Bonnie aufnahm? Warum sollte ich das für euch tun? Für einen Mörder und Aufrührer? Wo habt ihr ihn überhaupt?«

Jefe zuckte die Schultern. »Ich dachte … Sie … Ich dachte, dass Sie es vielleicht machen, ohne zu fragen. Die anderen meinten, es sei eine dumme Idee. Sie würden mich womöglich verraten. Aber nach dem, was ich über Sie weiß … was Sie für Bonnie getan haben … und Deirdre … Wir haben niemals über Sie gelacht, niemals …«

Victor machte eine abwehrende Handbewegung. »Das ist jetzt gleichgültig. Und eigentlich ist es doch auch gleichgültig, ob ich frage oder nicht. Du könntest mich entführen und mich hinterher töten. Ihr schreckt doch vor nichts zurück für euren Führer. Oder sehe ich das falsch?«

Jefe verzog den Mund. Und Deirdre hatte plötzlich wieder das Bild des kleinen Jefe vor Augen, nachdem er etwas angestellt hatte und davor stand, es Nora zu beichten.

»Ich … will Sie nicht entführen. Es ginge auch gar nicht. Sie könnten mich ganz leicht verraten, die Stadt ist voller Gendarmen …«

»Die Stadt?«, fragte Victor. »Ihr habt ihn in Cap-Français?«

Jefe nickte. »Im Hafen. In … in der Harpune …«

Deirdre sog scharf die Luft ein. Die Harpune war die Hafenschenke, in der Lennie arbeitete. Dass dies ein Rebellenstützpunkt war, hätte sie nie geglaubt.

Victor rieb sich die Stirn. »Gut«, sagte er. »Ich hole dann mal meine Sachen. Falls ihr euch noch etwas zu sagen habt …«

»Ich hab ihm nichts mehr zu sagen!«, versicherte Deirdre.

»Ich komme mit dir, ich …« Sie folgte ihm in sein Sprechzimmer, wo er rasch Binden und Medikamente zusammenraffte, ohne sie weiter zu beachten. »Es ist wirklich vorbei, Victor, ich … ich muss dir erzählen …«

Sie hielt inne. Sollte sie ihm wirklich von ihrer Verwandtschaft zu Jefe berichten? Oder würde er daraus nur schließen, dass sie ihre Beziehung sonst nie beendet hätten?

»Deirdre, es interessiert mich nicht«, sagte Victor hart. »Zumindest jetzt nicht, ich habe einen Patienten, der mich braucht. An den muss ich denken. Wenn ich an dich denke und an diesen Kerl da draußen, dann … dann … breche ich ihm womöglich die Knochen …« Es klang eher so, als bräche dann sein eigenes Herz. »Wir reden später darüber – sofern es ein Später gibt. Die Maroons könnten mich töten, wenn ich fertig bin. Das Letzte, was sie brauchen können, ist jemand, der ihre Schlupfwinkel kennt. Und auf Dankbarkeit kann ich auch nur hoffen, falls Macandal es überlebt.« Damit verließ er die Arzträume.

Deirdre kämpfte den Drang nieder, noch einmal mit hinauszugehen und die beiden Männer zu verabschieden. »Viel Glück, Victor …«, sagte sie leise.

Die Straßen von Cap-Français waren tatsächlich voller Gendarmen – und trotz der späten Stunde auch noch voller Leute. Immer noch wurde diskutiert, getrunken und gefeiert, immer noch führten Gendarmen und Aufseher geflohene Sklaven ab, die ihnen ins Netz gegangen waren, nachdem sie sich im Rausch der Freiheit gleich dem Rausch des Alkohols ergeben hatten.

Victor und Jefe hielt allerdings niemand auf. Ein Arzt und sein Sklave, die zielstrebig durch die Stadt eilten – in dieser Nacht schien das niemand befremdlich zu finden. Und schließlich bog Jefe auch in Gassen ab, die so eng und schmutzig waren, dass sich dorthin niemand verirrte, der nicht genau wusste, wohin sie führten. Victor stolperte über Unrat, leere Flaschen, Tierkadaver. Über allem lag der Gestank von Fäulnis und Verwesung. Durch einen Hof erreichten sie schließlich den Hinterausgang der Harpune. Ein Mann ließ sie ein. Victor erkannte Lennie.

»So sieht man sich wieder.« Lennie lächelte, schien sich jedoch unbehaglich zu fühlen. Victor beachtete ihn nicht.

»Wo ist er?«, fragte er. Er hatte erwartet, Schreie zu hören. Wie Jefe gesagt hatte, litt Macandal an furchtbaren Schmerzen, der Geist schien sie jedoch schweigend zu ertragen.

»Caesar, ist der Arzt da?« Eine kleine, sehr hübsche, etwas üppige Frau mit sorgenvollem Gesichtsausdruck trat durch eine mit einem schmuddligen Vorhang verhängte Türöffnung. »Er ist sehr tapfer, aber es geht ihm sehr schlecht.«

»Er ist immer noch bei Bewusstsein?«, fragte Jefe und wies dann kurz auf die Frau und Victor. »Mireille Macandal, seine Frau. Und das ist Dr. Dufresne.«

Die Frau schien kurz davor, sich vor ihm zu Boden zu werfen.

»Sie sind wirklich gekommen? Ich danke Ihnen, ich … ich hätte es nicht geglaubt. Aber nun schnell, bitte … Er ist bei Bewusstsein, ja, das … das macht es ja noch schlimmer …«

Mireille lief voraus in einen stickigen kleinen Raum. An einer Wand lehnten zwei weitere Männer und eine große, sehr schlanke Frau. Sie alle sahen auf ein primitives Bett, auf dem eine schmale Gestalt unter schmutzigen Leintüchern lag. Es roch nach Rauch, verbranntem Fleisch und Blut, nach Schnaps – und natürlich zogen die Essensdünste von der Schenke aus in den Raum. Victor atmete trotzdem tief ein. Er musste sich an den Gestank gewöhnen, wenn ihm übel wurde, konnte er nicht arbeiten. Der Mann auf dem Bett rührte sich, aber er schien seine Bewegungen nicht kontrollieren zu können. Victor sah auf den ersten Blick, dass er krampfte. Sein Körper bäumte sich auf, die mit Brandblasen bedeckte Hand krallte sich in die Decke.

Victor ging zu seinem Patienten und sah in ein schweißbedecktes, rußgeschwärztes, aber weitgehend unversehrtes Gesicht, das verzogen war zu einer Maske des Schmerzes. Zwischen den Zähnen steckte ein Holzstück, auf das Macandal beißen konnte.

Mireille trat zu ihm und legte ein nasses, kühlendes Tuch auf seine Stirn. »Dies ist ein Doktor, François. Er wird dir helfen.«

Macandals Krampf war abgeflaut, aber sein Körper zitterte unkontrolliert. Plötzlich spuckte er das Holzscheit aus und blitzte Victor und Mireille an.

»Will … will keinen weißen Arzt …«

Mireille fuhr fort, ihm den Schweiß abzutupfen. »Ein schwarzer ist gerade nicht verfügbar«, bemerkte sie beißend.

Victor nannte höflich seinen Namen und bat, die Leinendecke anheben zu dürfen. Macandal stöhnte auf, als er es tat. Das Tuch war an vielen Stellen mit Wundflüssigkeit durchtränkt und hatte wohl an seinen Wunden gehaftet.

Macandal war nackt unter dem Leintuch – sofern man von den Resten des Hinrichtungsgewandes absah, die mit dem rohen Fleisch verschmolzen waren. Offensichtlich hatte bislang niemand versucht, seine Wunden zu behandeln, was Victor nicht wunderte. Selbst ihm blieb beim Anblick von Macandals geschundenem Körper vor Entsetzen die Luft weg. Die Arme und Beine des Mannes, der Oberkörper … alles war verbrannt, die wenige verbliebene Haut warf Blasen, die mit Wundflüssigkeit gefüllt waren. Der junge Arzt überlegte, wo er anfangen sollte, Salbe aufzutragen und Bandagen anzulegen – und kam zu dem Schluss, dass es sinnlos war, den Sterbenden noch mehr zu quälen.

»Es ist aussichtslos«, sagte er tonlos. Dann wurde ihm bewusst, dass sein Patient immer noch bei vollem Bewusstsein war. »Es tut mir leid … Monsieur …« Victor zwang sich, Macandal ins Gesicht zu sehen. »Ich … ich könnte jetzt versuchen, Ihre Wunden zu säubern und zu bandagieren. Aber ich … es wäre völlig sinnlos. Sie sind zu schwer verletzt, Monsieur Macandal. Sie werden sterben, egal, was ich tue. Und die Behandlung wäre sehr schmerzhaft … noch schlimmer als das, was Sie jetzt schon durchmachen. Andererseits könnte ich … ich habe starke Medikamente mitgebracht. Sie würden Ihnen nicht helfen, aber sie könnten Ihre Schmerzen lindern …«, er zögerte, »… allerdings würden sie die Qual auch … abkürzen.« Eine hohe Opiumgabe würde das Sterben bei einem so geschwächten Organismus beschleunigen.

Macandal nickte. »Ich … ich weiß, dass ich sterbe«, stieß er aus. »Und ich … ich kann das aushalten.« Er stöhnte auf, als sein Körper sich erneut aufbäumte.

Victor öffnete seine Tasche, nahm eine Flasche heraus und setzte sie Macandal an die Lippen. »Trinken Sie«, sagte er sanft. »Jeder hier weiß, dass Sie stark sind. Sie müssen nichts beweisen.«

Er atmete auf, als der Rebellenführer schluckte. Dann breitete er das Leintuch wieder über seinen Körper.

»Es dauert ein paar Minuten, dann wird es Ihnen besser gehen.«

Victor hörte die Männer miteinander flüstern. »Er gibt ihm Gift! Er ihn bringt um!«

»Was soll er sich die Mühe machen?«, fragte Jefe dagegen beruhigend. »Wir sehen doch alle, wie es ihm geht. Ich … ich hatte gehofft, dass ein Arzt …«

Victor wandte sich den Männern zu, der schluchzenden Mireille und der schlanken jungen Frau, die stoisch auf den Fußboden starrte. Sie erinnerte ihn an jemanden, er brachte sie aber nicht mit der geschminkten, leicht bekleideten Frau in Verbindung, die Bonnie ihr Baby gegeben hatte.

»Ich bin Arzt«, sagte er kurz, »doch ich kann keine Wunder tun …«

Er versagte sich die Bemerkung, dass der Schwarze Messias da schon selbst tätig werden müsste, Macandal ließ ihn aber auch gar nicht weiterreden.

»Ich … ich kann … Wunder tun! Ich … ich opfere mich hier für … für mein Volk, wie … wie der erste Messias es auch getan hat …«

Victor seufzte. Er hatte schon das Opfer des Jesus von Nazareth nie so recht verstanden. Und was der Tod von Macandal für die Sklaven bedeuten sollte, begriff er erst recht nicht. Caesar schien es ähnlich zu gehen. Die Blicke der beiden Männer trafen sich kurz.

»Aber ich …. ich werde wiederkommen!«, wiederholte Macandal. Seine Stimme wurde kräftiger, das Schmerzmittel wirkte bereits.

Mireille, die sich neben der Liege niedergelassen hatte und sanft das Gesicht ihres Mannes streichelte, nickte. »Ja, Liebster«, sagte sie freundlich. »Du wirst als Wolf wiederkommen und unsere Feinde zerreißen. Als Schlange, um sie zu vergiften …«

Macandal schüttelte so heftig den Kopf, dass Victor schon einen neuen Krampf befürchtete. »Nein … nein … werde ich … werde ich nicht … ein Wolf … ein Wolf kann vielleicht zehn töten, und … eine Schlange kann vielleicht zwanzig töten … aber ich …«, sein Blick wurde klarer, er sah seine Anhänger an, bevor er weitersprach und dabei mit leuchtenden Augen in die Zukunft blickte, »… ich aber werde als Insekt wiederkommen, als Moskito, als Stechmücke … ich werde Legion sein … Tausende töten und Abertausende … Wir werden frei sein, alle werden wir frei sein. Ich bin der Geist …«

»Du bist der Geist!«, wiederholte einer der Männer, und dann sprachen alle durcheinander. »Du bist der Geist. Du bist die Rettung, du bist der Messias, du bist gottgesandt …«

Die Männer und Frauen wiederholten es wieder und wieder – und ein Lächeln erschien auf dem Gesicht Macandals, als er endlich die Augen schloss.

»Ist er tot?«, fragte Jefe heiser.

Victor schüttelte den Kopf. »Nein, er schläft. Vielleicht

wird er noch einmal aufwachen. Aber so … so ist es besser für ihn.«

Er atmete tief durch. Macandals Vision war gespenstisch gewesen, und ebenso die Reaktion seiner Anhänger. Selbst er, Victor, hatte sich von seiner Stimme und seiner Überzeugungskraft berührt gefühlt. Dabei waren die Worte des Sterbenden unsinnig. Mückenstiche brachten niemandem den Tod.

Macandal starb in der vierten Stunde des neuen Tages. Mireille hatte gehofft, er werde den Sonnenaufgang noch sehen können, aber dann ging es doch schneller zu Ende. Victor hätte dem Rebellen ein noch rascheres Ende gewünscht. Der Schwarze Messias kam noch zweimal zu Bewusstsein und wiederholte seine Visionen, seine Parolen, schwor seine Anhänger erneut auf den Kampf ein. Ganz zuletzt wandte er sich an Jefe.

»Du wirst weiterkämpfen, Bruder«, stöhnte er, »bis wir frei sind?«

Jefe sah ihm in die Augen wie damals, als der Geist das erste Mal das Wort an ihn gerichtet hatte. »Ich warte nicht gern«, sagte er.

Macandals Gesicht verzog sich zu einem Grinsen. »Kein … guter Mann … wartet gern«, flüsterte er. Dann schloss er die Augen.

»Doch die Rache ist ein Gericht, das man kalt genießt!«, wiederholte Jefe die erste Botschaft, die der Geist damals für ihn gehabt hatte. »Ist er … tot, Doktor?«

Victor fühlte den Puls Macandals. »Ja«, sagte er ruhig. »Jetzt ist er tot. Tut mir leid. Mein … mein aufrichtiges Beileid, Madame Macandal.«

Er wandte sich an Mireille. Die schien ihn allerdings nicht zu hören. Sie drückte den Kopf ihres Mannes schluchzend an sich.

»Und was jetzt?«, fragte einer der Maroons und sah Jefe dabei an.

Der straffte sich. In den letzten Stunden hatte er Zeit gehabt, nachzudenken. »Wir erzählen niemandem davon«, sagte er mit klarer Stimme. »Niemandem. Jeder von uns muss sich verpflichten zu schweigen. Auch gegenüber den Leuten im Lager.«

»Schweigen?«, fragte der andere Maroon. »Über Tod von Geist? Warum? Und wie können wir geheim halten? Leute aus Lager werden fragen, wo er ist.«

Jefe schürzte die Lippen. »Wir sahen ihn verschwinden«, erklärte er. »Er sprang vom Scheiterhaufen, wir wollten ihn auffangen, ihn wegbringen, aber er verschwand. Er … er wurde entrückt. Zu Gott oder den Geistern … wer weiß das? Doch er lebt. Er wacht über uns, wo immer er auch ist. Und er wird wiederkommen …«

Der erste der Maroons verstand, er grinste. »Wir machen Leute Mut!«, sagte er.

Jefe nickte. »Wir werden weiterkämpfen! Wir geben nicht auf. Wir sind jetzt der Geist!«

Die Männer jubelten, und in den Augen der jungen, schlanken Frau stand unverhohlene Anbetung. Victor nahm den Toten sanft aus den Armen der wimmernden Mireille und deckte das Leintuch über sein Gesicht.

»Was tun mit Leiche?«, fragte der erste der Maroons.

Der zweite wies auf Victor. »Was tun mit Doktor?«, erkundigte er sich. »Er bestimmt nicht schweigen.« Der Mann zog sein Messer.

Jefe riss es ihm aus der Hand. »Sei nicht dumm, Thomas, natürlich wird er schweigen. Oder glaubst du, er rennt los und erzählt, er habe Macandal behandelt? Und wenn er doch redet – er ist weiß. Niemand wird ihm glauben.«

Victor atmete auf, als der Mann das Messer wegsteckte.

»Er kann gehen?«, fragte er Jefe.

Jefe nickte. »Sicher.« Er verbeugte sich förmlich vor Victor. »Ich danke Ihnen sehr, Doktor. Das war … sehr gütig von Ihnen.

So hat es Bonnie immer gesagt … gütig. Sie seien ein gütiger Mensch. Und darüber habe ich wirklich gelacht. Nicht darüber, dass Sie arglos waren und nichts gemerkt haben von Deirdre und mir. Aber dass jemand in dieser Welt … gütig ist, das war … das konnte ich nicht nachvollziehen. Ich bin es jedenfalls nicht – gütig. Und deshalb ist es besser für Deirdre, wenn sie bei Ihnen bleibt. Sie sind so viel besser für Deirdre als ich. Und für Bonnie. Bitte bleiben Sie gütig. Seien Sie es auch zu … zu Dede. Sie konnte nichts dafür. Wenn es jemandes Schuld war … dann war es meine. Auf jeden Fall ist es vorbei. Ich werde Deirdre niemals wiedersehen. Sie haben mein Wort.«

Victor wusste nicht, wie viel auf das Wort eines Rebellen zu geben war, aber er war bereit, Jefe zu glauben. Noch einmal sah er zu der schluchzenden Mireille hinüber, die sich immer noch an Macandal klammerte. Die Maroons wollten seine Leiche fortbringen, aber sie konnte sich nicht trennen. Dabei hatte sie ihrem Mann sicher mehr zu vergeben gehabt als Victor Deirdre.

»Ich werde dann gehen«, sagte er nur und nahm seine Tasche. »Es ist sehr spät. Meine … meine Frau wird sich sorgen.«

Jefe begleitete Victor noch bis zu einer der größeren Straßen. In den engen Gassen hinter den Schenken hätte er sich leicht verirren können. Victor erwartete, dass er ihm Grüße an Deirdre aufgeben würde, aber er schwieg.

»Ich werde Bonnie von Ihnen grüßen«, sagte Victor schließlich.

Jefe lächelte. »Grüßen Sie Bobbie!«

Er sah dem Arzt nach, als der in den jetzt menschenleeren Straßen von Cap-Français verschwand.

Doch als er sich zum Gehen wandte, sah er, dass Simaloi hinter ihm stand. Sie war den Männern so leise gefolgt wie eine Katze.

»Er nicht braucht grüßen Bonnie«, erklärte sie mit kalter

Stimme. »Du noch sehen Bonnie, wenn begleiten mich, bevor gehen zurück in Berge. Die anderen begraben Geist, und du und ich holen Kind!«

# KAPITEL 11

Victor bewegte sich rasch durch die stockdunklen Straßen. Inzwischen hatten sich auch die letzten Nachtschwärmer verzogen, allerdings patrouillierte immer noch Militär. Er war froh, unbehelligt geblieben zu sein, als er endlich sein Haus erreichte. Alles war dunkel, aber im Haus brannte noch Licht, Deirdre musste auf ihn gewartet haben.

Victor hatte gerade den Schlüssel aus der Tasche geholt und machte Anstalten, die Haustür aufzuschließen, als ihn jemand am Arm fasste und daran hinderte. Er erschrak zu Tode.

»Monsieur? Darf ich fragen, wo Sie jetzt noch herkommen?«

Victor wandte sich erschrocken um und erkannte zwei Männer in der Uniform von Gendarmen. Victor hatte die beiden noch nie gesehen. Aber das wunderte ihn nicht, man hatte Gendarmen aus allen möglichen Orten um Cap-Français herum zusammengezogen, um die Hinrichtung zu sichern. Und jetzt hielten sie ihn hier noch an, im letzten Moment schien er ihnen in die Falle gegangen zu sein.

»Ich … ich bin Arzt«, sagte Victor. »Ich komme von einem Patienten.«

»Ihre Kleidung riecht nach Rauch, Doktor«, bemerkte der andere Gendarm.

»Ja?« Victor bemühte sich, unbesorgt zu klingen. »Nun, ich bin seit heute Morgen unterwegs. Ich habe Erste Hilfe auf dem Platz vor dem Palast geleistet.«

»Ach ja?«, fragte der erste Gendarm. »Den schwarzen Verletzten oder den weißen?« Er grinste.

»Beiden«, erklärte Victor ernst. »Mein Eid verpflichtet mich, keine Unterschiede zu machen.«

Die Männer lachten.

»Schau an, sein Eid verpflichtet ihn«, sagte der zweite Gendarm. »Sie hätten also auch einem Kerl wie … Macandal geholfen?«, fragte er dann.

»Die Frage stellte sich mir nicht«, antwortete Victor zweideutig. »Aber ich wäre Ihnen dankbar, wenn Sie mich jetzt in Ruhe ließen. Ich brauche etwas Schlaf. Es war ein langer Tag.«

»Nicht gar so schnell, Doktor. Erst einmal hätten wir gern noch den Namen des Patienten, bei dem Sie waren. Wir würden das gern überprüfen …«

Victor überlegte fieberhaft. Sollte er einfach irgendjemanden nennen? Die Montands vielleicht? Aber würden die ihn wirklich decken? Zumal er sie nicht vorwarnen konnte, wenn diese Männer sein Alibi wirklich gleich überprüften.

»Ich kann Ihnen den Namen meines Patienten nicht nennen«, erklärte er stattdessen. »Da besteht Schweigepflicht. Und der Mann ist schwer krank. Es könnte ihn umbringen, wenn Sie da jetzt hineinpoltern würden und irgendetwas ›überprüfen‹ wollten …«

Die Gendarmen lachten.

»Sieh an! Ein unbekannter Patient!«, spottete der eine.

»Ein unsichtbarer vielleicht?«, scherzte der andere und hob seine Laterne. »Womöglich gar … ein Geist?«

Victor hoffte, dass ihm die Wahrheit nicht im Gesicht geschrieben stand. Er war immer ein schlechter Lügner gewesen, und nach den Anstrengungen der letzten Stunden war er zu Tode erschöpft.

»Wir sind angewiesen worden, nach Leuten wie Ihnen Ausschau zu halten, Dr. Dufresne«, sagte der erste Gendarm, diesmal mit deutlich bedrohlichem Unterton. »Der Chef der Gendarmerie meint, Macandal sei schwer verletzt gewesen, als er floh. Er würde einen Arzt brauchen. Tatsächlich wurden wir gezielt hier und vor den anderen Häusern der Ärzte und Wunderheiler postiert. Und siehe da, der Doktor läuft uns direkt in die Arme … und stinkt nach Rauch und Unrat.« Er schnüffelte an Victors Kleidung.

Victor wappnete sich für eine Verhaftung. Er brauchte eine gute Geschichte, doch er war nicht mehr fähig, sich eine auszudenken. Verzweifelt schloss er die Augen. Er sehnte sich nach Sicherheit.

»Nach Rauch und Unrat?« Sowohl Victor als auch die Gendarmen erschraken, als sie plötzlich eine schrille Frauenstimme hinter der Tür hörten. »Wohl eher nach Fusel und billigem Parfüm! Aber sie treiben's natürlich hinter den Garküchen am Hafen. Schon möglich, dass er auch nach Rauch vom Grill stinkt. Du warst doch wieder bei dieser Hure! Leugne es nicht!«

Deirdre Dufresne riss die Haustür auf und trat heraus. In ihrem beleuchteten Eingang wirkte sie wie eine Furie, die nicht mehr zu halten war. Sie hatte den Morgenmantel gerade so weit geschlossen, dass es nicht gänzlich unzüchtig wirkte, aber doch so, dass die Blicke der Gendarmen unwillkürlich auf ihren Ausschnitt fielen. Ihr lockiges schwarzes Haar hing ihr wirr ins Gesicht, ihre Augen sprühten Funken, und ihre Lippen waren böse verzogen. Die fleischgewordene Empörung.

»Er kam doch aus dem Hafenviertel, oder? Aus dem Mulattenviertel … Decken Sie ihn ja nicht, meine Herren … die halbe Stadt weiß es, nur ich sollte nie was erfahren! Aber ich weiß es längst, Victor! Sie heißt Luna. Es ist doch immer noch Luna?«

Der erste der Gendarmen fiel ihr ins Wort. »Beruhigen Sie sich, Madame! Es liegt uns fern, irgendjemanden zu decken. Aber Ihr Gatte, sofern es sich bei Dr. Dufresne um Ihren Gatten handelt … kam in der Tat aus Richtung Hafen.«

»Sag ich doch!« Deirdre nickte wild. »Er treibt sich herum, Monsieur *le gendarme*, mein feiner Gatte! Er treibt's mit den schwarzen Weibern! Aber ich sage dir, Victor, das wird noch böse enden … Du siehst, wie weit es gekommen ist, heute bringen dich die Gendarmen heim, morgen landest du im Gefängnis!« Sie spuckte wütend aus. »Schämen solltest du dich!«

Die zierliche junge Frau fixierte Victor mit so hassverzerrtem Gesicht, dass er ihr die rechtschaffene Erregung fast selbst geglaubt hätte. Dann schien sie sich mühsam zu beherrschen und wandte sich an die Gendarmen.

»Was hat er gemacht, Messieurs? Wieder …«, sie überlegte krampfhaft, was man wohl anstellen musste, um im Hafenviertel wegen Hurerei verhaftet zu werden, »… wieder unzüchtige Handlungen in der Öffentlichkeit? Und betrunken ist er natürlich auch.« Deirdre schüttelte missbilligend den Kopf. »Ist er verhaftet?«

Der Ältere der beiden verneinte, und Deirdre schenkte ihm ein schwaches Lächeln. Sie schien es sich nur mühsam abringen zu können.

»In dem Fall meinen herzlichsten Dank, Messieurs, dass Sie ihm das Schlimmste noch mal erspart haben … Die Schande … nicht auszudenken, wir verkehren in höchsten Kreisen …« Sie schien sich zu beruhigen, aber dann wurde ihre Stimme wieder schrill. »Da siehst du's!«, wandte sie sich erneut an Victor, »du bist noch mal davongekommen! Auf Knien danken solltest du den Gendarmen! Aber wenn das noch mal vorkommt … ich warne dich!«

Die Gendarmen sahen einander feixend an, während Deirdre weiterzeterte. Sie schien nicht damit aufhören zu können, ihren Mann zu beschimpfen. Die Blicke, mit denen die Gendarmen Victor schließlich bedachten, waren fast mitleidig. Und dann machten sie auch Anstalten, sich zu verabschieden.

»Nichts für ungut, Doktor. Tut uns leid, dass wir Sie da in

eine … hm … heikle Situation gebracht haben … Aber wir mussten jedem Verdacht nachgehen.«

Victor nickte unterwürfig, während sich der Gendarm Deirdre zuwandte und ihren Sermon damit unterbrach. »Wir haben zu danken, Madame, wir sind froh, dass sich die Sache so … harmlos erklären lässt. Sie wissen, dass heute ein gefährlicher Rebell entflohen ist, er ist zweifellos verletzt, könnte also einen Arzt gebraucht haben. Und Ihr Mann hielt sich auffällig bedeckt, als wir ihn nach seinem letzten Patienten …«, er grinste anzüglich, »… befragten. Er schämt sich immerhin noch. Also seien Sie nicht zu streng.«

Der Gendarm tippte an seine Mütze und wandte sich zum Gehen. »Bildschön, die Madame, aber eine Furie«, flüsterte er seinem Partner zu.

Der andere zwinkerte. »Die Schwarze ist wahrscheinlich sanft und unterwürfig …«

Victor floh ins Haus, während Deirdre ihr Geschimpfe unbeeindruckt wieder aufnahm, bis sich die Tür hinter den Gendarmen geschlossen hatte. Dann schwieg sie, sah Victor an – und brach in hysterisches Gelächter aus. Victor konnte nicht anders, er lachte mit, und als Deirdres Lachen in Weinen überging, nahm er sie in die Arme.

»Du … du solltest mir das vorwerfen«, schluchzte sie, »das mit dem Betrug und dem Rumtreiben, und … Ich bin die Hure, ich …«

Victor streichelte beruhigend über ihren Rücken. »Du hast mir eben die Haut gerettet«, sagte er sanft und führte sie in die Sicherheit ihrer Räume. »Wenn sie mich der Beihilfe zur Flucht beschuldigt hätten, der Unterstützung einer Sklavenrevolte … bei einem Mann wie Macandal … Er ist übrigens tot.«

Deirdre schluchzte noch einmal auf, als trauere sie um den Aufständischen. »Und die … anderen?« Was war mit Caesar? Sie sprach den Namen nicht aus.

»Die sind auf dem Weg in die Berge«, erwiderte Victor und schluckte, bevor er ihre unausgesprochene Frage beantwortete. »Caesar ist wohlauf und … es sieht ganz so aus, als werde er zum Nachfolger des Geistes.« Er seufzte.

Deirdre öffnete die Tür zu ihrem Wohnzimmer und trat zu dem Wandschrank, in dem sie ihre Alkoholvorräte aufbewahrten.

»Es … hätte eine gewisse Tradition …«, murmelte sie dann. »Wir müssen reden, Victor, es gibt noch mehr, das du wissen musst. Du hattest Recht, es … es ist nicht gut, wenn ich es für mich behalte. Auch wenn es vielleicht wehtut. Aber ich will keine Geheimnisse mehr haben vor … vor dem Mann, den ich liebe.«

Während die Nacht langsam der Morgendämmerung wich, berichtete Deirdre von Jefe. Von ihrer Verbundenheit als Kinder und der unerklärlich starken Anziehung, die sie als Erwachsene spontan füreinander empfunden hatten. Schließlich lag ihr Kopf an Victors Schulter, und sie weinte schon wieder, als sie von Jefes Rückkehr zu den Piraten erzählte.

»Du hattest Recht, ich war am Boden zerstört. Es kam so plötzlich. Und ohne Abschied. Ich wusste doch nicht …«

»Aber du wolltest nicht mit ihm fortgehen?«, fragte Victor. »Er hatte dich doch gefragt …«

Deirdre schüttelte den Kopf. »Ich wollte nie gehen«, sagte sie und schaffte es endlich wieder, Victor in die Augen zu sehen. »Ich konnte mir nie vorstellen, wirklich mit Jefe zu leben. Wenn … du mich jetzt nicht mehr willst, wenn du mich wegschickst, dann gehe ich zurück zu meinen Eltern, zurück nach Jamaika …«

Victor blickte in ihr vom Weinen gerötetes, aber dennoch schönes Gesicht. Was immer sie getan hatte, er liebte sie.

»Warum sollte ich dich wegschicken?«, fragte er leise. »Weil du deinen … Bruder geliebt hast? Weil du ihn unterstützt hast? Denn etwas anderes ist es doch nie gewesen, oder?«

Deirdre runzelte die Stirn, hinter der es erkennbar arbeitete. Victor konnte das nicht wirklich glauben, sie hatte ihm doch alles erzählt … Aber dann sah sie, dass er lächelte.

»Nein«, sagte sie fest. »Mehr ist da nie gewesen.«

Victor küsste sie. »Ich jedenfalls will, dass du bleibst«, sagte er, »ich wollte nie eine andere Frau. Immer nur dich. Dich allein.«

Deirdre kaute auf ihrer Unterlippe. »Das wird allerdings nicht gehen«, bemerkte sie dann schelmisch. »Ich fürchte, ich bin im Moment nicht allein zu haben …« Sie strich über ihren noch flachen Bauch. »Ich wollte es dir eigentlich in einer passenderen Stunde sagen. Aber ich … mein Blutfluss hat zum zweiten Mal ausgesetzt. Wir bekommen ein Kind.«

Sie fühlte sich willkommen, als Victor sie in die Arme schloss.

## KAPITEL 12

Bonnie war so glücklich wie noch nie in ihrem Leben. Sie lag in ihrem gemütlichen, sauberen Bett im Dienerquartier und hielt die beiden Menschen in den Armen, die ihr im Leben am meisten bedeuteten. Namelok und Libby hatten tief geschlafen, während Leon und Bonnie sich liebten, aber danach war Namelok erwacht, und damit ihr Schreien Libby nicht weckte, hatte Bonnie sie kurzerhand aus ihrem Bettchen genommen und zwischen sich und Leon gelegt. Nun kuschelte sie sich zufrieden in die Wärme, geschützt von Bonnies Umarmung. Und Leon hielt gleich beide umfasst.

»Du weißt ja, dass du uns beide nehmen musst, nicht wahr?«, fragte Bonnie lächelnd und fuhr mit dem Finger zuerst Nameloks zartes Gesichtchen und dann Leons breite Züge nach.

Leon zeigte auf sich und schmunzelte. »Papa!«, sagte er und kitzelte Nameloks Bäuchlein. »Das muss werden erste Wort. Sonst ich noch mal denken drüber nach.«

»Das erste Wort wird Mama«, widersprach Bonnie. »Das haben wir schon vereinbart. Aber sie ist ja klug und lernt schnell. Bestimmt kann sie sehr bald beides sagen.«

»Mama und Papa …« Leon beugte sich zu Bonnie hinüber und küsste erst sie und dann das Kind. »Wird sehr, sehr schön!«

Er erschrak, als Bonnie plötzlich aufsprang. »Da ist jemand an der Tür!«, wisperte sie. Es war nicht vollständig dunkel im Raum. Als Namelok aufgewacht war, hatte Bonnie eine Kerze entzündet. »Horch mal!«

»Wir können jetzt nicht an jede Tür poltern.« Jefes Worte klangen gedämpft von draußen herein. »Sonst ist gleich das ganze Sklavenquartier wach.«

Bonnie riss die Tür auf. »Hier gibt es kein Sklavenquartier!«, schleuderte sie dem Mann vor dem Haus entgegen. »Wir sind alle frei. Also was ist noch, Jefe?« Sie wich erschrocken zurück, als sie die Frau neben ihm erkannte. »Und was will sie hier? Hast du nicht versprochen, mich in Ruhe zu lassen?«

Simaloi schob sich vor. »Mir hat versprochen, holen Kind!«, erklärte sie. »Ist meine Kind. Ist Massai. Wir nehmen mit in Lager.«

Aber dann erklang Leons weittragende Stimme. »Ist Massai?«, fragte er. »Seit wann Massai in Hispaniola? Wo du weiden deine Rinder, Frau? Wo dein Sohn tötet sein Löwen, zu werden ein Mann?«

Simaloi sah den großen Mann an, verblüfft über seine Kenntnisse bezüglich der Bräuche ihres Stammes. »Mein Sohn wird töten tausend weiße Pflanzer, zu werden ein Mann!«, erklärte sie hasserfüllt. »Die schlimmer als Löwen. Und ich haben Rinder! Und Platz für Rinder und Futter für Rinder. Bald keiner mehr schimpfen über Rinder! Caesar jetzt bald Häuptling von unsere Stamm in Berge. Dann mir und Namelok geben viele Rinder!« Triumphierend sah sie Bonnie an, die ganz sicher kein einziges Rind ihr eigen nannte.

Bonnie holte tief Luft. »Dann hast du es jetzt ja geschafft«, wandte sie sich kühl an Jefe. »Das, wovon du immer geträumt hast. Ich weiß noch genau, wie du mir stundenlang von Akwasi erzählt hast und was für ein großer Krieger er in Nanny Town gewesen ist. Und jetzt du … was ist denn mit dem Geist passiert, den ihr unbedingt retten musstet?«

»Geist tot!«, sagte Simaloi, es klang jedoch eher leidenschaftslos als bedauernd. »Jetzt Caesar Häuptling.«

»Sima!«, tadelte Jefe. »Wir wollten das doch geheim halten!

Wenn auch nicht vor Bonnie …«, er lächelte das gewinnende Lächeln, das bei Bonnie immer gewirkt hatte, »… vor dir haben wir natürlich keine Geheimnisse. Du kannst immer noch eine von uns werden. Du wärest … sehr angesehen, wie Sima schon sagt. Ich …«

Bonnie lachte spöttisch. »Und was wäre ich?«, fragte sie neugierig. »Deine zweite Frau?«

Jefe musterte sie kurz. Er hatte sie nie attraktiv gefunden, doch jetzt sah sie eigentlich recht hübsch aus. Sie trug ein altes Spitzennachthemd von Deirdre und bunte Kreolen in den Ohren, die ihr Gesicht weicher und fraulicher wirken ließen. Bonnie war nicht mehr mager, ihre Brüste zeichneten sich unter dem Nachthemd ab, und ihr Haar fiel in dicken Locken über ihre Schultern. Wenn es zum Frieden zwischen den Frauen beitrug und den leidigen Streit um dieses Kind beendete … An ihm sollte es nicht liegen. Und bei Simas Stamm war es ohnehin Sitte, mehrere Frauen zu besitzen … Er vergaß, dass er das vor nicht allzu langer Zeit noch schockierend gefunden hatte.

»Wenn du das möchtest, Bonnie«, sagte er mit seiner sanftesten Stimme. »Ich weiß ja, du hast es dir immer gewünscht.«

»Und ich?« Leon richtete sich auf. Er war nackt unter der Decke, und er hatte Hemmungen, aufzuspringen und sich den Eindringlingen entgegenzustellen, weil er Namelok nicht wecken wollte. »Sie versprochen, mich heiraten …«

Er hielt inne. Anscheinend waren an diesem Tag schon viele Versprechungen gemacht und gebrochen worden. Aber Bonnie winkte sowieso bereits ab. Sie ignorierte auch die Arme, die Jefe ihr entgegenstreckte.

»Es wird wirklich ganz genauso werden wie in Nanny Town, nicht wahr?«, höhnte sie. »Genau wie bei deinem Vater. Eine Hauptfrau, dazu ein paar Sklavinnen als Zweitfrauen … Würde ich die erste oder zweite Frau sein, Jefe? Oder die dritte? Vielleicht holst du dir ja auch noch Deirdre?«

Simaloi biss sich auf die Lippen. Sie wollte ihre Hütte eigentlich nicht mit der Frau teilen, die Ansprüche auf ihr Kind erhob, und erst recht nicht mit dieser Deirdre, von der auch damals in der Küche auf der Plantage die Rede gewesen war. Dennoch fühlte sie sich verpflichtet, Jefe zu verteidigen.

»Und?«, fragte sie bissig. »Was falsch daran? Massai so leben seit undenkliche Zeiten. Mir nichts ausmachen, wenn du Zweitfrau oder ich Zweitfrau. Kannst dich kümmern auch um Kinder. Große Krieger immer haben mehr als ein Frauen …«

Bonnie lachte bitter. »O ja, sicher, es wird bestimmt schön. Wie im alten Afrika. Wie sagt man? Idyllisch?« Sichtlich stolz auf dieses Wort blitzte sie Jefe und Simaloi an. »Wahrscheinlich hat er dir viel davon erzählt … wie heißt du? Sima?«

»Simaloi!«, stellte die Massai-Frau sich würdevoll vor.

Bonnie sprach weiter. »Genau wie Jefe *mir* viel erzählt hat. Stundenlang, von den Festen in Nanny Town, von den Wundertaten von Granny Nanny, von der Musik der Ashanti und wie das Horn die Männer zum Kampf rief. Von der Uneinnehmbarkeit des Ortes, der Tapferkeit der Maroons … Ich weiß alles noch, Jefe. Es waren wunderschöne Märchen.«

»Es waren keine Märchen!«, rief Jefe.

Bonnie stieß scharf die Luft aus. »Nein«, rief sie dann und blitzte Jefe an. »Denn Märchen enden glücklich. Und hast du deiner … Simaloi … auch mal erzählt, wie Akwasi endete? Der große Krieger, Sima, starb in einem Zuckerrohrfeld, erschossen wie ein Hund, als er zum dritten Mal versuchte, von einer Plantage zu flüchten. Vorher hatten sie ihm dafür schon den Rücken blutig gepeitscht, aber er gab immer noch nicht auf. Und er dachte auch keinen Augenblick lang an seine Frau, die er niemals sehen durfte, und seinen Sohn, dem er nichts zu geben hatte außer Märchen …«

»So ist es im Krieg!«, rief Jefe. »Auch Akwasi hat Krieg geführt, auf seine Weise.«

»Da hörst du, was dich erwartet!« Bonnie sah weiter Simaloi an. »Caesar wird der neue Rebellenführer, er wird seinen Krieg führen. Und wenn es dem Gouverneur endgültig zu viel wird, kommt der Krieg auch zu euch in euer Lager. Dann endest du wieder als Sklavin, Sima. Und Namelok mit dir.«

»Ich auch werden kämpfen!«, rief Simaloi aufgebracht. »Ich auch töten Weiße. Ich Weiße hassen! Wir siegen! Wir Herren von Saint-Domingue!«

»Und Namelok zerrt ihr mit?«, fragte Bonnie scharf, »in euren Krieg? Von einem Versteck zum anderen? Von einer Plantage zur anderen, um Kämpfer zu rekrutieren? Immer in der Gefahr, entdeckt und getötet zu werden? Das lasse ich nicht zu! Ich gebe sie euch nicht!«

»Aber ich sie will!«, schrie Simaloi. »Nehmen Kind weg, Caesar! Ist meins, ist Massai!«

Jefe biss sich auf die Lippen. Erneut stand er hilflos zwischen den Frauen. Dabei wollte er nur noch weg. Die anderen mussten Macandal längst begraben haben. Sie würden unter den roten Mangroven auf ihn warten. Und er war hier noch kein winziges Stück weitergekommen.

»Bonnie ...« Jefes Stimme klang gequält.

»Simaloi ...«

Leon hatte sich inzwischen erhoben und das Kunststück geschafft, sich in ein Laken zu hüllen und Namelok aufzuheben, ohne dass die Kleine wach wurde. Nun hielt er das Mädchen im Arm und wandte sich an seine Mutter. Bonnie wollte sich zwischen ihn und Simaloi schieben – nicht auszudenken, dass er ihr das Kind gab! Doch sowohl Leon als auch Sima überragten sie um Haupteslänge. Und Leon sprach nun einfach über ihren Kopf hinweg.

»Mir hat erzählt Freundin von Volk Massai. Freundin, die auf gleiche Plantage wie ich. Vielleicht sogar aus gleiche Familie wie du, sind nicht viele Sklaven Massai ...«

»Ist nicht leicht zu fangen Massai!«, sagte Sima stolz. »Große Krieger …«

»Gar nicht so große Krieger«, meinte Leon. »Mehr friedlich. Sankau immer mir hat erzählt von Leben in Dorf. Von Tanzen, von Männer, die machen große Sprünge wie Antilopen …« Er deutete einen Tanz an, und Simaloi lächelte. »Von Frauen, die bauen Häuser, von Rinder, von das nur nehmen Blut, nicht nehmen Leben. Von große Familien, von große Feste. Wenn Jungs beschnitten, werden zu Mann. Oder wenn nehmen Frau, große Fest, Frau schön geschmückt, lange Ringe in Ohr, die machen aus Knochen … Das alles so schön, Sima, nicht? Das du wollen für Namelok …«

Simaloi nickte. Ihre Augen glänzten, als stünden Tränen darin, jetzt, da ihr jemand ihr altes Leben vor Augen führte.

»Aber Weiße gemacht alles kaputt!«, sprach Leon weiter. Seine weiche, fast hypnotisierende Stimme schien für Simaloi zu singen. »Und nun du sie hassen. Nun du machen Krieg. Du wollen Freiheit. Das du wollen für Namelok.«

»Und wir siegen!«, fügte Simaloi hinzu. »Wir siegen! Jetzt mir geben Kind!«

Leon seufzte. »Wir sicher siegen. Irgendwann alle frei. Aber wann? Nicht so schnell bestimmt. Nicht jetzt, wo Geist tot. Kann dauern zwei Jahre, fünf … oder zehn. Kann sein dass sterben … Caesar?« Er nahm an, dass es sich bei dem Eindringling um Bonnies Piraten handelte, war sich jedoch nicht sicher. Aber er zeigte auf Jefe, während er sprach. »Kann auch sein, dass sterben Simaloi. Nichts sicher. Nur eins sicher: All die Zeit nicht wird sein wie bei Massai in Afrika. All die Zeit nicht aufwachen und sein glücklich und sicher in Familie mit Rinder und Ziegen und viel Land zum Wandern mit Herde. Immer nur Flucht, Simaloi. Und Angst, aufwachen mit Angst …«

»Ich bin nicht furchtsam!«, warf Jefe ein.

»Massai-Frauen nicht Angst!«, erklärte Simaloi.

Aber ihr Blick war schon weicher geworden. Bonnie bemerkte fasziniert, dass sie Namelok nicht mehr betrachtete wie eine Kriegstrophäe, sondern so wie damals auf dem Sklavenmarkt. Mit einem Blick voller Liebe.

»Dann Hass«, sagte Leon, »aufwachen mit Hass. Kannst du erinnern, Simaloi aufwachen ohne Hass?«

Simaloi senkte den Kopf. »Wenn ich Namelok lassen hier, nicht wird sein Massai«, flüsterte sie.

»Sie wird auch in eurem Lager keine Massai sein.« Bonnie hob die Stimme, aber Leon gebot ihr zu schweigen.

»Ich ihr werde erzählen von Massai«, beteuerte er, »werde singen Lied für sie.«

Er wiegte Namelok, während er sang, etwas unsicher nach Worten suchend, aber es war das gleiche Lied, das Simaloi damals im Haus des Sklavenhändlers gesungen hatte. Ein leises Schluchzen unterbrach das Lied. Und gleich darauf wurde die stolze Massai-Frau vom Weinen geschüttelt. Bonnie sah Jefe auffordernd an, und er nahm Sima in die Arme. Ihr Ausbruch verblüffte ihn, es war das erste Mal, dass er die große Schwarze weinen sah.

Leon sprach erneut auf sie ein. »Und auf Plantage ich suche Sankau, mein Freundin, andere Massai. Sie kann erzählen mehr. Wird sich freuen. Auch hat Tochter …«

Bonnie wusste, das Leons Freundin Sankau und ihr Kind verkauft worden waren, lange bevor Leon mit Victor nach Cap-Français gekommen war. Aber das war jetzt nicht wichtig. Die andere Massai-Frau passte in das Märchen, das Leon für Simaloi spann. Er sprach vom gemeinsamen Aufwachsen der kleinen Mädchen, von Liedern, von Tänzen und Geschichten.

»Lassen Namelok aufwachen ohne Hass!«, endete er schließlich beschwörend.

»Vielleicht können wir sie ja auch mal besuchen«, sagte Jefe unsicher.

Bonnie wollte erneut auffahren, doch Leon blickte sie an und schüttelte leicht den Kopf. Und plötzlich fühlte sie sich sicher und besser beschützt als je in ihrem Leben. Wenn das hier vorbei war, würden Leon und Bonnie dafür sorgen, dass Jefe, Simaloi und ihr Krieg nie wieder in ihr Leben einbrachen. Wenn die beiden jetzt nur gingen.

»Ich sie noch mal halten«, flüsterte Simaloi.

Bonnie zitterte, aber Leon legte der Massai-Frau das Kind in die Arme. Namelok erwachte dabei und öffnete die Augen.

Bitte nicht schreien!, wollte Bonnie der Kleinen zuraunen. Sie erinnerte sich noch zu gut, welches Desaster Nameloks Schrei bei ihrem Zusammentreffen mit Sima auf Nouveau Brissac ausgelöst hatte. Namelok schaute jedoch nur mit großen dunklen Augen zu ihrer leiblichen Mutter auf, bewegte ein wenig die Lippen, nieste kurz und schlief dann wieder ein.

»Komm jetzt, Sima!«, sagte Jefe. »Die anderen warten …«

Aufatmend beobachteten sowohl er als auch Leon, wie Simaloi ihr Kind in Bonnies Arme legte. Ihr Gesicht war immer noch tränenüberströmt.

»Jetzt deine Kind. Du passen gut auf sie auf.«

Simas Stimme wurde noch einmal hart, bevor sie sich abwandte. Eine Massai-Frau sollte nicht weinen. Zumindest sollte sie sich nicht dabei sehen lassen.

Jefe drückte Leon die Hand. »Du solltest mit uns kommen«, sagte er bewegt. »Ich habe nie vorher jemanden so reden hören. Außer … außer Macandal. Du könntest zu den Leuten reden … sie … sie überzeugen …« Er wusste, dass er selbst niemals fähig sein würde, die Menschen mit Worten zu umgarnen.

Leon schüttelte jedoch entschieden den Kopf. »Ich nicht Messias, ich nicht Krieger«, meinte er dann gelassen. »Ich Sänger, reden mit Lieder. Aber mir nicht gefallen Kriegslieder. Lieber Liebeslieder … Wiegenlieder …« Er legte den Arm um Bonnie und Namelok.

»Du jetzt gehen. Und tun, was du versprochen. Lassen Bonnie in Frieden.«

Jefe lächelte beiden zum Abschied zu. »Wünschst du uns wenigstens Glück, Bonnie?«

Bonnie zog Namelok fester an sich. »Was willst du, Jefe? Was soll ich dir wünschen? Ein glückliches Leben mit Simaloi? Oder Glück für euren Kampf?«

Jefe zuckte die Schultern. »Ist doch alles gleich«, sagte er.

Bonnie atmete auf, als er ging. Und dankte allen Göttern, dass das Leben für sie nicht mehr aus Kampf bestand.

»Was waren das denn für Leute, die vorhin aus dem Tor geschlichen sind, als hätten sie was zu verbergen?«, fragte Amali am Morgen beiläufig. Die Sonne war endgültig aufgegangen, und sie kam zu Bonnie herüber, um die immer noch schlafende Libby zu holen. Dabei schien sie Bonnies und Leons glückliche Gesichter und das zerwühlte Bett eigentlich viel interessanter zu finden. »Der Mann sah fast ein bisschen aus wie … Caesar. Aber das ist ja nicht möglich.«

Bonnie schüttelte den Kopf. »Ach was!«, meinte sie und machte Anstalten, die Leintücher zu wechseln, in die sie Namelok gewickelt hatte. »Caesar! Was dir so einfällt! Wahrscheinlich hast du Geister gesehen. Hier war jedenfalls keiner.«

Leon lächelte. »Genau«, sagte er dann. »Wahrscheinlich Geister, nichts als Geister.«

# EPILOG

Macandals Anhänger führten seinen Kampf tatsächlich fort. Es kam weiterhin zu Überfällen auf Plantagen und auch vereinzelt zu Giftmorden. Vor allem aber hielt sich die Legende, dass der Geist von Hispaniola weiter von irgendwoher die Fäden zog und seine Hand über seine Kämpfer hielt. Bis heute wurde nicht eindeutig geklärt, ob er bei jenem Versuch, dem Scheiterhaufen zu entfliehen, umkam oder nicht. Zu einem letzten verheerenden Schlag gegen die Pflanzer, wie Macandal ihn geplant hatte, kam es allerdings nicht. Die Revolution, die den Sklaven letztlich die Freiheit brachte, fand erst 1794 statt. Und als die Schwarzen sich endlich gegen ihre Unterdrücker erhoben, erhielten sie seltsame Unterstützung. Es kam zu einer massiven Mückenplage, die Insekten übertrugen das Gelbfiebervirus. Über dreißigtausend britische und französische Soldaten starben.

# NACHWORT

Dieser Roman erzählt neben den fiktiven Schicksalen der Dufresnes, Fortnams und ihrer Diener die Geschichte des François Macandal und seines Netzwerks des Terrors. Der »Schwarze Messias«, wie er damals von seinen Anhängern genannt wurde, war eine historische Persönlichkeit, was hier über ihn zu lesen ist, versucht, seiner wirklichen Geschichte so nahe wie möglich zu kommen. Sein Lebenslauf und auch der Ablauf seiner Reden und Zeremonien sind historischen Quellen entsprechend wiedergegeben.

Dabei war es aber nicht immer einfach, der Wahrheit auf die Spur zu kommen. Es gibt mannigfaltige Legenden um den charismatischen Aufständischen. Oft widersprachen sich die Quellen, was die Einzelheiten betrifft, vor allem gegen Ende seines Lebens. In Bezug auf Macandals Ergreifung gibt es zum Beispiel zwei sehr unterschiedliche Versionen. Eine davon besagt, dass er bei einem Gelage auf der Plantage der Dufresnes – diese Familie wird in den Quellen genannt und hat meinen fiktiven Dufresnes den Namen gegeben, ohne sonst etwas mit ihnen zu tun zu haben – gefasst wurde. Er wurde von einem jungen Schwarzen verraten und infolge seiner Trunkenheit ohne nennenswerten Widerstand ergriffen, kurze Zeit, bevor er den schon in allen Einzelheiten geplanten, entscheidenden Schlag gegen die Weißen der Kolonie führen konnte. In der zweiten Version verriet ihn eine Sklavin namens Assam unter der Folter.

Die erste Geschichte wäre natürlich weit weniger rühmlich, erscheint mir allerdings glaubwürdiger. Macandal war ein begnadeter Stratege und Redner, scheint jedoch auch selbstgefällig und selbstverliebt gewesen zu sein. Sein Umgang mit Frauen und sein Verlangen nach Anbetung und Verehrung sind vielfältig belegt. Besonders in den letzten Jahren seines Lebens betrachtete er sich offenbar selbst als gottgesandt und unsterblich. Dennoch mögen die Ereignisse um Assam einen wahren Kern haben, es gibt dazu Aussagen von Jesuiten, die recht glaubwürdig klingen. Ich wollte die junge Frau nicht unerwähnt lassen, habe sie aber einige Jahre früher in meine Geschichte eingebaut. Tatsächlich starb sie wohl im gleichen Jahr, in dem Macandals Siegeszug endete.

Sich stark widersprechende Aussagen gibt es auch zu Macandals Tod. Viele Legenden besagen, dass er sich tatsächlich auf dem Scheiterhaufen von seinen Fesseln befreite. Ob er dann aber wirklich fliehen konnte oder direkt wieder eingefangen wurde und in den Flammen starb, ob er davonkam oder später an den Folgen seiner Verletzungen starb wie in meiner Geschichte, lässt sich heute nicht mehr verifizieren. Eine Überlieferung besagt gar, dass er sich in ein Insekt verwandelte und davonschwebte. Er selbst hatte einst prophezeit, als Moskito beziehungsweise Moskitoschwarm wiedergeboren zu werden, und eine Gelbfieberepidemie infolge der Mückenplage 1794 ist auf jeden Fall belegt. Sie soll maßgeblich zum Erfolg der schwarzen Aufständischen beigetragen haben.

Natürlich habe ich zu allem, was in diesem Buch über Sklavenhaltung in Saint-Domingue und Jamaika gesagt wird, ausgiebige Recherchen angestellt. Der Code Noir zum Beispiel bestimmte tatsächlich das Verhältnis zwischen Schwarz und Weiß in den französischen Kolonien, und auch die unterschiedlichen Sichtweisen von Protestanten und Katholiken auf die Seelen ihrer Sklaven sind belegt. Ich fand das sehr interessant. Unter diesem Aspekt hatte ich Unterschiede zwischen den beiden großen Konfessionen nie zuvor betrachtet.

Noch mehr überrascht haben mich allerdings die Ergebnisse meiner Nachforschungen über das Leben auf Piratenschiffen. Frühdemokratische Strukturen hätte ich bei den Mannschaften von Blackbeard und anderen berüchtigten Piraten ganz sicher nicht vermutet. Es stimmt aber tatsächlich, dass die Freibeuter die Ämter auf ihren Schiffen per Wahl besetzten, dass es eine Art Pensions- und Schmerzensgeldregelung gab, wenn jemand verwundet wurde, und dass große Toleranz gegenüber Vertretern verschiedener Rassen, Nationalitäten und Religionen herrschte. Der Verhaltenskodex der *Mermaid* entspricht Dokumenten von Schiffen, die tatsächlich existierten. Auch Bonnies verstecktes Leben unter Männern und die dazu benötigten Strategien musste ich mir nicht ausdenken. Bobbies historisches Vorbild war ein junger Pirat namens Billy Bridle, der zwei Jahre lang auf einem Piratenschiff als Schiffsjunge mitfuhr. Dann stürzte er von einem Mast zu Tode – und entpuppte sich als Frau. Billys wirklicher Name war Rachel Young.

Schauplatz dieses Romans ist die Karibikinsel Hispaniola, auf der sich heute die Staaten Haiti und die Dominikanische Republik befinden. Im Wesentlichen geht Haiti auf die französische Kolonie Saint-Domingue zurück und die Dominikanische Republik auf die spanische Kolonie Santo Domingo. Große Teile des Buches spielen also im heutigen Haiti, das machte meine Recherchen schwierig. Haiti hat eine äußerst bewegte und gewaltgeprägte Geschichte, was der Archivierung vor allem von Geschehnissen rund um die Zivilbevölkerung nicht unbedingt entgegenkam. Stadtarchive finden sich heute kaum, was sicher nicht nur auf die politischen Verhältnisse zurückzuführen ist, sondern auch darauf, dass viele Aufzeichnungen zum Beispiel bei Naturkatastrophen verloren gingen. So musste ich bei manchen Schilderungen improvisieren, etwa bei der Beschreibung der Stadt Cap-Français. Aus dem 18. Jahrhundert sind keine Stadtpläne und Bilder erhalten – zumindest habe ich sie nicht gefunden. Es gibt auch keine Gebäude mehr aus der fraglichen Zeit.

Cap-Français, das heutige Cap-Haïtien, wurde durch Erdbeben mehrmals zerstört. So konnte ich nicht herausfinden, auf welchem Platz genau Macandal verbrannt worden ist, wo die Gendarmerie lag und wie der Gouverneurspalast baulich gestaltet war. Das griechisch anmutende Relief über dem Eingang, das Bonnie beschießt, ist zum Beispiel meiner Fantasie entsprungen. Allerdings galt die Stadt zu ihrer Blütezeit tatsächlich als »Paris der Karibik«. Vergleichbare Prunkbauten und ein reges gesellschaftliches Leben hat es also gegeben.

Victors Haus in Cap-Français wurde dem typischen Stadthaus wohlhabender Einwohner im damaligen Hispaniola nachempfunden. Der Baustil im spanischen und französischen Teil der Insel war sicher vergleichbar.

Meine Geschichte von der magischen Anziehungskraft zwischen den Halbgeschwistern Deirdre und Jefe wurde übrigens von einer Dokumentation über sich liebende Geschwisterpaare inspiriert. So etwas scheint nicht ungewöhnlich, wenn Bruder und Schwester unabhängig voneinander aufwachsen und einander als Erwachsene nicht als Geschwister vorgestellt werden. Treten sie sich ohne Kenntnis der Verwandtschaftsbeziehung gegenüber, scheinen sie sich signifikant häufiger ineinander zu verlieben als andere Menschen. Anscheinend ziehen sich doch eher Gemeinsamkeiten als Gegensätze an.

Zuletzt noch ein paar Worte zum Sprachgebrauch in diesem Roman: Wie auch in *Die Insel der tausend Quellen* habe ich mitunter auf politisch korrekte Ausdrucksweise meiner Figuren zugunsten größerer Authentizität verzichtet. Im 18. Jahrhundert sprach man nun einmal ganz selbstverständlich von »Negern« als Synonym für »Schwarze«. Im französischen Sprachraum wurde beides verwandt, ohne dass damit eine unterschiedliche Wertung verbunden war, wobei man Schwarze natürlich generell für minderwertig hielt. Im Englischen hatte das Wort »Nigger« einen noch abwertenderen Beiklang, aber auch die Sklaven unter sich gebrauchten es – mal aggressiv, wenn es um die Abgrenzung zwischen Hausdienern und Feldarbeitern ging, mal frivol für ihre Sexualpartner. Auf das Wort »Mulatte« konnte ich im Roman ebenfalls nicht verzichten, obwohl der Begriff inzwischen gleichermaßen als diskriminierend empfunden wird. Meines Erachtens hätte es gekünstelt geklungen, ihn aus Gründen der politischen Korrektheit zwanghaft zu umschreiben. Toleranz und Gleichstellungspolitik sind für mich weniger eine Frage von Worten als von Taten. Wenn ich mit meinen Geschichten manchmal ein bisschen zum gegenseitigen Verständnis ethnischer Gruppen beitragen kann, dann freut mich das sehr.

Pferdefreunde werden sich möglicherweise noch für die Paso Peruanos und Paso Finos auf Hispaniola interessieren, die im Buch eine – wenn auch kleine – Rolle spielen. Pferde, die diesen Rassen angehören oder auf sie zurückgehen, sind heute noch verbreitet in der Dominikanischen Republik, zweifellos gibt es auch reinrassige Exemplare und Mischungen auf Haiti. Angeblich kamen die ersten dieser Pferde schon mit Kolumbus auf die Insel, inzwischen wurden für seriöse Zuchten aber auch weitere importiert. Die Besonderheit der Rasse ist der Paso Llano oder Paso Fino, eine Viertaktgangart, die dem Passtölt entspricht – auf Französisch nennt man ihn auch Amble, auf Englisch Saddle Gait. Da stets mindestens ein Pferdebein auf dem Boden bleibt, wird der Reiter nicht wie beim Trab geworfen, sondern sanft geschaukelt, die Bewegungen des Pferdes sind fast erschütterungsfrei. Der Galopp des Pasos ist eher hoch als schnell. Beide Rassen, sowohl Paso Peruano als auch Paso Fino, werden in vielen europäischen Ländern, vor allem in Deutschland, der Schweiz und Italien, gezüchtet.

In der Dominikanischen Republik findet man die kleinen, freundlichen Gangpferde heute in jedem Touristenreitstall, auch angeschlossen an All-inclusive-Ferienanlagen. Nicht immer entspricht der Futter- und Pflegezustand der Tiere jedoch den Ansprüchen, die an Reitpferdehaltung gestellt werden müssen. Pferdefreunde sollten in einem solchen Fall auf einen Ausritt verzichten – sosehr die exotische Landschaft lockt und obwohl die Teilnahme im Preis inbegriffen ist. Auch eine Beschwerde bei den Reiseveranstaltern kann den Tierschutz fördern. Diese können Einfluss nehmen und die Zustände vor Ort verbessern – meistens wissen sie einfach nichts von den Missständen.